W0411649

SCIENCE FICTION

Herausgegeben
von Wolfgang Jeschke

Vom **BATTLETECH™-Zyklus** erschienen in der Reihe
SCIENCE FICTION & FANTASY:

Die Gray Death-Trilogie:
William H. Keith jr.: Entscheidung am Thunder Rift · 06/4628
William H. Keith jr.: Der Söldnerstern · 06/4629
William H. Keith jr.: Der Preis des Ruhms · 06/4630

Ardath Mayhar: Das Schwert und der Dolch · 06/4686

Die Warrior-Trilogie:
Michael A. Stackpole: En Garde · 06/4687
Michael A. Stackpole: Riposte · 06/4688
Michael A. Stackpole: Coupé · 06/4689

Robert N. Charrette: Wölfe an der Grenze · 06/4794
Robert N. Charrette: Ein Erbe für den Drachen · 06/4829

Das Blut der Kerensky – Trilogie:
Michael A. Stackpole: Tödliches Erbe · 06/4870
Michael A. Stackpole: Blutiges Vermächtnis · 06/4871
Michael A. Stackpole: Dunkles Schicksal · 06/4872

Die Legende vom Jadephönix – Trilogie:
Robert Thurston: Clankrieger · 06/4931
Robert Thurston: Blutrecht · 06/4932
Robert Thurston: Falkenwacht · 06/4933

Robert N. Charrette: Wolfsrudel · 06/5058
Michael A. Stackpole: Natürliche Auslese · 06/5078
Chris Kubasik: Das Antlitz des Krieges · 06/5097
James D. Long: Stahlgladiatoren · 06/5116
J. Andrew Keith: Die Stunde der Helden · 06/5128
Michael A. Stackpole: Kalkuliertes Risiko · 06/5148
Peter Rice: Fernes Land · 06/5168
Michael A. Stackpole: Die Kriegerkaste · 06/5195
Victor Milán: Auge um Auge · 06/5272
James D. Long: Black Thorn Blues · 06/5290
Robert Thurston: Ich bin Jadefalke · 06/5314
Blaine Pardoe: Highlander Gambit · 06/5335
Don Philips: Ritter ohne Furcht und Tadel · 06/5358 (in Vorb.)
William H. Keith jr.: Pflichtübung · 06/5374
Victor Milán: Im Herzen des Chaos · 06/5392
William H. Keith jr.: Operation Excalibur · 06/5492 (in Vorb.)
Victor Milán: Der schwarze Drache · 06/5493 (in Vorb.)

Victor Milán

Im Herzen des Chaos

Einunddreißigster Roman
im BATTLETECH™-Zyklus

Deutsche Erstausgabe

WILHELM HEYNE VERLAG
MÜNCHEN

HEYNE SCIENCE FICTION & FANTASY
Band 06/5392

Titel der Originalausgabe
HEARTS OF CHAOS
Übersetzung aus dem Amerikanischen von
Oliver Hoffmann
Umschlagbild: FASA Corporation
Die Karte auf Seite 6 zeichnete Mirjam Wehner
Die Karten auf Seite 7 zeichnete Erhard Ringer
Die technischen Illustrationen im Anhang
sind von Duane Loose

Umwelthinweis:
Dieses Buch wurde auf chlor- und
säurefreiem Papier gedruckt.

3. Auflage

Redaktion: Rainer Michael Rahn

Printed in Germany 1998
Umschlaggestaltung: Atelier Ingrid Schütz, München
Technische Betreuung: M. Spinola
Satz: Schaber Satz- und Datentechnik, Wels
Druck und Bindung: Elsnerdruck, Berlin

ISBN 3-453-09470-0

Für Patt & Scott

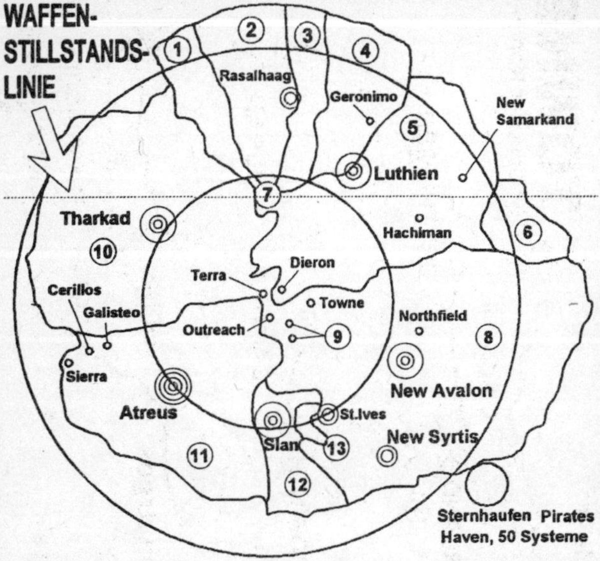

KARTE DER NACHFOLGERSTAATEN

1 • Jadefalken/Stahlvipern, 2 • Wölfe, 3 • Geisterbären,
4 • Nebelparder/Novakatzen, 5 • Draconis-Kombinat,
6 • Außenweltallianz, 7 • Freie Republik Rasalhaag,
8 • Vereinigtes Commonwealth, 9 • Chaos-Marken,
10 • Lyranische Allianz, 11 • Liga Freier Welten,
12 • Konföderation Capella, 13 • St. Ives-Pakt

Karte erstellt durch COMSTAR,
nach Informationen des COMSTAR-EXPLORERDIENSTES
und des STERNENBUNDARCHIVS, Terra

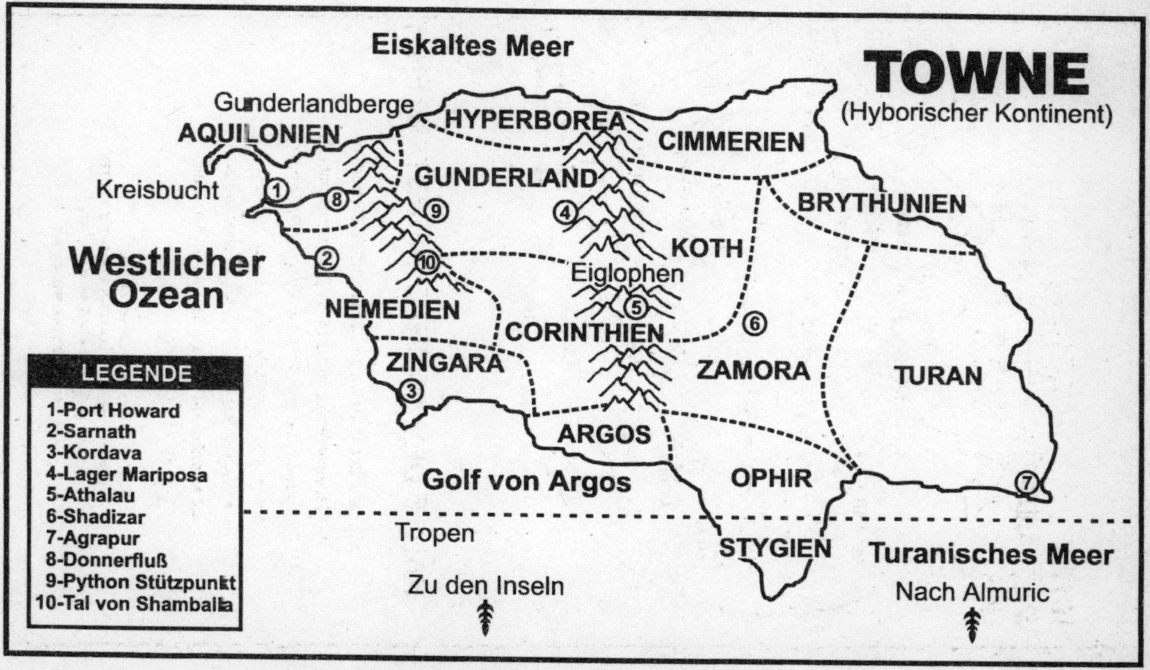
TOWNE
(Hyborischer Kontinent)
Eiskaltes Meer
Gunderlandberge
AQUILONIEN
HYPERBOREA
CIMMERIEN
Kreisbucht
GUNDERLAND
BRYTHUNIEN
KOTH
Westlicher
Ozean
Eiglophen
NEMEDIEN
CORINTHIEN
ZINGARA
ZAMORA
TURAN
ARGOS
OPHIR
Golf von Argos
Tropen
STYGIEN
Turanisches Meer
Zu den Inseln
Nach Almuric
LEGENDE
1-Port Howard
2-Sarnath
3-Kordava
4-Lager Mariposa
5-Athalau
6-Shadizar
7-Agrapur
8-Donnerfluß
9-Python Stützpunkt
10-Tal von Shamballa

Señores, Señoras, y Señoritas,
Radio TAWB, la Super Cadena,
presente con mucho gusto,
los Caballeros de Coronel Carlos Camacho!

*** APPLAUS ***

Teil Eins

WIR TREFFEN UNS UNTER DEN KLINGENDEN SPARREN

Wenn man in einen Hinterhalt gerät,
hängt das Überleben ganz
vom unangemessenen Verhalten
des Angreifers ab.

– Damon Fay, Tae Kwon Do-Lehrer
und Polizeibeamter,
Ende des 20. Jahrhunderts

1

Masamori, Hachiman
Distrikt Galedon, Draconis-Kombinat

24. Dezember 3056

Mit Bedauern nahm Mr. Obata das Stirnband ab.

Jenseits der weißen Fiberglaswände seines Raums lag schweigend der siebenundsiebzigste Stock. Die einzigen Geräusche waren das Summen der Ventilatoren, die Warmluft durch den Wolkenkratzer wirbelten – harmonisches Pulsieren aus dem Takt geratener Fächer – und das Brummen der paar Neonröhren, die an der Decke noch brannten und deren Licht wie dreckiger Schneeregen in die Kabuffs fiel, die dem mittleren Management von Tanadi Computers als Büro dienten. Der Großteil der Belegschaft, von den Arbeitern in den Fabriken bis zu den mittleren Verwaltungsangestellten und Geschäftsführern, die wie Mr. Obata selbst im Wolkenkratzerhauptquartier des Konzerns im Herzen Masamoris arbeiteten, war schon gegangen. Es war skandalös früh; die kurzlebige Wintersonne war noch nicht in der Shakudosee versunken. Aber es war der Vorabend des Tages des Schirmherrn, und auf den Straßen der Hauptstadt von Hachiman und überall auf dem Planeten begannen bereits die Feierlichkeiten. Selbst ein den Traditionen verpflichteter Mann wie Mr. Obata sah die Notwendigkeit, den Leuten die im Grunde anarchistische Durchführung ihrer *matsuri*, ihrer Feste, zu erlauben.

Und wie der verstorbene Leiter von Tanadi, der Marquis Redmond Hosoya, nahm Mr. Obata die Tradition wirklich sehr ernst. Ernst genug, um für sie zu sterben.

Das *hachimaki* in seinen Händen war recht schlicht: ein Streifen weißes Tuch, bestickt mit einem schwarzen Drachen auf roter Scheibe. Nicht der stilisierte Drachenkopf, der das stolze Symbol des Draconis-Kombinats war, sondern ein rasender Drache in seiner Gänze. Daneben stand in *kanji* ein Slogan: Zehntausend Leben für den Koordinator.

Mr. Obata spürte, wie ihm Tränen in die Augen stiegen, als er das Tuch in Händen hielt.

Es würde einen vorzeitigen Tod bedeuten, dieses alte heilige Symbol auf den Straßen Masamoris zu tragen, wo es vor Spionen nur so wimmelte. So weit war der Wundbrand schon gediehen. Er verbeugte sich ein letztes Mal vor der Drachenstatue in ihrem Büroschrein, atmete die Süße der Räucherstäbchen ein, die er zu ihren beiden Seiten entzündet hatte. Dann packte er das Stirnband wieder in seinen Aktenkoffer, legte es auf den doppelten Boden, der einen noch umstritteneren Gegenstand verbarg, und griff nach seinem Mantel.

Nackt bis zur Hüfte, die Brust und den runden weißen Bauch mit einer Tätowierung bedeckt, die so frisch war, daß sie noch Schorf trug – die Jungfrau von Guadeloupe auf ihrer Mondsichel –, so kroch der Mann auf Knien durch die tiefe Schneeschicht, die den Boden des Hachiman Taro Enterprises-Komplexes bedeckte, der sich tief in den Eingeweiden Masamoris an den Fluß Yamato schmiegte. Ein halbes Dutzend Reporter folgte ihm mit ein paar Schritten Abstand, richtete ein beeindruckendes Arsenal von Standbild- und Bewegungsholokameras auf ihn und hielt ihn im Gleißen der Scheinwerfer, die an Leuchtkraft dem Sonnenstrahllaser eines *Fallbeil* kaum nachstanden. Bei jedem Schritt zog sich der Mann ein Bündel einheimischer Dornzweige über den Rücken, abwechselnd links und rechts, und skandierte dabei »Ave Maria, du Gnadenreiche.«

Hier handelte es sich um eine Geschichte von zwischenmenschlichem Interesse, über die das Team vom VCND, das Camachos Caballeros, dem Siebzehnten Scoutregiment, zugeteilt war, nicht berichtete. Statt dessen stand das Paar mitten im Komplex in dem leichten Schneefall einander gegenüber.

»Du tust *was?*« fragte Archie Westin ungläubig.

Eine Schneeflocke landete mitten auf der weichen, schokoladenbraunen Wange seiner Kamerafrau. Sie lächelte und versuchte nicht, sie wegzuwischen.

»Ich bleibe, Archie«, erwiderte sie. »Und damit du nicht auch noch sagen mußt: ›Du bist was?‹ – Ich bin schwanger.«

»Du bist was?« sagte Archie trotzdem. Er war ein drahtiger, auf theatralische Weise gutaussehender junger Mann mit bleistiftdünnem Schnurrbart und lockigem blondem Haar mit leichtem Rotstich. Sein Akzent war wie der seiner Assistentin der britische des Davion-Planeten Northfield.

»Ave Maria, du Gnadenreiche.« *Klatsch.* »Ave Maria, du Gnadenreiche.« *Klatsch.* Der HTE-Komplex war weitgehend verlassen. Sein CEO und alleiniger wichtiger Besitzer, Chandrasekhar Kurita, hatte seine skandalöse Liberalität bewiesen, indem er all seinen Leuten heute ab Mittag frei gegeben hatte, mit Ausnahme einer Rumpfbesatzung, deren Angehörige zum Teil in höflicher Entfernung standen und diese typischen unerklärlichen *Gaijin*-Vorgänge angafften. Die meisten Caballeros, die als Sicherheitsteam des Komplexes dienten, waren fort, um ihre Weihnachtsfeiern vorzubereiten.

»Ave Maria, du Gnadenreiche.« *Klatsch!* Zufällig oder absichtlich führte der Weg des Büßers so nahe an Archie Westin vorbei, daß er fast die in Khaki gehüllten Waden des jungen Reporters streifte.

Archie wirbelte herum und schleuderte mit dem Fuß Schnee nach dem Mann. »Schaff dich *fort,* du verdammter Spinner!«

Der Mann strahlte ihn mit einem Gesicht an, das wegen des Fastens und des damit verbundenen Fleischschwundes langsam Hängebacken zu entwickeln begann. Sein brauner militärischer Haarschnitt, der seit zwei Monaten ungepflegt und aus Buße ungewaschen war, hatte sich schon lange in seetangartige, fettige Strähnen verwandelt.

»Gesegnet seist du, Bruder«, sagte Tommy Joe Poteet, der frühere Baptistenkaplan des Siebzehnten und jüngst konvertierte Katholik. Hinter ihm starrte das Holovid-Nachrichtenteam Archie vernichtend an.

Der frühere Reverend Tommy Joe setzte geißelnd und lobpreisend seinen Weg fort. Die niedrige Wolkendecke warf hinter ihm die Geräusche als dumpfes Echo zurück. Das Nachrichtenteam stapfte hinterher.

»Wer *sind* diese verfluchten Typen überhaupt?« fauchte Archie und kickte ihnen eine weitere Ladung Schnee hinterher.

»Das Nachrichtenteam der *Noticias de la Trinidad* von Galisteo«, sagte seine Assistentin Mariska Savage. »Erinnerst du dich noch, wie es die arme Terry Chávez beim Angriff der Geisterlegion in ihrem *Kreuzritter* erwischte und einige der 'llero-MechPiloten schworen, sie hätten gesehen, wie Engel herabschwebten, um ihre Seele gen Himmel zu tragen? Offenbar hat man daheim in den Südwestlichen Welten davon gehört, weit jenseits der Liga Freier Welten. Die *Noticias* haben ein Team von der Waffenstillstandsfront mit den Clans abgezogen, um über die Geschichte zu berichten.«

»Sie haben was?«

»Wunder sind im Dreibund große Neuigkeiten, Arch. Da Mr. Poteet Protestant und nichts geringeres als Geistlicher war, sind sie von ihm fasziniert.«

Archie legte den Kopf in die Hände und schuttelte ihn, als wolle er sicher gehen, daß darin nichts klapperte. Er und Mariska waren seit ihrer Ankunft auf Hachiman im August bei den Caballeros. Trotz der ständigen und im allgemeinen wohlmeinenden Bemühungen der 'lleros hatte er noch keinerlei Vorstellung von der bizarren dreiteiligen Kultur Galisteos, Cerillos und Sierras, des sogenannten Dreibundes oder auch der Südwestlichen Welten, von denen der Großteil des Siebzehnten stammte.

»Vergiß es«, sagte er. »Was sagst du mir da – wie? Warum?«

»Und was ist mit ›wo‹ und ›wann‹, von ›wer‹ gar nicht zu reden?«

Er starrte sie an. »Seit wann hast du denn einen Sinn für Humor? Versteh mich nicht falsch – ich will mich nicht beklagen.«

»Seit ich diese Leute kennengelernt habe, Archie. Seit sie mir halfen, mich langsam *selbst* kennenzulernen. Seit sie mir den Spitznamen ›Risky‹ gaben und ich diesem gerecht werden wollte.«

Sie hob die Hand und berührte sanft seine Wange. Mariska war Ende zwanzig, eine Schwarze mit glattem Haar, das ein breites, hübsches Gesicht umrahmte. Sie war mittelgroß und von breitem, stabilem Körperbau, aber in ihrem Fall war ›schwerer Knochenbau‹ kein Euphemismus für Fett. Sie war nicht fett, sondern recht ansehnlich gebaut. Ihre Proportionen waren einfach breiter als bei Frauen üblich – als stamme sie von einer Welt mit hohem Atmosphäredruck, obgleich Northfields Schwerkraft weniger als zehn Prozent höher lag als die Terras.

»Du warst ein toller Chef, Arch, ein echter Schatz. Und du bist ein Goldkind. Aber du hast mich nie richtig kennengelernt, nicht in all den Jahren, die wir zusammen verbracht haben.«

Er blinzelte sie durch die Schneeflocken hindurch an, die an seinen Augenwimpern hingen. Schockiert erkannte er, daß es nur allzu wahr war. Seine Assistentin war immer fähig, willig, untadelig und unterwürfig gewesen. Er hatte sie als gegeben hingenommen – wie er als gegeben hingenommen hatte, daß sie immer da sein würde. Er fühlte einen Stich im Herzen: *Ich hatte immer angenommen, du liebtest deinen Chef.* Tränen brannten in seinen Augen.

»Was das Wie und Warum angeht«, fuhr Mariska fort,

»wenn du meinen Zustand meinst: auf die übliche Weise und aus den üblichen Gründen. Wenn du meinst, warum ich nicht mit dir ins Vereinigte Commonwealth zurückgehe, jetzt, wo du zurückgerufen worden bist.« Sie zuckte die Achseln. »Nun, diese Leute haben mich ins Herz geschlossen. Ich fühle mich bei ihnen *zu Hause,* wie ich es daheim auf Northfield nie tat. Nicht einmal bei meiner eigenen Familie.«

»Aber du wirst nie wirklich eine von ihnen sein, Ris – Mariska«, sagte Archie. »Sie nennen Cassie Suthorn noch immer ›Abtacha‹, und sie ist seit neun Jahren bei ihnen und hat ihnen allen mindestens zweimal den Arsch gerettet.«

»Vielleicht werde ich für sie immer eine Gringa sein, aber sie haben mich herzlich empfangen.«

»Aber was wirst du bloß tun?«

»Ich habe mit Astrozombie darüber gesprochen, als KomTech einzusteigen. Er ist ziemlich begeistert davon. Und ich auch. Er ist wirklich ein Technikgenie, wenn auch ein wenig merkwürdig.«

Archie spürte, wie ihm die Luft ausging. »Und was soll ich ohne dich machen?«

»Du wirst schon klarkommen. Dein Onkel heißt schließlich Ian Cromwell. Und deine Mutter wird dafür sorgen, daß er nicht zuläßt, daß dich die Schlauen Füchse zu einer allzu gefährlichen Mission einteilen.«

Archie warf hektische Blicke rings um sich. Hachimans Zentralgestirn war ein helles Band im Grau entlang der Krone der westlichen Mauer des Komplexes. »Frau«, sagte er in übertriebenem Flüsterton, »paß auf, was du sagst! Wir sind mitten im Kuritaraum. Man weiß nie, ob ISA-Spione mithören!«

»Hör doch auf, Archie. Jeder Bengel auf der Straße in Sodegarami weiß, daß du zum Militärischen Abschirmdienst von Davion gehörst; Diskretion war noch nie deine starke Seite. Andererseits ist Chandrasekhar Kurita der Vetter des Koordinators, und der stellvertretende

Befehlshaber der gesamten ISA verbringt immer noch den halben Tag damit, in eben diesen Gebäuden hier mit dem guten alten Onkel Chandy zu konferieren. Sie wissen schon, daß du von MI4 eingeschleust bist.«

Er öffnete den Mund, um sie zu schelten. Dann schloß er ihn wieder. »Du hast mir zuvor noch nie widersprochen«, sagte er fast staunend. »Weißt du, ich werde dich wirklich vermissen.«

»Und ich dich, Archie.«

Aus nördlicher Richtung ertönte von jenseits des Flusses eine Reihe rascher, explosiver Knallgeräusche. Archie zog den Kopf leicht in den Kragen seines Burberry. Höchstwahrscheinlich stammte das Geräusch von einer Reihe Feuerwerkskörper, die im Rahmen des *matsuri* entzündet wurden, das im Bereich der schwimmenden Welt von Sodegarami bereits begonnen hatte. Aber es hätten genausogut auch vollautomatische Feuerstöße sein können: Die *Masakko* nahmen ihre Feiertage *ernst*.

Eine Gestalt löste sich aus dem Dämmerlicht und Schneetreiben: ein Mann mittlerer Größe in schwarzer Kutte mit schwarzem Haar und distinguierten grauen Schläfen, schwarzem Schnurrbart und Habsburgeraugen unter schweren Lidern in einem hübschen, wenn auch recht rundlichen Gesicht. Mariska Savages Gesicht erhellte sich, als sie ihn sah.

Er legte den Arm um sie und küßte sie auf die Wange. »Solltest du dich nicht langsam fertig machen?« fragte er. »Das Bankett, das unser Arbeitgeber uns zu Ehren gibt, beginnt Punkt sieben, so daß die Ausschweifungen auf jeden Fall rechtzeitig zur Mitternachtsmesse vorbei sind.«

»Archie, ich muß mich beeilen«, sagte Mariska. »Tut mir wirklich leid. Aber es ist besser so.«

Archie fiel das Gesicht herunter. »Vater García?«

»Nenn mich Bob, Junge. Wir sind jetzt lange genug Freunde.« Oberleutenient Vater Doktor Roberto ›Nenn mich Bob‹ García, SJ, der Psychologe und Historiker des

Siebzehnten und selbst *Kreuzritter*-Pilot, hatte das VCND-Team unter seine Fittiche genommen, als es begonnen hatte, über die Caballeros zu berichten.

Archie wandte sich ungläubig seiner früheren Assistentin zu. »Du willst mir doch nicht erzählen, daß du dir von einem verdammten *Jesuiten* ein Kind hast machen lassen?«

Mariska Savage lächelte nur und kuschelte sich enger an Vater Doktor Bob.

»Was führt Sie an einem so verschneiten Vorabend des Tages des Vorsitzenden des Schirmherrn hierher, Obata-*kun?*« fragte der Wachmann der Hafenbehörde, als sich Mr. Obata mittels seiner Schlüsselkarte Einlaß zum Erdgeschoß der Verkehrskontrollbehörde vom Yoshitsune-Raumhafen verschaffte.

Mr. Obata unterdrückte den Drang, den Mann in der grünen Uniform wegen seiner Vertraulichkeit anzuschnauzen. Die *Masakko* – Bewohner der Hauptstadt Hachimans – waren für ihren ungestümen Mangel an Respekt bekannt, selbst nach den besonderen Maßstäben des Planeten. Und außerdem war Feiertag. Zudem, ermahnte er sich, konnte er es sich ausgerechnet jetzt nicht leisten, einen Zwischenfall zu provozieren.

Er hielt die Aktentasche hoch. »Vorbeugende Kontrolluntersuchung«, sagte er.

Der Sicherheitsbeamte hob die Augenbrauen in Richtung seines kurzen Mützenschirms. Er hatte schon immer gewußt, daß Tanadi ein Pedant war, aber *das*… Er winkte Mr. Obata durch in das halberleuchtete Foyer.

Nach mehreren Stockwerken war Mr. Obata fertig. Er trainierte regelmäßig Judo, um den unteren Klassen mit gutem Beispiel voranzugehen, aber seine Pflichten als Beigeordneter Direktor der Zulieferabteilung ließen ihm dafür wenig Zeit. Die Tanadi-Produkte verfügten über ein exquisites Design, aber die Qualitätskontrolle ließ viel zu wünschen übrig. Das war ein weiteres Zeichen des Verfalls, den zu bekämpfen er sich geschworen hatte, dachte Mr. Obata – ihm war nicht klar, daß die Ansprüche stetig gestiegen waren, seit Theodore Kurita vor langer Zeit begonnen hatte, die Reformen durchzusetzen, die Mr. Obata so abscheulich fand.

Die Tür zur Verkehrskontrolle war zu. Der Gang draußen war leer. Das war gut. Mr. Obata lehnte sich einen Augenblick gegen die Wand und atmete aus dem Zwerchfell, um wieder zu Atem zu kommen und sein *Ki* zu rufen.

Er zog den Mantel aus, faltete ihn und legte ihn auf den Boden. Er kniete sich auf den dünnen limonengrünen Teppich, öffnete die Aktentasche und nahm das *hachimaki* heraus, das er sich um die Schläfen knotete. Dann löste er den doppelten Boden der Tasche.

Mr. Obata hielt die rechte Hand hinter dem Oberschenkel und drängte sich durch die nicht verschlossene Tür in die Zentrale Verkehrskontrolle. Das Draconis-Kombinat war arm, und daran erinnerten manche seiner Führungskräfte das Volk ständig, besonders, wenn dieses Volk um besseren Lohn zu kämpfen begann. Obgleich Hachiman der reichste Planet im gesamten Kombinat war, wickelte lediglich diese eine Einrichtung sowohl für den Raumhafen als auch für die Hauptstadt den Verkehr im Raum und in der Atmosphäre ab. Trotz dieser Tatsache hatten heute Nacht nur zwei Mitarbeiter Dienst.

Der, der weiter weg von der Tür saß, sah von dem Radarschirm auf, der seine Züge in rhythmischen Abständen geisterhaft grün beleuchtete. Eine Stimme ertönte aus einem Lautsprecher in der Konsole vor ihm: »Landungsschiff *Eia Panice* von Kawabe, *Union*-Klasse, dreitausendfünfhundert Tonnen, auf dem Weg zur planmäßigen Bodenüberprüfung, erbittet Landeerlaubnis im Technischen Institut Hachiman…« Das Institut, das praktische Lehrgänge in der Reparatur von BattleMechs, Luft/Raumjägern und Landungsschiffen anbot, lag jenseits des Towers auf der anderen Seite des Hafens.

Der andere Kontrollbeamte nahm den Kopfhörer ab, stand auf und kam zu Obata herüber. Als er das Stirnband sah, streckte er ihm die Hand hin und zeigte viele Zähne. In dem genau berechneten Halbdunkel, das von roten und bernsteinfarbenen Anzeigetafeln erleuchtet war, hielt er das *hachimaki* fälschlicherweise für etwas Festlicheres. »Obata-*san!* Sind sie gekommen, um uns feiern zu helfen?«

Mr. Obata spürte, wie sich seine eigenen Lippen zu einem Grinsen verzogen, das seinen Schädel zu spalten drohte. Er hob die rechte Hand aus ihrer Deckung und schoß den Mann aus einer Entfernung von etwa zwei Zentimetern in die Stirn.

Die Waffe war ein Spezialmodell für Geheimeinsätze, das alte, aber noch immer beliebte Langgewehr, mit eingebautem Schall- und Mündungsfeuerdämpfer und vierundzwanzig Schuß in den einem Doppelmagazin im Kolben. Das Modell war ursprünglich von SEKURA entwickelt worden, dem Spionagedienst des Hauses Marik, aber der Entwurf war von den anderen Großen Häusern und mehreren kleineren Mächten kopiert worden und infolgedessen nicht zurückzuverfolgen. Es machte nicht mehr Lärm, als wenn man kräftig ausspuckt. Der andere Mitarbeiter, dessen Gehör von seinem Kopfhörer und dem Bemühen darum, den *Gaijin*-Funker an Bord des Frachters zu verstehen, behindert wurde, merkte erst, daß etwas nicht stimmte, als er seinen Partner aus dem Augenwinkel zu Boden fallen sah wie ein fortgeworfenes Handtuch.

Als der Mann den Kopf herumriß, näherte sich Mr. Obata ihm mit unheimlich starrem Grinsen, das schallgedämpfte Gewehr mit beiden Händen weit vor sich gestreckt. Der Verkehrskontrolleur sprang auf und riß die Arme schützend vors Gesicht, als Mr. Obata auch schon auf ihn zu schießen begann.

Blut spritzte aus einem Treffer am rechten Unterarm des Kontrolleurs. Der junge Techniker kreischte entsetzt und schoß blind davon, wobei er den Stecker seines Kopfhörers aus der Konsole riß. Leider führte der Weg, den er einschlug – es war ganz natürlich der, der ihn von seinem schrecklich grinsenden Angreifer wegführte –, nur bis zu der kugelsicheren, verspiegelten, vom Boden bis zur Decke reichenden Transpexwand, durch die man auf das jetzt ruhig daliegende Landungsfeld hinaussehen konnte. Er preßte sich gegen das Fenster, als hoffe er, er könne wie durch eine Membran irgendwie hindurchgelangen. Dann sank er nieder, kauerte sich geduckt zusammen.

Mr. Obata hatte noch nie in seinem Leben eine Waffe abgefeuert, ja, er hatte noch nie eine in der Hand gehabt, bis er das geschmuggelte Gewehr und die entsprechenden Anweisungen erhalten hatte. Er kompensierte sein mangelndes Talent als Zielschütze, indem er die Waffe auf sein Opfer richtete und ununterbrochen abdrückte, bis nicht einmal mehr das bißchen Lärm und Rückstoß wahrzunehmen waren.

An diesem Punkt hatte auch der bedauernswerte Techniker aufgehört, Geräusche zu machen.

Mr. Obata bückte sich und legte die Waffe fast ehrerbietig neben die billigen Srinagar-Schuhe seines Opfers. Er hob den Kopfhörer auf, den der erste Kontrolleur abgesetzt hatte, führte das Mikrophon an die Lippen und sprach die Worte: »Ersteigen Sie den Mount Niitake.« Dann ging er in den Flur zurück, um seine Aktentasche zu holen.

Er kniete sich auf den dünnen Teppich mitten im Kontrollraum und öffnete auf dem Boden neben sich wieder seine Tasche. Aus dem Geheimfach nahm er einen *tanto*-Dolch. Er zog ihn aus der Scheide und legte ihn neben seinen Oberschenkel. Dann zog er das Jackett aus und begann, seine weißen Hemdenschöße aus dem Hosenbund zu ziehen.

2

Masamori, Hachiman
Distrikt Galedon, Draconis-Kombinat

24. Dezember 3056

Zu den Klängen des Orchesters wirbelte Cassiopeia Suthorn, Spitzenspäherin des Siebzehnten Scoutregiments und jüngst zum Oberleutenient befördert, durch den Walzer und versuchte, ihre Füße vor denen ihres Begleiters in Sicherheit zu bringen, während sie lautlos ihre Freunde verfluchte.

Weihnachten war ein *Gaijin*-Fest und für die Generationen fremdenfeindlicher Kuritas, die das Draconis-Kombinat seit Jahrhunderten regierten, durch und durch unannehmbar. Aber lange bevor die Menschheit die Raumfahrt erfand, hatte sich das japanische Volk daran gewöhnt. Die Versuche, die Feierlichkeiten zu unterbinden, hatten nie ganz zum Erfolg geführt, besonders nicht auf Hachiman. Der Großteil der planetaren Bevölkerung stammte nicht einmal von Christen ab, sondern gehörte den Völkern der Gujarati und Mahratta an; unter einer dünnen konfuzianischen Oberfläche waren sie strenge Hindus. Aber Hachimaniten, und besonders die Masakko, ob sie nun japanischer, hinduistischer, koreanischer, äthiopischer, syrischer oder rasalhaag-skandahuvischer Abstammung waren, hatten sich noch nie recht überzeugen lassen, ein Fest aufzugeben, das mit Partys, bunten Dekorationen und Geschenken zu tun hatte.

Das wohlhabende Hachiman war die kompromißbereiteste Kuritawelt, sie liebte die Kunst des Möglichen. Vor Jahrhunderten hatte der einsichtige damalige Schirmherr des Planeten, Isoroku Fillington, erlassen, daß der fünfundzwanzigste Dezember von nun an als Tag des Schirmherrn gefeiert werden sollte. Das hatte überhaupt nichts mit fremden, nicht willkommenen Religionen zu tun. Und wenn die Abbilder des Blauen Knaben Krishna und des elefantenköpfigen Ganesha in den *kami*-Schreinen der Haushalte Hachimans an jenem Tag zugunsten einer stämmigen Gestalt mit weißem Bart und rotem Mantel beiseite geschoben wurden ... nun, auch er war nur ein Aspekt des Drachen.

Der Ball am Vorabend des Schirmherrntages, den der Schirmherr des Planeten selbst gab, war das gesellschaftliche Ereignis der Saison in Masamori. Der Höchst Ehrenwerte Percival Fillington, Graf von Hachiman, hatte sich alle Mühe gegeben. Der Große Ballsaal im Erdgeschoß seines Palastes im Assad-Bezirk Masamoris war ein fünfeckiges Gemach mit fünfzig Metern Durchmesser und drei Stockwerken Höhe. Über dem polierten Hartholzboden hing ein Lüster von dreißig Metern Durchmesser, der aus einem Gewirr von Millionen Fiberglasfasern bestand, die wie Fontänen aus einem runden Sockel aus Bronze und Transpex zu entspringen schienen. In jeder Ecke des Ballsaales erhob sich eine Säule, eine aus Elfenbein, eine aus Jade, eine aus Teak, eine aus Stahl und eine aus reinem Gold, Symbole für die fünf Säulen der Kombinatsgesellschaft. An drei der Wände standen zwischen den Säulen mit Speisen überladene Tische: gekochter Fisch, Gemüse, Rinderlendenstücke, Curry, Reis, purpurne Tamerlan-Melonenschnitze von Neu Samarkand und scharlachrot gekochte, drei Meter lange Seeskorpione. Auf jedem Tisch stand eine mannshohe Eisstatue, ein Schwan, ein Banth – ein hachimanitisches Raubtier, das einem plattgedrückten, achtbeinigen Bären ähnelte – und natürlich ein Drache. An einer anderen Wand war das Podium für das Orchester, und in der letzten befand sich eine große Doppeltür, die in den ausgedehnten Garten des Palastes hinausführte.

Jede hochgestellte Persönlichkeit dieser Welt war anwesend – natürlich mit Ausnahme von Cassies Arbeitgeber, Chandrasekhar Kurita. Das war seltsam, da er und der Graf unlängst eine Fehde beigelegt hatten, die angedauert hatte, seit der gegenwärtige Schirmherr ins Amt gekommen war – ein Friedensprozeß, für den ein kleiner Krieg vonnöten gewesen war. Tatsächlich hatte in den schlechten alten Tagen der Kurita des Planeten, der mit seinem sybaritischen Geschmack niemals eine Party verpaßte und so höchst unkuritahaft war, den Feierlichkeiten mit religiösem Eifer beigewohnt. Jetzt, da Frieden herrschte, war Onkel Chandy nirgends zu sehen. Im Ballsaal schwirrten halblaut geäußerte Spekulationen umher: War der buddhahaft fette Magnat krank? Versteckte er sich? Hatte sich eine neue Kluft aufgetan?

In Wahrheit feierte Chandy ein wundervolles Fest mit seinen Südwestsöldnern, die so zügellos und seltsam – ja, buchstäblich exotisch – waren, daß die alten Propagandakarikaturen barbarischer Söldner im Vergleich zu ihnen verblaßten. Cassie wünschte nur, sie wäre bei ihnen daheim im HTE-Komplex.

Sie erblickte den Schirmherrn selbst, der an der Teaksäule stand, einen Cognacschwenker aus Srinagarkristall in der Hand, der fast so groß war wie sein Kopf. Percy, ein schmächtiger Mann, der häufig kränkelte, war von seinem Großvater – dem tyrannischen, reptilienhaften und Gott sei Dank verstorbenen Rex Fillington – als unheilbar unzulänglich betrachtet worden, und zwar geistig und moralisch ebenso wie körperlich. Vom *kuge* – dem Adel – des Planeten wurde er ebenso wie vom Militär und in den Managerkreisen der Mittelschicht als eine Art Trottel betrachtet.

Und doch war er ein gutaussehender Mann mit feingeschnittenen Zügen und kastanienbraunem Haar, das er in Samuraiart oben auf dem Kopf zu einem Knoten gebunden hatte, statt es wie üblich als Pferdeschwanz zu tragen. Er sah in der weißen Tunika, der schwarzen Hose und den roten Stiefeln seiner Uniform der Vereinigten Soldaten des Draconis-Kombinats blendend aus. Das Lang- und das Kurzschwert, *dai-sho,* die er trug, waren nicht die Klingen, die er aufgrund seiner Geburt im *kuge* tragen durfte, sondern vielmehr die, die er sich mit dem Abschluß an der Eliteakademie Sun Zhang verdient hatte. Er hatte zu den wenigen gehört, die den brutalen Akademiekader von Sun Zhang in einem einzigen Semester bestanden hatten, und die große rote Scheibe der Bushidoklinge, die er auf der Brust trug, wurde nur denen verliehen, die sich im Kampf hervortaten.

Im Augenblick warf der Ehrenwerte Percy Cassie seinen treuesten Hundeblick zu. Natürlich. Als intelligenter, fähiger, mutiger Mann, der sich selbst noch stärker unterschätzte, als es andere taten, war er eine Ausnahme unter hochrangigen Dracos: Er war *nett*. Für Cassies Geschmack insgesamt zu nett. Sie mochte ihn sehr, achtete ihn für die Stärken, die sie zumindest deutlich in ihm wahrnahm. Aber was das Mit-ihm-ins-Bett-Gehen oder gar ein Sich-in-ihn-Verlieben anging … nein.

»Du solltest vielleicht auf den weit verbreiteten Irrtum achten, Brutalität für Männlichkeit zu halten, Schatz, denn das ist für Leute wie uns ein großes Risiko«, hatte ihre MechKrieger-Freundin Kapitan Kali ›Lady K‹ MacDougall sie gewarnt. (Wie seltsam es ihr immer noch vorkam, das Wort ›MechKrieger-Freundin‹ zu denken, das in Cassies bisherigem Leben die meiste Zeit ein Oxymoron gewesen wäre). »Dennoch«, hatte Kali weitergestichelt, »ist der arme Percy wirklich irgendwie ein Jammerlappen.«

Der Bewegungsradius ihrer tanzenden Füße verhinderte Cassies Begegnung mit dem Schirmherrn. Cassies Begleiter war ein fescher junger Mann in Ausgehuniform mit den gelben Schulterklappen und Bisen der Panzerfahrer, was seltsam war, da es Cassies Wissens nach keine Panzer auf Hachiman gab. Sie verbrachte den Abend mit ihm auf Betreiben ihrer Freundin, *Tai-sa* Eleanor Shimazu, der Kommandantin der Neunten Geisterlegion, die gerade in den Rang des obersten Oyabun der gesamten Yakuza-*kai* des Planeten aufgestiegen war.

Im Grunde ging Cassie davon aus, daß ihr Begleiter einer von Lainies Verflossenen war, denn er paßte ins Bild: groß, blond, gutgebaut, schön und – soweit Cassie das nach seinen gelegentlichen Konversationsversuchen beurteilen konnte – so dumm wie ein Pfund Brot.

Seine große Hand lag schweißklamm auf Cassies nacktem Rücken. Er verpatzte einen Schritt, trat vorn auf einen ihrer hochhackigen Pumps und funkelte auf sie herab. Ein echter Draco: Die Frau war immer schuld. Cassie lächelte strahlend zu ihm empor und fragte sich insgeheim, wie er wohl aus der Wäsche gucken würde, wenn er nach einem raschen *pentjak-silat*-Handgelenkwurf zu Boden krachte.

Sie selbst war ohne Frage schön: eine zierliche, schlanke Frau, 165 Zentimeter groß, mit schwarzem Haar, das glänzte wie ein Rabenflügel und in einer komplizierten Hochfrisur auf ihrem Kopf aufgetürmt war. Ihr Gesicht war oval und makellos, ihre Nase schmal; sie zeigte ganz leicht nach oben. Ihre Augen waren große, klassisch japanische Mandelaugen mit deutlichen Schlitzen – aber sie waren rauchig graublau und konnten sich in Abhängigkeit von ihrer Stimmung von der Farbe polierten Stahls bis zu tiefem Anthrazit verändern. Sie trug ein Abendkleid aus saphirfarbener Seide mit tiefem Rückenausschnitt, das ihr wie angegossen paßte. Hätte sie darunter etwas angehabt, hätte es aufgetragen wie ein Muttermal auf der Wange.

Sie sah scharf aus, war ganz Cassie. Buchstäblich. An die Innenseite ihres rechten Oberschenkels war ein 20 Zentimeter langer Vibrodolch mit flachem Heft geklebt, ein sehr netter Ausrüstungsgegenstand. Er war eigentlich ein Modell der Schlauen Füchse, ein Geschenk von Archie Westin, der ihr wahrscheinlich genausosehr auf die Nerven gegangen wäre wie Percy, wenn er nicht hinter Lady K hergewesen wäre. Cassie ging *nirgends* unbewaffnet hin. Dennoch fühlte sie sich auf eine Weise nackt, wie sie sich nie fühlte, wenn sie nur unbekleidet war, denn die Waffe war nicht Bluttrinker, der alte indonesische *Kris*, den sie normalerweise trug; er war zu lang, um ihn unter ihrem enganliegenden Kleid zu verbergen.

Sie fühlte sich wie ein komplette Idiotin.

Es war natürlich Kali MacDougall gewesen, die sie überredet hatte, heute nacht herzukommen, und zwar mit Hilfe und Begünstigung von Lainie. »Schatz«, hatte die blonde MechKriegerin zu ihr gesagt, während ihre extravagante zwei Meter große Gestalt wie eine in primitiven Verhältnissen lebende Göttin auf dem Bett ihres kleinen Quartiers im Komplex lümmelte, »es würde dich wirklich nicht umbringen, etwas femininer zu sein. Ehrlich.«

Cassie fühlte, wie sie errötete. Das passierte ihr bei Kali oft. Sie wollte Cassie mit dem, was sie sagte, nie verletzen oder niedermachen. Aber sie erwischte die kleinere Frau ständig auf dem falschen Fuß.

»Ich bin feminin genug«, protestierte Cassie. »Percy habe ich schnell genug rumgekriegt.« Es war weniger als zwei Monate her, daß Cassie und die Caballeros HTE, Onkel Chandy und das Regiment mit einem Plan, der erfordert hatte, daß sich Cassie an Lord Fillington heranmachte, vor der Vernichtung bewahrt hatten. Aus dieser Zeit stammte sein Interesse an ihr. Jetzt, wo er wußte, daß sie ihn getäuscht hatte, schien er nur noch mehr fasziniert von ihr.

»Das war Schauspielerei«, sagte Kali.

Cassie funkelte sie aus argwöhnisch zusammengekniffenen Augen an. »Ist das Teil deines großen Plans, mich menschlich zu machen?«

»Yep.«

Kali MacDougall hatte die höchst unangenehme Angewohnheit, recht zu haben. Und da sowohl sie als auch Lainie Shimazu es schafften, gleichzeitig hart und feminin wie der Teufel zu sein, hatte sich Cassie dazu überreden lassen.

Und jetzt wurde diese Kleinigkeit auf dem Fuße bestraft, wie man so schön sagte. Der Walzer endete. Als ihr Begleiter mit ihr im Schlepptau von der Tanzfläche wollte, stemmte Cassie die Absätze in den Boden und lächelte dann geziert, als er sich umdrehte, um sie anzufunkeln. »Bitte«, sagte sie mit kehliger Stimme. »Ich tanze einfach so gerne.«

Seine grimmige Miene zerschmolz zu einem zustimmenden Nicken. Er hatte offenbar große Pläne für den weiteren Verlauf des Abends. Kali, ich bringe dich um, dachte sie, als das Orchester einen weiteren Walzer anstimmte.

Außer daß sie befangen war – ganz zu schweigen davon, daß ihr Begleiter sie zu Tode langweilte –, nagte an Cassie ein ständiges, unheimliches Gefühl der Unruhe.

Es gab dafür keinen vernünftigen Grund. Die Clans waren ruhelos, und alle ein, zwei Wochen verbreiteten sich Gerüchte über Hachiman wie die Schockwellen einer Supernova, der eine oder andere von ihnen werde den Waffenstillstand brechen. Aber die Clans waren weit weg, und der Waffenstillstand schien zu halten. Jenseits der Grenze schien das Vereinigte Commonwealth auf tönernen Füßen zu stehen, aber das letzte, was Prinz Victor Davion jetzt vorhatte, war ein Vorstoß gegen das Draconis-Kombinat. Die beiden Staaten waren zwar lange Zeit die erbittertsten Feinde gewesen, doch die Bedrohung durch die Clans und ihr Instinkt hatten sie zu Verbündeten gemacht. Was die inneren Unruhen anging, so war zwar auf den Straßen Masamoris fast immer ein Aufstand im Gange, manchmal sogar mehrere, aber es gab keine wirklich nennenswerte Unzufriedenheit – vielleicht wegen des Ventils, das diese Aufstände darstellten.

Aber Cassie hatte nur überleben können – als Straßenkind auf der lebensfeindlichen Liao-Welt Larsha, als Späherin gegen Piraten, Dracos und die Clans und im

Kampf gegen die gefürchtete ISA selbst –, indem sie einen scharfen inneren Gefahreninstinkt entwickelt hatte. Und ihm bedingungslos vertraute.

Sie und ihr Partner wirbelten an den Doppeltüren vorbei. Vielleicht kam ihr Unwohlsein von der hochgewachsenen, einsamen Gestalt in Schwarz, die mit dem Rücken zur elfenbeinernen Säule gegenüber den Türen stand. Das Haar des Mannes war rot und lockig, sein Gesicht eine ziegelrote Faust von fast transzendenter Häßlichkeit. Er trug eine Pistole an der Hüfte und ein *Wakizashi,* ein Kurzschwert, über der linken Schulter. Er betrachtete die Vorgänge finster brütend.

Sie war in guter Gesellschaft. Sein Name war Ninyu Kerai Indrahar, und er war der stellvertretende Befehlshaber und adoptierte Erbe Subhash Indrahars, des Lächelnden – des Oberhaupts der Internen Sicherheitsagentur des Kombinats, der gefürchtetsten Geheimpolizei der Inneren Sphäre. Sie fürchtete ihn nicht wegen seiner Position, nicht einmal wegen der Tatsache, daß es ihm fast gelungen war, sowohl Onkel Chandy als auch die Caballeros, die einzige Familie, die sie seit ihrer Kindheit gehabt hatte, zu vernichten.

Es lag an der Tatsache, daß er ihr so sehr glich. Er hatte zwar seine Karriere als MechKrieger begonnen, brauchte sich aber nicht in zig Tonnen von Titan und Stahl zu hüllen. Er strahlte eine Bedrohung aus, so schwarz wie sein Gewand – intime Bedrohung, persönliche Bedrohung, nicht die roboterhafte Bedrohung eines zehn Meter hohen BattleMechs. Cassie fürchtete die monströsen Maschinen, aber sie konnte sie früher sehen als die Mechs sie, und das bot einen gewissen Schutz.

Ninyu Kerai konnte sie jedoch überall sehen, wo immer sie auch hinging, davon war sie überzeugt.

Er war kein hübscher Mann, nicht wie ihr Begleiter. Sein Gesicht war häßlich, voller Narben und Zorn, aber es wies eine zerklüftete, unerbittliche Stärke auf, die eine ganz eigene Anziehungskraft ausstrahlte. Es war die Art

Häßlichkeit, die Männer einschüchterte und Frauen zum Schmelzen brachte.

Cassie war dafür natürlich nicht anfällig. Sie schätzte ihn nur ab, als suchte sie Spuren, als sei sie auf einer Kundschaftermission. Er war früher ihr Feind gewesen, und obschon er jetzt Onkel Chandys Verbündeter war, konnte er morgen im Strudel der Draco-Politik genausogut wieder ein Feind sein. Es war für sie genauso wichtig, seine Stärken und Schwächen zu kennen wie die eines neuen BattleMechs.

Seine dunklen Augen begegneten kurz den ihren. Hitze und Kälte rangen in ihrem Körper miteinander. Furcht, sagte sie sich. Sonst nichts. Ihr Begleiter wirbelte davon.

Im Umgang mit Leuten hatte Ninyu Kerai Indrahar Schwierigkeiten. Sie zu töten war leicht.

Es war nicht immer so gewesen, dachte er, während er Fruchtsaft aus einem Kelch schlürfte. In seiner Jugend hatte er hervorragend mit Menschen umgehen können und war trotz seiner frühen Rekrutierung durch die ISA und seiner Ausbildung sowohl als MechKrieger als auch als Angehöriger von Einsatzkommandos lässig gewesen. In jenen Tagen war er ein Freund und Vertrauter des jungen Theodore Kurita gewesen, des zukünftigen Herrschers des Draconis-Kombinats, mit Witzen genauso schnell wie mit einer Waffe, den Arm so gern um eine Frau gelegt wie die Finger um den Griff einer *Katana.*

Aber es war etwas geschehen. Jetzt beobachtete er das glitzernde Jet-Set-Treiben mit einem Abscheu, den er hinter seinem gewöhnlichen zornig-unbeteiligten Gesichtsausdruck verbarg. Die Dienstjahre bei der Geheimpolizei des Kombinats hatten ihren Preis gefordert. Jugend und Lässigkeit waren ihm ausgetrieben worden, durch ständige Gefahr, durch Brutalität, durch das verborgene Wissen, daß er niemals auch nur hoffen durfte, den Mann wirklich zu ersetzen, an dessen Stelle er eines Tages treten sollte.

Doch sein Adoptivvater drängte ihn ständig, seine gesellschaftlichen Umgangsformen aufzufrischen. »Der Drache kann es sich nicht leisten, daß du zum bloßen stumpfen Instrument, ja, nicht einmal zu einem scharfen Instrument verkommst, mein Sohn«, hielt ihm der alte Mann in dem elektrischen Rollstuhl vor, in dem er das letzte Jahrzehnt verbracht hatte, während sein noch immer lebender Körper um seinen rasiermesserscharfen Geist und seinen stählernen Willen herum verfiel. »Deine Aufgabe ist unendlich komplexer – und unendlich anstrengender. Du mußt flexibel bleiben, mußt die kleinsten Nuancen wahrnehmen.«

Einst hätte Ninyu ein so strahlendes Fest wie dieses genossen. Jetzt war es für ihn bedeutungslos, nur weißes Rauschen für Auge und Ohr. Aber er durfte nie vergessen, daß er der gehorsame Sohn Subhash Indrahars war, des Lächelnden. Indrahar, der zu den gefährlichsten und mächtigsten derzeit lebenden Männern gehörte, hatte diesen Spitznamen wegen des Charmes bekommen, mit dem er seine wahren Absichten verbarg. Es überraschte nicht, daß der Lächelnde es für wichtig hielt, wenn sein Erbe an solchen Anlässen teilnahm. Also stand Ninyu allein herum und ertrug die Feierlichkeiten. Schließlich ging es ihm um Pflicht und nicht um die Erfüllung seiner eigenen Wünsche.

Die *Gaijin*-Späherin, Cassiopeia Suthorn, tanzte an ihm vorbei und sah in der ungeschickten Umarmung ihres Begleiters klein und verletzlich aus. Ninyu Kerai wußte, daß das eine Illusion war. Sie hatte bei ihrer ersten Begegnung den Sieg über ihn davongetragen, war seit seiner Kindheit die einzige Person, die ihn in einer körperlichen Auseinandersetzung besiegt hatte. Nur wenige, die sich ihm entgegenstellten, hatten überhaupt überlebt.

Zuerst hatte er gezürnt, gebrannt vor Scham, hatte danach gehungert, sie zu vernichten. Politische Realitäten – jene verfluchten Zwänge, die Samurai vielleicht umgehen konnten, was für den Angehörigen eines Kommandounternehmens jedoch nicht möglich war – brachten ihn um diese Freude. Doch die Leidenschaft war abgekühlt, und jetzt konnte er sie mit gleichmütigem Respekt für ihre Fähigkeiten beobachten.

Sie wirbelte davon, ein schlanker Panther, der aus unerklärlichen Gründen an einen Bären gefesselt war. Sie war unleugbar schön in dem saphirfarbenen Gewand, das sich an sie schmiegte wie ein jugendlicher Liebhaber. Ihre Schönheit beeindruckte ihn nicht, versicherte er sich. Er bemerkte nur ihre mögliche Wirkung auf andere.

Es war alles Teil seines erneuten Lernens, mit Menschen umzugehen.

Die Bahn, der Cassie und Lainies blonder Panzeroffizier folgten, brachte sie genau zum Schlußakkord des Walzers zu dem Tisch mit dem Schwan. Die Hand auf Cassies Rücken begann sich wieder südwärts zu bewegen und hinterließ eine feuchte Spur. Offenbar dachte ihr Besitzer, er hätte heute nacht Glück. Er irrte sich.

Wie sehr er sich irrte, war nicht einmal Cassie klar.

Der letzte Akkord des Tanzes hing noch zitternd in der Luft, als die Doppeltür aufflog. Männer, klobig anzusehen in ihrer wattierten Körperrüstung, stürmten herein. Einen Augenblick lang standen sie da und betrachteten die schillernde Menschenmenge durch ihre Helmvisiere. Behandschuhte Hände griffen nach Maschinenpistolen.

Percival Fillington trat vor. »Was soll das?« verlangte er zu wissen.

Bei diesen Worten drehte sich der nächststehende der behelmten, gepanzerten Männer um und feuerte aus der Hüfte eine vollautomatische Salve ab.

3

Masamori, Hachiman
Distrikt Galedon, Draconis-Kombinat

24. Dezember 3056

Der Graf von Hachiman flog in die Arme seiner überraschten Leibwächter. Sie wiederum starben als nächste, als die Eindringlinge planlos in die Menge zu feuern begannen.

»!Hijo de la chingada!« schrie Cassie. Sie griff um den Rücken ihres Begleiters herum, riß kräftig an der Verschlußlasche seines Halfters und riß seine Dienstwaffe heraus. Sie hielt sie vor sich und entsicherte sie. Dann stieß sie die Handfeuerwaffe nach vorn, bis sie sich in den Lenden eines Eindringlings bohrte, der keine vier Meter von ihr entfernt stand. Sie zielte über den Lauf, ohne über Kimme und Korn zu visieren, und drückte ab.

Klick. Cassies Abendverabredung hatte die Waffe nicht geladen.

Gleichzeitig hoben Cassie und der Mann mit dem Visier den Blick von der großen, verchromten, halbautomatischen Dienstwaffe. Cassie sah, wie sich blutarme Lippen unter dem Rand des Visiers zu einem Grinsen verzogen. Der Augenblick dehnte sich in Stille wie ein Glasstab, dessen Mitte in der Flamme eines Bunsenbrenners schmolz und dessen Enden dann auseinandergezogen wurden, während sich der heiße Mittelteil zu einem ständig dünner werdenden Faden verjüngte.

Der Faden riß. Behandschuhte vordere Fingerglieder schlossen sich um einen Abzug. Cassie schleuderte ihm die nutzlose Waffe ins Gesicht und machte einen Salto rückwärts über das Buffet, wobei sie Besteck und Geschirr durcheinander warf.

Ihr Begleiter schrie und veranstaltete einen Veitstanz, während auf der Vorderseite seines weißen Frackhemdes karmesinrote Flecken erblühten. Mit durchgezogenem Abzug jagte der Schütze Cassie einen Kugelhagel hinterher.

Percival Fillington war zwar ein Narr, doch er wußte zu sterben. Und so verdiente er sich zum Schluß noch den Respekt Ninyu Kerai Indrahars.

Zu Lebzeiten hatte Ninyu Kerai wenig Verwendung für den Grafen von Hachiman gehabt, doch es bereitete ihm ein grimmiges Vergnügen, seinen Tod zu rächen. In dem Moment, in dem Percy tapfer – wenn auch nicht allzu klug – den Eindringlingen entgegentrat, drehte der rothaarige Mann in Schwarz seinen Körper im Uhrzeigersinn, um zu verbergen, daß er mit der linken Hand die Waffe an seiner Seite zog. Als Percy fiel, hob Ninyu die Waffe, ließ sich in eine beidhändige Schußstellung fallen und feuerte zwei Schüsse ab.

Er war ein Mann, der Durchschlagskraft der Bremswirkung einer Kugel vorzog. Seine Waffe war eine kurze Sony-Nambu-Pistole von exotischem Kaliber, die spitze Hochgeschwindigkeitskugeln mit Wolframkern verschoß. Solche Munition war äußerst schwer zu beschaffen, da sie dazu diente, selbst die Vollkörperpanzerung der DEST-Kommandos der ISA zu durchschlagen.

Ihre panzerbrechenden Eigenschaften kamen nicht sofort zum Tragen. Die Polymer-Hartschalenhelme und Transpexvisiere, die die Eindringlinge trugen, ließen ihren Hals fast ungeschützt. Ninyu Kerai jagte zwei Salven seitlich in den Hals eines der Angreifer.

Als der Mann fiel und Blut spritzte, drehte sich Ninyu ein wenig und jagte zwei Kugeln in die Brust des neben ihm stehenden Angreifers. Es war eine Frau, bemerkte Ninyu leidenschaftslos. Die Kugeln hielten, was sie versprachen – gut so, denn ansonsten hätte Ninyu Kerai die Ingenieure der Qualitätskontrolle ihres Herstellers in einem schwarzen gußeisernen Kessel kochen lassen. Sie fiel wie ein nasser Lappen.

Systematisch bewegte der Mann in Schwarz seine Waffe von Ziel zu Ziel und verpaßte jedem den doppelläufigen Segen eines ausgebildeten Mitglieds eines Kommandounternehmens, das sich um Körperpanzerung keine Sorgen machen muß. Mehreren Leibwächtern war es gelungen, ihre Waffen zu ziehen und ins Spiel zu bringen, ehe sie niedergestreckt wurden, und andere stürmten durch Türen herein, die hinter den Säulen verborgen waren. Durch den ohrenbetäubenden Lärm vieler losgehender Waffen, Lärm, der einen Rückstoß zu haben schien wie Kugeln, war schwer festzustellen, woher die Schüsse kamen, besonders da Ninyus ruhige Bewegungsweise nicht ins Auge fiel.

Er hatte die Hälfte seiner Munition verschossen und fünf Eindringlinge gefällt, ehe ihn einer bemerkte, schrie und die Wut seiner Maschinenpistole auf ihn richtete.

Cassie hörte die Kugeln den Tisch hinter ihr durchschlagen, bildete sich ein, sie könnte ihren heißen Hauch an ihren nackten Beinen fühlen, schleuderte ihre hochhackigen Schuhe fort und kroch schnell am Tisch entlang. Sie kam an den Füßen von Kellnern in Livree vorbei, die schrien und fielen, als Kugeln in sie einschlugen.

Der Schütze konnte sie aufgrund der Damasttischdecke, die fast bis zum Boden hing, nicht sehen und verfolgte sie blind mit seinen Kugeln. Servierplatten und exotische Nahrungsmittel wurden vom Tisch geschleudert, stoben in pinkfarbenem und weißem Schnee aus zerstoßenem Porzellan davon. Der makellos gearbeitete Schwan explodierte.

Und dann traf der Hahn der Maschinenpistole des Terroristen eine leere Kammer.

Cassie reagierte sofort, sprang auf. Ob als Zugeständnis an den Status des Kombinats als arme Macht oder in umgekehrtem Snobismus hier im technikverliebten Masamori waren die Servierplatten für die warmen Speisen Rechauds, die von Propangasbehältern erhitzt wurden. Cassie zog eine brennende Kartusche unter einer silbernen Curryplatte hervor und schleuderte sie auf den Schützen, während dieser nach einem vollen Magazin angelte.

Der Kanister traf ihn mitten auf die Brust und ergoß blaue Flammen über seinen Bauch, den Unterleib und die Oberschenkel. Das Alkohol-Propangemisch brannte nicht heiß genug, um ihn ernstlich zu verletzen, zumindest nicht sofort, aber Cassie wußte, daß Brennende in aller Regel nicht so genau nachdachten.

Der Schütze war geistesgegenwärtig genug, um sich fallen zu lassen und herumzurollen. Als er auf den Bauch fiel und die Flammen erstickte, krabbelte Cassie über den Tisch. Drei schnelle Schritte, und sie warf sich auf seinen Rücken.

Sein Schwung riß sie herum, so daß sie unter ihn geriet. Sie grunzte, als sein Gewicht auf ihr lastete, aber Cassie konnte dennoch im Fallen nach der Waffe im Halfter an seiner Seite greifen. Sie packte sie, schob mit dem Daumen die Sicherung weg, preßte ihm die Mündung unter den Kieferknochen, drückte zweimal ab.

Er *hatte* seine Waffe geladen, hatte sie sogar durchgeladen und gesichert. Cassie zuckte zurück, als ihr schwarzes Blut explosionsartig ins Gesicht spritzte. Sein Körper zuckte zweimal wild, dann war er nur noch totes Gewicht.

Die Leiche zuckte, als Kugeln in sie einschlugen. Ein weiterer Angreifer näherte sich und feuerte auf Cassie. Sie streckte die Waffenhand aus und zerschoß dem Mann die ungepanzerten Knie und Schienbeine. Er schrie und fiel.

Noch einer. Cassie schoß ihm durch Oberschenkel und Unterleib. Blut spritzte in hohem rotem Bogen aus seiner durchtrennten Oberschenkelarterie; er war tot, auch wenn sein Körper noch ein paar Sekunden brauchen würde, um sich zu beruhigen. Es boten sich keine weiteren Ziele. Weil der Mann, dessen Unterschenkel Cassie zerschossen hatte, stöhnend dalag, schoß sie ihm durch den Hals, dann wand sie sich unter dem toten Angreifer hervor.

Alarmiert von einem Bewußtsein, das scharf war wie eine *Katana,* trat Ninyu Kerai Indrahar wieder hinter die elfenbeinerne Säule, einen Sekundenbruchteil bevor Kugeln Stücke aus ihrer polierten, fahlen Oberfläche zu reißen begannen. Außerhalb der Schußlinie ließ er das halbleere Magazin fallen, zog ein neues aus einer Gürteltasche, schob es in die Kammer und brachte es mit einem Schlag des Handballens in Position.

In dem Moment glitt eine Gestalt mit Visier seitwärts um die Säule. Ninyu hob die rechte Hand, zog sein *Wakizashi* und hieb in einer blitzschnellen Bewegung diagonal nach unten. Die unvergleichlich scharfe Klinge, die vor Jahrtausenden aus kunstvoll gefalteten Lagen weichen, brüchigen Stahls geschmiedet worden war, glitt durch den Kunststoff des Helms und den Schädel des Terroristen, als seien sie warme Pastete vom Buffet des verstorbenen Schirmherrn des Planeten.

Eine Maschinenpistole begann zu hämmern, als Cassie zu dem Mann hinhechtete, den sie gerade erledigt hatte. Mündungsfeuer tanzte gelb in ihrem Augenwinkel. Kugeln schlugen in handpoliertes Hartholz dicht bei ihren nackten Füßen ein. Sie bückte sich, ließ die leere Pistole fallen, packte die Maschinenpistole des Toten und vollführte einen halben Salto mit Bauchlandung. Sie schlug auf, rutschte weiter auf den Angreifer zu, der über die Leiche hinweg auf sie schoß. Sie gab einen Feuerstoß ab. Dem Schützen riß es die Beine weg.

Sie rollte nach links, schoß drei weiteren Angreifern die Beine weg. Sie trug keine Ohrstöpsel, und all die Schußgeräusche hatten sie halb taub gemacht, aber sie *spürte* die Vibrationen von Schritten, die sich ihr von hinten näherten. Sie rollte nach rechts und hielt den Abzug fest.

Ihre Salve fegte über das Visier eines Mannes, der auf

sie zurannte, und schleuderte ihn nach hinten. Sie jagte ihm Kugeln in die Brust, was ihn auf den Rücken warf, und pumpte ihm dann den Rest des Magazins in den Schritt.

Sie kam auf ein Knie hoch und versuchte, den Saum ihres Rockes hochzuziehen, der sich um ihre Oberschenkel gewickelt hatte und sie behinderte. Aus dem Augenwinkel nahm sie eine Bewegung wahr. Sie sah auf und erblickte Ninyu Kerai Indrahar, der um die elfenbeinerne Säule kam und einhändig mit einer Handfeuerwaffe auf sie zielte.

Fauchend hob sie ihre erbeutete MP in einer Geste, die ebenso wenig brachte wie ihr leeres Magazin. Die Mündung der Sony-Nambu erblühte gelb.

Ein Krachen, ein Lufthauch an der Wange, fast wie die Berührung von Fingern, der Hauch von versengtem Haar. Die Spitzen einer pechschwarzen Locke von Cassies Haar schwebte in kleinen Schwüngen zu Boden.

Langsam drehte sich Cassie um. Eine gepanzerte Frau stand drei Meter hinter ihr und zielte mit einer schweren Sternnacht-Pistole auf ihren Hinterkopf. Irgendwo hatte die Frau ihren Helm mit dem Visier verloren. Ihr Haar war dunkelblond und kurzgeschnitten, ihre Wangenknochen slawisch breit, ihre Augen himmelblau. Und genauso weit.

Mitten in der Brust ihrer wattierten Panzerweste weinte ein hübsches schwarzes Loch eine einzelne rote Träne. Sie ging in die Knie und fiel aufs Gesicht.

Cassie drehte sich, jetzt selbst mit weit aufgerissenen Augen, zu Ninyu Kerai um und starrte ihn an. Er salutierte mit dem Lauf seiner Pistole und nickte leicht.

Cassie ließ scheppernd die Maschinenpistole fallen und hechtete nach der Sternnacht, um mit der Waffe in beiden Händen wieder hochzukommen. Es gab keine Ziele mehr. Zwischen ihr, Ninyu und dem zu spät eintreffenden Sicherheitspersonal des Palastes lagen alle Eindringlinge am Boden.

Eine Explosion, gedämpft und schwer wie das Schußgeräusch einer Mörsersalve in der Ferne. Noch eine. Cassie hörte, wie das Besteck auf dem Tisch mit der Eisstatue des Drachen zu klirren begann. Der große Lichtbrunnenlüster über ihrem Kopf begann hin und her zu schwingen.

Die Härchen in ihrem Nacken stellten sich auf. Diese Geräusche – dieses langsame, rhythmische Beben – konnten nur eines bedeuten: *BattleMech.*

Die Doppeltür zum Garten öffnete sich. Die Gäste, die das Glück gehabt hatten, nach draußen in den Schnee zu entkommen, strömten wieder herein. *»Mechs!«* schrie ein rundlicher Mann in der Robe eines Regierungsadministrators.

Eine Explosion flammte im Garten hinter ihm auf. Der Administrator und ein halbes Dutzend anderer Ahnungsloser wurden von den Schuttbrocken umherschleudernden Ausläufern der Druckwelle auf das mittlerweile verlassene Orchesterpodium geschleudert. Cassie warf sich hin und vergrub ihr Gesicht in den Armen.

Etwas fiel klatschend neben sie. Sie hob den Kopf. Eine rauchende Sandale war in der Nähe auf dem Boden gelandet.

Ein knirschendes Rumpeln aus dem Garten. Cassie sah sich um. Durch die eingedrückten Türen konnte sie einen breiten Metallfuß, einem konischen Würfel ähnlich, sehen. *Kampftitan.*

Bewaffnete Sicherheitsbeamte rannten wie rasend hin und her und waren sich ihres Versagens nur allzu bewußt, hatten aber gleichzeitig keine besondere Lust, hinauszugehen und die Scharte wieder auszuwetzen, indem sie sich von den mittelschweren Lasern, die an dem 85-Tonnen-Mech erglühten, in rosa Nebel zerlegen ließen. Sie sah, wie Ninyu Kerai Indrahar einige mit seinen Augen durchbohrte und sie so dazu brachte, sich der gefallenen Terroristen anzunehmen. Er erleichterte eine Leiche um ihre Maschinenpistole und Reservemagazine, als das Maschinengewehr im riesigen linken Arm des *Kampftitan* den verschneiten Garten draußen umzupflügen begann.

Er bewegte sich Richtung Tür und entsicherte die MP. Cassie hielt kurz inne, um die Sternnacht ebenfalls gegen eine Maschinenpistole einzutauschen, und rannte ihm nach.

Er wirbelte herum, die Waffe im Anschlag, ehe ihre ausgestreckte Hand seinen Arm berühren konnte. »Nicht«, sagte sie. »Nicht einmal du kannst einen *Kampftitan* mit einer Wasserpistole umlegen.«

Er schnitt ein Grimasse. »Ich muß kämpfen.«

»Hat dich dein Adoptivvater nichts Besseres gelehrt?«

Zorn flammte in den dunklen Augen auf. »Dieser MechPilot glaubt, seine Kameraden hier drin seien noch am Leben«, sagte sie hastig. Ein Einschlag erschütterte das Gebäude und ließ aus dem Glanz über ihren Köpfen feinen weißen Staub herabrieseln. »Sonst hätte er schon die Vorderfront des Hauses weggeblasen. Er achtet darauf, die seinen nicht zu verletzen. Wenn du gut bist – und Glück hast –, kannst du ihn eine Weile beschäftigen, und er wird es nicht wagen, mit allem, was er hat, auf dich zu schießen.«

»Und was wirst du tun, während ich ihn beschäftige?« fragte der hochgewachsene Mann. »Ihn mit deiner eigenen Wasserpistole angreifen?«

Sie schenkte ihm ein wildes Grinsen. »Ich bin Profi. Das ist mein *Beruf.*«

»Du bist impertinent«, stellte er schlicht fest. »Aber du bist keine Närrin. Ich werde tun, was du sagst.«

Der Korridor war dämmrig, das gelbe Leuchten von Lichtstreifen, die an den Ober- und Unterkanten der Wände verliefen, wurde von der dunklen Politur des handgeschrubbten Hartholzparketts fast verschluckt. Die Lichtspiele aus dem Fenster im fünften Stock des Palastes waren höchst beeindruckend, während Cassie ihr

Kleid wieder über die muskulösen, schlanken Schenkel hochzog. Offenbar hatte der *Kampftitan* ein paar seiner kleinen – und nicht ganz so kleinen – Freunde mitgebracht. Sie hatten alle Hände voll damit zu tun, als Ablenkungsmanöver wie ein zwanzig Stockwerke hoher Dinosaurier in einem alten japanischen Film im Herzen Masamoris Amok zu laufen.

In einem Kilometer Entfernung sah sie einen weiteren BattleMech in die Luft steigen, erleuchtet von den Flammen seiner Sprungdüsen und der Feuersbrunst eines hinter ihm brennenden Gebäudes. Es war der menschenähnlichste Mech, den sie je gesehen hatte. Bis jetzt hatte sie ihn immer nur in Holos aus Archivdateien gesehen: den *Lindwurm,* ein altes Modell des Sternenbundes, das man jahrhundertelang nicht in der Inneren Sphäre gesehen hatte – bis ComStar eine modernisierte Version in das gigantische Todesduell mit den Clans auf Tukayyid geschickt hatte.

Aber sie glaubte keinen Augenblick, ComStar falle aus irgendeinem Grund über das Draconis-Kombinat her. Nein, offenbar war Blakes Wort, die abtrünnige ComStar-Sekte, mit der die Caballeros schon vor zwei Monaten aneinandergeraten waren, nach Hachiman zurückgekommen. Ob sie noch immer glaubte, Onkel Chandy sei eine Bedrohung für ComStars Monopol bei der interstellaren Kommunikation, weil Hachiman Taro Enterprises sein eigenes Hyperpuls-Kommunikationssystem fertiggestellt hatte, oder ob sie Rache an Chandy nehmen wollte, weil er ihre erste Initiative zurückgeschlagen hatte – oder an Ninyu Kerai Indrahar und dem armen Percy, weil die sie mit der Geschichte von dem angeblichen Durchbruch zum Narren gehalten hatten –, wußte sie nicht.

Das blendende Blau von PPK-Feuer flackerte irgendwo westlich des springenden Mech auf. Es traf die Panzerung, die den Aktivator in der rechten Schulter schützte, und brannte sich mit einem Funkenregen hindurch. Der Arm fiel ab und zog einen Schweif blauer Funken hinter sich her. Der Pilot überkompensierte das plötzliche Ungleichgewicht seiner Maschine und riß sein Gyros herum. Der *Lindwurm* begann sich zu drehen, kippte von den Schubsäulen seiner Düsen und stürzte ab.

Irgendwo in der schneebedeckten Nacht reagierten freundliche Mechs, die Geisterlegion oder die 'lleros. Das Hämmern des Maschinengewehrs, das sich mit krachendem, den Boden erschütterndem Dröhnen vermischte, wenn der *Kampftitan* in regelmäßigen Abständen seine Faust in den Palast rammte, machte schmerzlich klar, daß der Entsatz viel zu spät kommen würde. Es konnte nur noch Augenblicke dauern, bis der schreckliche Mech das Loch im Dach ausreichend vergrößert hatte, um seinem Piloten einen klaren Blick auf die Tatsache zu verschaffen, daß all seine Kameraden tot waren. Und dann konnte ihn nichts mehr auf Hachiman daran hindern, zurückzutreten und das Gebäude mit seiner PPK und den Kurzstreckenraketen platt zu machen. Keine vier Meter vom Fenster entfernt, sah Cassie den großen, runden Kopf mit der Transpexfront schimmern.

Sie zog ihr Kleid hoch genug, um den Vibrodolch greifen und das Klebeband von ihrem Oberschenkel reißen zu können, was sie ohne jede Reaktion auf den Schmerz tat. Sie entfernte das Band von der Waffe und schaltete sie ein.

Mit schwungvollen Streichen des vibrierenden Geräts schnitt sie den Saum ihres Gewands auf der Höhe der Oberschenkelmitte ab. Was sie im Sinn hatte, war schon verrückt genug, ohne daß das verführerische Kleid ihre Oberschenkel behinderte. Sie schaltete den Dolch aus, zögerte einen Augenblick und klemmte sich dann die deaktivierte Klinge zwischen die Zähne. Dann nahm sie die Maschinenpistole vom Rücken und feuerte eine Salve auf das Fenster.

Sie ging davon aus, daß das Fenster kugelsicher war, und wenn es hielt, würden ihr die Querschläger gefährlich werden. Aber sie setzte auch auf zwei Dinge: daß das Fenster mit dem Ziel eingebaut worden war, Kugeln *draußen* zu halten, und auf die immer etwas fragwürdige Leistung der Handwerker im Kombinat.

Ihr Plan ging auf. Die Schüsse rissen die Scheibe ganz aus dem Rahmen. Sie fiel nach draußen. Eisiger Wind drang ein, der große Schneeflocken, Lärm und Brandgeruch brachte.

Cassie hängte sich die Maschinenpistole um und kletterte über das leere Sims.

4

Masamori, Hachiman
Distrikt Galedon, Draconis-Kombinat

24. Dezember 3056

Schneeflocken klatschten gegen Cassies Wangen wie nasse Mottenflügel. Der Wind fuhr ihr kalt unter den abgeschnittenen Rock.

Im Gegensatz zum Großteil Masamoris, dessen typische Bronze- und Glastürme im üppigen, asymmetrischen Yamato-Stil erbaut waren, stellte der Grafenpalast klassischen Kuritakitsch dar: ein großes Bauwerk im Pagodenstil, jedes einzelne Stockwerk von einer Dachschürze gekrönt. Ihre nackten Füße rutschten über die eisigen Schindeln, als sie über das Dach des vierten Stocks rannte, und sie rutschte gefährlich nahe an den Rand, ehe sie sich rittlings auf den geschwungenen Balken warf, der die Ecke markierte. Selbst das bremste ihr unaufhaltsames Abrutschen nicht. Obgleich sie sich mit Händen und Knien festklammerte, konnte sie sich nur leicht abbremsen, ehe sie ins Leere schoß.

Sie fing sich mit einer Hand am Balkenende, das in Gestalt eines jener asiatischen Löwenköpfe geschnitzt war, die eigentlich eher aussahen wie militante Pekinesen. Die Maschinenpistole rutschte ihr von der Schulter und fiel klappernd auf die Panzerung der linken Schulter des *Kampftitan*. In ihren Ohren war der Krach so laut wie eine Salve Kurzstreckenraketen. Cassie sah sich hektisch um. Durch das gewölbte Transpex, das die Front des großen Mechkopfes bildete, konnte sie den Piloten deutlich sehen, der in seinem Neurohelm und der Kühlweste wuchtig wirkte. Es schien unmöglich, daß der MechKrieger sie nicht sah, doch die Gestalt schien damit beschäftigt zu sein, die Maschine zu bedienen. Die mehr als genug Krach machte, um den

Lärm zu übertönen, den die abgestürzte Waffe verursacht hatte.

Cassies Finger rutschten langsam von dem nassen Holz ab. Sie holte tief Luft, ließ los und fiel mehrere Meter auf die kastenförmige Verkleidung des Shannon-Geschoßwerfers, der wie eine Holokam auf der linken Schulter des Mech montiert war. Sofort spreizte sie Arme und Beine, um nicht abzustürzen.

Die ebene Metalloberfläche unter ihr wogte und bebte wie ein Trawlerdeck in schwerer See, als der *Kampftitan* die linke Faust ballte und in die Fassade des Palastes rammte. Von unten hörte sie das Rattern einer Maschinenpistole wie das Prasseln von Hagel, während Kugeln von der Wölbung abprallten. Ninyu, du kannst jetzt aufhören zu schießen, dachte sie grimmig. Ich bin das einzige, was du hier durchlöchern kannst.

Ein Krachen und ein blendender rubinroter Blitz. Zu spät kniff Cassie die Augen zu. Grünflackernde Nachbilder leuchteten hinter ihren Lidern, während ihre Nase den Geruch von Ozon registrierte. Der Treffer auf der Windschutzscheibe hatte die Aufmerksamkeit des Piloten erregt, und der MechReiter hatte mit einem der vier nach vorn weisenden mittelschweren Martell-Laser des *Kampftitan* geantwortet.

Zu ihrem Erstaunen erwischte sich Cassie bei dem Wunsch, der Todesstrahl möge Ninyu Kerai verfehlt haben. Sie spürte, wie sie wieder zu rutschen begann, diesmal weg vom BattleMech. Wild strampelnd warf sie sich über den Rand und rutschte zwischen dem Geschoßwerfer und dem runden Kopf des *Kampftitan* hinab.

Die Wölbung des Mech hatte eigentlich ein Verschlußsystem, um die Infanterie der Inneren Sphäre in sprungfähiger Rüstung – und neuerdings auch die Clanelementare – vom Piloten fernzuhalten. Doch das war nur ein kleines Hindernis für Cassie, die jede Einzelheit der wichtigeren BattleMech-Modelle studierte wie Scharfschützen des Aufklärungstrupps ballistische Tabellen. Rettungsmannschaften mußten die Wölbung schnell öffnen können, um bewußtlose MechKrieger herauszuholen. Aus langen Sitzungen mit ›Zuma‹ Gallegos, dem Cheftech des Siebzehnten, wußte Cassie genau, wie das geschah. Mit dem Handballen schob sie eine verborgene Schalttafel direkt hinter der Wölbung auf und zog an dem darin befindlichen D-förmigen Zugring.

Mit einem Ploppen und einem Zischen ausströmender Luft schwang die Wölbung auf. Der MechKrieger drehte sich in seinem gepolsterten Pilotensessel um. Durch die Gesichtsplatte des Helms und die grünen Streifen, die noch immer in ihrem Gesichtsfeld leuchteten, sah Cassie, wie sich der Mund des Kriegers zu einem erstaunten O formte. *Eine Frau,* bemerkte sie. Für sie machte das keinen Unterschied.

Die Pilotin des *Kampftitan* war sehr geistesgegenwärtig. Nachdem sie nur einen Herzschlag lang verblüfft gewesen war, griff sie nach einer Autopistole im Halfter unter ihrem linken Arm. Cassie hatte schon den Vibrodolch zwischen den Zähnen hervorgezogen. Sie schaltete ihn an. Als er in ihrer Hand zum Leben erwachte, stieß sie ihn wie einen Eispickel einmal, zweimal, dreimal durch die Vorderseite der Kühlweste der MechKriegerin. Blut spritzte Cassie ins Gesicht, das schon mit dem des ersten Angreifers bespritzt war, den sie getötet hatte. Die Angreiferin sackte in ihrem Sitz zusammen.

Cassie ließ den Dolch im Halsansatz ihres Opfers stecken und hieb auf die Schnellöffnungsvorrichtung ihres Sicherheitsgurts. Mit übermenschlicher Anstrengung kippte sie den Leib, der schlaff war wie ein Jutesack voll Weizen, aus dem Cockpit. Dann setzte sie sich in den vom schnell erkaltenden Blut klebrigen Kommandosessel und legte den Schalter um, der die Wölbung schloß.

Sie schloß sich wie Kiefer, die den kalten Wind, die Schreie von unten und den sich von hinten rasch nähernden Kampfeslärm abrupt abbissen. Gehüllt in einen Mutterleib aus Transpex und Durallexplatten atmete Cassie tief aus dem Zwerchfell und versuchte, ihren jagenden Puls unter Kontrolle zu bekommen.

Das war nicht, *als* ließe sie sich von einem Monster aus den Alpträumen ihrer Kindheit verschlucken, sie *ließ* sich von einem Monster aus den Alpträumen ihrer Kindheit verschlucken. Als Kind hatte sie auf Larsha mit angesehen, wie ein von Piraten gesteuerter *Atlas* ihren Vater getötet – zumindest hatte sie das immer geglaubt – und ihr Haus zerstört hatte. Seit dieser Zeit hatte sie BattleMechs mehr als alles andere im Universum gefürchtet und gehaßt; deshalb hatte sie sich ihrer Vernichtung geweiht. Was sie jetzt empfand, war Desorientierung, die durch eine merkwürdige Vertrautheit nur noch schlimmer wurde: Sie war zwar zuvor noch nie in einem Mech-Cockpit gewesen, doch Cassie kannte das Ambiente aus ihren besessenen Studien so genau wie ein MechKrieger.

Ein Blitz erleuchtete die arg mitgenommene Pagode vor der Riesenmaschine. Muß was *tun,* sagte sie sich. Sie bediente den Schalter, der den Funk aktivierte.

»Schwert des Mitleids Drei, hier Schwert Zwei«, sagte eine Frauenstimme. »Schwert Drei, bitte melde dich. Schwert Sechs, sie antwortet noch immer nicht.«

»Schwert Zwei, Sechs. Versuchen Sie es weiter. Ende«, sagte ein Mann.

»Schwert Sechs, hier Schwert Eins«, sagte ein anderer Mann. »Ich sehe Schwert Drei jetzt. Meine Instrumente sagen, daß all ihre Subsysteme normal funktionieren, ihr Mech sich aber nicht bewegt. Könnte ihr Hauptcomputer kaputt sein, Präzentor?«

»Weiß ich's?« fragte Schwert Sechs. »Marschieren Sie einfach weiter. Wenn unsere Beute im Palast ist, dann wollen wir den Ketzer nicht entkommen lassen.«

Die harten Worte rissen Cassie aus ihrer Starre. Sie konzentrierte ihren Blick auf den Sichtstreifen in der Kopfanzeige des Mech, der volle 360 Grad auf 120 komprimierte. Man mußte ziemlich üben, bis man solche optischen Informationen korrekt verarbeiten konnte. Cassie, die wissen mußte, was ihre riesigen Feinde sehen konnten, weil ihr Leben davon abhing, nicht von ihnen gesehen zu werden, hatte geübt.

Die Com-Garde – und damit das abtrünnige Wort Blakes – benutzte als Grundmanövereinheit eine Einheit aus sechs Mechs. Einem alten militärischen Brauch folgend, benutzte der Befehlshaber eines solchen Elements – einer ›Stufe II-Einheit‹ im Jargon der Com-Garde – bei seinem Rufzeichen die Zahl ›Sechs‹. Für Cassie bedeutete das, daß gleich fünf feindliche BattleMechs in ihrem Rücken aufmarschieren würden.

Zwei davon waren direkt hinter ihr, ein großer *Schwarzer Ritter* hundert Meter hinter ihr und ein *Whitworth* mit spitzem Kopf, der gerade auf seinen Jetlift-Sprungdüsen herabschwebte. Einen halben Klick weiter hinten stapften die anderen drei Mechs der Stufe II durch die Nobelvillen des Distrikts. Die Sekundäranzeige versah sie freundlicherweise mit Typ, Gewicht und Rufzeichen: Schwert Vier, ein 30-Tonnen-*Husar,* ein weiterer 45-Tonnen-*Lindwurm* und Schwert Sechs, eine 100-Tonnen-*Königskrabbe* mit einer Feuerkraft, die eines Clan-Omni würdig gewesen wäre.

Cassie stockte der Atem. Der Palast und all seine Insassen waren in großer Gefahr, wenn die örtlichen Streitkräfte nicht *bald* hierhergelangten. Was sie anging, so hatte sie den besten Platz im Hause. In der Annahme, daß ihre Kameradin aus irgendeinem Grunde außer Gefecht war, würden die Blake-Krieger Schwert Drei ignorieren, wenn sie keine Zeichen einer Rückkehr ins Leben zeigte. Das Sicherste wäre, ruhig sitzen zu bleiben und sich das Feuerwerk anzuschauen.

Aber wenn Cassie immer das Sicherste getan hätte, wäre sie neun Jahre zuvor gestorben, von Maskirovka-Wachen in einem kleinen Elektronikladen in Kalimantan erschossen.

Andererseits war das, was sie vorhatte – selbst nach den Maßstäben von jemandem, der halbnackt aus einem Fenster im fünften Stock sprang, um einen 85-Tonnen-BattleMech mit einem Dolch anzugreifen –, Wahnsinn.

Cassie beugte sich vor, um den Garten unter ihr zu studieren. Zum Glück war der Kopf des *Kampftitan* nach vorn geneigt. Neben seinem gewaltigen linken Fuß sah sie den Zierteich, durch dessen dünne Eisschicht ein drei Meter durchmessendes Loch gebrochen war und in dessen Mitte mit dem Gesicht nach unten ein Körper trieb.

Der *Whitworth* landete mit fauchenden Sprungdüsen rechts von ihr und krachte dabei durch die Zweige einer dreißig Meter hohen Brahmazeder, einer sorgsam gestutzten Version des kilometerhohen Monsters der Trimurti-Bergkette. Schnee aus den Zweigen und dem Garten umgaben den *Whit* wie ein weißer Wirbel, als er mit einer Dehnung seiner myomermuskelbepackten Beine landete.

Als der dreieckige Kopf herumschwang, um ins Cockpit des *Kampftitan* zu spähen, drückte sich Cassie in den Konturensitz und wünschte, sie hätte daran gedacht, zur Tarnung den Neurohelm zu behalten, auch wenn ihr die Schnittstellen fehlten, um ihn zu benutzen. Doch der *Whit*-Pilot war offenbar mit dem zufrieden, was er sah, und wandte den Mechkopf wieder dem Palast zu. Der Inteklaser in seinem Kopf blitzte rot auf und brachte mit einem raschen Impuls das Gestein der Palastfassade zum Erglühen. Offenbar hatten die MechReiter Blakes immer noch Angst, ihre Schlammspringerkameraden drinnen zu fritieren, ein Zögern, das für MechKrieger ungewöhnlich war, von religiösen Fanatikern im *Dschihad* gar nicht zu reden.

Ohne Neurohelm hatte Cassie nur die eingeschränkte Kontrolle, die die manuelle Notfallsteuerung des Mech bot. Diese gab ihr jedoch die Möglichkeit, seine Gliedmaßen stockend und ungenau zu bewegen. Sie schaltete die Notfallsteuerung für den rechten Arm zu.

Mit knirschenden Schritten, die sich über das Metallskelett des *Kampftitan* auf sie übertrugen, näherte sich ihr von links auf der anderen Seite des Teiches der *Schwarze Ritter.* Sie spürte die unbequeme Nähe der Hellstar-PPK an seinem rechten Arm. Mit ihrer besseren Fokussierung des Eindämmungsfeldes als bei einer konventionellen PPK fehlte der Extremreichweitenversion die Mindestreichweitenbeschränkung der älteren Waffe. Auf Kernschußweite konnte diese Extrem-Laserwaffe sich selbst durch die harte Panzerung eines *Kampftitan* in Sekundenschnelle hindurchbrennen.

Cassie ging im Geiste rasch die Bewegungssequenz durch, die sie einleiten wollte. Sie würde hinter einem Fenster agieren können, das nicht dicker war als die Membrane einer Seifenblase. Sie holte tief Luft.

Langsam hob sich der rechte Arm des *Kampftitan.* Cassie rief sich die Worte ihres alten Gurus daheim auf Larsha ins Gedächtnis: *Wer seinen Atem beherrscht, beherrscht sich selbst.* Wenn sie sich verspannte, würde sie die instinktiven Reaktionen verlieren, die vielleicht ihre einzige Überlebenschance waren.

Keiner der beiden BattleMechs schien bemerkt zu haben, daß ihre offenbar schlummernde Kameradin sich regte. Grad um Grad hob sich der Arm – und mit ihm die Fusigon-Longtooth-Extremreichweiten-PPK, die er in der Hand hielt. Sie konnte es zwar manuell bedienen, doch Cassie wagte es nicht, das Watchdog-Zielsystem einzusetzen. Die elektronische Ausstattung des *Whit* würde seinen Piloten sofort darüber in Kenntnis setzen, daß auf ihn gezielt wurde.

»Schwert Eins«, dröhnte eine erregte Stimme aus dem Cockpit-Lautsprecher, »Schwert Drei bewegt sich! Sie ist ...«

Die PPK zielte dorthin, wohin Cassie zielen wollte: auf die linke Rückenseite des *Whitworth,* wo seine Panzerung am dünnsten war – und direkt oberhalb eines Magazins, das die Nachschubmunition für einen Longbow-Langstreckenraketenwerfer enthielt. Sie drückte ab.

Blaue Blitze flackerten auf, so hell, daß die Kanzel sich automatisch verdunkelte, damit der Pilot nicht geblendet wurde. Glühende Metalltropfen besprühten den *Kampftitan;* einige trafen die Kanzel, wo sie leuchtend wie gelbe Sterne hängen blieben. Panische Stimmen dröhnten aus dem Lautsprecher, und dann ging das Munilager des *Whitworth* hoch, wodurch der Oberleib des Mech in weißem Leuchten verging. Schockwellen und heftig beschleunigte Bruchstücke hämmerten gegen den *Kampftitan,* der sich wie ein Rohr im Wind nach hinten beugte. Cassie spürte, wie sich ihr Magen vor Angst zusammenzog, das Gyro könnte ausfallen, als plötzlich ein kopfgroßes Loch in die Kanzel gerissen wurde.

Der große AngriffsMech bebte heftig und kam dann wieder fest auf die Füße, als wesentlich schwächere sekundäre Explosionen den 40-Tonnen-*Whit* erschütterten. Warnlichter tanzten wie rubinrote Glühwürmchen über die Schadensanzeige des *Kampftitan.* Seine PPK war von der Explosion zerrissen worden. Schwarzer Rauch verbarg die kleinere Maschine von der Brust aufwärts, aber es schien ihr Kopf und Schulter völlig weggerissen zu haben.

Cassie hatte sich ausreichend im Griff, um den Abzug der Longtooth loszulassen, als der *Whit* in die Luft ging. Es war höllisch heiß im Cockpit. Rauch und Hitze erstickten Cassie fast, und die Seide ihres Kleides brannte auf der Haut wie Säure.

Aber sie machte weiter, bewegte die Hände automatisch, wie immer, wenn sie in großer Gefahr war. Der *Kampftitan* drehte schon seinen Oberleib im Gegenuhrzeigersinn zum *Schwarzen Ritter* hin.

Wenn der 75-Tonnen-*Ritter* schlau gewesen wäre, hätte er genau das getan, was Cassie mit dem *Whitworth* getan hatte – sofort die PPK im rechten Arm heben und aus unmittelbarer Nähe loslegen. Statt dessen reagierte

Schwert Zwei menschlich. Er wandte ihr den Torso seines Mech zu.

Einen Augenblick lang starrten die beiden Sehschlitze in der gepanzerten Gesichtsplatte des *Schwarzen Ritter* Cassie an wie ungläubige Augen. Der rechte Arm begann sich zu heben.

Zu spät. Cassie drückte einen weiteren Auslöser und hielt ihn fest, um die sechs im Geschoßwerfer wartenden Raketen in rascher Folge abzuschießen. Sie waren zwar ungezielt, doch zumindest drei der Geschosse krachten in die Gesichtsplatte des *Schwarzen Ritter.* Cassie schlug die Hände vors Gesicht, als der Kopf des *Ritter* explodierte.

Als sie die Arme senkte, sah das Cockpit des *Kampftitan* aus, als hätte es eine Riesenladung groben Schrot abbekommen. Zumindest war es hier drin jetzt erträglich kühl. Der *Schwarze Ritter* war nirgends zu sehen; offenbar war er gefallen. Über ihren linken Arm floß Blut, und Cassie hatte den Eindruck, im Glanz der roten und gelben Lichter, die ihr verrieten, daß ihr Gefährt in schlechtem Zustand war, Knochen weiß aufblitzen zu sehen.

Aber daß sie aus einem tiefen Schnitt blutete, war ihre geringste Sorge. »Achtung«, sagte die Frauenstimme. »Auf Sie wird aus einer Entfernung von 373,3 Metern mit einem Dalban Hirez-B-Ziel- und Lenksystem gezielt.«

»Verdammt!« sagte Cassie. Das bedeutete, daß Schwert Sechs seinem abtrünnigen BattleMech eine Mahnung schicken wollte. Und das bedeutete …

»Rechtes Gaussgeschütz lädt«, sagte die Stimme. »Linkes Gaussgeschütz lädt. Entladung in zehn Sekunden. Acht.«

Cassie griff nach unten, packte einen D-förmigen Zuggriff, faßte sich, zog.

Nichts geschah. »Fehlfunktion im Schleudersitzsystem«, sagte die Stimme, deren neutraler Tonfall Cassie wahnsinnig machte. »Sechs Sekunden. Fünf …«

»Sag mir was nützliches, du Nutte!« schrie Cassie. Sie hieb auf den Schalter, der die Kuppel des Cockpits öffnete.

»Feind feuert«, sagte die Stimme.

Als die Schleuse der Kuppel sich zischend öffnete, traf ein Hammerschlag den *Kampftitan* von hinten. Cassie wurde im Cockpit herumgeschleudert, während ein Lärm herrschte, als hätte Vishnu der Zerstörer selbst die Welt getreten. Der BattleMech neigte sich beim Einschlag der Gaussgeschützsalve alarmierend nach vorne.

Der *Kampftitan*, schwerfällig, langsam und weniger mächtig als die 100-Tonnen-Titanen der Schlachtfelder des 31. Jahrhunderts, gehörte noch immer zu den beliebtesten Modelle der Inneren Sphäre. MechPiloten liebten ihn wegen seiner Robustheit, die im Vergleich zum Gewicht seiner Panzerung überproportional war.

Der *Kampftitan* fiel noch immer nicht. Aber so robust er auch war, der furchteinflößende Mech hatte Grenzen. Und die waren überschritten.

Mit einem Tosen wie von einem Vulkan riß der Rücken des Mech auf. »Katastrophales Ereignis in der Munitionslagereinheit im linken Torso«, sagte die Frauenstimme. »CASE erfolgreich eingeleitet. Sofortiger Ausstieg empfohlen.«

Cassie rappelte sich hoch. Das Cockpit war voll erstickenden Rauchs und sengender Hitze. Winzige Laser zeichneten das HUD auf ihr Gesicht und ihren Hals. Die Kuppel war einen Spalt offen, der etwa so groß war wie die Länge eines voll ausgestreckten Männerfingers.

Gut, daß ich so mager bin, dachte sie, als sie sich durch die linke Seite der Öffnung zu quetschen begann.

»Entladung in einer Sekunde«, sagte die Frauenstimme. Cassie schwang das rechte Bein über den Rand des Cockpits und ließ sich dann ins Nichts hinausrollen.

»Feuer«, sagte die Stimme.

Cassie ließ los. Über ihr explodierte der Kopf des

Kampftitan, während sie auf den vereisten Teich zustürzte.

Sie spürte tatsächlich, wie ihre Füße aufs Eis trafen, hatte Zeit zu denken, daß es zu dick war, daß es ihr die Oberschenkel in den Bauch treiben würde, daß dies der Tod war. Dann war sie durch, und das Eiswasser ließ jedes Molekül ihres Körpers wie eine Glocke klingen.

Der Teich war tief genug, um ihren Sturz zu mildern, und Cassie schaffte es, sich nicht beide Beine zu brechen. Sie tauchte wieder auf – und fühlte eine Panikattacke, als ihre Schädeldecke an Eis stieß. Sie sah hoch und erkannte im flackernden Glanz sterbender BattleMechs eine mehrere Meter entfernte Lücke im Eis. Sie schwamm darauf zu, wissend, daß sie riskierte, von den Energien versengt zu werden die dort droben entfesselt wurden, aber nicht bereit, deswegen zu ertrinken.

Ihr Kopf kam frei. Sie schüttelte sich das Wasser aus den Augen und sah sich in der Erwartung um zu sehen, wie der *Lindwurm* direkt auf sie fiel oder gar die *Königskrabbe* am Gartenzaun aufragte.

Statt dessen sah sie ein höllisches Feuerwerk den Himmel aus der Richtung erleuchten, aus der die Stufe II gekommen war. Jemand verfeuerte dort jede Menge Muni.

Sie war taub – nur zeitweilig, wie sie hoffte –, doch sie konnte die Schritte eines herannahenden Mechs *spüren,* die ihr das eisigkalte Wasser übertrug. Sie holte tief Luft, bereitete sich aufs Tauchen vor.

Aber die Gestalt, die hinter ihrem liegengebliebenen Kampftitan aufragte, war nicht die bucklige Kuppel einer *Königskrabbe,* sondern die aufrechte Gestalt eines *Mauler,* dessen Kopf ständig zwischen die LSR-Werfer auf seinen Schultern gezogen war.

»Cassie?« dröhnte die elektronisch verstärkte Stimme Tai-sa Eleanor Shimazus, der Roten Hexe persönlich. »Cassiopeia Suthorn? Lebst du noch? Ich *weiß,* daß du das bist. Niemand anders könnte ohne BattleMech derartigen Schaden anrichten.«

»Lainie«, krächzte Cassie mit einer Kehle, die sich anfühlte, als hätte sie Lauge gegurgelt, »du hast noch nicht einmal die Hälfte davon gesehen.« Vorsichtig kletterte sie aufs Eis.

»Wenn es wirklich so einfach ist, einen BattleMech zu zerstören«, fragte Ninyu Kerai Indrahar, »warum macht es dann nicht jeder?«

Cassie funkelte ihn an. Sie hockte auf einem schwarzen Ledersofa in dem bescheiden eingerichteten Büro in einem Teil des Palastes, der noch intakt war. Sie hatte sich in eine Decke gewickelt und hielt einen Becher dampfend heißen Tees mit einem Schuß Hotel Black Label Whiskey mit beiden Händen umklammert; der Whiskey trug bei Einheimischen die liebevolle Bezeichnung Alter Stock mit Sack, bei den Caballeros hieß er nur Kalter Schock im Sack. Die Mischung war einzigartig widerlich, aber sie wärmte.

»Zum einen«, sagte sie, »war es gar nicht so einfach.«

Ein Schauder durchfuhr ihren schlanken Körper. Ihr noch immer nasses Haar war zurückgekämmt, ihr normalerweise brauner Teint war zur Farbe alten Elfenbeins verblaßt, und am ganzen Körper hatte sie Gänsehaut. Sie war noch immer kurz vor dem Ende des Adrenalinstoßes, der sie durch den Kampf getragen hatte, aber ihre Stimmung begann zu flackern wie ein Raumjäger mit ausgefallenen Rückstoßdüsen, der zu bremsen versuchte, indem er ständig in die Atmosphäre eintrat und wieder hinaussprang. Wie dieser Jäger hoffte sie, im Gleitflug eine kontrollierte Landung hinlegen zu können, aber sie wußte, daß sie höchstwahrscheinlich demnächst ins Trudeln geraten und abstürzen würde.

Das Überfallkommando von Blakes Word war neutralisiert und weitgehend vernichtet worden. Es war von einem Landungsschiff in den Randbezirken Masamoris abgesetzt worden und bestand aus zwei Stufe-II-Mech-Einheiten, die einer Kompanie der Inneren Sphäre entsprachen, und einem Trupp Infanterie. Eine Stufe II hatte den Palast angegriffen, die andere den Komplex. Einige Angehörige des Kommandounternehmens hatten sich in der Stadt verteilt und Ablenkungsmanöver begonnen. Sie wurden jetzt vom Zivilen Führungscorps, der Polizei Masamoris, zur Strecke gebracht. Der Rest hatte Lastwagen gefahren und war den BattleMechs zum Palast vorausgeeilt.

Die Blakies hatten einen tödlichen Rechenfehler gemacht. Sie hatten zwar richtig angenommen, daß sie die Verteidiger der Stadt beim Feiern erwischen würden, waren sich aber nicht darüber klar gewesen, wie schnell die Neunte Geisterlegion und das Siebzehnte auf die Bedrohung reagieren würden. Außerdem hatten sie nicht mit Oberleutenient Cassiopeia Suthorn gerechnet. Aber sie war in jedermanns Spiel eine unbekannte Größe.

Cassie erschauerte wieder und schluckte etwas Tee. »Leute zu Fuß könnten Mechs häufiger zu Fall bringen, wenn sie es versuchten. Aber jeder ist von den großen Metallmonstern so eingeschüchtert, daß niemand sich traut. Man geht einfach davon aus, daß ein BattleMech unverwundbar ist, wenn man nicht selbst in einem sitzt.«

Sie sah Ninyu von der Seite an. »Du hast deinen Teil getan. Ich hörte, du hättest auch schon ein oder zwei Mechs zu Fall gebracht, ohne selbst einen Blechmann zu reiten.«

Aus einem Reflex heraus runzelte er die Stirn, wie er da so über ihr stand. Er ersetzte den Gesichtsausdruck wieder durch seine normale Miene. Daß er im frühen Erwachsenenalter des Koordinators ein Kamerad Theodores gewesen war, war kein Staatsgeheimnis. Seine eigenen Errungenschaften zu jener Zeit auch nicht – zumindest nicht alle.

»Ich erkenne deine Tapferkeit an«, sagte er. Eine zornige Röte zeichnete seine rechte Wange, und wenn man genau hinsah, konnte man sehen, daß sein enganliegendes schwarzes Gewand hier und da dunkle Flecken aufwies, aber im großen und ganzen hatte er den Abend bemerkenswert unbeschadet überstanden. »Ebenso deinen Einfallsreichtum und dein Geschick. Nur wenige Männer hätten tun können, was du getan hast. Und nur wenige wären so tollkühn gewesen, es zu versuchen.«

Da zerbrach etwas in Cassie. Sie stellte fest, daß sie plötzlich auf den Beinen war, sich an den rothaarigen Mann in Schwarz klammerte und unkontrolliert schluchzte, als alles über sie hereinbrach: der Schock, als sie sah, wie Percy niedergeschossen wurde, das verrückte Klettern über ein vereistes Dach, das knappe Entkommen aus dem todgeweihten *Kampftitan.* Was sie getan hatte, war Wahnsinn, und doch hatte sie keine andere Möglichkeit gesehen.

Vielleicht faßte das ihr gesamtes Leben zusammen, seit jenem Tag auf Larsha, als ein Mech ihre Kindheit zerstört hatte.

Zuerst stand Ninyu Kerai da wie ein Holzbrett, unnachgiebig. Steif hob er eine Hand an ihren Hinterkopf, ließ sie dann auf ihre zitternden Schultern fallen. Dann entspannte er sich zusehends, bis er sie fast so umarmte, wie eine normale Person eine andere umarmt hätte.

Und plötzlich wallte ein Hunger in Cassie auf, ein Bedürfnis nach Sicherheit, ein Bedürfnis, die Furcht zu überwinden – oder zumindest mit ihr fertig zu werden, einen zeitweiligen Waffenstillstand zu erwirken. Sie hob die Hände und legte sie hinter seinen Kopf, zog sein Gesicht zu ihrem. Die Decke fiel auf den alten Buchara-Teppich auf dem Boden. Darunter war sie nackt.

Einen Augenblick lang leistete er stirnrunzelnd Widerstand. Dann schloß er sie in die Arme und küßte sie mit einer wilden Intensität, die sie erschreckt hätte, wäre sie nicht schon vor Gefühlen, für die sie keinen Namen hatte, außer sich gewesen.

5

Sprungschiff Finnegan's Wake
Ladestation Zenit
Matar-System
Distrikt Benjamin, Draconis-Kombinat

10. November 3057

»*Chikusho!*« fluchte Cassie, als sie sich den Neurohelm vom Kopf riß. Gleichzeitig schlug sie auf die Sperre des Sicherheitsgurts, der sie im Simulator hielt. Die Heftigkeit ihrer Bewegung schleuderte sie aus dem Mechanismus wie einen Korken, der in Zeitlupe aus dem Flaschenhals kommt.

Als sie in der Schwerelosigkeit des Reparaturdocks des Sprungschiffs an Oberleutenient Bogdan Michael ›Stacks‹ Stachiewski vorbeischoß, schüttelte der Chefrüstungsbauer der Caballeros den Kopf und kratzte sich an seinem bärtigen Kinn. »Vielleicht solltest du eine leichtere Mission versuchen.«

Kali MacDougall, die neben Stacks in der Freie-Fall-Ruheposition schwebte und sich lässig an einem am Schott festgeschweißten Griff festhielt, machte einen langen Arm und schnappte ihre wütende Freundin. »Nimm's leicht, Schatz«, sagte sie.

Es gelang Cassie mit Mühe, den Drang zu unterdrücken, die Hand der großen Blondine wegzuschlagen. Statt dessen wand sie sich wie ein Wurm am Haken. Kali ließ sie achselzuckend los, Cassie schwebte durch das kleine Abteil und drehte sich dabei, so daß ihre Füße das Schott zuerst berührten und ihre sehnigen Beine den Schwung abfederten.

Sie hüpfte mitten in der Luft leicht auf und ab, verschränkte die Arme vor der Brust und runzelte heftig die Stirn. Man konnte die tiefe Bräune ihrer nackten Beine und ihres Bauchs sehen, denn sie trug ein abgeschnittenes T-Shirt und schwarze Kunstfasershorts, mehr wollten Piloten in der sengenden Hitze eines Mech-Cockpits nicht tragen. Ihr schwarzes Haar war zu mehreren komplizierten Zöpfen geflochten.

Nach einem gesegnet ereignislosen Jahr Garnisonsdienst bei HTE auf Hachiman war das Siebzehnte Scoutregiment jetzt auf dem Weg zu einem neuen Auftrag. Es stand zwar noch immer im Dienste Chandrasekhar Kuritas, doch sein Ziel war die Welt Towne, ein Davion-Planet am Rande der Mark Sarna. In den letzten beiden Monaten hatte in diesem umkämpften Bereich des Vereinigten Commonwealth-Raums eine Invasion der Streitkräfte von Thomas Mariks Liga Freier Welten und der Konföderation Capella Sun-Tzu Liaos stattgefunden. Marik und Liao hatten Prinz Victor Davion überrascht und nahmen rasch viele der Planeten wieder ein, die der Vater des Prinzen ihnen bei einer anderen Überraschungsinvasion vor dreißig Jahren abgenommen hatte.

Regierungen waren an die Macht gekommen und gestürzt, Planeten hatten den Besitzer gewechselt, Rebellionen waren ausgebrochen und gescheitert, Schlachten gewonnen und verloren worden, als die Region im Chaos versank. Die Invasoren waren noch nicht bis Towne vorgestoßen, aber Onkel Chandys durchaus fähiger Spionagedienst glaubte, um die Ruhe des Planeten werde es bald geschehen sein. Der Herrscher des Planeten Towne hatte die Welt bereits fluchtartig verlassen, um sich in die Sicherheit des Davionraums zurückzuziehen. Die Fünfte Lyranische Garde hatte Towne ebenfalls seinem Schicksal überlassen und sich unlängst in die Steinerhälfte des alten Vereinigten Commonwealth zurückgezogen, nachdem Katrina Steiner-Davion ihre loyalen Truppen nach Hause gerufen hatte.

Inmitten all dessen war Towne zur Zielscheibe eines weiteren Feindes geworden – abtrünniger Teile der Vereinigten Soldaten des Draconis-Kombinats. Und der Auftrag, den Onkel Chandy den Caballeros übertragen hatte, war einfach: eine mögliche Invasion durch diese abtrünnige Streitmacht zurückzuschlagen.

Es war eine verzweifelte Situation. Nur der Stolz der Südwestler – und die höchst unkuritamäßigen Löhne, die Onkel Chandy zahlte – hatten Kolonel Camacho überzeugt, der Auftragsübernahme zuzustimmen. Die Furcht vor dem, was auf ihre Adoptivfamilie da zukam, verzehrte Cassie bei lebendigem Leibe, und sie versuchte, sich abzulenken, indem sie die informelle MechKrieger-Ausbildung fortsetzte, an der sie seit ihrer improvisierten Fahrt im *Kampftitan* beim letzten Auftritt des armen Percy sporadisch arbeitete.

»Dieser verdammte *Uller* ist gerade aus dem Nichts aufgetaucht und hat mich aus einem halben Klick Entfernung getroffen«, sagte sie.

Stacks kratzte sich an der breiten Wange. »Nun, du hast darauf bestanden, einen *Jenner* zu steuern. Die mittelschweren Extremreichweitenlaser dieses Alternate A-*Uller* haben anderthalbmal die Reichweite deiner Mittel- und Kurzstreckenraketen, und sein Gaussgeschütz etwa die zweieinhalbfache. Begreif's, Cassie, nicht allzu viele erfahrene MechPiloten aus der Inneren Sphäre wagen es, einen Clan-Omni mit nur fünf Tonnen Vorteil anzugehen.«

»Ich muß die Beste sein«, versetzte Cassie, die erst, nachdem es heraus war, erkannte, wie töricht das klang. »Warum sollte ich es auch ansonsten überhaupt versuchen?«

»Machst du es dir eigentlich absichtlich schwer?« fragte Lady K sanft.

Cassie spürte, wie sie errötete. »Ich...«, begann sie und hob die zur Faust geballte Hand. »Ich weiß nicht. Ich glaube nicht. Ich will nicht verhätschelt werden, und ich will nicht, daß man mir da durchhilft. Das wird mir im Ernstfall nicht helfen.«

Stacks hing mitten in der Luft, mit einem halben Meter Schnur an einem Handgriff vertäut, die er von einer Spule abgewickelt hatte, die an seinem gutbestückten Werkzeuggurt festgeklemmt war. Er war ein kleiner, stämmiger Mann mit lichtem, lockigem Braunhaar. Er trug seinen verwaschenen gelben Overall, der offen war und unter dem ein weißes T-Shirt und ergraute Brustbehaarung hervorblitzten.

»Du könntest auf ein größeres Gefährt umsteigen«, schlug er vor. »Der *Dunkelfalke* ist gut, wenn auch vielleicht ein bißchen kompliziert für eine Anfängerin. Und dann gibt es da immer noch den guten alten *Kampftitan,* wie du bei uns daheim auf Hachiman einen flachgelegt hast. Dieser Mech steuert sich fast von selbst.«

»Nein! Ich mag keine großen Mechs.«

»Du magst *überhaupt keine* Mechs«, bemerkte Kali.

»Cassie«, sagte Stacks, nahm einen Lappen aus seiner hinteren Tasche und schrubbte imaginäre Treibstoffreste von seinen fähigen, quadratischen Händen, »bei dir schlagen fünfunddreißig bestätigte Abschüsse zu Buche, die drei von der Weihnachtsfeier des armen Percy mitgezählt. Das ist ein Ergebnis, auf das jeder MechKrieger stolz wäre. Du hast mit bloßen Händen mehr BattleMechs zerstört als jeder andere in der Geschichte, soviel ich weiß, und ich weiß viel. Vielleicht solltest du bei dem bleiben, wobei du dich wohl fühlst.«

Cassie wandte sich ab – eine nutzlose Geste auf so engem Raum –, wodurch ihre Stupsnase nur noch eine Handbreit von der vergilbenden Politur entfernt war, die das Metallschott bedeckte. Zum einen war es leicht übertrieben zu sagen, daß sie sich bei *irgend etwas* in ihrem Leben wohl fühlte – eine Tatsache, die zu ändern ihr Kali MacDougall verwirrenderweise in den letzten anderthalb Jahren viel geholfen hatte.

Sie wußte, warum sie dem Drängen vieler Caballero-MechKrieger nachgegeben und begonnen hatte, selbst das Steuern von Mechs zu lernen. Seit Piraten-Mechs ihre Familie, ihr Heim und ihre Kindheit zerstört hatten, war sie davon besessen gewesen, die Metallmonster zu jagen und zu töten. Dazu gehörte es, alles über sie zu erfahren. Dazu gehörte es auch, wie man einen bediente, so sehr es sie auch anwiderte.

Sie fand es unmöglich, dieses Gefühl zu artikulieren. Nicht Stacks gegenüber, obwohl er für einen Südwestler ruhig und vorurteilsfrei war. Sie konnte mit Kali darüber sprechen und hatte das auch schon getan. Sie hätte es mit Patsy Camacho besprechen können, der Tochter des Kolonel, der einzigen wirklich herausragenden Mech-Kriegerin, über die das Regiment je verfügt hatte. Aber die Nebelparder hatten *la Capitana* auf Jeronimo getötet. Don Carlos selbst hatte Patricias Tod nicht viel schwerer genommen als Cassie.

Cassie hatte es noch nie leicht gefunden, über sich zu sprechen. Der Verlust von Patsy hatte es nur noch schwerer gemacht.

»Nenn es Stolz, Stacks«, hörte sie Lady K sagen, »und vergiß es.«

»Klar, Kali. Äh – hättest du Lust, irgendwann ein bißchen Handball in der Schwerelosigkeit zu spielen?«

»Mit dem größten Vergnügen«, antwortete Kali, »wenn du diesmal tatsächlich daran denkst zu kommen.«

Stacks lachte reumütig. »Na ja, irgendwie kommt immer irgendwas dazwischen. Aber ich *habe* es vor.« Er klopfte sich auf den Bauch. »Das sollte Anlaß genug sein, oder?«

Cassie zog die Beine an und stieß sich sacht in Richtung Luke ab.

Sie schwebte in engen Räumen zwischen Monstren.

Die Mechs des Ersten Bataillons standen in ihren Kokons im Hauptdock des Landungsschiffes *Tokugawa Iyeyasu* der *Overlord*-Klasse in sechs Sechserreihen um einen Zentralschacht aufgereiht. Cassie kam gerne hierher, wenn sie die Nähe von Leuten, *la familia,* spüren wollte, ohne wirklich mit jemandem *Umgang* haben zu müssen.

Auf den sechs Mech-Decks über und unter ihr herrschte rege Aktivität: Leute spielten, debattierten, schnarchten, lachten, sangen falsch die Musik mit, die aus einem Dutzend privater Spieler erklang – Country, Mariachi oder Heavy Metal, Spiegelbilder des Geschmacks der drei bestimmenden Kulturen der Südwestlichen Welten –, oder gar dagegen an, je nach Lage der Dinge. Dann und wann bellte ein Hund in der Hoffnung, für einen Spaziergang in der Schwerelosigkeit aus seinem gepolsterten Transportkäfig gelassen zu werden, oder ein hungriges Baby weinte kläglich, bis seine Mutter, die gerade tratschte oder den gewaltigen Organismus, den das Regiment darstellte, am Leben hielt – in den meisten Fällen sogar beides –, eine Brust freimachen und es stillen konnte. Der fröhliche Lärm spielender Kinder fehlte; die jungen Caballeros verbrachten die meiste Zeit auf dem sich ständig drehenden Schwerkraftdeck des Landungsschiffes, wo ein halbes G herrschte, damit Wochen in der Schwerelosigkeit nicht der Muskel- und Skelettentwicklung schadeten.

Der Platz auf dem Deck, den nicht massive Mechfüße einnahmen, die runde Schiffshülle, selbst die riesigen Metallmenschen selbst waren übersät mit Packstücken, die mit bunten Polyfasernetzen gesichert waren. Auf einem Landungsschiff unterwegs war das Waschwasser rationiert, und auf Leinen, die von Mech zu Mech gespannt waren, hing Wäsche zum Trocknen, in erster Linie Unterwäsche, so daß es aussah, als sei das Mechdock der *Iyeyasu* von einer Riesenspinne mit schrillem Sinn für Dekor bewohnt.

Am ehesten ähnelte die Szene noch einer turbulenten, überfüllten Wohnung auf einer nicht allzu wohlhabenden Welt der Inneren Sphäre.

Im Gegensatz zu Wolfs Dragonern hatten die Caballeros keinen eigenen Planeten als Stützpunkt. Sie ließen auch ihre Nichtkämpfer nicht als Bewohner der Dragoon-Welt Outreach zurück. Sie stammten in erster Linie von den Marik-Planeten Cerillos, Galisteo und Sierra, dem sogenannten Dreibund der Südwestlichen Welten, früher einmal die räuberische Verwaltung von Neu-Neugrenada. Aus Gründen, die in erster Linie mit dem gegenwärtigen politischen, religiösen oder Strafrechtssystem der Liga Freier Welten zu tun hatten, waren nur wenige von ihnen gewillt oder in der Lage, nach Hause zurückzukehren. Statt dessen nahm das Regiment seine Familien und seine Heimat überallhin mit. Selbst wenn es sich in die Nischen und Winkel des überfüllten Sprungschiffs *Finnegan's Wake* und der drei wie aufgeblähte Junge an ihm hängenden Landungsschiffe quetschen mußte.

Deshalb war das Siebzehnte Scoutregiment *la familia,* die Familie, zu der Cassie – im Kombinat geboren, von Liaos aufgezogen – nie ganz gehören und von der sie nie ganz getrennt werden konnte. Sie konnte ohne ihre Familie nicht überleben. Und diese hätte auch ohne sie nicht überlebt.

Sie schwebte nach oben, durch Geruchswolken hindurch zum obersten Deck des Docks: Küchenduft, geschwängert von Öl und Knoblauch; billiger Tabak; zu selten gewaschene Körper. Links von ihr stand die furchteinflößende Gestalt eines *Katamaran,* das Symbol der militärischen Schlagkraft der Clans schlechthin, dessen stumpfe Schnauze man mit dem Lächeln eines Hais bemalt hatte. Das war der Große Weiße, Don Carlos Camachos persönliches Gefährt, die Maschine, die seine Tochter Patsy auf Jeronimo getötet hatte. Daneben stand etwas, was aussah wie ein weiterer OmniMech der Clans, eine 80-Tonnen-*Naga.* Aber sie war nicht, was sie zu sein schien – nicht ganz.

Gummiseile, die als Manövrierleinen dienten, waren über den Zentralschaft gespannt und wurden natürlich auch als Wäscheleinen mißbraucht. Cassie packte eine und ließ sich davon sanft auf den Kopf des Angriffsmechs zukatapultieren, zwischen den Flanschen seines Torsos hindurch, die sich an den Enden zu kastenförmigen Arrow-IV-Geschoßwerfern verdickten. Zwei Gestalten in den lohfarbenen Overalls des Technischen Unterstützungsteams des Regiments schwebten neben dem offenen Cockpit. Der eine war ein großer, fast skelettartig dünner Mann mit einer runden Brille, deren Gläser an Flaschenböden erinnerten, Haut, die so blaß war, daß sie fast durchsichtig schien, und dunkelblondem Haar mit schlechtem Bürstenschnitt, der seinen großen, zylindrischen Kopf aussehen ließ, als wären Motten darin gewesen. Er hatte den Kopf nach unten gebeugt, vor die merkwürdig hängenden Schultern.

Als Cassie sich näherte und die Luftreibung sie fast bis zur Bewegungslosigkeit verlangsamte, hob der große Mann den Kopf aus dem offenen Cockpit und drehte sich zu ihr um. Die Brillengläser vergrößerten seine blauen Augen beunruhigend.

»Gehen Sie weg, Leutenient Suthorn«, sagte er mit dem flachen Stadtcowboy-Akzent von Cerillos. »Wir haben hier jetzt zu tun.«

Leck mich am Arsch, Astrozombie, wollte Cassie sagen, unterdrückte aber den Impuls. Sie wußte, daß der Spruch an Kapitan Marshal Harris, den reizbaren Chef-Tech der Caballeros, verschwendet sein würde.

Die andere Gestalt im Overall sah von einer Comp-Konsole auf, und ein Lächeln erhellte ihr dunkles Gesicht. »Kapitan Harris will damit sagen, daß wir froh sind, daß du vorbeischaust, Cassie«, sagte Mariska Savage. »Er ist im Augenblick nur ein bißchen frustriert.«

Cassie grinste zurück. Sie mochte Risky Savage, die sich in etwas weniger als einem Jahr zur ersten Assistentin von Astrozombie hochgearbeitet hatte. Aber Risky war ja auch keine BattleMech-Reiterin.

Astrozombie funkelte den Eindringling noch einen Augenblick lang an, dann grunzte er und spähte wieder ins Cockpit. Risky zwinkerte Cassie hinter seinem Rücken zu. Man pries sie im Siebzehnten häufig dafür, daß sie tatsächlich begonnen hatte, den schrecklich griesgrämigen Chef-Tech zum kultivierten Menschen zu machen, auch wenn Cassie davon nicht viel merkte. Man behauptete auch, sie schliefe mit ihm, seit sie ihre Liaison mit Vater Doktor Bob García – sehr zur Erleichterung des Jesuiten und MechKriegers – auf rein freundschaftlicher Basis weiterführte. Cassie machte sich weder die Mühe, die Gerüchte zu bestätigen noch sie zu dementieren. Sie beteiligte sich niemals in irgendeiner Weise an der allgegenwärtigen Gerüchteküche der Caballeros.

Das jüngste Mitglied des Tech-Hilfsdienstes, Roberta Archi Savage, schnarchte leise, bequem gehalten von einem Babygurt, den ein breites elastisches Band um die Hüfte ihrer Mutter hielt, und sabberte auf das kleine Plüschlamm, das Onkel Chandy ihr persönlich als Abschiedsgeschenk überreicht hatte.

»Cassie?« Eine Frau lehnte sich aus der anderen Seite des offenen Cockpits heraus, in das sich Astrozombie beugte, und schenkte Cassie ein Winken und ein strahlendes Lächeln. Sie hatte braune Haut, große, dunkle Augen und schweres schwarzes Haar, das mit einem roten Stirnband aus einem Gesicht zurückgebunden war, das so schön und heiter war wie das einer Renaissancemadonna. »Wie war dein Tag – wenn man das überhaupt Tag nennen kann.«

»Gut, Diana«, sagte Cassie. Oberleutenient Diana Vásquez war eine untypische MechKriegerin, und Cassie kam recht gut mit ihr aus. Aber andererseits kam jeder mit ihr aus. Sie war unschuldig und fromm, ohne widerlich zu wirken. Die Caballeros hätten sie jungfräulich genannt, hätte nicht ihr vierjähriger Sohn Marcos das Gegenteil bewiesen – und dennoch, so ein gängiger Witz, konnte man nicht hundertprozentig sicher sein.

Trotz ihres spröden Verhaltens war Diana Vásquez Befehlshaberin der Langstreckenartillerie-Nachschubabteilung des Siebzehnten. Jahrelang hatte sie die Feinde der Caballeros – Dracos, Clanner, Piraten, die Neunte Geisterlegion – mit der unglaublich harten Hand der Arrow IV-Geschosse ihres *Katapult* geschlagen. Sie operierte zwar normalerweise weit hinter der Speerspitze der Mech-Streitkräfte des Siebzehnten, war aber eine der angesehensten MechKriegerinnen im Regiment. Denn selbst wenn feindliche Maschinen an den ersten Reihen vorbeikamen – keine Seltenheit bei dem Durcheinander moderner Gefechte –, war sie stets ruhig und ansprechbar, immer feuerbereit, selbst wenn sie mit den mittelschweren Lasern ihres *Katapult* um ihr Leben kämpfte oder sich mit den Sprungdüsen des Mechs in Sicherheit brachte.

Aber die Welt drehte sich weiter, und manchmal stand sie Kopf. Diana hatte begonnen, viel Zeit in Gesellschaft *Coronel* Camachos zu verbringen, mit *El Patrón* persönlich, und es ging das Gerücht, sie zündeten nicht nur gemeinsam Votivkerzen an.

»Ihr kriegt das Ding immer noch nicht zum Laufen, hm«, erkundigte sich Cassie.

Diana grinste und zuckte die Achseln. »Es gibt noch ein paar Macken auszubügeln.«

»Der Torsoaktivator klemmt«, verriet Risky. »Das Vieh könnte genausogut im Streckverband liegen.«

Astrozombie hob den Kopf aus dem Cockpit. »Schlampige Draco-Arbeit«, sagte er. »Die Luthien-Rüstungswerke haben den Mund ein bißchen zu voll genommen, als sie beschlossen, sich an Clan-Tech heranzuwagen.«

»Vermisch die Metaphern nicht, Marshal«, sagte Risky mit lieblicher Stimme.

Astrozombie blinzelte sie an. Sie war die einzige im Siebzehnten, die seinen Vornamen verwendete. Er ging wieder an die Arbeit.

Cassie packte die Schnauze des Cockpits, stieß sich

leicht ab und schwebte an dem schroffen, keilförmigen Torso zur Mitte des BattleMech hinab. Die obere Armatur des fehlerhaften Aktivators war entfernt worden und gab den Blick auf Myomer-Pseudomuskelstränge frei, die sich um das Endo-Stahlskelett spannten. Ein kleiner Mann schwebte neben dem Aggregat und überprüfte Nervenknoten aus bunten Drähten mit einer nichtleitenden Zange aus polymerisierter Keramik. Er war nackt bis zur Hüfte und zeigte so eine große Jungfrau von Guadalupe, die auf seine muskulöse Brust und den flachen Bauch tätowiert war.

»*Ódale, prima*«, sagte er, und ein Grinsen teilte als Reaktion auf Cassies Gruß sein mongolisch aussehendes Gesicht mit dem Schnurrbart. »*¿Qué pasa?*«

»Astrozombie sagt, die *culebras* seien nicht in der Lage, Clantechnologie zu imitieren.« *Culebra* war die Caballeroversion von ›Schlange‹, ein Standardbeiname der den Drachen verehrenden Kuritas.

›Zuma‹ Gallegos, der Chefazteke – wie die 'lleros ihn nannten – des Siebzehnten, schnaubte und schüttelte den Kopf. »Der Zombie klopft wieder Sprüche. Die Dracos können ziemliche Schlamper sein, aber die Jungs von den Luthien-Rüstungswerken werden keinen Mist bauen, wenn ihnen Koordinator Teddy über die Schulter schaut. Das hier ist ein Mech, bei dem alle Nähte verschweißt und alle Muttern richtig gut angezogen sind.«

»Was glaubst du, was los ist?« Trotz ihrer wenig erfolgreichen Versuche, MechPilotin zu werden, war Cassie in erster Linie daran interessiert, was sie daran *hinderte* zu funktionieren.

Er lachte. Sein schwarzes Haar, glatt und kurzgeschnitten, war ebenso graumeliert wie sein Schnurrbart. Aber er hatte dieses unbestimmbare Alter vieler Südwestler, besonders derer mit *Indio*-Blut: Er hätte um die Zwanzig, um die Fünfzig oder irgend etwas dazwischen sein können.

»Mäuse«, sagte er.

»*¿Mande?*«

»Die Luthien-Jungs waren so sorgfältig wie möglich, als sie diesen Welpen hier bauten«, sagte Zuma. »Aber egal, wo man im Kombinat hingeht, es gibt Mäuse. Selbst auf Hachiman, wo sie Roboter haben, die ihren Reis kochen, und lebende Schaufensterpuppen in den Fenstern der Warenhäuser. Und Mäuse lieben es, an der Isolation zu knabbern.«

Er wühlte in dem verworrenen Drahtknäuel herum, pflückte ein loses gelbes Ende heraus und hielt es hoch, so daß Cassie es betrachten konnte. Dort, wo es gezackt durchgebissen war, konnte man deutlich Nagespuren erkennen.

»Ich wollte das hier gerade Astrozombie unter die spitze Gringonase halten, als du kamst«, sagte Zuma. »Er ist ein cleverer Bursche, aber er sucht für alles nach komplizierten Ursachen, verstehst du? Hat zuviel Zeit auf diesem College in Santa Fe verbracht.« Kapitan Harris hatte in der Tat die Universität in Santa Fe besucht, der Hauptstadt von Sierra und einst der Verwaltung von Neu-Neugrenada. Aber Zuma benutzte den Begriff Santa Fe umfassender, er meinte damit die Abneigung der ländlichen Südwestler gegen ihre Vettern aus der Stadt, die sie als überkultivierte Weicheier betrachteten.

Er griff hinein, um mit einem Drahtschneider den beschädigten Bereich herauszuschneiden. Von unten ertönte eine Stimme: »Cassie«.

Sie drehte sich um und runzelte die Stirn. »Kali«, sagte sie mürrisch.

Die große MechKriegerin stand mit magnetisierten Stiefelsohlen, die vom Deck angezogen wurden, zwischen den großen quadratischen Füßen des Mech und hatte die Hände in die Hüften gestemmt. »Ich habe mich nur gefragt, was ich getan habe, um dich gegen mich aufzubringen«, sagte sie. »Geht mir gegen den Strich, Leute aus Versehen zu ärgern.«

Cassie biß sich auf die Lippe und wünschte sich, mit

geschwärztem Gesicht, ein Shimatsu-42-Sturmgewehr auf dem Rücken und Bluttrinker an den Oberschenkel geschnallt, durch feindliches Gelände zu schleichen. Das Leben war dann so viel *einfacher*.

»Es liegt nicht an dir, Kali«, erwiderte sie. »Mir geht es nur im Moment nicht gut.«

»Alle geraten aneinander«, sagte Kali. »Wir waren daheim auf Hachiman viel zu lang mit Garnisonsdienst beschäftigt, und das geht jedem unter die Haut. Aber du warst nervös wie eine Katze, die auf ein Wochenende im Club Rottweiler wartet. Bist du sicher, daß ich nicht meinen Teil dazu beitrage?«

»He, meine Damen«, ertönte aus dem Schacht in der Mitte des Decks eine maskuline Stimme mit Cowboyakzent. Einen Augenblick später folgte ihr ein Kopf mit einer Nase wie ein Skihang, einem ölig-einschmeichelnden Lächeln und dunklem Haar, das zu einem Entenschwänzchen zurückgegelt war. »Ich bin nur vorbeigeschlendert, um Lady K zu bitten, mit mir zu einem späten Mittagessen zu gehen, aber was soll's? Je mehr, desto besser, sage ich immer.«

6

Sprungschiff Finnegan's Wake
Ladestation Zenit
Matar-System
Distrikt Benjamin, Draconis-Kombinat

10. November 3057

Der Rest des Mannes, zu dem der Kopf gehörte, eine hochgewachsene, schlaksige und ziemlich unmöglich aussehende Gestalt, schwebte in den Sichtbereich. Er hakte die Spitze eines abgetretenen Banthlederstiefels in den Rand des Schachtes, um sein Emporschweben zu bremsen, und schritt dann voran, am Boden gehalten von den Magnetkufen unter seinen Stiefeln.

»Das ist ein Teil des Problems«, sagte Cassie.

Lady K sah aufgebracht aus. »Nur welcher Teil – es ist vorbei, Buckaroo, also mach dich vom Acker, klar?«

Unterleutenient William Payson, Rufzeichen ›Cowboy‹, grinste breit. »Das ganze Problem«, erklärte er. »Der nächste Weg vom Acker ist leider voller Schlaglöcher, und außerdem hat meine Mami mich so erzogen, daß ich ›nein‹ als Antwort nicht akzeptiere.«

»Wie wäre es mit meiner Stiefelspitze dahin, wo sie am besten tut?«

»Ich kann immer noch nicht glauben, daß du dich überhaupt mit ihm eingelassen hast«, sagte Cassie.

Ihre Freundin zuckte die Achseln. »Keine Entschuldigungen, Schatz. Das war wohl der Lagerkoller.«

Cassie hatte sich schon immer davor gehütet, sich auf Menschen einzulassen, sie hinter ihre Verteidigungsmechanismen sehen zu lassen: Das tat weh. Deshalb hatte sie sich so entschieden gewehrt, als Kali MacDougall sich direkt nach der Ankunft der Caballeros auf Hachiman in ihr Leben drängte – und weshalb Cassie immer noch argwöhnisch war und zu Trotz neigte, wenn es um ihre Freundschaft mit der großen blonden MechReiterin ging.

Aber sie hatte gelernt, Menschen genau zu durchschauen, eine Fertigkeit, die zwar helfen konnte, jemandem nahezukommen, aber nichts damit zu tun hatte, andere an *sich* heranzulassen. Unausgesprochen blieben die Worte, die Kali nie sagen würde, eben weil sie – so wahr sie auch waren – eine Entschuldigung darstellten: *Es ist besser, als wieder zu trinken.*

Cowboy sah verletzt aus, was ihn einem zu groß geratenen Vierzehnjährigen ähneln ließ, der sich zu Halloween als MechKrieger außer Dienst verkleidet hatte: klobige Stiefel, schwarz-grau-weiße Stadttarnhose, ausgebeulte schwarze LFW-Motorradbotenjacke über zerfetztem schwarzen T-Shirt mit dem Logo der Crash Metal-Band Slow Russian Death, einem Schädel über gekreuzten Knochen, und natürlich ein abgetragener geflochtener Gürtel mit Kali Yama-Autopistole, die in einem festgebundenen Halfter tief auf seiner mageren Hüfte hing.

»Oh, Kali«, jammerte er, »ein Versuch ist doch nicht strafbar.«

»O doch, etwa nach dem zweihundertsten Mal schon.«

Er schüttelte langsam den Kopf wie ein gescholtenes Kind. Dann verflog seine Düsternis, und er sah zu dem BattleMech auf, an dem die anderen arbeiteten.

»Diese alte *Naga* sieht aus wie eine Tankstelle, wenn die ganze Wäsche an den Halteleinen hängt«, sagte er. »Zu schade, daß es so verdammt schwer ist, sie zum Laufen zu kriegen.«

»Es ist keine *Naga*«, korrigierte Cassie. »Das ist ein OBK-M10 *O-Bakemono* der Luthien-Rüstungswerke.«

»Nun, er sieht auf jeden Fall *aus* wie eine *Naga.*«

Das stimmte, und die Ähnlichkeit war kein Zufall. Im Rahmen eines streng geheimen Blitzprogramms unter Leitung von Theodore Kurita persönlich – das der NAIW-Initiative ähnelte, die *Rakasha* hervorgebracht hatte, den Nachbau des *Katamaran* des Vereinigten Commonwealth – bauten die Luthien-Rüstungswerke erbeutetet BattleMechs der Clans nach. Der Mech, an dem Astrozombie, Zuma und die anderen so sorgfältig arbeiteten, war ein Prototyp, der dem Siebzehnten zu einem Feldtest bei seiner bevorstehenden Mission zugewiesen worden war.

Und das war ein Problem. Mit Ausnahme Chandrasekhar Kuritas, der wahrscheinlich der reichste Mann im Kombinat und mit einiger Wahrscheinlichkeit auch in der gesamten Inneren Sphäre war, waren Kuritas nicht für ihre Großzügigkeit bekannt. Und Koordinator Theodore Kurita hatte zwar die jahrhundertealte Tradition des Kombinats durchbrochen, Söldner zu verachten, aber es war dennoch eine Neuerung, daß ein so wertvolles und geheimes Ausrüstungsstück *Gaijin* anvertraut werden sollte. Besonders solchen, die einen Großteil ihres Lebens gegen das Draconis-Kombinat gekämpft hatten.

Natürlich, Onkel Chandy konnte als Magnat, Kurita und Lieblingsverwandter des Koordinators mit Mitteln um sich werfen, die selbst zu seinem gewaltigen, buddhaartigen Leibesumfang in keinem Verhältnis standen. Aber selbst in einer korruptionsverseuchten Gesellschaft, in der persönlicher Einfluß und Familienbande fast alles waren, gab es *Grenzen*. Und unter normalen Umständen sollte die süßeste Kirsche unter dem neuen Technospielzeug der VSDK weit jenseits dieser Grenzen liegen.

Dazu kam noch der Fakt, daß einer der ängstlichen Techs, die den in Planen gehüllten Mech aus der Hauptstadt des Kombinats begleitet hatten, Zuma gegenüber bei einem Rundgang hatte fallen lassen, daß es noch mindestens einen weiteren vollständigen OBK-M10-Prototyp gab. Was für Cassies durch viele Aufklärungsmissionen leicht paranoid gewordenes Verständnis bedeutete, daß dieser hier als entbehrlich galt.

Und das führte zu dem, was sie *wirklich* launisch und angespannt machte: die Mission.

Alles hatte in einem Vorbesprechungsraum in den Eingeweiden von Chandrasekhar Kuritas Zitadelle mitten im HTE-Komplex daheim auf Hachiman begonnen.

Das Bild auf der Holobühne war das eines Mannes, der aus kniender Position nach vorn gekippt zu sein schien, so daß seine Wange gegen einen abgetretenen Fußboden mit Synthetikfliesen gepreßt lag. Um seinen Kopf war ein weißes Tuch gebunden. Wegen des vielen Blutes auf dem Boden war es für das Wohlergehen bestimmter Betrachter wahrscheinlich ganz gut, daß sie eine extreme Nahaufnahme zu sehen bekamen. Vergossenes Blut bedeutete Cassie nichts, aber MechKrieger konnten ein empfindlicher Haufen sein. Sie waren es nicht gewohnt, die Auswirkungen ihres Tuns auf den Menschen aus der Nähe und persönlich zu sehen.

»Die konventionelle Geschichtsschreibung behauptet, daß die Kokuryu-*kai* Anfang des zwanzigsten Jahrhunderts auf Terra gegründet wurde«, sagte der Mann, der auf dem Podium neben der Bühne stand. Cassie kannte ihn gut – den *Mirza* Peter Abdulsattah, Sicherheitschef Onkel Chandys. »Angeblich bedeutete der Name ›Gesellschaft vom Fluß Amur‹, man kann ihn aber auch mit ›Gesellschaft des Schwarzen Drachen‹ übersetzen. Bestimmte Quellen behaupten, letzteres sei die zutreffende Übersetzung und die Organisation sei weit älter.«

Er stellte Kontrollknöpfe nach, die in seinem Podium verborgen waren. Das Bild drehte und der Blickwinkel verengte sich, bis das Symbol mitten auf dem Stirnband die Anzeige beherrschte. Es war ein schwarzer Drache, der durch einen roten Kreis tobte und sich insofern vom vertrauten roten und schwarzen Symbol des Hauses Kurita und des Draconis-Kombinats unterschied, als der ganze Drache zu sehen war.

»Sie hatten, ohne es zu wissen, bereits mit Kokuryu-

kai zu tun«, sagte er. »Die Interne Sicherheitsagentur nahm diese Holobilder des Mannes auf, der am Vorabend des vergangenen Tages des Schirmherrn die Wachen im Raumhafen Yoshi-Town tötete und es ermöglichte, daß die Angreifer von Blakes Wort ohne Vorwarnung landen und den Schirmherrn des Planeten, Percival Fillington, angreifen und töten konnten. Das Stirnband dieses Mannes trägt das Symbol der Gesellschaft des Schwarzen Drachen.«

Die Zuhörer rutschten auf ihren Sitzen herum, die auf Terrassen mit hell graublauem, weißmeliertem Teppichboden standen, und murmelten. Es war das übliche bunte Durcheinander der Vorbesprechungen des Siebzehnten Aufklärungsregiments: Kolonel Carlos Camacho, stämmig und mit Schnurrbart, mit schütterem schwarzem Haar, das rasch ergraute, und schweren Lidern, die aufgrund lange aufgestauter Müdigkeit herabhingen; sein leitender Spionageoffizier, Leutenient-Kolonel Gordon Baird, groß, schlank und distinguiert in seiner makellos geschnittenen Freizeituniform im Stil der Liga Freier Welten; seine drei Bataillonskommandanten, darunter sein Sohn Gavilán, dunkel, schlank und hübsch mit extravagantem Schnurrbart und leichten Anzeichen von Selbstzweifel im Blick; die verschiedenen Kompaniekommandanten; verschiedene Würdenträger – in erster Linie Geistliche – und eine einfache Späherin, Oberleutenient Cassiopeia Suthorn.

Der *Mirza* selbst war ein hübscher Mann, zwei Meter groß, nur Haut und Knochen, mit großer Hakennase und einem schmalen Schädel, auf dem eine kleine, bestickte Kappe saß. Neben ihm lehnte der Mann, bei dem alle Anwesenden angestellt waren, Chandrasekhar Kurita, ein fetter, großer, glänzender Buddha in purpurnen Seidenroben, der sich in einem Kissenberg herumlümmelte. Er aß Obst und trank Wein von einem getriebenen Silbertisch, während er der Vorbesprechung lauschte.

»Was auch immer ihr Name ursprünglich bedeutete,

die Kokuryu-*kai* ist seit langem für extremen Konservatismus und eine gewisse Vorliebe für militärischen Expansionismus bekannt, zuerst im Japanischen Reich und dann im Draconis-Kombinat«, fuhr der *Mirza* fort. »Sie war, solange es sie gibt, meist nominell verboten, doch waren die Regierungen oder zumindest gewisse Dienste traditionsgemäß ganz zufrieden damit, sich die Aktivposten des Schwarzen Drachen zunutze machen zu können, etwa den oft tödlichen Eifer seiner Mitglieder und Anhänger. Diese rekrutieren sich in der Regel aus drei im Grunde recht unterschiedlichen Gruppen: Industrielle, Militär und Yakuza.«

Leutenient-Kolonel Baird runzelte die Stirn und stieß seinen Stift in die Luft. »Ich dachte, das Kombinatsmilitär empfinde für Zivilisten nur Verachtung«, sagte er. »Besonders für Händler und Kriminelle.«

»Nicht denken, Gordo«, ertönte eine Stimme irgendwo hinter ihm. »Dafür bist du nicht geschaffen, *ése.*«

Cassie kicherte. Der Spionageoffizier drehte sich auf seinem Sitz um und funkelte die plötzlich versteinerten Reihen der Gesichter an. Neben ihm verdunkelte sich das kantig-hagere Gesicht des jungen Gavilán Camacho. Der Kommandant des Ersten Bataillons verbrachte seit neuestem viel Zeit mit Gordon Baird.

Als Baird sich wieder umdrehte, hatten die Wellen des unterdrückten Lachens einen bösartigen Unterton. Wieder einmal waren ethnische Spannungen zwischen Cowboys und Nortenos an die Oberfläche gekommen, hervorgerufen wie üblich von der Langeweile des Garnisonslebens. Nicht einmal Gordons offensichtliches Bündnis mit dem jüngeren Camacho, der bei den hartgesottenen Nortenos beliebt war, half ihm hier. Andererseits hielten die meisten 'lleros, welcher Abstammung sie auch immer waren, den S-2 für einen Narren.

Der Mirza fuhr fort, als habe es keine Unterbrechung gegeben. »Ich glaube, man kann durchaus sagen, Kolonel, daß diese Gruppen gemeinsame Grundansichten festgestellt haben – darunter das allen dreien gemeinsame Vertrauen in ihre Fähigkeit, die beiden jeweils anderen zu manipulieren.«

»Nun, auf die Gefahr hin, daß auch über mich gelacht wird«, sagte Lady K, die sich auf dem Stuhl neben Cassie lässig ausstreckte, »haben sie für meinen Geschmack gerade zwei von Teddy Kuritas ergebensten Unterstützergruppen genannt.«

Diesmal lachte niemand. Die Kommandantin der Kompanie Bronco war bei den Caballeros sehr angesehen, im Gegensatz zu dem pompösen Baird mit der hohen Stimme. Außerdem war Kali mit der Laserpistole, die sich in einem an ihrem Oberschenkel festgebundenen Halfter befand, genauso tödlich wie an den Kontrollen ihres 100-Tonnen-*Atlas,* der Dunklen Lady.

»Sie haben recht, Kapitan MacDougall. Aber erliegen Sie nicht dem Irrtum, der außerhalb des Draconis-Kombinats so oft vorherrscht: Keine Gesellschaft ist monolithisch, nicht einmal die des Kombinats. Es gibt Elemente in der Säule von Stahl, die glauben, die einzigen Tugenden, die einem Kurita anstünden, seien die des Schwerts. Und die Unterstützung des Koordinators durch die Yakuza ist bei ihren jüngeren Mitgliedern am stärksten. Viele der älteren Oyabun sind höchst konservativ und betrachten sich selbst als Wächter der Traditionen des Drachen.

Jahrhundertelang, seit dem des Zeitalter des Krieges bis zum Zusammenbruch des Sternenbundes und den Nachfolgerkriegen, schlummerte der Schwarze Drache. Seine Anhänger fanden an den Regeln der Koordinatoren nichts auszusetzen, die fast alle daheim mit eiserner Hand regierten und sich im Ausland imperialistisch gebärdeten.«

Nun rutschte das Publikum unangenehm berührt auf seinen Stühlen herum. All diese Koordinatoren waren Kuritas gewesen, selbst die zu Unrecht auf dem Thron sitzenden – und rasch ausgerotteten – von Rohrs des späten fünfundzwanzigsten und frühen sechsundzwanzigsten Jahrhunderts. Leute, die den Namen Kurita trugen, waren nicht für ihre Liebe zu denen bekannt, die gehässig über jene sprachen, die diesen Namen ebenfalls trugen. Aber Onkel Chandy schlürfte nur Wein aus einem Goldkelch. Er war in mehr als nur einer Hinsicht ein unorthodoxer Kurita.

Der *Mirza* sprach weiter, als sei er sich gar nicht bewußt, daß er etwas gesagt hatte, das ihn den Kopf kosten könnte – und soweit Cassie das beurteilen konnte, ging nur sehr wenig vor sich, dessen sich Peter Abdulsattah nicht bewußt war. »3034 gestattete der damalige Koordinator Takashi Kurita dem Großteil des Militärdistrikts Rasalhaag die Selbständigkeit. Wie allgemein bekannt ist, führte das zum Roninkrieg, in dem Hardliner der VSDK unter Führung von Kriegsherr Wassili Tscherenkoff und des stets für Ärger sorgenden Marcus Kurita versuchten, die ausgeschiedene Freie Republik Rasalhaag wieder zu erobern. Als Gunji no Kanrei kam Theodore Kurita persönlich mit Kombinatsstreitkräften der KungsArmé zu Hilfe. Die Ronin – wie manche von Ihnen wissen, bedeutet das Wort ›Wellenmenschen‹ und bezeichnet herrenlose Krieger – wurden rasch vernichtet. Das Überleben der Freien Republik Rasalhaag war sichergestellt.«

»Zumindest bis die Clans vorbeikamen«, nölte Oberleutenient Aharon ›Barak‹ Ben-Yisroel, LO der Kompanie Dayan, mit seinem übertriebenen Cowboyakzent. Er war ein drahtiger junger MechKrieger mit einem Gesicht, dessen Farbe es mit jedem Indianer aufnehmen konnte, einer Hakennase und einem ungekämmten, lockigen schwarzen Haarschopf und wesentlich bäuerlicher als sein Vorgesetzter, Stellvertretender Bataillonskommandant ›Maccabee‹ Bar-Kochba, der Planetologe des Siebzehnten, ein ebenso gebildeter wie kampferfahrener Mann. Aber er gehörte zu der ethnischen Subgruppe, die sich selbst den wenig schmeichelhaften Spitznamen ›Judenbengel‹ gegeben hatte. Ihre Ahnen hatten es im einundzwanzigsten Jahrhundert nicht zugelassen, daß die römisch-katholische Kirche sie zusammen mit dem Großteil des Judentums aufnahm, und schließlich einen Weg in die drei damals an der Peripherie gelegenen Welten der Gesetzlosen-Intendanz New Granadas gefunden, wo sie sich niederließen und sich damit beschäftigten, die anderen Cowboys mit ihrem Auftreten als Cowboys zu übertreffen.

Unerschütterlich wie immer nickte der *Mirza.* Wie seinem Arbeitgeber machten ihm die rohen und direkten Bräuche dieser *Gaijin*-Mietlinge nichts aus. Cassie hatte den Verdacht, der große, dürre Mann fände sie insgeheim genauso amüsant und unterhaltsam, wie sein Chef es so offen tat. Dieser höchst unkuritahafte Geschmack hatte wahrscheinlich Onkels Chandys Leben gerettet: Als die Angreifer von Blakes Wort den Feiertagsball des armen Percy im letzten Jahr angegriffen hatten, war Chandy daheim auf dem Komplex gewesen und hatte die für seinen Geschmack barbarischen Weihnachtsbräuche seiner Söldner sehr genossen.

»Weniger bekannt war die Tatsache, daß bestimmte Elemente des Kombinatsmilitärs trotz der überwältigenden Popularität des Kanrei innerhalb der Armee insgeheim das verabscheuten, was sie als Ausverkauf an Rasalhaag betrachteten. Und noch unbekannter war, daß die Gesellschaft des Schwarzen Drachen erzürnt aus ihrem langen Schlaf erwachte.

Seitdem ist der Einfluß der Kokuryu-*kai* sprunghaft gestiegen. Mittlerweile ist die Gesellschaft mit ihren Forderungen, das Kombinat solle sich – wie die Liga Freier Welten und die Konföderation Capella – die Auflösung des Vereinigten Commonwealth zunutze machen, praktisch schon an die Öffentlichkeit getreten.«

Das Bild des toten Schwarzen Drachen löste sich in Sterne auf. »Wie Sie alle wissen, gibt es das Vereinigte

Commonwealth nicht mehr, seit Katrina Steiner-Davion die Herrschaft über die alten lyranischen Welten beanspruchte und ihren neuen Staat in Lyranische Allianz umbenannte. Prinz Victor konnte nicht viel tun, war er doch mit dem Versuch beschäftigt, die Welten der Mark Sarna vor den Beutezügen Mariks und Liaos zu schützen. Wie Ihnen ebenfalls bewußt ist, weigerte sich Katrina, ihrem Bruder bei der Abwehr der Invasion zu helfen, und ging sogar so weit, die verschiedenen prolyranischen Einheiten zu ermutigen, ihre Posten auf den Sarnawelten und anderen Grenzplaneten zu verlassen. Viele dieser Einheiten sind mittlerweile in die Lyranische Allianz heimgekehrt und ließen zahlreiche Welten des Vereinigten Commonwealth schlecht verteidigt zurück.«

Plötzlich leuchtete ein Sternenhaufen an der gelb schimmernden Linie, die die Grenze markierte, heller als der Rest. »Katrina Steiner hat in der Tat sogar der Anwesenheit von Kombinatstruppen als Friedensstifter auf den Welten des Lyons-Daumens zugestimmt, eine Verantwortung, die unser Koordinator nicht ohne Zögern übernommen hat.«

Das Publikum rutschte beunruhigt hin und her, und hinter vorgehaltenen Händen wurde Getuschel laut. Die meisten Mitglieder des Siebzehnten waren Veteranen der Marik-Streitkräfte, ob nun ihr Ausscheiden aus dem Dienst allen Formalitäten gerecht geworden war oder nicht, aber sie hatten den Großteil ihrer Karrieren als Söldner erlebt, die für das Vereinigte Commonwealth gegen das Kombinat kämpften. Onkel Chandy war beim Regiment ein beliebter Arbeitgeber, und die meisten kultivierteren Regimentsmitglieder empfanden zumindest widerwilligen Respekt für seinen Vetter Theodore; er schien der einzige Führer in der Inneren Sphäre zu sein, der sich nicht von persönlichem Ehrgeiz oder dem seines Hauses für die Clanbedrohung blind werden ließ, wo doch die Uhr des schon immer gefährdeten Waffenstillstands von Tukayyid unaufhaltsam ablief. Aber die Caballeros liebten Dracos im allgemeinen nicht. Trotz ihrer indifferenten Söldnerpose empfanden sie eine gewisse Sympathie für VerComs, zumindest mehr als für die Kuritas. Der Gedanke, daß die Schlangen Posten auf VC-Welten bezogen, mißfiel vielen von ihnen.

»Unser Spionagedienst« – der *Mirza* mußte nicht erläutern, daß er vom ausgedehnten Konzern-Spionagedienst HTEs sprach; das wurde als bekannt vorausgesetzt – »weist darauf hin, daß die Schwarzen Drachen sich darauf vorbereiten, mehr zu tun, als nur für ein Eindringen in den VerCom-Raum zu agitieren. Sie haben den unlängst eingesetzten Kommandanten der Präfektur Al-Na'ir im Militärdistrikt Dieron, *Tai-sho* Jeffrey Kusunoki, für ihre Sache gewinnen können. Mit ihrer Hilfe bereitet er eine Invasion einer Welt vor, die das Vereinigte Commonwealth für sich beansprucht, eines verletzlichen Planeten am Rand dessen, was viele heute die Chaosmark nennen.«

»Warum hält der Koordinator sie nicht auf?« fragte der Führer des Dritten Bataillons, Komtur Peter White-Nose Pony. Das Rufzeichen des stämmigen, stillen Mannes mit der Hautfarbe gut gegerbten Leders war ›Sänger‹, was seine zweite Aufgabe als eine Art Kaplan des beträchtlichen Navajo-Kontingents des Siebzehnten widerspiegelte. »Er ist doch derzeit mit Victor Davion verbündet.«

»Es ist durchaus möglich, daß Theodore Kurita der beliebteste Koordinator in der Geschichte des Kombinats ist«, sagte Abdulsattah, »und er ist sicher einer der fähigsten. Aber kein Herrscher ist je wirklich absolut; seine Macht ist in vielerlei Hinsicht beschränkt. Kusunoki ist ein Held, der im Krieg von 3039 und beim Clanfeldzug dem Kombinat viel Ehre eingebracht hat. Er ist unglaublich beliebt bei der Bevölkerung des Kombinats beziehungsweise beim Kombinatsmilitär. Solange Kusunoki nicht öffentlich einen Fehler macht, könnte es für den Koordinator politisch peinlich sein, gegen ihn vorzugehen. Außerdem stoßen sich viele an der unlängst geschlossenen Allianz des Koordinators mit Victor Davion und dem Vereinigten Commonwealth. In einem solchen Klima könnte es für Theodore Kurita schwierig sein, die Einnahme einer Welt, die den früheren Feinden des Kombinats gehörte, für ungültig zu erklären, sollte ein solches Tun Erfolg haben.«

Er lächelte freudlos. »Es ist immer schwer, etwas zu unternehmen, wenn erst einmal Tatsachen geschaffen sind, und das gilt nirgends so sehr wie im Draconis-Kombinat. In ihrem fehlgeleiteten Eifer, ihm zu dienen, könnten die Schwarzen Drachen den Koordinator in die Lage versetzen, sich zwischen einer Schwächung des Kombinats durch Bürgerkrieg und dem Verrat an den Verbündeten, die halfen, Luthien vor der Invasion der Nebelparder und der Novakatzen zu retten, entscheiden zu müssen. Beide Vorgehensweisen müssen unweigerlich die Einheitsfront schwächen, die Theodore gegen die neuerliche Aggression der Clans zu errichten versucht. Und es mehren sich die Beweise, daß die Militanten in den Clans an Einfluß gewinnen und jederzeit stark genug sein könnten, den Waffenstillstand von Tukayyid für nichtig zu erklären.«

Cassie drückte sich tiefer in ihren Stuhl, schlug die Beine übereinander und warf Lady K einen Seitenblick zu. Deren fein ziselierte Nasenflügel bebten, und sie rollte mit den Augen. Cassie konnte diese Zeichen nur zu gut deuten und mochte nicht, worauf sie hinwiesen.

»Was ist mit der ISA?« fragte Bar-Kochba. Er hatte einen sonnenverbrannten, kugelförmigen Kopf, eine herrische Nase und einen Bart, der aus lockigem, schwarzem und weißem Draht zu bestehen schien, den jemand in sein vorstehendes Kinn implantiert hatte. Trotz seines Alters eilte ihm der Ruf voraus, die beste linke Gerade im Regiment zu schlagen. »Wird sie nicht etwas dazu zu sagen haben, wenn dieser hübsche Junge Kusunoki völlig aus der Spur gerät?«

Der *Mirza* sah seinen Chef an. In Cassies Kopf gingen sofort alle möglichen roten Warnlampen an. Es war Abdulsattahs Stil, auf scheinbar jede Frage sofort eine Antwort parat zu haben, und sei es nur ein geschickt getarntes Ausweichmanöver.

Der Boß persönlich kaute eine Traube zu Ende und spülte seinen Gaumen mit einem Schluck Wein. »Der Lächelnde hat zwar in letzter Zeit – wenn Sie das Wortspiel verzeihen – zunehmend drakonischere Maßnahmen gegen die Kokuryu-*kai* unternommen«, sagte er dann, »doch er und sein designierter Erbe Ninyu Kerai« – hier sah er Cassie an, die voller Zorn gegen sich selbst spürte, wie sie errötete – »spielen die Bedrohung herunter, die sie darstellt. Warum sie das so entschlossen tun, vermag ich nicht zu sagen, und nicht einmal mein unbezahlbarer *Mirza* ist in alles eingeweiht, was zwischen den beiden vorgeht.

Praktisch gesehen ist die ISA auch sehr stark damit beschäftigt, die Clans zu beobachten und die Aktivität der Maskirovka im Kombinat im Auge zu behalten, die im letzten Jahr auffällig zugenommen hat. Unter anderem hat Sun-Tzu Liao versucht, Begeisterung für eine Art quasi-panasiatischer Allianz gegen das Vereinigte Commonwealth zu erzeugen – eine Idee, die die Schwarzen Drachen übrigens begeistert unterstützen, auch wenn sie im Grunde ihres Herzens die Liaos genausowenig brauchen können, wie der schlimme, traurige, wahnsinnige Sun-Tzu im Grunde uns braucht. Abdulsattah-*kun* weist mich darauf hin, daß, wenn der Atem des Drachen die Kerze von *Tai-sho* Kusunokis Ehrgeiz bisher nicht ausgeblasen hat, er es wohl auch in Zukunft nicht tun wird.«

»Und was hat das alles mit uns zu tun, Don Chandrasekhar?« fragte Kolonel Camacho, der noch trauriger dreinblickte als gewöhnlich. Traditionsbewußte Mexikaner konnten jedem Draco beim Herumreden um den heißen Brei problemlos das Wasser reichen. Nortenos –

Terraner oder ihre Abkömmlinge auf den Südwestlichen Welten – hatten nie viel auf diese Traditionen gegeben.

Ein Stern am äußersten Rand der Chaosmark, direkt an der Kombinatsgrenze, wurde rot. »Ich habe in letzter Zeit ausgedehnten Grundbesitz auf der Welt Towne erworben«, sagte Onkel Chandy. »Ich will, daß Ihr Regiment dort hingeht und ihn beschützt.«

»Towne ist nicht zufällig der Planet, auf den dieser Bursche, dieser Kusunoki, momentan ein Auge geworfen hat, oder?« fragte Cassies Vorgesetzter, Kapitan James ›Ödland‹ Powell vom Spähtrupp. Sein Rufzeichen war dank der Chemotherapie, die er als Schlacht unter schlechten Vorzeichen gegen seinen Magenkrebs erhielt und die ihn sein Haar einschließlich des einst legendären roten Schnurrbarts in Form eines Motorradlenkers gekostet hatte, zutreffender denn je.

Onkel Chandy strahlte begeistert. »Aber natürlich«, sagte er. »Was für ein Zufall.« Seine kleinen schwarzen Äuglein funkelten wie Obsidiansterne.

»Was ist unsere wirkliche Aufgabe dort, *patrón?*« fragte der Kolonel direkt.

»Sie verbünden sich mit Townes Streitkräften, stärken ihnen das Rückgrat, dienen ihnen als Kader und schlagen alles zurück, was *Tai-sho* Kusunoki und seine verräterischen Handlanger ihnen entgegenschleudern«, sagte Onkel Chandy. »Was sonst?«

Und das haben wir jetzt davon, dachte Cassie, als sie um das Schwerkraftdeck joggte, das sich unablässig um die Längsachse der *Finnegan's Wake* drehte. Sie trug ein ärmelloses weißes Rippenshirt über Jogginghosen und passenden Sportschuhen. Ihr langes dunkles Haar war straff zurückgekämmt und am Hinterkopf zusammengebunden.

In weißem T-Shirt und kanariengelben Shorts trottete Kali MacDougall grimmig neben ihr her, den Anflug eines ungewohnten Stirnrunzelns auf dem Gesicht. Lady

K haßte Training ebensosehr, wie Cassie es genoß. Der Stolz – auf ihre langbeinige Schönheit und ihre Vorstellung von der Form, die sich eine Top-MechKriegerin erhalten sollte – brachte sie dennoch dazu. Cowboy Payson, der grundlegend andere Ansichten von den Anforderungen des Handwerks eines MechReiters hatte, hatte sich geweigert, sich ihnen anzuschließen. Was, wie Kali erklärt hatte, ein weiterer wichtiger Antrieb für das Training gewesen war.

Eher das hundertste als das dutzendste Mal hatte Cassie die Vorbesprechung vor ihrem geistigen Auge noch einmal ablaufen lassen. Hier lagen die Wurzeln ihrer Launenhaftigkeit und ihres unguten Gefühls: *La familia* war unterwegs in eine Situation, die sie als völlig unmöglich erachtete, als zumindest so hoffnungslos wie das Rückzugsgefecht gegen die Clans auf Jeronimo.

»Zumindest marschieren wir dieses Mal mit weit offenen Augen hinein, Schatz«, sagte Kali. Cassie runzelte die Stirn. Sie haßte es, wenn ihre Freundin sie so durchschaute. »Letztes Mal warst du so ziemlich die einzige, die die Dornen sah, die in unserem Bett aus Rosen lauerten.«

»Was nützt es, eine Falle zu entdecken, wenn man trotzdem direkt hineintappt?«

»Dafür kriegen wir die großen C-Scheine«, sagte Lady K, die wesentlich leichter atmete, als ihre eingefleischte Abneigung gegen Training hätte vermuten lassen. »Es ist unser Beruf. Wenn wir wirklich dächten, wir wären als Kassiererinnen in einem Tante-Emma-Laden glücklicher, täten wir das, oder?«

Cassie grunzte. Sie konnte sich die große blonde MechKriegerin nicht vorstellen, wie sie Dosenschinken oder Papierwindeln an einem Lesegerät vorbeiführte, genausowenig wie sich selbst.

»Es ist das Leben«, sagte Kali. »Man verfängt sich darin, will es nicht wieder loslassen. Früher oder später erwischt es dich. Aber, zum Foxtrott nochmal –, das Leben endete bisher in allen bekannten Fällen tödlich.«

Ein lautes Keuchen und das Geräusch von Schritten bei einem halben G warnte die beiden Frauen davor, daß sie von hinten überholt wurden, dem Klang nach wahrscheinlich von Männern. Cassie sah flüchtig nach hinten und erkannte die schlaksige Gestalt Gordo Bairds. Sie empfand für ihn keine Zuneigung und noch weniger Respekt, aber er hielt sich recht gut in Form, auch wenn er jetzt ein wenig keuchte. Neben ihm trottete Gabby Camacho.

Trotz der Tatsache, daß der jüngere Camacho ein Liebling der ungebärdigen Norteno-Rauhbeine war, die sich in letzter Zeit so sehr über ihre Gegenstücke, die Cowboys, aufgeregt und sie angefaucht hatten, schienen er und der andere OL miteinander auszukommen. Baird hatte schon lange mit dem Camacho-Clan zu tun; er hatte dem Kolonel vor langer Zeit das Leben gerettet, als beide noch für das Haus Marik kämpften, damals, ehe Carlos in den Nachfolgerennen der Mariks auf das falsche Pferd gesetzt hatte und bedrängt wurde, aus Gründen seiner eigenen Gesundheit besser abzureisen. Deshalb gelang es Baird, trotz dem, was Cassie als unübersehbaren Mangel an Leistung einschätzte, seinen Job zu behalten: *El Coronel* hatte normalerweise ein scharfes Auge für Befähigung und traf entsprechende Personalentscheidungen, aber er war auch *hacendado* und Ritter von Galisteo – ein echter Caballero. Ehre ging über alles, und das Herz der Ehre war die Loyalität. Er gab seinen Leuten zurück, was er von ihnen verlangte, unerschütterliche Loyalität, und dafür liebten sie ihn. Aber manchmal hatte diese Loyalität ihren Preis.

In letzter Zeit verbrachte Kolonel Baird ungewöhnlich viel Zeit mit Gabby Camacho. Cassie hielt sich zwar so weit wie möglich aus der Regimentspolitik heraus, doch ihr Späherinnenauge konnte diese Tatsache nicht ignorieren. Allerdings versuchte sie, nicht zu analysieren, was das bedeutete. Die Analyse dessen, was Leute motivierte, war für Ziele vorbehalten. Cassies Welt zerfiel in

Ziele und *la familia,* und wenn die beiden je zusammenfallen sollten, so fürchtete sie unterbewußt, würde ihre Welt zusammenbrechen.

»*Buenas tardes,* Cass«, grüßte Gavilán Camacho, als die beiden Männer aufschlossen. Sein Blick war eindeutig: Cassies Stupsnase und ihr vollkommener Hintern verursachten unzweifelhaft einen Kurzschluß seiner Kühlsysteme. Das war KGS; sie verfügte über ein ganzes Sortiment von Ausweichmanövern für derartige Situationen, die vom Dummstellen bis zum plötzlichen Tod sorgfältig abgestuft waren, und hatte sie im Laufe der Zeit alle angewandt. Zum Glück hatte Gabby in seiner Zeit auf der Militärakademie Neu Avalon des Hauses Davion ausreichend Sinn für die Verantwortung eines Befehlshabers mitbekommen, um das Thema nie so weit zu vertiefen, daß Cassie etwas zerstören mußte.

»*Buenas,* Gabby«, antwortete sie in neutralem Tonfall. Es schien ihr im Regelfall am besten zu bekommen, ihn als nicht allzu lieben Verwandten zu behandeln.

»Guten Tag, Kapitan ... Leutenient«, sagte Baird herzlich. Die Frauen antworteten höflich.

»Sie scheinen geistesabwesend, Leutenient«, sagte er und sah Cassie scharf an.

Sie starrte zurück und gab sich alle Mühe, keine weitere Reaktion zu zeigen. Eine solche Auffassungsgabe hätte sie ihm gar nicht zugetraut.

»Ich denke über die Mission nach, Kolonel.«

»Das spricht für Sie«, sagte Baird. »Besorgt?«

»Immer.«

Er stieß ein nachsichtiges Kichern hervor. »Mir ist schon klar, warum. Aber Sie können sich ruhig erst einmal entspannen. Wir sind auf dem Weg, Towne eine Hilfestellung zu leisten, die dringend gebraucht wird.«

Er lächelte. »Zur Abwechslung werden wir mal auf einem Planeten sein, wo uns die Bevölkerung mit offenen Armen empfängt.«

Teil Zwei

EINE WELT AUS LÜGEN

Die Welt ist ein gewaltiger,
der Zwietracht geweihter Tempel.

– Voltaire

7

Komplex der Turanischen Transportgesellschaft, Port Howard
Provinz Aquilonien, Towne
Mark Draconis, Vereinigtes Commonwealth

12. Dezember 3057

Es überraschte Cassie nicht, daß Gordo Bairds Vorhersage sich als völlig falsch erwies.

»TOD DEN DRACOS!« plärrte der Lautsprecher, und die Worte schienen von der tiefhängenden Wolkendecke über Port Howard widerzuhallen. »TOD IHREM SÖLDNER-ABSCHAUM!«

Die Hände tief in die Taschen ihres hexwolfgesäumten Parkas geschoben, befand sich Cassie im hinteren Bereich des Mobs, der sich vor den Haupttoren des ausgedehnten Komplexes der Turanischen Transportgesellschaft am Nordufer des Donnerflusses, wo er in die Kreisbucht floß, versammelt hatte. Die Menge bestand hauptsächlich aus Männern, von jungen Leuten bis zu Männern mittleren Alters, deren Kleidung eher dem Diktat des Geldbeutels als dem der Mode folgte. Die Caballeros waren gerade erst auf Towne angekommen, und Cassie war draußen auf der Straße und tat das, was sie am besten konnte. Als sie sich die Hände der Leute um sie herum ansah, während sie durch den Mob glitt, kam sie zu der Auffassung, daß diese Leute irgendwann tatsächlich ein Handwerk im eigentlichen Wortsinn ausgeübt haben mußten.

In den Stadtgebieten Townes erlebten das Baugewerbe und die Beschäftigung im allgemeinen eine Flaute, und zwar seit die meisten außerweltlichen Investitionen und ein Großteil des heimischen Kapitals der Fünften Lyranischen Garde gefolgt war, die zu Katrina Steiner nach Hause zurückgekehrt war, statt sich in den Krieg ihres

Bruders mit Thomas Marik einzumischen. Der siebzigjährige Marquis von Towne hatte auch den Abgang gemacht und sich zu einem offenbar dauerhaften Aufenthalt in eine Villa zurückgezogen, die er auf Neu Avalon besaß. Das erklärte weitgehend, warum so viele Arbeiter genügend Verärgerung und Freizeit besaßen, um sich an möglicherweise gewalttätigen Demonstrationen zu beteiligen. Es erklärte nicht unbedingt, warum sich beides so wütend gegen Onkel Chandy richtete. Die Ankunft der Stellvertreter des Kuritamagnaten hatte jede Menge frisches Kapital gebracht und außerdem nicht nur neue Arbeitsplätze versprochen, sondern sie auch tatsächlich geschaffen.

Trotz der Handbreit Schnee, die in der letzten Nacht gefallen war – und sich mittlerweile unter mehreren tausend protestierender Stiefel in Matsch verwandelt hatte –, war der Wind, der die Straße der Weisheit der Sterne heraufwehte und vom Valusischen Strom erwärmt wurde, keineswegs eisig genug, um die Eiseskälte zu erklären, die Cassie bis ins Mark drang.

»THOMAS MARIK UND SEIN LIAOLAKAI HABEN DAS VEREINIGTE COMMONWEALTH GESCHÄNDET«, erklärte die verstärkte Stimme. »JETZT WILL AUCH EIN KURITA MAL RAN. ER IST EINE SCHLANGE, DIE IM GRAS LAUERT. ZUERST KOMMT ER UND NIMMT UNS UNSERE ARBEITSPLÄTZE WEG. BALD WIRD ER UNS AUCH DAS LEBEN NEHMEN WOLLEN ...« Der Sprecher, der auf einem vom Mob umgebenen Lieferwagen auf der Straße gegenüber der Tore des Komplexes stand, war ein Mann in den Dreißigern mit dickem Hals und drahtigem Haar, der sich gegen die steife Brise in ein rotes Wollhemd, ausgebeulte dunkle Hosen von unbestimmbarer Farbe und halbgeschlossene Galoschen gehüllt hatte.

Er hatte zum Teil recht, dachte Cassie. Manche Welten waren noch immer mit kleineren Scharmützeln beschäftigt, aber im großen und ganzen war alles vorbei. Marik und Liao hatten sich geholt, weswegen sie gekommen waren, hatten die Welten zurückerobert, die ihre Reiche Jahrzehnte zuvor verloren hatten. Victor Davion beanspruchte die Region noch immer als Mark Sarna des Vereinigten Commonwealth, aber in Wirklichkeit war es ein Niemandsland, das heute fast alle die Chaosmark nannten.

Als Demagoge war der Mann Mittelklasse. Als Überlebenskünstler beeindruckte er Cassie auch nicht besonders. Sie war auf der Liaowelt Larsha aufgewachsen und hatte einige heftige Unruhen erlebt. Und auch einige Male die knallharte Unterdrückung derselben durch die brutalen Maskirovkagarden. Selbst der dümmste Knochenbrecher der Maskirovka verstand, daß man die Führer ausschalten mußte, wenn man einem Mob den Zahn ziehen wollte. Dieser Narr hätte genausogut ein Holo eines großen Sterns projizieren können, der auf ihn herunterzeigte, und dazu die Worte »Legt mich um«.

Oder vielleicht *mußten* öffentliche Unruhestifter nicht lernen, sich instinktiv bedeckt zu halten, um in der vergleichsweise offenen Gesellschaft des VC zu überleben. Jedenfalls bekamen ihn so die Holokameras gut ins Bild, die man heute trotz des schlechten Wetters überall sah.

Das Dutzend Sicherheitskräfte der Turanischen Transportgesellschaft in den lohfarbenen Overalls, das Schulter an Schulter vor dem Tor aufgereiht war, stand den Demonstranten jenseits einer freien halbmondförmigen Fläche von vierzig Metern gegenüber, die Schlagstöcke auf Hüfthöhe. Ihre Gesichter unter den weiß lackierten Helmen, die sie sich auf die üblichen indigoblauen Barette gestülpt hatten, waren grimmig, und an ihrem Gesichtsausdruck war deutlich zu sehen, daß sie an solche Zustände nicht gewöhnt waren. Ganz sicher fühlten sie sich unter derartigen Umständen nicht wohl. Ihrer Haltung nach schien die Tatsache, daß Leutenient Leo ›El Piribau‹ Archuletas *Heuschreck* hinter ihnen stand, genausowenig das Rückgrat zu stärken wie etwa dem Transportzeppelin, dessen gelbe Hülle über dem Zaun sichtbar war, während er seine Ladung eiglophischer Blutholzstämme auf einen auf dem Donnerfluß schwimmenden Lastkahn ablud.

Ein Mann in brauner Jacke stand direkt vor ihnen und versuchte, die Menge durch ein eigenes Megaphon zu beruhigen: »Schaut, ihr alle kennt mich. Ich habe hier mein ganzes Leben gelebt und gearbeitet, genau wie ihr...« Er verlor den Lautstärkekrieg gegen den Mann auf dem Lieferwagen. Auf seinem kahlen Schädel schimmerte mehr Schweiß, als die Temperatur – es war auch nicht richtig *warm* – gerechtfertigt hätte.

Eine Bierflasche flog im Bogen aus der Menge über seinen Kopf und die Köpfe des Sicherheitskordons und zerbarst an der flachen Transpex-Windschutzscheibe des *Heuschreck*. Jemand mit nervösem Arm, dachte Cassie. Jemand, der auch, wie Kali Mac Dougall sagen würde, *mehr Sand als Hirn* hatte, um sich derart direkt mit einem BattleMech anzulegen, selbst einem so winzigen wie Pipiribaus Gefährt. Zwanzig Tonnen waren immer noch viel Gewicht, wenn sie durch eine Straße voller Leiber walzten, die in erster Linie mit Flanell und Feinripp gepanzert waren.

Oder vielleicht waren diese Bürger auch vom freien und lockeren Leben im VerCom so verdorben, daß sie nicht glaubten, irgendein MechReiter – nicht einmal einer, dessen Schecks von einer im Gras lauernden Kuritaschlange unterzeichnet wurden – würde es wagen, sie zu rotem Brei zu zermalmen.

Und sie hatten wirklich recht. Dank Zuma Gallegos' Techzauberei war der schwere Laser, über den Pipiribaus LCT-1V normalerweise verfügte, vorübergehend durch einen Wasserwerfer zur Kontrolle von Menschenmengen ersetzt worden. Der Mech besaß zwar nach wie vor seine Sperry-Brown-Maschinengewehre an den Armen, doch der Pip war eine unbekümmerte Pfeife aus Pommes Frites Ames' Adelante-Kompanie, der wirklich keine haarsträubenden Warnungen gebraucht hatte, sie nur in ausweglosen Situationen auf Personen abzufeuern. Pipiribaus Geisteshaltung war an seiner Angewohnheit abzulesen, Spielzeug, Fetendekoration, bemalte Plaketten und Fingerhüte – bunten Krimskrams aller Art – im Stile der alten Tijuana-Taxis überall auf seinen Heuschreck zu kleben, was der Maschine ein merkwürdig unscharfes Aussehen verlieh. Wenn der Krempel im Kampf weggeschossen wurde, machte er sich sofort daran, ihn zu ersetzen, sobald sich der Rauch geklärt hatte.

Die Menge jubelte dem Flaschenwerfer zu. »Es ist toll, mit offenen Armen empfangen zu werden«, murmelte Cassie leise.

Niemand sah sie an. Sie konnten sie aufgrund ihres eigenen Lärms nicht hören, noch weniger den Kampf der Megaphone. Tatsächlich achtete überhaupt niemand auf sie. Der ausgebeulte Parka und eine Brille mit gewölbten, polarisierten Gläsern verbargen ihr auffälliges Äußeres, und obgleich die Menge in erster Linie aus Weißen bestand, waren die Inselbewohner von Townes Südhalbkugel meist schwarz, Polynesier oder asiatischer Abstammung, und als eine von ihnen ging sie locker durch.

Eines fiel ihr besonders auf: Es fehlten die typischen politisch aktiven Studenten. Jugendliche Townies im Gymnasiums- und Collegealter, die aus Familien stammten, die wohlhabend genug waren, um ihnen zu erlauben, sich um die Rettung der Welt Gedanken zu machen, kleideten sich üblicherweise wie Arbeiter. Als Straßenkind konnte Cassie die Poser auf einen Klick Entfernung ausmachen. In den zehn Tagen, die das Siebzehnte jetzt auf dem Planeten war, hatte sie erfahren, daß Solidarität mit Arbeiterinnen und Arbeitern derzeit auf dem Campus schwer in Mode war. Weniger im Trend lag es offenbar, hinzugehen und tatsächlich Tuchfühlung mit echten Arbeitern aufzunehmen.

Während sie diese Daten jedoch abspeicherte, fiel ihr

ein Mann auf, der sich unweit von ihr durch die Menschenmenge bewegte. Er war etwas älter als die Gestalten im Grundstudium, an die sie gedacht hatte, und sein Haar war eine Spur zu glatt. Er sah einen Hauch zu unpassend in der grünschwarz karierten Holzfällerjacke aus, die ihm eine Nummer zu groß war, um ganz hierher zu passen. Hier und da hielt er an, um zu verschiedenen Demonstranten etwas zu sagen, zu einzelnen oder Gruppen, die klein genug waren, um in normaler Lautstärke gesprochene Worte zu verstehen, berührte gelegentlich einen Arm und nickte häufig zu den Toren des Komplexes hinüber. Er bearbeitet die Menge, dachte Cassie.

Sie hatte gerade begonnen, sich dorthin zu schieben, wo sie seinen Worten lauschen konnte, als das Dröhnen eines ungedämpften Motors den Lärm der Menge wie eine Kettensäge durchschnitt.

Cassies Kopf fuhr herum. In der gesamten Inneren Sphäre kannte sie nur eine Maschine, die dieses schnarrende Furzgeräusch erzeugte, ein fettes V-Twin-Outlaw-Motorrad aus den Harley-Indian-Messerschmitt-Werken auf Atreus – ein Fahrzeug, das zufällig bei allen Volksgruppen des Südwestlichen Dreibundes fast als heilig galt. HIM-Motorräder waren außerhalb der Liga Freier Welten nicht unbekannt – sie hatten gerade begonnen, als das Statusfahrzeug der *dekigoro-zoku*-Jugendbanden der oberen Mittelklasse auf Hachiman in Mode zu kommen, als die Caballeros nach Towne aufbrachen –, aber dies war das erste, dem Cassie hier begegnete.

Sie sah, wie die Menge links von ihr hastig dem Motorrad Platz machte, was klug war, da das Motorrad mit fast einer halben Tonne in der hiesigen Schwerkraft mehr als in der Lage war, sich Bahn zu brechen. Der Fahrer war in kondenswasserfeuchtes schwarzes Leder gehüllt und mit seinem Helm und dem schwarzen Visier gesichtslos. Die Gestalt steuerte mit behandschuhter linker Hand. In der anderen hielt sie …

Cassie schob ihre Brille auf die Stirn, um es besser zu

sehen. In der rechten Hand hielt der Fahrer den unverwechselbaren fetten Doppellauf eines tragbaren KSR-Werfers.

Cassie umfaßte den Synthgummigriff des Kurzlauf-Revolvers, den sie in einem verborgenen Halfter trug, das in die rechte Tasche des Parkas eingenäht war, und arbeitete sich durch die Menge vorwärts. Mit der anderen Hand führte sie einen Taschenkommunikator zum Mund und sandte eine Warnung auf der Kompaniefrequenz Adelantes. Sie wußte schon, daß sie nie rechtzeitig kommen würde, um auf den schwarzen Fahrer schießen zu können.

Die Sicherheitskräfte sahen das große Motorrad, das auf sie zuraste. Sie zerstreuten sich in dem Moment, als Pipiribau seinen *Heuschreck* wendete, um dem Eindringling entgegenzutreten. Er entdeckte entweder die Waffe oder dachte, die HIM werde versuchen, das Tor zu durchbrechen, denn er feuerte den Wasserwerfer ab. Das Motorrad steuerte um den zischenden Schwall herum und fuhr direkt auf den Mech zu.

Die Sperry des Mech ratterte los. Cassie sah fahle Zielpunkte in der Dämmerung, als Kugeln zu beiden Seiten des Motorradfahrers in den Asphalt einschlugen. Der Fahrer legte seine schwere Maschine auf die linke Seite.

Cassie hielt inne. Ihr unwillkürliches erleichtertes Seufzen blieb ihr im Hals stecken. Der Fahrer in Schwarz gab sein Motorrad nicht auf. Statt dessen blieb er darauf sitzen, während es inmitten eines Funkenregens dahinschlitterte und direkt zwischen den Beinen des *Heuschreck* ankam. Als er unter dem Mech hindurchrauschte, feuerte er beide Läufe des Werfers direkt nach oben ab.

Eine doppelte Explosion zertrümmerte den rechten Hüftaktivator des kleinen Mechs. Er fiel nach rechts vorn und riß einen Teil des drei Meter hohen Maschendrahtzauns um, als er zusammenbrach.

Der Fahrer ließ den abgefeuerten Werfer fallen, stieß sich kraftvoll mit einem in schwarzes Leder gehüllten

Bein ab und nützte den Schwung seines Motorrads, um es wieder aufzurichten. Es beschrieb einen Vollkreis und richtete die Räder wieder nach vorn. Die HIM wackelte zweimal und rauschte dann mit höhnischem Aufheulen des Motors davon.

Einen Augenblick lang standen Cassie und alle anderen in Sichtweite einfach nur mit weit aufgerissenen Mündern da. Das Motorrad fuhr auf der Straße der Weisheit der Sterne landeinwärts davon, so weit nach links geneigt, daß das Knie des Fahrers über den Boden schleifte, und verschwand.

Mit einem befreiten, wilden Schrei stürmte die Menge voran. Sie würde die hilflosen Sicherheitskräfte einfach überrennen. Sie würde die Tore niederreißen und den Komplex stürmen. Sie könnte sogar auf die Idee kommen zu versuchen, El Pipiribau – der wahrscheinlich durch seinen Sturz betäubt, aber unverletzt war – aus seinem Mech zu zerren.

Und dann würden sie in großer Menge sterben. Die anderen Adelante-Mechs, die diskret außer Sichtweite auf dem Gelände der Turanischen Transportgesellschaft stationiert waren, würden eingreifen. Jetzt, wo schwere Geschütze aufgefahren worden waren – und einer der ihren gefallen war –, würde jegliche Zurückhaltung hinweggefegt.

»Adelante, hier Abtacha, bitte melden, Ende«, rief Cassie verzweifelt in ihren Taschenkom. Die weißbehelmten Sicherheitskräfte und ihr kahlköpfiger CEO standen mit dem Rücken zum Tor und erwarteten ihren Tod. Hinter ihnen konnte Cassie das runde, transpexverkleidete ›Gesicht‹ von Macho Alvarados *Kampftitan* drohend hin- und herwiegen sehen, als der große Mech auf den Zaun zuwankte. Ein *Feuerfalke,* dessen Brust- und Bauchpanzer ein schönes Airbrushgemälde zierte, das aber in dem Nieselregen, der zu fallen begonnen hatte, nur als unklarer Schimmer zu sehen war, schwebte auf seinen Pitban-Sprungdüsen hoch über dem Komplex.

Das war unzweifelhaft U-Leutenient Jesse James Leyva, Rufzeichen ›Gesetzloser‹.

»Pommes Frites, Raven, Macho, Gesetzloser – bitte melde sich doch jemand«, drängte Cassie.

Was sie ihnen sagen sollte, wenn sie sich meldeten, wußte sie nicht so genau. Wenn ihr Blut nicht vor Furcht und Zorn gekocht hätte – *la familia* ist in Gefahr! –, hätte Cassie die kaltblütige Perfektion des Hinterhalts bewundert. Dank des kühnen, geheimnisvollen Fahrers standen die Caballeros kurz davor, mehrere hundert genau der Leute zu massakrieren, die zu retten sie gekommen waren. Innerhalb weniger Herzschläge würde eine Aufgabe, die sich schon als fast hoffnungslos erwiesen hatte – Townes Verteidigungsmechanismen auf den bevorstehenden Angriff vorzubereiten –, für immer unmöglich werden. Und statt Verbündete zu gewinnen, müßten die Mitglieder des Siebzehnten Aufklärungsregiments vielleicht feststellen, daß ein ganzer Planet nach ihrem Blut gierte.

Mit einem Knurren aus vielen Kehlen schob sich die Menge voran. Cassie zog den Kurzlauf aus der Tasche und bereitete sich vor, sie in die Luft abzufeuern – alles, um den Krampf zu lösen, die bevorstehende Katastrophe abzuwenden. Es würde natürlich nicht funktionieren.

Das Tor öffnete sich. Eine kleine, schlanke Gestalt trat heraus. Ehe die Reihe der Wachen reagieren konnte, war sie an ihnen vorbeigeschlüpft und ging auf den vorrückenden Mob zu, wobei sie ein Megaphon an die Lippen hob. Schwarzes Haar, in dem Feuchtigkeit glitzerte, hing ihr auf die Schultern und umrahmte ein perfektes, herzförmiges Gesicht.

»Gesetzloser, Pommes Frites, Raven, hört mich denn niemand«, drängte Cassie. »Nicht schießen. Es ist Diana.«

Der springende *Feuerfalke* von ›Gesetzloser‹ Leyva, der wohl eine Landung mitten unter dem Mob vorgehabt hatte, bremste in der Luft und ließ es bei einer lautstarken Landung direkt jenseits des Tores bewenden. Die Abluft seiner Düsen peitschte Diana Vásquez das Haar ins Gesicht. Die *Hornisse* von Pommes Frites und Cowboys schwarzgelb gestreifte *Wespe* landeten links und rechts von ihm. Pommes Frites' Frau Raven hängte den krummen Schnabel ihres Mech – eines *Rabe* – über den Zaun wie ein neugieriger Vogel.

»Bevölkerung von Port Howard«, sagte Diana mit einer Stimme, die sanft und beruhigend wie eine Mutterbrust war, durch das Megaphon, »Towner, bitte hört mir zu. Wir sind nicht gekommen, um euch weh zu tun. Wir sind hier, um zu helfen.«

Die vordersten Läufer der Menge zögerten, wurden langsamer. Die einsame Frau sah so zerbrechlich und verletzlich aus und strahlte doch solch äußerste, heitere Kraft aus, daß niemand den Willen aufbrachte, die Hand gegen sie zu erheben. Cassie sah zum Lieferwagen, wo der Redner des Mobs stand, seine eigene Quäke gesenkt hatte, den Unterkiefer hängen ließ und einen betroffenen Gesichtsausdruck zur Schau stellte, als frage er sich: Was habe ich da fast angerichtet?

Aus einigen Metern Entfernung hörte Cassie, wie sich eine unverstärkte Stimme erhob: »Hört der Nutte nicht zu! Sie ist eine Draco-Spionin! Tötet die Schlampe!«

Cassie grinste wie ein Wolf. Endlich konnte sie etwas tun. Sie glitt nach rechts vorne und zwischen hochgewachsenen Demonstranten so unauffällig hindurch wie ein Schatten. Der Agitator mit dem zurückgekämmten Haar, den sie entdeckt hatte, kurz bevor der Ballon platzte, stand mit dem Rücken zu ihr, schüttelte die Fäuste und schrie nach Dianas Blut.

Sie näherte sich ihm von hinten, packte eine Handvoll seiner grünschwarzen Jacke und rammte ihm den Revolverlauf so hart in die Nieren, daß sie spüren konnte, wie seine Knie aufgrund der unerwarteten Schmerzwoge nachgaben.

»Mach nur so weiter, Spatzenhirn«, zischte sie ihm ins Ohr, »dann blase ich dir die Eingeweide zum Nabel raus.«

Man mußte dem Agitator zugute halten, daß er sofort erstarrte. Sie konnte fast spüren, wie er seine Augäpfel in den Höhlen bewegte und versuchte, weit genug nach hinten zu schauen, um einen Blick auf sie werfen zu können. Aber er versuchte nicht, ihr auch nur ein Milligramm Paß-auf-kleines-Mädchen-du-könntest-jemanden-verletzen-Gequatsche aufs Ohr zu drücken. Was zeigte, daß er entweder von Haus aus clever war oder für derartige Operationen ausgebildet, denn was sie ihm gesagt hatte, war keine Drohung, sondern ein Versprechen. Beim nächsten Geräusch aus seinem Mund würde sie es nur allzugerne halten.

Es war ganz schlechte Politik, jemanden mit einer Feuerwaffe zu berühren – zumindest meistens. Deshalb der Klammergriff hinten an seiner Jacke. Wenn er versuchte, sich loszureißen, würde sie ihre beiden starken Beine um seine Hüfte schlingen und ihn trotzdem in zwei Hälften zerlegen. Sie vertraute völlig auf ihre Fähigkeit, das zu tun, egal, wie gut er war. Sie hatte es schon früher getan. Nicht einmal ein Mungo hatte eine Chance gegen Cassie.

Mittlerweile ragte die beeindruckende Masse von Machos *Kampftitan* hinter dem Tor auf, Buck Evans' *Orion* direkt daneben. Selbst wenn sie nicht eingesetzt wurde, reichte die gewaltige Feuerkraft eines halben Dutzend BattleMechs, darunter ein Angriffs-Mech und ein schwerer Mech, aus, um das Mütchen zu kühlen, das der Sturz des *Heuschreck* bei der Menge entflammt hatte. Die Menge, die in zehn Metern Abstand vor der einsamen Diana innegehalten hatte, begann sich jetzt zurückzuziehen, als erzeugten all diese Gewehre, Geschosse und Energiewaffen irgendeine Art magisches Schutzfeld.

Zügig drängten Demonstranten rückwärts gegen Cassie und ihren Gefangenen und rempelten sie an. Eine rasche Hüftdrehung riß ihr die Jacke aus der Hand. Sie trat zurück und nahm die Pistole wieder an die Hüfte, falls der Agitator danach greifen sollte, aber seine Absicht war Entkommen und Flucht. Er trat beiseite, um die volle Breite eines Hafenarbeiters zwischen sich und den Kurzlauf zu bekommen. Dann war der Mann weg.

Sie ließ den kleinen Revolver verschwinden. Dann verschwand auch sie.

8

Palast des Marquis, Port Howard
Provinz Aquilonien, Towne
Mark Draconis, Vereinigtes Commonwealth

12. Dezember 3057

»Wir brauchen Ihre Hilfe nicht!«

Die Frau, die am anderen Ende des Tisches stand, hatte langes, dünnes blondes Haar und ein schmales Gesicht. Abgesehen von den rosa Flecken, die auf beiden Wangen glühten, war ihre Haut in dem grauen Licht, das durch hohe, schmale Fenster in den grauen Steinwänden hereinfiel, totenbleich. Kolonel Carlos Camacho fragte sich, ob ihr die Rangabzeichen eines Generalhauptmanns, die an den Epauletten der Tunika ihrer Interimsuniform befestigt waren, wirklich zustanden.

»Beruhige dich, Janice«, sagte der Mann, der zur Rechten des Kolonel an der Tischmitte saß. Er war ein schlanker, hübscher Offizier, dem die Abzeichen eines Generalleutnants, die er trug, unzweifelhaft zustanden. Sein Gesicht und seine Manieren wirkten zwar jugendlich, doch hatte sein schmaler blonder Schnurrbart im Laufe der Jahre die Farbe von Holzasche angenommen. Der General hatte die Position des Ranghöchsten aus Höflichkeit Don Carlos überlassen, war aber eigentlich Gastgeber dieses Treffens im Erdgeschoß eines Gebäudes in einem geschickt angelegten Kasernenkomplex in einem Winkel des Palastgeländes des abwesenden Marquis von Towne. »Wir nehmen gerne alle Hilfe an, die wir kriegen können.«

Die Frau mit dem langen, dünnen Haar funkelte den schlanken Mann mit dem Schnurrbart an, während die Frau im pflaumenfarbenen Anzug, die ihm gegenüber saß, die Hände auf dem Tisch faltete und ihm ein vertrauliches, unangenehmes Lächeln schenkte. »Lassen Sie uns mal nicht voreilig sein, Sir Osric«, sagte sie. »Muß ich Sie daran erinnern, daß dies eine demokratische Gesellschaft ist? Seit Abreise des Marquis sind Ihre Füsiliere nicht unbedingt in der Position, dem Rest des Planeten Vorschriften zu machen. Und ich muß sagen, die Planetenregierung tendiert dazu, Generalhauptmann Marrous Einschätzung zu teilen. Wenn eine Bedrohung besteht – und die PR ist alles andere als überzeugt, daß das der Fall ist –, dann reichen unsere einheimischen Ressourcen fraglos aus, um damit fertig zu werden.«

»Die PR kann sich ihre Einschätzungen in den Arsch schieben«, murmelte der Mann, der rechts von Osric Gould saß. »Es sei denn, die Schlangen erledigen das für sie.«

»Bitte, Kommandant Waites?« fragte die Frau in dem pflaumenfarbenen Anzug scharf.

»Ich sagte, unsere Lage ist komisch, wenn sich die PR irrt«, antwortete Waites milde. Er war ein drahtiger Mann mit ebenso drahtigem dunkelblonden Haar, dessen Haut von Geburt an braun und von einer so tiefen Sonnenbräune, in schockierendem Kontrast zu seinen strahlend weißen Augäpfeln stand, die fast geschwärzt schien. Als Inselbewohner von der südlichen Hemisphäre traf er sich mit Kolonel Camacho als Vertreter der Hochseeflotte. Als solcher war er der einzige anwesende Vertreter der Regimenter des Vereinigten Commonwealth.

Generalleutnant Sir Osric Gould befehligte die Persönlichen Füsiliere des Marquis von Towne – beziehungsweise das, was von ihnen nach dem Rückzug des Marquis, der sein Persönliches Erstes Bataillon nach Neu Avalon mitgenommen hatte, noch übrig war. Sir Osrics Rumpfstreitkräfte bestanden aus Gardetruppen – Panzer, Infanterie und einige Luft/Raumjäger, dazu alles in allem etwa zwei Kompanien Mechs. Der selbsternannte Generalhauptmann Janice Marrou stand der Townegarde vor, einer Planetenmilizeinheit, die den SKVK beigeordnet war. Die Garde war auf dem Papier sieben Bataillons stark. Ihre wahre Stärke betrug Berichten zufolge etwa vier Bataillone, meist Infanterie, ausgestattet mit Panzern, Artillerie, VTOLs und etwa einer Kompanie Mechs.

Die Füsiliere waren in jeder Hinsicht ein Regiment. Sir Osric war ein hochdekorierter Offizier, wie viele seiner verbliebenen Offiziere, und ein annehmbarer Prozentsatz seiner Soldaten waren Veteranen der SKVK, die sich im Sog der Bildung der Lyranischen Allianz entschlossen hatten, näher daheim zu dienen. Ihre Ausrüstung war nicht auf dem allerneuesten Stand der Technik – genausowenig wie die der Caballeros –, war aber gut in Schuß, und die Füsiliere traten auf, als wüßten sie, wie man sie benutzte. Wie gut ihre Moral die Flucht des Mannes, deren Leib zu bewachen ihre eigentliche Aufgabe war, und das gerade erlebte Zerbrechen des Vereinigten Commonwealth verkraften würde, war eine ungeklärte Frage.

Bei der Townegarde sah das anders aus. Im Gegensatz zu den Füsilieren, die über den Großteil des nördlichen Hauptkontinents Hyboria verstreut war, war sie in erster Linie in der Hauptstadt Port Howard versammelt. Caballeros, die einen Blick auf sie hatten werfen können, waren nicht besonders beeindruckt. Sie waren selbst für die Begriffe der lockeren Südwestler nachlässig, und die Vorgeschichte und derzeitige Kampftüchtigkeit ihrer BattleMechs waren ebenso geheimnisvoll wie die ihrer Kommandantin.

»Ich bin mir nicht ganz darüber im klaren«, sagte die Vertreterin der Planetenregierung, »warum diese Unterredung überhaupt stattfindet. Meinem Verständnis nach ist das Siebzehnte Aufklärungsregiment als Sicherheitstruppe bei einem Plutokraten aus dem Draconis-Kombinat angestellt, der sich jüngst bemüßigt sah, beträchtliche Eigentumswerte auf Towne zu erwerben. Mir ist nicht klar, warum das Regiment zu Gesprächen mit unserer Verteidigung hinzugezogen werden sollte.«

»Wir alle haben die Beweise gesehen, die Kolonel Camacho vorgelegt hat«, sagte Sir Osric. Es kostete ihn keine sichtbare Anstrengung, sein herzliches, vernünftiges Auftreten beizubehalten, eine Tatsache, die Kolonel Camacho bewunderte. »Er hat meinen Stab und mich davon überzeugt, daß uns in vier bis sechs Monaten ein Besuch eher unwillkommener Besucher von der Kombinatsseite der Grenze bevorsteht.«

»Beweise, die, wie er zugibt, ausschließlich aus Dracoquellen stammen«, hielt ihm Marrou entgegen. »Selbst wenn er uns nicht linkt, wer sagt, daß sie ihm keine falschen Informationen unterjubeln?«

»Was in Gottes Namen hätten Subhash Indrahar und seine Leute davon, daß wir in Alarmzustand versetzt werden?« fragte Kommandant Waites. »Ein gutes, dröhnendes Lachen?«

Marrou funkelte ihn aus fahlen Augen an und verstummte.

»Nur um der besseren Informiertheit willen, Kolonel, könnten Sie mein Gedächtnis bezüglich der genauen Werte auffrischen, die Sie uns angegeben haben?« fragte die Frau im pflaumenfarbenen Anzug, deren Ton darauf hinwies, daß sie sich nicht die Mühe gemacht hatte, in die Tischvorlagen zu sehen, die der Stab *Mirza* Abdulsattahs ursprünglich vorbereitet hatte, und auch nicht aufpassen würde, was man ihr jetzt sagte. Hermione Finzi-Grinch war die persönliche Gesandte von Townes Staatschef, Kanzler Martin Cortese.

»Sicher doch«, sagte der Kolonel. »Wir erwarten, daß innerhalb des vom Generalleutnant erwähnten Zeitraumes ein gewisser Jeffrey Kusunoki, Befehlshaber des Fünfzehnten Dieron-Regiments des Kombinats, geschätzte zwei oder drei Regimenter bei einer Invasion Townes führen wird. Ein Angriff, der, ich wiederhole, keineswegs von Theodore Kurita abgesegnet ist.«

Finzi-Grinch schüttelte den Kopf. »Es fällt mir schwer zu glauben, daß etwas derart Militärisches ohne umfassende Information und Zustimmung des Koordinators des Draconis-Kombinats überlegt, geschweige denn in Angriff genommen werden soll.«

Don Carlos versuchte, nicht finster dreinzublicken. Das wäre sowohl unhöflich als auch politisch unklug gewesen. Und im übrigen hatte er sich noch vor gar nicht allzulanger Zeit selbst sehr viele falsche Vorstellungen vom Kombinat als monolithischer Einheit gemacht, die sofort und einheitlich dem Willen ihres Herrschers gehorchte. Die Zeit seines Regiments auf Hachiman hatte deutlich gezeigt, wie albern diese Vorstellung war, doch die meisten Bürger des Vereinigten Commonwealth und der Liga Freier Welten hielten noch immer mit fast religiösem Eifer daran fest.

»Der Koordinator hat mit den Clans alle Hände voll zu tun, Ma'am«, erklärte Gordo Baird, der neben dem Kolonel saß.

Vater Doktor Bob García, auf der anderen Seite neben Don Carlos, beugte sich vor. »Vielleicht sollten wir einen Zeitplan für gemeinsame Trainigszeiten diskutieren, mit Ihren und unseren Einheiten«, sagte er freundlich. »Dagegen haben Sie doch sicher nichts? Selbst wenn sich diese Bedrohung durch das Kombinat als Schimäre erweist, wäre es sicher nützlich, eine Zeitlang gemeinsam zu üben, meinen Sie nicht?«

Don Carlos verzog keine Miene, aber innerlich lächelte er. Bei einer rangorientierteren Einheit wäre ein einfacher Oberleutenient sicher nicht aufgefordert worden, an einem Treffen in diesem Kreise teilzunehmen, und ganz sicher nicht dazu, sich nach Belieben zu äußern. Bei den Caballeros aber lief das so nicht. Als Psychologe und Historiker – von seinem Jesuitenamt ganz zu schweigen – war García geschickt darin, unter schwierigen Umständen mit Menschen umzugehen und Konfrontationen zu glätten. Er war leider kein besonders geschickter MechKrieger, auch wenn niemand seinen Kampfesmut in Frage stellen konnte. Aber Don Carlos hatte schon lange gelernt, daß er auf ein breites Spektrum von Talenten, nicht nur auf Kriegsgeschick, zurückgreifen können mußte, um den großen und im Grunde verletzlichen Organismus, den sein Regiment darstellte, unter den feindlichen Lebensbedingungen des einunddreißigsten Jahrhunderts am Leben und intakt zu halten.

Darüber hinaus empfand er den traditionellen Respekt eines galisteischen Aristokraten für den Klerus. Und bewies schließlich die Existenz des kleinen Bobbi Savage nicht, daß Vater García kein *maricón* war, wie die jungen Rauhbeine hinter seinem Rücken lachend zu behaupten pflegten?

Generalleutnant Osric Gould schenkte seinem Gegenpart von der Townegarde ein ermutigendes Lächeln, das viele Zähne sehen ließ. »Das klingt eigentlich recht gut, oder, Janice? Unsere Burschen und Mädels könnten ein wenig Politur ganz sicher gut vertragen.«

Generalhauptmann Janice Marrou schaute finster drein. »Meine Leute halten nicht viel von käuflichen Soldaten.«

Einen Sekundenbruchteil lang zog sich Sir Osrics Mund zu einer schmalen Linie zusammen. »Sind Sie sich der Dienstakte des Siebzehnten Aufklärungsregiments bewußt, General?« fragte er ruhig. »Es hat in den letzten zwanzig Jahren manch eine tapfere Schlacht für das Commonwealth geschlagen.«

»Das hat es nicht daran gehindert, Dracomünzen anzunehmen.«

»Diejenigen unter uns, die gegen die Clans gekämpft haben, taten dies an der Seite des Draconismilitärs«, sagte Gould. »Unser eigener Prinz Victor führte persönlich den Überfall an, der den Sohn des Koordinators aus der Gefangenschaft der Clans befreite. Wir sind gegenwärtig mit dem Kombinat nicht verfeindet, Ma'am; und sollten diese abtrünnigen Schwarzen Drachen tatsächlich auftauchen, wird es ganz im Interesse sowohl des

Kombinats *als auch* des Vereinigten Commonwealth sein – von unseren eigenen Interessen ganz zu schweigen –, ihnen so wirkungsvoll wie möglich Widerstand zu leisten.«

»Ich will ja niemandes jungenhaften Enthusiasmus dämpfen«, sagte Finzi-Grinch, »aber es sieht aus, als sei eine Realitätsprobe an der Zeit. Diese Kriegsspielchen, über die Sie alle so vergnügt sprechen, kosten *Geld* in einer Zeit, da ein reaktionärer Teil der Bevölkerung sich bereits darüber beklagt, daß er seinen gerechten Anteil bezahlen muß.«

»Unser Operationsbudget – das, und ich hoffe, es ist nicht anmaßend, darauf hinzuweisen, aus den Haushaltsmitteln des Marquis kommt – beinhaltet bereits Aufwendungen für solche Übungen, Ms. Finzi-Grinch.«

»Vielleicht ist es Zeit, daß die Versammlung sich der Frage widmet, welchen Prozentsatz unseres Planeteneinkommens wir der Bereicherung eines abwesenden Adligen widmen sollten«, sagte Finzi-Grinch grimmig. »Und vielleicht darf ich noch erwähnen, Vater García, daß ich persönlich schockiert bin, sehen zu müssen, wie sich ein Mann des Glaubens auf gewalttätige Unternehmungen einläßt, besonders um des schnöden Mammons willen.«

Vater García lächelte. »Ich werde Ihnen einen ausschweifenden Diskurs über die Geschichte und die *raison d'être* meiner Kompanie ersparen – meines Ordens, wie Sie es vielleicht nennen würden. Es mag ausreichen zu sagen, daß ich in erster Linie dem Siebzehnten als gemeiner MechKrieger diene.«

Finzi-Grinch fiel das Gesicht herunter. »Ich dachte, Kleriker seien immer Zivilisten!«

»Nicht bei den Caballeros, Ma'am«, sagte Baird.

Generalleutnant Marrou runzelte die Stirn – oder, um genau zu sein, runzelte die Stirn noch stärker; der Kolonel hatte den Verdacht, daß der Ruhezustand ihrer Züge verkniffene Unzufriedenheit war. Diesmal zielte ihre Ungnade wenigsten auf die rundgesichtige Zivilistin.

»Auch unser Budget für das Geschäftsjahr steht fest, Hermione«, sagte sie trotzig. »Auch der Einflußbereich der PR hat seine Grenzen.«

Sie wandte sich Sir Osric Gould zu. »Wenn Ihre Leute mit diesen Söldnern trainieren können, dann können es meine auch. Ich will wissen, wie gut sie *wirklich* sind.«

Finzi-Grinch holte tief Luft. Sie beschloß, das Thema im Augenblick nicht weiter zu vertiefen, sah Don Carlos an und sagte: »Vor einem muß ich Sie warnen, Kolonel Camacho, und zwar sowohl als verantwortliche Bürgerin Townes als auch als Sprecherin der Planetenregierung. Lassen Sie sich nicht mit den anderen Milizen ein, die hier und da auftauchen, besonders nicht mit dieser selbsternannten Volksmiliz. Das sind gefährliche Kriminelle und Geisteskranke. Sie halten als Vorwand für ihre fortgesetzte Existenz an ihrem überkommenen ›Freibrief‹ fest. Manche von ihnen predigen doch tatsächlich den bewaffneten Widerstand gegen die Versuche der Planetenregierung, diesen Planeten, der allzu lange unter den schrecklichen Auswirkungen des Grenzergeistes gelitten hat, wenigstens verspätet ein gewisses Maß an Aufklärung und humanitärer Regierung zu bringen. Wenn Sie *wirklich* etwas für den Frieden und die Sicherheit Townes tun wollen, können Sie uns helfen, sie zu entwaffnen.«

»Wir sind gekommen, um den Planeten gegen eine Bedrohung verteidigen zu helfen, *Señora*«, erwiderte Don Carlos. »Wir wollen uns nicht in Ihre Lokalpolitik einmischen ...«

Es klopfte an der Tür. »Herein«, rief Gould. Er zeigte sich nicht irritiert, sondern trug die heitere Überzeugung zur Schau, daß seine Untergebenen das Treffen nicht ohne angemessenen Grund stören würden.

Die Tür öffnete sich, und ein weiblicher Füsilierleutenient steckte seinen Kopf mit dem kurzgeschorenen roten Haar in den Raum. »General, da ist etwas ...« Ihre Augen wanderten zum Kolonel, und sie befeuchtete ihre

Lippen mit einer rosa Zunge. »Vielleicht würde es auch Ihre Gäste interessieren.«

»Sehr gut, Lieutenant Hogeboom«, sagte Sir Osric. »Meine Damen, meine Herren, Sie erlauben ...?«

Er erhob sich und wies zur Tür. Die anderen machten sich auf den Weg nach draußen. Hermione Finzi-Grinch sagte grämlich: »Die korrekte Bezeichnung wäre ›Bürger‹ gewesen«, folgte ihnen aber nach draußen.

Der kleine Lieutenant führte sie durch Steinkorridore, die mit Schlachtpanoramen aus der Vergangenheit der Füsiliere geziert waren. Auch wenn in den letzten paar Generationen kein Marquis sein traditionelles Vorrecht wahrgenommen hatte, seine Truppen persönlich in die Schlacht zu führen, waren Townes Herrscher doch klug genug gewesen, ihre Soldaten nicht einrosten zu lassen. Gardetruppen oder andere Planetenmilizen ließen sich zwar nur in den schlimmsten Notfällen dazu bringen, außerhalb ihrer Welt zu dienen – etwa bei der Claninvasion –, doch ein Adliger oder eine Adlige konnten ihre persönlichen Streitkräfte nach Belieben einsetzen. Als die Clans zuschlugen, hatte der gegenwärtige Marquis zwei Bataillone Füsiliere in den Kampf geschickt, ohne auf einen möglichen Aufruf dazu zu warten.

Leutenient Hogeboom führte sie in ein gemütliches Offizierskasino, dessen Wände mit dem hiesigen Hartholz verkleidet waren, dessen Export eine Hauptursache für den vergleichsweisen Wohlstand Townes war. Es gab bequeme Sofas und Stühle, Regale mit den neuesten Holomags und an einem Ende des Raums einen Billardtisch. Aber es war die Holovid-Anzeige am anderen Ende, die die Aufmerksamkeit aller auf sich zog.

Eine makellos gebaute Frau mit sorgfältig frisiertem blondem Haar hielt einem hochgewachsenen Mann mit Krawatte ein Mikrophon hin. Er hatte einen langen, schmalen Schädel, eine lange Nase, einen langgezogenen Kiefer, dunkle Augen unter einer eher aggressiven Stirn und lockiges, dunkelbraunes Haar. Er war zwar alles andere als ein hübscher Junge, sah aber so aus, daß Männer ihn für einen *tiburón* – einen Hai – halten würden, einen echten Männermann, und Frauen ihn gerne besitzen wollten. Sein dunkler Anzug sah nicht überteuert aus, war aber gut geschnitten und betonte seine breiten Schultern und den schlanken Körper vorteilhaft.

Hermione Finzi-Grinch schien bei seinem Anblick jedoch nicht dahinzuschmelzen. Sein Anblick ließ sie abrupt stehen bleiben, und leise und in angewidertem Tonfall sagte sie: »Blaylock«.

»... alle bedauern diese Gewalt, Annabelle«, sagte der Mann gerade. »Aber wir müssen den Mut haben, uns der Botschaft zu stellen, die sie übermittelt: Die Bevölkerung Townes ist in Not, und sie weiß nicht, wohin sie sich wenden soll ...«

Gould sah seine Untergebene mit hochgezogener Augenbraue an. »Ich bin sicher, daß wir alle sehr interessiert daran sind, Townes distinguiertesten Oppositionsführer zu sehen, Leutenient ...«

Hogeboom wedelte mit den Fingern. »Bitte, Sir. Nur einen Augenblick.«

Die Nachrichtensprecherin berührte den kleinen weißen Hörer in ihrem rechten Ohr.

»Nur einen Augenblick, Abgeordneter Blaylock. Wie versprochen berichten wir jetzt live aus dem Nordufer-Distrikt von Port Howard, wo, soweit wir wissen, das Siebzehnte Söldneraufklärungsregiment gerade einen unprovozierten Angriff auf Demonstranten vor dem Komplex der Turanischen Transportgesellschaft gestartet hat ...«

Don Carlos sah seinen Spionageoffizier an. Baird hatte die Augenbrauen hochgezogen und schüttelte ein ganz klein wenig den Kopf. Aus dem Augenwinkel glaubte der Kolonel gesehen zu haben, wie ein affektiertes Lächeln über die vollen Lippen Finzi-Grinchs huschte.

Szenenwechsel in die Straße der Weisheit der Sterne, wo die Menge gerade aufs Tor zuzurennen begann. Ein seltsam hingestreckter metallischer Grashüpfer links vom Torrahmen entpuppte sich vor Camachos geistigem Auge als die Beine eines gefallenen *Heuschreck*. »Pipiribau!« rief er aus, und es klang wie eine kleine Explosion. Ein *Feuerfalke* sank auf den Feuerstrahlen seiner Sprungdüsen der Menge entgegen.

Und dann schwangen die Tore auf.

9

Komplex der Turanischen Transportgesellschaft,
Port Howard
Provinz Aquilonien, Towne
Mark Draconis, Vereinigtes Commonwealth

12. Dezember 3057

Der schwarzgekleidete Motorradfahrer schoß über die Holobühne auf Pipiribaus Heuschreck zu, legte das Motorrad auf die Seite und feuerte seine KSR ab. Ein Keuchen, das halb bewundernd und halb betroffen klang, erhob sich aus der Menge, als der BattleMech fiel. Selbst Leo Archuleta alias El Pipiribau – von seinem Sturz mit einigen blauen Flecken gesegnet, ansonsten aber unverletzt – pfiff anerkennend.

»Da haben wir mal«, nölte Cowboy Paysons Stimme aus dem Theaterdunkel, »einen bösen Buben, der wirklich Mumm hat.«

»Ein böses Mädchen«, korrigierte Cassie in ihr kleines Handmikro, als die Lichter halb angingen.

Mit knapp sechshundert Leuten, bewaffnete Babys mitgerechnet, hatte das Siebzehnte vielleicht nur einen Bruchteil der Größe eines konventionellen Regiments, aber nach den Maßstäben vieler Mecheinheiten war es enorm. Es war eine hohe Kunst, die gesamte Mannschaft unterzubringen, ohne sie zu zerstreuen wie Pusteblumensamen. Jahrelang hatte Kolonel Camachos Exekutivoffizierin und Mätresse, Leutenient-Kolonel Marisol Cabrera, diese Kunst hervorragend ausgeübt. Aber sie war gestorben, als sie dem Kolonel beim brutalen Kampf gegen das Neunte Geisterregiment im zurückliegenden Jahr auf Hachiman das Leben gerettet hatte.

Ihre Nachfolgerin als EO war Dolores Gallegos, die keinen militärischen Rang besaß und jegliche Art von Scheinbeförderung ablehnte. Sie war zufällig die Frau

Zuma Gallegos' und Mutter von fünf Kindern. Ihr Stil unterschied sich zwar deutlich von dem Cabreras – zum Beispiel war es wesentlich einfacher, mit ihr auszukommen als mit ihrer Vorgängerin, deren Spitzname la Dama Muerte, die Dame Tod, gewesen war –, doch war sie wenn überhaupt dann noch begabter, die häuslichen Bedürfnisse des Regiments zu erkennen.

Townes Holz- und Kupferexporte florierten noch immer, doch die Flucht derer, die die Kapitalreserven des Planeten kontrollierten, hatte die Anzahl von Besuchern – besonders von Touristen und Bautrupps –, die durch die Anlagen der Turanischen Transportgesellschaft in Port Howard kamen, stark verringert. Dolores Gallegos hatte sich das zunutze gemacht und ein Hotel namens Markbreit Select gefunden, das nur zwei Blocks vom Haupttor der TTG entfernt lag – und damit direkt um die Ecke des morgendlichen Aufstands. Sie trug aufgrund ihrer Haarfarbe den Spitznamen ›die Rote‹, war gebaut wie ein von Luckner-Panzer und etwa ebenso leicht aufzuhalten und hatte die Hotelleitung überredet, ihre Einrichtungen ganz dem Siebzehnten zu überlassen, während andere potentielle Gäste an verschiedene Hotels in der Gegend verwiesen wurden, von denen keines überfüllt war.

Um die Sache noch besser zu gestalten, lag direkt neben dem Markbreit ein halbzerfallenes Holotheater, das unter dem Namen Top o'the Towne bekannt war, wo sich das ganze Regiment versammeln konnte, um über die Tagesereignisse informiert zu werden, während Zuma versuchte, die alte Popcornmaschine zum Laufen zu bringen. Obgleich außer Frage stand, daß es eine *Demokratie* war, war das Siebzehnte Aufklärungsregiment eigentlich eine Familie. Wenn möglich, wurde niemand im Unklaren gelassen und jeder zu Rate gezogen, selbst wenn *el patrón* unumstritten das letzte Wort hatte.

Nun war sich Cassie unangenehm der knapp zwölfhundert Augen bewußt, die aus den Sitzreihen und den beiden Zuckerbäckerbalkonen, die unter die Decke geklemmt waren, die ihrerseits schwarz gestrichen und mit Hunderten kleiner Lichter versehen war, um die Konstellationen des Nachthimmels über Towne nachzuahmen, auf sie gerichtet waren. Nicht, daß sie Lampenfieber hatte – sie hatte einige erwähnenswerte Phobien, aber diese gehörte nicht dazu. Es war einfach so, daß sie als ultimative Späherin ihr gesamtes professionelles Dasein dem Prinzip gewidmet hatte, *nicht gesehen zu werden.*

Aber was immer Cassie tat oder nicht tat, sie vernachlässigte nie ihre Pflichten gegenüber *la familia.* Also stand sie so aufrecht, wie es ihre 165 Zentimeter erlaubten, am Fuße der Holobühne, die ins halbrunde Theater ragte, und sagte: »Unser geheimnisvoller Fahrer ist eine Frau.«

»Guter Gott!« tönte wieder einmal Cowboy Payson, der mit seinem Kumpel Buck Evans droben auf dem obersten Balkon saß, wo er den Leuten Dinge auf den Kopf fallen lassen konnte, wenn ihm langweilig wurde. »Du meinst, da draußen ist *noch so eine* wie du?«

Das Publikum lachte. Cassie funkelte Cowboy an. Wären ihre Augen Martell-Laser gewesen, hätte er Löcher gehabt, durch die man die *Arme* hätte stecken können.

»Sie heißt Wolfsmädchen«, fuhr Cassie fort, als das Lachen abebbte. »Niemand kennt ihren wahren Namen, niemand nennt sie je anders. Sie hat den Ruf, eine Meisterin im Umgang mit Waffen und beim Kampfsport zu sein. Sie ist leitende Organisatorin – ›Vollstreckerin‹ wäre vielleicht das bessere Wort – bei etwas, das sich Bewegung für die Rechte Townes nennt und mit der Volksmiliz in Verbindung steht.«

Mitten in der Menge, wo er zwischen Kolonel Camacho und dessen Sohn Gavilán saß, erhob sich Leutenient-Kolonel Gordon Baird.

»Wir konnten einige Informationen über die BfdRT

oder ›BRT‹, wie die meisten Leute sie nennen, sammeln«, sagte er. Man hörte ihn auch ohne Mikro. In der Dunkelheit über der Holobühne kauerte Risky Savage und hielt ein Richtmikro auf ihn. Cassie hatte ihr eigenes Mikro, denn sie befand sich fast direkt unterhalb der Tech, außerdem kennzeichnete sie dies als Zeremonienmeisterin.

»Die BRT ist ein zusammengewürfelter Haufen von Widerstandskämpfern eher geringer Befähigung. Seine Mitglieder reichen von Towne-Separatisten über Davion-Hardliner und VerCom-Loyalisten bis hin zu radikalen Anarchisten. Sie haben eines gemeinsam: den leidenschaftlichen Glauben an den sogenannten Freibrief von Towne, ein Dokument, das den Bewohnern des Planeten gewisse politische Rechte garantiert und die Bürgerschaft insgesamt berechtigt, als bewaffnete Streitmacht zur Selbstverteidigung aufzutreten. Es wurde von Prinz John Davion Ende des 8. Jahrhunderts des 3. Jahrtausends gewährt, nachdem die Einheimischen einen wilden und erfolgreichen Guerillakrieg gegen das Kombinat und Streitkräfte der Konföderation Capella geführt hatten, die hier während des sogenannten Townedebakels eingefallen waren.

Die Bewegung hat im Hinterland Hyborias eine gewisse Beliebtheit erreicht, besonders bei Bauern, Bergarbeitern, Holzfällern, Pelzjägern und anderen, die mit dem Land arbeiten. In den Großstädten wie etwa Port Howard spricht sie in erster Linie die untere Mittelklasse und die Unterschicht an. Ihr militärischer Zweig ist die sogenannte Volksmiliz, die die Planetenregierung derzeit zu entwaffnen versucht.«

»Das stimmt nicht ganz, Kolonel«, warf Cassie ein. »Es mag zwar viele Überschneidungen zwischen den beiden Gruppen geben, aber da darf man nicht zu viel hineininterpretieren, weil keine von beiden auch nur annähernd eine geeinte Bewegung ist.«

»Und woher haben Sie diese überraschenden Neuigkeiten, Leutenient?« fragte Baird.

»Ich bin hinausgegangen und habe mit den Leuten geredet.«

Der OL verzog das Gesicht. »Junge Frau, schlagen Sie wirklich vor, wir sollen die Früchte erprobter und stimmiger Informationssammlung und Einschätzung aufgrund von reinem Geschwätz, das wir nur vom Hörensagen kennen, über Bord werfen?«

Cassie wollte sagen, das siehst du verdammt richtig, aber Don Carlos – für den Loyalität einem alten Freund gegenüber etwas Schönes, Heiliges war, der aber auch Cassies Späherinnenakte kannte – sagte: »Wir haben unser Bestes getan, unsere Absicht publik zu machen, dem Volk Townes zu helfen, seine Unabhängigkeit und seine Freiheit zu wahren, seit wir auf dieser Welt angekommen sind. Warum haben diese Gruppen nicht jemanden geschickt, der mit uns spricht?«

Als Antwort drückte Cassie einen Knopf auf der kleinen Fernbedienung, die sie an der linken Handfläche trug. Als das eingefrorene Bild sich wieder zu bewegen begann, sah man das Wolfsmädchen durch Reihen von Demonstranten hindurch davonfahren, die DRACOS RAUS-Schilder schwenkten. »Was glauben Sie, wer heute da draußen gegen uns protestiert hat?«

»Klingt immer noch, als seien diese Leute diejenigen, mit denen wir sprechen sollten, nicht diese hochnäsigen Typen von der Townegarde«, sagte Buck Evans. Er und Cowboy Payson waren unzertrennliche Gefährten, und zwar, wie Cowboy im Scherz sagte, »damit er keinen Ärger bekam«. Aber wenn man sich die Menge Ärger anschaute, in die zu geraten ihm zusammen mit seinem Kumpel gelungen war, kam es unter den Caballeros zu vielen lebhaften Spekulationen darüber, wieviel wohl schiefgehen würde, wenn man Cowboy sich selbst überließ.

Das provozierte einen allgemeinen Chor der Zustimmung. »Aber ihr wißt ja, sie hassen uns und alles andere auch«, widersprach die Kommandantin der Kompanie

Frontera, Kapitan Angela Torres, eine Frau mit rabenschwarzem Haar, die sich ihren Spitznamen ›Vanity‹ selbst zuzuschreiben hatte.

Es antworteten ihr Jubelrufe auf Englisch und Spanisch. Ihr schönes Gesicht errötete zornig, als sie mit Schimpfworten zu antworten begann.

»Moment mal, Leute«, sagte Kali MacDougall und erhob sich von ihrem Sitz im Erdgeschoß. Risky, die geschickt ihr Mikro weggeschwenkt hatte, als Vanity hochschoß, konzentrierte sich auf Lady K. »Was Vanity hier sagt, ist nicht nur heiße Luft. Wir haben ein Problem, wenn diese Knilche von der Volksmiliz glauben, wir seien die, gegen die sie eigentlich kämpfen sollten.«

»Ich bin erleichtert zu hören, daß Sie die Sache der geistigen Gesundheit vertreten, Kapitan MacDougall«, sagte Baird, der sich noch nicht gesetzt hatte. »Wir dürfen gar nicht erst daran denken, uns mit diesen gefährlichen Randelementen einzulassen. Vielmehr meine ich, daß wir uns einen großen Gefallen täten, wenn wir der Bitte der Planetenregierung nachkämen, ihr bei der Entwaffnung der Volksmiliz zu helfen.«

Ein Buh-Sturm antwortete ihm. Die Südwestler erinnerten sich immer noch gerne an ihre eigene Zeit als Banditenkönigreich. Sie hatten von damals noch die Tendenz, Gesetzlose über Autoritäten zu stellen, selbst wenn die Gesetzlosen ihnen feindlich gesonnen waren. Es verlangsamte aber nicht ihre Reflexe, wenn auf sie geschossen wurde.

»Das sage ich ja auch überhaupt nicht, Gordo«, sagte Lady K, als die Zwischenrufe nachließen. »Ich stimme Buck zu; wir müssen erreichen, daß diese Milizleute mit uns zusammenarbeiten.«

Baird starrte sie an. »Aber du hast selbst darauf hingewiesen …«

»Ich haben letzten Endes nur Vanity unterstützt – weil sie recht hat. Es wird nicht leicht sein, den Dialog mit ihnen zu eröffnen, wie man in Santa Fe sagt.«

Die 'lleros lachten. Für die ungebärdigen, pferdenärrischen männlichen und weiblichen Rauhbeine, die den größten Anteil an der Besatzung des Siebzehnten stellten, stand Sierras Hauptstadt Santa Fe für alles, was angesagt war, was an städtischen Südwestlern überkultiviert und ganz allgemein geckenhaft wirkte. Es war die Übersetzung eines ihrer Lieblingsflüche, ›Sierra Foxtrott‹.

»Aber ich gestehe zu«, fuhr Lady K fort, »wenn überhaupt jemand sie dazu bringen kann, mit uns zu reden, dann unsere herzallerliebste Abtacha.«

»Oberleutenient Vásquez!«

Diana Vásquez hielt inne, ihre Schlüsselkarte hing über dem Schlitz ihrer Tür im fünften Stock des Markbreit in der Luft. »Kolonel«, antwortete sie mit ernstem Nicken.

Die rechte Hand hinter dem Rücken verborgen, kam Don Carlos mit wiegendem, säbelbeinigem Gang den Korridor entlang auf sie zu. Wie es sich für einen echten Caballero von Galisteo gehörte, hatte er als Heranwachsender seine Zeit zwischen dem Sattel eines Pferdes und dem Cockpit eines der AgroMechs aufgeteilt, die die Rancher aus dem Dreibund benutzten, um ihre riesigen, ungebärdigen Rangerherden zu hüten. Auch wenn er noch immer ein Reittier bestieg, so oft er konnte – ein Pferd oder was sein Aufenthaltsort sonst bot –, war der Gang nach all diesen Jahren eine Angewohnheit. Eine der wenigen, die er sich zugestand.

»Ich hoffe, ich habe dich nicht verlegen gemacht, als ich dein Tun am heutigen Morgen beim Treffen heute abend gelobt habe«, sagte Don Carlos.

Diana schenkte ihm ihr offenes, anmutiges Lächeln. »Nein, ich war nicht verlegen«, sagte sie. »Aber ich bin nicht sicher, warum du das extra erwähnt hast. Es mußte etwas unternommen werden, sonst wären Menschen zu Schaden gekommen. Ich war da und habe es getan.«

Don Carlos zweifelte nicht an ihrer Ernsthaftigkeit. Das hätten nicht einmal die zynischsten Caballeros getan, Cowboy, Bobby der Wolf oder Vanity, die Diana wegen ihrer Weigerung, sich in Streitigkeiten verwickeln zu lassen, fast ebenso ablehnte wie wegen ihrer strahlenden Schönheit. In der großen und oft streitsüchtigen Familie des Regiments lag jeder ständig unter dem Mikroskop; das kleinste bißchen Falschheit oder Affektiertheit wurde sofort entdeckt und von den gierigen Klatschmäulern des Siebzehnten vergrößert. Auch wenn die Leute über Dianas hübsches Äußeres – auf nette Weise – spotten mochten, niemand fand an ihr je Falschheit.

Ein Außenstehender hätte ihre Haltung bei einer MechKriegerin als ironisch empfinden mögen – einer Frau, deren Aufgabe im Kampf es war, aus großer Entfernung schreckliche Zerstörung auf Menschen herabregnen zu lassen. Aber nur wenige Caballeros hätten es so gesehen. Das Siebzehnte führte keinen Krieg gegen Zivilisten und arbeitete nicht für Auftraggeber, die das von ihm erwarteten. Wenn Diana den Zorn ihrer Arrow IV-Raketen entfesselte, dann nur gegen Feinde, die dem Regiment schaden wollten und würden, wenn sie Gelegenheit dazu bekämen.

Wäre der Mob hinter die Tore der TTG gelangt, wäre er zum Feind geworden, mit all den möglicherweise katastrophalen Folgen, die Cassie vorhergesehen hatte. Deshalb hatte Diana gehandelt – und deshalb war sie ehrlich überrascht darüber, hervorgehoben zu werden.

»Ich habe heute abend als dein Kommandant gesprochen«, sagte Don Carlos auf seine höfliche Weise. »Und ich hoffe, du hast nichts dagegen, wenn ich jetzt einfach als Carlos spreche.«

Er zog einen Strauß roter Rosen hinter dem Rücken hervor. »Ich bin sehr stolz auf dich, *mi amor*«, sagte er und beugte sich vor, um ihr die Hand zu küssen. »Und ich bin sehr froh, daß du nicht verletzt wurdest.«

Sie nahm die Blumen, dann schlang sie die Arme um seinen Hals und küßte ihn leidenschaftlich.

»Und jetzt«, sagte er und machte sich los, »mache ich mich am besten leise davon, falls dein Kleiner auf ist und auf dich wartet.«

Sie lächelte und schüttelte den Kopf. »Ich hatte gehofft, daß *mi* Carlos mich besuchen kommen würde, wenn *mi coronel* seine abendlichen Pflichten erledigt hat«, sagte sie. »Ich habe den kleinen Marco über Nacht bei seiner Tante Cecilia untergebracht.«

Dann öffnete sie die Tür mit ihrer Karte, nahm ihn bei der Hand und führte ihn hinein.

10

Port Howard
Provinz Aquilonien, Towne
Mark Draconis, Vereinigtes Commonwealth

19. Dezember 3057

Cassies Atem bildete weiße Kondenswolken, als sie über den gefrorenen Boden einer schmalen nächtlichen Schlucht rannte. Von Zeit zu Zeit, wenn sie für die nächsten paar Schritte sicher war, wo sie hintrat, schaute sie zurück. Seit zwei Blocks folgte ihr niemand mehr, auch wenn sie bezweifelte, daß ihre Verfolger aufgegeben hatten. Soweit sie wußte, waren es alles Männer, alle eher groß, und aus ihrer Sicht war das ein Vorteil. Selbst wenn sie lange in einem Fitneßstudio schwitzten, hatten solche Typen selten die Ausdauer für eine Langstrecke, besonders bei einem solchen Hindernisrennen, wie Cassie es ihnen bereitete. Ihr Atem ging noch nicht einmal schwer, was ihr gefiel. Sie wußte, wie leicht man sich auch bei kältestem Wetter überhitzte, indem man sich in schwerer Winterkleidung anstrengte.

Es überraschte sie nicht, daß sie nicht ernsthaft bedrängt wurde. Sie war schon Expertin für komplizierte Verfolgungen durch Gassen gewesen, ehe sie das Teenageralter erreichte, lange bevor Guru Johann sie fand und unter seine Fittiche nahm, sie ausbildete, seine Nachfolgerin als Meisterin der alten, esoterischen Kunst des *pentjak-silat* zu werden.

Geheimnisvoll war nur, *warum* sie verfolgt wurde.

Vor Jahrtausenden, lange vor dem Sternenbund oder dem Zeitalter des Krieges in der Terranischen Hegemonie, vor dem Exodus von Terra, sogar lang bevor die lange belächelten Kearny-Fuchida-Experimente zur peinlichen Überraschung der weltweiten Wissenschaftlergemeinde als wahr erkannt wurden, hatte man durch ein System digital verbundener optischer Teleskope, die durch das Sonnensystem kreisten und so eigentlich ein riesiges Sichtgerät bildeten, erdähnliche Planeten in umgebenden Sonnensystemen entdeckt. Einer von ihnen wurde Towne genannt, nach einem terranischen Parlamentssenator, dessen Unterstützung bei einer Abstimmung über ein neues Gesetz zur Zustimmung zu dem Projekt erforderlich war.

Noch ehe viele Jahre vergangen waren, kolonisierten Menschen dank des Kearny-Fuchida-Antriebs diese erdähnlichen Planeten. Ende des zweiundzwanzigsten Jahrhunderts besiedelte eine von dem Billionär C. Augustus Pons ausgestattete Expedition Towne.

Pons war ein exzentrischer Planktonmagnat. Einer von vielen Punkten, in denen sich seine Exzentrizität manifestierte, war seine lebenslange Sucht nach alten Fantasyromanen. Besonders schätzte er die Werke des Schriftstellers Robert Ervin Howard aus dem frühen zwanzigsten Jahrhundert. Er war besessen von ihnen, vor allem die Geschichten über einen barbarischen Abenteurer namens Conan hatten es ihm angetan. Deshalb verfiel Pons darauf, den einzigen großen Mond des Planeten Conan zu nennen, den weitläufigen Kontinent, der seine Nordhalbkugel beherrschte, Hyboria, und die erste Stadt, die sich in die Mündung eines Flusses schmiegte, der in eine Bucht floß, die beim Äonen zurückliegenden Einschlag eines Meteoriten entstanden war (und deren Form garantierte, daß sie Kreisbucht genannt werden würde, besessen oder nicht), Port Howard.

Selbst nach Pons' Tod hatten frühe Siedler, von denen viele ebenfalls Nordamerikaner waren, den Gag fortgesetzt, so daß die fernen südwestlichen Bereiche Hyborias Turan hießen, der Süden Stygien, die große zentrale Gebirgskette Eiglophen, der Inselkontinent südwestlich von Turan, der sich von der nördlichen gemäßigten

Zone bis in die Tropen erstreckte, Almuric und so weiter. Eine spätere Welle von Siedlern, die sich auf der Südhalbkugel niederließ und in erster Linie aus Brasilien, Australien, der Karibik und Polynesien stammte, achtete überhaupt nicht auf Pons' Konventionen und nannte die Dinge, wie es ihr gerade einfiel.

Townes Zentralgestirn, eine gelbweiße Sonne der F-Klasse, war heißer als Sol. Towne kreiste aber auch in größerer Entfernung als Terra um seine Sonne, was eine etwas niedrigere Durchschnittstemperatur zur Folge hatte, obgleich die gleiche Menge an Sonneneinstrahlung einfiel, wobei die Minderung von einem höheren Prozentsatz an hochenergetischer ultravioletter Strahlung aufgefangen wurde. Die Welt war kleiner als Terra, aber eher dichter, so daß die Schwerkraft nur wenig geringer war. Aber Towne war in geologischer Hinsicht auch jünger, so daß alles *größer* wirkte. Auf Towne gab es große Stürme, große Gebirge, große Vulkane.

Und außerdem große Tiere. Biologisch gesehen befand sich Towne in einer Epoche, die etwa dem Pleistozän Terras entsprach, mit im allgemeinen üppigen erdähnlichen Ökosystemen dank der zusätzlichen UV-Energie und einigen Arten warmblütiger Megafauna, vor allem dem sechsbeinigen, zotteligen und erstaunlich dämlichen Eiglotherium des Hyborianischen Zentralplateaus, einer Tierart, deren vorderste Schulterhöhe zehn Meter betrug.

Towne war ein Eigentumsplanet und eine Kolonie, was mit erklärte, warum sich Pons Namensgebungen so lange hielten. Der Wunsch der Anteilseigner, ihr Eigentum so rein wie möglich zu halten, hatte Towne die meisten der Verwüstungen unkontrollierter Industrialisierung erspart, als sich die Regierungen der Welten der sogenannten Äußeren Reiche rüsteten, sich von der Terranischen Allianz zu lösen. Auch besaß Towne größere Wasservorräte – mehr als siebzig Prozent der Oberfläche waren davon bedeckt –, daher mußten seine Besitzer dem Ryan-Kartell keine Unsummen für Eis zahlen. Schließlich lag einer noch immer ungeklärten Laune der Natur zufolge der Großteil der im Überfluß vorhandenen Metallerzvorkommen des Planeten sicher unter seinen Ozeanen. Towne hatte Zugang zu gewaltigen Ressourcen zum Aufbau einer komfortablen und recht modernen Gesellschaft mit geringer Bevölkerungsdichte, aber nicht zum Erhalt riesiger Kriegsindustrien.

Das eine strategisch wichtige Metall, das auf Towne leicht zugänglich war, war Kupfer, das zwar für den Bau von BattleMechs und anderer militärischer Ausrüstung unverzichtbar war, andererseits aber nicht wertvoll genug, als daß es sich für irgend jemanden gelohnt hätte, vom Himmel herabzukommen und den ganzen Laden einfach an sich zu reißen. Was nicht bedeutete, daß es niemand *versucht* hätte. Ende des achtundzwanzigsten Jahrhunderts, zu Beginn des Ersten Nachfolgekrieges, hatten Streitereien zwischen den verteidigenden 56. Avalon-Husaren Davions und dem 123. Davion-Luftkampfgeschwader es eindringenden Streitkräften Liaos und Kuritas ermöglicht, etwas, das ursprünglich als eine Reihe von Blitzraubzügen geplant war, in eine länger anhaltende Besetzung, das sogenannte Towne-Debakel, zu verwandeln.

Als man den Invasoren erst einmal den Laufpaß gegeben und ein dankbarer Prinz John Davion die Townies mit ihrem Freibrief belohnt hatte (eine preiswertere Belohnung als etwa Geld), nahm Towne seinen wohlhabenden, vergleichsweisen ruhigen Lebensstil wieder auf, den es aus seinen Kupferexporten und der Ausfuhr seines außergewöhnlich haltbaren und schönen heimischen Hartholzes finanzierte.

Ansonsten stützte sich die Wirtschaft weitgehend auf Viehzucht – sowohl im Wasser als auch auf dem Lande und sowohl einheimischer als auch importierter Arten – und einen blühenden Tourismus, für den Townes spektakuläre Panoramen und seine aufgewühlten geologischen, klimatischen und ökosphärischen Bedingungen ein großer Anreiz waren.

So war es zumindest gewesen, bis Archon-Prinz Victor Davion den Zorn Thomas Mariks auf sich gezogen hatte. Die Marik-Liao-Invasion schien so gut wie vorbei, doch die Nachwehen eines Krieges sind oft schlimmer als die Kämpfe. Die einst so stolze Mark Sana hatte sich jetzt in einen Brutkasten umkämpfter Welten, Rebellionen und zweifelhafter Allianzen verwandelt. Und all dem zu nahe, um sich wirklich wohl zu fühlen, war der einst so verschlafene Planet Towne.

Es war nicht schwer gewesen, die BfdRT und die Volksmiliz zu finden. Der Druck der Planetenregierung hatte die Volksmiliz zwar in den Untergrund getrieben – mit breiter Unterstützung so unvereinbarer Fraktionen wie der Unionspartei, die für die Annektierung durch das Draconis-Kombinat agitierte, und der Hauptopposition, der Reformpartei, deren Spitzenkandidat Howard Blaylock war –, doch die Bewegung für die Rechte Townes war noch immer legal und hielt noch immer häufig Seminare, Treffen und Versammlungen ab. Bei allen Veranstaltungen der Bewegung war die Literatur der Volksmiliz leicht zugänglich, auch wenn nie jemand sah, wer sie auslegte. Natürlich nicht.

Cassie sah bei keiner Versammlung der BfdRT offene Rekrutierung für die Volksmiliz, auch wenn sie nach dem Regimentstreffen vor einer Woche an vielen davon in den verschiedensten Verkleidungen teilgenommen hatte. Manchmal trat sie als Inselbewohnerin aus dem Süden auf, wie sie es bei der Demonstration vor dem TTG-Komplex getan hatte. Cassie konnte zwar so gut wie und besser als die meisten mit getönten Kontaktlinsen, Hauttönern, Perücken und Haarfärbemitteln umgehen, doch ihr einzig unübersehbares asiatisches Merkmal war die Mandelform ihrer rauchblauen Augen. In dem großen Genplasma-Bingo-Salon der Inneren Sphäre hatte jedoch eine zwei Meter große schneeblonde Frau ebenso wahrscheinlich Schlitzaugen wie Cassie – oder der verstorbene Koordinator Takashi Kurita – blaue. Also waren Cassies am häufigsten verwendete Tarnidentitäten weiß.

Sie ging diesen Weg, weil sie bei den Treffen der Bewegung für die Rechte Townes tatsächlich auf Rassismus stieß, außerdem auf Altersvorurteile, Sexismus, kulturelles Elitedenken, Unsensibilität und eine breite Vielfalt anderer Schattierungen des Spektrums negativer Einstellungen, derer die herrschende Freibriefpartei die Bewegung anklagte. Die meisten bedeuteten Cassie wenig, die so unpolitisch war, wie ein Mensch nur sein konnte, der dennoch von einem Gehirnscan erfaßt wurde. Natürlich machten ihr der auf Towne verbreitete Haß und das Mißtrauen Fremden gegenüber Sorgen, weil sie sich gegen das Regiment richteten. Aber Rasse und Geschlecht interessierten sie nur als mögliche Tarnungen und im Zusammenhang mit der Notwendigkeit, keine zu auffälligen zu verwenden, falls sie inmitten einer Menge seiner angeblichen Freunde radikale Strukturveränderungen an irgendeinem aufdringlichen Fanatiker vornehmen mußte.

Andere Einstellungen, etwa daß Leute das Recht haben sollten, zu ihrem Schutz und zum Schutz ihres Eigentums zu kämpfen, schienen ihr so natürlich wie das Atmen. Mit ihrer capellanischen Sozialisation empfand es Cassie als völlig natürlich, daß die Regierung ihre Bürger ihrer persönlichen Waffen, besonders der Schußwaffen, entledigen wollte. Andererseits fand sie es ebenso natürlich und klug, daß die Bürgerschaft tat, was sie konnte, um ihre Feuerwaffen zu behalten.

Aber obgleich sie es der Mühe wert fand, ihre augenscheinliche ethnische Zugehörigkeit zu verändern – sie fand nicht, daß die Umstände die Mühe rechtfertigten, als Mann durchgehen zu wollen –, stieß sie nicht auf viele Rassisten. Jeder, der offen rassistische Sprüche losließ, bekam es mit Dutzenden anderer Redner zu tun, die sich darum drängten, ihm zu widersprechen. Und obgleich eine deutliche männlich-chauvinistische Herablassung nicht ungewöhnlich war, waren dieselben männlichen Chauvinisten ganz vorn dabei, wenn es darum ging, ritterlich vorzutreten und Einstellungsveränderungen bei den paar Aufdringlichen vorzunehmen, die Cassie ernsthaft bedrängten.

Was die verbreiteten fremdenfeindlichen Gefühle anging, so wurden sie üblicherweise von Rednern angeheizt, die nicht so recht dazupaßten. Diese kleideten sich zwar im allgemeinen wie Arbeiter oder Arbeiterinnen, waren aber zumeist jünger, schlanker und weicher als echte Arbeiter. Und sie *klangen* in aller Regel gleich, als käme all ihre Rhetorik aus derselben Quelle. Sie erinnerten Cassie beunruhigend an den Agitator, dem sie mit dem Lauf ihrer verborgenen Pistole eine Nierenmassage verpaßt hatte.

Aber es war im Augenblick nicht ihre Aufgabe herauszufinden, wer beim Widerstand die Fäden zog. Sie mußte mit der Volksmiliz in Kontakt kommen.

Bei den Treffen der Bewegung sprachen oft Leute über die verschiedenen Milizen. Manche unterhielten sich leise in Gruppen und gingen dazu beiseite, wo, wie sie glaubten, niemand sie belauschen konnte. Andere taten es laut, forsch, fast aggressiv.

Cassie tat die letztere Gruppe als agents provocateurs ab. Die Alternative war, daß es Möchtegern-Revoluzzer waren, eine Gruppe, die für eine Agentin in ihrer Position ebenso tödlich war wie authentische Milizangehörige.

Mehr Aufmerksamkeit schenkte sie den diskreten. Und zwar sogar mehr, als diese für möglich zu halten schienen. Amateurhaft übersahen sie die Möglichkeit, daß jemand – wie Cassie – außergewöhnlich gut hören könnte. Oder daß Leute – ebenfalls wie Cassie – mit kleinen, hochsensiblen, leicht zu verbergenden Richtabhörgeräten ausgestattet sein könnten. Ihr Verhalten war insoweit unauffällig. Milizen waren per Definition Amateure und verhielten sich zumeist auch so, bis sie sich ein paarmal so richtig blutige Nasen geholt hatten. Die Volksmiliz war hypothetisch gesprochen Jahrhunderte alt – aber bis zum Aufbruch der Fünften Lyranischen Garde und der Flucht des Marquis des Planeten war die VM wenig mehr als ein gesellschaftlicher Club gewesen.

Also sprachen sie leise, und Cassie hörte zu, auch wenn ihre Aufmerksamkeit nach außen hin anderem galt, etwa hitzigen Debatten darüber, ob Inselbewohnern die unbeschränkte Einwanderung nach Hyboria erlaubt werden sollte oder nicht. Und sie merkte sich, wer was und wie sagte, bis sie ahnte, wer die echten Milizangehörigen waren, wer nur neugierig war und wer nur eine zurückhaltendere Art von Möchtegern-Revoluzzer.

Danach ging es wieder einmal nur darum, ein Ziel zu erwischen.

Er war Ende Fünfzig, trug einen weißen Bart, war wettergegerbt und hatte einen noch größeren Brust- und Schulterumfang als Bauchumfang. Er war in einem Holzfällerlager in den cimmerischen Vorhügeln östlich des Eiglophen aufgewachsen, hatte eine Zeitlang in einer Mine gearbeitet und einen der titanischen Hochleistungsbagger bedient, die mit jeder Bewegung ein Stück Erde von der Größe eines *Atlas* herausrissen, und hatte sich dann niedergelassen, um Slo-Mos, eine besonders schmackhafte und normalerweise zahme heimische Pflanzenfresserart, zu züchten. Er war ganz gut zurechtgekommen.

Dann ließ er eines Tages alles stehen und liegen und kam in die Großstadt, wo er nach einer Zeit des Herumwanderns ausgerechnet einen Laden für antiquarische Bücher und solche mit Sammlerwert eröffnete. Er hatte sich ihm die letzten zwölf Jahre lang gewidmet und damit einen bescheidenen Erfolg erzielt. Als echter

Grenzer, der Action liebte, und städtischer Intellektueller war er auf seltsame Weise typisch für die Mischung von Eigenschaften, aus denen die Bewegung für die Rechte Townes – und die Volksmiliz – bestand.

Was ihn für Cassie und sie für ihn attraktiv machte, war das, was ihn eigentlich nach Port Howard geführt hatte. Die Slo-Mos, die er züchtete, waren alles andere als aggressiv, aber sie waren auch riesig und fast blind. Als ein plünderndes Hexwolfrudel eines morgens im Spätwinter in seine Herde fuhr wie die *Katana* eines Dracos, hatte die sich daraus ergebende Stampede seine sechzehnjährige Tochter und ihr Pferd niedergetrampelt, ehe sie – oder er, der vom Rand der Weide in hilflosem Entsetzen zusah – reagieren konnte. Der Tod seines einzigen Kindes zerstörte seine Ehe. Innerhalb von achtzehn Monaten waren er und seine Frau geschieden, und der Hof wurde verkauft, um die Abfindung zu bezahlen.

Cassie hatte keinen Sex mit ihm. Das war nicht ihr Stil, selbst wenn sie die konventionelle, verführerische Herangehensweise wählte. Sie wurde einfach zu einem jungen Mädchen, das frisch von den Inseln kam – John Satterthwaite haßte Fanatiker und wußte wenig über den Süden – und sich fragte, worum es bei dieser Sache mit den Rechten Townes überhaupt ging.

Die Annäherung ging so einfach vonstatten, daß sie sich fast dafür schämte. Es war ein weiteres typisches, lautstarkes BfdRT-Treffen in einem der typischen gemieteten Vortragssäle in der Innenstadt Port Howards. Cassie trat einem Mechaniker auf die gestiefelten Zehen, den sie als Fanatiker mit fortgeschrittener Testosteronvergiftung ausgemacht hatte. Er hatte sie am Arm gepackt und erwärmte sich gerade für das Thema, was er mit ihrem wertlosen kleinen schwarzen Arsch tun sollte, als eine große, vernarbte Hand ihn an seinem Hemd packte, auf dessen Tasche sein Name eingestickt war, und ihn herumriß.

Der Rassistenbubi war groß genug, um Satterthwaite in die Augen blicken zu können, und hatte wahrscheinlich vier Jahrzehnte weniger auf dem Buckel. Aber Satterthwaite war fast zwanzig Kilo schwerer, und davon war nicht alles Fett. Wahrscheinlich wäre es der letzte Mann auf der Welt gewesen, der *behauptet* hätte, einen Slo-Mo-Bullen mit einem Hieb fällen zu können, aber er sah genau so aus, als wäre er dazu in der Lage. Der Vogel, der Cassie angerempelt hatte, zog unter dem Jubel seiner Kumpanen mit eingekniffenem Schwanz ab.

Danach lief alles wie geschmiert. Cassie verbrachte die nächsten Tage größtenteils mit dem älteren Mann – sie gingen lange am Donner spazieren, saßen in seinem Laden zusammen und unterhielten sich leise, während gelegentliche Kunden die Regale durchforsteten, blieben bis zur Sperrstunde in Cafés und Lokalen. Cassie wußte außer dem, was sie bei den von Vater Doktor Bob und Maccabee Bar-Kochba vorbereiteten Vorbesprechungen erfahren hatte, nichts über die Politik von Towne, und die Themen, um die es dabei ging, waren ihr egal. Aber sie war Fachfrau darin, den alten Mann zum Reden über das zu bringen, was *ihm* wichtig war – und ihm dann genau das zu antworten, was er hören wollte.

Es war natürlich ganz allein seine Idee gewesen, sie für die Volksmiliz zu rekrutieren.

Am frühen Abend saß Cassie an der Theke eines Imbiß in der Innenstadt und schlürfte ungesüßten einheimischen Tee, ein für die Inselbewohner charakteristischeres Getränk als die Lieblingsgetränke der Nordler, Kaffee und heiße Schokolade. Satterthwaite und seine Milizkumpels hatten eine unpassende Zeit für ihr Treffen mit Cassie gewählt, ein Uhr morgens. Amateure trafen Leute gerne nachts. Es verstärkte das Mantel-und-Degen-Flair.

Der Imbiß war geräumig, hell erleuchtet, eine einladende Oase in der verschneiten Nacht. Ein schäbiger, heruntergekommen aussehender Bursche mit Fingern, die aus Löchern in seinen Handschuhen ragten, hielt sich drei Hocker links von Cassie an einer heißen Schokolade fest. Eine Taxifahrerin saß am rechten Ende der Theke und sprach mit dem Besitzer. Zwischen ihr und Cassie war ein Hocker frei. Vier Leute, ein Paar und zwei Singles, hatten hinter ihr in den Nischen und an den Tischen Platz genommen.

Sie war diskret verdrahtet. Ihre dunkelgrüne Nylonmütze war ein Kopfschützer, den man herabziehen konnte, um die Gesichtszüge unkenntlich zu machen. Ihr weiter Mantel war mit leichtem synthetischem kugelsicherem Tuch mit Keramikeinsätzen über Brustbein, Bauch und Nieren gefüttert. Das Ganze brachte nicht viel zusätzliches Gewicht zu dem, das der Winter auf Towne sowieso verlangte, und saß locker genug, um sie nicht in ihrer Bewegungsfreiheit einzuschränken. Der Mantel ging links auf, nicht vorn, und sein Reißverschluß war falsch; in Wirklichkeit war er mit einem Klettverschluß geschlossen, so daß Cassie ihn schnell aufreißen und an die Sperry-Browning-Autopistole auf ihrem Rücken kommen konnte. Bluttrinker saß mit dem Griff nach unten links an ihrem Torso, und ihr Kurzlauf steckte im Taschenhalfter.

Sie schaute ständig auf die Uhr an ihrem linken Zeigefinger, und ihr Fuß klopfte dauernd gegen die blitzende Chromverkleidung der Theke. Satterthwaite war spät dran, und diese Zeichen von Nervosität paßten zu ihrem bereits eingeführten Charakter. Aber sie war *wirklich* nervös. Im Gegensatz zu den ländlichen Südwestlern hatte die Landbevölkerung Townes einen sehr strengen Sinn für Pünktlichkeit. Es war untypisch für ihr Ziel – und für diese Bezeichnung bedurfte es einer Willensanstrengung –, zu spät zu kommen.

»He, kleines Fräulein.« Es war der Penner. Er war auf

den Hocker neben ihr weitergerutscht und lehnte sich zu ihr herüber. Er roch wie eine Schale verrottendes Gemüse. »Wissen Sie, wie spät es ist?«

Sie spürte von ihm keine Bedrohung ausgehen, aber wie die ihre konnte seine ausgebeulte Winterkleidung eine Menge verbergen. Aus dem Augenwinkel sah sie auf die Uhr, während ihre rechte Hand außerhalb seines Sichtbereichs in ihre Manteltasche glitt.

»Ein Uhr fünfunddreißig«, antwortete sie. Das militärische Sechsundzwanzig-Stunden-Zeitmeßsystem benutzte sie nicht.

Zwei Männer betraten hinter ihr das Café. Sie sah sie genau; die rechte Hälfte der Durchreiche zur Küche war mit hellglänzendem Chrom verkleidet und diente als praktischer Spiegel. Der eine rechts von ihr war weiß, der andere war schwarz. Sie waren beide jung, einigermaßen fit und ihr vertraut. Sie hatte sie beide bei Treffen der BfdRT Flugblätter verteilen sehen, die das Siebzehnte angriffen.

Sie trennten sich, als sie durch die Tür waren.

Cassie stand auf. Der Stadtstreicher zwinkerte überrascht. »He, Fräulein, gehen Sie doch nicht so schnell weg ...«

Sie ging nicht schnell, sie bewegte sich nur entschlossen. Sie bog nach links ab, eine Richtung, die sie näher an den weißen Burschen heranbringen würde. Sie würde ihnen keine Chance geben, sie gleichzeitig anzuspringen.

Der weiße Bursche war bulliger als sein Partner und bewegte sich tatsächlich so, als sei er ziemlich muskulös, obgleich sein Mantel das kaschierte. Er war offenbar jemand, der sich auf diese Kraft verließ – ›Muskelpaket‹ als Zustand des Geistes, nicht des Körpers –, was bedeutete, daß er schon bei der Annäherung jeden Muskel angespannt hatte. Das wiederum hieß, er war langsam. Cassie war keinem der beiden Männer von der Kraft her auch nur annähernd gewachsen, also war ihre Waffe die Geschwindigkeit.

Er war kein großer Taktiker, das hatte die Art gezeigt, wie sie sich aufgeteilt hatten. So etwas fiel auf wie der Griff nach einer Waffe im Halfter. Sie war tatsächlich an ihm vorbei, bevor er reagieren konnte.

Eine starke Hand packte sie von hinten an der linken Schulter und riß sie herum. Der Bursche hatte ein offenes Gesicht, doch es verschwamm vor Cassies Augen. Sie ließ sich bereits fallen und verstärkte den Schwung, den er ihr mitgegeben hatte, noch durch die Kraft ihrer eigenen stahlfederartigen Muskeln. Im Fallen drehte sie sich und riß ihm mit einer rechten Beinsichel die Beine weg.

Er fiel krachend gegen einen Tisch und grunzte vor Schmerz. Der Tisch fiel um, der Kerl ging zu Boden und holte sich eine blutige Schramme auf der Stirn, als der metallene Serviettenhalter auf ihn fiel. Cassie kam hoch, dem anderen Burschen zugewandt.

Er war schnell, war schon über ihr. Überrascht von der Art, wie sie hochschnellte, packte er sie mit beiden Händen am Hals, drückte aber mit den Daumen nicht zu.

»He, he«, begann er lächelnd. »Mußt ja nicht gleich so…«

Sie packte seine linke Hand mit ihrer rechten, nur um an seinen Muskeln seine Absichten ertasten zu können. Gleichzeitig ließ sie ihren anderen Arm zwischen seinen Armen nach oben gleiten und hake ihn dann über seinen linken Arm. Er glaubte die Situation im Griff zu haben, denn er hatte beide Hände fest um den Hals einer schlanken Frau und redete immer noch mit ihr, als wolle er ein verängstigtes Kind beruhigen, als sie ihm plötzlich den rechten Ellbogen gegen den Kiefer knallte. Verblüfft lockerte er den Griff um ihren Hals. Sie veränderte ihren Griff um sein Handgelenk und riß seinen Arm gerade nach vorne, während sie mit der anderen Hand sein Genick packte. Sie rammte sein Gesicht auf ihr Knie herab und spürte, wie seine Nase mit einem Krachen, das ihr in der Seele guttat, brach, dann wirbelte sie herum und stieß ihn auf seinen Partner zu, der sich gerade aufrappelte.

Cassie fegte durch die Tür, ehe der zweite Mann in den ersten krachte und beide in einem fluchenden Wirrwarr von Armen und Beinen zu Boden gingen. Normalerweise hätte sie ihre Gegner ausgeschaltet; sie haßte es, Feinde zurückzulassen, die noch einsatzfähig waren. Aber sie wußte nicht, ob ihre kleinen Freunde noch andere kleine Freunde hatten, die jetzt gerade näher kamen, und das machte ein Verschwinden unabdingbar. Sie lief nach rechts die Straße entlang und rannte durch das leichte Schneetreiben davon. Die dickere Schneeschicht, die früher am Abend gefallen war, war mittlerweile von Fußgängern ausreichend zermatscht, so daß ihre Spuren schwer auszumachen sein würden.

Zwei rasche Schüsse aus ihrem Kurzlauf hätten keine Zeitverzögerung bedeutet. Wäre sie noch immer auf Hachiman gewesen, hätte sie sich ohne Zögern und Bedauern soviel Zeit genommen. Aber sie hatte schon früher unter den VerComs gearbeitet, und sie unterschieden sich von den Leuten, bei denen sie aufgewachsen war. Weder im Liao- noch im Kombinatsraum gaben die Leute oder die Regierung viel auf das Konzept vom Primat des Rechts. Es war kein Zufall, daß der Hauptverhaltenskodex der Kuritas ein Buch mit Aphorismen war. Die Davions hingegen nahmen das Recht ernst – und im Gegensatz zu ihren Gegenstücken im Kombinat oder in der Konföderation Capella glaubten die VerCom-Bürger allgemeinen, die Autoritäten seien ihre Freunde.

Die Person, die Cassie gegenwärtig darstellte, unter schied sich nicht so sehr von ihrem wirklichen Erscheinungsbild. Je einfacher, desto besser, war eine Grundregel der Tarnung. Es wäre nicht gerade optimal, wenn die örtlichen Behörden nach einer Frau suchten, auf die ihre grobe Beschreibung paßte und der man einen Doppelmord vorwarf. Und Bullen im Vereinigten Commonwealth waren bei der Untersuchung von Verbrechen wesentlich erfolgreiche als ihre Gegenstück jenseits der Grenze.

Hastig sah sie über die Schulter zurück. Zwei Blocks hinter ihr tauchten plötzlich ein paar dunkle Gestalten auf. Sie legte einen Zahn zu, rannte über die Straße und bog links in eine Gasse ein.

Jetzt war sie mindestens zehn Minuten vom Imbiß entfernt und lief in einem Tempo, das sie ewig halten konnte. Sie war ein wenig überrascht, daß die Spürhunde so lange an ihr drangeblieben waren. Andererseits hatte sie bisher noch keinen ernsthaften Versuch unternommen, den Kontakt zu beenden und sich endgültig davonzumachen. Und obgleich die Verfolger noch auf ihrer Spur waren, hatten sie bisher kein Anzeichen davon entdeckt, daß sie sie einholen konnten, auch wenn sie glaubte, zwei Teams zu Fuß und ein Auto gesehen zu haben. Sie hatte vor, die Sache noch ein bißchen auszudehnen und festzustellen, was sie alles zu sehen bekam. Früher oder später konnte sie sich hinter sie schleichen, sich einen Verfolger greifen, der allein unterwegs war – die Verfolgung zog sich immer in die Breite, wenn die Jagd lange genug dauerte – und in irgendeiner Gasse ein paar deutliche Fragen stellen.

Daß sie den Einsatz verpatzen oder schon verpatzt haben könnte, kam ihr nie in den Sinn. Vielleicht war die Szene wie geplant abgelaufen, und die Volksmiliz hatte den Neuling ein wenig herumschubsen wollen, nur um klar zu machen, wer Chef im Ring war. Cassie ließ sich nicht gerne als Sparringspartnerin verwenden, wenn es die Mission nicht ganz deutlich vorschrieb; und Don Carlos' halsstarriger galisteischer Stolz würde nie eine Aktion gutheißen, die den VMlern die Vorstellung vermitteln könnte, die 'lleros ließen sich herumschubsen.

Wenn sie in Übungskämpfen dem althergebrachten Ritual huldigen wollten, einander auf die Probe zu stellen, dann war das eine ganz andere Sache. Entführung war kein Teil des Kodex. Sie machte einen weiten Bogen um eine Mülltonne und rannte dann in die Gassenmitte. Man ging nie direkt um eine Ecke. Drei Blocks links von ihr, wo die Straße sich zur Bucht hin zu neigen begann, kamen zwei Gestalten um eine Ecke und deuteten auf sie. Sie wandte sich nach rechts und sprintete über eine Kreuzung.

Vier Blocks voraus bog ein Auto auf die Straße in ihre Richtung ein. Sobald seine Scheinwerfer sie erfaßten, beschleunigte es. Sie erkannte, daß es jetzt langsam ernst wurde, überquerte die Straße und duckte sich in die nächste Gasse.

Irgend etwas läuft hier falsch, meldete sich eine Stimme irgendwo in Cassies Kopf. Sie hatte bisher zwei dieser kleinen Stimmen kennengelernt. Eine von ihnen hatte sie von Lady K zu ignorieren gelernt. Guru Johann hatte ihr beigebracht, auf die andere stets zu hören. Und er hatte recht. Die vielleicht schwierigste Lektion, die sie bisher gelernt hatte, war, zwischen den beiden zu unterscheiden.

Dies war Stimme zwei, laut und deutlich: Sie haben genug Leute, sie hätten dir schon längst den Weg abschneiden können. Es ist fast, als trieben sie dich vor sich her.

Dieser Gedanke schrie nach Aktion. Das untere Ende einer Feuerleiter hing links von Cassie verführerische drei Meter in der Luft. Sie duckte sich und wirbelte dann, ohne langsamer zu werden, herum, so daß sie fast direkt auf die Ziegelwand unter der untersten Stufe zurannte. Ihr Schwung trug sie zwei Schritte die Wand hinauf. Ihre Finger schlossen sich um eiskaltes, gefrorenes Metall. Eine kurze Anstrengung für Beine und Schultern, und sie rannte wie ein Affe die Metalltreppe hinauf.

Eine Gestalt trat am gegenüberliegenden Ende der Gasse aus dem Schatten. Vor dem dunklen Hintergrund der unbeleuchteten Kreuzung waren keine Gesichtszüge zu erkennen, aber irgend etwas an der Bewegung, der Körperhaltung und der Rundung der Hüften, die in kräftige Schenkel übergingen, verriet Cassie, daß es sich bei der Gestalt um eine Frau handelte.

Und plötzlich begann sie eine vollautomatische Maschinenpistole abzufeuern.

11

Port Howard
Provinz Aquilonien, Towne
Mark Draconis, Vereinigtes Commonwealth

19. Dezember 3057

Die Kupfermantelgeschosse schlugen keine Funken, als sie von den Eisenstufen und dem Geländer der Feuertreppe abprallten, wie in Abenteuer-Holovids, aber sie machten einen Krach wie Krishna der Allmächtige. Man konnte sich einfach nicht daran *gewöhnen,* daß jemand volle Kanne auf einen schoß. Aber wie die meisten Gesichter der Hurengöttin Gefahr löste es die alten Fight-Flight-Mechanismen des genetischen Codes aus, und mit denen konnte man umgehen lernen. Cassie war es so gewohnt, auf Adrenalinschüben wie auf Wellen zu reiten, daß sie sich nur ganz sicher fühlte, wenn die Hölle los war.

Aber *ganz sicher* ist ein relativer Begriff. Sie kletterte die Feuertreppe hoch, so schnell sie ihre Füße trugen. Ihr Kurzlauf lag in ihrer Hand und spie Feuer, aber es wäre ein echtes Wunder gewesen, wenn sie die *Pistolera* getroffen hätte, die hinter ihr her war. Cassie versuchte nur, sie am Zielen zu hindern, sie vielleicht mit Mündungsfeuer zu blenden.

Geschwindigkeit, Dunkelheit, Entfernung und die Feuertreppe erschwerten der Schützin das Zielen. Aber das Wolfsmädchen – Cassie war todsicher, daß es sich bei ihrer Verfolgerin um sie handelte – kannte sich aus und feuerte Salven von nicht mehr als fünf oder sechs Schüssen ab. Aus über sechzig Metern mußte auch sie Glück haben, um zu treffen.

Aber sie würde wesentlich *weniger* Glück haben müssen. Es war Zeit, ein paar weitere Zielvariablen zu verändern.

Die Fenster in dieser Gegend waren selten vergittert, gesegnet seien die vertrauensseligen kleinen Davionseelen. Als Cassie einen Absatz der Treppe erreichte, schob sie ihren Kurzlauf wieder ins Halfter, während sie mit der linken Hand den Mantel aufriß. Dann zog sie die größere Sperry-Browning-Autopistole und feuerte zweimal nach oben durch ein Fenster, um sicherzugehen, daß es nicht bruchfest war.

War es nicht. Es zersplitterte ganz normal, und Glasscherben regneten auf sie herab wie große dreieckige Schneeflocken. Sie mußte nur ganz fest hoffen, daß ihre Kugeln keine schlafenden Bürger getroffen hatten.

Zwei Stufen vor dem nächsten Absatz hielt sie inne. Das Wolfsmädchen rannte an der gegenüberliegenden Wand der Gasse entlang auf sie zu und feuerte eine Salve direkt in das mittlerweile zerschossene Fenster. Cassie schob ihre Pistole über das Geländer und gab fünf schnelle Schüsse ab. Das Wolfsmädchen warf sich nach vorn, zog die Schulter ein, rollte sich ab und kam schießend wieder hoch.

Zu diesem Zeitpunkt hatte Cassie schon das Geländer gepackt und schwang sich durchs Fenster. Sie war in einem engen, überhitzten Schlafzimmer, das stark nach der Anwesenheit von Menschen roch. Aus dem Augenwinkel sah sie zwei menschengroße Schemen, die auf der anderen Seite des Bettes auf dem Boden kauerten. *Kluge Leute.*

»Nehmen Sie alles,« rief eine ängstliche Stimme, als sie vorbeihuschte. »Unser Leben ist mehr wert.«

»Polizei im Einsatz!« brüllte Cassie. »Holen Sie Verstärkung.«

Dann war sie durch die Tür und fort.

»Wir sollten uns aufteilen«, sagte Komtur Peter White-Nose Pony. »Wenn wir alle so auf einem Haufen bleiben, machen wir uns nur selbst zum Ziel.«

Cassie hing mit dem Hintern auf der Rückenlehne

eines Sofas, das gegen die Wand der Halle im zweiten Stock des Markbreit geschoben war, und hatte die Füße auf dem Polster. Niemand sagte ihr, sie solle das lassen, da la Dama Muerte schon lange weg war. Südwestler mochten es im allgemeinen nicht besonders, wenn man ihnen sagte, sie sollten die Füße vom Möbel lassen und ihre Zimmer aufräumen gehen. Niemand hier wußte von ihrer wilden Jagd durch die dunklen Gassen Port Howards letzte Nacht, und sie hatte nicht vor, es ihnen zu erzählen. »Das ist lächerlich«, gab Gordo Baird zurück. »Wenn wir uns über einen ganzen Planeten verteilen, werden wir verloren sein wie Sandkörner daheim in der Chiricahua-Wüste.«

White-Nose Pony betrachtete Baird einen Augenblick lang ruhig. »Ich tue mal so, als hätte ich das nicht gehört«, sagte er gelassen.

Cassie schaukelte vor und zurück, bebte fast. Sie paßte kaum auf. Gordo war natürlich ein Arschgesicht, aber das war ein PAL. White-Nose Pony war ein zu cooler Typ, um auf ihn loszugehen, nur weil er dummes Zeug redete. Er würde sich damit begnügen, den OL daran zu erinnern, sich zurückzuhalten.

Obwohl Don Carlos auf ihrer Gegenwart bestanden hatte, trotz der Tatsache, daß es um die Sicherheit des Regiments ging, hatte Cassie Schwierigkeiten sich auf das Hier und Jetzt zu konzentrieren.

»Niemand redet davon, den ganzen Planeten abzudecken, Gordo«, sagte Lady K. Sie saß neben Cassie auf dem Sofa, zurückgelehnt und die langen Beine ausgestreckt. »Das schaffen wir nicht, nicht einmal mit den Füsilieren und den Kürbisflaschen. Mist, nicht einmal die *culebras* würden das schaffen, selbst wenn sie die gesamten Truppen von der Grenze von Dieron bis Proserpina abzögen. Zum Beispiel machen wir uns über die südliche Halbkugel schon mal gar keine Gedanken: Laßt die Dracos ruhig mit Spielzeugbooten spielen. Wir reden davon, uns aufzuteilen, um ein paar strategische Punkte zu besetzen, Orte, von denen die Dracos erst sagen können, sie hätten sie eingenommen, wenn sie sie auch wirklich in der Hand haben. Man muß nicht Clausewitz oder Sun Tzu gelesen haben, um das nachvollziehen zu können.«

Baird versteifte sich. Er hatte keinen von beiden gelesen, Kali aber wohl, und das wußte er. Cassie auch, aber sie war sich des Nebengeplänkels nur am Rande bewußt. Sie konnte im Moment nur an John Satterthwaite denken, dessen Leichnam man an einem verlassenen Pier an der Kreisbucht gefunden hatte, ein Einschußloch im Hinterkopf. Innerlich kochten in ihr Gefühle, für die sie keinen Namen kannte.

»Ich kann nicht glauben, daß wir vor ein paar *culebras* solche Angst haben, daß wir beim bloßen Gedanken an sie fliehen wollen wie Wachteln«, warf Gavilán Camacho ein, der mit ausgestreckten Beinen und verschränkten Armen neben seinem Vater saß.

»Das hier ist keine Machogeschichte, Gabby«, entgegnete Lady K. »Es ist Krieg.«

Gabby schoß nicht zurück. Die Aussicht auf echte Feinde hatte die internen Auseinandersetzungen zwischen *Nortenos* und Cowboys ziemlich gedämpft.

»Ich spreche nicht über Machos«, sagte er in vernünftigem Tonfall. »Ich spreche über Konzentration unserer Kräfte. Wir haben die Towne-Garde als Unterstützung. Wir können uns zwei Regimentern, vielleicht sogar dreien, stellen und sie besiegen. *Wenn* wir nicht in alle Himmelsrichtungen zerstreut sind.«

Lady K zuckte die Achseln, um ihm in diesem Punkt recht zu geben. »Wir können uns nicht einfach zurücklehnen und es als gegeben hinnehmen, daß wir nicht mehr als drei Regimentern gegenüberstehen werden«, sagte der rasalhaagische Kommandant der Kompanie Harley, Kapitan Erik ›Gringo‹ Johansen.

»Wie viele können Sie entbehren?« erkundigte sich Gabby. »Die Grenze des Kombinats zum VerCom ist schon jetzt fast unterbesetzt. Jetzt, wo im von den Clans besetzten Raum all dieser *bullicio* abgeht, brauchen sie so viele Truppen zur Bewachung der Waffenstillstandslinie wie möglich.«

John ›Pommes Frites‹ Ames kratzte sich hinter dem Ohr. Sein Haar, das ihm schäferhundartig in die Augen hing, war ungewaschen und strähnig, und die Augen lagen tief in seinem langen, faltigen Gesicht. Er und seine Frau Raven hatten sich in letzter Zeit sogar noch mehr als üblich gestritten. Sie fand, er schenke Janine ›Mariposa‹ Esposito, einer Valkyrie-Pilotin aus der Kompanie Cochise Bobby des Wolfs, etwas zuviel Aufmerksamkeit. Die Gerüchteküche behauptete, Raven habe ihm unlängst ein Ultimatum gestellt.

»Was ist mit unseren Familien?« fragte Pommes Frites mit einer Stimme, die wie sein Äußeres darauf schließen ließ, daß er und der Schlaf einander schon seit längerem nicht mehr begegnet waren. »Ich mag es nicht, wenn meine beiden Kinder Tag und Nacht im Zentrum einer Zielscheibe leben. Und ich spreche nicht nur von den Dracos.«

Das rief gemurmelte Zustimmung hervor. Der Aufstand, den Diana abgewendet hatte, hatte sich zwar nicht wiederholt, doch jeden Tag drängten sich Demonstranten vor den Toren des Komplexes der Turanischen Transportgesellschaft. Auch sah man gelegentlich auf der Straße vor dem Markbreit ein fremdenfeindliches Transparent, doch die waren meistens nicht lange zu sehen. Die Hotelleitung bestach das örtliche Revier hervorragend, so daß üblicherweise die Bullen auftauchten und den Demonstranten sagten, sie sollten sich verziehen. Die ständige Präsenz eines oder zweier leichter Caballero-Mechs auf dem Dach halfen, diese Forderung zu unterstützen. Aber auf die Dauer dienten sie nur dazu, das Risiko zu erhöhen, und alle im Siebzehnten wußten das. Ein paar zögerliche Bande wurden mit den Leibfüsilieren des Marquis geknüpft, deren ständige Vorsicht eher aus unwillkürlichem Mißtrauen gegenüber Söldnern als aus Fremdenfeindlichkeit erwuchs. Aber die großen politischen Parteien sowie die Randgruppe BfdRT waren ausgesprochen gegen die 'lleros. Das einzige, worauf sich die Freibrief-, die Reform- und sogar die Unionspartei einigen konnten, war, in den Medien auf sie einzuprügeln. »Unsere Familien, okay«, sagte Gabby. »Niemand will, daß sie in der Schußlinie stehen, wenn es knallt.« Er hatte außer seinem Vater keine wirkliche Familie mehr, aber genau wie für Cassie, wie für jeden, war für ihn das Regiment *la familia.* Seine Sorge um die Kinder war kaum geringer als die von Pommes Frites.

»Aber laßt uns das eigentliche Thema nicht aus den Augen verlieren«, warf Baird säuerlich ein. »Seine Kräfte nicht aufzuteilen ist schließlich ein weithin anerkanntes militärisches Prinzip.«

Und er schenkte Lady K ein triumphales Lächeln.

»Und laßt uns nicht vergessen, daß wir nicht nur bezahlt werden, um die Turanische Transportgesellschaft zu bewachen«, entgegnete Maccabee. »Onkel Chandy besitzt einige Bergbau- und Holzbetriebe, an denen die Schlangen interessiert sein könnten. Und Port Howie ist nicht der einzige Umschlagplatz der TTG.«

Cassie klinkte sich aus. Das war alles Gerede – ernsthaftes Gerede, aber nichts, wo sie gebraucht wurde.

Sie mußte Pläne schmieden.

Cassie war später an diesem Nachmittag, als Red Gallegos' schnelle Auffassungsgabe sie alle rettete, nicht im Hotel. Die EO stand im Foyer, wo sie eine ruhige, aber leidenschaftliche Diskussion mit der Rezeption ausgerechnet über das Weißzeug führte. Der Verbrauch des Regiments an Bett- und Handtüchern hatte den außerhalb gelegenen Waschdienst des Markbreit bis zur ernsthaften Überhitzung gefordert. Jeder Ausweg schien entweder durch den Vertrag mit dem Dienstleistungsunternehmen oder die komplizierten Gewerkschaftsregelungen Port Howards blockiert zu sein.

Wie ihr Mann war Dolores darin versiert, die Kunst der sanften Überredung anzuwenden – keiner von beiden hatte je eines ihrer fünf Kinder geschlagen, und doch herrschte strenge Zucht. Sie vertraute darauf, daß sich schon irgendeine Lösung finden würde. Ihrer Erfahrung nach kam es immer so, wenn man einfach weiterredete und seine Stimme im Griff behielt. Aber bevor sie den Tagesmanager über die Verweigerungsphase hinausführen konnte, sah sie aus dem Augenwinkel eine Bewegung auf der Straße. Ein bemalter Kleinbus hatte am Eingang abgebremst, als wolle er anhalten.

»Entschuldigen Sie bitte einen Augenblick«, sagte sie zum Geschäftsführer und ging dann durch die Schwingtür hinaus. Der Tag war kalt, und die Wolken waren zurückgekommen, aber es hatte nicht wieder geschneit, seit die Schneepflüge und Streuwagen durchgefahren waren, also war die Straße frei. Der Bus hatte etwa zwanzig Meter vom Hoteleingang entfernt angehalten. Die Fahrertür ging auf. Ein Mann in Jacke und unauffälliger Hose stieg aus, konsultierte einen Notizcomputer in seiner Hand und ging die Straße hinunter. Sehr zügig. Dolores wandte sich an den Manager, der ihr erstaunt über ihren abrupten Aufbruch nach draußen gefolgt war. »Schaffen Sie alle durch die Hintertür raus«, sagte sie sachlich.

»Was?«

Sie hatte schon ihren Taschenkommunikator herausgeholt und preßte ihn an den Mund. »Alarmstufe Rot«, sagte sie. »Lieferwagen parkt zwanzig Meter nördlich des Eingangs. Alle Caballeros: Evakuierungsprozeß einleiten. Alarmstufe Rot. Gebt weiter.«

»Señora Gallegos, was um Townes willen ...«, sprudelte der Manager hervor.

Dolores Gallegos wies auf das geparkte Fahrzeug, »Das ist eine Bombe. Verschwinden Sie, wenn Sie nicht sterben wollen. Es könnte schon zu spät sein.« Sie wandte sich um und rannte auf die Treppe zu.

Es war eine Standardvorgehensweise der 'lleros, in einer möglichen Gefahrenzone den persönlichen Komm immer auf Bereitschaft geschaltet zu lassen. Neunzig Prozent des Regiments hörten die Warnung. Zu dem Zeitpunkt, da Red das Gebäude betrat, ließ Diana Vásquez die Kleinen aus dem Kindergarten, der sich wegen solcher Möglichkeiten im Erdgeschoß befand, gerade durch Foyer und zur Hintertür hinaus marschieren.

Ohne Aussicht auf baldige Schlachten, und da gemeinsame Übungen mit den Einheimischen sich noch in der Verhandlungsphase befanden, waren die meisten Mechs des Siebzehnten außer Sichtweite auf dem Hof der TTG geparkt. Die einzige Einheit, die zur Zeit wirklich ihre Fahrzeuge bemannt hielt, war OL James Kicking Birds Kompanie Geronimo, und sie befand sich komplett innerhalb des Komplexes.

Die Bewachung des Hotels und seiner Bewohner war eine reine freiwillige Angelegenheit. Aus dem Smog sank eine *Valkyrie* herab, deren drei Norks Industries-Sprungdüsen tosten wie ein Sturm. Die rechte Seite ihres Brustpanzers war mit großen Cartoon-Schmetterlingen mit buntgescheckten Flügeln bemalt, die linke nahm eine Zehnerbatterie Devastator-Langstreckenraketen ein. Zufällig hatte an diesem Nachmittag Mariposa Esposito Wache. Die *Valkyrie* landete sanft auf der Straße neben dem geparkten geheimnisvollen Bus, ihre dreißig Tonnen vermehrten die bestehenden Schlaglöcher nur geringfügig. Sie beugte sich vor und packte den Bus an der Fahrerzelle, wobei ihre rechte Hand mit dem mittelschweren Laser an der Seite zupackte und die Finger der linken Hand, der Kampffaust, sich in das Leichtmetall gruben, um den Bus besser im Griff zu haben. Dann spannte sie die Beine an und sprang wieder mit voller Schubkraft südwärts Richtung Fluß.

Als die *Valkyrie* den Gipfelpunkt ihres Sprungs erreichte, explodierte der Bus. Das Sprengkommando von Port Howard, das aus erfahrenen Sprengmeistern der Bergbausiedlungen droben im Gebirge bestand, schätzte später, daß er über zwei Tonnen hochexplosive Stoffe mitgeführt hatte. Alles, was man von dem Mech je fand, waren die Beine und Hüftaktivatoren, die einen Frachtwaggon zertrümmerten, der im Hof der TTG auf einem Nebengleis abgestellt war.

Kurz vor Mitternacht verließ unplanmäßig ein Zug eben jenen Hof ostwärts. Er transportierte die Zivilisten der Caballeros sowie eine behelfsmäßige Sicherheitstruppe von Freiwilligen unter dem Kommando von Diana Vásquez. Er war unterwegs zur Copper Queen-Mine in den westlichen Eiglophen, die zufällig Chandrasekhar Kurita gehörte. Zwei Lanzen Mechs begleiteten ihn, verborgen unter Planen, die so vertäut waren, daß es aussah, als bedeckten sie schweres Bergbaugerät, eine häufige Fracht der TTG-Waggons. Dianas eigener experimenteller O-Bakemono war auch dabei; er würde in einem Stadtkampf nur von begrenztem Nutzen sein, da die Mission lautete, so viel wie möglich von Port Howard zu erhalten, nicht, es mit Salven von schweren Arrow IV-Geschossen dem Erdboden gleichzumachen.

Man fand nie eine Spur von Unterleutenient Janine Esposito. Aber vierundzwanzig Stunden lang wurden die drei Universitäten Port Howards und die Polizeireviere in der ganzen Stadt mit Anrufen von Bürgern überschwemmt, die behaupteten, auf Schneeverwehungen oder vereisten Fensterbrettern Schmetterlinge sitzen gesehen zu haben, die ihre bunten Flügel sacht öffneten und schlossen, als wollten sie sie trocknen. Manche Anrufer sagten, sie seien weggeflogen, wenn man sich ihnen näherte. Andere behaupteten, sie seien einfach verschwunden.

Es war nur ein weiterer Fall von Massenhalluzinationen. Zweifellos.

12

Prinz John-Raumhafen in den Randbezirken von Port Howard
Provinz Aquilonien, Towne
Mark Draconis, Vereinigtes Commonwealth

19. Dezember 3057

Der *Feuerfalke,* dessen Unterschenkel mit den schrägen rot-blau-grünen Streifen der Towne-Garde bemalt war, schwebte hoch über unerschlossenen, schneebedeckten Ebenen zwischen den südlichen Vororten Port Howards und dem Raumhafen. Auf dem Gipfelpunkt seines Sprungs blitzte rubinrotes Licht aus dem schweren Harmon-›Laser‹ in seiner rechten Hand in Richtung des Westlichen Ozeans, der jenseits einer Reihe niedriger Dünen gerade noch sichtbar war. Er übersprang einen kompaniegroßen Keil schwerer Füsilierpanzer und landete in Wolken frischgefallenen Pulverschnees, der von einem Windstoß über den Boden gewirbelt wurde.

Er blieb mit dem Fuß hängen und krachte mit dem Gesicht nach unten zu Boden.

Der Mann, der neben Kolonel Carlos Camacho windgeschützt hinter dem entspiegelten Transpex des Kontrollturms des Raumhafens stand, verzog beim Aufschlag schmerzlich das Gesicht. Don Carlos selbst bildete sich ein, er können den Aufprall durch die Stiefelsohlen spüren, auch wenn er einen halben Kilometer entfernt stattfand. Er verzog keine Miene.

Der *Feuerfalke* rutschte bäuchlings weiter und warf Erd- und Schneehügel auf. Ein Rommelpanzer wich aus, um nicht mit dem gestürzten BattleMech zusammenzustoßen, und durchbrach die Schneewolke, die der Absturz aufgewirbelt hatte. An seiner Peitschenantenne wehte eine Flagge, die ein sich auf blauem Feld aufbäumendes silbernes Pony zeigte, die persönlichen Insignien Sir Osric Goulds. Der Rest der Füsilierkompanie floß um den gestürzten FFK herum wie Wasser um einen Felsen.

Dann kam eine Caballero-*Wespe* mit aufgemalten schwarzgelben Streifen. Sie setzte zu einem langen, flachen Sprung an, landete direkt neben dem bewegungslosen *Feuerfalke* und begann dann hinter den Panzern herzurennen. Diesmal war es am Kolonel, schmerzlich das Gesicht zu verziehen.

»Ihre Männer und die Towne-Garde lieben einander nicht besonders, wie, Kolonel?« fragte der Mann neben ihm mit halbherzigem Lächeln. Er war einen Kopf größer als Camacho, besaß ein langes, schmales Gesicht und die Art von Körper, den zu erhalten vermögende Stadtgringos Fitneßstudios und privaten Trainern stattliche Summen bezahlten.

»Die Garde hat uns nicht besonders gut aufgenommen, *Señor* Blaylock«, antwortete Don Carlos. In der Tat hatte nur das Gerücht von einer Drohung Sir Osrics, der offiziell anerkannten Miliz die technische Unterstützung zu entziehen, Generalhauptmann Janice Marrou überhaupt dazu gebracht, ihr Versprechen zu halten, bei Manövern mit dem Siebzehnten zu kooperieren. Der Kolonel hatte nicht die Absicht, das seinem Gefährten gegenüber zu erwähnen.

Er wandte sich dem größeren Mann zu. »Ich muß Sie von Mann zu Mann fragen, *Señor:* Warum greifen sie uns so verbissen an?«

Howard Blaylock zuckte die Achseln. »Die Leute auf Towne mißtrauen allem Draconischen. Und das kann man ihnen ja wohl auch kaum zum Vorwurf machen. Sie werden vom Kombinat bezahlt, und noch dazu von einem Kurita. Was erwarten Sie?«

»Aber wir sind gekommen, um Ihnen gegen den Drachen kämpfen zu helfen! Wenigstens gegen abtrünnige Dracos.«

»Vielen Bürgern fällt es schwer, den Unterschied zu sehen, Don Carlos.«

»Aber wir versuchen, Ihre Verteidigung zu stärken! Täten wir das, wenn wir nur Vorreiter der Invasion wären? Das ergibt doch keinen Sinn!«

»Manchmal ergibt Politik auch keinen Sinn.« Der Abgeordnete Blaylock wies aus dem Fenster auf die Bergungsfahrzeuge, die wie Schleppkähne durch den verwehten Schnee auf die Stelle zupflügten, wo der *Feuerfalke* noch immer bewegungslos lag. »Können wir gehen? Es wird stickig hier drin.«

»Eine beeindruckende Maschine, Don Carlos«, sagte Blaylock und starrte zum Großen Weißen empor. Der 75-Tonnen-*Katamaran* des Kolonel, auf dessen kugelförmige Schnauze in Rot und Weiß das Grinsen eines Hais gemalt war, stand mit geneigtem Kopf da, als spähe er neugierig auf diese unbedeutenden Insekten hinab, die anmaßend genug waren, ihm ohne offensichtliche Furcht gegenüberzutreten. »Ich hörte, Sie haben sie selbst erobert?«

»In der Tat«, erwiderte der Kolonel. Es war die Clanmaschine, die auf Jeronimo seine Tochter Patricia getötet hatte.

»Ein beeindruckendes Zeichen von Geschick und Mut, Kolonel.«

Don Carlos dankte ihm, aber Blaylock hatte sich schon abgewandt und ging die Rampe hoch. Der Tag war trotz des eisigen Windes nicht beißend kalt, doch der Kolonel empfand eine gewisse Bewunderung für die Art und Weise, wie der andere Mann lässig dahinspazieren konnte, die Hände in den Hosentaschen und nur mit einem dunklen Sakko bekleidet. Der Kolonel war auch irritiert über die Art, wie Blaylock seine Gastfreundschaft ausnutzte und die Oberhand gewann, indem er ihn in ein Wetter wie dieses hinauszerrte. Aber seine große Höflichkeit zwang ihn mitzukommen, eine

Tatsache, die Blaylock, wie er vermutete, sehr wohl wußte.

Townes Hauptraumhafen war ursprünglich von Siedlern, die entsprechend dankbar dafür waren, daß Pons sie auf dieser angenehmen Welt leben ließ, selbst wenn er sie zwang, den Dingen törichte Namen zu geben, in guter Erinnerung an Augustus Pons getauft worden. Nach dem Townedebakel war er in Prinz John Davion-Raumhafen umbenannt worden, und zwar von Prinz Davion zu seinen eigenen Ehren.

Die beiden Männer näherten sich einem großen Hangar. Davor wimmelten Techs, die in stark isolierten Overalls aussahen wie Würstchenmänner und -frauen, über den Stolz und die Freude der Luft/Raum-Aktivposten der Füsiliere, Townes einzige 100-Tonnen-*Stuka.* Camacho warf ihr im Vorbeigehen einen säuerlichen Blick zu. Die Piloten hatten sich aus den Übungskämpfen zurückgezogen und behauptet, das Wetter mache Flüge zu riskant: Es war schwer, in der gegenwärtigen Situation an Ersatzteile für ihre Jäger zu kommen.

Don Carlos hatte Hunderte von Feindflügen bei noch wesentlich schlechterem Wetter als diesem gesehen. Generalleutenient Goulds Männer und Frauen schienen im allgemeinen eine hohe Kompetenz zu besitzen und willig zu sein, aber sie hatten ihre Schwächen. Ein noch größeres Problem war, daß die Planetengarde, wenn sie zum Eingreifen gezwungen war, außer Schwächen *nichts* zeigte. Und die für gesetzlos erklärte Volksmiliz hatte sich überhaupt nicht gezeigt, trotz der Tatsache, daß sie die gewählten Politiker so *loco* machte, trotz der größten Anstrengungen der Superscoutin Cassie Suthorn.

»Ich bin froh über die Gelegenheit, mit Ihnen von Angesicht zu Angesicht zu sprechen«, rief Don Carlos aus, obgleich er sich an Blaylocks Rücken wandte. Die größeren Schritte des Towners sorgten für einen beständigen Vorsprung vor dem Kolonel. »Wir brauchen jede Hilfe, die wir nur kriegen können, um den Leuten von

Towne die Gefahr bewußt zu machen, in der sie sich befinden.«

»Mm.« Blaylock gab ein Geräusch von sich, das ein Grunzen, ein Lachen oder fast alles andere hätte sein können. »Nun, wissen Sie, Kolonel, aus meiner Position ist Ihre ›Roninbedrohung‹ nur sehr schwer zu erkennen. Mehr ist wohl nicht drin.«

Camacho runzelte verärgert die Stirn. »Chandrasekhar Kurita nimmt einiges auf sich, indem er uns hierherschickt. Ich versichere Ihnen, Señor Blaylock, daß er das nicht ohne guten Grund täte.«

»Vielleicht. Aber vielleicht verfolgt er ja auch andere Ziele. Benutzt Sie – natürlich unbewußt, verstehen Sie mich nicht falsch – als Fassade für eine ökonomische Machtergreifung auf Towne. Wir sind hier verletzlich, und Sie brauchen keinen Augenblick lang daran zu zweifeln, daß das jeder weiß. Und vergessen Sie nicht, daß unsere Wirtschaftskrise für den Mann oder die Frau auf der Straße realer ist als jede Kriegsbedrohung.«

»Aber die Beweislage!« brach es aus Don Carlos hervor. »Wir haben sie öffentlich gemacht. Wir haben Ihnen, der Regierung, jedem, der sich auch nur interessiert zeigte, ganze Datenberge zugänglich gemacht!«

Blaylock zuckte die Achseln. »Wir leben in einem perversen Zeitalter, Kolonel. Solche Beweise lassen sich fälschen, auch bergeweise. Dagegen steht fast ein Jahrzehnt der Allianz mit dem Draconis-Kombinat – und die Tatsache, daß die meisten Leute, ich selbst eingeschlossen, kaum glauben können, daß im Kombinat irgend etwas ohne volles Wissen und Zustimmung Theodore Kuritas geschieht. Wir sind mit den Gegebenheiten der ISA recht vertraut, lassen Sie sich das gesagt sein.«

Nicht so vertraut wie wir, dachte der Kolonel. Und sie hat sich schon einmal getäuscht. Er war sich nicht bewußt – im gesamten Regiment wußte das nur Cassie –, daß der Verdacht des Lächelnden, Onkel Chandy hätte im letzten Jahr mit den Clans paktiert, völlig zutreffend war. Chandy hätte sich fast selbst umgebracht, als der Direktor der ISA dem Neunten Geisterregiment befahl, den HTE-Komplex anzugreifen. Nur hinsichtlich der Zielsetzung hatte sich Subhash Indrahar letztlich getäuscht: seinen Vetter Theodore und das Kombinat zu verraten, war das letzte, was Chandrasekhar Kurita im Sinn gehabt hatte.

Was der Kolonel nicht wußte, das konnte er auch nicht sagen. Er wagte es nicht, diesen Hauptsprecher einer zuvor feindlich gesinnten Gruppe wissen zu lassen, wie heftig die Konfrontation zwischen der Internen Sicherheitsagentur und den Caballeros auf Hachiman gewesen war.

Der Politiker war ihm wieder ein Stück vorausgeeilt. Er blieb stehen und drehte sich um, während Don Carlos aufschloß. »Nicht einmal Sir Osric glaubt Ihre Invasionsgeschichten, wissen Sie. Er spielt bloß mit, weil er sich über jede Gelegenheit freut, seine Truppen in Schuß zu halten und am Käfig der PR zu rütteln.«

Die beiden Männer gingen jetzt im Gleichschritt. »Wenn Sie wirklich etwas für uns tun wollen, Kolonel, dann stärken Sie uns den Rücken, wenn wir ein Mißtrauensvotum gegen die Planetenregierung anstrengen. Oh, nicht wie Sie denken. Ich spreche hier nicht über etwas Offenes oder Ehrloses. Es ist nur so ...«

Blaylock wies mit der Hand auf die Ebene hinaus, wo die Gardestreitkräfte hoffnungslos hinter den 'lleros und den Füsilieren zurückgefallen waren. »Sie sehen ja, wie die derzeitige Regierung die Dinge hat verkommen lassen. Die Freibriefpartei ist nicht einmal eine Partei im eigentlichen Sinne, sie ist nur eine Fassade, die vor einem Haufen abgehalfterter Politiker errichtet wurde, die zufällig gerade im Amt waren, als unser geliebter Marquis seinen ausgedehnten Urlaub antrat. Schon der Name ist ein Witz. Für sie ist der sogenannte Towne-Freibrief ein Museumsstück, eine Kuriosität ohne Relevanz für die Welt, in der wie heute leben, genau wie für uns. Sie haben ihn sich nur ausgesucht, weil sie hoffen, daß er die großen Ungewaschenen, die selbsternannten Patrioten da draußen mit dem sonnenverbrannten Nacken und den Schiebermützen anspricht. Aber sie täuschen damit niemanden.«

Der Kolonel hatte endlich seine Stimme wiedergefunden. »Worum genau bitten Sie uns also?«

Blaylock zuckte wieder die Achseln. »Um Unterstützung. Die Hauptsache wäre vielleicht, Ihren Einfluß bei den Managern dieser Besitztümer geltend zu machen, die Ihr Chef erworben hat. Dieser Kurita hat sich ein ziemlich großes Stück vom Kuchen gekauft, auch wenn ihm das vielleicht selbst gar nicht klar ist. Zunächst räumen wir das Gestrüpp der Freibriefpartei aus dem Weg, schaffen Ihre Leute rein, dazu ein paar Leute, mit denen wir Abkommen treffen müssen, wenn wir uns ihre Unterstützung sichern wollen. Sie können es uns sehr erleichtern, das durchzuziehen. Dann entwaffnen wir diese Verrückten von der Volksmiliz und spucken ihnen ein für alle Mal in die Suppe. Und danach ...«

Howard Blaylock grinste Don Carlos breit an. »Danach können wir die Leute vielleicht dazu bringen, Ihrer Roninbedrohung ihre Aufmerksamkeit zu schenken. Es gibt nichts besseres als einen anständigen globalen Notstand, damit alle an einem Strang ziehen und alle die Neinsager und Kritikaster endlich das Maul halten.

Was sagen Sie dazu, Kolonel?«

In dieser Nacht waren in der Sporthalle des Randolph-Carter-Gymnasiums in der Skelos Street in der Innenstadt Port Howards eine ganze Menge Leute versammelt. Talbot konnte die Spannung in der Luft spüren. Bald würden die Leute schlagartig aktiv werden. Die Leute waren aktionsbereit.

»He, Talbot!« Es war Mac Hainey, ein Fernfahrer von Nemedien Cartage. Talbot unterdrückte ein Ächzen. Hainey war ein Besserwisser, der kaum je etwas Nettes zu sagen hatte, aber trotzdem viel redete. Seit Talbots Mißgeschick waren sie einander nicht mehr über den Weg gelaufen.

»Was 'n da los?« wollte Hainey wissen, dessen Stimme durch das verhallte Stimmengewirr im Zuschauerraum wie ein Nebelhorn klang. »Hast du dich beim Rasieren geschnitten?«

»Wirklich sehr witzig, Hainey«, sagte Talbot mit zusammengebissenen Zähnen. Er hatte eine Allergie gegen Plastikfleisch, konnte es nicht ertragen. Der Schnitt, den diese falsche kleine Inselhure ihm im Imbiß verpaßt hatte, war mit altmodischen Stichen zusammengeflickt worden. Sahen aus, als seien sie mit Gitarrensaiten genäht.

Unter brüllendem Gelächter zog Hainey ab. Lach ruhig, Kumpel, dachte Talbot. Wenn die Revolution kommt, wirst du schon sehen, warum es heißt, Rache sei Blutwurst.

Jemand packte ihn schmerzlich hart am Bizeps. Er drehte sich um, bereit loszulegen, und sah plötzlich seinem Partner Lumlee ins Gesicht. Das heiterte ihn immer auf. Lumlee sah noch schlimmer aus als er. Es war wahr, daß er nicht mehr einem Waschbär ähnelte, aus dessen dunkelhäutigem Gesicht zwei ziemlich blaugeschlagene Augen spähten, aber er würde noch eine ganze Weile die Schiene tragen, die mit Klebeband an seiner Nase befestigt war.

»Was?« fragte Talbot und täuschte ein kampflustiges Grinsen vor.

»Sie.«

»Wer?«

»Sie. Das kleine Drecksstück, das uns das angetan hat.« Lumlee wies mit dem Kopf auf einen Hinterausgang. »Mist, sie hat eine Kamera auf uns gerichtet!«

Talbot brauchte einen Moment, um sie zu erspähen, denn sie war halb hinter den sich langsam füllenden unüberdachten Tribünen verborgen. Aber sie war unverwechselbar, selbst mit dem kleinen Handflächenrekorder vor dem Gesicht. Die dumme Schlampe trug denselben Mantel wie in der Nacht, in der sie ihn und Lumlee aufgemischt hatte. Über einer Schulter hatte sie einen gerippten Rucksack hängen. Von der Art, in dem man zum Beispiel Videoausrüstung transportierte.

»Die Wölfin hatte recht«, sagte er. »Sie muß ein Polizeispitzel sein. Und ein ziemlich dummer dazu.«

»Was machen wir jetzt? Was, wenn sie uns für die Ermordung dieses alten weißhaarigen Kerls einbuchten will?«

»Sie kann nichts beweisen«, entgegnete Talbot, aber sein leichtes Zögern verriet ihn. Er war alles andere als sicher, wie weit die Bullen aufgrund ihrer Geschichte gehen würden, besonders wenn sie wirklich für sie arbeitete. Ihm ging auf, daß ihre Vorgesetzte wohl nicht zufrieden mit ihnen sein würde, wenn sie die Aufmerksamkeit der Polizei auf sich und ihr Tun lenkten.

Talbot lächelte unangenehm und begann auf sie zuzugehen. Es störte ihn enorm, daß ihn Lumlee schon wieder am Arm packte.

»Was jetzt?«

»Was, zum Teufel, machst du da eigentlich?«

Er lächelte noch breiter. »Ich werde sie nach hinten rausbringen und mich ein bißchen mit ihr unterhalten.« Seine Nerven sangen in Vorfreude. Eine Karriere als Aktivist bot Belohnungen, von denen er als Student der Politikwissenschaft noch nicht einmal zu träumen gewagt hatte.

»Du hast den Verstand verloren«, zischte Lumlee. »Was ist, wenn sie einen Aufstand macht? Wenn sie schreit, du wollest sie vergewaltigen? Einige dieser verdammten Kerle würden nur allzu gerne ein paar Witzbolde aufmischen, die sie dabei erwischen, wie sie sich an einem hübschen kleinen hilflosen Mädchen vergreifen.«

Talbot blähte die Nasenflügel wie ein Stier und stieß

einen Großteil seiner Begeisterung durch sie hindurch aus. Sein Partner war etwas leicht erregbar, aber diesmal hatte er völlig recht.

»Okay«, lenkte er ein, »wir machen folgendes. Du bleibst hier und behältst sie im Auge – diskret. Ich drehe nur ein paar Runden und sage ein paar Leuten, daß wir eine Spionin in unserer Mitte haben.« Er schlug seinem Freund auf den Rücken. »Richtig angepackt, können wir daraus eine hübsche kleine Übung im Appellieren an die Solidarität machen. Und wer weiß, was sonst noch?«

»Yeah«, stimmte Lumlee ohne jede Begeisterung zu und warf aus dem Augenwinkel einen Blick auf das Mädchen. Sie schwenkte ihre Holokamera jetzt über den Hauptraum der Sporthalle und nahm die Menge auf.

Talbot ging umher und führte ein paar leise, konzentrierte Gespräche. Jeder, an den er herantrat, stimmte seinem Plan sofort zu; keiner weigerte sich, genau das zu tun, was er vorschlug.

Er war mächtig stolz darauf, wie sich seine Führungsqualitäten machten, als er wie zufällig seine Runden drehte und dann zu seinem Kumpel zurückkehrte. Hinter ihm erklomm einer der Bezirksorganisatoren ein kleines fahrbares Podest, das sie unter dem Basketballkorb hervorgeholt hatten. Er klopfte auf das Mikrophon, das aus einem Podium inmitten der Plattform aufragte. Natürlich erzeugte das ein Geräusch wie die Explosion eines Feuerwerkskörpers, und alles ächzte.

»Entschuldigung, Entschuldigung – verzeiht mir.« Ein schwaches Lächeln flackerte auf. »Aber wir sind doch alle Kameraden, oder?« In die donnernde Stille hinein fuhr er fort: »In Ordnung, setzt euch bitte alle hin, wir fangen gleich an …«

»Alles klar«, sagte Talbot leise, als Lumlee ihn erleichtert ansah, was auf seinem Gesicht so klar zu erkennen war wie seine Bandagen. »Habe die anderen Ausgänge bewachen lassen, und einige der Jungs drehen draußen ihre Runden. Wir müssen uns ihr nur leise und unauffällig nähern. Kinderspiel.«

Er sah an seinem Freund vorbei zum Rand der unüberdachten Tribünen. Da war niemand.

»He! Sie ist weg!«

»Was?«

»Du solltest doch auf sie aufpassen, verdammt!«

»Habe ich doch! Vor einer Minute stand sie noch genau da, bis du kamst!«

Die beiden rannten auf die Tür zu und schoben Nachzügler beiseite, die zu den Sitzplätzen auf den unüberdachten Tribünen unterwegs waren. Sie stürmten durch die Hintertür in eine Nachtluft hinaus, die so kalt war, daß sie ihnen wie eine dornengespickte Keule ins Gesicht schlug.

Ein halbes Dutzend stämmiger Burschen stand herum. Einige von ihnen starrten zwischen dunklen Schulgebäuden hindurch zum Parkplatz hinüber. Andere standen da und starrten auf einen von ihnen hinab, der zusammengerollt wie eine kleine Kugel auf einer Eisfläche lag.

»Sagt es mir nicht«, sagte Talbot angewidert zu niemand bestimmtem. »Sie ist entkommen.«

»Jesses, Tal«, antwortete einer vom Freiluftkontingent durch eine weiße Kondenswolke hindurch. »Du hast uns nicht gesagt, wie schnell sie ist.«

»Oder wie gemein«, setzte ein anderer mit einem bedeutungsvollen Kopfnicken in Richtung des Leidenden am Boden hinzu. »Sie kam aus der Tür geschossen wie von einem Gewehr abgefeuert, rammte dem armen Jimmy hier ein Knie in die Eier, sprang auf ein Krautkopfrad, das da drüben an der Mülltonne parkte, und schon war sie weg.«

»Sie ist allerdings nicht ganz ungeschoren davongekommen«, sagte ein dritter Mann. Er kam herüber und kniete neben dem stöhnenden Jimmy nieder, unter dessen Körper er sanft etwas hervorzog.

»Jimmy bekam das hier zu fassen, als sie ihn flachlegte«, sagte der Mann. Er stand auf und zeigte die Schultertasche der Spionin.

Talbot und Lumlee warfen sich einen Blick zu. Talbot packte die Tasche, öffnete sie weit genug, um im Schein einer unzureichenden Sicherheitsbeleuchtung, die hoch droben unter dem Dach der Sporthalle angebracht war, hineinzuspähen. Ein Blick genügte: Die Tasche war vollgestopft mit teuer aussehender Elektronikausrüstung.

»Nutte«, sagte er.

»Aber im Söldnerlager ist nicht alles eitel Freude und Sonnenschein«, erklärte das hübsche, glatte Gesicht in dem kleinen Holotank, der an der Wand von Don Carlos' Büro befestigt war. »Wir haben mit Kapitan Angela Torres über die Stellung der Frau im sogenannten Siebzehnten Aufklärungsregiment gesprochen.«

Vanitys Gesicht tauchte auf. In dem halberleuchteten Büro schien es mitten in der Luft zu schweben. »Nun, wissen Sie, es gibt einen Haufen männlicher Chauvinisten«, sagte sie in die Holokam. »Ich meine, betrachten Sie doch bloß einmal die Lage. Es gibt keine Bataillonskommandantinnen. Es gibt nur zwei Kompaniekommandantinnen ...«

Der Kolonel hob die Fernbedienung und schaltete das Gerät aus. »Und leider bist du eine davon«, sagte Gordon Baird, der auf der Kante eines sperrigen, grünbeschichteten Metalltischs hockte, der aussah, als stamme er aus den Jahren direkt nach Kerenskys Großem Aufräumen. »Vielen herzlichen Dank, Vanity.«

Don Carlos rieb sich mit den Händen übers Gesicht.

»Paß auf, daß du keinen Druck auf die Augäpfel ausübst«, warnte Baird. »Du kannst tatsächlich eine Delle hineindrücken, wenn du zuviel Druck ausübst. Macht eigentlich nichts – preßt nur etwas Flüssigkeit aus dem Gewebe, und es dauert eine Weile, bis alles wieder normal ist –, aber es sieht ziemlich alarmierend aus. Whiskey?«

Don Carlos seufzte und ließ die Hände auf die Tischplatte fallen. »Nur zu.«

Baird ging zu einem an der Wand befestigten Holzschränkchen, öffnete es und nahm einen Schwenker und eine Flasche Hotel Black Label heraus, den sie von daheim auf Hachiman mitgebracht hatten. Er goß sich ein paar Finger breit ein und stellte die Flasche zurück.

»*Salud*«, sagte er, schüttete das Getränk hinunter und wischte sich dann den Mund mit seinem Taschentuch ab. »Ahh. Du hättest Blaylocks Angebot annehmen sollen, alter Freund.«

Der Kolonel schüttelte den Kopf.

»Ich meine es ernst. Ich hasse es, dich zu kritisieren, Carlos. Aber wir sind weit weg von zu Hause, und Freunde sind selten und weit von einander entfernt. Die Dinge entwickeln sich häßlich. Ich weiß, daß du Janny Esposito nicht vergessen hast.«

Eine Welle des Schmerzes zuckte über das Gesicht des Kolonel. Einen Augenblick lang sah er im Licht der einen Lampe mit dem grünen Schirm auf seinem Schreibtisch unglaublich alt aus, sein Gesicht bestand aus tiefen Schatten und hängenden Muskelpartien.

»Nein, mein Freund«, entgegnete er. »Wir sind nicht hier, um uns in Lokalpolitik einzumischen.«

Baird schüttelte den Kopf. »Schau, ich weiß, was dir der alte Chandy gesagt hat. Aber er ist nicht hier. Wir schon. Das wäre nicht das erste Mal, daß wir ein Missionsprofil an die Gegebenheiten vor Ort anpassen.«

Don Carlos kicherte traurig. »Manchmal redest du, als kämest du gerade wieder frisch von der SEKURA-Spionageschule«, erwiderte er. »Gegebenheiten vor Ort.«

Er schüttelte den Kopf. »Nein, ich vergesse die Anweisungen unseres Arbeitgebers nicht, aber davon rede ich nicht. Ich sage, daß wir nicht dafür bezahlt werden, uns hier in die Politik zu verstricken. Und ohne Bezahlung ist das eine zu riskante Aufgabe.«

»Selbst wenn es ums Überleben geht?«

Der Kolonel hob ruckartig den Kopf. »Du glaubst, ich vergesse unser Überleben? Glaubst du, ich entzünde nicht jeden Tag im Gedenken an die arme Mariposa eine Kerze? Glaubst du, ich liege nicht Nacht um Nacht wach im Bett, bis ich die Gesegnete Jungfrau gebeten habe, sich jeder einzelnen Seele zu erbarmen, die das Regiment in all den Jahren, in denen ich es leite, verloren hat?«

»Carlos – es tut mir schrecklich leid. Ich habe nicht geglaubt ...«

Der Kolonel winkte ab. »Ich sollte mich bei dir entschuldigen, weil ich zugelassen habe, daß sich mein Kummer und meine Enttäuschung in Form von Zorn über dich ergossen haben.«

»Ich verstehe. Würdest du jetzt bitte nur noch einmal nachdenken.«

»Nein. Heute nacht bin ich zu müde, um noch weiter Probleme zu wälzen. Sprich, wenn du mußt, morgen noch einmal mit mir über deine Sorgen und Empfehlungen.

Aber bitte versteh mich: Ich habe meine Entscheidung getroffen. Und möge la Virgen de Guadalupe ihren armen verlorenen Kindern gnädig sein.«

Es war eine Wohnung im dritten Stock ohne Aufzug in der Irsei Street südlich des Flusses. Es war nicht gerade das beste Viertel. Aber es war auch nicht das schlimmste – wenn auch nur dank der Tatsache, daß es immer noch schlimmer kommen kann.

Die Wohnung war leer. Nur ein Laken, das ordentlich gegen die Preßspanplatten gefaltet an einer Wand lag, ein Kommunikatorgerät auf dem blanken Hartholzboden, ein paar Fast Food-Behälter, die ihrer Entsorgung harrten. Das wenige Licht stammte von einer niedrig gedrehten Kerosinlaterne. Talbot und Lumlee verschwendeten keinen Gedanken darauf, wofür sie benutzt wurde.

Die Tür stand offen und führte auf einen Korridor, der von einer einzelnen nackten Glühbirne erleuchtet war, die mehrere Türen weiter an einem Kabel hing. Der Gang war so feucht und fliegenübersät, um nur das mindeste zu erwähnen, daß er kaum wert war, beleuchtet zu werden. Die offene Tür machte ihn nervös. Aber so agierte sie immer.

»Hast du etwas für mich?« fragte die Frau.

Es kam Talbot vor, als hätte er sie noch nie bei richtiger Beleuchtung gesehen. Sie trafen sie meist nachts auf der Straße, fernab der Lichter, oder im Gang zum Klo in irgendeiner schummrigen Kaschemme, wo ein Mann, wenn er nicht bekannt war, mitten im Raum fünfzig oder hundert Mal niedergestochen werden und dann zum Verbluten in die Gosse hinausgerollt werden konnte, ohne daß jemand irgend etwas aufgefallen wäre.

Er wußte aber, wie sie aussah, als hätte er Stunden damit zugebracht, ihr Hologramm anzuhimmeln. Sie war etwa 170 Zentimeter groß, breitschultrig, vollbusig, hatte ausladende Hüften und keine besonders schmale Taille, obgleich an ihrem Körper kaum ein Gramm Fett war. Die schwarze Megatherlederjacke, die sie über ihrem zerrissenen schwarzen T-Shirt trug, überbetonte die Breite ihrer Schultern und ließ sie noch bedrohlicher erscheinen. Ihr Gesicht war breit, hatte hohe Wangenknochen, eine kleine Nase und Schlitzaugen, die rötlichbraun waren und im Schein der Laterne leicht rot glänzten. Auch ihr Haar war braun und vor der Zeit ergraut – sie konnte nach Talbots Schätzung nicht älter als Anfang dreißig sein – und mit Ausnahme eines dünnen Zopfs, der ihr hinten bis auf den muskulösen Po hing, militärisch kurz geschnitten.

Sie war hübsch und hätte vielleicht sogar die Bezeichnung schön verdient, wenn sie je gelächelt hätte – oder auch nur je einen Mann oder überhaupt eine Kreatur, soweit Talbot das beurteilen konnte, als etwas anderes betrachtet hätte als ein Stück Fleisch. Selbst wenn er sich nicht vor Angst vor ihr in die Hosen gemacht hätte, hätte er ihr nicht ins Gesicht gesagt, daß er sie für eine Lesbe hielt. Er sah sich selbst gern als sensiblen Burschen. Aber er war sich eigentlich auch nicht sicher, daß sie auf Frauen stand. Oder überhaupt auf irgend etwas.

Sie nannten sie nicht umsonst das Wolfsmädchen.

Er sah seinen Partner bedeutungsvoll an. »Äh, nun ja«, sagte Lumlee und nahm den Rucksack von der Schulter. »Wir haben heute nacht diese Spionin wiedergesehen, die, die dir letztes Mal entkommen ist.«

Talbot ächzte. Toller Anfang, Arschloch. Aber wenn das Wolfsmädchen sich daran stieß, daß er sie so plump an ihr Versagen erinnerte, dann sah man es ihrem Gesicht nicht an. Es hätte genausogut aus Speckstein geschnitzt sein können.

»Wirf mal einen Blick da hinein«, fuhr Lumlee fort und hielt ihr den Rucksack hin.

Cassie saß mit ausgefahrenem Kickständer auf ihrem gestohlenen Zyklop-650-Motorrad und hatte die Arme auf den Lenker gelegt, als die zweite Wohnung am Ende des obersten Stockwerks des Billigmietblocks auf der anderen Straßenseite hochging.

Es war sehr zufriedenstellend: ein Hagel von Glassplittern, Lärm, der ausgereicht hätte, daß Tote die Bullen anriefen, um sich zu beschweren, große Flammenstöße aus den Fenstern und eine Überdruckwelle, die Cassie ins Gesicht schlug wie eine zornige Hand und das große Motorrad auf dem Ständer hin- und herschwanken ließ. Die Explosion war so heftig, daß auf beiden Seiten des Blocks die meisten Fenster zerbarsten.

Fast augenblicklich ertönten in der Ferne Sirenen. Die Davionbullen waren effizient, das mußte man ihnen lassen. Sie stabilisierte die Maschine, trat den Ständer weg, ließ den Motor schnurren, wendete und fuhr nach Westen. Jetzt eine der Brücken über den Donnerfluß zu nehmen, wäre zu heiß gewesen.

Es ging nicht um Rache. Das sagte sie sich ständig. Das Wolfsmädchen hatte sich als unüberwindliches Hindernis bei der Kontaktaufnahme mit der Volksmiliz erwiesen. Sie hatte sich auch als direkte – und tödliche – Bedrohung für das Regiment erwiesen.

Cassie wußte nicht, daß das Wolfsmädchen für den Angriff verantwortlich war, bei dem Mariposa umgekommen war; sie war nur ohne jeden echten Beweis völlig überzeugt davon. Aber das Wolfsmädchen hatte versucht, einen Aufstand anzuzetteln, der Caballeros das Leben hätte kosten können, von ein paar hundert ihrer eigenen Kumpels ganz zu schweigen. Und es klebte auch John Satterthwaites Blut an ihren Händen.

Auch rein zufällige Rache war süß.

Lachend gab Cassie Vollgas und ließ die eisige Nachtluft ihren Körper erfüllen wie der Ansturm einer starken Droge.

13

Port Howard
Provinz Aquilonien, Towne
Mark Draconis, Vereinigtes Commonwealth

3. Januar 3058

Die Faust des Mannes mit dem schwarzen Schnurrbart krachte in Cowboy Paysons Gesicht und schleuderte ihn gegen das mit glitzernden Lichtern übersäte Vorderteil der Musikbox. Die Miniatur-Mariachi-Combo, die in dem kleinen Holotank obenauf spielte, geriet nie aus dem Takt.

Kali MacDougall musterte Cassie durch den Dampf, der aus ihrer heißen Schokolade aufstieg, und schüttelte den Kopf. »Ich weiß nicht, warum wir hier herumhängen. Das ist zwar ein ganz nettes kleines Lokal, aber es lockt die falschen Leute an.«

Von seinem Hocker an der Bar in der Nähe ihres Tischs – Buck Evans und seine Kumpel waren nicht von der Sorte, die sich an Tische setzte – ließ Evans sein Kichern hören, das wie ein Felsschleifer klang. »Buben sind halt Buben«, sagte er. »Sie meinen es nicht böse. Sie wollen nur ihre Neujahrsfeierlichkeiten loswerden.«

Cowboy schüttelte ein-, zweimal den Kopf und startete einen Sturmangriff, bei dem er seinen Gegner um die Hüfte zu fassen bekam. Sie flogen in einem Durcheinander wirbelnder Gliedmaßen quer durchs Lokal, krachten gegen einen freien Tisch am Fenster und rissen ihn mit einem Krachen und dem musikalischen Scheppern von Besteck und Plastikbechern auf Keramikfliesen um.

Vor dem Fenster färbte das Licht eines der seltenen Sonnentage die verschneiten Gunderlandberge im Osten blendend weiß und ließ sie scheinbar über der Stadt aufragen. Das Restaurant lag am Melniboné Drive außerhalb der eigentlichen Innenstadt, weit entfernt vom üblichen Vergnügungsrevier der Caballeros. Aber dort wurde mexikanisches Essen serviert, das akzeptabel war – wenn auch hauptsächlich als Auslöser hitziger Debatten darüber, wie man es *eigentlich* hätte zubereiten sollen –, wurde Mariachimusik gespielt – ein Teil der Dreibund-Dreifaltigkeit aus Country, Mex und Metal –, und der Besitzer sprach Spanisch. Insofern wirkte es wie eine einladende Oase in einer Wüste unfreundlicher Gringos.

Buck gegenüber hing Vater Doktor Bob García über der Theke und betrieb Feldstudien, wie er das nannte, was in diesem Falle bedeutete, er trank Kaffee, der fast bis zur Konsistenz von Melasse gesüßt war, und schwatzte mit dem Besitzer von Sálazar's Old New Mexican Café.

»Weißt du, das ist komisch«, sagte Abenicio ›Nikos‹ Papandreou gerade zu seinem neuen Freund. Er benutzte für sein Etablissement den Mädchennamen und das kulturelle Erbe seiner Mutter, weil er, wie er erklärte, griechisches Essen haßte. »Weißt du, die Leute hier in Port Howard bilden sich wer weiß was darauf ein, wie vorurteilsfrei sie sind. Aber wenn man zu dem gehört, was sie eine Minderheit nennen, und sich nicht so verhält, wie sie es *erwarten*, dann spielen sie sich ganz schön auf.«

Vater Doktor Bob lächelte. »Das ist mir auch schon aufgefallen.« Die Caballeros hatten schon immer Erwartungen enttäuscht und sich auch sonst nicht selten danebenbenommen.

Etwa in diesem Augenblick warfen Cowboy und sein Spielkamerad den Tisch um. Nikos kam um die Ecke gefegt, ein dunkler Hydrant von einem Mann mit krausem Haar, das sich vorzeitig von seinem Schädel zurückzuziehen begonnen hatte. »He da«, rief er. »Ich habe ja nichts dagegen, wenn ihr Jungs spielt. Aber ihr müßt *anständig* spielen. Nehmt mir doch nicht gleich den ganzen Laden auseinander.«

Cowboys Gegner schlängelte sich zwischen Cowboy und den Trümmern hervor und sprang auf die Füße wie von einer Feder getrieben. Er war ein hübscher Teufel von einem *norteno,* 178 Zentimeter groß, dunkelhaarig, mit blitzend grünen Augen. Die Zähne, die er beim Grinsen zur Schau stellte, waren so weiß, daß sie von selbst zu leuchten schienen.

»Die Verwüstung tut mir leid, *carnal*«, sagte er. »Wenn etwas kaputt ist, wird *mi vato* hier dafür zahlen. Seine Ungeschicklichkeit ist ja schließlich schuld daran.«

»Nenn mich nicht ›vato‹, du fieser Möpp. Wir hätten diesen vermaledeiten Tisch nie umgeworfen, wenn du aufgepaßt hättest, wo ich dich hinstoße.«

»Warum setzt ihr beiden Jungs euch nicht endlich hin und haltet verdammt noch mal die Schnauze?« schlug Buck Evans von der Theke her vor.

Cowboy und Genosse schlurften zur Theke. Cowboys Spielkamerad war Unterleutenient Jesse James Leyva, Rufzeichen Gesetzloser. Er war während eines der Aufträge des Regiments in der Peripherie im Anschluß an den verheerenden Clanfeldzug seiner Maschine verlustig gegangen und hatte den *Feuerfalke* übernommen, den Adelantes früherer KO, Juan Pedro O'Rourke, gesteuert hatte, nachdem O'Rourke bei einem Angriff auf den Hachiman Taro-Komplex von ISA-Agenten, die sich als Terroristen von Blakes Wort ausgaben, getötet worden war.

Bei den meisten Einheiten hätte aufgrund der Rangfolge Pommes Frites Ames den FF bekommen, als er Adelante übernahm, eine Maschine, die für ihre Befähigung als KommandoMech bekannt war und außerdem deutlich größer und schlagkräftiger als seine 20-Tonnen-*Wespe.* Aber die Siebzehnten Aufklärer waren zwar technisch gesehen ein ›mittelschweres‹ BattleMech-Regiment, was bedeutete, daß sie über alle vier Mechklassen verfügten, doch Caballeros wuchsen mit dem Frisieren kleiner AgroMechs auf und hatten eine starke kulturell bedingte Vorliebe zu guerillaartigen Angriffstaktiken, so daß die leichteren Maschinen nicht stigmatisiert waren. Leyva war zuvor schon FF-Pilot gewesen, also übernahm er den *Feuerfalke*, und Ames behielt seine *Wespe.*

»Vielleicht können wir uns jetzt, wo der Testosterongehalt der Atmosphäre im Raum sinkt, endlich richtig unterhalten«, sagte Lady K, als sich die frisch getrennten Kämpfer zu Evans an die Theke setzten. Der Gesetzlose war das *norteno*-Gegenstück zu Cowboy. Natürlich kamen sie prächtig miteinander aus, aber sie hatten eine ungewöhnliche Art, das zu zeigen.

Cassie schüttelte den Kopf. »Es ist alles in Ordnung.«

Ihre Freundin sah sie streng an. »Du schleichst um mich herum, als könntest du es gar nicht erwarten, daß ich *etwas* aus dir heraushole, ehe du platzt. Aber das ist deine Entscheidung, Schatz. Du kannst reden oder die Klappe halten, bis du platzt.«

»Es ist – oh, ich weiß nicht!«

»Doch, du weißt«, entgegnete Kali ruhig. »Es ist dieser alte Mann, der getötet wurde.«

»Ist es nicht! Damit hat es nichts zu tun. Es ist nur ...« Cassies Stimme verlor sich, und sie spürte, wie ihre Wimpern schwer von Tränen wurden. *Was ist los mit mir?*

Lady K streckte die Hand aus und nahm ihre. »Trauer gehört zu den Dingen, die man am besten ein für allemal hinter sich bringt. Wenn man versucht, sich vor ihr zu verstecken, zerfrißt sie einen von innen. Genau wie Wahnsinn.«

»Ich trauere um niemanden.« Cassie zog ihre Hand weg. Sie spürte Kalis blaue Augen auf sich ruhen und wollte nicht aufblicken, um ihnen zu begegnen.

»Er war nur ein Ziel«, sagte sie mit sanfter Stimme. »Ich darf mir nichts daraus machen, was mit ihm geschah. Begreifst du nicht, daß ich das *nicht darf*?« Sie sah zu Kali auf. »Wenn man anfängt, sich etwas aus seinen Zielen zu machen, ist man erledigt. Aus. Vorbei.

Man kann keine Leute betrügen, die einem *etwas bedeuten.*«

»Du machst dir wieder über diese Menschlichkeitsgeschichte Gedanken, nicht? Nun, Schatz, die gottgleiche Loslösung des echten Soziopathen ist einfach nicht jedermanns Sache. Und für mich ganz persönlich kann ich sagen, ich bin froh, daß auch du dafür nicht taugst.«

»Aber es ist meine Aufgabe. Ich bin ein Scout.«

»Du bist ein menschliches Wesen, du bist eine Frau, du bist ein Familienmitglied«, entgegnete sie. »Scout ist nur ein Beruf.«

»Sie nennen mich nach all diesen Jahren immer noch ›Abtacha‹.« Cassies Rufzeichen war ein von den Clans übernommenes Lehnwort. Es bezeichnete einen in einen Clan aufgenommenen Außenseiter.

»Man kann von der Familie adoptiert werden«, sagte Lady K, »aber man muß als Südwestler geboren sein. Du bist eine echte Caballera. Das stellt niemand in Frage, und das weißt du auch.

Und du erledigst deine Scoutaufgabe und führst uns auf einen falschen Weg. Cass, du bist vielseitig begabt, in einer Weise, an die niemand herankommt, von dem ich auch nur gehört habe. Wenn du dich so entwickelst, daß du Leute nicht mehr einfach so benutzen und dann wegwerfen kannst wie altes Bonbonpapier, dann bleibt dir immer noch ein recht breites Repertoire. Und wenn du je beschließt, nicht mehr als Scout arbeiten zu wollen, glaubst du, dann würde die Welt untergehen? Du könntest so viele andere Dinge tun – etwa eine höchstrangige MechKriegerin werden, wenn du dich darauf einmal richtig konzentrieren wurdest. Oder gar die Flügel ausbreiten und das Siebzehnte hinter dir zurücklassen.«

Cassie ballte die Fäuste. »Nein!«

»He, he, ich sage ja nicht, daß du flügge werden mußt. Ich will nur, daß dir klar wird, wie viele Möglichkeiten dir offenstehen.«

Cassie legte den Kopf auf den Tisch und weinte.

Lady K streichelte ihren Hinterkopf. Von der Bar sah Cowboy zu ihr herüber. Buck verpaßte ihm eine Kopfnuß. »Steck deine Nase nicht in Dinge, die dich nichts angehen, Junge.«

»Laß deinen Gefühlen freien Lauf«, murmelte Lady K. »Du unterdrückst jetzt seit einem Jahr deine Trauer um den armen Percy, und das hat dich verrückt gemacht. Laß es einfach raus und leb dann weiter.«

Cassie hob den Kopf, um zu leugnen, daß sie um Percival Fillington trauern mußte. Aber es flossen nur noch mehr Tränen.

Die Vordertür ging auf, und die Glöckchen, die an einem Lederriemen an der Klinke hingen, klingelten. Ein Mann trat ein. Er war schlank, irgendwo zwischen mittelgroß und hochgewachsen und trug eine schwere, abgewetzte Megatherlederjacke. Er hatte kaffeebraune Haut, wirres, dunkelblondes Haar, und in seinen schokoladenbraunen Augen zwinkerte der Teufel.

»Schau dir das an«, sagte Lady K leise zu Cassie.

Cassie schaute schon – Scoutreflexe. Er war hübsch, das war nicht zu leugnen. Nicht, daß ihr das irgend etwas bedeutet hätte.

»Man sagte mir, ich könne hier Leute vom Siebzehnten Aufklärungsregiment finden«, sagte der Neuankömmling.

Im Old New Mexican Café stieg plötzlich die Spannung. Cowboy und der Gesetzlose, die nach ihrem Boxkampf ihre Pistolengurte wieder umgeschnallt hatten – Nikos ließ sie sie hier trotz der Gesetze von Port Howard offen tragen, eine weitere Attraktion des Lokals –, ließen ihre Hände zu den Pistolengriffen wandern, Lady K ebenso. Cassie hatte schon die Hand an ihrem Kurzlauf. Der gegenwärtige Generalhauptmann – der Jesuiten, nicht Tommy Marik – erachtete es als einem Jesuiten unangemessen, offen eine Waffe zu tragen. Nicht aber heimlich eine Pistole – Vater Bob hatte die Hand in der Hosentasche.

»Wer will das wissen?« fragte Buck Evans und lehnte sich an die Theke. Er pflegte die Bräuche der MechReiter und trug seine Waffe im Schulterhalfter, auch wenn er nicht im Cockpit saß.

»Mein Name ist Tim Moon. Lieutenant, Towne Air Ranger, vorübergehender Kommandant des Chaos-Geschwaders. Ich hörte, ihr Jungs sucht jemanden, der euch Dracos töten hilft.«

»Der Grund, warum wir unseren Stützpunkt hier draußen ganz tief am Arsch der Welt haben«, sagte Lieutenant General George ›Wombat‹ Stephanopoulos, der mit einer stumpffingrigen Hand auf die verschneiten Gipfel wies, die das Plateau auf der Ostseite der Gunderlandberge umgaben, »ist, daß die Jammerlappen in Port Howard uns fertigmachen wollen, Freibrief hin oder her. Aus den Augen, aus dem Sinn.«

»Und so wie die Leute drüben in Port Howie sich in letzter Zeit verhalten«, ließ sich Tim Moon aus den hinteren Reihen der Gruppe vernehmen, wo er zwischen Cassie und Lady K ging, »haben sie definitiv mit uns nichts im Sinn – und auch sonst nicht viel.«

Wombat kicherte. Er war etwa so breit wie hoch und hatte graues, drahtiges Haar, dazu einen ebensolchen Bart und Körperbehaarung, die so wucherte, daß sie aus dem Halsausschnitt seines Mantels hervorragte. Die 'lleros in der Gruppe sahen einander an. Eine Einheit, wo ein kleines Licht einen Witz reißen und ein General darüber lächeln konnte – das war ihr Ding.

Die Towne Air Ranger hatten eine Gruppe von Caballeros zum Python-Stützpunkt auf dem Morrison-Plateau hinübergeflogen, um sich bekannt zu machen. Don Carlos war ebenso mitgekommen wie Gordo Baird. Gavilán war daheim in Port Howie, wo er den Aufbruch des Zweiten und Dritten Bataillons an verschiedene andere Standorte im Besitz Chandys auf Hyboria überwachte, und zwar unter den wachsamen Augen Red Gallegos' und seiner beiden Kollegen, der Bataillonskommandanten White-Nose Pony und Maccabee. Es war eine Art Übung zur Charakterbildung für Camacho Junior, der sich dem Unterfangen bis zuletzt mit aller Macht widersetzt hatte.

Der Rest der Gruppe, die einen Rundgang auf dem Heimatstützpunkt der Ranger machte, bestand aus einem bunten Allerlei, darunter Vater Doktor Bob, Don Carlos' Beichtvater, Vater Elapido Montoya, der keinen Mech steuerte und entsprechend von den meisten 'lleros geringgeschätzt wurde, den notorischen Cowboy und Buck sowie Cassie und Lady K. Die beiden letzteren waren offenbar auf besonderes Drängen Lieutenant Moons mitgenommen worden, der das schlanke, pfeilspitzenförmige Passagierflugzeug gesteuert hatte, das sie zur Python gebracht hatte, wie ein Rennreiter eine Bierkutsche steuern würde.

Die Sonne versank im Westen hinter den Gunderlandgipfeln; an einem solchen Ort brach die Dämmerung früh herein. Ein Kampfflugzeug stürzte aus der Sonne hervor und bereitete sich mit dem Kreischen von Rückstoß-ICEs auf die Landung vor. Tim Moon legte Kali und Cassie je einen Arm um die Schultern und drehte sie sanft in die entsprechende Richtung. Aus einem Grund, den sie nicht benennen konnte, machte sich Cassie nicht los. Sie stellte fest, daß sie sich wünschte, er würde Lady K nicht im Arm halten. Sie fragte sich warum.

Es war eine Pfeilspitze wie das Flugzeug, das sie hergebracht hatte, weiß gestrichen, Propeller – genauer gesagt beide Propeller, von derselben Maschine angetrieben, aber gegenläufig – hinten. Cassie fand, die Maschine sei ein hübsches Spielzeug.

»Eine *Voss*«, sagte Moon. »Ein echter Kämpfer, reiner Luftkampf. Was ich fliege.«

»Ich sage es ja nicht gern, Timmy«, sagte Lady K, »aber es sieht aus, als könne jeder Luft/Raumjäger, der etwas auf sich hält, selbst ein popeliger kleiner *Seydlitz*, diesen Welpen zum Mittagessen verspeisen und noch Platz haben für einen Teller Rippchen mit allen Zutaten.«

Der Pilot lachte. »Das Äußere kann täuschen, meine liebe Kali. Im Raum herrschen die Fusionsgetriebenen, und sie können diesen großen, langsamen, ach so sichtbaren Blechmännern, in denen ihr unterwegs seid, ganz schön weh tun. Aber hier unten in der Atmosphäre, hier unten, wo der Boden selten mehr als einen Lidschlag entfernt ist, haben unsere kleinen Lieblinge ein paar häßliche Überraschungen zu bieten.«

Lady K warf Cassie an seiner Brust vorbei einen Blick zu – nach unten. Er war ein paar Zentimeter kleiner als die blonde MechReiterin. Der Blick, den Cassie zurückwarf, war neutral. Sie liebte Lady K, wenn auch zögernd, doch ihre Freundin war dennoch eine MechKriegerin und besaß einige der Vorurteile dieser Leute. Ihrerseits hatte sie keine Probleme damit, sich vorzustellen, wie Low Tech mächtige, atomgetriebene Monster zu Fall brachte.

»Die Air Ranger fallen unter den Towne-Freibrief«, sagte der EO und PR-Offizier der Ranger, Kommandant »Dandy Don« Coryander. Er war ein hochgewachsener Schwarzer mit ängstlich-aufmerksamem Verhalten, der im Zivilberuf als PR-Mann einer Bergbaugesellschaft arbeitete. »Früher erhielten wir einige Unterstützung von der AVC, aber das hat sich gegeben, seit die Fünfte Lyranische sich zurückgezogen hat. Aber ansonsten schlagen wir uns genauso durch wie immer: Wir erhalten von einigen Kompanien Zuschüsse, wir machen Flugschauen, Tourneen eben. Und viele unserer Piloten haben ihre eigenen Maschinen.«

»Unsere Piloten sind Berufspiloten«, sagte Stephanopoulos und steckte sich eine große Coventry-Zigarre in den Mund. »Für die meisten von ihnen ist die Kampffliegerei nur ein Hobby. Aber das soll jetzt nicht heißen, wir seien ein Haufen ahnungsloser Dilettanten. Wenn unsere Jungs und Mädels nicht hier zu Gange sind, sind sie Piloten bei Fluglinien, Frachtpiloten, Postflieger, Wildnisaufklärer, was immer man sich vorstellen kann. Sie fliegen zivile Maschinen, um ihren Lebensunterhalt zu verdienen, und das bedeutet, daß sie viel mehr Zeit im Sattel verbringen als irgendein Ehre-oder-Tod-Jagdpilot.«

»Wir sind begabt und stolz darauf«, setzte Coryander hinzu.

Sie blieben stehen und sahen zu, wie die kleine *Voss* auf dem Weg zum Hangar an ihnen vorbeirollte. Aus der Nähe war ihre schlanke Funktionalität unleugbar. Aber selbst Cassie mußte zugeben, daß es nicht aussah, als hätte sie einem atomgetriebenen Raumschiff viel entgegenzusetzen.

Sie gingen weiter. Ein Stück vor ihnen spielte eine Gruppe Techs und Piloten Basketball auf einem rissigen Asphaltfeld. Einige von ihnen trugen trotz der Eiseskälte nur T-Shirts. Ein Sicherheitsoffizier stand mit einer Imperator-Maschinenpistole auf dem Rücken dabei und sah zu.

»Warum ist die Planetenregierung eigentlich so schlecht auf Sie zu sprechen?« fragte Vater García.

»Sie findet, wir seien zu militaristisch«, sagte Kommandantin Jeanne ›Seide‹ d'Aubisson. Die dünne Frau mit dem feinen, weißblonden Haar, das sie lang und glatt trug, befehligte die Wehrfähigen-Gruppe der Ranger. »Sie halten uns für einen Anachronismus. Wie den Freibrief.«

»Ich hoffe, die Frage ist nicht respektlos«, sagte Don Carlos, »aber warum nehmen Sie uns ernst, wo es doch niemand anders tut?« Der Kolonel machte sich Sorgen um die mangelnde Unterstützung der Caballeros durch die Einheimischen und vermißte Diana Vásquez.

D'Aubisson lachte. »Vielleicht sind wir ein Anachronismus. Vielleicht brauchen wir nur eine Gelegenheit, unsere Phantasien auszuleben.«

Stephanopoulos bohrte mit einer breiten Fingerspitze in einem seiner haarigen Ohren. »Seide nimmt Sie nur auf den Arm. Wir haben dem Drachen zu lange in den Rachen geschaut, um nicht zu erkennen, daß der Zerfall des VerCom und die Schutzlosigkeit der Mark Chaos den Draco-Heißspornen eine Gelegenheit bietet, die sie nicht auslassen können. Vermutlich ist dieser Teddy genauso ein Hitzkopf, wie es alle Schlangen sein können. Mit unserem Prinz Victor ist er ja richtig umgesprungen. Aber verflucht, das wäre nicht das erste Mal, daß irgendein Samurai-Heißsporn vom Teufel geritten wird und beschließt, zum größeren Ruhme des Drachen einen Alleingang zu wagen. Genau wie 3034.«

»Jetzt brat mir aber einer einen Storch«, preßte Buck zwischen den Zähnen hervor. »Jemand, der Ahnung von Geschichte hat.«

»Wie kommt es dann, daß Sie nicht alle denken, wir seien nur eine Fassade für die Dracos, Herr General?« ließ sich Cowboy vernehmen.

»Warum, um alles in der Welt, sollten Sie sich den Arsch aufreißen, um alle aufzurütteln und zu den Waffen zu rufen, wenn Sie deswegen gekommen wären?« platzte Stephanopoulos heraus. »So etwas würde nur jemand denken, der sie nicht alle beisammen hat.«

»Die Volksmiliz scheint das fraglos zu glauben«, sagte García.

»Stimmt schon.« Stephanopoulos hackte mit der Hand durch die Luft. »Machen Sie sich doch nichts daraus, was ein Haufen Arschgesichter in Port Howard sagt. Wir können Sie mit den echten Milizen zusammenbringen. Den Leuten vom Land. Sie sind bereit, sich anzuhören, was Sie zu sagen haben. Nur ist Port Howie in diesen Tagen für sie nicht allzu gesund.«

Sie erreichten die Kuppe einer niedrigen Anhöhe mit Blick auf eine flache Mulde zwischen zwei Rollbahnen. Ein hölzerner Wasserturm erhob sich in ihrer Mitte.

»Jetzt fragen Sie sich sicher alle, was ein Haufen Wochenendkrieger und -kriegerinnen in winzig kleinen propellerbetriebenen Atmosphäremaschinen großen, bösen BattleMechs antun kann. Nun, lassen Sie mich darauf hinweisen, daß unsere Maschinen klein und schwer zu entdecken sind – und nicht nur für Augäpfel vom Typ I, die der liebe Gott Ihnen mitgegeben hat. Sie bestehen hauptsächlich aus Polymer und Keramik, auch die Motoren, haben also keine nennenswerte Radarsignatur. Und ihre Abgase sind kalt, was bedeutet, daß ein Infrarotgeschoß es höllisch schwer hat, sie anzupeilen – im Gegensatz zu ihren großen, lauten Vettern im Weltraum, wie ich vielleicht hinzufügen darf. Übrigens sagt das Sprichwort ...«

Eine zweimotorige Maschine, eine kleinere Version derjenigen, die sie hergebracht hatte, brach aus einer Vertiefung im Plateau hervor, die bisher niemand auch nur wahrgenommen hatte, und heulte über ihre Köpfe dahin. »... es ist nicht die Maschine, sondern die Person darin. Unsere Flieger sind Experten im Tiefflug. Sie können die starken Bodenunebenheiten dieser unserer Welt zu ihrem Besten nutzen. Und wie Dandy Don Ihnen schon sagte ...«

Das Flugzeug stieg hoch, neigte sich quer, wendete und schoß wieder auf den Wasserturm zu. Cassie sah etwas Längliches aus seinem Rumpf fallen, und dann explodierte der Wassertank in einer Wolke von Wassertropfen und zersplitterten Planken. Die Caballeros jubelten.

»... wir sind begabt. Das war eine Zement-Übungsbombe, Damen und Herren. Aber stellen Sie sich die Wirkung vor, wenn sie scharf gewesen wäre, vollgepackt mit fünfhundert Kilo hochexplosivem Material. Und dieser Tank wäre ein Mechkopf gewesen.«

Cowboy schürzte die Lippen und nickte. »Das ist ja mal wirklich beeindruckend, General. Aber lassen Sie mich Ihnen etwas zeigen.«

»Payson ...«, begann Baird mit warnendem Knurren.

Stephanopoulos winkte ab. »Lassen Sie den Jungen ausreden.«

Der schlaksige Cowboy drehte sich um und ging den Hügel hinunter zum Basketballfeld, wo die Mannschaften sich gerade auf zwei Freiwürfe vorbereiteten. Er ging zur wachhabenden Sicherheitsbeamtin.

»Entschuldige, Schatz«, sagte er. Der Werfer versenkte seinen ersten Freiwurf. »Hast du was dagegen, wenn ich mir die ausborge?« Ehe sie antworten konnte, hatte er ihr die Maschinenpistole von der Schulter genommen, sie entsichert und gespannt.

Der Spieler hob die Hände zum zweiten Wurf. Cowboy zielte aus der Hüfte und feuerte eine Salve auf den Asphalt direkt hinter ihm.

Der Wurf des anderen Mannes flog ungebremst über das Befestigungsbrett, als er und seine Mitspieler in Deckung hechteten.

»Sehen Sie, General«, sagte Cowboy und wandte sich hügelaufwärts der erstaunten Gruppe zu, »es ist wirklich einfach, so hübsche Treffer zu landen, wenn man nicht unter Druck ist. Aber wenn die Kugeln erst einmal fliegen, gestaltet sich das alles etwas schwieriger.«

Er sicherte die Waffe wieder und gab sie ihrer Besitzerin zurück. »Danke schön, Ma'am. Ich bin Ihnen sehr zu Dank verpflichtet.«

14

Python-Stützpunkt
Provinz Gunderland, Towne
Mark Draconis, Vereinigtes Commonwealth

11. Januar 3058

Mit Schräglage nach Steuerbord kreiste das *Ruedel*-Angriffsflugzeug über einer gewaltigen Gebirgssenke voller weißer Schäfchenwolken.

»Willkommen im Tal von Shamballah«, prasselte Tim Moons Stimme in Cassies Kopfhörer. Sie saß in der hinteren Hälfte des Cockpits auf dem HM-Sitz. Im Kampf bediente der ›Hintermann‹ die Sensoren und hielt zusätzlich die Augen offen. Sie hatte den Verdacht, daß Moon ihr mit dieser Bezeichnung einen Bären aufgebunden hatte, aber jeder Towne Air Ranger, den sie danach fragte, versicherte ihr ernsthaft, daß sie technisch korrekt war.

»Es ist schön«, sagte sie. Sie war eigentlich nur höflich und versuchte, die angemessenen Geräusche von sich zu geben – was hatte sie auch davon, diesem jungen Mann zu gefallen? Sie war nicht sehr anfällig für die Wunder der Natur. Aber dieses Panorama war in der Tat so großartig und hatte so einen gewaltigen Maßstab, daß es sie beeindruckte.

»Und das ist erst der Anfang«, antwortete Moon. Er drückte die Schnauze nach unten und tauchte in die Wolken ein.

Das Caballerokontingent hatte die Nacht auf dem Python-Stützpunkt verbracht. So alarmierend Cowboy Paysons Demonstration auch gewesen war, ihre Gastgeber hatten sie locker genommen. Beim Abendessen an jenem Abend hatten die Augenzeugen der Demonstration mit ihrem Bericht darüber brüllendes Gelächter im

Kasino der Ranger hervorgerufen. Das war die Art von Aktion, auf die sie am liebsten selbst gekommen wären.

Der Python-Stützpunkt wirkte rustikal, war aber komfortabel. Im Privatleben waren Ranger-Piloten, wie Wombat gesagt hatte, zumeist in ihren Berufen hochspezialisiert, und die Holz- und Bergbaugesellschaften, die die meisten von ihnen beschäftigten, zahlten gut. Sie schränkten sich nicht gerne ein, wenn sie nicht mußten.

Das Kasino war ein großer, fertiggegossener Halbzylinder aus Gußzement, der von einem Schwertransport-Luftschiff an einem Stück vor Ort gebracht worden war. Er war gut isoliert gegen den eisigen Atem des Sturms, der kurz nach Sonnenuntergang über das Plateau gefegt war – aber nicht so schalldicht, daß man seine heulende Wut nicht hören konnte – und innen mit roh belassenen Planken einheimischen Hartholzes verkleidet. Er wurde von in die Wand eingelassenen gelben Lampen trübe erleuchtet und sah aus, roch und fühlte sich an wie eine gewaltige Scheune.

Das Küchenpersonal fuhr ständig Platten mit Speisen auf: große, dampfende Rippchen und Keulen mehrerer Pflanzenfresserarten, die in der Gegend heimisch waren, Obstschalen, Brotlaibe mit harten braunen Krusten, die innen weich waren wie ein Kuß, Pasta, Kohl, Maiskolben, Kartoffelbrei, einheimische Gemüse, für die die 'lleros noch keinen Namen wußten. Auch die Getränke flossen reichlich. Tim Moon, der zwischen Cassie und Lady K an einem Tisch aus langen, grob behauenen Brettern saß, trank gewaltige Mengen Bier aus einem großen Steinkrug mit den Insignien der Towne Air Ranger – einem stilisierten weißgekleideten Cowboy mit einer schwarzen Dominomaske und einem großen Stern auf der Brust, der aus dem Cockpit eines cartoonartig gezeichneten Flugzeugs mit Frontpropeller winkte. Er bedrängte Kali nicht, als sie sich entschloß, den schmackhaften, dunklen Apfelsaft mit Schalenstückchen zu trinken, der statt alkoholischer Getränke gereicht wurde.

Er ermutigte Cassie, mehr zu trinken, als sie gewohnt war, und machte sie so ein wenig beschwipst. Wenn sie spürte, daß sie die Kontrolle verlor, hörte sie normalerweise auf. Wenn sie Entspannung suchte, fand sie diese anderswo, in erster Linie im *pentjak*-Training und bei anderen Überlebenskünsten. Sie hatte schreckliche Angst davor, die Kontrolle über sich selbst und ihre Umgebung zu verlieren und war überrascht, als sie spürte, wie sie zu schweben begann.

Die Gäste wurden unter Beifallsstürmen vorgestellt. Dann erhoben sich mehrere Würdenträger der Ranger, um begrüßt zu werden: d'Aubisson und ihre Kollegen, die Gruppenkommandanten Ed Zollinger und Zane Saldano; Schwadronskommandanten wie etwa Hauptmann Angela Chistaki, eine verschlossen wirkende Frau mit zusammengewachsenen Augenbrauen, und Fritz ›Krautkopf‹ Moellwitz, blond und mit leicht stupidem Gesicht; zudem Scharführer, darunter Lieutenant Sondra ›Eis‹ Prynn, klein, streng und noch bleicher als Seide, und Tim Moon, dessen Rufzeichen einfach ›Bad‹ lautete.

Als das Essen serviert wurde, ließen die Gespräche nach – offensichtlich nahmen Townies vom Land das Essen genauso ernst wie die Südwestler. Nachdem zum zweiten oder dritten Mal Nachschub gebracht worden war, wurden die Stühle zurückgeschoben und mehr als nur ein paar Hosenträger diskret gelockert. Der Sicherheitschef des Stützpunkts, Sergeant-Major FitzGerald – der daran gehindert werden mußte, die unachtsame Wache, die Cowboy so problemlos entwaffnet hatte, körperlich anzugehen –, stand auf und bat lautstark um Ruhe.

Am Kopfende des Tisches, wo Wombat mit Don Carlos und Gordo Baird saß, wurde Platz gemacht. Der jüngste Pilot der Ranger, ein Sergeant Jerry Wilcox, mit kurzgeschorenem roten Haar und Ohren wie Topfhenkel, wurde auf den Tisch gehievt, wo er bebend in Hab-Acht-Stellung stand.

Der Junge legte den Kopf in den Nacken und sang mit zitternder, aber annehmbarer Tenorstimme:

»Wir treffen uns unter den klingenden Balken,
Die Wände rings um uns sind kahl;
Sie werfen zurück unser Lachen;
Mit uns sind die Toten so fahl.
So lasset die Gläser erklingen,
Die Welt ist von Lügen durchwirkt.
Ein Hoch auf all die, die schon gingen;
Hurra auf den nächsten, der stirbt.«

»Was geht da vor sich?« flüsterte Cassie Moon zu und war schockiert darüber, daß ihre Worte undeutlich klangen.

»Tradition«, antwortete er. »Still jetzt, sei ein braves Mädchen.«

»Wir haben die Heimat verloren,
Das Neue zerreißt unser Herz ...«

»Klingt wie bei uns«, sagte Lady K zu Cassie. Cassie preßte die Lippen aufeinander. Ihre Freundin wirkte wie ein Eindringling.

»Die Guten sind vor uns gestorben,
Zurück bleibt uns nur dumpfer Schmerz.
So lasset die Gläser erklingen,
Die Welt ist von Lügen durchwirkt.
Ein Hoch auf all die, die schon gingen ...«

Und plötzlich war irgendwie der ganze Mob, 'lleros wie Ranger, sogar Cassie selbst, auf den Beinen und brüllte unisono die letzte Zeile:

»HURRA AUF DEN NÄCHSTEN, DER STIRBT!«

Cassie spürte in jener Nacht, wie ihr Tränen über das Gesicht strömten, und als sie sich im Licht der falschen Laternen umsah, bemerkte sie, daß sie nicht die einzige war. Jetzt aber, zehn Tage später, machte ihr Magen Luftsprünge und versuchte offenbar durch ihre Kehle zu entkommen, als die *Ruedel* in eine offenbar feste Wolkenbank eintauchte.

»Du hast doch keine Angst, oder?« erklang Tims heitere Stimme in ihren Ohren, als die gesamte Welt um sie herum sich in Wattebäuschchen verwandelte.

»Natürlich nicht«, antwortete sie mit metallisch ruhiger Stimme. *Wie siehst du überhaupt etwas, wenn du dieses Ding steuerst?* »Du Bastard.«

Er lachte. »Das ist mein Cassiemädchen. Laß nie jemanden die Oberhand gewinnen. So ist es recht.«

Sie durchbrachen den unteren Saum der Wolken mit einem fast physischen Aufprall. Oder vielleicht hatte Cassie einfach nur einen wesentlich spürbareren Aufprall erwartet. Sie sah zur Erde hinab und riß die Augen auf.

Unter ihnen glich das Land wirklich einer flachen Mulde, die fast schneefrei war. Es war eine Fläche aus dunklen Felsen und Gras, das an manchen Stellen grün war, dazwischen braune Tümpel.

»Selbst im bittersten Winter bleibt hier selten Schnee liegen«, sagte Tim. »Die Teiche mit dem Vulkanschlamm geben viel Hitze ab, und die ständige Wolkendecke hält sie dort unten.«

Cassie rümpfte die Nase. »Was ist das für ein Geruch?«

»Schwefel. Aus den Schlammlöchern. Der Gestank verhindert, daß dieser Ort wie ein Paradies wirkt. Zumindest fast.«

Sie warf einen Blick rings um sich. Da die Kanzel oberhalb des Rumpfs lag, hatte sie in fast alle Richtungen freie Sicht. »Warum ist das Tal so rund?«

»Es ist kein Tal. Es ist der Krater eines erloschenen Vulkans. Das hier ist von einem Gipfel übrig, der vor etwa fünfzigtausend Jahren explodiert ist. Geologisch gesprochen erst gestern, also entspann dich nicht zu sehr.«

Er schlug einen Bogen zur Nordseite des Kraters. In geborstener Lava, nahe an einer Stelle, wo von den Hügeln, die die kreisrunde Talwandung bildeten, ein Bach herabrieselte, war eine Landebahn angelegt. Die Ranger hatten den Caballeros stolz erzählt, daß ihre propellergetriebenen Maschinen selbst mit voller Kriegsbewaffnung von einer normalen gepflasterten Straße abheben und auf ihr landen und unbeladen Feldwege oder gar Gras verwenden konnten. Die *Ruedel* landete mit dem Quietschen und Knirschen von Gummi auf Vulkanschotter.

Tim öffnete die Kanzel, half Cassie aus dem Cockpit. Sie war noch immer ein wenig überrascht, daß sie es nicht eilig hatte, den Kontakt zu unterbrechen, als ihre Füße den Boden berührten. Er warf ihr dieses Grinsen zu, dann stieg er die Sprossen wieder empor, die an der Seite des Rumpfes festgeschweißt waren, und zog einen Korb aus dem Cockpit, der in blaues Rippsynthetik eingeschlagen war.

Cassie heilt sich die Nase zu. »Das ist also deine Vorstellung von einem romantischen Ausflug? Du scheinst nicht viel Gelegenheit zum Flirten zu haben.«

»Ganz klar weniger, als mir lieb wäre.« Moon lachte. »Geduld ist eine Tugend, Kleine. Komm mit.«

Er schlang den Tragriemen über eine Schulter und kletterte am Bach entlang bergauf. Der Bach schien sich aus einem Geröllfeld zu ergießen. Cassie folgte ihm.

»Dieses Lied in jener ersten Nacht, daheim auf dem Stützpunkt«, fragte sie seinen Rücken, »was war das?«

»Das Lied unserer Einheit«, antwortete er. »Vor mehr als tausend Jahren war es das Lied einer Gruppe sehr tapferer, sehr romantischer und fast durchgehend zum Untergang verdammter junger Männer namens Lafayette-Escadrille. Leider nur junge Männer; weißt du, damals wußten sie noch nicht, wie tapfer Frauen sein können.«

»Vor tausend Jahren. Das muß vor der Erfindung der BattleMechs gewesen sein.«

»Aber sicher. Es war vor vielem – vor Raumflug und Atomkraft und Holovid. Es gab zu Beginn dieses Krieges keine nennenswerten gepanzerten Landfahrzeuge, und erst in seinen späteren Jahren begannen sie, Traktoren, an die Panzerplatten genietet waren, in die Schlacht zu schicken und gaben ihnen aus Sicherheitsgründen den Codenamen ›Tanks‹. Und es war der erste Krieg im großen Maßstab, bei dem Männer in Flugzeugen gegeneinander kämpften.«

Sie wies mit dem Daumen über die Schulter. »Ich schätze, ihre Flugzeuge waren dem da sehr ähnlich, hm?«

Er blieb stehen und sah mit staunendem Gesichtsausdruck zu ihr zurück. Dann lächelte er. »Ich bin nicht sicher, ob ich im Namen unserer stolzen Vögel geehrt oder beleidigt sein soll. Das war damals echtes Fliegen, in zerbrechlichen Lenkdrachen mit offenen Cockpits, die von ihren Piloten größtenteils mit bloßer Willenskraft in der Luft gehalten wurden. In einigen sehr bedeutenden Punkten sind unsere Flugzeuge diesen ersten Kampfflugzeugen so weit voraus, wie deine mächtigen BattleMechs jenen ersten, grob zusammengezimmerten, gepanzerten Treckern.«

»Es sind nicht meine BattleMechs.«

Er zuckte die Achseln. »Aber wir reden uns gern ein, unsere Flugzeuge stünden jenen kruden Maschinen aus Holz und Tuch nahe – im Geiste näher als den atomgetriebenen Raumschiffen, da wir tatsächlich Wind und Wetter näher sind. Und wir alle, Männer wie Frauen, fühlen uns jenen Piloten aus alten Tagen nahe.«

Er hatte sich, während er sprach, ins Gras gesetzt. »Brauchst du eine kleine Pause? Ich will dich nicht fertigmachen.«

Jetzt war es an ihr zu lachen. »Ich bin ein Scout«, sagte sie. »Ich verdiene mein Geld nicht damit, in einem Cockpit auf meinem Hintern zu sitzen.«

Er faßte sich ans Herz und rollte sich halb auf den Rücken, wobei er von dem Korb, den er umhängen hatte, zu einer Seite gezogen wurde. »Volltreffer! Meine Männlichkeit ist beschämt! Jetzt bleibt mir nur noch, mich in einen Thermowurm zu verwandeln und davonzukriechen, um den Rest meiner armseligen Tage in einem Schlammloch zu verbringen.«

»Wir könnten ein Wettrennen zu den Steinblöcken da oben machen«, schlug Cassie vor, »und ich könnte dich gewinnen lassen.«

Er sah sie von unten an und zog eine Augenbraue hoch. »Jetzt frage ich mich, ob du eigentlich viel Gelegenheit zum Flirten hast, mit so einer spitzen Zunge.«

»Tut mir leid. Es tut mir leid! Ich wollte nicht …«

Er rollte herum und setzte sich auf. »Getroffener Hund bellt … Ich nehme dich doch nur auf den Arm.«

Er tippte sich auf die Nase. »Ist dir aufgefallen, Kind, daß deine Opferreflexe loslegen, wenn du einen Mann magst? Paß bloß auf, Mädchen, sonst könnte sich das jemand zunutze machen, dessen Absichten weniger offensichtlich ehrlos sind als meine.«

Sie spürte, wie sich ihre Wangenmuskeln anspannten. Er redete genau wie Lady K. Ehe ihr etwas einfiel, was sie hätte sagen können, war er aufgestanden und hatte wieder begonnen, den Hang zu erklimmen.

Nur um der Selbstbehauptung willen forderte sie ihn und zwang ihn, schneller zu gehen, um weiter vorausgehen zu können. Als er über den Rand eines Granitsimses kletterte und sich mit den Händen in den Hüften aufrichtete, atmete er schwer. Er grinste sie kläglich an, als sie neben ihn kletterte.

Sie hielt inne. »Es ist schön hier.«

Er legte ihr den Arm um die Schultern. »Ah. Diesmal klingt es, als meintest du es ernst.«

Fast zu ihren Füßen lag ein von Steinen umringter Teich mit klarem Wasser. Weiches Gras säumte ihn. Sie waren aus dem Schwefelgestank im Talkessel herausgeklettert. Die vorherrschenden Gerüche waren der von Wasser, das so warm war, daß Cassie die Hitze im Gesicht spüren konnte, und der frische Geruch der Nadelbäume, die den Teich auf drei Seiten umgaben.

»Der Teich wird gespeist von einer heißen Quelle, die

etwa zwanzig Meter hangaufwärts entspringt«, sagte Tim und wies empor, wo Wasser über einen Haufen Felsblöcke rieselte, pittoresk wie ein Brunnen in einem japanischen Garten. »Es ist vielleicht nicht das Paradies, aber es ist so dicht dran, wie ich in diesem Leben zu kommen hoffen darf. Und vielleicht auch in jedem anderen.«

Er stellte den Korb ins Gras am Wasser. »Wenn ich ein Schönredner wäre, würde ich sagen, es war noch nie dichter dran als mit dir hier neben mir. Würdest du mir glauben, wenn ich dir sagte, daß die Gegenwart einer schönen Frau jede Szene erhellt?«

Sie lachte. Das tat sie im Umgang mit Lieutenant Tim Moon häufig. Sie lachte auch während des Essens viel, das sie auf einer Decke teilten, die neben dem Teich ausgebreitet war.

Als sie satt waren und Cassie genug Stygischen Wein getrunken hatte, um sich am ganzen Körper warm zu fühlen, streckte er die Hand aus und streichelte sanft ihre Wange. Zu ihrer eigenen Überraschung ergriff sie seine Hand und küßte die Handfläche.

Er lächelte, und in seinen großen dunklen Augen lag Traurigkeit. »Ehe wir anfangen, meine Schöne, solltest du etwas wissen: Ich bin nicht gut für dich oder irgendeine andere Frau. Ich bin in der Schlacht immer verläßlich, aber in Herzensdingen nie. So bin ich, und wenn's dir nicht paßt, dann sag es jetzt, und ich werde dir nie einen Vorwurf machen. Es ist trotzdem ein hübscher Ort für ein Picknick.«

Cassie sah ihm direkt in die Augen. »Willst du mich jetzt lieben?« fragte sie.

»Äh, das war in groben Zügen, was ich vorhatte«. Er legte ihr die Hand unter das Kinn und hob ihr Gesicht an. »Und, hat dich schon mal jemand geliebt? Es bringt Pech, bei einer so schönen Frau der Erste zu sein.«

»Ich hatte schon früher Sex«, gab sie scharf zurück.

»Danach habe ich nicht gefragt.«

»Wo liegt der Unterschied?«

»Wenn du darauf bestehst«, sagte er, »werde ich's dir zeigen.« Und sein Mund näherte sich dem ihren.

»Noch Kakao, Cassie?« fragte Nikos Papandreou.

Im Stil der Südwestler winkte sie ab, indem sie die offene, waagrechte Hand über der Tasse auf und ab bewegte. Dann sah sie wieder auf die Uhr. Es war eine Armbanduhr mit Kunstlederarmband. Außerhalb ihrer Tarnidentitäten trug sie nie eine Fingeruhr oder irgendwelche Ringe. Sie blieben zu oft irgendwo hängen.

Wo ist Kali? fragte sich Cassie, ebenfalls nicht zu ersten Mal. Es sah ihrer Freundin überhaupt nicht ähnlich, sie so warten zu lassen.

Von der Bar aus sah sie sich im Old New Mexican Café um. Die paar Gäste waren alle einheimische Zivilisten. Es war an und für sich schon etwas ungewöhnlich, daß zu dieser Tageszeit, am frühen Nachmittag, noch keine Caballeros hier waren. Die Kompanie Cochise war momentan in Alarmbereitschaft, Adelante und Bravo hatten frei. Für heute waren ihres Wissens keine Manöver anberaumt. Generalhauptmann Marrou von der Towne-Garde schmollte schon wieder, und auch wenn die Towne Air Rangers den Caballeros verabredungsgemäß geholfen hatten, Kontakt mit der Volksmiliz sowohl in Port Howard als auch außerhalb aufzunehmen, gab es bisher noch keine greifbaren Ergebnisse. Das Siebzehnte und die Miliz waren immer noch in der Phase, die Lady K als ›Blumengrußphase‹ bezeichnete.

Blumengrüsse. Tim Moon hatte Cassie Blumen geschickt, nachdem er sie nach ihrem idyllischen Ausflug ins Tal von Shamballah nach Port Howard zurückgebracht hatte. Viele Männer hatten ihr schon Blumen geschickt. Aber sie hatten noch nie etwas bedeutet.

Sie sah aus dem Fenster. Ein wenig schuldbewußt erkannte Cassie, daß sie trotz ihrer Verabredung eigentlich nicht auf Lady K wartete. Sie hoffte, daß Tim Moon mit seinem gewohnt lässigen Gang auf die Tür zuschlendern würde. Er sollte heute landen. Trotz der offenen Feindseligkeit der Planetenregierung hatten die Ranger begonnen, Flugzeuge auf einen Privatflugplatz nordöstlich der Stadt zu verlegen, um eigene Kennenlernmanöver zusammen mit den 'lleros durchzuführen. Draußen war der Himmel wolkenverhangen. Aber für Cassie, die einige Übung darin hatte einzuschätzen, wie das Wetter Flugoperationen beeinträchtigen konnte, sah das nach nichts aus, das einen Tausendsassa wie Tim hätte aufhalten können.

Hoch oben an einer Wand, neben dem Zugang zu den Toiletten, wurde ein Holotank eingeschaltet. Cassie ließ die plastikglatte Stimme und die angeblich männlichen Züge des Nachrichtensprechers in ihr Bewußtsein eindringen:

»Die Gewerkschaftsbosse Port Howards trafen sich heute mit Vertretern der Planetenregierung, um die Entwaffnung derjenigen zu verlangen, die sie als ›Mitlinge der Dracos und Gewerkschaftsfeinde‹ bezeichneten. Sie bezogen sich auf das Siebzehnte Söldner-Aufklärungsregiment im Dienste des mysteriösen Kombinatsmagnaten Chandrasekhar Kurita, der Gerüchten zufolge der Onkel des Koordinators Theodore Kurita sein soll. Howard Blaylock, Sprecher der Reformpartei, hatte folgendes zu sagen ...«

Und ehe Cassie genau hören konnte, was der geschätzte Abgeordnete im Sinn hatte, explodierten die Fenster mit genug Lärm und Wucht, um die Toten aufzuwecken und die Lebenden in Angst und Schrecken zu versetzen ...

Teil Drei

EIN HOCH AUF ALL DIE, DIE SCHON GINGEN

Nehmt mir den Zylinder aus den Nieren,
Die Verbindungsstange
aus dem Hirn (dem Hirn!)
Aus dem Kreuz holt mir die Spindel
Und baut den Motor wieder zusammen.

– Kasinolied des Royal Flying Corps,
Erster Weltkrieg, Terra

15

Port Howard
Provinz Aquilonien, Towne
Mark Draconis, Vereinigtes Commonwealth

23. Januar 3058

Als alle Fenster im Old New Mexican Café platzten, zweifelte Cassie keinen Augenblick lang, was geschehen war. Port Howards strenge Luftverkehr-Kontrollgesetze verboten Überschallflüge über die Stadt.

Sie ließ Papandreou stehen, der mit dem Lappen in der Hand ungläubig vor sich hin starrte, und rannte zur Vordertür hinaus. Auf dem Gehsteig schüttelte sie die Faust in Richtung des bewölkten Himmels und schrie: »Kusunoki, du nichtsnutziger *bishonen*-Bastard! *So früh hättest du nicht kommen sollen!*«

Unweit der Tür stand auf der Straße das unzertrennliche Paar, Buck Evans und Cowboy Payson. Cowboy preßte noch immer die Hände auf die Ohren. »Ich bin froh, daß es nicht unsere Ankunft ist, auf die du so reagierst«, rief Buck Cassie zu.

Ein Auto mit Polymer-Faltdach war fast direkt vor Papandreous kleinem Restaurant auf den Gehsteig geschrammt. Ein Bürger mit schiefsitzender Krawatte sprang heraus und begann sich wild umzusehen. »Was war das? Was? Was?«

Buck Evans deutete westwärts gen Himmel, wo eine weiße Scheibe mit einer Ausbuchtung am vorderen Rand über die Bucht dahinschoß. »Ein *Sholagar*«, antwortete er. »Es sei denn, die Dracos haben sich eine *Thrush* besorgt.«

»Oder vielleicht sind die Cappelaner zum Mitfeiern gekommen«, warf Cowboy ein.

Buck warf ihm einen säuerlichen Blick zu. »Du bist ja ein echter Optimist, mein Junge.«

Weitere der Schallmauer-Durchbrüche erfüllten mit ihrem Krachen die Luft. Nikos Papandreou kam auf den Gehsteig heraus und wischte sich panisch die Hände an der Schürze ab. »Was geht hier vor?«

Weiße Explosionswolken erblühten im Stadtzentrum. »Nun, da drüben im Süden sehen Sie ein typisches Landungsschiff der Union-Klasse auf dem Prinz John-Raumhafen niedergehen«, sagte Buck deutend. »Und da oben ...«

Er wies fast direkt nach oben, wo ein heller Funkenregen wie flammende Schneeflocken aus den Wolken fiel. »... sieht man etwa eine Kompanie BattleMechs, von einem weiteren Landungsschiff abgesetzt, die sanft in unser Leben geschwebt kommen.«

Der verzweifelte Autofahrer krallte sich so heftig die Finger unter die Augen, daß Cassie jeden Augenblick Blut zu sehen erwartete. »Aber was *bedeutet* es?« fragte er mit belegter Stimme.

»Erinnern Sie sich an diese Draco-Invasion, von der uns keiner glaubte, daß sie bevorsteht?« fragte Cowboy zurück, während der Klang ferner Explosionen über sie hinwegrollte wie Donner. »Nun, da ist sie, und sie kommt verdammt früh.«

Der Motorradfahrer krächzte, als werde er gewürgt, und stolperte wild rennend die Straße hinunter. Er stürzte zweimal in die Gosse, ehe er um eine Ecke bog und verschwand. Mittlerweile sanken die Invasionsmechs im Herzen Port Howards herab.

Papandreou zog die Schürze aus, zerknüllte sie und warf sie angewidert hin. »Nun, ich will verdammt sein. Ihr Jungs habt mir die ganze Zeit die Wahrheit erzählt.«

»Was dachten Sie denn?« fragte Cassie.

Der Restaurantbesitzer schüttelte den Kopf. »Ich glaubte der Volksmiliz, als sie sagte, ihr wärt die Spione«, antwortete er. »Verdammt. Ich habe ihnen geholfen, gegen euch vorzugehen.«

Buck schlug ihm auf die Schulter. »Nun, alter Junge, wir sollten beide froh sein, daß du nichts getan hast, was wir alle bedauern würden.«

»Und was soll ich jetzt machen?« Papandreous andere Gäste waren herausgekommen, standen herum und starrten mit offenen Mündern auf die Vögel wie ein Schwarm Truthennen unter einer Vogeltränke.

»Nun, wenn du kein Sushi auf die Speisekarte setzen willst«, antwortete Cowboy, »würde ich vorschlagen, du denkst mal über einen längeren Urlaub auf dem Lande nach.«

»Was ist mit uns?« wollte Cassie wissen.

»Sag mir nicht, wir wären alle mit dem Fahrrad da«, antwortete Buck und sah die Straße hinauf und hinab.

»Ihr auch, hm?« fragte Cassie.

»Das ist eine verdammt schlechte Zeit, um sich zu teilen«, sagte Buck.

»He! Warum regen wir uns überhaupt auf?« Cowboy rannte zu dem Auto, das auf dem Gehsteig stand, und sprang auf den Fahrersitz. Das Verdeck faltete sich nach hinten ins Chassis.

»Schau dir das an! Sogar der Motor läuft noch.«

Cassie sah Buck an. »Ich glaube nicht, daß Mr. Hymel zurückkommt, um sein Auto zu holen«, meinte Papandreou.

Buck glitt auf den Sitz neben seinem Partner. Cassie flankte auf den Rücksitz. »Ju-huu!« gellte Cowboy. Er ließ das Auto vom Gehsteig rucken, zog es mit quietschenden Reifen in eine Vollkehre, die Gummispuren am gegenüberliegenden Randstein hinterließ, und gab auf dem Weg die Melniboné hinunter Gas. Papandreou stand auf dem Gehsteig und sah ihnen mit leerem Gesichtsausdruck nach.

Das Cabrio raste auf das zentrale Geschäftsviertel zu. Das Getöse von Explosionen wuchs, bis es sie wie ein ständiges Gewebe umgab. Cassie hüpfte auf dem Rücksitz auf und ab und konnte sich in ihrem rasenden

Wunsch, wieder beim Regiment zu sein und *etwas zu tun,* kaum beherrschen. Es war ihr nur noch nicht ganz klar, was. Nicht einmal ihrem erfinderischen Geist fiel etwas ein.

»Wie sind die so verdammt schnell hier gelandet?« überschrie Cowboy den endlosen Donner und den Lärm der Fahrt, während das Cabrio über eine Kuppe hüpfte und mit einem Knirschen von Metall auf Asphalt auf der anderen Seite in die Knie ging. »Derselbe Trick, den sie bei diesem Weihnachtsüberfall angewandt haben?«

»Völlig unmöglich«, brüllte Buck zurück. »Ein Stoßtrupp könnte, als normaler Verkehr getarnt, durch die Sprungpunkt-Sicherheitsmaßnahmen hindurchgelangen. Aber keine Invasionstruppe.«

»Piraten-Punkt«, sagte Cassie. Sie hatte ihren Taschenkom herausgeholt und versuchte, das Regiment zu alarmieren. »Sie materialisierten einfach in der Nähe des Planeten.«

»Dieser Kusunoki ist also ein mutiger Hurensohn«, sagte Buck.

»So sagt man. Verdammte atmosphärische Störungen! Das Hauptgestirn stört wieder mal das Kommunikationsnetz.« Townes energiereiche Sonne war Stürmen ebenso ausgesetzt wie der Planet, und die Sonnenstürme störten die Sendung von Nachrichten erheblich. Ein fusionsbetriebenes Signal wäre durchgekommen – aber die Reaktoren der belagerten 'lleroMechs hatten im Augenblick andere Leistungsanforderungen.

Sie konnten Mechs springen und ballern sehen. Sie erhoben sich auf den Sprungdusen in die Luft, um den Kampf außerhalb der Stadt aufzunehmen, und begaben sich auch in den Nordwesten, wo der Palast des Marquis stand. Luftkampfflugzeuge bestrichen mit Salven das Nordufer des Donnerflusses, wo er sich in die Kreisbucht ergoß.

Cassie trommelte mit der Faust gegen Bucks Rückenlehne. »Sie bombardieren das TTG-Gelände!« schrie sie gequält.

»Sie haben es auf unsere Mechs abgesehen«, sagte Cowboy. Die meisten 'lleros in Port Howard waren im großen Transportkomplex stationiert. Sowohl Cowboys *Wespe* als auch Bucks *Orion* waren dort geparkt.

»Woher haben sie das *gewußt?*« schrie Cassie. Sie hieb frustriert mit dem Handballen auf ihre Komeinheit.

»Interne Informationen«, antwortete Buck. »Jemand hat uns verraten und verkauft.«

Sie kamen an mehreren Läden mit geborstenen Scheiben vorbei, dann an einem Gemischtwarenladen, der fröhlich vor sich hin brannte und aus dessen Fenstern große orangefarbene Flammenzungen leckten. »Der Kampf muß sich mächtig schnell verlagert haben«, bemerkte Buck.

»Das ist kein Mech-Schaden«, sagte Cassie. »Es stehen noch zu viele Gebäude.«

»Yeah, und ich sehe keine Autos, auf die getreten wurde«, stimmte Cowboy zu und scherte aus, um einem brennenden Bus auszuweichen, dessen Türen alle offen standen und neben dem eine Leiche lag.

»Wie sind wir bewaffnet?« fragte Buck.

Als Antwort wirbelte Cowboy seine Sunbeam-Laserpistole aus dem Halfter, das er tief am rechten Oberschenkel festgebunden hatte. »Halt deine verdammten Hände am Lenkrad, Junge«, sagte Buck. »Ich haben meine 12 emm-emm, Cassie hat diesen winzigen Trommelrevolver ohne Hahn. Das wird nicht reichen. Wir befinden uns in einem schweren gesellschaftlichen Nachteil.«

»Na und?« wollte Cassie wissen. »Fahr uns einfach in die Innenstadt. Dann könnt ihr Jungs eure Mechs holen, und ich kann etwas *tun.*«

»Fixier dich nicht scheuklappenmäßig auf Battle-Mechs, Cass«, riet Buck. »Es dürfte nicht allzu leicht sein, dorthin zu kommen, wo die großen Jungs spielen, wenn die Dracos Truppen am Boden haben – oder wenn das malerische Port Howard anfängt, unter Unruhen in der Bevölkerung zu leiden, was der Fall zu sein scheint.«

Die Popcorn-Geräusche von Feuergefechten ertönten sporadisch von beiden Seiten, auch wenn sie noch mehrere Klicks von der Hauptschlacht entfernt waren, die in der Innenstadt tobte.

»Verdammt!« brüllte Cassie ihren Kommunikator an. »Was geht da unten vor sich?«

»Ohne groß nachzudenken«, rief Cowboy unbeschwert, »würde ich sagen, die Heimmannschaft kriegt den Arsch versohlt.«

»Wie kannst du das so heiter sagen?« fragte Buck.

»Es wird ja nicht unser Arsch versohlt. Noch nicht.«

Ein pfeifendes Donnern und ein herabstoßender Schatten ließen sie die Köpfe einziehen, während Cowboy das Steuerrad scharf nach links riß, um einer Ansammlung verlassener Autos auszuweichen, die vor ihnen die Straße völlig blockierten. Drachenodem schlug über ihnen zusammen, und Cassie sah empor in den blendenden Plasmaglanz zweier atomgetriebener Auspuffrohre. Weniger als 500 Meter über ihnen hüpfte die einzige *Stuka* der Füsiliere panisch von einer Seite zur anderen, blutete grauen Rauch und versuchte gleichzeitig, ihre beiden nach hinten feuernden Martell-Laser auf einen sie verfolgenden bumerangförmigen *Shilone* zu richten. Der 65-Tonnen-*Shilone* hing der *Stuka* am Schwanz, als schleppe der größere Kampfflieger ihn ab, und blieb so dicht dran, daß er den Auspuffflammen ebenso ausweichen mußte wie den Laserstrahlen.

Als die beiden Maschinen über die Kreisbucht hinausschossen, legte der große Diverse Optics-Laser in der Schnauze des *Shilone* los. Cassie sah, wie sich am linken Flügelansatz der *Stuka* Panzerung in einem weißen Wölkchen auflöste. Die Stuka schoß nach oben und brach plötzlich zu einer scharfen Wende unter hohem Druck nach links aus. Das Manöver überraschte den *Shi-*

lone-Piloten. Der Draco konnte die Wende nicht mitmachen, ohne durch den Druck bewußtlos zu werden. Statt dessen brach er nach rechts aus und flog eine Rolle, die ihn wieder auf denselben Kurs brachte wie seine größere fliegende Beute. Dann feuerte er eine Salve aus seiner Langstrecken-Shigunga-Batterie auf die Stuka ab, die volles Rohr nach Süden donnerte.

Cassie sah mindestens zwei Blitze, als Geschosse das große Kampfflugzeug trafen und sich mehrere Teile lösten. Dann schien die *Stuka* in der Luft gegen ein Hindernis zu prallen und trudelte wirbelnd abwärts, wobei sie weiter Teile verlor. Der Pilot war tot, betäubt oder durch die Zentrifugalkraft dieses Todeswirbels gefangen, und sprang nicht ab. Die *Stuka* schlug auf dem Ansatz der Halbinsel auf, die von der langgezogenen Donnermündung ausging und die untere Begrenzung der Kreisbucht bildete, und ging in einem gleißendhellen gelbweißen Blitz hoch. Die *Shilone,* die fast vertikal gestiegen war, nachdem sie ihre LSR abgefeuert hatte, um Beschädigungen durch Fremdobjekte zu vermeiden, legte sich auf den Rücken, drehte sich langsam und verschwand in den Wolken.

»Foxtrott Hotdog«, murmelte Buck.

»Langstrecke, niedrige Hitze«, sagte Cowboy. »Soviel zum Stolz und zur Freude der Luft/Raumjungs des alten Marquis.«

»Wartet mal«, warf Cassie ein, »ich empfange was.« Sie hielt ihren Kom zwischen Cowboy und Buck, während Cowboy wieder nach Westen abbog und einen Hügel hochfuhr.

»Peaches! Paß auf diesen *Marodeur* bei neun Uhr auf!« Das war Kapitan Bobby Begay, Rufzeichen ›Navajowolf‹ und Kommandant der Kompanie Cochise.

»Ich bin an ihm dran, Wolf! *Santiago y Sierra!*« Frank Gómez' Schlachtruf richtete sich an seine Heimatwelt und seinen Schutzpatron. »Ich habe ihn! Ich habe ihn! Yo ...«

Die Übertragung brach mit einem plötzlichen Statikrauschen ab. Sie hörten Bobby den Wolf Gómez' Namen schreien und dann in Navajo ausbrechen.

Cassie hieb mit der Faust von hinten gegen Bucks Sitz, und Tränen strömten ihr über die Wangen. Es ging nicht um Gómez – sie kannte ihn kaum, empfand wenig für ihn; er war für sie nur ein Mechreiter unter vielen. Es ging darum, was mit *la familia* geschah.

»Schätze, Frank Gómez hat diesen Tod-von-oben-Trick einmal zuviel abgezogen«, sagte Buck.

»Nicht schlecht, wenn man mit einem *Feuerfalke* einen *Marodeur* flachlegt«, setzte Cowboy hinzu.

»Oh, nein«, sagte Buck. »Das ist nicht gut. Da kommen noch zwei weitere Landungsschiffe runter, eins draußen beim Palast, so wie es aussieht, und ein weiteres landet auf dem Raumhafen.« Breite Düsenflammen senkten sich im Süden und Nordosten durch die Wolken.

Cowboy hieb mit einer Hand aufs Steuerrad. »Es regnet Hurensöhne! Meine Fresse, ein oder zwei Regimenter!«

Buck betrachtete Cassie mit hochgezogener Augenbraue. »Sieht aus, als hätte dein Kumpel, der *Mirza*, schwer danebengelegen.«

»Er hat den Angriff vorausgesagt«, bemerkte sie.

»Wo, zum Teufel, kommen überhaupt all diese Schlangen her?« fragte Cowboy.

»Nun, wenn ich mal Oberleutenient Suthorns Gegenwart in Betracht ziehe, sieht das hier nicht aus wie der richtige Zeitpunkt, um einige Lücken in deinem Wissen um die Lebenstatsachen zu füllen, Cowboy ...«

»Was, zum Foxtrott, überhaupt? Sie sollten den Faßboden auskratzen und zwei Regimenter hinter uns herschicken!«

»Vielleicht haben sie Hilfe von den Capellanern erhalten«, sagte Cassie. »Oder vielleicht hat Blakes Wort beschlossen, daß sie noch nicht genug von uns haben. So weit ist Terra auch wieder nicht weg.«

»Mein Gott, das ist aber eine nette Vorstellung«, antwortete Buck.

»Was soll's?« fragte Cassie. »Wir müssen zum Regiment zurück – wartet, hört mal!«

Sie war durch die Kanäle gehüpft und hatte nicht mehr als unzusammenhängende Fetzen panische Gespräche auf den Tak-Frequenzen empfangen. Jetzt hatte an ihrem persönlichen Kommunikator ein rotes Lichtchen zu blitzen begonnen, was bedeutete, daß auf der Notruffrequenz eine Botschaft hereinkam. Sie hielt die Einheit wieder hoch.

Mit dem Geräusch eines millionenfach verstärkten Trommelwirbels hagelte es südlich von ihnen Geschoßsalven auf die Straße. Etwas traf knallend die Windschutzscheibe. Es wurde plötzlich dunkel in einer Welt mit einem verwirrten Netzwerk von Bruchlinien.

Als das Auto sich zu drehen begann, hörte Cassie deutlich die Stimme des Kolonels: »... befehle den sofortigen Abzug all unserer Einheiten aus der Stadt.«

Das Auto kam quietschend zum Stehen, wobei es sich mit verschiedenen Schepper- und Knirschgeräuschen in die Achsen hängte.

»Wow«, sagte Cowboy und starrte die Windschutzscheibe an, die durch den Trümmerbrocken fast bis auf die Höhe des Steuerrades weggefetzt worden war. »Das war haarscharf.«

»Halt da drüben an«, sagte Buck. Sie waren mit der Schnauze Richtung Nordosten zum Stehen gekommen. Er wies auf einen Waffenladen auf der anderen Straßenseite, fast in direkter Verlängerung der Schnauze des Cabrios.

»Wovon redest du?« wollte Cassie wissen. »Wir müssen zurück, müssen uns den anderen anschließen!«

»Hör mal zu, kleine Dame«, erwiderte Bob und tippte auf den Kommunikator, den sie immer noch in ihrer sehnigen gebräunten Hand hielt.

»Ich sage es noch einmal.« Kolonel Camacho sprach

spanisch, mit unendlicher Müdigkeit. »Alle Bestandteile des Siebzehnten Aufklärungsregiments sollen sich sofort aus Port Howard zurückziehen. Spart, was ihr könnt. Wir werden an einem anderen Tag wieder kämpfen.«

»Wir haben unseren Marschbefehl, Cass.«

Cassie warf sich gegen die Rückenlehnen des Sitzes und verschränkte die Arme fest vor der Brust. »Wir können die anderen nicht im Stich lassen.«

»Richtig. Und sie machen alle einen Abgang. Wenn wir hier rumhängen, werden die uns im Stich lassen. Und sie haben überhaupt keine Wahl. Wir sind waffenmäßig unterlegen und eingekesselt.«

Sie schüttelte den Kopf. Sie konnte nicht sprechen. Tränen behinderten ihre Sicht.

Das Auto fuhr an, überquerte diagonal die Straße und blieb mit einem Quietschen der Reifen am Bordstein auf der falschen Seite stehen, direkt vor dem Waffenladen. »Wenn du dein Leben wegwerfen willst, indem du die ganze Draco-Armee im Alleingang angreifst«, sagte Cowboy, öffnete die Tür und schälte seinen schlaksigen Körper heraus, »nur zu. Ich für meinen Teil gehe einkaufen.« Er schlug die Tür zu.

Buck Evans folgte ihm in den Laden. Cassie blieb einen Augenblick lang schwer atmend sitzen. Der Kom wiederholte andauernd die Botschaft des Kolonel, immer und immer wieder. Offenbar hatte er einen Sender dagelassen, der eine aufgezeichnete Endlosschleife ausstrahlte.

Ein brennender Jäger fiel im Norden vom Himmel. Mit wilder Genugtuung sah sie, daß es die typische *Sholagar*-Form hatte, die einer Untertasse mit Schnauze. Die Füsilier-Jägerpiloten gaben sich nicht kampflos geschlagen.

Tim! Wo bist du? Sie wußte nicht, ob sie enttäuscht oder erleichtert sein sollte, weil sie seine kleine weiße *Voss* mit der rotbemalten Schnauze nicht gegen die Invasoren aufsteigen sah. Bei allem großen Gerede der Rangers – wenn der Himmel voller atomgetriebener Tötungsmaschinen war, schienen die kleinen Maschinen aus Synthetik und Keramik mit dem Propellerantrieb nicht mehr als Spielzeug zu sein.

Sie kletterte vom Rücksitz und ging in den Laden. Das Innenlicht war aus; die einzige Lichtquelle war das graue Licht, das durch vergitterte Fenster fiel, die dreckig waren vom Schmutz der Großstadt. Buck Evans stand recht weit vorn und sah ein Regal Karabiner durch. Cowboy stand links hinter einer Glasvitrine und schob grüne Geschosse, Kaliber 00, in eine rostfreie Pump-Action-Schrotflinte, Kaliber zwölf, mit schwarzer Synthetikverkleidung.

»Ich begreife ums Verrecken nicht, warum du dir nicht eine gute automatische Pistole beschaffst«, sagte Buck und ließ eine halbautomatische Version eines alten AVS-Sturmgewehrs durch die Hände gleiten. Zivilisten durften in Port Howard keine automatischen Waffen besitzen.

»Irgendwie gefällt mir eine gute Pump einfach«, antwortete Cowboy und lud durch, dann füllte er das Magazin mit einer frischen Patrone aus einer offenen Schachtel auf der Theke nach. »Ich mag, wie sie sich anfühlen.«

»Deine Beerdigung«, sagte Buck achselzuckend. »Bedien dich, Cass. Sieht aus, als sei niemand daheim.«

Als wolle er ihm widersprechen, trat aus dem hinteren Bereich des Ladens ein stämmig gebauter Schwarzer hervor, der eine Selbstlade-Schrotflinte an der Schulter angesetzt hatte und den Finger am Abzug hielt.

»Nicht so schnell da vorne«, sagte er. »Ihr legt diese Sachen am besten alle dahin zurück, wo ihr sie gefunden habt, es sei denn, ihr habt Geld, sie zu bezahlen.«

Buck drehte sich um und ging auf ihn zu, die Hände ausgestreckt. Er hatte den Karabiner immer noch in der rechten Hand.

»Ich weiß, wie Sie sich fühlen, Bürger«, sagte er, »aber uns mangelt es im Moment etwas an Kleingeld.«

»Kommen Sie nicht näher!« befahl der Ladenbesitzer.

Buck wies mit dem Kopf auf die offene Tür, durch die die Geräusche eines Mechgefechts nur wenige Blocks entfernt hereindröhnten. »Nun gibt es da einen kleinen Punkt, den Sie vielleicht bedenken möchten. Das da draußen sind nicht nur die Vereinigten Soldaten des Draconis-Kombinats, die Kleinholz aus Ihrer Stadt machen. Das ist ein Haufen gesetzloser Dracos, die so verrückt sind, daß sie ihrem eigenen Koordinator nicht gehorchen und diese kleine Welt überfallen. Und was denken Sie, wie die einen Zivilisten behandeln werden, den sie zufällig im Besitz eines großen Waffenlagers erwischen?«

Er ging bis fast zur Mündung der auf ihn gerichteten Schrotflinte und legte den Karabiner auf die Theke neben der Kasse. »Ich versteh', warum Sie an Ihrem Besitz festhalten möchten. Aber wenn sie zu lange festzuhalten versuchen, verlieren Sie vielleicht mehr, als Sie eingesetzt haben. Es ist jetzt Ihre Entscheidung, ob Sie gewillt sind, uns zur Hand zu gehen, und wir sind nicht hier, um Sie auszunehmen. Aber wenn Sie glauben, die PR sei streng, was den Besitz von Feuerwaffen angeht, dann haben Sie keine Ahnung.«

Der Besitzer starrte den großen blonden Mann einen Augenblick länger intensiv an. »Sie gehören zu diesen Söldnern von einer anderen Welt, nicht? Siebzehntes Aufklärungsregiment?«

»Das sind wir«, sagte Cowboy. Auch er hatte seine Schrotflinte weggelegt.

Der Ladenbesitzer seufzte und senkte seine Waffe. »Vermutlich habt ihr recht. Ich schätze, ihr hattet schon die ganze Zeit recht, wie?«

Er winkte. »Bedient euch. Mir ist es lieber, wenn ihr das Zeug habt als die verdammten Schlangen.«

Der Mann sah sie noch einen Augenblick an, dann

drehte er sich um und verschwand in den abgedunkelten Hinterzimmern. Cowboy grinste Buck an und flankte über die Theke. Während Cassie drei halbautomatische Hochleistungshandfeuerwaffen aussuchte und Ersatzmagazine einzustecken begann, stapelten die beiden Munitionsschachteln auf ihre Arme und schleppten sie zum Auto.

Als Cassie vom Hinaustragen einer Fuhre zurückkam, stellte sie fest, daß der Besitzer einen kleinen Holotank eingeschaltet hatte, der auf der Theke stand, wo er ihn von seinem Hocker hinter der Kasse aus sehen konnte. Cowboy und Buck starrten auf das Gerät, also hielt Cassie inne und sah hin.

Es zeigte Howard Blaylock, der mehreren Kombinatsoffizieren in braunen Felduniformen auf den Stufen des großen Gebäudes der Planetenregierung in der Innenstadt die Hand schüttelte. Die Gebäude in ihrem Rücken zeigten keine Anzeichen von Kampfschäden.

»Im Namen des Volkes und der Regierung Townes«, sagte Blaylock gerade, »begrüße ich die Friedenswahrungsmission aus dem Draconis-Kombinat und gebe meiner Zuversicht Ausdruck, daß heute eine neue Ära des Friedens und des Wohlstandes für unser ganzes Volk ihren Anfang nehmen wird.«

Unten auf dem Schirm wurde eine Anzeige eingeblendet, die lautete: ›Der neueingesetzte Schirmherr des Planeten, Blaylock.‹ Links unten in der Ecke schwebte ein hübsches kleines Kuritasymbol, der Drache im Kreis.

»Jetzt wissen wir, wer der Eingeweihte war, der uns verraten hat«, kommentierte Buck.

»Auch die Nachrichtenleute können nicht allzu überrascht gewesen sein«, sagte Cassie. »Schau. Sie haben sogar schon diesen goldigen kleinen Draco-Fleischklops und alles.«

Das Krachen der Schrotflinte des Besitzers zerriß Cassie fast die Trommelfelle in der Enge des Ladens. Der Holotank explodierte.

»Wißt ihr, das wollte ich immer schon mal tun«, sagte der Ladenbesitzer und legte die rauchende Waffe weg.

Cassie glitt wieder auf den Rücksitz des Cabrios. Die Wolken hingen jetzt tief; ein leichter Schneefall setzte ein, auch wenn ihr überhaupt nicht kalt war. Cowboy und Buck kamen heraus und stapelten ein paar letzte Schachteln Gewehrmuni auf den Sitz neben ihr.

Der Ladenbesitzer kam mit einem Kasten Bier der Marke ›Tochter des Frostriesen‹ heraus, einer beliebten einheimischen Marke. »Ich weiß, daß dieses Zeug normalerweise nicht allzugut zu Waffen paßt«, sagte er, »aber ich hatte es hinten im Kühlschrank für nach Ladenschluß, und irgendwie glaube ich nicht, daß ich selbst Zeit haben werde, es zu trinken, ehe die Schlangen hier eintreffen.«

»Herzlichen Dank, Bürger«, sagte Buck und nahm es entgegen. »Wir fahren in Richtung der Gunderlandberge. Ich würde Ihnen raten, dasselbe zu tun.«

»Wir können hinten etwas Platz schaffen, wenn es Ihnen nichts ausmacht, neben einer mageren, bösartigen Frau zu sitzen«, rief Cowboy. Er nahm sein neues Schrotgewehr vom Fahrersitz, wo er es liegengelassen hatte.

Der Besitzer schüttelte den Kopf. »Trotzdem danke, aber ich muß mich um meine Geschäfte kümmern, ehe ich den Abgang mache.«

Buck ging mit dem Bier vorne ums Auto. Cowboy stand an der Fahrertür und sah nach Osten. Er hatte seine Schrotflinte mit dem Lauf nach hinten über die Schulter gelegt.

»Ich wünschte, du würdest das Ding nicht so halten«, meckerte Buck und drehte sich um, um den Kasten an der Tür abzustützen, damit er eine Hand frei bekam, um den Türgriff zu bedienen. »Das ist unprofessionell.«

Cowboy grinste nur. Dann sah Cassie, wie er sich versteifte und in den Rückspiegel auf der Fahrerseite starrte.

Es konnte nicht länger als eine Mikrosekunde gedauert haben, dann warf sie sich direkt nach vorn über die Windschutzscheibe, während Cowboys Kaliber 12 mit ohrenbetäubendem Lärm losging.

16

Port Howard
Provinz Aquilonien, Towne
Mark Draconis, Vereinigtes Commonwealth

23. Januar 3058

Cowboys Schrotsalve erwischte den vordersten Mann des Draco-Infanteriezugs, der gerade hinter dem Cabrio um die Ecke getrabt kam, voll in der Brust. Die Schlammstampfer waren lediglich mit ihren braunen Trichlorpolyester-Overalls gerüstet. Die Vorderseite des vordersten Mannes war plötzlich mit roten Flecken übersät, und er fiel. Cowboy warf sich über die geschlossene Fahrertür und landete auf dem Rücken im Vordersitz.

Cassie drehte ihren Körper, während sie über die Motorhaube des Wagens rollte, und landete auf den Füßen, als sie vor dem Kühlergrill am Boden aufkam. Sie hatte sich im Kreuz eine 9 mm in den Gummizug ihrer verwaschenen schwarzen Köperhose geschoben. Natürlich fiel die Waffe heraus und war verloren, aber sie hatte auch einen Waffengurt umgeschnallt, in dessen Halfter an der Hüfte eine zweite Neun steckte. Diese Waffe blieb, wo sie hingehörte.

Sie zog sie und hielt sie mit beiden Händen und voll ausgestreckten Armen parallel zur rechten Seite des Autos vor sich, während sie sich hinkauerte, um so viel wie möglich vom Motorblock zwischen sich und das feindliche Gewehrfeuer zu legen. Buck rollte über die Straße, angreifbar, auf dem Rücken liegend, und feuerte unterwegs seinen Karabiner ab. Eine Gestalt in Braun tauchte hinter dem Auto auf, das Shimatsu-42-Sturmgewehr in ihren Händen spie Feuer. Cassie fixierte die Brust des Feindes, schoß zweimal. Der Mann ging zu Boden.

Cowboy legte sein Kaliber 12 auf die Rückenlehne des Fahrersitzes und pumpte Schuß auf Schuß hinaus. Buck schaffte es unversehrt zur anderen Straßenseite. Er rollte über den Randstein in die Deckung eines Feuerhydranten, wo er ein neues Magazin einschob und gezielt zu schießen begann. Cassie erschoß einen weiteren Infanteristen und rollte dann rechtzeitig auf die Fahrerseite des Wagens, um einen dritten umzulegen, der sich wild feuernd um die Ecke des Gebäudes zurückzog.

Stille senkte sich wie ein Gewicht aus großer Höhe herab.

Cowboy schob sich über die Fahrertür, rannte zur Ecke. Er wirbelte die Schrotflinte durch die Luft, fing sie mit links, schob sie um die Ecke, schoß blind, zog durch, schoß erneut. Dann ließ er sich auf den Gehsteig fallen und spähte um die Ecke.

Sofort war er wieder auf den Beinen und schüttelte den Kopf. »Nichts von ihnen zu sehen«, sagte er. »Ihre Mama hat wohl gerufen.«

Buck verließ seine Deckung und kam zum Auto zurück, wobei er seinen Karabiner schußbereit hielt. Cassie stand auf. Acht Gestalten lagen auf dem Pflaster. Drei stöhnten und wanden sich. Die anderen waren friedlich.

»Warum bist du bloß wie ein verdammter Narr ins Auto gesprungen?« wollte Buck wissen. »Es gibt fast nichts, womit man schießen kann, das ein Auto nicht der Länge nach durchschlägt, es sei denn, es trifft den Motor, der sich am falschen Ende befand und dir nicht den Arsch hätte retten können, wenn auch nur eine dieser *culebras* gewußt hätte, was sie tut.«

»Es kam mir in dem Augenblick angemessen vor«, gab Cowboy verschämt zu. Er stopfte Patronen aus den Taschen seines schweren Mantels in das Röhrenmagazin der Schrotflinte. »Gut nur, daß sie selbst für Dracos lausige Schützen waren.«

Mit der Pistole in der Hand hatte sich Cassie den gefallenen Soldaten genähert. »Das sind keine Dracos«, sagte sie.

Buck starrte sie an. »Was sagst du da? Daß wir gerade einen Trupp Pfadfinder niedergemacht haben?«

»Nun, sie gehören nicht zu den VSDK. Schau sie dir an; sie tragen nur Overalls und Kappen. Teddy Kurita hat schon vor Äonen, als er noch *Kanrei* war, an alle Kampftruppen Helme und diese wattierten Körperpanzerwämser ausgegeben. Diese Ausrüstung ist mindestens dreißig Jahre alt.«

»Wer, zur Hölle, ist das dann?« fragte Cowboy.

Sie hob eine *Shimatsu* auf. Dabei stieß sie mit der Stiefelspitze gegen die ausgestreckte linke Hand des ersten Mannes, den Cowboy erschossen hatte. »Sieh da. Der kleine Finger fehlt. Das bedeutet ...«

Sie schob den Mündungsfeuerdämpfer vorn in den Ausschnitt am hohen Kragen seines Overalls und zog nach unten, so daß sich der Klettverschluß etwa zwölf Zentimeter weit öffnete, dann schob sie das Kleidungsstück beiseite und enthüllte ein Fragment einer komplizierten, bunten Tätowierung.

»Irezumi«, sagte sie. Yakuza.

»Ich will verdammt sein«, meinte Buck. »Der feine Herr Kusunoki ist hingegangen und hat ein paar Yakuza als Kanonenfutter rekrutiert.«

»Schätze, er dachte sich, wenn's bei Teddy klappt, was soll's«, entgegnete Cowboy. Ein Verwundeter stöhnte laut. Cowboy ächzte. »Was wird aus ihnen? Wir können sie nicht einfach liegenlassen.«

Cassie, im Kombinat geboren und nach capellanischer Manier erzogen, reagierte so, wie es ihr angemessen und naheliegend erschien: Sie schulterte die *Shimatsu* und feuerte drei Schüsse ab. Als sie sich wieder ihren Gefährten zuwandte, starrten beide sie aus bleichen Gesichtern an.

»Was?« fragte sie.

Buck Evans schüttelte den Kopf. »N-nichts, Cass. Aber ich glaube, es wird Zeit, einen Abgang zu machen.«

Wie um seine Worte zu unterstreichen, ertönte aus Westen ein fürchterliches Krachen. Alle drei rissen den Kopf herum, als ein 50-Tonnen-*Vollstrecker,* aus dessen zertrümmerter Brust Rauch und Flammen quollen, zwei Blocks entfernt von links in Sicht kam. Er krachte auf den Rücken.

»Keiner von unseren«, sagte Buck. Der Munivorrat seiner Vereinigten Autokanone begann in die Luft zu gehen und erleuchtete den Rauch, der aus der getroffenen Maschine quoll, wie ein gigantisches Feuerwerk.

Aus der Seitenstraße, aus der der Mech herausgestürzt war, trat ein *Pirscher.* Er hielt über seinem gefallenen Gegner inne und drehte sich dann behäbig ostwärts. Cassie spürte, wie ihr das Blut stockte, als er sie direkt anzuschauen schien. Der Mech hätte sie mit dem kleinsten Feuerstoß seiner ehrfurchtgebietenden Bewaffnung alle wegblasen können.

Die rubinrote Lanze eines schweren Lasers zuckte hinter dem 85-Tonnen-Monster von rechts nach links und verfehlte es offenbar nur knapp. Der *Pirscher* wandte sich nordwärts und wankte, begleitet vom Knirschen und Ächzen gequälten Pflasters unter seinen gewaltigen, hülsenförmigen Füßen, außer Sicht.

Wortlos sprangen die beiden Caballeros und die Caballera ins Auto. Zum Glück stand es schon richtig: ostwärts in Richtung der vermeintlichen Sicherheit der Gunderlandberge.

Die Landevorrichtung der *Shilone* quietschte, als sie den Asphalt des kombinierten Raum- und Flughafens der Hafenstadt küßte. Als sie die Rückstoßdüsen zuschaltete, versuchte *Tai-i* Sharon ›Maus‹ Omizuki vom Fünften Galedon-Luft/Raumgeschwader, *Tai-sa* Terrance Kondrackes Engeln der Verzweiflung, die Erregung zu kontrollieren, die in ihr aufschäumte wie Perlen im

Champagner. Ihr erster Abschuß seit Jahren, und es war einer gewesen, der einer Kompaniekommandantin würdig war: eine 100-Tonnen-*Stuka.*

Sie hatte Blut geleckt und wollte mehr. Aber ihr Gruppenkommandant hatte ihrer Kompanie befohlen, zu landen und am Boden zu bleiben, und sie war erfahren genug, um die Klugheit dieser Entscheidung zu erkennen. Ihre 65-Tonnen-*Shilone,* atomgetrieben und mit einem schweren und zwei mittelschweren Lasern bewaffnet, konnte buchstäblich unendlich lange kämpfen. Aber Luft/Raumkampf war ein Hochleistungssport. Weit schneller als der Konflikt der ungeschlachten, landgestützten BattleMechs setzte er den Körper einer Belastung aus, der einer vielfachen Schwerkraft entsprach, einer Belastung, der einen ungeschützten Menschen töten konnte, besonders wenn er nicht ausgebildet und geübt war, ihr standzuhalten. Genauer noch, selbst ein Luft/Raumpilot, der wie eine *Muramasa*-Klinge gehärtet und geschärft war und einen Druckanzug trug, konnte sich in einem Kampfflugzeug buchstäblich zu Tode fliegen. In der Praxis hätte das Zusammenspiel von Druckbelastung und emotionalem Stress die Einschätzungen, die Wahrnehmung und die Reflexe des Piloten schon derart geschwächt, daß die Wahrscheinlichkeit eines fatalen Mißgeschicks sich asymptotisch Richtung Gewißheit bewegte, lange ehe dieser Punkt erreicht war.

Selbst unter der aufgeklärten Führung Theodore Kuritas, zunächst als militärischer Befehlshaber und dann als Herrscher des gesamten Kombinats, verlangten die Vereinigten Soldaten des Draconis-Kombinats viel von ihren Kriegern. Aber die VSDK hatten schon lange auf die harte Tour begreifen müssen, daß es schlicht die Verschwendung teurer Maschinen bedeutete, einen Piloten länger als eine Stunde am Stück im tatsächlichen Kampf zu halten, wenn es nicht unbedingt nötig war, vom Leben der Piloten ganz zu schweigen. Und obwohl das

Leben der Einzelnen nichts bedeutete, kostete ihre Ausbildung den Drachen ein Sprungschiff voll Geld.

Als die Shilone langsamer zu werden begann, lenkte Maus die Maschine von der Landebahn und rollte, geführt von einem dickvermummten BodenTech, der Leuchtstäbe schwenkte und Ohrstöpsel trug, zu einem Parkplatz auf dem Vorfeld in der Nähe einiger Hangars. Sie ließ sich aus der Einstiegsluke im flachen Bauch der Maschine fallen und winkte ab, als ihr ein Tech die behandschuhte Hand als Hilfe reichen wollte, dann ging sie vornübergeneigt unter der schnell abkühlenden Maschine durch zu einem wartenden Kleinbus. Die Tür glitt auf, als sie die rutschfest gepolsterten Metallstufen erklomm.

»Willkommen in Towne«, ertönte die Stimme ihres Geschwaderkommandanten.

Sie blieb in der Tür stehen und verneigte sich. »Der *Tai-sa* erweist dieser Unwürdigen große Ehre«, erwiderte sie, ohne sich die Mühe zu machen, das Grinsen zu unterdrücken, das das Visier ihres Helms nicht verbarg. Kurita-Luft/Raumpiloten legten Wert auf ihr Erscheinungsbild, aber wie Kampfflieger zu allen Zeiten neigten sie besonders bei denen, die mit ihnen gekämpft hatten, zu äußerster Informalität. Respekt verdiente der, der gut flog. Alles andere waren nur Kinkerlitzchen.

»Oh, kommen Sie endlich rein und holen Sie mal tief Luft. Und nehmen Sie Ihren Arsch aus der Tür, Maus. Diese Ver-Ratten halten nicht allzuviel von Komfort, also verschwenden Sie die schöne Warmluft nicht.«

In der Tat hatte *Tai-i* Sharon Omizuki den kalten Wind oder den wehenden Schnee aufgrund des warmen Siegesrauschs und des Isolationseffekts ihres vakuumfähigen Druckanzugs noch gar nicht bemerkt, aber sie ging zu einem Stuhl, der dem ihres Kommandanten auf der anderen Seite des Ganges gegenüber stand. Sie nahm ihren Helm ab, als der Fahrer die Maschine in Bewegung setzte.

An Maus Omizuki war nichts auffällig Mäuseartiges.

Allerdings hatte sie auch nichts besonders Japanisches an sich. Sie war 172 Zentimeter groß, mit lockigem, kastanienbraunem Haar – das ihr im Augenblick verschwitzt an der Stirn klebte –, heller Haut und Sommersprossen; keine besonders hübsche Frau. Ihre Nase war zu groß und ihr Mund zu unregelmäßig. Die Anziehungskraft ihrer großen, leuchtenden, haselnußbraunen Augen ließ sich nicht leugnen, und unter den richtigen Umständen – sie war sehr wählerisch – konnte sie geradezu verheerend sexy wirken. Momentan grinste sie ihren KO nur an und fühlte sich ein wenig doof.

Tai-sa Kondracke war ein hochgewachsener Mann mit schwarzem Haar, das kurzgeschoren an seinem schmalen, totenkopfartigen Schädel anlag. Seine Augen waren dunkel und tiefliegend und verliehen ihm ein grimmiges Aussehen, das außer im Kampf nicht seinem Wesen entsprach.

»Ich glaube nicht, daß Sie heute noch einmal Ausgang bekommen, es sei denn, die Dinge gehen in einer *takarabune* zum Teufel«, sagte Kondracke. »Das Wetter wird zusehends schlechter.«

Maus grunzte und runzelte leicht die Stirn. Das war das Üble an Operationen in der Atmosphäre. Ein heftiger Windstoß hätte selbst die 100-Tonnen-*Stuka,* die sie abgeschossen hatte, wesentlich schneller zerstören können, als es der schlagkräftigen Bewaffnung ihrer *Shilone* gelungen war – ganz zu schweigen davon, was er mit ihrer 65-Tonnen-Maschine und noch leichteren Flugzeugen anstellen konnte. Im Raum gab es kein verdammtes Wetter.

»*Mattaku*«, grunzte sie, ein Ausdruck, der etwa dem Ausruf »Verdammt!« der Inneren Sphäre entsprach. Sie wies mit der Hand auf das gemütliche, in warmes Licht getauchte Innere des Shuttles. »Was ist also los? Warum machen Sie sich die Mühe, eine einfache Schwadronkommandantin zu treffen? Müssen Sie nicht eine Schlacht leiten?«

Kondracke verzog das Gesicht, und das nicht wegen der offensichtlichen Insubordination seiner Pilotin, die nur Fassade war. Diese beiden respektierten einander. »Der Luftkampf läßt wegen des bevorstehenden Sturms nach – aber ja, das muß ich. Ich habe den Befehl erhalten, mir Zeit für eine Willkommenszeremonie zu nehmen.«

Während Kondracke sprach, war das heulende Dröhnen eines Landungsschiffs, das in Richtung der Startmulde herabsank, deutlich durch die isolierte Wandung des Shuttles zu hören; es durchschnitt das Heulen des Windes wie ein *Wakizashi.* »Da Sie den auffälligsten Abschuß erzielt haben, dürfen Sie mitkommen und unseren himmlischen Führer und seine Freunde von der *Kai* treffen.« Dieses Wort hatte mehrere Bedeutungen, die alle etwas mit einer Organisation oder Gesellschaft zu tun hatten. In diesem Fall bezog sich Kondracke zweifellos auf die Yakuza.

Maus lehnte sich zurück und streckte die Beine aus. »Ich habe mich gefragt, wie Kusunoki wirklich ist.« Sie freute sich darauf, den berühmten Kriegshelden persönlich zu treffen.

Kondrackes Antwort war ein uncharakteristisches Grunzen. Sie sah ihn scharf an.

»Heißsporn-*sama*«, sagte sie unter Verwendung seines Rufzeichens und eines unterwürfigen Ehrensuffixes, »sagen Sie mir eines. Glauben Sie, daß der Koordinator in Wirklichkeit um diese Mission weiß und sie insgeheim gutheißt?«

Sie erwartete eine einfache Zustimmung. Schließlich war wohlbekannt, daß es ein junger Theodore Kurita gewesen war, der vor Jahren, 3029, die unerlaubte Offensive in den Steiner-Raum gestartet hatte, unmittelbar vor Ende des Vierten Nachfolgekrieges.

Statt dessen sah Kondracke weg. »Wer vermag das zu sagen? Wie Sie bin ich nur eine unter vielen Tränen des Drachen, die darauf warten, zu fallen wie eine Kirschblüte im Frühling in Luthien.«

17

Prinz John-Raumhafen, Port Howard
Provinz Aquilonien, Towne
Mark Draconis, Vereinigtes Commonwealth

23. Januar 3058

Edwin Kimura, stellvertretender Befehlshaber der wichtigsten Yakuzaorganisation der Präfektur Dieron, stand da und wartete geduldig darauf, daß die Laderampe des Landungsschiffes der *Union*-Klasse ausgefahren wurde. Offiziell trug er den Titel eines *sabu*, auch wenn Kimura überrascht gewesen wäre, wenn er erfahren hätte, daß das Wort von dem englischen Präfix ›sub‹ kam. Als sich die Rampensektion entriegelte, wegklappte und ihm die Welt Towne enthüllte, hielt er bereits seinen hohen schwarzen Zylinder fest. Kimura-*Sensei* war ein Mann, der hart daran arbeitete, die Form der Zukunft zu erkennen und sich darauf vorzubereiten.

Seine momentane Bekleidung – der Zylinder, ein schwarzweißer Kimono mit dem *mon* des Kuritadrachen auf der rechten Brust und dem Wappen des rasenden schwarzen Drachen der Kokuryu-*kai* auf der anderen, gestreifte Hosen, Gamaschen und spiegelblank polierte Schuhe – schien kaum ein Ergebnis von Umsicht zu sein, bedachte man den harten Winter, für den diese Welt berühmt war. Und sie war es auch nicht, sondern eher Produkt einer Zeremonie. Traditionen waren Mr. Kimura sehr wichtig, genau wie seinem Oyabun, Hiraoke Toyama, sowie dem Mann, den er gleich begrüßen würde und auf den er hoffentlich begütigend würde einwirken können.

Bei dieser gesamten kriegerischen Übung ging es im Grunde um das Aufrechterhalten von Traditionen. Deshalb nahm Mr. Kimura daran teil, trotz gewisser sehr realer Befürchtungen bezüglich des gesamten *jarajara*. Tradition und der Wille seines Oyabun, dem er gewaltige Mengen an *giri* und nicht gerade wenig *ninyo* schuldete.

Als sich die Tür des Landungsschiffs nach außen öffnete, traf ihn der Wind ins Gesicht wie ein Eimer Eiswasser – das er im übrigen in Form windgepeitschter Schneeflocken auch enthielt. Außer einem reflexartigen Zusammenkneifen der Augen hinter seinen dicken runden Gläsern zeigte Mr. Kimura keine Reaktion. Kimura, klein, dürr, mit dünnem Hals und einem runden Kopf, der ihn auf unselige Weise einer Schildkröte ähneln ließ, wußte, daß sein Erscheinungsbild körperlich nicht beeindruckend war. Aber das war egal. Er zählte auf die Würde, Pflichterfüllung und Stolz zu ehren, und das war genug.

Als die Rampe mit einem Knirschen von Hüllenmetall auf Asphalt den Boden erreichte, begann Kimura hinabzugehen, dankbar für die griffige Oberfläche, die verhinderte, daß er auf höchst unwürdige Weise direkt nach unten rutschte.

Der Mann, der ihn im wirbelnden Schnee am Fuße der Rampe erwartete, *war* körperlich beeindruckend. Gekleidet in die Kühlweste eines MechKriegers, Kniehosen und Handschuhe, die Arme und Beine weitgehend dem eisgeschwängerten Wind aussetzten, trug er seinen Neurohelm unter einem Arm, und sein langer blonder Pferdeschwanz peitschte wie ein Banner. Mit der Größe von 203 Zentimetern und der Muskulatur eines Gottes sah *Tai-sho* Jeffrey Kusunoki aus dem Blickwinkel des winzigen Kimura kaum weniger beeindruckend aus als der 95-Tonnen-Mech hinter ihm, eine *Naginata*.

In genau vorgeschriebener Entfernung von Kusunoki blieb Kimura stehen. Beide Männer verbeugten sich, Kimura einen Bruchteil tiefer.

»Willkommen auf Towne, Kimura-*Sensei*«, sagte der *Tai-sho*.

»Ich danke Ihnen, Kusunoki-*sama*. Wie läuft die Schlacht?«

Kusunoki wies auf einen Rommelpanzer in dreihundert Metern Entfernung, der über den Rand der Startmulde geneigt stand. Trotz des Schnees produzierte er noch immer eine beachtliche Menge schwarzen Rauchs. Kimura konnte gerade so eben das Banner eines silbernen Pferdes auf blauem Grund ausmachen, das verloren an seiner Wurfantenne flatterte. »Eine Abordnung meines eigenen Hauptquartiers hat den Raumhafen gesichert, wie Sie sehen können. Anderwärts läuft der Kampf gut, sogar besser, als ich erwartet habe. Die Persönlichen Füsiliere des Marquis sind zerschlagen, die Towne-Garde hat kapituliert. Die *Gaijin*-Söldner in Diensten des Verräters Chandrasekhar ziehen sich zurück und versuchen, ihre Haut zu retten. Ich habe gerade die Bestätigung erhalten, daß das Gelände des Marquis-Palastes durch eine Abordnung unter Führung *Tai-i* Toyamas vom Ersten Regiment vom Geiste des Drachen gesichert wurde.«

Das letzte sagte er mit unverhülltem Abscheu, fast schon mit Gereiztheit. Kusunoki hatte für sich selbst oder zumindest für die MechKrieger seiner hochgeschätzten Fünfzehnten Dieron Regulars, genannt Hingabe durch Kampf, die Ehre vorgesehen gehabt, die frühere Residenz des Marquis von Towne einzunehmen. Aber durch eine vorherige Abmachung war dieser Auftrag an das von der Kokuryu-kai ausgehobene Erste Regiment vom Geiste des Drachens gegangen, »die Acht Ecken der Welt unter Einem Dach«.

Mr. Kimura unterdrückte ein Lächeln. Es war auch vorher abgemacht worden, daß die Abteilung, die den Palast angriff, von dem jungen Captain Taisuke Toyama, dem Sohn des Oyabun, geführt werden würde. Der Junge war ein Feuerspucker, ein gewissenhafter und höchst fähiger MechKrieger, eine Zierde seines Vaters und des Drachen. Kimura, der den Jungen liebte wie den Sohn, den er nie gehabt hatte, erwartete auch nicht weniger von ihm. Trotzdem war er dankbar, und Kusunokis *bishonen*-Gereiztheit scherte ihn einen feuchten Kehricht.

»Und die Planetenregierung?« fragte er. Er ließ alles *Ki*, das er besaß, in sein *hara*, sein Zentrum, fließen, damit seine Glieder nicht zitterten und seine Zähne in der Kälte, die seine alten Knochen bis zum Mark durchbohrte, nicht klapperten. Er würde das aushalten und sich vor diesem arroganten Krieger nicht entehren.

Kusunoki schenkte ihm das Lächeln des Drachen. »Ihr Mann, Blaylock, stand zu seinem Wort. Er nutzte unseren Angriff als Ablenkung und schickte ein Meuchelmörderteam in den Regierungskomplex, wo sie den Kanzler und Schlüsselmitglieder des herrschenden Regimes erledigten. Der umherschleichende Sohn des Lächelnden selbst hätte es nicht besser machen können. Dann beschuldigte er einheimische regierungsfeindliche Terroristen der Tat, erklärte sich zum Interimskanzler, rief den Ausnahmezustand aus und hieß den Arm des Drachen willkommen, der gekommen war, um die Ordnung wiederherzustellen. Ihre Vorbereitungen haben uns reiche Ernte eingetragen, *Sensei.*«

Mr. Kimura gestattete sich selbst ein Lächeln. Er und dieser halb wahnsinnige Krieger-*kami* empfanden wenig Zuneigung füreinander. Aber in den Monaten der Planungsphase vor der Invasion hatten beide einen gesunden Respekt für die Fähigkeiten des jeweils anderen entwickelt, Kimura als Planer und Organisator und Kusunoki als Militärgenie.

»Ich danke Ihnen. Alle Ehre gebührt jedoch Ihrer heldenhaften Führung. Hat Blaylock kapituliert?« Mr. Kimura hatte Wochen mit dem Versuch zugebracht, Kusunoki in den hübschen Kopf zu hämmern, wie entscheidend diese Formalität war. Wenn die rechtmäßig gewählte Planetenregierung kapitulierte, würde Widerstand gegen die Invasoren zur kriminellen Tat werden, und örtliche Autoritäten würden gezwungen sein, den

Dienern des Drachen volle Unterstützung zu leisten. Sechs Regimenter waren ohne Unterstützung auch nicht annähernd genug, um wirklich eine Welt zu unterwerfen, und selbst ein so unmilitärisch denkender Mann wie Kimura wußte das genau.

»Im Regierungszentrum in der Innenstadt erwartet diese Zeremonie unsere Ankunft. Sie sollten mit mir in meinem Kommandomech mitfahren; er heißt Zehntausend Leben für den Koordinator.« Kusunoki wies mit großer Geste auf die stille *Naginata,* die über ihnen aufragte. Daneben stand ein Hebelift, den zu bedienen ein schaudernder Tech in einem weißen Overall wartete.

»Ich fühle mich geehrt«, krächzte Mr. Kimura. Er hatte noch nie in einem BattleMech gesessen und auch nie irgendwelchen Ehrgeiz in dieser Richtung entwickelt. Außerdem hatte er Höhenangst.

Sie wandten sich um und gingen auf die Maschine zu, die nicht so nah stand, wie es ausgesehen hatte. Beim Drachen, war das Ding riesig! MechKrieger, Techs und Piloten säumten ihren Weg zu beiden Seiten und verbeugten sich, als sie vorbeikamen.

»Dieser Wendehals Blaylock«, sagte Kusunoki leise zu Kimura – zumindest so leise, wie es der Wind erlaubte. »Wie bald können wir ihn töten? Er hat sein eigenes Volk verraten. Wir können ihm sicher nicht vertrauen.«

»Ich bitte tausendmal um Entschuldigung, *Tai-sho,* aber wir können ihm ganz gewiß vertrauen. Genau aus dem Grund, weil er sein Volk verraten hat.«

Kusunoki warf Kimura einen verblüfften Blick zu. Kimura versuchte, nicht darüber nachzudenken, wie natürlich das bei ihm wirkte. »Sein Schicksal – nicht nur seine geraubte Macht, sondern ganz grundlegend die Fortsetzung seiner Existenz – hängt jetzt ganz von unserem Erfolg ab. Der Drache kennt momentan keinen loyaleren oder glühenderen Untertan.«

Kusunoki runzelte die Stirn. »Das verstehe ich nicht.«

»Ich meine, wenn wir ihn nicht schützen, werden ihn

diese Towner doch in der Luft zerreißen«, zischte Kimura.

»Oh«, erwiderte Kusunoki. Er lächelte und nickte verstehend. »Das habe ich mir schon gedacht.«

Maus Omizuki und ihr KO warteten an der Hebebühne. Maus hatte immer noch den Helm unter dem Arm. Sie verbeugte sich beim Herannahen des Oberkommandierenden und seines lächerlich gewandeten Gefährten, aber ihre Augen hingen weiter an Kusunoki. Drache, war der riesig! Und schön! Sie versuchte, nichts Ungehöriges zu denken, aber sie war eine Frau mit gesundem Appetit, und er war eine von einem *ichiban*-Chefkoch zubereitete Mahlzeit.

Der *Tai-sho* blieb vor Kondracke stehen. »*Tai-sa,* ich habe Sie hergerufen, um Sie für die Arbeit zu belobigen, die Ihre Piloten hier und heute geleistet haben.«

Kondracke verbeugte sich noch tiefer. »Ich danke dem *Tai-sho.* Darf ich einen dieser Piloten vorstellen, *Tai-i* Omizuki, die ohne Hilfe mit ihrer *Shilone* eine *Stuka* abgeschossen hat.«

Kusunoki zog eine Augenbraue hoch. Seine schönen Lippen kräuselten sich. »Eine Frau?« fragte er, wie er auch gesagt hätte ›Eine tote Ratte?‹. Er schüttelte den Kopf. »Verschwenden Sie meine Zeit nicht mit denen, die Lob dafür erheischen wollen, daß sie ihre Pflicht tun, *Tai-sa.*«

Er wandte sich mit großer Geste wieder dem wartenden Mech zu. Maus stand zwinkernd da. Sie fühlte sich, als sei sie gerade geohrfeigt worden. Sie wollte kotzen.

Sie funkelte den breiten, sich entfernenden Rücken an. Nichtsnutziger *bishonen*-Bastard! dachte sie.

Es herrschte überraschend wenig Verkehr stadtauswärts auf der Route 55, der großen Überlandstraße über die Gebirgspässe, die tief in die Gunderlandberge führten. Für die Bürger der Inneren Sphäre, besonders einer

Grenzwelt wie Towne, war ein Mechkampf zu alltäglich, als daß man vor ihm floh, ehe ein PPK-Strahl das Dach wegriß. Oder vielleicht dachten die Leute von Port Howie auch, ein Blizzard im Gebirge sei nichts, in das man sich flüchten sollte.

Der Sturm hatte nachgelassen, aber das war offenbar die Ruhe vor dem großen Orkan. Cowboy Payson hatte das Cabrio fünf Klicks außerhalb der Stadt auf einem Vorsprung in den Vorhügeln angehalten, von dem aus man eine gute Aussicht auf den Seehafen und den Kampf um seine Beherrschung hatte. Sie hatten im Waffenladen ein gepanzertes Fernglas mitgehen lassen, und Cassie beobachtete eine Anzahl von Mechs, die sich mehrere Kilometer westlich in Richtung Berge und Sicherheit bewegten.

Buck Evans und Cowboy kamen einen verschneiten Abhang wieder heraufgeknirscht und schlossen ihren Reißverschluß wieder. Sie hatten das Bier wieder abgegeben, das ihnen der Ladenbesitzer mitgegeben hatte.

»Was siehst du da, Cass?« fragte Buck.

»Ich sehe den Mech des Kolonel«, antwortete sie. Der *Katamaran* hatte das vielleicht unverwechselbarste Profil aller BattleMechs im Menschenraum, und er war ein Modell, das die Invasoren des Schwarzen Drachen wohl kaum mitgebracht hatten. »Ansonsten sind Mechs Mechs.«

»Darf ich mal sehen?«

Cassie gab ihm das Glas. Er kniete mit auf den Kofferraum aufgestützten Armen nieder und spähte durch das Fernglas.

»Das Problem ist, daß du eine Menge technisches Zeug über BattleMechs gelernt, aber kein Gefühl für sie hast. Ein guter MechKrieger erkennt das Gefährt eines anderen, wenn er es sieht. Dieser *JägerMech* zum Beispiel – siehst du den?« Sie nickte. »Ist dir das komische leichte Humpeln in seinem Gang aufgefallen? Wie sein Torso noch schwingt, wenn er den rechten Fuß vorsetzen will? Das ist Teco Alvarez' Gefährt, klar wie Kloßbrühe. Sein rechter Hüftaktivator ist etwas schwach, und weder Zuma noch Astrozombie konnten daran etwas ändern. Und dieser *Rabe* da – der muß Raven gehören.«

»Als ob man eine Kristallkugel bräuchte, um darauf zu kommen«, sagte Cassie mürrisch. »Wir haben nur einen *Rabe,* und die Townies haben keine. Ich habe ihn bloß nicht gesehen.« Sie schirmte ihre Augen mit den Händen ab, auch wenn kein nennenswertes Sonnenlicht da war. »Siehst du einen *Atlas?*«

»Negativ.« Er gab ihr das Glas zurück. »Mach dir aber nicht allzu viel Sorgen um Lady K. Sie kommt schon klar.«

»Sie könnte genau wie wir von ihrem Gefährt getrennt worden sein«, mutmaßte Cowboy.

Sobald der Schneefall nachgelassen hatte, waren die Draco-Luft/Raumjäger zurückgekehrt. Als Cassie das Glas wieder hob, hob auch Tecos *JägerMech* seine Autokanonenarme, um auf einen großen *Killer* mit Deltaflügeln zu feuern, der mit seinen Lasern und der Autokanone einen Sturmangriff flog. Die Beruhigung des Wetters hatte auch verteidigende Luft/Raummaschinen auf den Plan gerufen, Füsilierbomber, die anderswo auf Hyboria oder vielleicht auch auf anderen Kontinenten stationiert waren. Wie weit sie auch immer geflogen sein mochten, um hierherzugelangen, sie waren frischer als die Kuritapiloten, die den Tag im Kampf verbracht hatten, und im Augenblick zahlenmäßig überlegen. Zwei *Korsar* stürzten sich auf das Dracoschiff, ihre Laser zogen Linien über den Himmel, die als Nachbild vor dem Auge stehenblieben. Der *Killer* brach seinen Angriff ab und floh nach Süden. Cassie glaubte, Rauch aus ihm quellen zu sehen.

Sie senkte das Glas und schüttelte den Kopf. Das konnte nicht von Dauer sein. Zunächst einmal hatten die Füsiliere nur begrenzte Luft/Raumausrüstung, und was immer in oder um Port Howard stationiert gewesen war,

war fast sicher verloren, erobert oder vernichtet. Müde oder nicht, bald würden genügend Draco-Piloten erfrischt genug sein, um ihre Vögel wieder an den Himmel zu bringen, so daß sie die tapferen Verteidiger einfach fortschwemmen konnten.

»He!« hörte sie Cowboy Payson rufen. »Schau dir das an. Sieht aus wie einer unserer Kumpels in einem brandneuen *Bumerang.*«

Cassie wirbelte herum. Der *Bumerang* war ein propellergetriebenes Atmosphären-Aufklärungsflugzeug, ein ähnliches Modell wie die Kampfflugzeuge, die die Towne Air Rangers verwendeten, nur viel leichter und nicht in der Lage, Waffen zu führen. Die Rangers regten sich sehr darüber auf, wenn ihre geliebten Flugzeuge *Bumerangs* genannt wurden, was für Cowboy natürlich nur noch ein zusätzlicher Ansporn war.

Sie schaute nach Nordwesten, wo er hinzeigte. Eine kleine weiße *Voss* mit einer roten Nase flog über die Spitzen der Bergkämme, parallel zur Straße. »Das ist Tim!« schrie sie.

»Nun, dann hat dein Junge ein gewaltiges Problem«, sagte Buck.

Aus der Wolke über und hinter der *Voss* tauchte eine 35-Tonnen-*Sholagar* herab. In dem Augenblick, in dem sie auftauchte, stachen die Laser in ihren Tragflächen nach dem kleinen Propellerflugzeug, während gleichzeitig vier Geschosse aus dem Hovertec-Werfer in ihrer Schnauze abgefeuert wurden.

Sobald das Kampfflugzeug aufgetaucht war, riß die *Voss* die Nase hoch und begann zu steigen. Dabei wurde sie langsamer, bis Cassie den Eindruck hatte, ihr Herz bliebe stehen. Sie bremste in der Tat so stark, daß die *Sholagar* vorbeischoß, ohne daß die Strahlen oder Geschosse ein Ziel fanden.

Und dann befand sich der Kurita-Pilot in unmittelbarer Nähe eines Planeten, dessen Konturen vom Tiefschnee gefährlich verhüllt waren. Es gelang ihm, die

Schnauze seiner Maschine hochzuziehen, ehe er abstürzte, dann gab er Gas, um wieder Höhe zu gewinnen.

Als das Kampfflugzeug vorbeischoß, feuerte die *Voss* ihrerseits zwei Geschosse ab. Der Draco-Pilot sah die verräterischen weißen Wölkchen, als sie sich aus ihrer Verankerung lösten, und leitete eine linke Wende ein. Er hatte jede Menge Reaktionsmasse, die mit einem Gleißen, das in den Augen schmerzte, aus seinem Heckrohr flackerte.

Die beiden Geschosse machten die Wende mit. Eines davon explodierte in der Nähe des doppelrudrigen Hecks der *Sholagar.* Ob sein Sprengkopf stark genug war, um die gepanzerte Maschine zu beschädigen, konnte keiner der drei Beobachter am Boden erkennen. Aber die Wucht der Explosion riß das Heck des Kampfflugzeugs nach oben.

Ehe der Kombinatspilot das ausgleichen konnte, hatte sein unglaublich kräftiger Fusionsantrieb ihn in die Erde gebohrt.

Als die *Sholagar* explodierte, hüpfte Cassie auf und ab, jubelte und umarmte ihre Gefährten. Die *Voss* drehte wieder Richtung Gebirge ab und geriet hinter den stetig ansteigenden Vorhügeln rasch außer Sicht.

»Wir sollten ihm wahrscheinlich gleich folgen«, sagte Buck und klopfte Cassie ein letztes Mal anerkennend auf die Schulter. »Der Sturm kommt wieder, und diesmal sieht es aus, als richte er sich aufs Bleiben ein.«

»Vielleicht können wir Cowboy jetzt dazu bringen, das Verdeck zu schließen«, erwiderte Cassie.

Cowboy hatte den Kofferraum geöffnet und zog das letzte jungfräuliche Sixpack aus dem Kasten. »He, Mädchen, hast du keine Seele? Nichts geht über eine Überlandfahrt an einem schönen Tag mit offenem Verdeck.«

»Es schneit«, versetzte sie, »und es ist kalt.«

Er zuckte die Achseln. »Yeah, und wir mußten die Windschutzscheibe ganz herausschlagen, damit ich genug sehe, um fahren zu können. Welchen Unterschied macht es?«

Kopfschüttelnd wandte sich Cassie um und ging ein paar Schritte die Straße entlang. Dann drehte sie sich wieder um. »Ich verstehe euch nicht«, sagte sie.

»Ach was, Schatz«, erwiderte Cowboy selbstgefällig und schlug den Kofferraum zu. »Das wußten wir schon.«

»Ich meine, wir sind gerade eben aus Port Howard verjagt worden, mußten die meisten unserer Mechs zurücklassen, und ihr beide zuckt kaum mit der Wimper.«

»Mach dir keine Sorgen, Schatz«, sagte Buck. »Wir nehmen das schon ernst.«

»Wir sehen nur keinen Sinn darin, uns wegen etwas in die Hosen zu machen, woran wir nichts ändern können«, erklärte Cowboy.

»Aber wir haben verloren. Und ihr – ihr habt beide eure BattleMechs verloren. Ihr seid enteignet.«

Buck und Cowboy warfen sich einen Blick zu, dann legten sie die Köpfe in den Nacken und lachten.

»Cass«, sagte Buck, »es gibt einen Grund, warum wir dich noch immer Abtacha nennen, auch wenn du Teil der Familie bist. Du begreifst uns immer noch nicht, oder? MechKrieger ist nur ein Beruf. Es bezeichnet nicht, was wir sind, sondern was wir tun.«

»Was wir sind – wir sind ein Haufen schäbiger, verantwortungsloser, wilder, gesetzloser Kojoten«, setzte Cowboy hinzu.

»Hab Erbarmen mit dem feinen alten Herrn Kusunoki«, fuhr Buck fort. »Er glaubt, er habe gewonnen, nur weil er uns aus Port Howie verjagt hat. Und er wird weniger wachsam werden.«

»Aber ...« Sie schüttelte völlig perplex den Kopf. »Ihr ... ihr habt eure Mechs verloren.« Sie war so verhaftet in der Vorstellung von der anmaßenden Arroganz der MechKrieger – und der äußersten Hilflosigkeit eines

MechKriegers, den man seines Reittiers aus vielen Tonnen Stahl beraubt –, daß sie Schwierigkeiten hatte, sich an diese beiden und ihre offensichtliche Nonchalance zu gewöhnen.

»Die laufen nicht weg, Schatz«, sagte Cowboy mit bösartigem Lächeln. »Sie werden immer noch auf uns warten, wenn wir beschließen, sie holen zu kommen.«

»Dir ist vielleicht aufgefallen, daß die Leute bei den Caballeros nicht dazu neigen, allzu lange enteignet zu bleiben«, ergänzte Buck. »Vielleicht ist dir auch aufgefallen, daß wir immer alles zurückzahlen. Mit Zinsen.«

»Mit gerechten Zinsen«, setzte Cowboy hinzu.

In Erinnerung an Jeronimo und den Tod ihrer besten Freundin sprudelte Cassie hervor: »Aber was ist mit den Clans? Denen haben wir es nie heimgezahlt.«

»Noch nicht«, antwortete Cowboy.

»Die Zahlung ist nur gestundet«, meinte Buck, »und die Zinsen laufen auf, jeden Tag. Eines Tages werden wir diesen *culebras* weh tun, und zwar dort, wo sie es gar nicht gern haben.«

»Ich glaube das einfach nicht! Hier redet ihr davon, es den Clans heimzuzahlen, wo wir doch noch kaum aus dem Schlimmsten heraus sind. Wir sind nackt, allein und auf der Flucht.«

»Yep«, stimmte Buck mit einem Nicken zu. »Wir haben diesen Señor Kusunoki genau da, wo wir ihn haben wollen.«

Cowboy hob seine Repetier-Schrotflinte auf und schwenkte sie und das Bier.

»Wir haben ein Sixpack, eine Pump Action Kaliber zwölf und ein gestohlenes Cabrio«, erklärte er. Er lud mit der rechten Hand einmal hart durch und spannte das Gewehr mit seinem eigenen Schwung. »Schatz, wir kehren zu unseren Wurzeln zurück.«

18

Gunderlandberge
Provinz Nemedien, Towne
Mark Draconis, Vereinigtes Commonwealth

25. Januar 3058

Die Sprengladung ging mit einem gedämpften Krachen hoch. Kolonel Carlos Camacho sah ungerührt zu, wie Tonnen von Erde, Gestein und Schnee herabfielen, seinen *Katamaran* begruben und den 75-Tonnen-OmniMech völlig vor neugierigen Blicken verbargen. Die Aufschüttung war so dicht, daß es am Ende keine Anzeichen dafür gab, daß sich hier etwas anderes ereignet hatte als eine gebirgsübliche Lawine.

Er sah die Technikerin an, die an seiner Seite stand und deren kleinwüchsige Stämmigkeit von ihrem dicken Parka so betont wurde, daß sie ebenso breit wie hoch aussah. »Wird der Mech da drinnen sicher sein?«

»So sicher wie in einem Banksafe«, sagte Marj Turnhill. »Eigentlich sogar noch sicherer, wenn man bedenkt, daß die Dracos daheim in Port Howie alles stehlen, was nicht niet- und nagelfest ist.«

»Und ich kann ihn herausholen, wenn ich ihn brauche?«

Turnhill nickte. »Wir können ihn herausbaggern, ihn mit einer Schaufel ausgraben, ihn sogar freisprengen, wenn wir vorsichtig sind. Wenn Sie erst einmal ins Cockpit gelangt sind, wird sich der böse Junge selbst den Weg frei machen.«

Der sorgfältig in Synthetikplanen gehüllte BattleMech stand in einem halbrunden Schutzzylinder aus polymerisiertem Keramikrohr von dreizehn Metern Höhe und sechs Metern Durchmesser. Das Rohr war im Zivilbau von Towne nichts Außergewöhnliches. Normalerweise diente ein einziger Sprengkörper dazu, die Höhlung anzulegen, dann wurde das Rohr verlegt, der zu verbergende Mech marschierte hinein, eine zweite Sprengung verschloß es. Mit einem zweihändigen Mech – in diesem Fall der *Feuerfalke* des Gesetzlosen Leyva – als Hilfe dauerte der ganze Vorgang buchstäblich nur Minuten. Der zeitaufwendigste Teil war das Verkleben der Schutzhülle. Einen BattleMech zu verstecken war ein Kinderspiel, wenn ein geschickter Sprengmeister zur Verfügung stand, der sich mit der Geologie Townes auskannte.

Genau das war Turnhill. Als Angestellte von Copper Queen war sie zunächst ängstlich gewesen, als ein Draconier, und noch dazu ein Kurita, die Firma gekauft hatte. Die kräftigen Gehaltserhöhungen, die Onkel Chandy verteilt hatte, hatten einiges zur Beruhigung ihrer Nerven beigetragen. Und wie viele frisch bei Onkel Chandy angestellte Townies ließen die plötzlichen wilden Angriffe, denen sie von seiten der Beschützer ausgesetzt gewesen war, die sich als ›Patrioten‹ hinstellten, sie nur die Zähne zeigen.

Durch Onkel Chandys Firmenvertreter hätte Kolonel Camacho dafür sorgen können, daß Experten wie Turnhill gezwungen wurden, seinen Söldnern zu helfen. Statt dessen umwarb er sie, stellte ihnen dieselben Informationen zur Verfügung, die er den militärischen und zivilen Verantwortlichen Townes zugänglich gemacht hatte, und bat sie um Hilfe. Sie hatten noch enthusiastischer reagiert als die Füsiliere des verstorbenen Sir Osric Gould.

Don Carlos betrachtete den aufgewühlten Schneehaufen, der der einzig sichtbare Beweis für das Vorhandensein des verborgenen Kolosses war, und verspürte einen Stich. Die meisten Mechs des Ersten Bataillons, die es aus Port Howard herausgeschafft hatten, wurden bis zu dem Zeitpunkt, da sie gebraucht werden würden, um einen Todesstoß zu führen, ähnlich gelagert. Aber er war schließlich ein MechKrieger, und er war es fast sein ganzes Leben lang gewesen. Es war, als sei ein Teil von ihm mit seinem Mech begraben worden.

Er dachte an Diana und ihren Jungen, fünfhundert Kilometer ostwärts in den Eiglophen, und war froh, daß er sie und die anderen Zivilisten aus der Schußlinie geschafft hatte.

Ansonsten wäre die Schlacht um Port Howard keine Katastrophe, sondern eine *Verheerung* gewesen.

Die Caballeros hatten wenig genug retten können. Von den fünfunddreißig Mechs des Ersten waren achtzehn beschlagnahmt worden, acht vernichtet. Nur neun waren entkommen. Auf einen Schlag hatte das Siebzehnte ein Viertel seiner Maschinen verloren.

Gott sei Dank waren weniger Menschenleben gefordert worden – etwas weniger. Neun MechKrieger und fünf Zuarbeiter hatten ihr Leben gelassen. Nach Jahren als Kommandant einer Einheit, die häufig in Aktion war, hatte Don Carlos noch immer nicht das Gefühl, es gäbe so etwas wie eine *akzeptable* Verlustziffer. Aber er mußte die Verlustzahlen auch damit vergleichen, wie schlimm es *hätte* kommen können, und er wußte, daß sie noch gut davongekommen waren.

Aber die Situation konnte möglicherweise noch schlimmer werden – viel schlimmer. Sieben 'lleros waren gefangengenommen worden. Unter ihnen war Kali MacDougall, die betäubt und ausgeschaltet worden war, als ein zerschmolzener Hüftaktivator ihren *Atlas* zu Fall brachte.

Den Zeigefinger an der gewellten Klinge entlang ausgestreckt, den pistolenartigen Griff fest in der Hand, drehte sich Cassie, als wolle sie sich im Gegenuhrzeigersinn in den Granitblock schrauben, wobei sie ihren alten *Kris* über ihren Körper schwang.

Zu ihren Füßen gähnte ein fünfhundert Meter tiefer Abgrund.

Sie mußte sich nie zum Üben zwingen; und besonders mußte sie sich nie zum Üben von *pentjak-silat* zwingen. Wenn sie nicht krank oder verwundet war, versäumte sie es nie, auf die Meisterschaft der Kunst hinzuarbeiten, in die Guru Johann sie als kleines, verirrtes Mädchen eingeführt hatte. Lady K nannte es Cassies Lieblingsdroge. Sie lächelte zwar, scherzte aber nicht.

Kali... Vielleicht machte Cassie deshalb dem Tod den Hof, übte auf einem Felsen, der über dem Nichts hing: Sie brauchte eine besonders starke Dosis ihrer Droge. Sie brauchte die Leere sehr.

Ganz konzentriert auf Atem, fließende Bewegungen und vor allem Balance. Guru Johanns *pentjak*-Stil hatte die Balance über alles andere gestellt. Ohne Balance konnte man nicht richtig zuschlagen, und richtige Verteidigung wurde auch schwierig. Cassie hatte geübt, auf verstreuten Murmeln, ölnassen Böden und wackligen Tischplatten zu kämpfen. Es war ein Kinderspiel, auf diesem Felsvorsprung zu trainieren, der fest in der Klippe verankert war, auch wenn das Risiko sicher hoch war und die unvorhersehbaren Winde der Westflanke der Gunderlandberge ein weiteres Risikoelement darstellten.

»Du übst Kampfsport, hm?«

Cassies Herz schlug bis zum Hals, und sie riß die Augen auf. Das war sowohl die Gefahr als auch die Anziehungskraft ihres *pentjak*-Spiels; es war der eine Umstand in ihrem Leben, unter dem sie sich völlig von der Außenwelt löste, sie vergaß. Zu allen anderen Zeiten, selbst wenn sie schlief, war sie zumindest bis zu einem gewissen Maß bei Bewußtsein und auf ihre Umgebung eingestimmt. Das Üben bot ihr eine Fluchtmöglichkeit.

Die wiederum ein Risikoelement darstellte. Der Guru hatte sie dafür verprügelt; es war ihr einziger Fehler. Und nun hatte es dazu geführt, daß sie überrascht worden war...

Ein Mädchen in einem blauen Mantel mit hellroten Mustern kauerte auf einem Felsen über ihr. Sie hatte ein Jagdgewehr in erreichbarer Nähe über den Knien liegen, sah aus wie etwa vierzehn.

»Ja«, sagte Cassie. Wie üblich, wenn sie aus ihrer Übungstrance zurückkehrte, klang ihre Stimme rostig, als hätte sie seit Tagen nicht mehr gesprochen.

»Das Wolfsmädchen übt *nackig* im Schnee«, sagte das Mädchen. »Ich kann mir das nicht vorstellen. Ich würde frieren.«

Cassie trug einen blauen Body aus einer Kunstfaser namens Dünnhaut. Sie selbst mochte keine Kleidung – sie mochte nichts, was sich wie *Fesseln* anfühlte –, trug aber zum Üben immer etwas, wenn sie nicht sicher sein konnte, ungestört zu bleiben. Die Südwestler, die in so vieler Hinsicht so freigeistig waren, neigten dazu, mit Nacktheit ein Problem zu haben.

Sie wollte gerade fragen, woher sie die Trainingsgewohnheiten des Wolfsmädchens kannte, doch das Mädchen fuhr fort: »Was für eine Art Kampfsport ist das? So wie das, was Johnny Tchang macht? Magst du ihn? Ich finde ihn traumhaft.«

Langsam richtete sich Cassie auf und holte tief Luft. »Die Kunst heißt *pentjak-silat.* Sie stammt von Indonesien auf Terra. Ich sehe nicht viele Holovids, aber ich glaube, was Johnny Tchang im Tank macht, ist mehr Kickboxen als alles andere. Ich glaube, er ist sehr hübsch.«

Ob Cassie nun Actionholos sah oder nicht, sie mußte einfach wissen, wer Johnny Tchang war. Tchang, der beliebteste Kampfsportstar der Inneren Sphäre, hatte noch mehr Aufsehen mit seiner Desertion aus der Konföderation Capella erregt, wo er geboren war und wo seine Karriere begonnen hatte. Kurz nach der Schlacht von Tukayyid war er zum Vereinigten Commonwealth übergelaufen. Aber wenn er bei den meisten Sphärenbewohnern schon beliebt war, so war er für die Caballeros ein Gott. Die einzige Frage für sie war, ob er oder der singende *vaquero* Tino Espinosa, ein Mann von Cerillos, der größte Actionstar im Kosmos war.

»Oh«, sagte das Mädchen. »Ich vergesse ganz meine guten Manieren. Ich bin Marly Joles.«

»Hi. Ich bin Cassie Suthorn.«

»Oh, ich weiß, wer du bist. Man hat mir gesagt, ich solle mit dir reden, und jemand sagte, du seist hier oben.«

»Man hat dir gesagt, du sollst mit mir reden?«

»Nun, du wirst Widerstandskämpfer ausbilden, nicht? Ich will Scout werden. Das bist du doch auch, oder?«

»Ja«, sagte Cassie, »ich bin Scout. Du sagtest etwas über das Wolfsmädchen?«

Marly nickte. Ein paar kastanienbraune Locken lugten unter dem Pelzsaum ihrer Kapuze hervor und fielen ihr in die Stirn. »Sie macht Tae Kwon Do. Sie hat es mir erzählt. Interstellarer TKD-Bund. Sie hat den schwarzen Gürtel.«

»Hat sie, ja? Du scheinst viel über sie zu wissen.« Außer der Tatsache, daß sie tot ist.

»Oh, klar. Sie hat viel mit der Volksmiliz zu tun. Sie war sogar ein paarmal draußen auf der Ranch meines Papas. Er treibt Slo-mos nach Bear Creek hinunter ...«

Cassie hob den Finger. »Moment mal, Ms. Joles. Es gibt ein paar Dinge, über die man nur mit Vorbehalt sprechen sollte. Wenn man wirklich Scout werden will, dann lautet die erste Regel: Laß dich nicht sehen. Das bedeutet, man sollte immer seine Sicherheit mitbedenken.«

Das Mädchen sank in sich zusammen. »Oh. Ich schätze, das habe ich in den Sand gesetzt, hm, indem ich einfach alles so ausplaudere. Vielleicht bin ich nicht aus dem Holz geschnitzt, aus dem man Scouts macht.«

Sie schien gleich in Tränen ausbrechen zu wollen. Cassie, die eine Schwäche für Kinder hatte, sagte rasch: »Das habe ich nicht gesagt, Ms. Joles ...«

Das Mädchen strahlte. »Marly.«

»... Marly. Aber bist du nicht ein bißchen jung?«

»Ich bin zwölf ...«

Cassie runzelte die Stirn. Marly sah zwar jung aus, aber älter als zwölf.

»... das bedeutet, ich bin fast vierzehneinhalb Standardjahre alt. Ich kann schießen, häuten und einen ausgewachsenen Springal oder Doobie ganz allein aufzäumen. Ich bin alt genug, um für mich selbst zu sorgen, Ms. Suthorn.«

»Das glaube ich gern. Aber denk daran, zum Scoutsein gehört viel mehr, als nur für sich sorgen zu können. Es bringt eine Menge Risiken mit sich, und viele Leute hängen von dir ab.«

Das Mädchen nickte.

Cassie sah auf Bluttrinker hinab und bereute es ein wenig, daß sie da mit dem Dolch in der Hand Lektionen erteilte, als sei er ein Laserzeigestock. Sie steckte ihn wieder in die Scheide, die an ihrem Oberschenkel hing. »Hilfst du mir mal hoch?«

Marly grinste. Sie stützte den Gewehrkolben mit einer Hand auf den Stein und streckte die andere aus, um Cassie von dem Steinblock herabzuhelfen. »Du mußt ziemlich tapfer sein, um so an einem Klippenrand herumzutanzen«, bemerkte Marly Joles, völlig die Tatsache außer acht lassend, daß sie selbst nicht sehr viel weiter vom Abgrund entfernt gekauert hatte.

»Das ist Teil der Ausbildung. Jetzt sag mir, Marly ...«

»Cassie!«

Sie sah an dem Mädchen vorbei und erblickte eine Gestalt, die, eine Bugwelle von Schnee hinter sich aufwirbelnd, den Weg heraufhüpfte. Ihre Kapuze war zurückgeworfen und enthüllte ein vertrautes, braungebranntes Gesicht und wirre, dunkelgoldene Locken.

»Tim!« schrie sie.

Er umarmte sie, als wolle er sie erdrücken, hob sie hoch. »Ich kam, sobald ich konnte. Der Python-Stützpunkt war in Vierundzwanzig-Stunden-Alarmbereitschaft, bis klar wurde, daß die Dracos eher daran interessiert waren, Port Howie zu plündern, als dort weiteren Ärger zu suchen.«

Er küßte sie auf die Lippen. »Ist es nicht schrecklich, was mit unserer lieben Kali passiert ist?«

Sie packte seinen Kopf und zog seinen Mund wieder zu ihrem. »Uh-oh«, sagte Marly. »Ich schätze, an dieser Stelle sollte ich mich rar machen, wie?«

Auf dem Videomonitor, der auf der Galerie mit Blick über den Innenhof des zentralen Verwaltungskomplexes stand, zeigte der Generalsekretär der Reformpartei, Marcel Wesemann, in extremer Nahaufnahme einen Gesichtsausdruck schafsartiger Verblüffung.

Der kahlwerdende Schädel des Generalsekretärs kippte plötzlich aus dem Bild. Einen Herzschlag später erreichte der Klang von zwölf Shimatsu-42, die simultan einen Schuß abgaben, die Galerie im achten Stock.

»So ist es eben, M. W.«, murmelte der Schirmherr des Planeten, Howard Blaylock. Seine Worte wurden von weißen Kondenswölkchen begleitet. Es war ein kalter, trister Tag, und die Galerie war offen. »Manchmal muß man einfach führen, folgen oder aus dem Weg gehen.«

Der kleine schildkrötenköpfige Bursche, Kimura, der bei Kusunoki die Fäden zu ziehen schien – oder es zumindest versuchte – und immer gekleidet war, als wolle er direkt anschließend zu einer Beerdigung, räusperte sich diskret, um die Aufmerksamkeit auf sich zu lenken. Blaylock entging nicht, wie der kleine Mann jedesmal ächzte, wenn die Gewehre losgingen. Das elektrisierte ihn regelrecht: Diese Kuritas stellten sich selbst gern als die ultimativ harten Burschen vor, aber Schildkrötenkopf hier hatte dazu nicht das Zeug.

Blaylock mochte es, aus härterem Holz zu sein als ein Draco.

Kusunoki starrte wie hypnotisiert auf die winzigen Gestalten des Erschießungskommandos und die an den

Beinen gefesselten Gefangenen hinab, die den Leichnam des früheren Parteichefs der Reformer auf einer Bahre davontrugen. »Hm? Was ist? Murmeln Sie nicht so, Alter.«

»Ich erbitte die Verzeihung des *Tai-sho,* aber ich hatte noch gar nicht gesprochen«, sagte der alte Mann mit einer Verbeugung. »Ich wollte jedoch gerade die Frage der Plünderungen erwähnen ...«

Dabei beließ er es. Das war etwas, was Blaylock in den letzten paar Tagen an den Dracos aufgefallen war. Sie schienen kaum je einen Satz zu beenden.

»Was ist damit? Es sind diese Knastbrüder von der ›Freude des Drachen‹, welche Ihr Oyabun mir aufgenötigt hat, die da plündern.«

»Gewährt Eure Exzellenz mir das Privileg, daran zu erinnern, daß Ihr ungeachtet dessen das Oberkommando habt? Und vergebt Ihr mir, wenn ich die schlechten Nachrichten überbringe, daß bestimmte Teile der regulären Kombinatstruppen jetzt auch darin verwickelt sind? Das 227. Panzerregiment soll seine Panzer und Bergungsfahrzeuge einsetzen, um Beute aus dem Smith-Distrikt abzutransportieren.«

»Ja und? Sie haben ein wenig Entspannung verdient.«

»Das Vertrauen Eurer Exzellenz in Eure Männer ist lobenswert. Plünderungen aber sind so berüchtigte Disziplintöter ...«

»Oh, schon recht. Soll sich der Kommandeur der Militärpolizei darum kümmern.«

Kimura lächelte und verbeugte sich. »Eure Exzellenz ist äußerst weise.«

Ein Fußsoldat der VSDK in Wams und Helm kam die Galerie entlanggetrabt. Die Eskorte gutaussehender junger Männer mit Maschinenpistolen im DEST-Stil auf dem Rücken, die Kusunoki überallhin nachfolgten, hörten auf, Blaylock zu betrachten wie Habichte eine Felstaube. Statt dessen schienen sie jetzt den Eindringling anzuhecheln. Sichtbar verängstigt salutierte der Infanterist stramm und stieß eine Reihe japanischer Silben hervor.

Kusunoki runzelte die Stirn und sah Blaylock an. Wie immer schien er leicht überrascht zu sein, daß sich ein *Gaijin* in seiner unmittelbaren Nähe aufhielt. Ein Mann von weniger unerschütterlichem Selbstbewußtsein als Blaylock hätte sich vielleicht bei dem Gedanken unwohl gefühlt, General Kusunoki könnte durchaus vergessen, was er hier tat, und ihn aus Prinzip erschießen lassen.

»Eine Delegation steht auf der Vordertreppe«, sagte Kusunoki, »und will mit Ihnen reden.«

Blaylock zuckte die Achseln. »Mit Erlaubnis Eurer Exzellenz.« Er schenkte dem General das, was er für ein angemessen unterwürfiges Grinsen hielt. Es schadete ja nichts, ein wenig zu schleimen. Es schadete auch nicht, diese herrischen Machtknaben daran zu erinnern, daß sie ihn brauchten. Towne konnte verdammt kalt sein, wenn man nicht die richtigen Kontakte hatte – wie diese armen, beschränkten Söldnernasen herausgefunden hatten.

Der Infanterist trabte davon. Zwei Gewehrsalven später kehrte er mit einer hochgewachsenen, vogelartigen Frau, einem hochgewachsenen Mann mit breiter, glatter Stirn, breiten Wangenknochen und ebensolchem Kiefer und einem kleinen Mann mit einem mächtigen Kugelbauch und einem grauen Bart zurück.

»Murnice, Quinn, Dr. Schulman«, sagte Blaylock mit einem oberflächlichen Begrüßungslächeln. »Was verschafft mir die Ehre?«

»Wir wollen ...«, begannen die vogelartige Frau und der Bärtige gleichzeitig. Trotz der eiskalten, matschigen Gehwege trug der Bärtige Sandalen über dicken Thermosocken. Er funkelte seine Begleiterin zwar an, doch die Frau fuhrt fort.

»Wir wollen uns vergewissern, wo die Unionspartei innerhalb des neuen Regimes steht«, sagte sie. »Schließlich markieren die Ereignisse der letzten paar Tage den

Höhepunkt all dessen, worauf wir jahrelang hingearbeitet haben.«

»Unser Traum ist wahr geworden«, setzte der Mann mit der breiten Stirn hinzu. Sie funkelte ihn an.

»Natürlich«, sagte Blaylock und dachte daran, daß diese beiden damit absolut nichts zu tun hatten. Wenn ihre Hirne Kaugummiautomaten waren, dann waren sie seiner Einschätzung nach beide mittlerweile bis auf ein oder zwei Kaugummis leer. Höchstens drei.

Er sah die Dracos an. Alle beide – auf diesem Stück Galerie befanden sich momentan viele Menschen, aber nur zwei davon zählten – beobachteten ihn mit einer je ganz eigenen Form von Erwartung. Kusunoki hatte die langen Arme vor der breiten Brust verschränkt, das Gewicht nach hinten verlagert und hatte ein Hohnlächeln auf dem Gesicht, als erwarte er, daß Blaylock etwas Ver-Com-mäßiges, Dekadentes tat. Der kleine alte Bursche lehnte sich auf den Ballen seiner gamaschenbekleideten Füße nach vorn, sein Gewicht ruhte auf der polierten Messingspitze seines Stocks.

»Und Sie drei sind definitiv am richtigen Ort dafür«, sagte er und legte die Hand kameradschaftlich auf Murnices Schulter. Quinn verzog das Gesicht, dann kleisterte er es mit einem kumpelhaften Lächeln zu.

Howard Blaylock erhaschte Kusunokis Blick und nickte kaum merklich. Die stark geschlitzten Augen des Generals weiteten sich, und er bellte etwas auf Japanisch. Er konnte eine recht schnelle Auffassungsgabe besitzen, wenn es um Dinge ging, die ihm am Herzen lagen.

»Ich möchte«, sagte Blaylock zu dem Trio von der Unionspartei, als eine Schwadron Soldaten auftauchte und auf sie zutrabte, die Gewehre in Schräghalte nach links, »daß Sie mit meinen Freunden hier gehen. Sie werden sie an einen Ort bringen, wo Sie genau begreifen, welche Rolle Sie auf unserem schönen neuen Towne spielen werden. Wie wäre es damit?«

»Eine militärische Eskorte«, sagte Professor Schulman anerkennend. »Habe ich es nicht schon immer gesagt? Diese Draconier wissen, wie man etwas standesgemäß macht. Ich hatte noch nie eine militärische Eskorte.«

Er wandte sich den beiden Draco-Würdenträgern zu. »*Dekashita,* Kusunoki-*sama.* Gut gemacht!« Er verbeugte sich.

Würdevoll verneigten sich Kusunoki und Kimura ihrerseits.

Als die drei von ihrer »militärischen Eskorte« weggeführt wurden, seufzte Blaylock und schüttelte den Kopf. »Idioten.« Er warf einen Blick auf eine teure Fingeruhr. »Nun, meine Herren, wenn Sie mich jetzt entschuldigen wollen, ich habe eine Verabredung mit einigen Kameras. Es ist fast Zeit für meine Pressekonferenz.« Er wandte sich ab.

»Was ist mit den Milizen?« fragte Kusunoki.

Blaylock wirbelte herum. »Was soll mit ihnen sein? Sie haben sich ergeben, Sie haben Generalhauptmann Marrou im Kommando bestätigt, genau wie wir es im Vorfeld besprochen hatten. Okay, ein paar von ihnen haben sich mit den Söldnern zusammengetan, aber das macht doch nichts.«

»Nein. Zum Beispiel die anderen, die sogenannte ›Volksmiliz‹. Uns wurde zugetragen, daß sie ihre Kräfte im Gebirge sammelt und die Söldner auch dorthin unterwegs sind. Es ist Zeit, sie zu zermalmen.«

Blaylock schob das vorspringende Kinn vor und schüttelte den Kopf. »Tut mir leid, mein Freund, unmöglich. Die Zeit ist noch nicht reif.«

Kusunokis dunkle Augen blitzten. Er zog eine Hand zurück, als wolle er Blaylock auf den Zementboden schleudern.

Blaylock spürte, wie ihm das Blut in den Adern gefror. Konnte er sein Blatt überreizt haben? Dieser Gedanke traf ihn härter als die Gefahr und machte ihn regelrecht krank. Er sah sich gerne als perfekten geistigen Meister der Politik des äußersten Risikos. Was ihm nicht gefiel, war, sich der unvermeidlichen logischen Folge zu stellen: der Möglichkeit, sehr tief zu fallen.

Kimura schob sich nach vorn. »Warten Sie! Rät uns Musashi nicht: ›Sei dir deines Ziels gewiß, ehe du zuschlägst‹?«

Dann drehte er leicht den Kopf, so daß sein rechtes Auge vor Kusunoki verborgen, für Blaylock aber sichtbar war. Dieses Auge zwinkerte. Blaylock hatte den Eindruck, Musashi könnte das gesagt haben oder auch nicht, er sollte aber auf jeden Fall mitspielen, wenn er die Galerie an einem Stück verlassen wollte. Blaylock war das recht.

Er streckte die Hände aus und verneigte sich. »Es tut mir leid, General. Bitte vergeben Sie mir, aber vielleicht sind wir die Art nicht gewöhnt, wie Sie hier vorgehen. Ihr bescheidener Diener hier wollte nur verhindern, daß Sie etwas tun, was Sie vielleicht später bereuen. Ich tue nur meine Pflicht, das ist doch sehr draco-nisch, nicht?«

Kusunoki verzog bedrohlich das Gesicht und verschränkte die Arme. »Was meinen Sie?«

»Nur, daß Sie den Milizen jetzt noch nicht ins Gehege kommen sollten. Etwas anderes muß zuvor geschehen. Etwas, das Ihnen eine Menge Ärger ersparen wird.«

»Und das wäre?«

Blaylock hob die Hände. »Tut mir leid, aber das kann ich Ihnen nicht sagen. So warten Sie doch, regen Sie sich nicht auf! Denken sie daran, was der alte Musashi sagte. Bitte versuchen Sie, mir in diesem Punkt zu vertrauen. Vertrauen, verstehen Sie? Sie haben mich zum Schirmherrn des Planeten gemacht, also werden Sie mir auch vertrauen müssen. Wenn Sie mir nicht vertrauen ...«

Blaylock tippte sich mit der Innenseite seines Zeigefingers an den Hals. »Wenn Sie mir nicht vertrauen, schneiden Sie mir einfach den Kopf ab, genau hier.«

Der alte Mann sah aus, als bekäme er gleich einen Herzanfall. Blaylock wußte, er riskierte wieder einmal alles. Zu seiner unendlichen Erleichterung sah ihn Kusunoki zweifelnd an und nickte dann.

»Nun gut«, sagte der *Tai-sho.* »Ich werde Ihnen trauen. Dieses eine Mal.«

Blaylock lächelte ihn strahlend an. »Sie werden es nicht bereuen, *Tai-sho* Kusunoki. Und jetzt muß ich wirklich agitieren gehen. Es ist Zeit, unseren außerweltlichen Freunden etwas die Hölle heißzumachen, genau wie besprochen.«

»Sind Sie sicher, daß Sie nicht bleiben wollen, um Ihre Freunde hinauszubegleiten?« fragte Kimura. Blaylock winkte ihm nur zu und stelzte mit langen Schritten davon.

»... Und so trete ich vor Sie, um Ihnen zu sagen, daß Sie ihre Aufgabe erledigt haben. Sie haben alles Menschenmögliche getan. Nun bitte ich Sie im Namen der Menschlichkeit – in Ihrem Namen, im Namen der Bevölkerung Townes –, mein Angebot anzunehmen. Ergeben Sie sich, und Sie werden mit allen militärische Ehren nach Outreach transportiert.« Was bedeutete, wie Janice Marrou ihm beigebracht hatte, daß sie ihre Waffen und Ausrüstung würden behalten dürfen.

»Lehnen Sie ab ...« Er schüttelte den Kopf. »Sehr viele Leute auf Towne sind der Ansicht, durch Ihr Tun schwer geschädigt worden zu sein, und die Rechtsprechung unserer draconischen Freunde ist zwar gerecht, in aller Regel aber auch hart. Wenn Sie mein ernstgemeintes Angebot nicht annehmen, bin ich ganz ehrlich nicht sicher, wie lange ich für das Wohlergehen derjenigen Ihrer Leute garantieren kann, die sich in unserem Gewahrsam befinden.

Sie haben die Wahl, Kolonel Camacho, Männer und Frauen des Siebzehnten Aufklärungsregiments. Ihr Schicksal ruht ganz in Ihren Händen.«

Der Mann biß die Zähne zusammen und sah der Holokam direkt in den Sucher. Das Bild verblaßte im Tank auf dem Marmorpodest.

Howard Devore Blaylock lächelte seinem verblassenden Bild zu und nickte. »Hervorragend«, sagte er. Er war schon immer selbst sein bestes Publikum gewesen.

Er hatte die Ansage natürlich aufgezeichnet. Er kam live sehr gut. Aber ihm waren die Gefahren dabei durchaus bewußt; und man mußte etwas noch lange nicht tun, nur weil man es gut konnte.

Das Geräusch zweier applaudierender Hände ließ ihn herumfahren. Sein Gast stand mit sardonischem Gesichtsausdruck hinter ihm. Sie sah in ihrem weißen Abendkleid, dessen Oberteil aus zwei breiten, vor dem Brustbein gekreuzten und am Hals verknoteten Stoffstreifen bestand, blendend aus. Auf ihrer rechen Wange glühten noch immer die Reste eines rosafarbenen Handabdrucks, der dort während des Überredungsvorgangs zum Anziehen dieses Kleidungsstückes verblieben war. Blaylock mußte unbedingt ein paar Worte mit Taras und Buster, seinen Leibwachen, reden, die diskret rechts und links hinter seinem Gast standen.

»Sehr beeindruckend, Howie«, sagte Kapitan Kali MacDougall. »Das einzige Problem ist, daß Caballeros nicht um Geiseln feilschen. Sie haben für unsere dahingeschiedenen Seelen schon die Messe gelesen.«

Blaylock lächelte sie an. Dann schlug er mit dem Handrücken zu, traf sie auf die Wange und schleuderte sie zurück in die oberschenkeldicken Arme seiner Wachen.

»Du Hure!« schrie er, und sein Speichel besprühte sie aus zwei Metern Entfernung. »Beherrsche in Zukunft dein freches Mundwerk. Ich mußte hinnehmen, daß diese übergroße Schwuchtel mir droht – mir! Aber von dir muß ich mir nichts gefallen lassen, vergiß das nie.«

Seine Worte hallten durch den großen, spärlich möblierten Raum. Er war angenehm überrascht gewesen, daß ihm seine Bitte gewährt worden war, den Palast des Marquis zu beziehen. *Tai-sho* Kusunoki zog es vor, in der Innenstadt im Komplex der Planetenregierung zu bleiben, der von Prinz John Davion mit innenliegenden Kasernen errichtet worden war. Mr. Kimura wollte Kusunoki nicht länger als unbedingt nötig aus den Augen lassen, also hatte auch er sich eine Wohnung im Zentrum gesucht.

Im Augenblick benutzte Blaylock einen großen Bürobereich als Quartier. Er war ursprünglich für die angestellten Kleriker unterteilt gewesen; die Trennwände waren entfernt worden, so daß jetzt nur noch weiße Marmorstützpfeiler im Raum verstreut standen. Er hatte sich hier ein Gelbett hereinstellen lassen, dort drüben stand ein Schreibtisch mit Comp und Kommunikator. Zusätzlich hatte er den Raum mit ein paar *objets* aufgelockert, die ihm gefielen: Holotapeten an den Wänden, eine 200 Zentimeter dicke transparente Säule, in der gemächlich bunte Flüssigkeiten miteinander rangen, sich vermischten und wieder trennten, wie Lebewesen, die herauszugelangen versuchten; ein riesiges Spinnennetz aus verspiegelten Mylarstreifen, das zwischen zwei Säulen hing; ein Gewirr aus schiefwinkligen, grellbunten Synthetikrohren, das in einem unmöglichen Winkel dahing; das schwarze Marmorpodest für den Holotank.

Er fand, es begann nach ihm auszusehen.

Kali MacDougall kam auf die Füße und löste sich von den Leibwachen. »Weißt du«, sagte sie und sah Blaylock direkt an, »es ist zu schade, daß ich wahrscheinlich nicht dasein werde, wenn die 'lleros dich erwischen – und das werden sie. Hast du je von den Apachen gehört? Waren daheim auf Terra berüchtigt für das, was sie ihren Feinden antaten, wenn sie sie erwischten. Im Siebzehnten haben wir auch Apachen. Es sind gute Leute – es sei denn, man gibt sich wirklich Mühe, sie sich zum Feind zu machen.«

Blaylock erwiderte ihren Blick. »Du hast recht«, antwortete er ruhig. »Du wirst wahrscheinlich nicht dasein.«

Sie hob die Hand, berührte ihre Lippe, betrachtete das

Blut an ihren Fingerspitzen. »Du weißt genau, wie man eine Dame behandelt«, sagte sie.

Er lächelte. Er zeigte dabei viele Zähne. »Wie sagt man so schön?« fragte er. »Das war noch gar nichts. Aber es geht gleich los.«

Taras und Buster packten ihre Arme mit Händen wie die Klauen eines *Zyklop*.

19

Gunderlandberge
Provinz Nemedien, Towne
Mark Draconis, Vereinigtes Commonwealth

7. Februar 3058

Mit dem Gepolter von Stiefeln auf Hartholzplanken trat ein großer Mann mit dickem Bauch in die Türöffnung der Jagdhütte und stand als Silhouette im milchigen Morgenlicht. »Ich suche Leutenient Suthorn«, sagte er mit tiefer Stimme.

Der Hauptraum der Hütte war eine tiefer liegende Grube mit einem großen Holztisch in der Mitte und einem steinernen Kamin, der ausgereicht hätte, einen Slo-mo-Bullen ganz zu braten, an der der Tür gegenüberliegenden Wand. Ein entsprechend großes Feuer brannte und fauchte. Cassie saß mit dem Oberkörper an das quadratische Geländer gelehnt, das das Foyer vom tieferliegenden Teil trennte. Zu beiden Seiten des Geländers führte eine kurze Treppe in die Grube hinab.

»Das bin ich«, sagte sie.

Der Mann sah nach links und rechts; eine Hakennase und Gesichtszüge mit ausgeprägtem Kinn lösten sich aus dem Zwielicht. Er hatte einen eisgrauen Bürstenschnitt, einen braunen Schnurrbart und blaue Augen, die momentan skeptisch zusammengekniffen waren. »Sie sind nicht, was ich erwartet hätte.«

Sie sah über beide Schultern. Die Grube füllte sich mit Vertretern der Volksmiliz und verschiedener Bürgerwehren. Die meisten, aber nicht alle waren Männer. Sie unterhielten sich aufgeregt über das, was auf Towne geschehen war, seit Jeffrey Kusunoki und die Schwarzen Drachen gewaltsam die Führung übernommen hatten.

»Ich könnte mir einen falschen Bart ankleben, wenn Sie sich dann besser fühlen würden«, sagte sie, aus mehreren Gründen gereizt. »Oder würde es Ihnen genügen, wenn ich mir unter dem Mantel ein Kissen umschnalle?«

Der Mann lachte und hob die Hände. »Sie müssen mir nicht das Hosenbein hochrennen und die Krallen einsetzen«, sagte er. »Ich war nur überrascht, das ist alles. Ich bin Ganz Harter, Schutzbund der Gunderland-Rancher.«

Sie schüttelten sich die Hand. »Sie sind Scout beim Siebzehnten, nicht?« Cassie nickte. »Das paßt. Sie benehmen sich wie ein Scout. Ich muß es ja wissen. War früher selbst mal MechReiter. Ich gehörte damals, achtundzwanzig, zur Dritten Lyranischen Garde auf Wega, als diese gerissene Schlange Teddy Kurita Pat Finnan regelrecht vom Planeten fegte. So. Sie werden also diese Einheit hüten?«

»Ich werde als Verbindungsoffizier tätig sein.«

Harter lachte wieder. »Sparen Sie sich das für die, die es Ihnen abkaufen«, meinte er. Er wandte sich ab und ließ sich von einem Holzfäller aus den Gunderlandbergen herzlich-heftig umarmen.

Die Hütte bestand aus einer etwas chaotischen Ansammlung von Räumen unter einem gemeinsamen Giebeldach mit dunkelgrauen Schindeln. Innen wie außen schien sie aus geschälten Baumstämmen erbaut zu sein. Soweit Kolonel Carlos Camacho das feststellen konnte, war sie sogar tatsächlich aus Baumstämmen erbaut, nicht aus geschickt verkleidetem Stahlbeton. Dennoch war sie gut wettergeschützt, und es war recht gemütlich in der kleinen Bibliothek, wo der Kolonel und sein leitender Spionageoffizier saßen und zusahen, wie sich die Widerstandsführer sammelten.

»Carlitos«, sagte Baird sanft, »hör mir bitte zu. Du solltest über das Angebot des Schirmherrn des Planeten wenigstens *nachdenken.*«

Ohne seine Augen von dem verschwommenen schwarzweißen Flachbildschirm abzuwenden, runzelte der Kolonel die Stirn. »Ich weiß, daß er uns alle zum

Narren gehalten hat«, setzte Baird nach. »Aber wir dürfen nicht zulassen, daß uns unser Ego hierbei im Weg steht.«

Don Carlos sah zu seinem alten Freund hinüber. Er lächelte halb traurig, halb grimmig. »Glaubst du, daß mein Stolz mich taub macht?« Aber seine Stimme war ohne Feuer.

»Nein. Nein, das tue ich nicht, und ich hätte mich nicht äußern sollen. Tut mir leid. Aber es bleibt die Tatsache ...«

»Es bleibt die Tatsache, daß es unser Schicksal zu sein scheint, bei so ziemlich allem im Zusammenhang mit diesem Einsatz verschiedener Meinung zu sein, mein Freund.«

Don Carlos hob eine Hand, um einen neuen Wortschwall abzuwehren. »Zunächst feilschen wir nicht um Geiseln. Das ist nicht mein einziger Grund, aber er reicht aus.«

»Hör zu, Carlos, Tradition ist etwas Wunderbares. Aber hier stehen viel mehr Leben auf dem Spiel als nur die der Geiseln. Es geht um unser aller Leben. Das Leben vieler Unschuldiger, die Gefahr laufen, zermalmt zu werden, weil wir uns nicht von der Tradition lösen können.«

»Es ist keine Frage der Tradition, sondern der Machbarkeit. Wenn wir diesmal eine Ausnahme machen, egal unter welchen Umständen, dann wird es beim nächsten Mal – und es wird sicher ein nächstes und ein übernächstes Mal geben – einfacher werden, das Verhandeln mit Geiselnehmern zu rechtfertigen. Und mit der Zeit wird sich herumsprechen, daß wir über unsere Kinder und Zivilisten erpreßbar sind. Und das wiederum wird sie alle zu Zielscheiben machen.« Er schüttelte den Kopf. »Egal, wen wir betrauern müssen, wir dürfen nicht nachgeben.«

Baird kniff die Augen zu. »Ich bete zu Gott, daß dir diese Worte nicht noch einmal leid tun werden«, sagte er mit hohler Stimme.

»Es liegt in den Händen der Jungfrau«, stimmte Don Carlos zu. »Abgesehen von den Geiseln haben wir aber auch eine Aufgabe. Wir haben Chandrasekhar Kuritas Geld angenommen. Ich gab ihm die Hand und mein Wort. Das bindet uns.«

»Der Einsatz endete in dem Augenblick, wo sie unseren Arsch aus Port Howie herausgekickt haben«, sagte Baird. »Niemand, nicht einmal ein Draco, kann uns vertraglich verpflichten, weiter für eine Sache zu kämpfen, die schon lange verloren ist.«

Don Carlos sah ihn lange an. »Mein Wort wird nicht unter der Voraussetzung gegeben, ob es mir paßt, es zu halten, oder nicht, Gordon«, erwiderte er sanft.

Nach einer bedeutungsschwangeren Pause lächelte er. »Außerdem bin ich nicht davon überzeugt, daß schon alles verloren ist.«

Baird schüttelte den Kopf. »Wir sind hinsichtlich Kusunokis Stärke auf dem Planeten immer noch nicht sicher«, antwortete er, »aber es sind viele. Mehr als zwei oder gar drei Regimenter, dazu die Garden und jetzt auch noch die Planetenmarine. Wir sind ein Regiment, vom Nachschub abgeschnitten, von den Transportproblemen gar nicht zu reden. Wir erhalten auch keine Unterstützung. Nicht von Teddy Kurita und nicht von Victor Davion. Keiner von beiden wagt es, einen Finger zu rühren, um uns jetzt zu helfen. Ihre Allianz ist brüchig, und sie wollen sie nicht aufs Spiel setzen. Als Verbündete haben wir das, was von den Füsilieren übrig ist, diesen eingeborenen Burschen von der Davion-Hochseeflotte …«

Mehrere Tage nach der überraschenden Invasion hatte Kommandant Trevor Waites, munter und heiter wie immer, das Gebirgslager der Caballeros gefunden und war plötzlich im Lichtkreis aufgetaucht, den ein Lagerfeuer warf, das zwischen den Füßen von Gesetzloser Leyvas *Feuerfalke* brannte, um seine Dienste anzubieten. Der Kommandant der Planetenmarine Townes hatte beschlossen, Kusunokis Übernahme des Planeten anzuerkennen. Das paßte Waites nicht, aber, wie er sagte, es war zu weit, um nach New Kingston zurückzuschwimmen.

»... und *die.*« Baird wies mit der Hand auf den Monitor.

Der Kolonel hatte Cassie hierher nach Bear Creek begleitet, doch er würde außer Sicht warten und direkt, nicht über einen Sprachsynthesizer, zur Volksmiliz sprechen, aber nur, wenn das Treffen gut lief. Die Anlage der Hütte erleichterte diesen Plan. Die ersten Kontakte mit der Miliz hatten stattgefunden, noch ehe die Schwarzen Drachen so plötzlich eingetroffen waren, aber jetzt wurde es ernst.

Daß Cassie so unschlüssig war, war höchst ungewöhnlich; wenn sie überhaupt etwas zu sagen hatte, trug sie es üblicherweise recht überzeugt vor. Ihr Schweigen mochte bedeuten, daß sie die Nerven oder den Kontakt verlor, aber daran zweifelte Don Carlos. Was bedeutete, daß sie strukturelle Gefahr witterte. Jahrelang hatte das Überleben des Regiments weitgehend von ihrem scharfen Gefahreninstikt abgehangen. Don Carlos nahm ihn ernst.

Baird hatte überhaupt nicht gewollt, daß er kam. Natürlich. Aber der Kolonel begriff zwar, daß er Verantwortung delegieren mußte, hatte aber nicht das Zeug dazu, sich ständig in Sicherheit zurückzulehnen und andere Risiken übernehmen zu lassen. Wenn Cassie meinte, seine Anwesenheit könnte von Nutzen sein, dann würde er anwesend sein. Die Caballeros würden Verbündete brauchen, und die Miliz war ein naheliegender Verbündeter.

Auf dem Schirm stapfte Cassie persönlich auf dem Rundlauf entlang, der die Speisegrube umgab, und spähte aus den Fenstern. »Und sie«, sagte Don Carlos. »Übersieh nicht unsere kleine *Señorita muy bonita.* Sie ist ein bedeutender Aktivposten.«

Baird rollte die Augen.

»Ein Planet ist ein sehr großer Ort«, sagte der Kolonel zu ihm. »Und auch wenn Towne keine besonders bevölkerungsreiche Welt ist, könnten sich in seiner Bevölkerung ein Dutzend oder mehr Regimenter verbergen. Wir haben diese Dinge auf die harte Tour gelernt, als wir versuchten, eine Koalition zu bilden. Laß es diese *culebras* auf eine noch härtere Tour lernen, wenn sie sich als Eroberer versuchen.«

»Das Kombinat hat viel Erfahrung mit Eroberungen.«

Don Carlos schenkte seinem Spionageoffizier das Lächeln eines Mannes, der viel jünger und alles andere als freundlich war. »Und wir vom Dreibund haben viel Erfahrung damit, die Pläne von Möchtegern-Eroberern zu durchkreuzen. Wie lange haben wir den Mariks und ihrer sogenannten Liga Freier Welten widerstanden, *Amigo?*«

Der Kolonel lehnte sich in seinem mit Megatherleder bezogenen Sessel zurück. »Wir haben einen Rückschlag erlitten. Aber heißt es nicht schon immer, wenn man glaubt, man hätte Südwestler besiegt, dann fängt der Ärger erst an?«

Baird seufzte. »Sie haben recht, Kolonel«, sagte er. »Wir werden das Angebot einfach ablehnen müssen.«

Der Raum füllte sich. Es mußten bereits drei Dutzend Führungspersönlichkeiten des Widerstandes einander die Sitzplätze um den Tisch oder entlang des Geländers des Rundlaufs streitig machen. Was noch Öl ins Feuer der Beunruhigung goß, das Cassie so sehr einzudämmen bemüht gewesen war. Es war ein schreckliches Sicherheitsrisiko, daß so viele Leute von dem Treffen wußten. Für eine Person mit der Geisteshaltung eines Scouts – das hatte Ganz Harter völlig richtig gesehen, Bierbauch oder nicht – war eine zweite Person, die sensible Daten kannte, eine zuviel, und danach wurde es exponentiell schlimmer.

Sie spähte weiter aus den Fenstern. Die Volksmiliz hatte darauf bestanden, zu dieser ersten großen Versammlung ihre eigenen Sicherheitskräfte mitzubringen, und in Anbetracht der eher gespannten Stimmung zwischen der Miliz und den 'lleros hatte Cassie keine andere Möglichkeit gesehen, als zuzustimmen. Sie haßte das und hatte einige eigene Sicherheitsvorkehrungen getroffen. Sie konnte nicht anders, als alle paar Sekunden aus den Fenstern zu sehen, um die Wachen zu überprüfen.

Die Fenster selbst machten ihr aus irgendeinem unerklärlichen Grund Sorgen. Sie schienen herkömmlicher Machart zu sein, doppelt verglast und so angebracht, daß sie zum Öffnen um die Längsachse schwenkten, waren aber derzeit wegen des klirrend kalten Winters auf Towne geschlossen und verriegelt. Sie hätten sie beruhigen sollen. Hier in den Gunderlandbergen waren die Erfordernisse so strikt, daß sie als Nebeneffekt auch noch kugelsicher waren – reines Transpex. Aber sie beunruhigten sie.

Sie hielt an einem Fenster in der rechten Wand neben dem Haupteingang an, sah hinaus. An der Wache, die parallel zur Wand fünf Meter entfernt mit einer selbstnachladenden Schrotflinte unter dem Arm marschierte, war etwas Vertrautes. Das Gesicht, das Haar – *Dios, es ist der Agitator vor dem Aufstand, den Diana aufhielt, der, dem ich die Nierenmassage verpaßt habe!*

Sie schüttelte den Kopf und richtete sich auf, erstaunt darüber, wie ein einfacher Fehltritt des Schicksals sie auf dieselbe Seite bringen konnte. Sie fragte sich, ob er sie entdeckt hatte.

Unruhe lenkte ihre Aufmerksamkeit auf den Eingang. Jemandes Eintreffen erregte dort großes Interesse. Marly Joles' Vater Rusty, ein kräftig gebauter Mann mit Sommersprossen und dünnem, ingwerfarbenem Haar, begann aufs Foyer zuzugehen und streckte eine Hand zum Gruß aus.

Und dann wehte ein leiser Hauch Eiswind gegen Cassies in Dünnhaut gehüllte rechte Hinterbacke.

Wie mit einem Zen-Donnerschlag sah sie den ganzen Trick in seiner vollen Glorie. Ihre Hand tauchte in den offenen Ausschnitt ihres Mantels und schloß sich um den Neoplastgriff der Neun, die sie in einem Schulterhalfter trug. Ihr Mund öffnete sich, um eine Warnung auszustoßen.

»Wolfsmädchen! Verdammt gut, dich zu sehen«, rief Rusty Joles einer vertrauten Gestalt zu, deren breite Schultern von einer Rodanleder-Motorradjacke überbetont wurden.

Das Wolfsmädchen hielt einen Augenblick inne, blieb stehen. Sie hatte dieselbe kompakte Anmut, war umgeben von derselben Aura völlig unverschämter Selbstsicherheit. Das einzige, was sich an ihr geändert hatte, war die schwarze Klappe über ihrem linken Auge.

Cassie schien sich in Zeitlupe zu bewegen, während der Rest der Welt sich in normalem Tempo weiterdrehte. Selbst ihr Warnschrei – »Allee RUNTEEER, das issst eine FALLEEE!« – schien aus ihrem Mund zu kriechen wie ein verkrüppelter Wurm. Wie gefangen in einem Traum, in dem sie endlos lang ihre Schußwaffe zog, sah Cassie hilflos zu, wie Joles herantrat, um das Wolfsmädchen zu umarmen – und dann vorwärts die Treppen hinuntertorkelte, als sie ihn mit einer Salve aus ihrer häßlichen kleinen Maschinenpistole erwischte.

Cassie bekam ihre Pistole frei. Die Zeit lief wieder normal. Sie streckte das Ding beidhändig vor, brachte die drei Sichtpunkte in Reihe, während sich das Wolfsmädchen umdrehte. Das Fenster rechts von ihr – an dem jemand unlängst manipuliert und es dann wieder so eingerichtet hatte, daß es aussah, als sei es immer noch verriegelt und für den Winter versiegelt – flog auf. Der lange schwarze Lauf einer automatischen Schrotflinte schob sich hindurch.

Cassie wirbelte herum. Ihre linke Hand packte den

Lauf, riß ihn hoch. Ihre Rechte schob die Neun in die linke Armbeuge des Agitators von der Straße der Weisheit der Sterne.

Die Schrotflinte ging los und versengte Cassie die Handfläche. »Erinnerst du dich an mich?« fragte sie und schoß viermal auf den Mann, so schnell sie den Abzug betätigen konnte.

Er zog eine Grimasse des Schmerzes und fiel um, wobei er die Schrotflinte in ihrem Griff ließ. Sie schob die Neun in den Gürtel und schulterte die lange Waffe, drehte sich um und richtete sie auf das Wolfsmädchen, das begonnen hatte, die volle Grube mit Kugeln zu beharken.

Das Wolfsmädchen sah die Bewegung aus dem Augenwinkel oder spürte sie vielleicht auch einfach nur. Sie duckte sich nach links. Cassies Schuß riß einen großen Brocken aus der quadratischen Holzsäule am Ende des Geländers.

Während an der Wand entlang Löcher mit ausgefransten Rändern auf sie zuzumarschieren begannen, drehte sie sich um und warf sich am Laufsteg entlang nach vorn. Ein Mann schoß vom direkt gegenüberliegenden Fenster aus mit einer Maschinenpistole auf sie. Im Flug schoß sie zweimal. Die automatische Flinte war Kaliber zwanzig, nicht zwölf – was das gute Urteilsvermögen des verstorbenen Agitators bewies, denn er hatte eine Waffe gewählt, die etwa zwei Drittel der Durchschlagskraft einer Zwölfer, aber nur den halben Rückstoß hatte. Sie verlor die Waffe nicht. Der Maschinenpistolero kippte vom Fenster weg.

Cassie zog die Beine an, rollte sich ab und gelangte in eine sitzende Position, den Kolben der Schrotflinte an der Schulter. Sie suchte das Wolfsmädchen. Statt dessen spürte sie kalte Luft im Rücken.

Sie rollte sich rückwärts ab. Zweimal zuckte Mündungsfeuer direkt über ihr Gesicht. Ein Schütze feuerte eine Pistole ab, die er auf der horizontal gekippten Fensterscheibe abstützte. Sie schoß unter der Scheibe durch. Die Vorderseite seines Mantels wurde zerfetzt und qualmte, rosafarbene Nebel sprühten links und rechts hinter ihm auf. Er ließ die Handfeuerwaffe los und taumelte rückwärts. Das Fenster kippte, und die Pistole fiel neben Cassie hin, als der Mann stürzte.

Sie kam auf ein Knie hoch, die Schrotflinte schwenkte über die Grube wie die Autokanone eines *Marodeur.* Die Halle war erfüllt von Schüssen, Schreien, dem Gestank brennenden Treibstoffs und Öls und sich entleerender Blasen. Einige der Widerstandskämpfer hatten selbst Handfeuerwaffen gezogen und lieferten sich ein Duell mit dem Wolfsmädchen und seinen Meuchelmördern.

Das Wolfsmädchen kam aus seiner Deckung links vom Haupteingang hervor und sprintete den Laufsteg auf der anderen Grubenseite entlang. Sie hatte die Maschinenpistole in der ausgestreckten Hand und feuerte wild. Sie schien zu lachen. Cassie feuerte den Rest des erweiterten Röhrenmagazins in vier gewaltigen Geräuschexplosionen ab, konnte die unhandliche Waffe aber nicht rasch genug schwingen, um die rennende Frau zu treffen. Sie haßte lange Waffen.

Die Schrotflinte hörte auf, Lärm zu machen. Das Wolfsmädchen verschwand durch eine Tür neben dem riesigen Kamin. Cassie warf die Schrotflinte hin, zog ihre Neuner wieder und schnappte sich dann die Handfeuerwaffe, die neben sie gefallen war. Dabei kam ein weiterer Schütze durch die obere Hälfte des Fensters geflogen, der sie offenbar zu überraschen versuchte. Sie setzte sich hin und drückte mit beiden Beinen, so fest sie konnte, gegen die Wand, während sie beide Schußwaffen hochriß und zu feuern begann.

Der Mann brüllte auf, als Kugeln ihn durchsiebten. Er krachte gegen das Geländer, das den Laufsteg von der Grube trennte. Cassies Fußstoß und – möglicherweise – der Rückstoß der abgefeuerten Pistolen brachte sie zwischen zwei Pfeiler und in den leeren Raum.

Ihre eckige Bewegung rettete sie bei der Landung vor einem schmerzhaften angebrochenen Steißbein. Sie glitt unter den Tisch und schlug sich die linke Schulter an einem Tischbein von der Dicke einer Eisenbahnschwelle an. *Glücklicherweise hast du dir bei diesem idiotischen Stunt nicht den Schädel eingerannt.*

Viele sehr verängstigte Augen starrten durch das Dämmerlicht. Offenbar hatten viele Teilnehmer des Treffens sich erinnert, daß sie dringende Geschäfte unter dem Tisch zu erledigen hatten. Sie kam wieder hervor, stand auf, rollte sich auf die Tischplatte und kam dort auf die Füße. Sie hetzte über den riesigen Tisch.

Ein Mann tauchte vor ihr am Geländer auf und richtete eine Rorynex-Maschinenpistole auf ihr Gesicht. Sie hielt beide Pistolen vor sich und schoß und schoß einfach nur auf ihn. Er tanzte rückwärts gegen die Wand und glitt daran herab, wobei er sie dunkelglänzend verschmierte.

Sie sprang von der Tischplatte an den Rand des Laufstegs, setzte über das Geländer und stürmte hinter dem Wolfsmädchen her.

Kolonel Carlos Camacho und Leutenient-Kolonel Gordon Baird starrten auf den Schirm. Der Bibliotheksmonitor übertrug zwar keine Geräusche, doch sie konnten den Lärm eines wilden Feuergefechts, gedämpft von den dicken Holzwänden, deutlich hören.

»Es war eine Falle!« rief Baird aus. »Sie versuchten, alle Führer des Widerstands auf einen Schlag auszulöschen!«

Don Carlos erhob sich halb aus seinem Stuhl und zog seine große FWL-Imperator-Dienstautopistole aus dem abgeschabten Lederhalfter. »Wir sollten selbst vorsichtig sein«, sagte er und glitt über die Armlehne, um sich zwischen den Stuhl und die Außenwand zu kauern.

Die Tür flog auf. Ein Mann mit einer Maschinenpistole stand in ihrem Rahmen. Er sah Baird rechts von sich stehen, riß die Waffe hoch und nach rechts und drückte ab. Verzweifelt hechtete Baird in den zweifelhaften Schutz eines Tisches, der mit veralteten Zeitschriften aus dem Vereinigten Commonwealth übersät war. Die Kugeln folgten ihm.

Don Carlos tauchte hinter dem Stuhl auf und schoß dem Schützen zweimal mitten in die Brust. Der Kugelhagel versiegte. Der Eindringling starrte Don Carlos staunenden Auges an. Der Kolonel schoß ein drittes Mal, diesmal zwischen die Augen.

Stille – mit Ausnahme des Nachhalls in den Ohren und der Kampfgeräusche von anderswo.

»Nun«, sagte Don Carlos nach einigen Augenblicken.

»Nun was?« fragte Baird unter dem Tisch hervor. Sein Puls hämmerte so heftig, daß er fürchtete, eine Ader in seinem Hals würde platzen. Er befühlte sich heimlich überall, wo er in seiner geduckten Position hinkam, kaum gewillt zu glauben, daß er nicht getroffen worden war.

»Hol dir seine Waffe«, sagte Don Carlos, »und schließ die Tür. Uns könnte eine kleine Belagerung bevorstehen.«

Baird starrte seinen Kommandanten an, wie er da mit seiner großen Pistole in der Hand kauerte. Schau dir den da an, dachte er. Ihm macht das tatsächlich *Spaß*.

In diesem Augenblick begann er zu glauben, daß Don Carlos von absolut allen guten Geistern verlassen war.

Den Rücken gegen die Wand gepreßt, streckte Cassie die rechte Hand aus, in der sie immer noch ihre 9 mm hielt, hakte den Daumen in den Türgriff und zog die Tür auf. Sofort antwortete ihr Gewehrfeuer, das in der Enge des Korridors jenseits der Tür unglaublich laut war. Cassie ließ sich bereits fallen, als die Trägheit die Tür nach außen aufschwingen ließ. Sie landete auf dem Bauch, noch immer weitgehend gedeckt vom Türsturz, streckte den rechten Arm aus und schoß zweimal auf die Gestalt, die am gegenüberliegenden Ende des kurzen Ganges stand.

Das Wolfsmädchen duckte sich von Cassie aus gesehen nach links.

Cassie nahm das Bild blitzschnell auf. Der Korridor war weiß getüncht. Es gab rechts nur eine Tür, die für Cassie aussah, als führe sie in einen Putzschrank. Zwei Gänge führten nach links weg, der, den ihr Gegner hinabgehuscht war, und ein näherer, der, wie sich Cassie dachte, zur Küche führen mußte.

Sie sprang auf. Cassie feuerte beide Pistolen ab in der Hoffnung, ihre Feindin hinter der Ecke halten zu können, dann stürmte sie die zwei Meter zur näher gelegenen Abbiegung nach links. Sie versuchte nicht abzubiegen, sondern taumelte mehr nach links, so daß sie im stumpfen Winkel in den Seitengang kam, wenig Tempo verlor, gegen die Wand krachte und sich im Abprallen vorwärts tragen ließ. Noch als sie in den Seitengang hechtete, sah sie den kurzen Lauf der Maschinenpistole des Wolfsmädchens um die Ecke lugen und Feuer spucken.

Gut, sie war in der Küche. Die war wesentlich weniger rustikal als der Rest der Hütte, ganz blinkende Kacheln und Chrom. Es gab Hartholz-Arbeitsplatten, auf denen man eine Autopsie hätte durchführen können, Backöfen, in denen man jemand einäschern konnte, gewaltige Herde, große Spülen, ja sogar hohe weiße Mützen, die traditionellen Kopfbedeckungen des Chefkochs, auf einem Regal bei der gegenüberliegenden Tür. Cassie hatte jedoch wenig Zeit, das Bild in sich aufzunehmen, weil das Wolfsmädchen die Initiative ergriffen hatte und hinter ihr her war.

Sie rempelte gegen eine Arbeitsplatte, wirbelte herum, als das Wolfsmädchen um die Ecke kam. Cassie hatte die Waffe in der rechten Hand erhoben, aber ihre Gegnerin trug die MP vor sich her und feuerte wild. Cassie konnte sich nur rückwärts über die Tischplatte abrollen, und es gelang ihr kaum, auf den Füßen zu landen, als sie auf der anderen Seite zu Boden fiel.

Um sie fest zu verankern, war die Arbeitsplatte mit Zement oder so etwas gefüllt; Kugeln würden sie nicht durchschlagen. Sobald Cassie diese Tatsache erkannt hatte, streckte sie nur noch den Lauf der Waffe in ihrer linken Hand um die Ecke des undurchdringlichen Sockels und verschoß den ganzen Rest des Magazins.

Sie hörte ein überraschtes Grunzen, ein fleischiges Klatschen, als sei ein Körper gefallen. Ja, klar, darauf falle ich jetzt ganz bestimmt herein, dachte sie.

Sie ließ die geliehene Waffe fallen. Sie rollte sich auf den Rücken, stemmte ihre starken Beine gegen den Sockel, stieß sich auf dem Rücken liegend ab, genau wie sie es auf dem Laufsteg getan hatte. Sie glitt leicht über die polierten, dunkelgrünen Keramikkacheln des Bodens und blieb erst liegen, als ihr Kopf fast den Sockel der nächsten Platte in der Reihe berührte.

Mit am Körper entlang ausgestrecktem Arm und schußbereiter Waffe rollte sie sich nach links. Das Wolfsmädchen kauerte im Durchgang, die Maschinenpistole in die Küche gerichtet. Die andere Frau hatte nicht damit gerechnet, daß Cassie so weit unten auftauchen würde. Cassie feuerte zweimal, ehe das Wolfsmädchen neu zielen konnte. Was bedeutete, daß es dazu nicht kam; es konnte sich nur noch seinerseits nach links werfen, um die Masse des Tisches, den Cassie gerade verlassen hatte, zwischen sich und Cassies Waffe zu bringen.

Cassie stand auf, huschte um den Sockel des Tischs, den sie erreicht hatte. Sie kauerte sich dahinter und blieb unten, falls das Wolfsmädchen denselben Trick ausprobieren würde, den sie angewandt hatte.

Wolfsmädchen tat nichts dergleichen. Sie kam in einem Sprung, der ihrem Namen alle Ehre machte, über den Tisch, während ihre Maschinenpistole hämmerte. Cassie feuerte reflexartig einen ungezielten Schuß ab und duckte sich wieder um die Ecke, wo sie sich mit angezogenen Knien und dem Rücken zum Sockel zusammenkauerte. Sie hörte den dumpfen Laut eines Körpers, der sich auf die andere Seite des Tisches rollte, hinter dem sie sich verbarg.

Ihre Augen konzentrierten sich auf die Pistole vor ihrem Gesicht. Sie bemerkte, daß der Schlitten arretiert war: leer. Sie ließ sie fallen, zog die Kurzlauf aus dem Taschenhalfter im Mantel. Dann versuchte sie, eine Idee zu entwickeln.

Wenn sie lang genug wartete, würde sie gewinnen, weil die 'lleros, die sie außer Sicht-, aber in Rufweite stationiert hatte, bald auf das Durcheinander in der Hütte reagieren mußten. Was aber, wenn das Wolfsmädchen nicht warten wollte? Sie hatte einen Vorteil hinsichtlich der Feuerkraft, und Cassie respektierte zwar das alte Scharfschützensprichwort *Man kann nicht schnell genug danebenschießen, um aufzuholen,* aber wenn das Wolfsmädchen versuchen wollte, die Maschinenpistole um die Ecke des Tischs oder über denselben zu schieben und ungezielt zu feuern, dann war die Wahrscheinlichkeit wesentlich größer, daß sie Cassie erwischte, als daß Cassie sie festnageln konnte. Selbst wenn Cassie wieder den Trick mit dem Aufspüren durch Beschuß versuchte.

Deshalb konnte sie nur eines tun, nämlich das Risiko eingehen, sich zu zeigen, versuchen, in eine bessere Position zu kommen. Das hieß eins, zwei – los!

Cassie stand auf und hielt die Waffe in beidhändigem Griff, so daß die Arme mit dem Körper ein gleichschenkliges Dreieck bildeten. Das Wolfsmädchen erhob sich, als hingen sie beide am selben Seilzug. Cassie stellte fest, daß die Mündung ihres Kurzlauf-Revolvers gegen die Oberlippe des Wolfsmädchens gepreßt war – und die Mündung der MP des Wolfsmädchens in der Mulde lag, wo Cassies Kiefer und ihr Ohr zusammenliefen.

»Du bist gut«, sagte das Wolfsmädchen. Ihr Stimme war tief, volltönend und völlig ruhig. Sie atmete nicht einmal schwer. »Niemand ist mir je so nahe gekommen wie du.« Sie hob die Hand und schnippte den Daumennagel ihrer freien Hand gegen die harte Plastikaugenklappe.

»Das mit deinem Auge tut mir leid«, sagte Cassie. »Ich wollte dich töten, nicht verletzen. Wie bist du entkommen?«

»Genau wie du, als diese Narren in dem Imbiß auf dich losgingen. Genau wie du, als du spürtest, daß du in dieser Gasse in eine Falle gelockt wurdest. Ich spürte die Gefahr mit meinem *Ki.* Es gab mir Zeit zu reagieren – wenn auch nicht die Zeit, ungeschoren davonzukommen. Du bist gut trainiert.«

»Mein Guru lehrte mich, meinen Kopf und meine Sinne zu gebrauchen.«

Das Wolfsmädchen lächelte sie an. Das verbliebene Auge war rotbraun. Sie war eine sehr hübsche Frau.

»Was wirst du jetzt tun? Was dir dein Kopf sagt – oder dein Herz?«

Sie hat einen einheimischen Davionakzent, dachte Cassie, aber sie spricht so gerne in Rätseln, daß sie eine Draco sein könnte.

»Sowohl meinem Herzen als auch meinem Kopf scheinen weitgehend die Ideen ausgegangen zu sein«, sagte sie, »aber ...«

Sie ließ sich fallen, drehte sich dabei und setzte mit rechts eine Beinsichel an, um ihre Gegnerin von den Füßen zu reißen.

Das Wolfsmädchen sprang hoch in die Luft. Cassies Manöver zeigte keine Wirkung.

Cassie vollendete die Bewegung, hob die Kurzlauf. Mit einem Mondsicheltritt trat das Wolfsmädchen sie ihr aus der Hand.

Das lief alles nicht so, wie Cassie es sich erhofft hatte. Aber der Guru hatte sie immer gelehrt, Angriff an Angriff zu reihen, bis ihr Feind zu Boden ging oder sie zum Rückzug zwang, und nicht aufzugeben. Als Cassie halb auf den Beinen war, ließ sie sich wieder fallen und setzte eine weitere Beinsichel an. Diesmal krachte das Wolfsmädchen mit dem Oberkörper auf die Fliesen.

Cassie warf sich auf sie und grapschte nach der Maschinenpistole. Sie umklammerte das rechte Handgelenk des Wolfsmädchens mit beiden Händen und schlug den Handrücken seiner Waffenhand hart gegen die Tischkante. Die MP schlitterte über den Boden davon wie eine riesige Metallkakerlake.

Das Wolfsmädchen bekam einen Fuß zwischen sich, und Cassie hebelte die kleinere Frau von sich herunter. Cassie flog gegen eine große Aluminiumspüle, schlug sich den Ellbogen ihres rechten Arms an, der prompt taub wurde.

Sie ging nicht zu Boden – Gleichgewichtstraining. Zusammengekauert gegen die Spüle gepreßt zu sein, war für sie keine unbequeme Kampfposition. Es gelang ihr problemlos, mit der linken Hand eine Reihe von Tritten abzuwehren, als das Wolfsmädchen plötzlich eine Bewegung machte, die ihr noch nie untergekommen war. Die einäugige Frau, die mit dem rechten Fuß nach vorn kämpfte, winkelte diesen Fuß zu einem ruckartigen Tritt in Cassies kurze Rippen an. Cassie riß den Arm rechtzeitig nach unten, um den üblen Tritt abzuwehren. Aber statt direkt gegen den Parierarm zu treten, drehte das Wolfsmädchen den Fuß um neunzig Grad nach außen wie eine Ballerina, so daß er parallel zum Boden war. Und sie trat horizontal zu, mit einer Bewegung, die ein kurzes, emphatisches Zucken in Cassies Knie und Hüfte auslöste, und rammte den Fußballen unter Cassies Rippen.

Während Cassie nach Atem rang, zog das Wolfsmädchen den Fuß zurück und drehte ihn dann anders herum, um einen recht konventionellen Schwungtritt anzubringen. Auch das war kein leichter Turnierangriff mit dem Spann; es war ein voller Fußballentritt gegen die Schläfe.

Helles Licht blitzte hinter Cassies Augen auf und wurde durch große, schwebende, purpurne, kugelförmige Nachbilder ersetzt. Ihr Körper schien nicht reagieren zu wollen.

Das Wolfsmädchen packte sie vorne am Mantel, hielt sie aufrecht. Cassie schmetterte ihr den rechten Ellbogen ans Kinn. Es war ein guter Schlag, der zur Abwechslung einmal den Kopf des Wolfsmädchens herumriß.

Die Reaktion des Wolfsmädchens war eine Hüftdrehung im Gegenuhrzeigersinn, aus der heraus sie Cassie mit einem seitlichen Tritt, der schon fast ein Tritt von hinten war, in den Leib traf. Cassies Kreuz krachte gegen die Kante der Theke neben der Spüle, und ihr Kopf schlug gegen einen Metallschrank. Sie sah weiteres Feuerwerk.

Sie hörte auch ein Rauschen in den Ohren. Sie hielt das für ein sehr schlechtes Zeichen. Besonders, da es immer lauter wurde.

Von irgendwo draußen ertönten hektische Schüsse, gefolgt von einem scharfen Krachen, als Luft einströmte, um die zu ersetzen, die von einem überraschend aufgetauchten Laserstrahl ionisiert worden war. Der *Feuerfalke* von Gesetzloser Leyva sprang ihr zu Hilfe und signalisierte das Eintreffen der dringend benötigten Caballero-Verstärkung, die Cassie in Habacht-Stellung im nahe gelegenen Immergrünwald hatte antreten lassen.

»Deine Freunde sind also gekommen.« Das Wolfsmädchen packte sie. Ihr Gesicht verschwamm Cassie vor den Augen. »Das freut mich. Ich will dich nicht töten; du bist die beste, die ich je getroffen habe.«

Sie drückte Cassie einen Kuß auf die bereits aufgesprungenen Lippen. Und dann war sie weg und ließ Cassie zusammensacken, bis sie ihre Wange auf den kühlen Trost der Fliesen legen konnte.

20

Port Howard
Provinz Aquilonien, Towne
Mark Draconis, Vereinigtes Commonwealth

9. Februar 3058

Sein langes blondes Haar hing ihm offen über die breiten Schultern, als sich *Tai-sho* Jeffrey Kusunoki an den Hartholzrand des heißen Badezubers lehnte, der ihm als Ersatz für ein richtiges Badezimmer diente. Er betrachtete durch den Dampf, der aus dem fast kochenden Wasser aufstieg, das Gesicht auf dem an der Wand hängenden Visiphon.

»So, Herr Schirmherr«, sagte er, »Ihr Volk bleibt also gespalten. Auf dem gesamten hyborianischen Kontinent weigern sich die Oberhäupter von Städten und sogar ganzen Distrikten, unsere Autorität anzuerkennen. In der südlichen Hemisphäre stehen die Führungspersönlichkeiten auf unserer Seite, aber das Volk ignoriert sie weitgehend. Ich bin schwer enttäuscht, Blaylock-*san.* Sie hatten versprochen, uns Ihre Welt auszuliefern.«

Die auf den Rest des halben Dutzends Hartholzzuber, die Kusunoki in einem früheren Umkleideraum neben der Sporthalle des Verwaltungskomplexes von Port Howard hatte installieren lassen, verteilten jungen Gefolgsleute, eine Handvoll nackter junger Männer, alle kaum weniger muskelbepackt als der *Tai-sho* selbst, nickten und unterhielten sich in verächtlichem Japanisch murmelnd über Howard Blaylocks Versäumnisse. Mr. Kimura, der in seinem unvermeidlichen Zylinder, einem Kimono, gestreiften Hosen und Gamaschen neben dem Zuber des Generals stand, hatte die behandschuhten Hände korrekt über dem Knauf seines Stocks gefaltet und behielt seine Meinung für sich.

Darin war er seit seiner Ankunft auf Towne sehr geübt.

Howard Blaylock, der von der Krawatte an aufwärts sichtbar war, verzog das Gesicht, eine rasche Grimasse, die wirkte, als sei ihm ein übler Geruch in die Nase gestiegen. »Die Towner sind ein undisziplinierter Haufen«, antwortete er. »Das ist der Hauptgrund, warum ich überhaupt auf die Idee kam, es sei sinnvoll, euch Jungs hierher einzuladen. Sie – wir – stehen vor der Aufgabe, uns gegen Generationen davionistischer Propaganda stellen zu müssen, die Mißtrauen gegen den Drachen sowie eine Menge unsinniger Ansichten über bürgerliche Freiheiten gesät hat, an die zu glauben nicht einmal mehr die Liga Freier Welten vorgibt.«

»So ka?« Kusunoki runzelte die Stirn. Seine Schultern spannten sich drohend.

»Vielleicht wäre Mr. Blaylock so nett, uns seinen bescheidenen Rat zu geben, wie wir diese Aufgabe am besten erledigen könnten«, sagte Kimura mit einer Glätte, die im Laufe der Wochen seiner Verbindung mit Kusunoki noch eine besondere Politur erfahren hatte.

Kusunoki ließ sich wieder in seinen Dampf zurücksinken und bedeutete Blaylock fortzufahren. »Anreize, General«, schlug Blaylock vor. »Die Karotte und das Stöckchen. Wir verleihen den örtlichen Führern mehr Macht und ein größeres Stück vom Kuchen als Gegenleistung für ihre ungeteilte Unterstützung. Wenn sie dann immer noch den Patrioten spielen wollen, machen wir ihren ehrgeizigen Untergebenen klar, daß wir gewillt sind, mit jedem zu spielen, der mit uns spielen will. Und es gibt *immer* ehrgeizige Untergebene, die die Jungs über ihnen aus ihrer Position kippen wollen – ich bin sicher, Ihnen ist diese kleine Phänomen nur allzu bewußt, General.«

»So ist es«, brummte Kusunoki nickend. Mr. Kimura rollte die Augen in Richtung der mattweißen Fliesen an der Decke. Trotz Kusunokis ungeheurer Beliebtheit bei seinen Truppen hegte er die paranoide Überzeugung, daß Untergebene ständig Pläne schmiedeten, um ihn zu ersetzen. Was zu Mr. Kimuras beträchtlichem Erstaunen nicht der Fall zu sein schien, trotz der Tatsache, daß *gekokujo* – »die unten, die gegen die oben aufstehen« – für die Geschichte Japans und des Kombinats mindestens ebenso ein integraler Bestandteil waren wie der Kriegerkodex *Bushido* oder gar *ninkyo,* das die Yakuza ernsthaft für ihre Entsprechung des Wegs des Kriegers hielt.

»Bieten Sie dem Volk bessere Regierungsleistungen, eine Landreform, derlei Dinge. Versprechen Sie, die Großgrundbesitzer zu besteuern, die Rancher und Bergbauern und Holzfirmen, und verteilen Sie den Wohlstand um: Das Volk wird ziemlich schnell auf Ihre Linie einschwenken. Beginnen Sie, die Polizei aggressiv zu rekrutieren. Die meisten Clowns in diesem sogenannten Widerstand sind nur eine Gang von Raufbolden. Geben Sie ihnen Gelegenheit, jemandem den Kopf einzuschlagen, und auch sie werden sich um Sie scharen. Und wenn die Führung dann nicht schnell genug überläuft...« Ein Zucken dieser Schultern wie Garderobenständer. »Sie suchen ein paar Bürgermeister oder Provinzgouverneure aus, und Sie statuieren an ihnen *Exempel.*« Er lächelte. »Ihr Draconier versteht dieses Prinzip doch recht gut, oder?«

»Das ist wahr.« Jetzt lächelte auch Kusunoki.

»Oh – eine Kleinigkeit noch, bevor ich auflege, General«, ergänzte Blaylock, als sei es ihm gerade wieder eingefallen. »Sie werden lange brauchen, um Ihre Macht zu konsolidieren; Sie könnten mit einer Geste gegen die beginnen, die Ihnen schon geholfen haben. Es würde Ihnen eine Riesenmenge Sympathie eintragen, wenn Sie der Townegarde diese BattleMechs überließen, die Sie den Söldnern abgenommen haben.«

»Nein«, sagte Kusunoki, während er sich erhob und aus dem Zuber trat, wobei Wasser an seinem wohlgeformten Körper und den festen Beinen herabströmte.

Mehrere Adjutanten sprangen aus ihren eigenen Zubern, um ihn schnell mit weißen, flauschigen Handtüchern abzufrottieren, die auf einem Tisch an der Wand aufgestapelt waren. Kimura sah, wie Blaylock verspätet seine Überraschung verbarg. Draconier besaßen beträchtlich weniger Schamgefühl als die meisten Davions.

Aus einem winzigen Hochziehen einer Augenbraue schloß Mr. Kimura, daß Blaylock gerade falsche Schlußfolgerungen über Jeffrey Kusunoki und seine Anhänger bestätigt sah. Homosexualität bei Männern war durch den Drachen oder das *Dictum Honorium* nicht stigmatisiert, auch wenn sie bei Kriegern nicht aktiv unterstützt wurde, wie sie es während des Großteils des Tokugawa-Shogunats gewesen war, auf das die Kuritas einen so großen Teil ihrer eigenen Herrschaft begründeten. Aber Kusunoki war nicht homosexuell. Er stand auch nicht auf Frauen; er hatte tatsächlich eine auffällige Aversion gegen sie, besonders gegen solche in militärischen Machtpositionen. Er hatte, soweit Toyama-*kai* das bisher zu sagen vermochte, auch kein Interesse an Kindern, Tieren oder künstlichen Hilfsmitteln. Er schien völlig geschlechtslos – und die *Kai* war in der Tat gut darin, solche Details auszuschnüffeln. Sie hatte gerne etwas gegen die in der Hand, mit denen sie Geschäfte machte.

Blaylock bekam seine Reaktionen in den Griff. »General, wollen Sie nicht einmal darüber nachdenken? Sie nützen niemandem, wenn sie geparkt auf den TTG-Hof stehen.«

»Ich sagte nein, Mr. Blaylock.« Kusunoki erlaubte seinen Gefolgsleuten, ihm in einen purpurnen Seidenkimono mit weißen Kranichen und Binsen darauf zu helfen. Er sah zum Schirm auf.

»Morgen früh läuft Ihr Ultimatum an die fremden Söldner aus. Werden Sie den Mut haben, die Konsequenzen zu ziehen?«

Blaylock grinste. »Sollte Eure Exzellenz daran zweifeln, lade ich Sie zu der kleinen Zeremonie ein, die ich bei Tagesanbruch in den Palastgärten geplant habe, wenn die Söldner sich nicht ergeben.«

»Ich werde da sein.« Kusunoki nickte. Der Schirm verlosch.

»Wie bald kann ich ihn töten?« fragte er Kimura.

»Lassen Sie uns zuerst sehen, wie seine Pläne zur Befriedung Townes gedeihen«, antwortete Mr. Kimura. »Wenn sie funktionieren, wollen Sie ihn vielleicht überhaupt nicht mehr töten.«

Kusunoki grunzte.

Howard Blaylock wandte sich von dem dunkel gewordenen Visiphon ab. »Bist du immer noch da? Nimm dir den Rest der Nacht frei und geh in die Stadt. Ich will ein letztes Mal etwas kostbare Zeit mit meinem Gast verbringen.«

Das Wolfsmädchen stand im Dämmerlicht an der Wand. Farbimpressionen von Blaylocks Holotapete jagten einander rätselhaft auf ihren Zügen. Sie sagte nichts, aber ihre Arme waren vor der Brust verschränkt.

»Was ist los?« Blaylock grinste sie an. »Eifersüchtig? Oder paßt es dir nur nicht?«

»Kapitan MacDougall ist eine Kriegerin«, sagte das Wolfsmädchen. »Es ist nicht richtig, sie so zu behandeln.«

»Eine Kriegerin?« Blaylock lachte. »Dafür hat sie aber ziemlich schnell aufgegeben, als die Dracos sie erwischten. Du solltest mir dankbar sein. Ich tue ihnen wirklich allen einen Gefallen, indem ich sie hier im Palast behalte. Kusunoki wollte sie vor dem Verwaltungszentrum in Eisenkäfigen zur Schau stellen. Die Dracos verachten jeden, der sich ergibt.«

Das Wolfsmädchen sagte nichts mehr. Ihre hübschen Züge wirkten entschlossen.

»Jesus, du versaust mir die Laune. Ich weiß nicht, warum du überhaupt so empfindsam gegenüber diesen ausgeklinkten Fremden bist, wenn man bedenkt, wie sie dir vor ein paar Tagen eine blutige Nase verpaßt haben. So hast du mich noch nicht oft enttäuscht, WM.«

»Wenn Sie meine Dienste nicht zufriedenstellend finden …«

»Oh, schaff dich hier raus.«

Die Wache zwinkerte sich den Schlaf aus den Augen und sah zu, wie das Fahrzeug den Isildurweg entlang auf den schwarzen schmiedeeisernen Zaun zukroch, der den früheren Palast des Marquis umgab. Es war ein gewöhnlicher Dreiachser; Schwebefahrzeuge waren auf Towne nicht beliebt, aber das war reine Geschmackssache. Dahinter glommen die Lichter Port Howards trüber als gewöhnlich. Zivilverkehr ohne besondere Genehmigung war um diese Nachtstunde verboten.

Natürlich wäre es zuviel gewesen zu hoffen, daß *dies* unerlaubter Verkehr war. So etwas Aufregendes passierte während dieser Schicht der Wache nie. Niemand wäre blöd genug, nach der Sperrstunde ohne die erforderlichen Papiere und einen verdammt guten Grund direkt zu den Toren der Residenz des Schirmherrn des Planeten zu fahren. Howard Blaylock gefiel es, sich wichtig zu machen.

Der Lastwagen hielt an. Die Wache murmelte vor sich hin, erhob sich von ihrem Hocker, öffnete dem eisigen Nachtwind die Tür des Wachhäuschens und trat mit ihrem Vereinigten Sturmgewehr über einer Schulter und einer Taschenlampe in der rechten Hand hinaus. Der Wachmann ließ den Lichtstrahl über den Aufbau gleiten. Er trug die Aufschrift ›Aquilonia Audiovisuell, Ihr Supermarkt für Unterhaltungselektronik‹.

Der Fahrer kurbelte das Fenster herunter. Er trug eine dunkle Skimütze und hatte ein langes Gesicht, dessen Schärfe die Jahre nicht abgemildert hatten. »Howdy«, sagte er. »Habe eine Ladung Hochleistungs-Holovidausrüstung hinten drin. Befehl von Blaylock.«

Der Wachmann runzelte die Stirn. »Ich dachte, das

Zeug für die große Show morgen sollte erst nach Mitternacht reinkommen.«

»Läuft es nicht immer so, mein Freund?« fragte der Fahrer mit mitleidigem Grinsen. »Niemand sagt einem irgendwas.«

»Ich muß mir trotzdem die Papiere ansehen.«

»Der Papierkram dauert immer so lang«, sagte der Fahrer lächelnd. »Wie wäre es damit?«

Er hob eine Autopistole, auf deren Lauf ein fetter schwarzer Schalldämpfer geschraubt war. Das letzte, was die Wache sah, war ein heller kleiner Blitz.

»Sie erbitten viel von uns, Kolonel Camacho«, sagte Ganz Harter vom Schutzbund der Gunderland-Rancher quer über den zerkratzten Tisch aus Gunderlandpinie. Von draußen hörte man das Knirschen von BattleMech-Schritten im frischgefallenen Schnee vor der Jagdhütte. Don Carlos ging kein Risiko ein – dieses Treffen sollte nicht so rüde unterbrochen werden wie das vor zwei Tagen.

Ein Feuer brannte in einem grauen Feldstein-Kamin, der wesentlich bescheidener war als der am ursprünglichen Treffpunkt. Der Gemeinschaftsraum, dessen dunkelfleckige Stützbalken so niedrig hingen, daß selbst Don Carlos vorsichtig war, wenn er sich zu seiner vollen Größe von 173 Zentimetern aufrichtete. Diese Versammlung war exklusiver und fand hundert Klicks von der Lodge am Bear Creek entfernt statt, allerdings noch immer tief im Gebirge und weit weg von jedem Ort, in den einzudringen die Dracos und ihre Lakaien gewagt hätten. Außer natürlich das Wolfsmädchen, das diesmal nicht eingeladen war.

»Bisher könnte man den Eindruck gewinnen, ihr Söldner wärt wesentlich mehr gerannt, als ihr gekämpft habt«, fuhr der stämmige Ex-MechReiter fort.

»Das stimmt«, sagte Maccabee Bar-Kochba in seinem an aneinanderreibende Kiesel gemahnenden Baß. Seine

Kompanie Dayan war in Lanzen in einem Bogen nördlich und östlich von Port Howard verteilt. Sie hatten Stoßtrupps von Kuritapanzern und BattleMech-Einheiten in Hinterhalte gelockt und sich dann wieder zurückgezogen. Sie hatten zwei Mechs, sieben Panzer und zwanzig weitere Fahrzeuge zerstört, ohne selbst Verluste zu erleiden. Das war die Art von Krieg, in der die Caballeros unübertroffen waren. »Aber wir schlagen zu, und denen tut es weh.«

»Sie sind aber viel mehr«, sagte Pik Vosloo, ein weiterer ehemaliger MechKrieger, der jetzt Rancher war. Der dunkle, schmale Mann in den Dreißigern hatte tiefliegende schwarze Augen und kurzgeschorenes schwarzes Haar, das sich zu einem dünnen Zopf auswuchs. »Einen Zermürbungskrieg können Sie nur verlieren.«

»Deshalb rennen wir ja weg«, sagte Peter White-Nose Pony. Im Augenblick hatte er die Kompanie Geronimo des Dritten Bataillons südlich von Port Howard und blockierte die Autobahn in die Hafenstadt Sarnath in der Provinz Nemedien. Wie Maccabee hatte er seine beiden anderen Kompanien vor der Invasion auf Onkel Chandys Besitztümer rings um das westliche Hyboria verteilt.

»Ein Planet ist ein sehr großer Ort, meine Freunde, wenn Sie mir erlauben, das Offensichtliche noch einmal festzuhalten«, sagte Kolonel Camacho von seinem Sitz am Kopfende des Tisches aus. Er lächelte. »Wie wir in den paar kurzen Wochen zwischen unserer Ankunft und der unserer ungebetenen Gäste nur allzu deutlich erfahren haben. Diese abtrünnigen Kuritas müssen wohlüberlegt vorgehen, da sie nicht hoffen dürfen, Towne mit brutaler Gewalt zu erobern.«

»Aber es wird keine Knappheit an Kollaborateuren herrschen, die bereit sind, für einen Hauch von Macht ihr Geburtsrecht zu verscherbeln«, sagte Vosloo. »Dafür wird Blaylock, möge er sich mit gebrochenem Rückgrat in einem brennenden Gebäude wiederfinden, schon sorgen.«

»Das hat er schon«, setzte Esther Durning hinzu, eine kleine Rothaarige, die eine Reparaturwerkstatt für schwere Maschinen besaß und außerdem schon lange die Volksmiliz organisierte. Ihr rechter Oberarm steckte in einem starren Bioplastnetz. Eine vom Wolfsmädchen abgefeuerte Kugel hatte ihren Oberarmknochen zertrümmert. »Wenn ich diese verräterische Hure je in die Hände – na ja, jedenfalls in meine unverletzte Hand – bekomme ...«

»Aber Towne verfügt über bedeutende Ressourcen für den Widerstand«, entgegnete Don Carlos. »Zunächst der Einfallsreichtum, Mut und Widerstandsgeist seines Volkes. Unsere Mission war es von Anfang an, diese Ressourcen zu mobilisieren, um die Invasoren zu besiegen – doch wenn die Zeit gekommen ist, den entscheidenden Schlag zu führen, dann werden Sie das Siebzehnte Aufklärungsregiment in vorderster Front finden.«

»Warum sollten Sie hierbleiben?« wollte der stämmige, kahlwerdende Sägemühlenbesitzer Eddie Newcombe wissen. »Die Dracos haben Ihnen freies Geleit vom Planeten weg zugesichert. Und sie halten einige Ihrer Leute als Geiseln.«

Don Carlos sah seinen alten Freund Gordo Baird an, der ihn aus den Schatten an einer Wand heraus anfunkelte. Der Spionageoffizier hatte ihn weiter bedrängt, auf Schadensbegrenzung hinzuarbeiten und das Angebot einer ehrenvollen Kapitulation anzunehmen.

»Wir pflegen nicht mit Geiselnehmern zu verhandeln«, sagte der Kolonel, »oder unsere Aufträge unerledigt zu lassen. Das ist nicht nur eine Frage des Erhalts unserer Glaubwürdigkeit auf dem heißumkämpften Söldnermarkt der Inneren Sphäre. Es ist eine Frage der Ehre.«

Die Widerstandsführer sahen einander an. Sie wußten mittlerweile, daß die Südwestler, wenn es um Ehre ging, empfindlich waren wie ein Draco. Es blieb die Frage, wie lange die Außerweltler so bleiben würden.

»Was die Frage angeht, was wir zu bieten haben«, fuhr Don Carlos fort, »in erster Linie Erfahrung. Beispielsweise hat mein Sohn Gavilán einen Abschluß der Militärakademie New Avalon.« Er nickt Gabby zu, der zu seiner Rechten saß.

Der junge Mann war heute nacht ungewöhnlich ruhig. Er war nach dem Debakel in Port Howard mit seinem *Dunkelfalke* nach Süden geflohen, um sich White-Nose Ponys Kommando zu unterstellen. Seit sein Vater vorübergehend sein eigenes Bataillon von der Front abgezogen hatte, war er beim Dritten geblieben, um dort zu kämpfen. Er hatte seinen Vater erst heute abend wiedergesehen.

»An konventioneller Ausbildung fehlt es uns nicht unbedingt«, sagte Harter. »Ich selbst habe einen Abschluß von Nagelring.«

»Der Schlüsselbegriff ist ›konventionell‹, Mr. Harter«, entgegnete Vater Doktor Bob García. »Wir Südwestler haben eine lange Geschichte der Kriegführung hinter uns, die alles andere als das ist. Im Herzen sind wir Räuber, Guerilleros. Und wir haben einen Scout unter uns, der ohne die Unterstützung irgendwelcher Kampffahrzeuge wahrscheinlich für die Vernichtung von mehr BattleMechs verantwortlich ist als jede andere Person in der Inneren Sphäre, Oberleutenient Cassiopeia Suthorn.« Er lächelte. »Ich denke schon, daß wir Ihren Leuten einiges zu vermitteln hätten.«

»Wir haben auch das Glück, einen Mann unter uns zu haben, dessen ausgedehntes Geschichtsstudium sowie seine Ausbildung in den Künsten der Intrige ihn auf einzigartige Weise als Strategen der unkonventionellen Kriegführung qualifiziert. Ich meine natürlich Oberleutenient Vater Robert García, SJ.«

Das Lächeln des Jesuiten erstarb, und er sah Don Carlos erstaunt an. Wegen seiner doppelten Ausbildung als Jesuit und MechKrieger – und der Einstellung des Kolonel zu Klerikern – war er es gewohnt, solchen Treffen als

Teil der Denkfabrik Camachos beizuwohnen. Er hatte nicht gewußt, daß es für seine Anwesenheit heute nacht einen tieferen Grund gab.

Ah, gut, dachte Don Carlos und verbarg sein eigenes Lächeln. Wenn der junge Mann mit dieser kleinen Überraschung nicht fertig werden konnte, durfte er kaum hoffen, mit den abtrünnigen Söhnen des Drachen fertig zu werden, oder?

Vater Bob blinzelte und riß sich zusammen. »Wir alle wissen, wie wichtig es ist, zu erkennen, wann und wo man zuschlagen sollte, meine Herren, Ms. Durning«, sagte er sanft und wandte sich den Milizvertretern zu. »Aber in einer solchen Situation ist es vielleicht wichtiger zu erkennen, wann man nicht zuschlagen sollte ...«

Der Schlag mit dem Handrücken schleuderte Lady Ks Kopf herum und ließ sie in Taras' unwillkommene Umarmung taumeln. Wie immer fühlte sich seine Berührung auf ihren nackten Armen etwas schmierig an. Er wirbelte herum und schleuderte sie auf das Bett des kleinen Raumes, in dem sie im zweiten Stock des Palastes eingesperrt war.

Buster, dem das blonde Haar in die leeren blauen Augen hing, stand über ihr und massierte die Knöchel seiner rechten Hand. »Warum hast du das getan?« verlangte sie zu wissen. »Blaylock hat dir befohlen, die Ware nicht zu beschädigen!«

Das Gefühl des Verrats, der Ungerechtigkeit, daß die Regeln ihr gegenüber einfach geändert wurden, ließ Tränen in ihren Augen brennen. Das war eine der Auswirkungen der ständigen Mißhandlungen, wie sie wohl wußte, diese Zerbrechlichkeit des Opfers. Es gefiel ihr nicht, wieder in dieser Rolle zu sein.

Buster sah Taras an. Buster trug einen braunen Anzug wie ein Futtersack und eine Krawatte, die nie richtig gebunden war. Der andere Mann war dunkler, kleiner und etwas weniger massig. Er trug einen schicken schwarzen

Anzug, einen schwarzen Schnurrbart und einen Goldring im Ohr. Sein schwarzes Haar war an den Schläfen rasiert und im Nacken zu einem kleinen Pferdeschwanz zusammengebunden.

»In ein paar Minuten wird der Schirmherr kommen und dir seinen, du weißt schon, letzten Respekt erweisen«, sagte Buster, »da dieser Fettkloß von einem Kolonel beschlossen hat, den harten Burschen zu spielen. Wir wollen nur nicht, daß du dir einbildest, du könntest einen so schönen Anlaß ruinieren.«

»Außerdem«, setzte Taras hinzu, »hat Seine Exzellenz versprochen, daß wir dich haben können, wenn er für den Abend mit dir fertig ist. Wir wollen sicherstellen, daß du in empfänglicher Stimmung bist.«

Sie wollte ihm ins Gesicht spucken. Irgendwie brachte sie aber die Energie dazu nicht auf.

Buster ließ seine Augen wie klamme Hände über ihren Körper wandern. Sie war in ein einfaches weißes Gewand gehüllt. Es lag nicht an; sie hatte in der Gefangenschaft Gewicht verloren.

»Jetzt wirst du etwas Hübsches für den Schirmherrn anziehen«, sagte er. »Er will, daß du bei deiner Abschiedsparty gut aussiehst.«

»Fahr zur Hölle«, sagte sie. Und dachte: Danke, daß du mir geholfen hast, meinen Widerspruchsgeist wieder zu finden. Du Schwein.

Buster runzelte die Stirn und hob eine schwere Hand.

Hinter ihm flog die Tür mit einem Doppelkrach von Haftladungen aus den Angeln. Er und Taras fuhren herum, als sie eingetreten wurde. Taras' Hand griff nach der Laserpistole im Schulterhalfter unter seinem Jackett.

Ein Stakkatoknallen ertönte, das in der Enge des Raumes laut wirkte. Die Rückseite von Taras' Jackett löste sich in Fetzen und dunkle Flüssigkeit auf. Sein Körper zuckte in neuromuskulärer Reaktion auf mehrere Geschoßeinschläge, dann brach er einfach zusammen wie ein Anzug, der vom Kleiderbügel gerutscht war.

Zwei Gestalten waren durch die Tür getreten. Sie trugen schallgedämpfte Maschinenpistolen, schwarze Tarnanzüge mit Schutzbrillen – herkömmliche Sichtverstärker, nicht die finsteren roten Rundumsicht-Visiere, wie sie die DEST-Kommandos verwendeten – und Gasmasken. Die eine, die rechts weggetreten war und Taras erschossen hatte, sagte in Cowboy Paysons nasalem Tonfall: »Klar.«

Buster stand einem wesentlich kleineren Eindringling gegenüber, der links von der Tür weggetreten war und dessen schlanke, schwarzgekleidete Gestalt offenbar weiblich war. Er riß die Hände hoch und fiel auf die Knie. »Nicht schießen!« flehte er. »Bitte!«

Das Gesicht mit der Schutzbrille wandte sich kurz Kali auf dem Bett zu. Dann wandte es sich wieder Buster zu. Ein schwarzbehandschuhter Finger spannte sich um einen Abzug und jagte sechs 9-mm-Kugeln in Busters breites Gesicht.

»Klar«, war die Stimme Cassie Suthorns zu vernehmen.

21

Port Howard
Provinz Aquilonien, Towne
Mark Draconis, Vereinigtes Commonwealth

9. Februar 3058

Howard Blaylock entkam dem Überfall der Caballeros, die ausgesandt worden waren, um Kali MacDougall zu retten, indem er sich von seiner Sicherheitsabteilung ein Fahrzeug mit Allradantrieb besorgte und ein Hintertor durchbrach. Eine Salve aus Handfeuerwaffen verfehlte ihn, ehe er in einem Nadelbaumhain verschwand.

Neben der Befreiung ihrer gefangenen Kameraden mußten sich die am Überfall beteiligten damit zufrieden geben, jeden zu erschießen, der Widerstand leistete – jeden, der sich nicht mit dem Gesicht nach unten kapitulierend zu Boden warf oder schnell genug wegrannte –, und diverse Akte des Vandalismus mit den Sprengstoffen und Brandbeschleunigern zu begehen, die sie extra zu diesem Zweck mitgebracht hatten.

Auf tatsächlichen Widerstand der Towne-Garde, die Blaylock angeblich beschützte, stießen sie kaum. Das Einsatzkommando war jedoch noch nicht lange im Palast, da erspähte der Ausguck einen Entsatztrupp, der den Isildurweg heraufkam, und voraus stapfte ein 65-Tonnen-*JägerMech.* Der Rettungstrupp war mit nichts Schwererem bewaffnet als mit seinen schallgedämpften Shimatsu-42-Maschinenpistolen und auf einen Entscheidungskampf mit regulärer VSDK-Infanterie nicht vorbereitet, noch weniger auf BattleMechs. Oberleutenient Buck Evans, der die Einheit befehligte, drückte mit dem Daumen auf den Knopf an seinem Kommunikator, der den Rückzugsbefehl erteilte. Zwanzig Sekunden später tauchte ein schwarzbemalter Karnow-UR-Transport-Senkrechtstarter mit Kipprotoren auf, schwebte über einen nahegelegenen Berggrat und landete auf dem verschneiten Rasen vor dem Palast. Während Zuma Gallegos den Palast aus der Ladeklappe heraus mit einem GM-Minigewehr beharkte, wurden die befreiten Gefangenen an Bord geführt, nur Kali MacDougall mußte von Cassie und Cowboy getragen werden.

Das letzte Mitglied des Rettungstrupps taumelte in das Flugzeug. An den Kontrollen des Transportflugzeugs saß Tim Moon von den Towne Air Rangers. Während Zuma immer weiterschoß, hob er ab und stürzte sich in die Nacht, wobei er gelben Leitstrahlen der mittelschweren und leichten Mydron-Autokanonen auswich, die an den Armen des *JägerMech* befestigt waren. Innerhalb von Sekunden hatte er den Bergkamm nordöstlich des Palasts überquert und duckte sich dahinter aus der Schußlinie. Die Nacht war klar. Während das Licht des riesigen Conan den Tiefschnee und den Pulverschnee, den die übergroßen Rotoren des Karnow aufwirbelten, wie in einem eigenen Licht leuchten ließ, hielten sie sich am Boden, bis sich die Tore des Gebirges schützend hinter ihnen schlossen.

Sieben Tage später verließ eine Kolonne Port Howard südwärts die Küstenstraße entlang. Das Regiment der Townegarde, deren Reihen durch Rekrutierungen seit der Kapitulation der Planetenregierung enorm gewachsen waren, bestand in erster Linie aus Infanterie, die in eine merkwürdige Ansammlung von Militär- und Zivilfahrzeugen gepackt war, darunter Busse, Viehtransporter und sogar beschlagnahmte Autos. Die Hauptstreitmacht bestand aus einem kleinen Bataillon Panzer, von denen die meisten bis vor kurzem den Leibfüsilieren des Marquis von Towne gehört hatten. Diese konventionellen Panzer wurden verstärkt von einer gemischten Lanze Wach-BattleMechs, von denen einer, ein *Kreuzritter*, zusammenbrach, bevor noch die südlichen Vororte

Port Howards außer Sicht waren, und nicht zum Weitermarschieren zu bewegen war.

Tai-sho Kusunoki hatte sich standhaft geweigert, der Garde einige der BattleMechs zu überlassen, die er den Söldnern oder den Füsilieren abgenommen hatte. Diese Expedition war als Gelegenheit für die Garde vorgesehen, sich einer solchen Verstärkung würdig zu erweisen. Die Stadtverwaltung Sarnaths, der Hauptstadt der Provinz Nemedien, selbst ein wichtiger Seehafen, stellte sich offen gegen den Schirmherrn des Planeten, Blaylock, und seine nicht von dieser Welt stammende Unterstützung. Wenn die Garde die Sarnathianer zur Räson bringen konnte, dürfte sie eine Belohnung in Mechs erwarten.

Fünfzig Kilometer von Port Howard entfernt lauerten Söldner-Mechs der Führungsspitze der Kolonne auf und zerstörten zwei leichte Skorpion-Panzer und einen Spähwagen. Als die überlebenden WachMechs, ein *Whitworth,* ein *Derwisch* und eine *Wespe,* auftauchten, zogen die Söldner den Schwanz ein und flohen. Die Moral in der Kolonne stieg, und wenn jemand bemerkt hatte, daß keine der Caballeromaschinen zerstört oder auch nur sichtbar beschädigt worden war, dann sagte er vorsichtshalber nichts. Die Garde hatte im Kielwasser der Kusunoki-Invasion einen Hang zu Standgerichten und Massenexekutionen entwickelt.

Am Nordrand Sarnaths – Robert E. Howard war Augustus Pons' Lieblingsautor phantastischer Literatur gewesen, aber keineswegs der einzige, den er las – traf die Garde auf Straßensperren, die offenbar von der Volksmiliz bemannt waren. Die selbsternannten Patrioten wurden mit verächtlicher Leichtigkeit weggefegt. Die Kolonne tauchte in die Stadt ein.

Wie die meisten unerfahrenen Soldaten waren die MechReiter und Panzerfahrer der Garde zu ungeduldig, um zu warten, bis ihre Infanterie-Hilfstruppen aufgeschlossen hatten. Die Infanterie in ihren weitgehend ungepanzerten Transportmitteln war ihrerseits geradezu zufrieden damit, zurückzuhängen und den Kampfmaschinen den Großteil des Bevorstehenden zu überlassen. Die Kolonne zog sich auf der Straße auseinander, wobei ihre Panzer und Mechs mehr als einen halben Kilometer Vorsprung vor den Transportfahrzeugen hatten, als sie in die bebauten Bereiche vorstießen.

In diesem Augenblick schnappte die Falle zu.

Gepanzerte Einheiten – Schwebetanks und Raupenschlepper noch weit mehr als BattleMechs – sind im Stadtkampf am stärksten benachteiligt. Infanterie ist im Freien am schwächsten. Dementsprechend führte Oberleutenient James Kicking Bird in seinem schwer gepanzerten *Donnerkeil* die Kommandolanze der Kompanie Geronimo und fiel über die Infanterie her, während Truppen der Volksmiliz aus der Tarnung in Gräben, Abzugskanälen und Gebäuden entlang der Straße auftauchten und die Garde in ihren dünnwandigen Fahrzeugen abzuschlachten begannen. Gleichzeitig begann der Rest von Geronimo, ebenfalls mit Hilfe der Männer und Frauen der Miliz, die Panzer der Garde in den Straßen des nördlichen Vororts Yelverton zu Staub zu zermahlen.

Als ein 80-Tonnen-*Todesbote*, gesteuert vom Kommandanten des Dritten Bataillons, White-Nose Pony, die *Wespe* mit seinen Kreuss-PPKs verdampfte, sprangen die beiden anderen MechReiter der Garde ohne weiteres Zögern ab. Eine Anzahl von Leuten aus den Panzerbesatzungen gaben ihre Fahrzeuge gleichermaßen sofort auf. Was klug war, denn unter diesen Umständen waren die Maschinen wenig mehr als wartende Krematorien.

Innerhalb einer halben Stunde hatte das Zweite Regiment der Towne-Garde seine Existenz beendet.

Tai-sho Jeffrey Kusunoki und sein Kendopartner, beide in vollem *dogu*, tauschten auf dem Hartholzboden der Sporthalle Schläge schneller aus, als Mr. Kimuras alles andere als geübtes Auge es wahrzunehmen vermochte. Plötzlich glitt das *shinai* des Gegners, sein Übungsschwert aus zusammengebundenen Bambusstäben, von der linken Seite von Kusunokis Gesichtsschutz ab.

»Hidari-men ari!« schrie einer von Kusunokis Gefolgsleuten, der als so etwas wie ein Kampfrichter diente, um anzuzeigen, daß ein Direkttreffer erzielt worden war, einer von acht möglichen Treffern. Kusunoki trat zurück. Seine Schultern hoben und senkten sich, als er tief Luft holte, dann griff er wieder an.

Der *Tai-sho* achtete mit fast religiösem Eifer darauf, jeden Tag zu einer genau festgesetzten Zeit zu trainieren, komme, was da wolle, von echten Notfällen einmal abgesehen. Dieses Training trug zweifellos dazu bei, daß er als Mann in den Fünfzigern immer noch ein Aussehen und eine körperliche Fitneß bewahrt hatte, um die ihn ein Mann in den Zwanzigern hätte beneiden können; aber Mr. Kimura machte sich deswegen wenig Hoffnung bezüglich der Flexibilität seines Geistes. Ah, gut, dachte er, *mujo:* Das Leben ist flüchtig, wie die Buddhisten sagen. Mr. Kimuras Kritikpunkte waren längst nicht mehr maßgebend. Er mußte jetzt *ninjo,* seine Gefühle für Kusunoki, abstreifen und sich auf *giri* konzentrieren, den Dienst, den er Toyama-*sama* und dem Drachen schuldete. Kusunoki war das Werkzeug, und er war das einzige in Reichweite, egal wie beschränkt er war. Er mußte ihn so gut wie möglich einsetzen.

Fast umgehend traf das *shinai* des Gegners den General rechts in die unteren Rippen. *»Migi-do ari!«* schrie der Schiedsrichter und sagte einen weiteren Punkt an. *»Nihomme!«* Letzteres bedeutete ›zweiter Punkt‹.

Rasend schnell hob sich das Shinai und krachte Kusunoki direkt auf den Kopf. *»Men-ari! Shobu!«* rief der Schiedsrichter. Kopftreffer und Sieg.

Der *Tai-sho* warf seine Waffe weg, stürmte auf seinen Gegner zu, packte ihn am *kote,* der seinen rechten Unterarm schützte, und an der linken Seite seiner *keikogi* oder

Jacke und warf ihn mit einem sehr glaubwürdigen Hüftwurf zu Boden. Dann trat er seinen Sparringspartner so heftig, daß er seinen *do*, seinen Vitrylbrustpanzer, verbeulte, bis mehrere seiner Lakaien herbeieilten und ihn wegzogen.

Der General stürmte dorthin, wo Mr. Kimura unter einem Basketballkorb stand, riß sein *men* herunter und warf es hin. Ein Gefolgsmann fing es, bevor es auf dem Boden aufschlug. Das gleiche geschah mit Handschuhen und *kote.*

»*Chikusho!*« brüllte der General. Das Wort bedeutete wörtlich ›Tier‹ oder ›Tiere‹ und war der heftigste Ausruf, den das Umgangsjapanisch kannte.

»Verflucht seine Exzellenz seinen Gegner von eben«, erkundigte sich Mr. Kimura höflich, »oder flucht er nur ganz allgemein?«

»Diese *Gaijin*-Söldner!« tobte Kusunoki. »Was sie getan haben, ist unerträglich! Das Blut Townes wird in Sturzbächen fließen.«

»Welche Missetat der geldgierigen Leute von außerhalb meint seine Exzellenz genau?«

»Ihren Verrat in Sarnath natürlich. *Mattaku!*« Das bedeutete grob übersetzt ›verdammt‹.

»Aber die Soldaten, die wir verloren, waren Barbaren von Towne«, protestierte Mr. Kimura. »Wir nennen unsere eigenen Yakuza-Soldaten *teppodama,* bloß Kugeln, die verschossen werden. Diese *Gaijin* sind doch gewiß um vieles weniger wert? Und außerdem haben Euer Exzellenz nicht so heftig reagiert, als die Söldner Blaylock-*san* in seinem Haus angriffen und seine Leibwächter töteten.«

Das war nicht alles, was sie getan hatten, dachte Kimura. Die beiden Hauptleibwächter des Schirmherrn des Planeten waren nach dem Tode entmannt worden, und man hatte den Satz ›Du bist der nächste, Blaylock!‹ in Blut an die Wand der ehemaligen Zelle Kapitan MacDougalls geschrieben.

»Das ist überhaupt nicht dasselbe! Das waren Blaylocks Gefolgsleute, sein Problem. Dies hier waren Soldaten des Drachen, *Gaijin* oder nicht.«

Er schnallte seinen *do* ab, warf ihn klappernd zu Boden, riß seine *keikogi* herunter und wrang Schweiß daraus.

»Die Straßen Sarnaths sollen im Blut ertrinken! Ich werde aus diesen hündischen Rebellen ein *satsuriku* machen, das Kentares IV gleichkommt!« *Satsuriku* setzte sich aus den Worten für ›Schwein‹ und ›schlagen‹ zusammen und bedeutete *Massaker.*

»Sie werden nichts dergleichen tun«, sagte Mr. Kimura ruhig, aber betont.

Kusunoki erstarrte, dann wandte er sich um und starrte den alten Mann mehr erstaunt als erzürnt an. In einer Sprache, die eher der Anpassung und Konfliktvermeidung als der Kommunikation *per se* diente, und von einem Untergebenen seinem offiziellen Vorgesetzten gegenüber war ein solch offener Widerspruch wie ein Schlag mit der geballten Faust ins Gesicht.

»So ka?«

»*Hai,* Kusunoki-*sama.* Wir können zwar – wenn es wirklich angemessen ist – Vergeltungsmaßnahmen ergreifen, aber etwas, das einer Wiederholung von Lord Jinjiros Massaker gleichkommt, steht außer Frage.«

Kimuras Affront schien Kusunoki regelrecht seines Zorns beraubt zu haben. »Und warum das?« fragte er milde.

»Wir agieren hier, um uns die Schwäche Victor Davions zunutze zu machen, des Erben des Mannes, der durchaus zu Recht als der Fuchs bekannt ist. Wenn wir etwas tun, das dem Kentares-Massaker entspricht, stärken wir ihn damit nur. Sein Volk wird sich in einem mächtigen Kreuzzug hinter ihn stellen, um uns von Towne zu vertreiben, und selbst seine Schwester wird ihren Haß schlucken und sich ihm anschließen müssen, damit sich nicht ihr eigenes Volk gegen sie wendet. Mehr noch, unser geschätzter Koordinator Theodore wird ein solches Massaker nicht nur nicht erlauben, er würde höchstwahrscheinlich die Vereinigten Soldaten des Draconis-Kombinats herschicken, um bei unserer Auslöschung zu helfen.«

Kusunoki war wie vom Donner gerührt. Er glaubte noch immer an sein *hara,* daß er und seine Invasionsarmee im Interesse des Koordinators und damit des alten Geistes des Drachen handelten. »*Masaka!*« Das kann nicht sein.

»Es kann. Sie haben die HPG-Botschaften ebenso gelesen wie ich. Der Koordinator wird unprovoziert nichts gegen uns unternehmen. Aber seine bösen Berater haben ihn insofern gegen unser Unternehmen aufgebracht, daß wir aus dem Kombinat weder Nachschub noch Verstärkung erwarten dürfen. Wir können uns wegen des Nachschubs auch nicht auf das Schmuggelnetzwerk des *seimeiyoshi-rengo* verlassen; der andere Oyabun wird sich dem Koordinator nicht derart widersetzen.« *Seimeiyoshi-rengo* war die lockere Verbindung aus Yakuza-*gumi* und *Kai* – sprich Banden –, die begonnen hatten, sich auch jenseits des Kombinats über die Innere Sphäre zu verteilen, um größere Widerstandsbewegungen auf den Welten in der Hand der Clans zu schaffen.

Kusunoki kniff die Augen zu. Tränen rannen über seine schönen Wangen. »Also ist die Verrottung schon so nahe ans Herz des Drachen vorgedrungen?« flüsterte er gequält.

»*Kimochi ga fujita.*« Ich verstehe Ihr Gefühl.

»Sehr gut«, sagte der *Tai-sho,* der sich langsam wieder in den Griff bekam. Er wandte sich um und wollte weggehen; nach einer kurzen Selbstüberprüfung wandte er sich wieder dem alten Mann zu.

»Dürfen wir wenigstens die hinrichten, die Waffen gegen uns einsetzen?«

Mr. Kimura verbeugte sich. »*Hai, Tai-sho.* Aus diesem Grund war die Kapitulationszeremonie, die wir mit Mr.

Blaylock arrangierten, von so äußerster Wichtigkeit. Vor den Augen des Gesetzes sind wir die rechtmäßige Regierung Townes. Diejenigen, die uns gewaltsam Widerstand leisten, sind der Rebellion schuldig, und zwar nach den Gesetzen des Planeten und in der Tat auch des Vereinigten Commonwealth.«

Kusunoki grinste wie ein Schuljunge. »Das gefällt mir schon besser«, sagte er.

In Sarnath hatten die Caballeros Glück.

Nicht wegen des Ausgangs der Schlacht – das war Geschick und die vorhersehbare Inkompetenz von Marrous Flaschen. Nein, sondern weil die Volksmiliz Sarnath Legitimität angestrebt hatte, indem sie die Autorität der Stadt und der Provinzregierungen anerkannte. Und die Politiker wollten alles Lob selbst einstreichen.

Trotz – oder gerade wegen – seiner Navajo-Verschwiegenheit war der Kommandant des Dritten Bataillons, Peter White-Nose Pony, einer der fähigeren Diplomaten des Siebzehnten. Auf Anweisung Don Carlos' hatte er die Forderung der Söldner nach den Bergungsrechten auf die beiden WachMechs, die unbeschädigt verlassen worden waren – von der armen kleinen *Wespe* war nicht mehr genug übrig, als daß selbst Zumas Zauberei noch etwas hätte retten können – mit mehr Druck als nötig vorgebracht.

Die Reaktion des Provinzgouverneurs von Nemedien war gewesen, die Caballeros aus Sarnath und ganz Nemedien hinauszuwerfen. Zwei Tage nach der Schlacht zog die Kompanie Geronimo ostwärts in die Gunderlandberge.

Vier Tage danach fielen drei Landungsschiffe der *Overlord*-Klasse aus einem schwer wolkenverhangenen Himmel auf Sarnath herab und brachten ein Bataillon BattleMechs der Schwarzen Drachen und je ein reguläres Panzer- und Infanterieregiment der Vereinigten Soldaten des Draconis-Kombinats. Verstärkt durch von der Garde eroberte Ausrüstung kämpften die Männer und Frauen der Volksmiliz gut genug, um den regulären Truppen blutige Nasen zu verpassen, ehe sie überwältigt wurden.

Auf der anderen Seite erheischte die Leistung der Yakuza-MechKrieger das zögerliche Lob Kusunokis. In einer Erklärung, die er selbst schön kalligraphiert hatte, erkannte er an, daß sie den Standards der Geisterlegionen entsprechend gekämpft hatten, die offen neben den VSDK dienten. Besonders der junge *Tai-i* Toyama zeichnete sich im Feld aus, und zwar unter Umständen, die nicht den Verdacht aufkommen ließen, daß die ganze Sache getürkt worden war, damit er gut aussah, wie es beim Palast vielleicht der Fall gewesen war. In seinem PLD-4N *Paladin* hatte er im Alleingang eine Lanze früher Füsilier-Rommel- und Pattonpanzer ausgeschaltet, die das Vorrücken ins Stadtzentrum behinderten.

Der Schirmherr des Planeten, Blaylock, flog persönlich hinunter, um die Säuberung Saranaths zu überwachen. Sein Enthusiasmus für diese Aufgabe reichte aus, um ein strahlendes Lächeln auf die glattrasierten Lippen *Tai-sho* Kusunokis zu zaubern und Mr. Kimuras bärtige sich besorgt kräuseln zu lassen.

Luft/Raumjäger von den Engeln der Verzweiflung flogen zwar bis weit östlich von Sarnath, bis eine neue Sturmfront sie zur Landung zwang, doch den Söldnern gelang die Flucht in die südwestlichen Gunderlandberge. Blaylocks Propagandamaschinerie ließ sich ausführlich über ihre Feigheit aus.

Mr. Kimura wünschte nur, es wäre so einfach. Die *Gaijin*-Söldner waren nicht feiger als die Besten des Drachen. Sie waren teuflisch clever. Sie dehnten das Schlachtfeld so weit und so breit sie konnten aus, so daß Kusunokis Kräfte dünn gesät waren. Es würde mehr als den *Machismo* des Generals und Blaylocks Wortgeklingel brauchen, um den Planeten von ihnen zu säubern.

Mr. Kimura konnte nur unterwürfig die Buddhas bitten, daß seine eigene Cleverness ausreichen möge. Andererseits hatte der Oyabun seinen Namen auch nicht aus dem Hut gezaubert. Er nutzte all seine Schliche und Irreführungen, als er sich daran machte, seine Verbündeten so zu manipulieren, daß sie die Caballeros schlagen würden, obwohl sie sich dabei eigentlich selbst im Weg standen.

»Gabby sagt immer noch, wir hätten in Port Howard konzentriert bleiben sollen?« Kali MacDougall lag auf Kissen gebettet in einem Krankenhausbett in Athalau, einer Stadt im Süden der Eiglophen, und schüttelte ungläubig den Kopf. »Er ist voller Sierra, und du kannst ihn an einem Ohr hereinzerren, damit ich ihm das ins Gesicht sagen kann.«

Nach einer Woche im Bett stach sie wieder der Hafer. Aber Dr. Sondra Ten Bears, die Komantschin und Oberärztin des Siebzehnten, hatte ihr auf den Kopf zugesagt, daß der Doktor sie ruhigstellen und mit unelastischen Gurten ans Bett fesseln lassen würde, wenn sie unerlaubt aufzustehen versuchen sollte. Zehn Bären, eine bärenartige, unbezähmbare Frau, nur ein paar Zentimeter kleiner als Lady K und mindestens zehn Kilo schwerer, war an die Wutausbrüche der Südwestler gewöhnt und, wenn das überhaupt möglich war, vom Status einer MechKriegerin noch weniger beeindruckt als Cassie.

Lady K war klug genug zu akzeptieren, was sie nicht ändern konnte. Howard Blaylocks zarte Aufmerksamkeiten hatten ihr schlimmere innere Verletzungen zugefügt, als ihr selbst klar gewesen war. Ten Bears – die trotz ihrer Grobheit die Regimentsmitglieder wie ihre eigenen Kinder behandelte – hatte Cassie privat anvertraut, daß Kali wahrscheinlich nicht lange genug überlebt hätte, um dem Erschießungskommando im schneebedeckten Rosengarten des Palastes gegenüberzutreten, hätte Blaylock tatsächlich diese letzte Nacht mit ihr bekommen.

Der seelische Schaden aus ihrer Gefangenschaft würde allerdings länger brauchen, um zu heilen. Darüber machte sich Cassie weniger Sorgen. Sie selbst hatte in der Vergangenheit ähnliche Behandlung überlebt – ebenso wie Lady K. Auf ihre eigene Weise litt sie mit ihrer Freundin, aber sie war sicher, daß es Kali gutgehen würde, wenn das physische Trauma erst einmal vorbei war.

Und vielleicht, das wußte Cassie, war das alles nur Wunschdenken. Sie *mußte* daran glauben, daß Kali geistig gesund bleiben würde, egal was kam. Denn die blonde MechKriegerin war der Fels, auf dem Cassies Gefühl nach im Moment ihre eigene Stabilität aufbaute.

Kali saß halb aufrecht, auf einen Kissenberg gebettet, mit ihrem großen weißen Teddybär Snowy neben sich. Sie hatte zwar viel Gewicht verloren, und ihre grünen Augen lagen tief in den Höhlen, doch für Cassie sah sie sehr schön aus. Wie üblich war Kali von Freunden umgeben: Cassie, Raven, Misty Saavedra und das menschliche Gebirge Carter aus ihrer eigenen Kompanie. Raven hatte in schärferen Tönen als üblich über das Verhalten ihres eigenen Bataillonskommandanten hergezogen, seit der sich seinem Vater wieder angeschlossen hatte.

»Mein Freund Howie« – Kalis Gesicht verzog sich, während sie den Namen aussprach, als drehe jemand ein Messer in ihren Eingeweiden um – »mochte Bettgeflüster. Das heißt, er prahlte viel. Seine Freunde haben *sechs Regimenter* mitgebracht, darunter das Fünfte Galedon-Luft/Raumgeschwader, das man die Engel der Verzweiflung nennt. Außerdem klüngelte dieser Wichser mit dieser Schlampe Marrou darüber, daß ihre Flaschen die Seite wechseln würden. Wenn wir noch in Port Howie zusammengehangen hätten, wenn *diese* Falle zugeschnappt wäre, hätten wir nur noch im großen Stil sterben können.«

Während sich Ten Bears im Bereitstellungsraum, wo der Senkrechtstarter der Ranger die befreiten Geiseln abgesetzt hatte, um die offensichtlicheren Verletzungen der MechKriegerin kümmerte, hatte Lady K Spionagedaten niedergeschrieben, bis sie bewußtlos wurde. Dank ihrer Notizen kannten die 'lleros die Gesichter ihres Feindes. Neben den Engeln hatten sie es mit den 15. Regulären Dieron-BattleMechs zu tun, Hingabe durch Kampf, dem 227. Panzerregiment, bekannt als Harte Ziele, und dem 503. Mechanisierten Infanterieregiment mit dem Spitznamen Besseres Morgen. Sie alle bestanden aus kampfgestählten regulären VSDK-Truppen.

Aber die Gesellschaft des Schwarzen Drachen war auch nicht untätig gewesen. Anscheinend schuf sie ihre eigene Geheimarmee. Sie hatte zwei Einheiten zur Invasion Townes beigesteuert: das 1. Geist des Drachen-BattleMech-Regiment, bekannt als Acht Ecken der Welt unter Einem Dach, was, wie der *Mirza* Peter Abdulsattah sie vor langer Zeit und weit entfernt bei einer Vorbesprechung informiert hatte, ein Slogan der Kokuryu-*kai* war, der das Ziel formulierte, die ganze Menschheit unter der wohlwollenden Herrschaft des Drachen zu vereinen; und das 1. Freude des Drachen-Infanterieregiment, das Gezogene Schwert.

»Ich glaube, diesen Floh hat Baird Gabby ins Ohr gesetzt«, sagte Raven. Sie saß mit gekreuzten Beinen an einem Fenster, durch das die eiskalte Bergluft hereindrang, und rauchte eine Zigarette. Geistig zählte Cassie die Sekunden, bis zu erwarten war, daß die Stationsschwester hereingestürzt kam, um ihr in den Hintern zu treten und ihren Namen aufzunehmen. »Gabby ist zu sehr Macho, um Gordos Standpunkt zu übernehmen, daß wir das Handtuch werfen und uns von den Dracos nach Outreach schicken lassen sollten – als könnten wir ihnen vertrauen; also versuchte Gordo, ein wenig Zwietracht zwischen Papa und Sohn zu säen. Er ist ein verschlagenes kleines Wiesel.«

»Ich sollte ihm Bluttrinker in die Nieren rammen«, sagte Cassie. »Der macht nur Ärger.«

Das menschliche Gebirge hielt die Hände mit den rosafarbenen Handflächen hoch. »Jetzt sag doch so was nicht, Cassie. Er meint es gut. Er ist schließlich einer von uns.«

Lady K sah ihn an und zog skeptisch eine Augenbraue hoch. »Du glaubst, das bedeutet, daß er es gut meint? Earl Willie, du bist wesentlich naiver, als ich dachte.«

Der gewaltige schwarze MechKrieger zuckte die Achseln, was Flutwellen über seine Kinn und seinen Bauch schwappen ließ. Er war berühmt für seine Gutmütigkeit. Als 200 Kilo schwerer *Heuschreck*-Pilot brauchte er jedes bißchen Heiterkeit.

Raven stieß den Rauch aus und wollte etwas sagen. Die Tür flog auf.

Es war Tim Moon, der nach kalter Luft und Holzrauch roch und dessen Arme mit Blumen beladen waren. Ohne einen Seitenblick ging er rasch zu Lady K und umarmte sie. Sie brach in Tränen aus.

Bei aller Härte war Lady K aufgrund ihrer Erfahrungen dennoch zerbrechlich. Intellektuell war Cassie das klar. Und dies war das erste Mal, daß Moon tatsächlich zurückgekommen war, um sie zu besuchen, seit er zugesehen hatte, wie sie auf eine Trage geschnallt von seinem Karnow weggebracht wurde. Und dennoch ... ihre eigenen Augen brannten, und sie erhob sich und ging rasch auf den Flur.

Im Gang waren Licht und Geräusche gedämpft. Ebenso die Desinfektionsgerüche. Das Ivor Mictlan-Gedächtnishospital schien aus einer anderen Zeit zu stammen. Es war in Anlehnung an die ergonomischen Theorien des einunddreißigsten Jahrhunderts erbaut und ausgestattet worden. Die Schutzbleche der Wände waren fahloliv gestrichen, und darüber war mattes Weiß, was den Gang auf den ersten Blick trübselig aussehen ließ. Doch während das Personal in makellosen weißen Uniformen seiner Arbeit nachging und leicht aussehende, aber unzweifelhaft solide Rollstühle und Wagen herumschob, stellte Cassie fest, daß der Effekt letztlich irgendwie beruhigend war, ganz anders als die gleißende Sterilität der meisten VerCom-Kliniken.

Eine Frau mit struppigem braunen Haarschopf und enormen haselnußbraunen Augen, deren schmale Gestalt in einer schwarzen Rohanlederjacke fast verschwand, lehnte an einer Wand. Sie sah Cassie an, neigte den Kopf auf eine Seite, lächelte scheu.

»Sie müssen der Scout sein«, sagte sie. »Timmy hat mir von ihnen erzählt. Ich bin Amy – Sergeant Sandoz von seinem Chaos Geschwader. Ich war heute beim Flug hierher seine Stellvertretende Geschwaderkommandantin.«

»Ich bin Cassie Suthorn. Hi.«

»Angenehm.« Sandoz trat näher, runzelte die Stirn. »Sie sehen aus, als machte Ihnen etwas schwer zu schaffen.«

Sie faßte Cassie am Ärmel. Cassie versteifte sich.

»Es ist Tim, nicht?« fragte die andere Frau ruhig und sah Cassie in die rauchblauen Augen. »Ich sehe das. Ich erkenne die Zeichen, Mädchen. Ich habe es mitgemacht.«

Jetzt entzog sich Cassie. »Mir geht es gut«, sagte sie und wandte den Kopf ab.

»Nein, tut es nicht. Sie sind ihm auch verfallen.« Die zartgebaute Pilotin holte tief Luft, stieß sie langsam wieder aus.

»Cassie – Leutenient Suthorn –, ich hasse es, diejenige zu sein, die Ihnen das sagt. Aber verlieben Sie sich nicht zu sehr in den verdammten Timmy Moon. Sein Rufzeichen ist nicht ›Bad‹, weil uns nichts Besseres eingefallen ist.«

Cassie schüttelte den Kopf, als wolle sie ein Wassertröpfchen aus dem Innenohr herausschütteln. Das bedeutet nichts, sagte sie sich. Das Mädchen ist nur eifersüchtig, sie hat zugegeben, daß sie selbst für Tim schwärmt …

»Sie wissen es nicht, oder?« Sandoz schüttelte den Kopf und trat ein oder zwei Schritte zurück. »Tim und Ihr langbeiniger Kapitan waren miteinander im Bett, als die Dracos über Port Howie herfielen. Miteinander im Bett, um miteinander zu schlafen, nicht um ein Nickerchen zu halten. Deshalb hat er so lange gebraucht, um abzuheben – und ich vermute, deshalb wurde sie auch geschnappt, auch wenn ich wetten würde, daß sie das ebenso standhaft abstreitet wie Timmy.«

Cassie konnte wegen des Dröhnens in ihren Ohren nichts mehr hören. Sie drehte sich um und floh den Flur hinunter, wobei sie fast einen alten Mann im Flanellmorgenmantel umrannte, der einen Tropf auf Rädern vor sich herschob.

22

Hams Farm
Provinz Nemedien, Towne
Mark Draconis, Vereinigtes Commonwealth

26. Februar 3058

»Wir alle haben schon einmal den Ausdruck gehört, ›die beste Regierung ist die, die am wenigsten regiert‹«, erzählte Vater Doktor Roberto ›Nenn mich Bob‹ García den aufmerksamen Gesichtern, die im Eßzimmer des Bauernhauses versammelt waren. Der Raum wirkte heiter durch das Sonnenlicht, das durch die Fenster hereinfiel. Das Mittwinterfest war zwar erst zwei Tage vorbei, doch der Himmel war klar und geradezu schmerzhaft blau.

Wie erwartet grinste seine Handvoll Towne-Studenten und nickte zustimmend mit dem Kopf. »Eines der größten Paradoxa politischer Geschichte«, fuhr er fort, »ist, daß die Regierung, die am meisten zu herrschen versucht, in Wirklichkeit am wenigsten herrscht.«

Das beruhigte die Gruppe und ließ sie erstaunte – und auch gespannte – Blicke austauschen. »Unsere Feinde wollen dem Planeten Towne ihre eigene Art von Ordnung aufzuzwingen«, sagte er. »Wir haben nicht die militärische Schlagkraft, um sie im offenen Kampf zu besiegen – noch nicht. Also müssen wir uns unregierbar machen. Das bedeutet, wir begegnen ihren Versuchen, Ordnung zu schaffen, mit *Chaos,* aus dem mit der Zeit unsere eigene Ordnung entstehen wird.«

Es war, als sei beim Sprechen in seinem Kopf ein Schalter umgelegt worden. Er hielt inne, schüttelte kurz den Kopf.

Es stimmt, dachte er. Sie sagen nie etwas mit nur einer Bedeutung. Und ich habe es erst erkannt, als ich das gerade eben gesagt habe.

Er wußte nicht mehr, welcher Botengang ihn an jenem Tag, etwa eine Woche vor dem Aufbruch des Siebzehnten nach Towne, in die HTE-Zitadelle geführt hatte. Er ging allein einen Korridor entlang, dessen Beleuchtung gleichzeitig strahlend und gedämpft war, als er der hochragenden Gestalt des *Mirza* Peter Abdulsattah begegnete.

Der *Mirza* grüßte ihn mit nur einem Wort: *»Ishq.«*

Das Wort bedeutete *Liebe.* Es erfüllte Vater Doktor Bob García mit einer merkwürdigen, entrückenden Erregung, die rituelle Antwort zu geben: *»Baraka, ya Shahin.«* Was in etwa bedeutete »Segen, o König.«

Dies war die alte Codesequenz, an der Sufis einander erkannten.

»Wie haben Sie mich erkannt?« fragte er den *Mirza.* Er konnte dem Blick des höhergewachsenen Mannes nicht standhalten.

Abdulsattah kicherte leise und trocken. »Ich las Ihr *baraka.«* Außer ›Segen‹ konnte das Wort auch noch Heiligkeit, *Mana* und zahllose andere Dinge bedeuten, die García, da war er sich sicher, in Lichtjahren noch nicht begreifen würde.

»Es ist zweifellos klein und bleich, Lehrer«, sagte er.

»Sie haben sicher noch einen weiten Weg bis zur Vollkommenheit vor sich. Aber auch wer im Dunkeln unterwegs ist, ist unterwegs.«

García seufzte. So etwas hatte er von einem Derwischadepten erwartet. Er hatte den Weg weit genug beschritten, um mit so etwas zu rechnen.

Während seiner Studien am von *la Companía de Jesús* auf Galisteo betriebenen Lyzeum wurde das Interesse des jungen Roberto García an den Sufis geweckt. Sie wurden üblicherweise als moslemische Mystiker eingeordnet – und doch leugneten sie, auf der Suche nach einer objektiven Realität zu sein, was gemeinhin als Kennzeichen des Mystizismus verstanden wurde. Und zu ihren Weisen gehörten zwar Männer wie etwa El-

Ghazali, der in der Geschichte als Autorität des Islam bekannt war, doch sie stritten jede Verbindung mit einer formellen Religion ab. *Al-tariqa,* der Weg, stand Männern und Frauen aller Religionen offen. Oder keiner.

Die Gesellschaft lehrte diese Tatsache zwar nicht aktiv, doch der junge García hatte in seinem Forscherdrang schon lange herausgefunden, daß der Gründer der Jesuiten, Ignatius von Loyola, viele seiner Lehrmethoden und Argumente bei Hasan i Sabah entlehnt hatte, dem Alten vom Berge, der die Hashishin gegründet hatte, die ursprünglichen Assassinen – Argumente, die der von Jesuiten ausgebildete René Descartes seinerseits als die seinen auszugeben versuchen würde, als er im siebzehnten Jahrhundert seine eigene Philisophie vorstellte. Sabah war zwar kein Sufi, wohl aber sein enger Freund Omar Khayyam.

Im einunddreißigsten Jahrhundert verfolgte die Gesellschaft Jesu zwar keine offizielle Politik den Sufis gegenüber, zumindest nicht soweit García wußte, doch ihre Bibliotheken und Datenbanken enthielten alle bekannten Sufischriften und eine große Menge Zusatzinformationen darüber. Die beiden Gruppen waren sich in vielerlei Hinsicht ähnlich, das stand fest: geheimnistuerische Gruppen, die unauffällig Einfluß ausübten, um die Menschheit in stärkeren Einklang mit dem Göttlichen zu bringen. Es machte García stutzig, daß die Führung der Jesuiten, die an ihrer Gegenposition zu etwa ComStar und demnach auch Blakes Wort ebensowenig einen Zweifel ließ wie an der zum Draconis-Kombinat, sich über die Sufis ausschwieg. Er spielte sogar mit dem Gedanken, die Gesellschaft selbst sei eine Fassade für die Sufis. Sie war schließlich in Spanien gegründet worden, das vor der Rückeroberung ein fruchtbarer Garten des Sufismus und der moslemischen Aufklärung gewesen war.

Nicht lange nach seinem Abschluß hatte er Sufilehrer

zu suchen begonnen und sich auf *al-tariqa* begeben. Er sagte sich, es könne gewiß nichts schaden; und vielleicht konnte er Weisheit erlangen, die der Gesellschaft nutzen mochte.

Schließlich waren Jesuiten Meister der vernünftigen Erklärung.

Er hatte Lehrer gefunden, von ihnen gelernt und das Gelernte weitergegeben, wie es die Art der Sufis war. Jahrelang hatte er nichts von ihnen gehört. Sie hatten auch nie etwas von ihm erbeten.

Bis jetzt? fragte er sich und betrachtete den *Mirza* mit Scheu und Furcht.

»Wollen Sie mich lehren?« fragte er.

»Ich bringe *amal,* die Arbeit.« Ein typisches Sufi-Schlagwort, *amal.* Es bedeutete Entwicklungsarbeit sowohl des Individuums als auch der menschlichen Gesellschaft. »Und wie die Ordnung oft vom Chaos umschlossen ist – und umgekehrt –, so mögen Sie in der Verwirrung tieferes Wissen finden.«

Peter Abdulsattah lächelte und nickte, und offenbar schien er bereit zu sein, das Gespräch mit dieser unbefriedigenden Bemerkung zu beenden. »Ich will Gewißheit!« hatte García fast geblökt.

»Die müssen Sie sich verdienen. Das ist *amal.*«

Und jetzt, in diesem Bauernhaus, in einer Umgebung, die im Sommer üppig grünendes nemedianisches Land sein würde, fielen García die Worte des *Mirza* wieder ein: »Wie die Ordnung oft vom Chaos umschlossen ist – und umgekehrt.«

Er hatte es gewußt. Die Gewißheit – und es gab eine für ihn – bestätigte und erschütterte ihn gleichzeitig.

»Dr. García?« fragte eine junge Frau zögernd. »Geht es Ihnen gut?«

»Oh, gewiß, gewiß. Nur ein Anflug von Frühlingsgefühlen. Ich stamme von einer Wüstenwelt. Ich bin an diese harten Winter nicht gewöhnt. Dieses Sonnenlicht verleitet mich zum Wunschdenken.«

Seine Studenten lachten höflich. »Dr. García«, fragte ein junger Mann, der zögernd die Hand hob, »wie kann eine Regierung weniger herrschen, wenn sie versucht, mehr zu herrschen? Das verstehe ich nicht.«

»Haben Sie je einen Arm voll Feuerholz aufgehoben? Eine wirklich große Ladung?« Der junge Mann nickte »Und haben Sie je der Versuchung nachgegeben, nur noch ein weiteres kleines Stück aufzuheben, damit Sie kein zweites Mal gehen müssen?«

Erneutes Nicken.

»Und was geschah?« fragte García.

Der junge Mann sah sich verschämt um. »Das Zeug flog überall rum. Ich ließ es fallen.«

García nickte. »Genau das. Und so ist es auch mit der Macht: Es gibt einen Punkt, an dem auch eine Regierung alles fallen läßt, wenn sie versucht, sich immer mehr zu greifen.«

Das rief ein zustimmendes Gemurmel hervor und auf manchen Gesichtern, wie er hoffte, einen Anflug von Erleuchtung. Es war nicht gerade ein Gleichnis des Mullah Nasreddin gewesen, aber vielleicht hatte er sich ja verständlich machen können.

»Wir können diesen Prozeß beschleunigen, sowohl indem wir es den Invasoren erschweren, an der Macht zu bleiben, als auch indem wir sie dazu bringen, so schnell wie möglich mehr Macht erlangen zu wollen, indem wir eine gute Dosis Chaos ins System injizieren. So umhüllt ihre Ordnung unser Chaos – was, wenn alles läuft, wie wir uns das vorstellen, dazu führen wird, daß Sie Ihre eigene Ordnung schaffen.«

Die Studenten gaben Geräusche frohen Verstehens von sich. Doch einige Kernpunkte blieben ihnen verschlossen – und er würde zynischerweise keinen Versuch unternehmen, sie aufzuklären.

Würdet ihr genausoviel Enthusiasmus an den Tag legen, wenn ihr wüßtet, wie viele Leben dieser Prozeß kosten wird? fragte er sich.

Und werdet ihr die Ordnung wirklich mögen, die sich letztlich aus diesem Chaos herausschält, das wir verbreiten werden?

Eine Woche später war Cassie hoch droben in den Gunderlandbergen und unterrichtete selbst ein wenig, wobei ihre Klasse aus einem Dutzend Möchtegern-Guerillas von Towne bestand. Sie saßen auf und zwischen einer Ansammlung von Granitblöcken mit Blick auf eine Straße, die sich am Rand eines zweihundert Meter tiefen Abgrundes entlangschlängelte.

»Da kommen sie«, sagte eine Stimme in dem kleinen Lautsprecher, der hinter Cassies rechtem Ohr festgeklebt war.

Sie berührte den Übertragungsknopf ihres persönlichen Koms. »Abtacha hört. Bleib unten, bleib in Deckung und versuche, nicht zu schwer zu atmen.«

Der Ausguck bestätigte und verstummte. Cassie wandte sich der Gruppe zu.

»Die Leute haben Angst vor Kriegsmaschinen«, sagte sie und hob die Stimme, um gegen den Wind anzukommen, der ihre Worte fortzureißen versuchte. »Das ist in gewisser Weise auch sinnvoll. Diese Maschinen können sehr weh tun. Aber das wichtigste ist, sie sind nicht unbesiegbar. Keine davon.«

Ihre Schüler saßen in stiller Aufmerksamkeit da und sahen dann und wann ängstlich zur Straße, die um einen riesigen Basaltvorsprung herum einen halben Kilometer nordostwärts in Form einer Kurve in Sicht kam. Cassie sah nicht hin. Ihr Ausguck gehörte zum Spähtrupp des Siebzehnten. Sie vertraute voll darauf, daß die Frau sie warnen würde, ehe die Draco-Kolonne in Sicht kam.

»Eine Kampfmaschine ist wirklich komplex, aber man kann sie dennoch in ein paar wenige Grundsysteme zerlegen – und ich meine ›zerlegen‹. Sie hat ein Antriebssystem, ein Angriffssystem, ein Verteidigungssystem, einen Satz Sensoren und irgendeine Art von Lebenserhaltungssystem für den Piloten. Die Leute neigen dazu, sich auf die Stärke des Verteidigungssystems zu konzentrieren, das üblicherweise aus der Panzerung und der Offensiv-Feuerkraft besteht. Das lähmt sie in aller Regel.«

Der heisere Schrei eines jagenden Rodan – sie waren hier viel kleiner als in den Eiglophen, versicherten ihr ihre Schüler, und hatten eine Spannweite von nur vier Metern – wurde vom Wind herangetragen. »Tatsache ist, daß man sich nicht den Kopf an Panzerplatten einschlagen muß. Wenn man eines dieser Systeme überwindet, besiegt man die Maschine. Das heißt, man macht sie kampfunfähig – fixieren Sie sich nicht zu sehr darauf, hübsche Explosionen sehen zu wollen. Wen das Ding nicht sehen kann, auf den kann es nicht schießen. Wenn seine Waffen kaputt sind, wird es Ihnen wahrscheinlich nichts tun können. Wenn das Lebenserhaltungssystem ausfällt« – sie zuckte die Achseln –, »ist es nur noch ein Briefbeschwerer.«

Jetzt sah sie zur Straße hin. Immer noch nichts. »Genau wie das Verteidigungssystem bei den meisten Kampffahrzeugen – Panzern, Schwebefahrzeugen, BattleMechs – am schwierigsten anzugreifen ist, ist das Antriebssystem das einfachste Ziel. Eine Beschädigung des Antriebs bedeutet nicht immer, daß das Ding kampfunfähig ist; ein Panzer mit einer gerissenen Kette kann Sie immer noch töten. Aber manchmal kann man Nebeneffekte zur Immobilisierung einer Einheit provozieren, die sie auf andere Weise kampfunfähig machen.«

»Abtacha, sie sollten in eins-fünf Sekunden in Sicht kommen«, berichtete der Ausguck.

»Auf die Plätze«, befahl sie ihren Schülern ruhig. Sie bewegten sich ohne Eile zu ihren vorher vereinbarten Verstecken. Sie hatten den ganzen Morgen das Deckungnehmen geübt. Schließlich war das eine mindestens so wichtige Facette des Scouthandwerks, das sie lehrte, wie die offensiven Vernichtungsfertigkeiten. *Lektion eins: Wenn sie dich sehen, können sie dich töten. Laß dich nicht sehen.*

Als sie hinter einen Steinblock mit rauher Oberfläche glitt, warf sie einem Mann einen Blick zu, der mehrere Meter rechts von ihr kauerte. Er war klein, kleiner als sie, drahtig, mit borstigem rotem Haar und einem Gesicht wie ein Ellbogen. Er nannte sich selbst den Hahn. Er war zwar nominell als Teil ihres Grundkurses im Demolieren von Mechs zu ihr gekommen, doch sein Status war gar nicht so klar.

In mancher Hinsicht unterrichtete er *sie.* Cassie war mit Sprengstoffen vertraut, aber er war im Umgang mit ihnen ein Meister, denn er hatte für allerlei Bergbau- und Baufirmen als Sprengmeister gearbeitet. Er hatte zahlreiche Nebenjobs gehabt, wenn man seinen Geschichten Glauben schenken durfte, als Holzfäller, Knecht, Bergarbeiter und Jagdführer. Er übertrieb in seinen Geschichten seine eigene Rolle zwar nie – immer war irgendein Freund von ihm oder gar ein Feind der Star –, doch wenn sich die Gelegenheit bot, bewies er in so vielen Fertigkeiten Kompetenz, daß seine Behauptungen hinsichtlich seiner Anstellungen gerechtfertigt schienen. Tatsächlich fragte sich Cassie halb, ob sie nicht, wenn sie je wirklich einen Blick auf seinen Lebenslauf werfen könnte, eine Zeit als Agent der Schlauen Füchse des Hauses Davion fände, so ruhig und ausgeglichen war er im Feld.

Er zwinkerte ihr verstohlen zu, schob das Kinn vor und nickte. Er hatte ihr geholfen, die heutige Demonstration vorzubereiten und Sprengstoffe zu einem Knüller verarbeitet, der ausschließlich mechanische Mittel erforderte und ein wesentlich größeres Risiko barg, als sie je zuvor eingegangen war.

»Der schnellste Weg, einen BattleMech zu Fall zu bringen, ist der Angriff auf seine Beingelenke und Beine«, sagte sie, ohne die Stimme zu senken. Die Dracostreife würde genug Lärm machen, daß sie sie nicht einmal hören würde, wenn sie schrie. »Aber man macht sie nicht notwendigerweise *kampfunfähig,* indem man sie einfach zu Fall bringt, selbst wenn man ein Körperglied verkrüppelt. Manchmal jedoch betäubt der Sturz einen MechKrieger oder tötet ihn gar. Und vergessen Sie nicht, die Dinger sind wesentlich zerbrechlicher, als Sie denken. Schlagen Sie heftig genug auf eine so komplexe Maschine ein, und sie wird auch zusammenbrechen, wenn nichts die Panzerung durchdrungen hat.« *Danke, Zuma, für diese Weisheit.* »Und wenn Sie sie verkrüppeln, dann wird sie es zumindest schwerer haben, die Waffen auf Sie zu richten.«

Der Wind wehte zwar weg von der kleinen Gruppe, doch sie alle hörten urplötzlich die quietschenden Aktivatoren und polternden Schritte eines herannahenden BattleMechs. Jeder duckte sich etwas tiefer in die Deckung, als ein 60-Tonnen-*Großdracon,* der Arbeits-Mech des Draconis-Kombinats, um das riesige Basaltknie herum in Sicht schwankte.

Der schwere Mech trug auf dem rechten Schultergehäuse den Drachen im Kreis der Kuritas. Sein plattenartiges linkes Schienbein trug zudem die Insignien der Schwarzen Drachen. Hinter ihm zockelte eine Anzahl infanteriebeladener Gitterlastwagen in Begleitung mehrerer APCs auf Rädern. Heute stand eine zweifache ›Lektion‹ auf dem Plan. Eine Absicht war, ihre Schüler zu lehren, wie man selbst den mächtigsten BattleMech ohne schwere Waffen ausschaltet. Die andere war, die Dracos, die Towne überfallen hatten, zu lehren, daß das Gebirge *nicht ihnen* gehörte.

Cassie grinste bei dem Geräusch, wie ihre Schüler kollektiv die Luft anhielten. Mit seinem Telos DecaCluster-Langstreckenraketenwerfer, der wie ein Bugspriet aus seiner Brust ragte, und der Götterlicht 2-Extremreichweiten-PPK in seinem rechten Arm konnte der *Großdracon* sie auf große Entfernung treffen.

»Ja, es ist ein großer böser Bube«, sagte sie. »Wenn Sie ihn etwa mit einem tragbaren KRS-Werfer angriffen, könnten Sie ihn nur mit viel Glück mit den beiden Schüssen erledigen. Und der MechPilot würde Sie wahrscheinlich entdecken und dafür töten. MechKrieger verbringen viel Zeit damit, erkennen zu lernen, wo die Eingangspost herkommt. Aber ...«

Sie hob einen Fernzünder. Der *Großdracon* erreichte einen Punkt auf der Straße, der durch einen weißen Steinblock hundert Meter über der Straße, der auf einem anderen lag, markiert war – unsichtbar für jemanden auf der Straße, für Cassie und Co. aber leicht zu sehen. Sie drückte den Knopf.

Die kleine Sprengladung, die Hahn für sie gebastelt hatte, jagte die kleineren Felsen hoch, die eine Ansammlung großer Felsblöcke aufrecht gehalten hatte. Die Blöcke stürzten auf die Straße hinab. Ein großer Stein streifte den Mech am kuppelförmigen Kopf. Als er sich umdrehte und die Arme in einer sehr menschlichen Geste der überraschten Selbstverteidigung hob, krachte ein fünfzehn Tonnen schwerer Steinblock in seine Unterschenkel und riß ihn regelrecht von der Straße.

Der Abhang war zwar steil, aber nicht senkrecht. Der *Großdracon* bekam langsam Fahrt wie ein Zug, der sich aus dem Bahnhof entfernt, und schien auf einem Fluß aus Schnee und Geröll hangabwärts zu treiben. Unterwegs krachte er in Nadelbäume mit harten Stämmen. Kurz bevor er den Talgrund erreichte, riß in einer Myriade blauer Funken sein rechter PPK-Arm ab.

»Schlechte Arbeit«, sagte Cassie. »Teddy K muß über eine Säuberung in den Luthien-Rüstungswerken nachdenken. Jetzt passen Sie auf. Wenn Sie das Antriebssystem eines Mech angreifen wollen, hilft es, einen Kraftverstärker einzusetzen, um Ihre Chancen zu erhöhen, das Ziel dauerhaft auszuschalten. Die Schwerkraft wirkt Wunder.«

»Blakes Blut«, hauchte jemand. »Ist das alles, was man braucht, um einen Mech auszuschalten?«

»Außer Einfallsreichtum, Mut, Wissen, Timing und Glück«, sagte Cassie trocken, »braucht man überhaupt nichts.«

»He!« rief jemand anders aus, »der Rest wendet. Sie fliehen!«

»Warum tun sie das?« fragte eine junge Frau. »Wir haben doch nur den BattleMech angerührt.«

Der Hahn lachte laut auf. »Sie wären überrascht, wie schnell einige Soldaten feststellen, daß ihre Eingeweide zu Wasser werden, wenn man ihnen erst einmal den mächtigen Sicherheitsschutz des BattleMech aus den Händen gerissen hat.«

»Außerdem wissen sie nicht, ob wir noch weitere explodierende Steinschlagfallen für sie vorbereitet haben«, setzte Cassie hinzu. »Und natürlich haben wir das.«

Ein junger Mann sprang hinter ihr auf und wollte an ihr vorbeigehen. Sie trat ihm die Beine weg, ganz ähnlich wie es ihre Steinschlagfalle mit dem *Großdracon* getan hatte.

»Wo, zum Teufel, wollen *Sie* denn hin?«

»Na ja, wir haben gewonnen, oder?« fragte der rotgesichtige Jüngling und setzte sich auf. »Ich dachte …«

»Nein, Sie dachten nicht«, sagte Cassie, »aber Sie sollten es besser *ganz* schnell lernen.«

Die anderen Schüler lachten. Sie ließ sie ein oder zwei Augenblicke lang gewähren, dann bellte sie: »Wer hat den Rest von euch Clowns so perfekt gemacht, daß ihr andere Leute auslachen könnt, die Fehler machen?«

Das brachte sie zum Schweigen. Unter anderen Umständen hätte ihr das gutgetan.

Aber nichts – nicht einmal das Ausschalten eines feindlichen BattleMech – konnte sie lange vom Schmerz über Lady Ks Verrat ablenken.

»Kommen Sie«, sagte sie und erhob sich. »Zeit zu gehen. Selbst wenn ihre Schlammstampfer die Mücke machen, werden uns die Schlangen jeden Augenblick ihre Schnellsten auf den Hals hetzen.

Das ist die zweite Regel des Guerillakriegs, Jungs und Mädels: Haltet euch nie mit Prahlen über den Sieg auf.«

23

Port Howard
Provinz Aquilonien, Towne
Mark Draconis, Vereinigtes Commonwealth

31. März 3058

Der Frühlingsanfang war zwar nach der allgemeinen Einschätzung noch immer einige Wochen entfernt – das Wetter dieses verfluchten Planeten war schrecklich unvorhersehbar –, doch es war ein schöner, milder Tag im Clark Ashton Smith-Park. Die Hügel waren bedeckt mit Schnee, der in der letzten Nacht gefallen und noch immer weitgehend unberührt, unzertrampelt war. Der Himmel war blau, und trotz der Tatsache, daß die Temperatur noch unter dem Gefrierpunkt lag, hatte die gleißende Sonne die oberste Schneeschicht bereits geschmolzen, so daß sie schimmerte wie Glas.

»Wie läuft der Krieg, Taisuke-*kun?*« fragte Mr. Kimura.

Der junge Mann zuckte die Achseln und lachte. Trotz der Kälte hatte er die Kapuze seines schweren Parkas nicht auf. Er war ein hübscher Junge mit dunkler Haut, dunklen Augen und einem struppigen schwarzen Haarschopf, der an den Schläfen rasiert war, um einen besseren Kontakt mit dem MechKrieger-Neurohelm zu ermöglichen.

»Gut, Kimura-*Sensei.* Der Söldnerabschaum versetzt uns zwar Nadelstiche, doch sie rennen immer vor uns weg. Langsam aber sicher dehnen wir unseren Kontrollbereich aus.«

Von einem nahen Hügel herab ertönten die seevogelartigen Schreie von Kindern, von denen manche einander mit Schneebällen bewarfen, andere sich anstellten, um nacheinander den rutschigen Hang mit Schlitten hinabzufahren. Mr. Kimura wunderte sich, daß Kinder trotz Krieg und Besetzung immer noch spielten.

Ein schöner Tag. Kinder spielten, und der Sohn seines Oyabun, den er wie seinen eigenen liebte, ging an seiner Seite. Sein Herz wäre vor Glück übergeflossen, wäre da nicht die Eskorte der Planetenpolizei gewesen, zwei Männer, die sechs Meter voraus gingen, zwei weitere in derselben Entfernung hinter ihnen, mit wachsamen Augen unter ihren dunkelgrünen Kappen, die behandschuhten Finger am Abzug ihrer kurzläufigen Lähmungspistolen. Selbst in Port Howard, ihrem Stützpunkt, wagten sich erkennbare Diener des Drachen nicht ohne bewaffnete Eskorte auf die Straße.

»Aber es ist frustrierend. Sie stellen sich uns nicht Mech gegen Mech. Sie wollen einfach nicht kämpfen wie Krieger. Und sie schicken uns Frauen und Kinder entgegen.« Ein Schatten fiel auf Taisukes Gesicht. »Wir müssen sie erschießen, wenn wir sie gefangennehmen; Befehl, da es illegal ist, wenn Zivilisten Waffen gegen uns richten. Ich hasse das, *Sensei.* Aber die Rebellen sind selbst schuld. Sie sind ehrlos.«

»Ehre bekommt eine neue Bedeutung, wenn man um seine Heimat kämpft«, sagte Mr. Kimura. Ihm war es egal, ob die von Blaylock aus den Reihen der einheimischen Bevölkerung rekrutierten Sicherheitsbeamten ihn hörten oder nicht, selbst wenn einer von ihnen durch irgendeinen dummen Zufall Japanisch verstand – und in Anbetracht von Blaylocks Schläue war Kimura nicht ohne weiteres bereit, diese Möglichkeit auszuschließen. »Denk daran, daß unsere eigenen Ahnen als *machi-yakko* und *otokodate* die Samurai bekämpften.«

Der junge Mann zuckte die Achseln. »Ich wünschte nur, sie würden uns *bekämpfen,* würden uns das auf die eine oder andere Weise regeln lassen. Ich mag die Art nicht, wie wir immer weiter vom Zentrum weggelockt werden. Ein Gas füllt viel mehr Volumen als ein Feststoff, aber wieviel Widerstand bietet es? Wenn wir ihnen kein Ende machen können, werden wir eines Tages aufwachen und feststellen, daß jeder *buso-senshi* und Fußsoldat allein über ein paar Millionen Hektar Wildnis wacht. Dann müssen die Rebellen uns nur noch einem nach dem anderen aufs Haupt hauen.«

Mr. Kimura lächelte erfreut, als er nickte. Nicht darüber, was der Junge sagte, denn das hatte auch ihm Sorgen zu machen begonnen. Der Gedanke, den Taisuke äußerte, barg das Potential für letztendliche Vernichtung am Ende einer ungebrochenen Erfolgsserie. Aber er war stolz auf die Sinnesschärfe, die der Junge bewies, indem er die Wahrheit erkannte, und auf die Weisheit, mit der er sich ihr direkt stellte.

»Ich werde es Kusunoki-*sama* vortragen«, sagte der ältere Mann. »Wir müssen dies hier leider allein durchziehen.«

»Haben Sie etwas von meinem Vater gehört?« fragte der junge *Tai-i* begierig.

»Durchaus. Er gibt seinem Stolz Ausdruck. Aber was wir von ihm hören, macht uns keinen Mut. Der *seimeiyoshi-rengo* weigert sich noch immer, dem Schwarzen Drachen zu helfen. Die anderen Oyabuns wollen nicht in den Ruch geraten, sich dem Koordinator zu widersetzen.«

»Aber sehen sie denn nicht, daß das Zögern des Koordinators, die Schwäche unserer Feinde auszunutzen, das Werk der bösen Männer ist, die ihn umgeben, etwa der Verräter Subhash Indrahar? Wenn der Koordinator wirklich wüßte, was wir hier tun, würde er sich in seinem Innersten nicht gegen uns stellen. Er *könnte es nicht.*«

»In der Tat«, murmelte der alte Mann nickend.

In Wirklichkeit aber dachte er: Könnte er nicht? Wenn der Koordinator sie wirklich unterstützte, warum hatte man dann kein Wort der Ermutigung gehört? Die ComStar-Adepten, die die HPG-Station kontrollierten, machten kaum ein Geheimnis um ihre Abneigung gegen die Kuritas auf Towne, aber sie würden es nie wagen, eine Botschaft des Koordinators zurückzuhalten. Wenn Theodore Kurita wußte, was sie hier taten – und er mußte es wissen –, und es gut fand, warum gab er ihnen dann kein Zeichen?

Und wieviel von dem, dem sie sich widersetzten, war wirklich das Werk seiner bösen Gefolgsleute, seiner *shitenno?* Die Reformen, die das moralische Gerüst des Kombinats so geschwächt hatten, hatten vor vielen Jahren begonnen, vor Takashis ach so verdächtigem Tod. Und Theodore war ein Kurita. Konnte er wirklich so schwach sein, daß er zuließ, so lange von seinen Beratern manipuliert zu werden?

»Sie sind nachdenklich, *Sensei*«, sagte der junge Mann neckend.

»Ich war mit meinen Gedanken ganz woanders«, sagte Mr. Kimura. »Wir sollten uns wirklich keine Sorgen machen. Unsere Befriedungskampagne läuft gut. Blaylock-*sans* Plan, örtliche Beamte auf unsere Seite zu ziehen und Größe und Befugnisse der Polizeitruppe massiv auszudehnen, scheint aufzugehen.«

»Ich dachte, es gäbe ein Problem mit Terroranschlägen.«

»Zuerst gab es viele Morde, besonders an Polizeibeamten. Aber es waren offenbar zufällige Anschläge, und sie ließen nach, als unser Sicherheitsapparat erst einmal fester im Sattel saß. Und die Nachfolger der Gemeuchelten scheinen loyale Adoptivsöhne des Drachen zu sein. Die Anstrengungen der Söldnerbanditen scheinen ihnen also nur eine größere Karmalast eingetragen zu haben.«

Und auch Adoptivtöchter des Drachen, auch wenn Kusunoki damit nicht glücklich war. Die Frauenfeindlichkeit des *Tai-sho* grenzte schon an Besessenheit. Gerade vor zwei Tagen hatte er bestimmt, daß keiner Frau die Ehre erwiesen werden durfte, in einem Bericht erwähnt zu werden.

»Auch die Garde wächst rapide, *Sensei*«, sagte Taisuke. »Sie ist nicht viel wert, aber jeder von denen, der fällt, ist eine Träne, die der Drache nicht vergießen muß.« Dem Volksglauben des Kombinats zufolge vergoß der Drache jedesmal eine einzelne Träne, wenn einer seiner Diener im Kampf starb.

»Genau das. Und wir erfreuen uns zunehmender Erfolge beim Versuch, Konzernvertreter zur Zusammenarbeit mit uns zu überreden. Ihnen gefällt die Vorstellung eines dauerhaften Endes der Arbeitskämpfe. Selbst die Mietlinge des Verräters Chandrasekhar reihen sich recht schnell ein.«

Der junge Mann verzog kurz das Gesicht.

»Verurteile sie nicht zu schnell, Taisuke-*kun*. Es sind schließlich *Gaijin*, die nicht begreifen, daß man auch einem unfähigen Herrn bis zum letzten Atemzug und darüber hinaus dienen muß. Und schließlich sind es Händler, Geldraffer. Sie sehen, was mit denen geschieht, die sich uns zu widersetzen versuchen: sie verlieren ihre bequemen Anstellungen, werden enteignet, exekutiert – und sie haben Angst. Ihnen fehlt *seishin*, der Geist des Kriegers.«

Ein Schlitten zischte den Hügel herab auf sie zu, ein unbeaufsichtigter Ausreißer, hinter dem schreiende Kinder herrannten. Er glitt bis fast vor Kimuras Füße und blieb dann stehen.

Ein kleiner Junge, der so in Winterklamotten eingepackt war, daß nur seine Augen zu sehen waren, wollte hinterherrennen. Eine der ihnen folgenden Wachen stoppte ihn mit einem Lähmungsstrahl.

Mit einem Schrei begann eine Frau den Hügel herab auf sie zuzurennen. Die andere Wache hinten legte ihren Lähmer an. »*Bakayaro!*« rief Taisuke und riß die Waffe hoch, ehe sie sich entladen konnte. »Was tun Sie da? Wir sind doch keine Barbaren!«

»Befehl von Blaylock«, sagte die Wache ohne die angemessene Unterwürfigkeit. »Wer sich auf Sie zubewegt, wird umgelegt. Keine Ausnahmen.«

Einen Augenblick lang sah Taisuke aus, als wolle er den Mann für seine Unverschämtheit ohrfeigen. Stattdessen wirbelte er herum, rannte zu dem Kind und kniete neben ihm nieder. Kapuze und Schal des Jungen hatten sich gelöst, und Blut tropfte aus einem Ohr, aber sein Atem ging gleichmäßig und stark. Taisuke nahm ihn in die Arme.

Er erhob sich und trat der Frau gegenüber, die mehrere Schritte entfernt stehengeblieben war. Die Waffen der Wachen waren auf sie gerichtet. Einer aus dem vorausmarschierenden Paar hatte einen Kommunikator am Mund und forderte Verstärkung an. Der fröhliche Kinderlärm war verstummt, weil jeder sich umwandte und in entsetztem Schweigen hinsah.

Taisuke ging zu der Frau. »Ihr Junge kommt wieder in Ordnung«, sagte er und beugte sich vor, um ihn ihr sanft in die Arme zu legen. »Er ist nur betäubt. Aber sie bringen ihn besser heim und kümmern sich um ihn.«

Sie nahm die schlaffe Gestalt des Kindes entgegen. Einen Augenblick lang starrte sie den jungen MechKrieger mit fahlem Gesicht an. Dann drehte sie sich um und rannte.

Taisuke Toyama fixierte mit ärgerlichem Blick die Wache mit dem Kommunikator. »Wir brauchen keine Hilfe. Der Zwischenfall ist bereits erledigt. Sagen Sie das Ihren Vorgesetzten. *Jetzt.*«

Er schüttelte den Kopf und kehrte zu dem alten Mann zurück. »Das ist übel. So können wir diese Leute nicht für den Drachen gewinnen.«

»Die Wege des Drachen sind die besten«, sagte Mr. Kimura, »aber sie sind diesen Leuten fremd. Man bringt sie besser sanft und mit liebender Fürsorge zum richtigen Verhalten.«

Nun schüttelte Kimura seinerseits den Kopf mit dem Zylinder. »Es ist höchst seltsam. Am schnellsten werden die brutal, die wir aus der Bevölkerung des Planeten selbst rekrutiert haben. Es ist, als sei all ihr *ninjo* von der negativen, schmerzlichen Art.«

Taisuke funkelte die Wachen an, die ihren früheren Posten wieder eingenommen hatten, als die Männer, die sie beschützten, weiterzugehen begannen. »Ich vertraue ihnen nicht. Ihre Loyalität scheint Blaylock, nicht dem Drachen zu gehören.«

»Das mag sein«, sagte Mr. Kimura. »Es könnte Blaylock-*san* einfallen, ein Doppelspiel zu treiben. Aber was soll das letztlich? Im Moment sieht es so aus, daß er unsere Macht gleich mit erweitert, wenn er die seine ausbaut. Wenn er ein falsches Spiel mit uns zu treiben versucht, ist er leicht ersetzbar.«

Und ihm war auch egal, wer *das* hörte.

Es war so kalt auf der Lichtung, daß man mit jedem Atemzug Glasscherben zu inhalieren schien. Der Nachthimmel war klar. Cassie stand allein da und spürte, wie das Gewicht der Sterne auf ihren Schultern lastete.

Rings um sie erhoben sich die Gipfel der südlichen Eiglophen, schneeverhüllte Geister in fremdem Sternenlicht. Weniger weit entfernt umgaben herrliche Nadelbäume die Lichtung wie eine Palisade.

Die Botschaft war eindeutig gewesen: Sie mußte das Landungsschiff allein erwarten. Wenn das Treffen vorbei war, konnte sie ihre Kameraden herbeirufen, damit sie ihr halfen, die ausgeladene Fracht abzutransportieren, aber nicht vorher.

ComStar blieb auf Towne neutral. Aber die örtlichen Adepten waren schwer erschüttert, seit die Sekte Blakes Wort ihnen vor einigen Wochen Terra entrissen hatte. ComStar war begierig darauf, dem Drachen etwas Gutes zu tun, und das bedeutete ganz gewiß nicht, die Renegaten zu unterstützen, die in Theodore Kuritas Namen zu agieren behaupteten.

Kusunokis militärischer Abschirmdienst und Blaylocks frisch ins Leben gerufene Geheimpolizei beobachteten den Port Howard-HPG wie ein Rodan, dessen Augen sich auf ein herbstfettes Stummelschwänzchen geheftet hatten. Aber die ComStar-Akolyten schafften es, dem Widerstand regelmäßig Botschaften zukommen zu lassen.

Die Neuigkeiten von draußen waren gemischt. Wie erwartet war Victor Davion zu sehr mit seiner Schwester und der Bedrohung durch die Clans beschäftigt, als daß er dem, was auf Towne geschah, viel Aufmerksamkeit hätte schenken können. Theodore konnte sich auch gerade keinen Bürgerkrieg leisten, wo doch jetzt die unbeugsame Kreuzritterfraktion unter den Clans – diejenigen, die den Waffenstillstand aufkündigen und sich an die Eroberung Terras machen wollten – überall im Aufwind zu sein schienen. Die Situation der Verteidiger Townes war die gleiche wie die ihrer Feinde, dank der freundlichen Gnome von ComStar: keine Verstärkung, kein Nachschub.

Zumindest kein *größerer* Nachschub. Aber heute nacht würde ein einzelnes Landungsschiff sich auf eine Piratenaktion und eventuell auf einen Kampf mit den Orbit-Luft/Raumjägern des Kombinats einlassen müssen, um sich mit Cassie zu treffen und etwas abzuliefern.

Da, knapp über den Gipfeln im Osten: ein neuer Stern, der zusehends heller wurde. Sie ließ ihre Hand in die Manteltasche gleiten, um das beruhigende Gefühl ihrer verborgenen Pistole zu haben. Was auch immer sie ihr gegen die Bewaffnung nutzen mochte, die auch das kleinste Landungsschiff hatte, wenn Verrat beabsichtigt war.

Der Stern wurde größer, teilte sich in Landungslichter, als ein Landungsschiff schattenhaft Gestalt annahm. Es hatte die übliche Stromlinienform eines herkömmlichen Militär-Luftfahrzeugs mit stumpfer Schnauze, großen Luftschleusen, vorne oben runden Luken und dreieckigen Stummelflügeln mit nach unten weisenden Spitzen im Heck.

Cassies Augen weiteten sich. Das war kein Modell aus der Inneren Sphäre, dachte sie. Das war ein *Breitschwert*. Und das bedeutete ...

Mit tosendem Donnern der Chemo-Sprungdüsen landete das Schiff hundert Meter von Cassie entfernt in einem Schneegestöber. Als sich der aufgewirbelte Schnee wieder legte, war bereits eine Rampe ausgefahren, und zwei Gestalten standen wachsam links und rechts davon. Sie wirkten für die Eiseskälte leicht bekleidet.

Beide Gestalten schienen fast drei Meter groß zu sein und waren mit Waffen ausgerüstet, die wie Mini-Autokanonen wirkten.

Elementare! Cassie spürte, daß Adrenalin durch ihre Adern strömte wie eine Flutwelle, als sie einen der genmanipulierten Infanteristen der Clans sah. »Was, zum Foxtrott, over?« fragte sie laut.

Eine Gestalt kam die Rampe herab und ging auf sie zu. Ihr langer, schwarzglänzender Mantel peitschte um die gestiefelten Knöchel. Sie war einen Kopf größer als sie und schlank gebaut, und ihr Kopf hatte die normalen Proportionen eines erwachsenen Menschen. Das bedeutete, er lag irgendwo zwischen dem genetisch erzeugten Somatypen des Clan-Luft/Raumpiloten und ihrem MechKrieger-Modell.

Die Gestalt blieb mehrere Meter von Cassie entfernt stehen. Es war ein Mann mit hellem Haar, das als Irokesenschnitt auf seinem weitgehend geschorenen Schädel aufragte, und einer dunklen, komplizierten Tätowierung, die den Großteil einer Wange bedeckte.

»Oberleutenient Suthorn?« fragte er. Sie nickte. »Ich bin Mason. Ich sehe, mein Erscheinungsbild befremdet Sie. Ich bin Händler. Ihr Volk sieht nicht viele meiner Kaste.«

»Ich habe … schon solche wie Sie gesehen.«

Er zog eine Augenbraue hoch, fragte aber nicht. Hinter ihm lenkten Männer in isolierten Overalls schwer beladene Lastkarren die Rampe hinab in den Schnee.

Sie stand ein paar Augenblicke lang still da. Dann: »Warum?«

»Warum wir Ihnen helfen?« Er lächelte humorlos.

»Zunächst sollten Sie begreifen, daß wir Clanhändler keine Marionetten der Kriegerkaste sind.«

»Aber wir sind Feinde!«

»Sie sind nicht mein Feind, es sei denn, Sie wünschen es. Hören Sie zu: Der große Kerensky verließ die Innere Sphäre, weil ihre Herrscher ihren Ehrgeiz nicht vergessen und keinen Frieden schließen konnten. Jetzt beabsichtigt unsere Kreuzritterfraktion, ständigen Krieg um seiner selbst willen in die Wiege der Menschheit hineinzutragen. Das ist nicht der Weg.«

»Es geht also um Politik.«

»Nein. Es geht ums Überleben. Wenn der Waffenstillstand erst einmal abgelaufen ist, besonders wenn die Clans ihn aufkündigen, wird ein Krieg beginnen, der nur in Zerstörung enden kann. Weder Ihre Führer noch die unseren haben eine Alternative zu bieten. Nur der Mann, der uns hierhergeschickt hat, stellt – mit Ihrer Hilfe – eine Hoffnung auf eine andere Zukunft dar: Chandrasekhar Kurita.«

Neugier um ihrer selbst willen war kein Hauptbestandteil von Cassies Wesen, aber sie lechzte danach, ihm weitere Fragen zu stellen. Er hielt Stille gebietend eine behandschuhte Hand hoch.

»Keine weiteren Diskussionen. Sie werden sehen, warum.«

Zwei weitere Clanhändler, einer davon eine Frau, näherten sich. Zwischen sich hatten sie einen eher kleinen, klobigen Mann. Als sie näher kamen, warf er ungeduldig seine Kapuze zurück und enthüllte darunter ein formloses schwarzes Barett. Er nahm seine schwarze Hornbrille ab und putzte sie an seinem Mantelärmel.

»Sie müssen Miss Suthorn sein«, sagte er. »Ich bin Enrico Katsuyama. Sie können mich Ernie nennen; mir ist das egal. Ich halte nicht viel von Formalitäten. Ich bin froh, hier zu sein. Hi, hi.«

»Ähm«, sagte Cassie. Funkelte da Humor in Masons Augen? Sie dachte: *Enrico* Katsuyama? Abdulsattah hatte die Caballeros über ihn informiert. Er hatte den Propagandafeldzug gegen das Siebzehnte geleitet, während die Interne Sicherheitsabteilung versuchte, Onkel Chandy damals vor zwei Jahren daheim auf Hachiman zu töten. Er war leitender Assistent Takura Migakis, des auf ordinäre Weise eleganten Oberhaupts der propagandistischen Stimme des Drachen. Was bedeutete, daß Katsuyama ein hochrangiger ISA-Offizier war. So ungeeignet er für diese Rolle auch erscheinen mochte.

Er stand da und blinzelte feucht zu ihr hoch. »Schön Sie zu treffen, Ernie«, sagte sie. Weil sie nichts besseres zu tun wußte, streckte Cassie ihm die Hand hin.

Er umfaßte sie mit zwei schlaffen Händen und schüttelte ihre Hand wie einen Pumpenschwengel. »Toll, hier zu sein. Ist das Towne?«

»Wir müssen jetzt gehen«, warf Mason ein. »Und zwar eher um Ihretwillen als um unseretwillen.«

Auch er schüttelte Cassie die Hand, ein fester Händedruck von Unterarm zu Unterarm. »Leben Sie wohl«, sagte er. »Mögen Sie weise und gut bieten.«

»Sie auch«, sagte sie mit trockenem Hals. Sie hatte nie im Leben erwartet, daß sie einmal einem Clanner etwas Gutes wünschen würde. Sie hatten ihr Patsy genommen …

Die drei Clanner wandten sich zum Gehen. »Tschüß, Jungs!« rief ihnen Ernie nach. Sie wandten sich um und winkten nicht unfreundlich.

»Nette Leute, das«, sagte Ernie zu Cassie, als die Clanner wieder in ihrem Schiff verschwanden. »Glaube nicht, daß es Draconier sind, und ich glaube auch nicht, daß sie vom VC sind. Könnten sie von irgendwo aus der Peripherie sein? Einige von ihnen waren ganz schön groß.«

Sie starrte ihn an. War es möglich, daß ein Beigeordneter Direktor der allwissenden ISA so ahnungslos war, daß er Clanner nicht erkannte, wenn er sie sah? Auch wenn ihre Kleidung, soweit sie hatte sehen können, keine Clanabzeichen aufgewiesen hatte – was an sich schon ungewöhnlich war –, so war ihre Identität für Cassie doch offensichtlich gewesen.

Aufgrund ihrer kurzen, aber bereits erschöpfenden Bekanntschaft mit diesem Mann konnte sie glauben, daß er so unschuldig war ... fast. Hatte Onkel Chandy dem Lächelnden das tödliche Geheimnis seines Umgangs mit den Clans enthüllt? Oh, was für ein Spiel spielst du, Großvater?

Sie konnte nur hoffen, daß der fette Mann wußte, was er tat.

Die Rampe glitt in den Rumpf hinauf und saugte das Licht mit hinein. Ernie lächelte raffiniert und steckte eine Hand in den Mantel. Er hatte eine große Lücke zwischen seinen beiden vorderen Schneidezähnen.

»Jetzt, wo sie weg sind«, sagte er, »habe ich ein Geschenk für Sie. Es wurde mir von einem rothaarigen Freund von Ihnen anvertraut.«

Er holte eine Diskette heraus und hielt sie ihr unter die Nase. Sie schreckte zurück. Ninyu Kerai schickte ihr das? Sie schnaubte. Es war wahrscheinlich mit tödlichem Gift beschmiert. Sie war nicht naiv genug zu glauben, daß er ihr Liebesgaben sandte. Ihre kurze Affäre bedeutete ihm nicht mehr als das Auslöschen des Lebens einer kleineren Bedrohung für das Haus Kurita.

Die Turbinen der Atmosphäredüsen des *Breitschwert* begannen aufzuheulen. Zögernd nahm sie die Diskette, dann packte sie Ernie bei der Hand. »Sie bereiten sich aufs Abheben vor, Mr. Katsuyama«, sagte sie. »Vielleicht sollten wir uns hinter diese Bäume da stellen.«

Zwanzig Minuten später landete ein Karnow inmitten eines Schneegestöbers. Zuma Gallegos und eine Anzahl seiner AsTechs stiegen aus und stürzten sich auf die Container, die die Clanner im Schnee zurückgelassen hatten. Cassie kletterte mit Ernie im Schlepptau an Bord.

Der Pilot war ein dicker Ranger mittleren Alters, den

sie nicht kannte. Sie stellte ihm ihren Schutzbefohlenen als Ernie vor.

Einer von Zumas Assistenten steckte den Kopf durch die Seitenluke. »He, Cass, *mira!*« rief er. »Auf all diesen Kisten ist das Zeichen des Geisterbären.«

Er wandte den Kopf und spie aus. Die Caballeros betrachteten Clanner buchstäblich als böse Wesen.

»Erbeutete ClanTech«, entgegnete sie ihm. »Kriegsbeute. Mit schönen Grüßen von Teddy dem K.«

»*Hijo la.* Gut, Freunde zu haben, *qué no?* Dennoch hätte ich lieber eine Kompanie oder so von diesen DEST-Gespenstern.«

»Pablito, du weißt nicht, worum du da bittest. Jetzt bewege deinen Hintern und schaff diese Kisten an Bord, bevor die Orbitstreife uns entdeckt und eine *Sholagar* runterschickt, um uns zu überprüfen.«

»Er spinnt«, sagte Mariska Savage und betrat den Raum.

Cassie sah von dem Tischcom auf, über den Astrozombie gebeugt stand und versuchte, Ninyus ›Geschenk‹ dazu zu bringen, seine Geheimnisse zu offenbaren. Sie war eine des halben Dutzends 'lleros, die sich in das kleine Gästeschlafzimmer im Haus des Operators eines Holzfällerlagers gezwängt hatten, das zur Zeit als Ständiges Mobiles Hauptquartier des Regiments diente.

»Was sagst du?« fragte sie die schwarze Caballera.

»Katsuyama. Ernie«, antwortete Risky. »Er ist verrückt wie eine Maurerwanne voller Schmeißfliegen, um einen Lieblingssatz der Südwestler zu zitieren. Aber er kennt sich aus.«

In den Kisten, die das Landungsschiff zurückgelassen hatte, war nicht nur ClanTech. Manche von ihnen enthielten sehr knifflige KommunikationsTech, die offenbar aus der Inneren Sphäre stammte. Risky und Astrozombie waren beeindruckt gewesen; sie hatten nicht geglaubt, daß der uneinheitliche Techgrad der Kuritas so etwas hergeben würde.

»Massenkommunikation war mein Hauptfach«, sagte Risky. »Ich habe das Techzeug immer gemocht, und es zeigte sich, daß man so einen guten Job in der Industrie bekam. Aber ich kenne das volle Programm, und ich versichere euch, Ernie kennt sich aus. Er ist ein Genie – oder vielleicht ein *idiot-savant.*«

Cassie zuckte die Achseln. »Ich hörte, Migaki sei ganz schön clever.«

»Das ist er in der Tat. Er hat diese Schmierenkampagne zusammengepfriemelt, die Hanse Davion als den ›Schwarzen Ritter‹ darstellte. Das war ein ziemliches Husarenstück.«

»Und ich bin sicher, daß der Lächelnde ihn gründlich auf Herz und Nieren geprüft hat, ehe er ihm das OK für den Job gab. Also muß er wohl etwas drauf haben.«

»Er und du seid auf Hachiman ganz schön aneinandergeraten, wenn ich mich richtig erinnere«, stimmte Risky zu. »Ich werde ihn da« – sie wies mit dem Kopf auf Astrozombie – »fragen, ob ich als seine Assistentin arbeiten kann. Er ist topfit, wenn es um technische Fragen geht, und ich kann manches von ihm lernen!« Ihre Wangen glühten, und ihre großen, dunklen, schokoladenbraunen Augen glitzerten.

»Yee-HAAAW!« Der Rebellenschrei ließ die Wände des kleinen Raums erbeben. Cassie sprang dreißig Zentimeter in die Luft und landete mit ihrer versteckten, kurzläufigen Pistole in beiden Händen.

Marshal ›Astrozombie‹ Harris wandte sich von seinem Monitor ab und blinzelte, als er in die Mündung aller Handfeuerwaffen im Raum außer seiner eigenen schaute.

»Was?« fragte er.

»Warum machst du so einen schrecklichen Lärm?« verlangte Cassie zu wissen. »Was, zum Teufel, ist los mit dir?«

»He, tut mir leid, daß ich lebe, Leutenient«, sagte der Cheftech höhnisch. »Mich hat nur die Freude über meine

Entdeckung übermannt. Ich bitte vieltausendmal um Entschuldigung, wenn ich mich etwas den menschlichen Gefühlen hingegeben haben sollte.«

»Nun, *das* wollen wir aber nicht einschränken, oder?« sagte Risky, sicherte ihre Vereinigte Autopistole wieder und steckte sie wieder ins Halfter.

Zögernd senkte Cassie den kurzen Lauf der Pistole, der genau auf Astrozombies spitze Nase gezielt hatte. »Nur du darfst so reden und überleben, Marshal«, sagte sie.

»Willst du uns jetzt sagen, was da drinsteckt«, fragte Raven, »oder müssen wir es aus dir rausprügeln?«

»Nur eine hübsche kleine Softwareroutine, die aussieht, als könne sie so ziemlich jedes BattleMech-Sicherheitsprogramm im bekannten Universum ausschalten«, sagte Astrozombie selbstgefällig. »Und so heiß, wie diese kleine *mamacita* ist, auch im unbekannten Universum.«

»Ich mag ihn lieber, wenn er wie ein Streber redet«, bemerkte Raven.

Und dann dämmerte es ihnen allen.

»Jesús, María y José«, hauchte Zuma. »Das ist das ultimative Kurzschlußprogramm!«

Er sprach davon, als sei es der Gral. Was es gewissermaßen auch war. Wer mit einer solchen Routine ausgestattet war, konnte die komplette Kontrolle über jeden BattleMech übernehmen, in den er körperlich hineingelangen konnte.

»Das bedeutet wohl, daß Cowboy, Kali und die anderen ihre Gefährte zurückbekommen können«, sagte Raven. »Vorausgesetzt natürlich, daß die Schlangen uns an sie ranlassen.«

»Wenn der Zeitpunkt gekommen ist«, sagte Cassie, »dann werden sie das.«

24

Permanentes Mobiles Regiments-HQ
der Siebzehnten Aufklärer
Südliche Eiglophen
Provinz Koth, Towne
Mark Draconis, Vereinigtes Commonwealth

18. April 3058

Don Carlos' Gesicht hellte sich auf, als Diana Vásquez auf dem Schirm erschien. »Ah, *mi amor!* Schön, dich zu sehen.«

Sie lächelte kurz, dann wurde ihr Gesichtsausdruck traurig. »Ich habe die Neuigkeiten über den armen Peter gehört«, sagte sie. »Es tut mir so leid.«

Don Carlos bekreuzigte sich. »Möge unsere Mutter Maria ihm ihren Frieden schenken«, sagte er.

Zur Überraschung der Caballeros hatten die Towne Air Rangers mit ihren exzentrischen Luftfahrzeugen sich gegen die Luft/Raumjäger der Invasoren mehr als behauptet. Manövrierfähigkeit, überlegenes Geschick und wärmesensible Raketen hatten die kleinen, propellergetriebenen Maschinen ihren größeren, schnelleren Vettern mit den Fusionstriebwerken ebenbürtig werden lassen. Die Ranger hatten fast ausschließlich eine Verteidigungsschlacht geschlagen, aber sie hatten die Dracos daran gehindert, die Lufthoheit zu erringen.

Doch die abtrünnigen Kuritapiloten waren hart und mutig. Und manchmal hatten sie Glück, wie etwa am Vortag, als eine Luft/Raumlanze der Engel der Verzweiflung White-Nose Pony, den Kommandanten des Dritten Bataillons, auf dem Rückflug zu seinem Kommando in Nemedien in einer zweisitzigen *Ruedel* erwischte. Die Dracos hatten die *Ruedel* und ihre Begleitflugzeuge, zwei *Voss*, angegriffen und alle drei abgeschossen. Die *Voss*-Piloten sprangen per Schleudersitz ab. Weder der Navajo noch sein Pilot kamen heraus.

»Wir zünden hier in Mariposa viele Kerzen für ihn an«, sagte Diana. »Wir vermissen ihn.«

Don Carlos sah weg. »Wir werden ihn noch viel mehr vermissen, wenn der Kampf beginnt.« Sie berührte besorgt ihren Halsansatz. »Ist es bald soweit?«

Don Carlos seufzte und schüttelte den Kopf. »Es ist noch viel zu tun. Aber wir haben gute Fortschritte gemacht. Viele unserer Verbündeten sind für den letzten Schlag an Ort und Stelle. Und dieser Mann von Luthien, Enrico Katsuyama – er wirkt Wunder, wenn man nach Howard Blaylocks Reaktion gehen kann.«

»Ich habe einige der Sendungen *Señor* Blaylocks gesehen. Der arme Mann sollte sich über seinen Blutdruck Gedanken machen.«

Mit Hilfe Mariska Savages und einer Horde einheimischer Elektronikspezialisten setzte Ernie Katsuyama weit mehr als nur die Trickkiste ein, die er von Luthien mitgebracht hatte. Ein Werkzeug war das Mittel, wie diese Konversation zwischen Don Carlos in seinem vorübergehenden Hauptquartier und dem Lager Mariposa zweihundert Kilometer entfernt sicher stattfand, ohne daß man sie peilen konnte: das Kommunikationssatelliten-Netzwerk von Towne. Die Sats waren zur Verärgerung der früheren Planetenregierung sowie des gegenwärtigen Regimes so ausgelegt, daß es unmöglich war, Übertragungen über sie zurückzuverfolgen oder zu blockieren. Masersender-Anschlüsse kosteten nur sehr wenig Energie und machten Dreieckspeilungen mit Peilsendern äußerst schwierig. Aber die Regierung konnte nicht an ihnen herummanipulieren, ohne die Wirtschaft des Planeten ins Chaos zu stürzen.

Ein weiterer Trick waren falsche umstürzlerische Parolen bekannter Medienpersönlichkeiten, die auf Katsuyamas speziellem Stimme des Drachen-Mischpult hergestellt wurden und die er mit Hilfe von V-Männern in den

Sendern in echte Holovid- und Radiosendungen einschleuste. Darauf standen Ernie und Risky besonders. Selbst wenn die Sendungen sich als falsch erwiesen, hing der Medienpersönlichkeit, die ihnen zum Opfer gefallen war, immer noch ein gewisser Ruch des Verdachts an. Es war eine hervorragende Methode, es besonders nervigen Nachrichtensprechern heimzuzahlen.

Was Blaylocks Blutdruck in jüngster Vergangenheit in gefährliche Höhen getrieben hatte, waren Kurzwellenradioübertragungen an Townes weitverzweigtes Netzwerk begeisterter Amateurfunker. Billige kleine Fernsender, von ortsansässigen Techies zusammengebastelt, wurden über ganz Hyboria verteilt – und mit Hilfe von Kommandant Trevor Waites, der in die südlichen Archipele zurückgekehrt war, um dort Ärger zu machen, auch darüber hinaus. Sie nahmen Satelliteneinspeisungen aus Ernies Propagandawerkstatt auf und sendeten sie, so daß jeder sie hören konnte. Regierungsstreitkräfte konnten die ferngesteuerten Sender anpeilen und zerstören, aber Peilungen konnten die Sendungen selbst nicht abwürgen.

Zum Programm gehörte üble Satire, Enthüllungen über Untaten und Inkompetenz der PR sowie höchst detaillierte Anweisungen für Sabotage, Guerillakrieg und verdeckten Widerstand. Was den Schirmherrn des Planeten besonders aufbrachte, war die Bekanntgabe der Ergebnisse eines Wettbewerbs, dessen Teilnehmer ihre einfallsreichsten Vorschläge eingereicht hatten, wie man Howard Blaylock am besten exekutieren könnte, wenn die Dracoinvasoren erst einmal vom Planeten verjagt waren …

»Wie laufen die Dinge bei euch?« fragte Don Carlos.

»Wir hatten eine Schnupfenepidemie unter den Kindern im Kindergarten, aber es scheinen wirklich nur Erkältungen zu sein, nichts Ernstes. Ansonsten geht es uns gut. Leutnant Prynn brennt darauf, am Kampfgeschehen teilzunehmen, aber sie ist unter den gegebenen Umständen sehr dankbar dafür, daß ihr Geschwader hier stationiert ist. Ich bringe Dolores Gallegos immer noch bei, wie man El Cuco bedient.« El Cuco – der Schwarze Mann – war der Name, den Diana ihrem experimentellen *O-Bakemono* gegeben hatte.

»Wie geht es ihr?«

»Ich fürchte, ich entspreche nicht den Standards des Unterrichtspersonals an der Militärakademie New Avalon. Aber die Grundbegriffe des Mechbetriebs sind nicht schwer zu erlernen. Und es ist ja nicht so, daß sie noch nie in einem Nahkampf gewesen wäre.« Das mächtige Arrow IV-Raketensystem mit der extremen Reichweite war als Artillerieunterstützung konzipiert, die Ziele angreifen konnte, die sich weit außer Sicht befanden. Ein MechKrieger, der eine mit Arrows bestückte Maschine steuerte, sollte feindliche BattleMechs nie *sehen.* Die Nahkampfbewaffnung des OBK-M10, drei kleine Extremreichweitenlaser, war pro forma dazu da, Schlammstampfer davon abzuhalten, Minen an seinen Fußaktivatoren anzubringen.

»Es ist in erster Linie eine Methode, mich wach zu halten und den *Bakemono* weiter besser kennenzulernen«, gab Diana zu.

»Du bist klug wie immer.« Nachdem Don Carlos die Kommandoentscheidungen gefällt hatte, seine Mechs momentan so weit wie möglich aus dem Kampfgeschehen herauszulassen, war er entschlossen, den Prototypen des OBK vor jedem Schaden zu bewahren. Besonders, da die Designer der Luthien-Rüstungswerke nicht imstande gewesen waren, eine Maschine zu bauen, die sich genau so schnell bewegen konnte wie die ursprüngliche *Naga.*

Der Kolonel dankte der Mutter Gottes, daß militärische Überlegungen und seine Herzenswünsche dasselbe nahelegten: daß Diana momentan weit hinter der Front blieb.

Der Kolonel seufzte. »Ich muß jetzt gehen, meine

Liebe. Aber vorher sollte ich dich noch bitten, ein Auge auf Gordon Baird zu haben. Ich schicke ihn nach Mariposa, damit er sich eine Weile ausruht.«

Trotz der Tatsache, daß der Langzeitplan gute Fortschritte zu machen schien, hatte der Spionageoffizier des Siebzehnten nie seine Einstellung geändert, daß sie verloren waren und niemals hoffen durften, die zahlenmäßig überlegenen Invasoren zu schlagen. Don Carlos war zögernd zu dem Schluß gelangt, daß sein alter Freund die Nerven verloren hatte. Er hielt es für das beste, ihn bei den Zivilisten unterzubringen, wo seine Besorgnis keinen großen Schaden anrichten konnte.

Diana lächelte und nickte. »Ich werde ihn willkommen heißen. Er arbeitet so hart, daß ihm Ruhe guttun wird. Und du, mein Lieber – unsere Feinde jagen dich. Sei vorsichtig.«

»Immer«, versicherte ihr der Kolonel. »*Yo te quiero.*«

»Du mußt mit diesen Gurten vorsichtiger sein«, sagte Cassie und hielt ein verräterisch baumelndes Ende am Rucksack auf Marly Joles' Rücken hoch. »Sie können klappern, wenn du dich bewegst. Ein Scout muß absolut lautlos sein.«

Das Mädchen nickte ernst. »Tut mir leid, Cassie. Kommt nicht wieder vor.«

Cassie schnitt ein Gesicht. Das Mädchen nahm seine Ausbildung ernst, und das war gut so. Aber irgendwie nahm sie sie *zu* ernst. Das gefiel Cassie nicht.

Sie sah Marlys geliebtes 6 mm-Gewehr an, das mit Deckel auf der Zielvorrichtung am Quartier lehnte. Es war speziell als höchst genaues, flach schießendes Jagdgewehr gebaut, dessen geringer Rückstoß es für ein schlank gebautes heranwachsendes Mädchen passend machte, und hatte sich auch als hervorragende Heckenschützenwaffe erwiesen. Wie die zehn schwarzen Stifte bewiesen, die sie in den Gewehrkolben getrieben hatte.

Marly rechnete für den Mord an ihrem Vater in Raten ab. Mit Zinsen.

Cassie summte tonlos vor sich hin und klebte den störenden Gurt fest. Rings um sie bereitete sich der Rest des Überfallkommandos auf den Hinterhalt für eine Streife der Planetenpolizei vor. Cassie würde nicht mitkommen. Don Carlos hatte ihr – wahrscheinlich auf Betreiben dieses sich ständig einmischenden Dachses Sandra Ten Bears – befohlen, eine Weile kürzer zu treten. Ten Bears hatte Angst, Cassie verlange sich zuviel ab. Das war Unsinn; *ich habe ein paar Kilo abgenommen, na und?*

Sie klopfte Marly auf den Hintern. Das Mädchen lächelte sie flüchtig an und hockte sich an die Mauer, wo sie gewohnheitsmäßig ihr Gewehr aufnahm und es zu überprüfen begann. Was störte sie nur an dem Mädchen? fragte sich Cassie. Daß sie ihre Pubertät früh hinter sich ließ? Cassie hatte selbst nicht sehr viel Kindheit gehabt.

Vielleicht ist es das, was dich stört. Das letzte hörte sie sehr deutlich in Kali MacDougalls Stimme. Sie erschauerte.

Sie überprüfte gerade den Rucksack eines anderen Milizfreiwilligen, als eine Stimme aus der Tür ertönte: »Cassie-Mädchen.«

Sie sah auf, wußte aber schon, daß sie Tim Moon in der Türöffnung sehen würde; er wurde von hinten von der Sonne angestrahlt, die tapfer versuchte, die Schneeschicht auf den Gunderlandbergen zu schmelzen, und grinste sie an. Sie drehte sich um und ging durch die Innentür ins Haupthaus.

Er erwischte sie in einem Gang, in dem es nach den Hartholzplanken duftete, aus denen die Wände bestanden, packte sie am Handgelenk und riß sie herum. »Willst du ewig vor mir wegrennen?« fragte er.

Sie legte die freie Hand auf seine, löste seine Finger von ihren, drehte seinen Arm, um das Ellbogengelenk zu überstrecken, und preßte sein Gesicht auf die harten Bodenbretter. »Faß mich nie wieder so an«, sagte sie.

»Au! Tut mir leid. Ich gebe meinen Fehler zu. Jetzt laß mich bitte hoch.«

Sie ließ ihn los und trat an die Wand zurück, wo sie mit fest verschränkten Armen stehen blieb.

»Was willst du?« fragte sie.

»Du kannst auf mich sauer sein, das habe ich verdient. Und du mußt nie wieder mit mir reden, wenn du es so willst. Aber du bist eine Närrin, wenn du einem wie mir erlaubst, einen Keil zwischen dich und deine Freundin Kali zu treiben.«

Sie gab einen empörten Laut von sich und wandte sich zum Gehen. »Bitte. Zwing mich nicht, dich wieder zu packen. Ich kann meine *Voss* nicht besonders gut fliegen, wenn du mir den Ellbogen brichst.«

»Schau, es gibt nichts zu bereden. Ka ... Kapitan MacDougall war meine Freundin. Aber das ist vorbei, seit sie mir das angetan hat.«

»Aber sie hat dir nichts angetan. Sie hat mir etwas angetan, und das war auch noch sehr angenehm – nein, bitte bleib, manchmal geht mein Humor mit mir durch. Tatsache ist aber, daß etwas zwischen ihr und mir geschehen ist, das dich nicht betreffen sollte.«

»Hast du wirklich geglaubt, daß es das nicht würde?« fragte sie bitter.

»Um brutal ehrlich zu sein, es ist mir nie in den Sinn gekommen. Tatsache ist, daß Lady K mit dir keine Absprache hatte, die Finger von mir zu lassen. Und ich habe auch nie versprochen, meine von ihr zu lassen.«

Cassie preßte die Lippen fest zusammen und versuchte die Tränen zurückzuhalten. »Du würdest es nicht verstehen.«

»Doch, natürlich. Du bist wütend auf deine Freundin, weil sie ein Versprechen gebrochen hat, das sie dir nie gab. Und das nagt an dir. Schau dich an, Mädchen; wenn du noch weiter abnimmst, wird irgendeine Bauersfrau dich zum Trocknen an der Scheunenwand aufhängen.«

»Nun, da ich jetzt so häßlich bin, sehe ich nicht, warum du dich mit mir abgeben solltest ...«

»Oh, hör auf. Du bist nicht häßlich, du bist schön, du siehst nur ein bißchen spitz aus. Und nur weil ich nie geschworen habe, daß ich auf ewig nur dich lieben würde, heißt das noch lange nicht, daß du mir egal bist.«

Er packte ihre Hände. Diesmal riß sie sich nicht los. »Und auch Kali ist mir nicht egal. Sie ist ohne eigenes Verschulden in einen *Donnerkeil* hineingeflogen und kann sich gerade eben so in der Luft halten. Sie braucht dich, Cassie. Und du brauchst sie.«

Cassie schüttelte den Kopf so heftig, daß sich Strähnen ihres langen schwarzen Haares aus dem komplizierten Knoten lösten, zu dem sie es zusammengebunden hatte, und ihr Gesicht peitschten. Tränen behinderten ihre Sicht.

»Ja«, sagte Tim. »Du kannst das Universum nicht im Alleingang besiegen, Cassiopeia; niemand kann das. Und mit einer Freundin wie Lady K, die bereit ist, dir zur Seite zu stehen, bis du eine blinde Närrin, wenn du es auch nur versuchst.«

Sie klammerte sich an ihn, als hätte er sie gerade vor dem Ertrinken gerettet, und schluchzte krampfhaft. Er hielt sie und murmelte ihr sanfte Worte zu, ohne etwas Besonderes zu sagen, nur um sie zu beruhigen, während er ihr Haar streichelte. Und als das Schlimmste vorbei war, legte er ihr einen gekrümmten Finger unters Kinn, hob ihr Gesicht an und küßte sie.

Einen Augenblick lang wehrte sie sich. Dann warf sie ihm die Arme um den Hals und küßte ihn wild. Sie konnte nicht anders.

Doch, ich kann, sagte eine Stimme in ihrem Hinterkopf. *Aber ich will nicht.*

Tai-sho Jeffrey Kusunoki, selbsternannter Militärgouverneur Townes, machte Liegestützen auf den Fingerspitzen. Seine loyalen Gefolgsleute versammelten sich um ihn, klatschten in die Hände und zählten rhythmisch mit: *»Fünfundvierzig … sechsundvierzig … siebenundvierzig …«*

Eigentlich sollte es mich nicht überraschen, daß wir in einer Sporthalle immer Publikum haben, dachte Mr. Kimura, der an der Seite stand und nach außen eine Heiterkeit zur Schau trug, die seinen inneren Zustand verbarg.

Endlich brach der General zusammen, während seine Speichellecker applaudierten und bewundernd lachten. Er rollte sich ab und setzte sich auf, dann trank er ausgiebig aus einer Trinkflasche, die man ihm reichte.

»Sehr beeindruckend«, sagte Kimura trocken.

»Sie sollten auch trainieren, Kimura-*Sensei*«, sagte der General, den die Endorphinausschüttung aufgeputscht hatte. »Es würde Sie Jahre jünger machen.«

»Ich danke dem General für seinen freundlichen Vorschlag, aber ich empfinde gar nicht den Wunsch, Jahre jünger zu wirken. Ich habe Jahrzehnte gebraucht, um so alt auszusehen.« Er verbeugte sich.

Kusunoki verzog das Gesicht und lachte dann. Auch seine Gefolgsleute lachten. »Verstehe. Das war ein Witz.«

»Wenn der *Tai-sho* wünscht.«

Kusunoki erhob sich und nahm ein Handtuch, mit dem er sein schweißnasses Haar zu trocknen begann. »Sie sollten sich wirklich mehr entspannen, Kimura-*Sensei.* Sie nehmen das Leben so ernst.«

»Ich nehme meine Verantwortung ernst. Und deshalb muß ich Sie bei Ihren Übungen stören.«

Der General sah ihn einen Augenblick lang an, dann winkte er. Die hübschen jungen Gefolgsleute verflüchtigten sich. Kusunoki ließ sich statt in der traditionellen knienden Position im Schneidersitz nieder und legte sich das Handtuch um die Schultern.

»Nun?«

»Wir haben Probleme mit bestimmte Wirtschaftszweigen. Um es deutlich zu sagen, einige der Leute, denen wir die Produktionskapazitäten des Planeten anvertraut haben, sind damit beschäftigt, sie ratzekahl auszuplündern, und behandeln dabei ihre Arbeiter so schlecht, daß sie trotz der Konsequenzen mit Rebellion drohen. Es haben sich bereits einige Vorfälle ereignet.«

»*So ka?* Die meisten Leute, denen wir Gehöfte und Fabriken gaben, waren Spezis Ihres Chefs. Warum halten Sie sich damit auf, sich bei mir zu beklagen?«

»Ah. Euer Exzellenz hat völlig recht. Ich befinde mich jedoch in einer Zwickmühle. Ich hoffte daher auf meine unwürdige Weise, Sie könnten ...«

»Sie wollen, daß ich Ihnen einen Gefallen tue?« Kusunoki legte seinen herrlichen Kopf in den Nacken und lachte. »Klar doch, *Sensei,* klar doch. Ich quetsche ein paar, bis sie platzen, dann geben die anderen schon Ruhe.«

Mr. Kimura verbeugte sich tief. »Ich danke dem General.« Es war ein ernstes Thema, das wußte selbst Kusunoki. Wenn sie Towne ins Reich des Drachen integrieren wollten, mußte Handel mit dem Kombinat stattfinden. Das Kombinat hatte ausreichend Bedarf an dem Kupfer, den Tropenhölzern und Pelzen, die der Planet zu exportieren hatte, aber der *seimeiyoshi-rengo* hatte die Welt buchstäblich unter ein Embargo gestellt, um Loyalität dem Koordinator, nicht der Gesellschaft des Schwarzen Drachen gegenüber zu zeigen. Wenn genug Ware auf Vorrat gelegt werden konnte, würden einige der gierigeren *Kai* nicht widerstehen können und einkaufen kommen und sich nicht um den *seimeiyoshi-rengo* scheren. Aber die opportunistischen kleineren Oyabuns und Mitläufer, die Toyama-*sama* hatte dabeihaben wollen, stahlen alles zuerst.

Weil schwer zu sagen war, wie lange die gute Laune des *Tai-sho* anhalten würde, beschloß Kimura, ein weiteres Problem anzusprechen.

»General, ich maße mir nicht an, Sie bei den militärischen Künsten zu beraten.«

»Das ist weise.« Jetzt verschwand der kumpelhafte Tonfall.

»Doch ein Diener, der bemerkt, daß das Haus brennt, nützt seinem Herrn nichts, wenn er es ihm nicht sagt, egal wie wenig der Herr es hören will. Der Kampf mit den Söldnerbanditen dauert an, und Ihre Streitkräfte gewinnen zwar immer, doch auf die Dauer breiten sie sich nur immer weiter über den gesamten hyborischen Kontinent aus. Und je länger die Rebellen uns standhalten können, ohne angemessen gemaßregelt zu werden, desto mehr wird das Volk ermutigt, selbst über Widerstand nachzudenken.«

Der *Tai-sho* sah ihn mit hochgezogener Augenbraue an. »Sie schlagen also vor, ich soll einen Weg finden, die fremden Söldner und ihre irregeleiteten Lakaien zu einer Entscheidungsschlacht zu zwingen und sie zu zermalmen?«

Kimura verbeugte sich. »Euer Exzellenz drücken es so viel besser aus, als meine bescheidenen Kräfte es mir erlauben.«

Kusunoki sprang auf. »Ich würde Ihren Vorschlag als impertinent betrachten, Lehrer«, sagte er, »hätte ich nicht gerade heute einen Plan anlaufen lassen, um ihn umzusetzen.« Und er warf den Kopf zurück und lachte über den erstaunten Blick des alten Mannes.

25

Lager Mariposa
Westliche Eiglophen
Provinz Gunderland, Towne
Mark Draconis, Vereinigtes Commonwealth

18. April 3058

Sie kamen aus der Messe, die Vater Montoya im Kasino der Copper Queen gelesen hatte, als Richard und Dolores Gallegos' jüngstes Kind, Natasha, an Diana Vásquez' Hand zog und nach oben deutete.

»Schau, Diana«, sagte sie. »Da ist eine zweite Sonne, die herunterkommt, um uns zu besuchen. Ist das die Mutter Gottes wie in Lourdes?«

Diana sah auf. Sie wußte sofort, daß das strahlende Licht, das hoch droben durch die Wolkendecke schien, keine Erscheinung der Gesegneten Jungfrau war. Es war die Antriebsflamme eines Landungsschiffs. Während sie hinsah, tauchte in den Wolken ein Dutzend kleinerer Feuer auf: BattleMechs, die auf umgeschnallten Düsen herabschwebten.

»Renn in den Bunker, Natasha«, sagte sie ruhig. »Der Rest von euch Kindern geht mit. Sputet euch!«

Droben riß der Himmel auf, als ein Geschwader *Sholagars* mit Überschallgeschwindigkeit vorbeischoß. Einen Augenblick später begannen Explosionswolken überall auf der gewaltigen, pfannenförmigen Tagebaufläche zu erblühen. Diana vermochte nicht zu sagen, warum sie die Grube bombardierten – es sei denn, sie wollten den Verteidigern zeigen, daß Widerstand zwecklos war.

Die anderen Kinder rannten gehorsam zum Eingang eines vierzig Meter entfernt gelegenen unterirdischen Bunkers. Natasha Gallegos klammerte sich an Dianas Bein. Über ihren Köpfen fielen immer noch weitere Mechs durch die Wolkendecke.

»Komm mit, Schatz.« Diana ergriff Natasha an der Kapuze ihrer Jacke und eilte zu einem zehn Meter entfernten Erztransporter. Der monströse Kipplaster vermochte einen *Atlas* aufzunehmen; er war so angelegt, daß er die 100-Tonnen-Brocken verkraften konnte, die die riesigen Schaufelbagger mit jedem Streich aus der Erde rissen. Er war zwar an sich nicht gepanzert, würde aber hervorragenden Schutz bieten. Diana beugte sich vor, um die zitternde Fünfjährige mit ihrem eigenen Körper abzudecken, und sah rechtzeitig auf, um zu sehen, wie die 85 Tonnen einer Draco-*Katana* unkontrolliert der Oberfläche entgegenstürzten.

»Eins zu null für dich, Nitro Drei«, sagte Leutnant Sondra Prynn und wich nach rechts aus, um dem PPK-Blitzstrahl eines sich herabsenkenden *Panther*-Mech zu entgehen. Ihre Stimme war so ruhig, als bitte sie darum, sich einen Heftapparat ausleihen zu dürfen. Ihre Rangerkollegen nannten sie nicht umsonst ›Eis‹.

»Danke, Nitroführerin.« In Nitro Dreis Stimme schwang Triumph mit. Sie hatte gerade mit ihren Maschinengewehren die Düsen einer landenden *Katana* weggeschossen. »Das hier nennt man wohl eine zielreiche Umgebu ...«

Die Stimme erstarb mit einem durchdringenden statischen Rauschen. Eis sah gar nicht erst hinüber. Stattdessen riß sie das Ruder herum und machte mit ihrer kleinen *Voss* eine Rolle nach rechts, nach der ihre Schnauze dorthin zeigte, wo ihre Geschwaderkollegin gerade noch gewesen war.

Von Dreis Voss waren nur noch eine Rauchwolke und umherfliegender Schrott übrig. Signalanlagen schrillten in Eis' Ohren, als die Peilköpfe ihrer Raketen sich auf die Antriebsflamme der *Sholagar* einstellten, die ihre Geschwaderkollegin getötet hatte. Sie drückte den Feuerknopf. Einmal.

Sie hatte Pläne. Zu ihnen gehörte in jedem Fall Ruhm.

Überleben nicht unbedingt. Sie war schließlich alles, was von Nitro noch übrig war; Vier war beim Versuch abzuheben abgeschossen worden, und das Flugzeug ihres üblichen Flankenmannes war auf dem Boden zerstört worden.

Sie hatte sechs Raketen. Sie würde sie mit großem Geiz einsetzen. Und hoffen, mit leeren Behältern zu sterben.

Die wärmesuchende Rakete flog direkt, heiß und zielgenau. Ihre Explosion zertrümmerte die Ceramettöpfe, die die Hitze des Fusionsantriebs kanalisierten. Das Kampfflugzeug mit den kreisförmigen Flügeln begann nach links zu kippen, während weißglühendes Gas winklig zu seiner Flugrichtung auszutreten begann. Dann verschwand es in einem weißen Blitz, als sein Eindämmungsfeld zusammenbrach und das Plasma seines Fusionsantriebs es verschlang.

Eis gestattete sich eines ihrer seltenen Lächeln. *Erster Abschuß!* Ihr ganzes Leben war wie eine Kugel auf diesen Augenblick abgezielt gewesen.

Sie wußte – sie spürte es nicht, sie *wußte* es –, daß ein anderes Feindflugzeug auf sie herabstieß. Sie war durch ihre seitliche Rolle noch immer langsam. Sie richtete ihre Flügel aus, trat die Pedale wieder durch und veranlaßte die beiden extragroßen Ruder, die sie sorgfältig selbst angebracht hatte, sie in einer unverzogenen Wende herumzureißen.

Es war ein Manöver, das ein Flugzeug ohne die angeschrägten vorderen Tragflächen der *Voss* wahrscheinlich ins Trudeln gebracht hätte. Es überraschte den *Shilone*-Piloten, der schießend an ihr vorbeizog, vollkommen. Die rosafarbenen Strahlen des großen, an der Schnauze angebrachten Lasers und des kleineren Paars auf den Tragflächen des Luft/Raumjägers verfehlten die *Voss*, als Eis ihren Vogel auf das Cockpit der schweren Maschine zusteuerte und eine lange Salve aus ihren Maschinengewehren abfeuerte.

Die winzigen Kicker-MGs hätten lange gebraucht, um sich durch das dicke, kuppelförmige Transpex der Pilotenkapsel der *Shilone* zu fressen. Aber die plötzlichen brutalen Einschläge direkt vor seinem Gesicht, dazu das seltsame Manöver des feindlichen Flugzeugs, überzeugten den Dracopiloten, daß er es *so genau* eigentlich gar nicht wissen wollte. Der Pilot riß die große Flugmaschine in eine Wende mit maximaler Geschwindigkeit unter Unterstützung durch die Schubdüsen.

Eis feuerte, tauchte wenige Meter unter dem Feuerstrom des Triebwerks der *Shilone* hindurch – der nicht weniger tödlich war als ihre Bewaffnung –, zog lang genug hoch, um einen leichten IR-Peilschuß auf die lodernden Flammen abzugeben. Kurzstreckenraketen schossen aus der Dornbuschlafette im Heck des Luft/Raumjägers. Eis tauchte weg, und sie schossen harmlos über sie dahin.

Die Rakete riß ein Stück des rechten Seitenruders der *Shilone* weg und beschädigte ihren Auspufftopf. Die Flugmaschine begann flach zu torkeln und zerstörte beim Absturz einen Erzbrecher.

Eis tauschte Höhe gegen Geschwindigkeit, strich flach über den großen Copper Queen-Komplex. Die meisten feindlichen Mechs hatten den Boden bereits erreicht und die Sprengklammern gezündet, um ihre Düsen loszuwerden. Kusunoki hatte alles auf eine Karte gesetzt – an dem Angriff mußte mindestens ein Bataillon teilnehmen, dazu nach Eis' Einschätzung eine Gruppe Luft/Raumjäger. Die zwei armseligen Lanzen SöldnerMechs, die zur Bodenverteidigung eingeteilt waren, dazu die merkwürdige Pseudo-*Naga*, hatten keine Chance.

Hier oben hatte es erst begonnen.

Sie begann zu steigen. Der Himmel war so voll von Draco-Jägern, daß sie einen Großteil ihrer Aufmerksamkeit darauf verwenden mußten, einander nicht ins Gehege zu geraten. Auf ihre Weise so arrogant wie ein MechKrieger, sahen viele der Luft/Raumpiloten die winzige Gestalt von Eis' *Voss* buchstäblich nicht. Und das nicht nur wegen ihres blauen, auf geringe Sichtbarkeit ausgelegten Farbschemas, das an Rotkehlcheneier erinnerte: Der Weltsicht der Piloten zufolge konnte ein lächerliches kleines hecklastiges Propellerflugzeug wie ihres kaum eine Bedrohung darstellen.

Aber jetzt war das Unmögliche geschehen, nicht einmal, sondern zweimal. Sie war entdeckt worden.

Plötzlich war sie auf allen Seiten von Feuerstrahlen umgeben, sie waren über ihr, unter ihr. Sie wich aus, tauchte, flog Ausweichmanöver und stieg auf. Sie stand im Zentrum der Aufmerksamkeit von mindestens sechs *Sholagars* und zwei *Shilones.* Laserstrahlen zerteilten die Luft rings um sie herum. Ströme von Lenkraketen suchten sie, kamen Dracomaschinen gefährlich nahe. Sie lächelte verkniffen und stellte sich vor, wie die feindlichen Piloten ihre Frequenzen damit überlasteten, einander für die Beinahetreffer zu verfluchen.

Die Dracopiloten mußten sich über mehr Sorgen machen, als einander nicht zu treffen oder nicht ineinander hineinzufliegen. Eis hatte immer noch vier Raketen unter den Tragflächen hängen. Die Luft/Raumjäger konnten aus Angst vor Brudermord nicht aus großer Entfernung schießen, sondern mußten dicht vorbeifliegen, ohne dabei vor die naseweise kleine *Voss* zu geraten. Was unmöglich war. Sie feuerte ihre Wärmesucher ab, als sie bedrängt wurde, und zwang die Piloten, auf die sie gezielt hatte, jeden anderen Gedanken außer dem Abhängen der widerlich beharrlichen Lenkraketen zu vergessen.

Eine *Sholagar* schwenkte hart nach rechts, um ihrer vorletzten Rakete auszuweichen. Ihr Pilot war geschickt genug, den Antrieb auszuschalten und so den Spürer seines riesigen, gleißenden Ziels zu berauben, wodurch die Rakete zu einem normalen Flugkörper wurde und weiterflog, bis sie harmlos irgendwo aufschlug. Leider war der Pilot mit dieser Eingebung so beschäftigt, daß er die *Shilone* nicht bemerkte, die aus zwei Uhr auf Eis herabstieß. Die beiden Jäger kollidierten in einem enormen gelben Feuerball.

Die Explosion schleuderte die *Voss* herum wie ein Blatt im Wind. Eis ließ sich vom Überdruck mitreißen, denn sie vertraute auf ihr Geschick und die Fähigkeit des kleinen Flugzeugs, sich am Himmel zu halten. Es war fast unmöglich, eines der kleinen Flugzeuge mit Heckantrieb zum Abschmieren zu bringen – und sie kannte die Hülle des ihren wie die Umrisse ihres eigenen, zwanghaft fitgehaltenen Körpers.

Sie befand sich fast von Angesicht zu Angesicht mit einer anderen *Sholagar*, die ihren Antrieb gestoppt hatte, wobei sie versuchte, die *Voss* lang genug im Zielbereich ihrer nach vorne feuernden Bewaffnung zu halten, um den Todesschuß setzen zu können. Eis wechselte wieder zu den Maschinengewehren und ließ Kugeln auf die Windschutzscheibe ihres Feindes regnen. Die beiden Maschinen näherten sich mit vernachlässigbarem Tempo, sie machten kaum Fahrt. Eis spürte, wie die Luft unter ihren Tragflächen wegsackte; in einer Sekunde würde die Schnauze ihrer Maschine wegkippen, und sie würde von selbst in einen Sturzflug gehen, bis sie schnell genug wurde, daß die Tragflächen wieder trugen. Der *Sholagar*-Pilot nutzte den Auftrieb seiner kreisförmigen Flügel maximal aus – er war hoch für einen Luft/Raumflug – und setzte auf seine Düsen, die ihn vor einem tödlichen Abrutschen bewahren sollten, wenn dieser Auftrieb wegfiel.

Was dann allerdings wegfiel, war die Transpexkuppel. Die *Sholagar* kippte weg, ihr linker Tragflächenlaser schoß Eis die Spitze der Steuerbordtragfläche weg, flog unter ihr durch und krachte dann direkt zu Boden.

Ich bin ein As! jubelte Eis innerlich. Signalgeber heulten und durchdrangen das Adrenalinsummen in ihren Ohren. Sie feuerte ihre letzte Rakete ab, nicht sicher, welches der wirbelnden feindlichen Flugzeuge das Ziel war.

Sie sah nie, wie sie ihr Ziel verfehlte. Ihre Feinde schienen ihr Zielproblem alle gleichzeitig zu lösen. Kurzstreckenraketensalven und Laserstrahlen trafen auf der winzigen weißen Pfeilspitze zusammen.

Die Flugzeuge der Ranger bezahlten einen hohen Preis für ihre Manövrierfähigkeit: keine nennenswerte Panzerung. Eis und ihre *Voss* verschwanden in einem gewaltigen Blitz.

Auf dem Boden begannen die Invasoren schon, ihre Gefangenen zusammenzutreiben. Der einseitige Kampf war vorbei.

Das Gesicht auf dem Flachschirm war so perfekt, daß es fast unauffällig war, umrahmt von einem makellosen blonden Helm aus Haar. »Hier spricht Dilonna Saunders live vom Hof des Verwaltungszentrums der Planetenregierung in Port Howard ...«

Dutzende von Caballeros waren in der Scheune der Farm zusammengepfercht, die derzeit als Treffpunkt des Ständigen Mobilen Hauptquartiers des Siebzehnten diente, und sahen in gespannter Stille zu. Don Carlos hatte sein HQ auf die nemedische Steppe zwischen der zentralen Gebirgskette und den südlichen Gunderlandbergen hinunterverlegt, um einem aggressiven Vorstoß Kusunokis zu begegnen, der die Provinzhauptstadt Numalia mit je einer Kompanie Panzer und Infanterie der Vereinigten Soldaten des Draconis-Kombinats, verstärkt durch eine BattleMech-Lanze der Schwarzen Drachen, eingenommen hatte. Der Kolonel hoffte, den Invasoren einen auffälligen Landnahmesieg zu gönnen, um den *Tai-sho* zu ermutigen, noch mehr Truppen aus Port Howard abzuziehen.

Dann fiel das Lager Mariposa, und alle Berechnungen waren null und nichtig.

Das Bild wechselte zu einer winzigen Frau, die mit dem Rücken zur grauen Steinwand stand, die den Hof umgab, den Kopf trotz des leichten Regens hoch erhoben, ihr schwarzes Haar strömte ungebändigt über die Schultern ihres orangefarbenen Jeansoveralls. Ihr schönes Gesicht strahlte Heiterkeit aus. Ein Name pulste wie ein Stromstoß durch die Zuschauer in der Scheune: *Diana*.

Auf der einen Seite standen Würdenträger, *Tai-sho* Kusunoki und sein Gefolge, Mr. Kimura aufmerksam und still unter seinem Schirm, Howard Blaylock glühend und überlebensgroß in seiner Rolle als Zeremonienmeister. Auf der anderen Seite drängten sich zwanzig der Caballerokinder zusammen, die in Mariposa gefangengenommen worden waren, weinten, klammerten sich aneinander fest, schrien nach der einsamen Gefangenen. Ein Elektrozaun und Planetenpolizisten mit Lähmknüppeln hielten sie davon ab, an ihre Seite zu eilen.

Unruhe entstand. Oberleutenient Gordon Baird schob sich durch eine Traube von Journalisten und trat Blaylock gegenüber, zwei VSDK-Soldaten trabten sinnlos hinterher.

»Was geht hier vor?« verlangte er zu wissen. »Sie haben versprochen, daß sie gut behandelt würden! Ich habe meinen Teil der Abmachung gehalten. Ich habe Ihnen das Lager ausgeliefert, und Sie hatten nur Verluste, weil Ihre Piloten zu inkompetent waren, um mit einer einzigen fanatischen Frau in einem Museumsstück fertig zu werden.«

Kusunokis Stirnrunzeln wegen der Unterbrechung wurde zu einer Maske des Zorns, wie die *mempo* eines alten Samurai, die Feinde auf dem Schlachtfeld entmutigen sollte. Infolge der Abschiedsvorstellung Sondra Prynns hatte er bereits angeordnet, daß jeder VSDK-Pilot, der einen Abschuß durch ein Flugzeug eines Towne Air Rangers überlebte, seinen Rang verlieren und in die Infanteriereihen zurückgeschickt werden sollte, um seine Schande zu sühnen.

Howard Blaylock schürzte die Lippen. »Das ist hier gerade ein feierlicher Moment, Gordo. Hau ab.«

Die Soldaten packten die Arme des großen Mannes. Verärgert schüttelte er sie ab. »Das können Sie nicht tun! Es ist unmenschlich!«

Aus dem Kreuz, unter den Schößen seines dunklen Jacketts mit den wattierten Schultern hervor, zog Blaylock einen kurzläufigen Revolver. Er sah ihn einen Augenblick lang an, als sei er überrascht, ihn in seiner Hand vorzufinden.

»Weißt du«, sagte er, »früher trug ich nie eine Waffe. Es war eine Frage des Prestiges ... Ich war mir zu gut dafür. Wenn nötig, hatte ich viele Leute, die das Schießen für mich erledigten.«

Er sah Baird in die Augen. »Komisch, wie sich die Zeiten ändern«, sinnierte er. »Ich habe noch nie jemanden erschossen.« Und er schoß Baird in die Stirn.

»Sag mir nie, was ich tun soll«, sagte Blaylock ruhig.

Einige der Journalisten schrien und sprangen zurück. Andere drängten vorwärts und schoben Objektive vor sich her, als wollten sie die Szene aufspießen. Blaylock wandte sich ihnen zu und schwenkte seine Waffenhand in der Luft. »Keine Bilder! Das ist nie geschehen. Die eigentliche Show läuft dort drüben.«

Grüne Uniformen drängten vorwärts, um die Journalisten auf ihren Platz zurückzutreiben. Sie wandten ihre Aufmerksamkeit pflichtschuldig wieder der Frau und der Wand zu.

Der junge *Chu-i,* der das Erschießungskommando leitete, war ausgewählt worden, weil er ein regulärer VSDK-Soldat war, sehr japanisch aussah und männlich war. Solche Überlegungen waren für Jeffrey Kusonoki sehr wichtig, und das hier war zwar ganz Blaylocks Show, aber General Kusunoki beglich die Rechnung. Der Teint des Jünglings hatte heute alles andere als die normale gesunde Weizenfarbe; er war unter dem schwarzen Riemen seiner Mütze, der in seinen Unterkiefer schnitt, kränklich bleich. Er trug das graue Trikot eines Mech-Kriegers mit rotem Streifen und hielt eine blanke *Katana* in den Regen.

Aber *giri* ging vor *ninjo,* und seine Stimme war fest, als er ausrief: »Fertig!« Zwölf Gewehre hoben sich.

Diana Vásquez streckte ihre Hand nach den Kindern aus. »Singt, Kinder. Bitte. Weint nicht – singt für mich!«

Auf dem Schirm begann die Frau, die von den Hüften aufwärts zu sehen war, mit kräftigem, klarem Alt zu singen: *»Viva la Virgen de Guadalupe ...«*

»Legt an!« schrie der junge Leutenient.

Zögernd fielen die Kinder ein. Diana lächelte beim Singen, obgleich der Regen über ihre Wangen rann wie Tränen.

»Feuer!«

Zwölf Gewehre bellten kurz auf. Die Vorderseite von Dianas Gefängniskluft wurde rot. Sie kippte aus dem Bild.

Die Scheune füllte sich mit einem wortlosen Schrei des Zorns und des Leids. Don Carlos verbarg sein Gesicht in den Händen.

Dilonna Saunders trat vor, kühl und langgliedrig, und ihr makelloses Gesicht zeigte nicht mehr Reaktion, als berichte sie über die Eröffnung einer Galerie. »Und jetzt eine Reaktion des Mannes der Stunde, des Schirmherrn des Planeten, Howard Devore Blaylock.«

»Danke, Dilonna«, sagte Blaylock. Er trat ernst, aber direkt auf. »Ich bin sicher, wir alle bedauern die Notwendigkeit dessen, was heute hier geschehen ist. Aber ich glaube nicht, daß jemand die Tatsache in Frage stellen kann, daß die abtrünnigen Söldner selbst den Abzug betätigt haben, vor allem ihr Kommandant, der selbsternannte ›Kolonel‹ Carlos Camacho.«

»Und haben Sie diesen fremden Söldnern etwas zu sagen, Herr Schirmherr?«

»Ja, Dilonna, das habe ich.« Er wandte sich um und sah direkt in die Kamera. »Sie sollten verstehen, daß Sie nicht mehr sind als gemeine Verbrecher. Die rechtmäßige Regierung des Planeten Towne hat Ihre Gegenwart und Ihre Taten als unberechtigt zurückgewiesen. Nach dem Kriegsrecht haben Dritte in solchen Auseinandersetzungen keinen Platz. Somit haben *Sie* keinen Platz und werden durch das Kriegsrecht nicht geschützt.

Ich bitte Sie also: Seien Sie vernünftig. Machen Sie es uns allen leicht, besonders sich selbst – und Ihren Kindern. Das Angebot, das General Kusunoki so großzügig gemacht hat, steht noch: Kapitulieren Sie und akzeptieren Sie die Umsiedlung nach Outreach. Ansonsten ...«

Er hob die Hände. »Die Gerechtigkeit wird ihren Lauf nehmen. Und wie Sie gesehen haben, will das Volk von Towne schnelle und harte Urteile.«

»Das war brillant, Howard, einfach brillant«, sagte Saunders, als der Sender einen Schnitt machte, um in der Pause eine Ankündigung des öffentlichen Dienstes zu bringen. Kalfakter trugen den Leichnam weg.

Blaylock grinste selbstgefällig und nickte. »Darauf kannst du wetten.«

»Ich bin da anderer Meinung.«

Blaylock wirbelte herum und sah Mr. Kimura streng an. Der kleinere, adrette Mann stand unbeweglich da. »Ohne Ihrer Rhetorik Abbruch tun zu wollen, das Siebzehnte Aufklärungsregiment bleibt unter dem Schutz des Kriegsrechts. Der Verräter Chandrasekhar von Hachiman ist vielleicht ein Lump, aber es steht ihm zu, seine Interessen zu vertreten. Die Anwesenheit der Söldner ist legitim.«

Blaylock nahm eine Trinkflasche Mineralwasser mit Kohlensäure, goß sich einen raschen Schluck in die Kehle.

»Ihr Yaks macht mir Spaß«, sagte er zu Kimura. »Ernsthaft. Ihr haltet euch für so toll, dabei seid ihr ganz kleine Nummern. Und damit meine ich euch alle, auch

Ihren Boß, den ach so mächtigen Oyabun ihres kleinen Fettklumpens von einer Provinz. Ihr haltet euch für so scharfsinnig, weil ihr vom Gesetzesbruch lebt. Wenn ihr überhaupt ein wenig Phantasie hättet, kämt ihr in die Regierung. Dann *wärt* ihr das Gesetz!«

Kusunoki sprach leise mit einem seiner Assistenten, der davoneilte. Dann sah er Blaylock fest an. »Ich habe meinen Männern befohlen, östlich und südlich der Stadt in Verteidigungspositionen zu gehen. Wird er kommen, dieser Kolonel Camacho?«

»Entweder er kommt, oder ich schneide ihm einfach im weltweiten Holovid die Eier ab«, sagte Blaylock mit einem wölfischen Grinsen. »Auf jeden Fall gewinnen wir.«

Jemand schaltete den Apparat ab. Einen Augenblick lang ertönte nur das Quietschen, das darauf hindeutete, daß Cassie Bluttrinker an ihrem Schleifstein wetzte, während aller Augen sich Don Carlos zuwandten.

Er hob die Hand. Seine Augen glitzerten vor Tränen.

»Wir können nur eins tun«, sagte er.

Teil Vier

HURRA AUF DEN NÄCHSTEN, DER STIRBT

Ein ruhmreicher Tod! Kämpft weiter,
fliegt weiter bis zum letzten Tropfen Blut
und zum letzten Tropfen Benzin –
bis zum letzten Herzschlag und zum letzten Stottern
des Motors; ein Tod für einen Ritter –
einen Toast auf seine Gefährten, auf Freund und Feind.

– Rittmeister Manfred Freiherr
von Richthofen

26

Shadizar
Provinz Zamora, Towne
Mark Draconis, Vereinigtes Commonwealth

23. April 3058

Der Morgen dämmerte noch nicht. Michael Salstrup, Polizeipräsident der Stadt Shadizar in der Provinz Zamora in Osthyboria, warf einen letzten eindringlichen Blick auf das gelbe Übermittlungsformular auf seinem Schreibtisch. Es schien nicht mehr zu sein als ein Routine-Ausbrecheralarm von seinem Kollegen der Städtischen Polizeitruppe Port Howard.

Aber es war keine Routine. Er hatte es vielmehr seit dem Tag, an dem er vor sechs Wochen das Amt von seinem durch eine Autobombe getöteten Vorgänger übernommen hatte, halb voll Hoffnung, halb voll Angst erwartet. Er verließ sein Büro im obersten Stock und fuhr mit dem Lift in die Arrestzellen hinunter.

Sergeant Willoughby führte ihn in den Spezialblock. Als Unterstützung hatte er den Streifenpolizisten Clyde, mager und ängstlich, und den ruhigen Sergeanten Mulcahy mitgebracht, der mit einer automatischen Schrotflinte bewaffnet war und aussah wie der ehemalige Amateurboxchampion, der er auch war – auch wenn eine Rückkehr in die Leichtgewichtsklasse in Zukunft nicht wahrscheinlich erschien. Salstrup ging zwischen vergitterten Zellen hindurch zum Ende des Blocks. Er gab Willoughby ein Zeichen. Die Sergeantin drückte einen Knopf, ein Summen ertönte, und die Tür zum Wachraum glitt auf.

»Was, zum Teufel, geht hier vor?« fragte Kommandant Stone von der örtlichen Abteilung der Planetenpolizei, die Howard Blaylock ins Leben gerufen hatte. Er mußte das zwar nicht, doch er trug seine grüne PP-Uniform aus steifem Drillich. Zu seiner Unterstützung waren zwei uniformierte einfache Polizisten anwesend. Einen von ihnen kannte Salstrup schon lange als wiederholten Verletzer der Dienstvorschriften – tätlicher Angriff auf Gefangene und Körperverletzung im Dienst.

»Ich muß einige Gefangene verhören«, sagte Salstrup milde.

»Das ist Abschaum von der Volksmiliz«, sagte Stone, stand auf und sah dem höhergewachsenen Polizeipräsidenten ins Gesicht. »Verräter. Sie gehören uns. Sie können ohne Erlaubnis von oben nicht an sie heran.«

»Ich will ihnen doch nur ein paar Fragen stellen.«

»Dann lassen Sie mich irgendeine *Genehmigung* sehen, Kumpel!«

»Nun gut«, sagte Michael Salstrup. Er griff in seine Jacke, zog seine halbautomatische Dienstpistole aus dem Schulterhalfter und schoß Kommandant Stone zweimal in den Bauch.

Als der Kommandant fiel, wobei er sich den Bauch hielt und stöhnte, hörte es Salstrup mehrfach hinter sich klicken. Er wandte den Kopf und sah Clyde, der seinen eben gespannten Dienstrevolver mit zwei heftig zitternden Armen vor sich hielt.

»Was t-tun Sie da?« fragte der Streifenpolizist. Sein Gesicht war weiß wie ein Blatt Papier. »Das ist Verrat!«

»Es ist Loyalität«, sagte Salstrup ruhig. »Towne gegenüber.«

Clyde schüttelte den Kopf, was seine Waffe beunruhigend schwanken ließ. »Tut mir leid, Sir. Ich kann Sie das nicht tun lassen. Legen Sie die Waffe weg ...«

Zwei laute Schußgeräusche trafen Salstrups Trommelfelle wie Nägel. Clyde drehte sich halb, fiel, blieb ruhig liegen. Die mütterliche schwarze Willoughby stand neben ihrem Hocker und senkte ihren Revolver.

Die beiden PP-Schläger griffen nach ihren Handfeuerwaffen. Mulcahy erledigte sie mit je einem Feuerstoß.

»Danke«, sagte Salstrup zu seinen beiden Sergeanten.

Ihn schwindelte, er fühlte sich fast trunken. Er hatte so lange gewartet. Wie in anderen Städten und Provinzen in ganz Hyboria hatte der Widerstand in Shadizar schon vor Wochen den Grundstock gelegt, in der Zeit, in der Blaylock seinen Herrschaftsanspruch festigte und die Befugnisse seiner Planetenpolizei erweiterte: Man meuchelte allzu überzeugte Kollaborateure in Schlüsselpositionen, und zwar so lange, bis sie durch andere ersetzt wurden, die eher bereit waren, bei den Aktivitäten der Miliz ein Auge zuzudrücken – oder, wie im Falle Salstrups, selbst Mitglied des Widerstands waren.

Und jetzt hatte es begonnen. Das Warten war vorbei. Ob sie gewannen oder verloren, die Würfel waren gefallen. Er empfand ebensoviel Erleichterung wie Besorgnis.

Der Geheimpolizist mit dem Bauchschuß schluchzte blubbernd. Salstrup richtete seine Handfeuerwaffe auf ihn und schoß den sich windenden Stone in den Kopf. Dann wies er auf die Zellen auf der Nordseite des Blocks. »Öffnet sie schnell. Wir haben zu tun.«

Ein gedämpfter Knall hallte durch die Berge, die trotz des angeblich bevorstehenden Frühlings noch immer verschneite Geister waren. Ein Teil der Hügelflanke flog in einer großen, kochenden, vom Sternenlicht erleuchteten Schneewolke in die Luft.

Als der Pulverschnee sich gesenkt hatte, wurde die mit Persenning verhüllte Form eines *Katamaran* sichtbar, der in einer halbierten Röhre stand.

»*Voilà!*« rief Marjorie Turnhill und wies mit großer Geste auf den enthüllten OmniMech. »Ich sagte Ihnen doch, er würde es gut überstehen.«

Don Carlos nickte in grimmiger, wortloser Genugtuung.

Kolonel José Carlos Domingo Camacho y DeBaca, Díaz y Edwards – um seinen vollen Namen zu nennen – war kein strategisches Genie, auch kein taktisches. Niemand würde seinen Namen in einem Atemzug mit Hanse Davion oder Natascha Kerensky erwähnen.

Aber er war absolut brillant darin, sein Regiment – seine *familia* – am Leben und intakt zu halten. Er war auch ein Meister darin, sein undisziplinierbares Sortiment wilder Talente und noch wilderer Egos – Egomanen wie Astrozombie und Vanity Torres; religiöse Exzentriker wie UL Thomas ›Roter Drache‹ Noonan, Deserteur von der ComGarde, die beiden Rasta-MechReiter ›Buffalo Soldier‹ Marcus und ›Burning Spear‹ Powerman und die Märtyrerin UL Teresa de Ávila Chávez und die wahrscheinlich Wahnsinnigen wie etwa OL Suthorn und Bobby ›Navajowolf‹ Begay, im Vergleich zu dem Cassie ein Wunder an Sozialisation war – in Positionen zu bringen, in denen sie den Feind so verrückt machen konnten, wie sie *ihn* machten.

Und schließlich besaß er den unfehlbaren Instinkt eines erfahrenen Messerstechers dafür, wo ein Schnitt die heftigste Blutung verursachen, die meisten Nerven verletzen oder die wichtigsten Sehnen durchtrennen würde.

Mit Hilfe erfahrener Berater vom milden Vater Doktor Bob bis hin zur blutrünstigen Cassie Suthorn hatte er sich monatelang darauf vorbereitet, diese Ziele zu erreichen. Jetzt war er gezwungen, einen Zug zu machen, lange bevor die Vorbereitungen abgeschlossen waren.

Es lag in den Händen der Jungfrau, ob das, was sie bisher getan hatten, ausreichen würde. Wenn nicht – würde er sterben, wie es sich für einen Ritter von Galisteo gehörte.

Als er sich in die vertraute Enge des Cockpits des Großen Weißen niederließ – die Morgendämmerung war noch immer Stunden entfernt –, sank vor ihm ein *Dunkelfalke* aus dem Himmel. »*Buenas días,* Vater«, sagte Gavilán über Funk.

»*Buenas,* mein Sohn. Heute ist ein guter Tag zum Sterben.«

»*Como así.*« So ist es.

Don Carlos drückte einen Knopf. Er spürte, wie die mächtige 75-Tonnen-Maschine um ihn herum zum Leben erwachte, und sah außerdem die verräterischen Skalen auf seinem Armaturenbrett aufleuchten.

»*Vamonos, mijo*«, sagte er. »Wir müssen unsere Fahrzeuge abholen.«

In Kordava an der Südwestküste Hyborias jagte eine Autobombe das Hauptquartier der Planetenpolizei in die Luft. Alle hohen Tiere der Provinz-PP waren darin, vom örtlichen Polizeichef zu einer Krisensitzung vor der Morgendämmerung zusammengerufen. Merkwürdigerweise tauchte der Chef erst nach der Explosion auf.

Der gelbe Frachtzeppelin schwebte über der schlafenden Stadt, seine Triebwerke gaben ein tiefes, sanftes Brummen von sich. Er hatte die Form einer großen, aufgeblasenen Zigarre und bestand aus sechs Modulen, deren vier mittlere fast 600 Tonnen Zuladegewicht transportieren konnten. Das Luftschiff war wesentlich stabiler, als es aussah, konnte sich mit mehr als 150 Stundenkilometern fortbewegen und hielt sich überraschend gut gegen die heftigen Stimmungsschwankungen des Wetters auf Towne. Außer in äußerst schweren Stürmen war es sicherer als herkömmliche Luftfahrzeuge, und sein Betrieb kostete nur einen Bruchteil.

Die wichtigste Tatsache daran war, daß es an jenem frühen Frühlingsmorgen in aller Herrgottsfrühe planmäßig von einem Holzfällercamp in den Gunderlandbergen abflog. Mit Ausnahme einer zweiwöchigen Pause durch die Invasion hatte es in den letzten zwölf Jahren jede Woche den Weg in die Höfe der TTG zurückgelegt.

Niemand schenkte ihm die geringste Aufmerksamkeit.

Es überflog unbemerkt das Straßenkreuz, wo sich die Route 55 und der Highway 1 trafen, die Küstenstraße von Norden nach Süden und den bescheidenen Wolkenkratzerhain des zentralen Geschäftsbezirks von Port Howard. Das Verwaltungszentrum, eine Art ›C‹ in Blockbuchstaben mit kurzen, nach Südwesten weisenden Querstrichen und einem senkrechten Strich, der so dick war, daß man einen beträchtlichen Bereich in der Mitte als Hof hatte aussparen können, war in Licht getaucht, und BattleMechs strichen in der Umgebung durch die Straßen. Aber wenn jemand das Schnurren der Triebwerke des Zeppelins hörte oder die großen, bleichen Schatten bemerkte, die die Sterne droben verdunkelten, erwähnte er es niemandem gegenüber.

Das Luftschiff sank, als es die Bahnlinie überquerte, die am Ufer der Kreisbucht entlang nordwärts führte, und streifte fast das Dach des Markbreit, ehe es die Straße der Weisheit der Sterne und die Mauer um das TTG-Gelände überquerte. Es bremste und kam neben dem Zementturm im nordwestlichen Quadranten des Komplexes zum Stehen, dort warf es Leinen aus. Das Bodenpersonal ergriff sie, zog sie über Seilwinden und verankerte das Luftschiff.

Das erste Packstück, das ausgeladen wurde, war Oberleutenient Cassie Suthorn, gekleidet in einen schwarzen Trainingsanzug, eine schallgedämpfte Shimatsu-42 über der Schulter, Bluttrinker an den rechte Oberschenkel geschnallt und ein taktisches Kommunikator-Headset auf dem Haar, das sie zu einem Knoten am Hinterkopf aufgedreht hatte. Zur Bedienung des Headsets brauchte sie die Hände nicht. Hinter ihr kamen weitere, ähnlich ausgerüstete Personen: weitere Caballeroscouts, männliche und weibliche Milizionäre und schließlich die enteigneten MechKrieger des Ersten Bataillons.

CEO Fred Landrey wartete in einem langen Mantel mit Pelzkragen auf sie. Er war ein großer Bursche, dessen Glatze im Vormarsch war und der einen Walroßschnurrbart trug, der Mann, der sich an dem Morgen, als das Wolfsmädchen Pipiribaus *Heuschreck* umgelegt hatte, mit dem unbekannten Redner angelegt hatte. Cassie und mehrere der 'lleros gingen zu ihm hinüber.

»Bin ich froh, Sie zu sehen«, sagte er, schüttelte ihr die Hand und ging dann zu den anderen. »Ich muß Ihnen sagen, es hat mich fertig gemacht, den Dracos fünf Monate lang den Arsch zu küssen. Und schlimmer war es noch, mit Blaylocks Verrat und seinen Raufbolden fertig werden zu müssen.«

»Was ist mit den Frachtinspektoren?« fragte Ödland Powell. Er wurde seinem Namen gerechter denn je. Eine Wollmütze mit aufgerolltem Rand verbarg seine von der Chemotherapie herrührende Kahlheit. Eine brennende Zigarette hing ihm zwischen den Lippen, als wolle er sagen: Was macht es jetzt noch für einen Unterschied? Ten Bears war überrascht, daß er überhaupt noch atmen konnte.

Landrey wies ruckartig mit dem Kopf auf das Lagerhaus hinter sich. Zwei dunkle Gestalten lagen direkt außerhalb des gedämpften Lichtscheins, der aus der Tür fiel, ausgestreckt auf dem Asphalt. Wenn man nicht auf sie aufmerksam gemacht wurde, hätte man sie für Fettflecken halten können.

Die Luke des zweiten Frachtmoduls schwang auf. Ein *Rabe* trat wacklig aufs Pflaster, schüttelte den Kopf mit dem langen Schnabel und entfernte sich ein paar Schritte. Raven O'Connor hatte es heraus, wie sie ihren Mech bewegen konnte, als sei er ein echter Vogel.

»Seid ihr Jungs hierzu wirklich bereit?« fragte Landrey durch Atemwölkchen hindurch. »Wenn man die Towne-Garde mitzählt, haben die Schlangen zwölf Bataillone in dieser Burg – vier Regimenter Truppen.«

»Yeah«, sagte Cowboy Payson. »Wir haben sie genau da, wo wir sie haben wollten.«

Der TTG-Chef rollte die Augen. »Hat der feine Herr nicht einen Großteil seiner Truppen aus der Stadt geschickt?« fragte Buck Evans und kratzte sich an der graustoppeligen Wange.

»Was macht das für einen Unterschied? Was habt ihr? Ein mitgenommenes Regiment – eigentlich eher zwei Bataillone, um ehrlich zu sein.«

»Wir haben Freunde«, sagte Cassie. »Außerdem schummeln wir.«

Landrey schüttelte den Kopf. »Ich finde, ihr überstürzt das hier.«

»Yeah, tun wir«, entgegnete Buck. »Aber ich habe ein Rätsel für Sie: Was würden Sie von uns halten, wenn wir jetzt *nicht* reagierten?«

»Ich würde euren Kopf respektieren«, sagte Landrey gemessen. »Aber ich würde an euren Herzen zweifeln – und an euren Eiern.«

»Sehen Sie«, entgegnete Cowboy.

Der Hahn kam aus der Nacht geschlendert, die Nachtsichtbrille ins zerzauste rote Haar geschoben, und zündete sich eine Kippe an, die in seinem häßlichen Gesicht steckte. Seine O-beinige Gestalt bewegte sich, als wiege der Fünfzig-Kilo-Sprengpack auf seinem Rücken nichts.

»Wie sieht es aus, Vetter?« fragte er Landrey. »Sind Sie auf unserer Seite? Oder haben Sie Hintergedanken?«

»Ich hatte jede Menge Hintergedanken«, entgegnete Landrey, »aber ich bin auf eurer Seite. Ob wir gewinnen oder verlieren, mir steht diese Scheiße bis hier.«

Mit einem Quietschen der Metallgelenke trat der *Feuerfalke* des Gesetzlosen Leyva aus dem Luftschiff. Das schwarzgekleidete Skelett mit dem Cowboyhut, das Sterne als Sporen trug und so schön mit Airbrush auf die Brust und den Bauch des Mech gemalt war, war nur undeutlich zu sehen. Dicht dahinter kam ein *Dunkelfalke* herausgepoltert: Gabby Camachos 45 Tonnen schwerer Roter Milan. Sie bewegten sich so, daß sie die breite Deckung des Lagerhauses zwischen sich und dem südöstlichen Bereich hielten, wo die eroberten Mechs in Lichtkegeln standen.

»Wie ist die Lage hier am Boden?« fragte Cassie.

»Ihr habt gewissermaßen Glück. Die Dracos haben

sich nie so recht entscheiden können, wer die Mechs bekommen sollte, die sie euch abgenommen haben, als sie landeten. Der feine Herr hat in aller Stille elf von ihnen an seine eigenen VSDK-Piloten weitergereicht. Somit sind sieben noch hier, dazu die sieben, dic sie abgegriffen haben, als sie eure Leute bei Copper Queen schnappten.«

»Was ist mit der *Naga?*« fragte Cassie. Da das Projekt der Luthien-Rüstungswerke geheim war, gaben die 'lleros den Mechprototypen als Beute wie den Katamaran des Kolonel aus.

»Die wissen nicht so recht, was sie mit dieser Bestie machen sollen. Sie stellen sie hier vor dem Verwaltungszentrum auf der Robert E. Howard-Plaza aus, direkt neben der Statue des alten REH persönlich.«

Mit halbem Ohr hörte Cassie, wie Pommes Frites Ames, der zu Fuß war, eine gebrüllte Unterhaltung mit seiner Frau zu führen versuchte, die den Schnabel ihres Mech entschlossen weggedreht hatte und nicht antworten wollte. Cassies Wissen nach hatten sie sich seit Mariposas Tod mindestens einmal versöhnt und wieder getrennt. Offenbar hatten sie wieder eine schlechte Phase.

»Wie ist hier drin die Sicherheit?« fragte Buck.

»Eine Lanze der leichten und mittelschweren Mechs des 15. Dieron: ein *Wächter,* ein *Quasimodo,* ein *Jenner* und ein *Heuschreck.* Dazu ein Zug der 503. Infanterie – gewöhnliche hirnlose, zwangsweise eingezogene Draco-Schlammstampfer. Wenn sie den Daumen nicht im Arsch haben, dann weil sie gerade an ihm nuckeln. Warum wach bleiben, wenn man Ziegelwände und BattleMechs hat, die einen beschützen?«

»Ist der Transport vorbereitet?« erkundigte sich Buck.

Landrey nickte. »Die Lastwagen sind fahrbereit. Sie sollten sich einen Sitzplatz in einem sichern; Ihr *Orion* wurde vergeben.«

Buck zuckte die Achseln. »Ihr Gefährt ist noch da, Payson«, fuhr der TTG-Mann fort.

»In Ordnung.«

»Nicht einmal ein Draco würde deine kümmerliche *Wespe* nehmen«, meine Buck.

»Auch die Dunkle Lady wird vor dem Zentrum ausgestellt. Sie haben das rechte Bein geradegebogen, aber der Knieaktivator ist noch immer funktionsuntüchtig, und die Dracos haben nicht viele *Atlas*-Ersatzteile mitgebracht. Nach dem Test, den wir beobachten konnten, ist sie immer noch so schnell wie eh und je, aber es fehlt ihr völlig an Manövrierfähigkeit. Niemand war wirklich versessen darauf, sie zu übernehmen, selbst wenn sie das größte Gerät auf dem Schlachtfeld ist.« Er sah an der Zuhörertraube vorbei. »Aber vielleicht wollen Sie sie ja trotzdem zurück, Kapitan MacDougall?«

Lady K trat an der Seite Zuma Gallegos' aus dem Dunkeln und schüttelte den Kopf. Sie trug Schwarz und hatte eine Maschinenpistole, ihre Laserpistole steckte in einem Halfter, das sie an den rechten Oberschenkel geschnallt hatte.

»Vielleicht später«, antwortete sie. »Ich habe zunächst andere Pläne.«

»Es ist alles aus dem Luftschiff raus«, sagte Zuma. Seine Stimme war ungewöhnlich ausdruckslos. Seine Frau und seine Kinder wurden im Verwaltungszentrum gefangengehalten – wenn sie noch lebten. Auch er war als Mitglied des Kommandounternehmens gekleidet.

»Dann legt besser los, bevor hier jemand etwas spitzkriegt, was ihm nicht gefällt«, sagte Landrey.

Lady K stand neben Cassie. Cassie wollte sich entfernen.

»Willst du ewig vor mir wegrennen?« fragte Kali und folgte ihr.

»Nur, wenn du mich weiter verfolgst«, sagte Cassie schlechtgelaunt und wandte sich der größeren Frau zu. »Wenn es nach mir ginge, kämest du nicht mit.«

»Ich denke, ich kann mich behaupten«, sagte Lady K mit grimmigem Lächeln.

»Darüber mache ich mir keine Sorgen.«

»Gibt es nach all der Zeit noch etwas, worüber du dir Sorgen machen mußt?«

»Schau. Ich will nicht mit dir zusammensein. Was kümmert dich das überhaupt?«

»Es kümmert mich, weil wir Freundinnen sind. Und gute Freundinnen sind etwas, was man nicht wegwirft wie ein altes Schokoriegelpapier.«

»Warum hast du dann das mit Tim gemacht?«

»Um Gottes willen, Schatz, das hatte doch nichts mit dir zu tun. Wir sind alle erwachsen, du, ich und er. Niemand hat jemand anderem ein Brandzeichen verpaßt.«

»Aber du wußtest – du wußtest, daß ich…« Cassie spürte, daß sie gleich in die Luft gehen würde. Das ist lächerlich, dachte sie.

»Wußte was? Daß du mit ihm gebumst hast? Das dachte ich mir. Und vielleicht hätte ich nicht mit ihm ins Bett hüpfen sollen – aber nur, weil ich im Augenblick keinen Bedarf an tapferen, charmanten, wertlosen Bastarden in meinem Leben habe.«

»Du verstehst nicht.« Cassie wandte sich ab.

»O doch. Du bist verknallt. Und das ist gut. Aber du wirst für Lieutenant Moon nie etwas anderes sein als ein lustiger Zeitvertreib – genausowenig wie ich. Und egal, wie sehr du dir einredest, daß jeder, der mit dir ins Bett geht, in dich verliebt ist – so wird es nie sein.«

Cassie spürte, wie sie ein wildes, unpassendes Lachen unterdrückte. *Ich und denken, Ninyu Kerai sei in mich verliebt? Ach was. – Warum glaubst du dann, Tim Moon müßte es sein?* Sie runzelte die Stirn. *Auf wessen Seite stehst du überhaupt?* fragte sie ihre innere Stimme.

»Ich hasse es, die Damen zu stören«, sagte der Hahn, der plötzlich neben ihnen auftauchte. »Aber es wird nicht früher. Bereit für die Besichtigung der malerischen Sturmwehre Port Howies?«

Die Kompanie der Towne-Garde, die in Sarnath stationiert war, war halb mit dem Frühstück in der Cafeteria der Fritz Leiber Jr.-High School fertig, wo sie untergebracht war, als einigen unter ihnen auffiel, daß sie sich nicht besonders fühlten.

Sie würden sich auch nicht so bald besser fühlen. Unbekannte hatten ihre Rühreier mit Lauge versetzt. Zufällig war auch das gesamte in den Dienst gezwungene Küchenpersonal verschwunden.

Der dreiundzwanzigste April, der da heraufdämmerte, war kein guter Tag, um zu den Invasoren zu gehören.

Aber Jeffrey Kusunoki hatte noch immer die schweren Waffen auf seiner Seite. Ein paar Nadelstiche änderten daran nichts.

27

Port Howard
Provinz Aquilonien, Towne
Mark Draconis, Vereinigtes Commonwealth

23. April 3058

Als ein trügerischer Tagesanbruch im Osten wie ein Nebel über die Gunderlandberge wogte, fuhr aus dem Süden ein Zug in Port Howard ein. Als er zur Eisenbahnbrücke über den Donner kam, südlich und etwas westlich der Innenstadt, wurde er ostwärts auf ein Nebengleis umgeleitet und angehalten.

Die Besatzer bestanden aus Soldaten und Kriminellen verschiedener Schweregrade. Das Kollaborateursregime bestand aus Politikern und Schlägern. Keine dieser Gruppen war für ihre Kenntnisse der Führung eines Gehöfts, einer Mine oder eines Holzfällerlagers bekannt. Oder einer Luftschifflinie – oder einer Eisenbahn.

Selbst in den Konzernen, in denen das Regime neue Chefs oder Aufseher eingesetzt hatte, hatten die wissensintensivsten Stellungen auf Towne die Leute inne, die sie auch vor der Invasion schon gehabt hatten. Und für die Invasoren und ihre Freunde war nicht besonders einfach zu arbeiten. Kusunoki und Howard Blaylock arbeiteten nach dem Prinzip, daß man besser gefürchtet als geliebt wurde.

Der praktische Unterschied zwischen Liebe und Furcht ist, daß die Leute einen auch dann noch lieben, wenn sie glauben, man könne nicht sehen, was sie tun …

Verschlußkappen wurden von großen Ceraplast-Leitungsrohren gelöst, die auf Plattformwagen geschnallt waren. Leute rappelten sich von den hineingestopften Matratzenlagern auf und kletterten heraus, streckten sich und rieben kräftig ihre Gliedmaßen, um nach dieser kalten, engen, unbequemen Reise ihren Blutkreislauf wieder in Gang zu bringen. Dann zogen sie die Planen von der auf andere Plattformwagen geschnallten, unidentifizierbaren schweren Ausrüstung, entfernten die Styroporumhüllungen, die ein Dutzend abgedeckter BattleMechs hatten aussehen lassen wie irgendwelche schwere Ausrüstung, kletterten in die Maschinen und starteten sie.

Zwei weitere Züge, die sich aus Süden und Osten näherten, hielten außer Sichtweite der Verteidigungslinie und luden das Zweite und Dritte Bataillon des Siebzehnten Aufklärungsregiments ab.

Don Carlos hätte gern seine gesamte Streitmacht getarnt ins Herz von Port Howard gefahren. Aber das hätte bedeutet, das Glück überzustrapazieren. Das Luftschiff und die Kompanie Harley im Zug waren alles, was er einzuschleusen wagte. Die 'lleros konnten nur beten, daß sie stark genug waren, der feindlichen Streitmacht den Schneid abzukaufen, während ihre Kameraden außerhalb von Port Howard die nach außen orientierten Verteidiger davon abhielten, in die Stadt zurückzueilen, um sie zu zermalmen.

Und gewissermaßen war sowieso der ganze BattleMech-Angriff ein Ablenkungsmanöver.

Mit einem Krachen, das selbst durch das Ohropax und Cassies Handflächen hindurch schmerzlich laut war, ging die Ladung an der gewölbten Wandung des Sturmwehrs hoch.

»Ausgezeichnet«, sagte Ödland Powell.

Zwei Mitglieder des Sturmtrupps, die zu beiden Seiten der Ladung an die Wand gepreßt gewesen waren, wirbelten sofort herum und knieten vor der meterbreiten Bresche, durch die sie schallgedämpfte Shimatsus hindurchsteckten. Auf der anderen Seite lag die wenig benutzte Tiefgarage unter dem Verwaltungszentrum. Zwei Wachen in der braunen Uniform der Vereinigten Soldaten des Draconis-Kombinats standen mit aufgerissenen Mündern vierzig Meter entfernt vor den Aufzügen. Das Paar von der Eingreiftruppe tötete sie mit je einem Schuß.

»Für Diana«, hauchte einer von ihnen, dann kroch das Paar hindurch, um links und rechts des Lochs erneut niederzuknien.

Als nächste ging Cassie hindurch, sie bewegte sich schnell und ging bei den Aufzügen und dem Zugang zum Treppenhaus, das sich um sie herumwand, in Stellung. Während ein weiteres Agentenpaar die Rampe hinauftrabte, um sicherzustellen, daß das schwere Gitter- und Drahttor den Eingang verschloß, schwärmten mehrere aus, um Fingerladungen unter den wenigen Fahrzeugen anzubringen, die im Keller parkten. Sie würden in zehn Minuten hochgehen – nicht alle gleichzeitig –, denn länger konnte niemand unentdeckt bleiben, wenn er ins Zentrum eindrang. Mit etwas Glück würden ein oder zwei der kleinen Bomben einen Benzintank hochjagen, aber das waren Marginalien.

Hahn hatte behauptet, daß die Ladung – die am Sturmwehr schrecklich laut gewesen war – im Zentrum nicht viel Lärm machen würde. Wer nicht wirklich in der Tiefgarage war, konnte höchstens ein Donnern gehört haben, das sich nicht merklich von den kleinen Erdbeben unterschied, die in Port Howard an der Tagesordnung waren. Der O-beinige kleine Mann verstand sein Handwerk, aber Cassie verließ sich nie auf ihr Glück. Sie würde wachsam bleiben.

Andere aus dem gemischten Scoutzug/Einsatztrupp der Planetenmiliz trabten heran, um den Sicherheitsdienst zu übernehmen. Cassie ging zu Hahn hinüber, der zu der verschlossenen Tür des Raums unterwegs war, durch den die Kommunikationsfernleitungen verliefen. Widerstandsmitglieder im Planungsstab der Stadt hatten komplette Blaupausen des gesamten Gebäudes geliefert.

Sie hatten auch den Schlüssel zum Eindringen geliefert. Die Besatzer waren nicht nachlässig gewesen, als sie das Sturmwehr nicht bewachten, ebensowenig wie bei der Entscheidung, in der Tiefgarage, die nicht frei zugänglich war und unter menschlicher Bewachung stand, keine Überwachungskameras zu installieren. Das Verwaltungszentrum war ein weiteres Kunstwerk des Programms, das John Davion nach dem Towne-Debakel initiiert hatte. Zu den besonderen Merkmalen, die seine Planer für den Komplex festgelegt hatten, gehörte, daß es keine Verbindung zwischen dem Kanalisationssystem der Stadt und dem Zentrum selbst geben durfte. Der nächste Zugang zur Kanalisation war ein Gully auf der Cross Plains Street direkt vor dem Haupteingang – und vor einem Paar BattleMech-Wachen.

Aber ein Computergnom der Volksmiliz hatte die Blaupausen des Kanalisationssystems mit denen des Verwaltungszentrums verglichen – und festgestellt, daß ein größeres Flutwehr in einem halben Meter Abstand an der Tiefgarage entlanglief.

Hahn fand die Tür und griff in seinen Rucksack. »Und jetzt ein High-Tech-Gimmick aus dem einunddreißigsten Jahrhundert zum Öffnen von Schlössern«, sagte er. Er zog ein klappbares gelbes Stemmeisen hervor, klappte es auf einen Meter auseinander und hebelte einfach die Tür auf.

»Ist Technologie nicht wunderbar?« fragte er und grinste Cassie an. Er klatschte eine Ladung, die auf Detonation in zehn Minuten eingestellt war, auf das dicke Kabelbündel und schloß die Tür wieder.

Mehrere Kommandomitglieder installierten Claymoreminen auf Reflektorfallenzünder vor dem Aufzug. Die Reflektorfalle bestand aus einem Niedrigenergielaser, der in einem solchen Winkel die Aufzugstür anleuchtete, daß er genau auf einen Sensor zurückgeworfen wurde. Wenn sich die Tür mehr als halb öffnete, würde sie aus dem Laserstrahl herausgleiten, der Strahl würde nicht mehr auf den Sensor fallen und die Mine würde hochgehen und die Aufzugskabine mit Kugeln aus rostfreiem Stahl bombardieren.

Andere sicherten die Treppe und bereiteten Sprengladungen vor, um zu verhindern, daß Leute nach oben wanderten. Da sie nicht hatten in Erfahrung bringen können, wo die Gefangenen festgehalten wurden, würde das Einsatzteam das Gebäude von unten nach oben durchkämmen müssen. Und sie *waren* noch nicht unten.

Wie viele öffentliche Gebäude aus der Zeit der Nachfolgekriege war das Verwaltungsgebäude mit Augenmerk auf gelegentliche BattleMech-Blitzüberfälle gebaut worden. Das bedeutete, es war so gebaut, daß sich wichtiges Personal ein paar Tage darin verschanzen konnte, um zu warten, bis die schlimmen Jungs wieder weg waren. Es verfügte über Wohnräume, Einkaufsmöglichkeiten, eine Wäscherei, Trainings- und Unterhaltungsangebote.

Es war zwar einigermaßen zu verteidigen und ausreichend gepanzert, um gelegentlichen Schrapnellbeschuß oder einen verirrten Laserstrahl vom Personal fernzuhalten, war aber nicht gebaut, um einer ausgewachsenen Bombardierung oder einem Mech-Angriff standzuhalten; das wäre selbst für den ehrgeizigen Prinz John viel zu teuer gewesen. Wenn jemand wirklich vorhatte, den Regierungssitz einzunehmen oder den Stadtkern platt zu machen, konnten sich wichtige Beamte statt dessen in die drei unterirdischen Bunkeretagen zurückziehen, die weitere Wohnungen, medizinische Einrichtungen sowie Nahrungs- und Wasservorrat für einen Monat enthielten. Der massiv verstärkte Zementboden des Parkdecks diente nach oben als zusätzlicher Schutz.

Die Planer des Überfalls hatten zwar bezweifelt, daß die Gefangenen unten im Bunker festgehalten wurden, konnten diese Tatsache aber nicht als gegeben hinnehmen. Wenn das Einsatzkommando den Aufenthaltsort der Gefangenen nicht auf irgendeine andere Weise herausfinden konnte, würde es ins unterste Stockwerk hinabsteigen und sich von dort nach oben arbeiten müssen.

Die Mannschaft teilte sich und bereitete sich darauf vor, gleichzeitig die verschlossenen Treppen zu beiden Seiten des Parkhauses hinabzusteigen. Marly Joles schloß sich der Hälfte an, die von Ödland und Cassie geführt wurde. Das Mädchen hatte sein 6-mm-Scharfschützengewehr umgehängt und eine Rorynex-MP mit aufgeschraubtem Schalldämpfer in den Händen. Dicht bei ihr hielt sich ihre Späherin, eine quadratisch gebaute Zunifrau von Sierra, bewaffnet mit einem Vereinigten Sturmgewehr, unter dessen Lauf ein einschüssiger Granatwerfer hing. Die besondere Konstruktion des Zentrums mit seinem großen Hof bedeutete, daß Marly mit ihrem Bolzengewehr Gelegenheit bekommen könnte, gute Arbeit zu leisten.

Ein paar Blocks weiter hinten hatte die Mannschaft Deadeye Barnes und seinen Späher unter dem Arkham Arms-Hotel zurückgelassen, das mit fünfundzwanzig Stockwerken Port Howards nicht allzu beeindruckende Silhouette beherrschte. Deadeye, der beste Heckenschütze des Scoutzugs, hatte einmal unter Zeugen auf 3000 Meter einen Feind getroffen – und selbst auf diese Entfernung war ein Treffer seines schweren Zeusgewehrs fast sicher tödlich –, deshalb war er der Ansicht, ein oberes Stockwerk des Arkham sei ein guter Aufenthaltsort für ihn. Außer toten Winkeln hinter Gebäuden konnte er die gesamte Innenstadt, die Ablegestelle der Kompanie Harley jenseits des Flusses und das Ostende des TTG-Hofs, wo die eroberten Mechs parkten, einsehen.

Je nach Erfolg der anderen Mannschaften, die zu feindlichen Mech-Stellungen in mehreren verschiedenen Stadtteilen unterwegs waren, war er möglicherweise die einzige Unterstützung, auf die sich jemand von ihnen für eine lange, harte Zeit würde verlassen können.

Auf der anderen Seite des Raums sah Cassie Zuma Gallegos und neben ihm die unverkennbare langbeinige

Gestalt Kali MacDougalls, die beide darauf warteten, mit Hahns Mannschaft hinabzusteigen. Der kleine rothaarige Mann hatte zwar, soweit irgend jemand wußte, offiziell keinen Rang bei der Volksmiliz, doch er war ganz klar der qualifizierteste Anführer, und was die Caballeros anging, so waren Ränge nur Worte, wenn es hart auf hart ging. Er konnte es, also *würde* er es auch tun.

Sie sah Kali herüberschauen und dann winken.

Cassie blickte wortlos weg.

Stabssergeant William ›Wadi‹ Dix brach die verschlossene Feuertür mit einem Stemmeisen auf. Cassie stürmte hindurch und rannte mit geschulterter Shimatsu-42 voran die Treppen bis zum Absatz hinunter. Sie wirbelte herum, ließ sich von der Fliehkraft mit dem Rücken gegen die Wand schleudern und stützte sich ab, während sie den nächsten Abschnitt der Wendeltreppe sicherte. Ödland Powell schoß vorbei, hetzte ins nächste Stockwerk, preßte seinen Rücken auf der Seite der Angeln an die Wand.

»Bist du in Ordnung?« fragte Cassie, als sie auf der Seite mit dem Türknopf anlangte.

Er schenkte ihr ein tapferes Grinsen. »Mir ging es nie besser«, sagte er. Sein Keuchen strafte seine Worte Lügen.

Nicht mein Problem, dachte Cassie. Der Kommandant des Scoutzugs sah nicht aus, als bestünde die Gefahr eines unmittelbaren Zusammenbruchs, und solange er auf den Füßen war, gab es niemanden, den sie lieber als Rückendeckung gehabt hätte, wenn sie durch eine Tür ging.

Powell streckte die Hand aus, stieß die Tür auf. Cassie sprang durch. Zwei braungekleidete Draco-Wachen standen dreißig Meter entfernt an einer Korridorkreuzung. Sie fällte den Mann links mit einem schnellen Feuerstoß in die Brust, riß dem zweiten mit einem weiteren die Beine weg.

»Für Diana«, flüsterte Cassie.

Der Rest der Gruppe kam aus dem Treppenhaus. »Glück gehabt«, sagte Cassie ruhig zu ihnen und kauerte sich hin, um die Türen abzusichern, die auf den Korridor führten. »Wir haben einen lebend. Er sollte uns sagen können, wo die Gefangenen sind.«

»Ich weiß nicht«, sagte ein schwarzer Milizionär namens Stans.

Cassie warf ihm einen Blick zu. »Er wird reden«, sagte sie.

Dunkle Gestalten huschten zwischen den zwölf BattleMechs umher, die still im Dunsany-Sportpalast-Stadion im nordöstlichen Stadtquadranten standen. Sie gehörten einer Kompanie des BattleMech-Regiments Hingabe durch Kampf, die sich nicht in Alarmbereitschaft befand und deren MechKrieger zum Großteil in einem Wohnkomplex gegenüber dem Stadion schliefen.

Die Wachen der Streife lagen bereits mit durchschnittenen Kehlen am Boden. Die Techs, die im Scheinwerferlicht daran arbeiteten, die Maschinen zu warten, und die alarmbereite Lanze MechReiter, die in einem Zelt schlief, das zwischen den schlummernden Metallmonstern aufgebaut war, wurden mit schallgedämpften Waffen niedergeschossen. Dann schoß man sie in den Kopf. Sie hatten insofern Glück, als für Folter keine Zeit blieb.

Die Caballeros kämpften nicht für Geld, nicht für Ehre, nicht einmal ums Überleben.

Sie kämpften aus Rache.

Das erste Morgendämmern ließ den Himmel über den Gunderlandbergen fahl werden. Cowboy Payson bewunderte den Ausblick durch das Visier seines Neurohelms, während ihn die Hebebühne zum Cockpit Gelbjackes, seiner *Wespe,* hinauftrug. Er summte den letzten Hit der Sängerin Sarah McCandless. Das war eine echte Entschädigung bei diesem Towne-Job. Sie hatten hier ein paar passable Country-Sender. Sie hatten Sierra für Mariachi-Musik, was die *nortenos* hart ankam, ihm aber am Arsch vorbeiging. Er hatte nicht den Geschmack seiner Mutter geerbt.

»Du da!« dröhnte eine verstärkte Stimme über den windgepeitschten Hof der TTG. »Was machst du bei diesem Mech?«

Cowboy riß den Kopf herum. Um die Ecke des Luftschiffhangars kam ein *Quasimodo,* der Mech der Sicherheitsabteilung rannte zwischen den geparkten BattleMechs, die Kriegsbeute waren, hindurch. »Ups«, sagte er und streckte die Hand aus, um seinen persönlichen Kommunikator einzuschalten, der bereits auf die Notalarmfrequenz eingestellt war.

»An alle armen kleinen Lämmer«, rief er, »hier ist der große böse Wolf. Die Sequenz ist großer, böser Wolf. Bäh, bäh, bäh.«

Nachdem er den kodierten Satz durchgegeben hatte, der bedeutete, daß die Operation in Gefahr war – nicht ohne seinen eigenen, typischen Zusatz –, begann er, nervös mit den behandschuhten Händen auf dem Geländer zu trommeln. »Komm schon«, murmelte er. »Heb diesen Eimer etwas schneller. Dieser Arsch kommt *näher.*«

Offenbar war er nicht der einzige, der so empfand. Die Hebebühne blieb stehen. Cowboy lehnte sich über das Geländer und mußte sehen, wie der Fahrer der Hebebühne sich in irgendwelchen Bürogebäuden vor dem herannahenden *Quasimodo* in Sicherheit brachte.

»Ich hasse es, wenn das passiert«, sagte Cowboy.

Rubinrote Blitze zuckten aus dem kleinen Sungloco-Pulslaser, der auf dem Kopf des *Quasimodo* angebracht war. Gleißende Lichtnadeln schossen an der Hebebühne vorbei, verdrängte Luft prasselte und erfüllte Cowboys Nasenlöcher mit dem Gestank von Ozon. Er kauerte sich in der Kabine zusammen. »Jesus!«

Die Front des heranstürmenden Mechs explodierte in einer Salve Langstreckenraketen. Durallex-Rüstungsbrocken flogen in alle Richtungen davon. Die Riesenmaschine torkelte, wurde langsamer. Von der rechten Seite ihres Torsos war die Panzerplatte fast völlig weggerissen und enthüllte ein Titanlegierungsskelett und Myomer-Pseudomuskeln. In der Luft summte das Geräusch einer leichten Ultra-Autokanone, die mit überhöhter Geschwindigkeit abgefeuert wurde. Ein funkelnder Schwarm Explosionen riß die kastenförmige Kali Yama-Autokanone weg, von der der Mech den Buckel hatte, der ihm seinen Namen eintrug.

Cowboy drehte sich um und sah, wie ein *Dunkelfalke*, auf dessen Frontpanzerung ein roter Milan – mit ausgestreckten Schwingen und Krallen, den Schnabel zu einem trotzigen Schrei geöffnet – gemalt war, auf seinen Sprungdüsen herabsegelte. Aus seinem rechten Unterarm flackerte ein mittelschwerer Laser.

»Das war aber auch allerhöchste Zeit, Gabby«, murmelte Cowboy. Gavilán Camacho machte eine Vollbremsung, die selbst die Wärmetauscher mit Doppelkapazität, die auf Hachiman nachträglich bei seinem Gefährt angebracht worden waren, schwer belasteten. Aber niemand hatte ihm je vorgeworfen, er könne keinen BattleMech steuern – auch wenn ihm noch immer vorgehalten wurde, daß er als MechPilot seiner verstorbenen Schwester Patsy nicht das Wasser reichen konnte.

Der *Quasimodo* erwiderte lahm das Feuer aus seinen an den Armen befestigten Lasern, aber seine freigelegten Innereien knisterten und rauchten wie Feuerwerkskörper. Als Cowboy nach hinten sah, flog der Deckel des CASE-Systems in seinem linken Torso vom Rücken des Mech, als der Munitionsvorrat für seine verlorene Autokanone hochging.

Cowboy schüttelte den Kopf. »Wie komme ich nur aus dieser Hühnerkacke hier raus?« fragte er niemanden im besonderen und begann, an der gewölbten rechten Brustplatte Gelbjackes hochzuklettern.

Cassies Einsatzteam machte Froschhüpfen in einem Korridor im dritten Stock, wo nach Aussage des verwundeten Draco-Soldaten die Überlebenden vom Lager Mariposa festgehalten wurden, als Cowboys Warnung, die durch den fusionsgetriebenen Transmitter in Gabby Camachos *Dunk* in ganz Port Howard und Umgebung übertragen wurde, in ihrem Headset erschallte.

Cassie, die ganz vorn an der linken Wand kauerte, schaute zurück. Ödland fing ihren Blick auf und zuckte die Schultern. Die Angreifer selbst hielten Funkstille, aber es mußte auch nicht geredet werden. Sie alle wußten, daß der Feind jetzt alarmiert war.

Während Cassie ihm Deckung gab, huschte Ödland an ihr vorbei und hetzte auf eine Stelle zu, wo sich der Gang zu einem Warteraum erweiterte.

Und in diesem Augenblick trat das Wolfsmädchen direkt vor ihn und beschoß ihn mit ihrer Maschinenpistole.

28

Port Howard
Provinz Aquilonien, Towne
Mark Draconis, Vereinigtes Commonwealth

23. April 3058

Als Cowboy Payson Alarm gab, wurden viele verschiedene Maschinen angeworfen.

Salven von Langstreckenraketen zischten über Geländeunebenheiten und explodierten zwischen den verschanzten Towne-Gardisten und den Infanteristen von der Ersten Freude des Drachen – den Truppen mit der schwächsten Moral. Fußsoldaten bildeten den Großteil der Randverteidigung, aber das Ziel der Raketen war nicht zufällig. Die Dracokommandanten verachteten die Towner und hatten sie ohne ausreichende Sorgfalt als das aufmarschieren lassen, was sie ›Gelbvögel‹ genannt hätten – ihr Name für möglicherweise feindliche Einheimische. Die Caballeros hatten genaue Informationen über die Aufstellungen ihrer Feinde erhalten, nicht selten von Landbewohnern mit Mobiltelefonen.

Aus dem Cockpit seines *Katamaran* heraus wandte sich Don Carlos an die Streitkräfte, die er von Osten zum Angriff führte, das Zweite Bataillon, verstärkt durch die Überreste des Ersten, die nicht mit dem Luftschiff hineingeflogen waren.

»*Caballeros y Caballeras,* ich bete für euch alle. Aber ich greife an, ohne an Sieg oder Niederlage zu denken. Ich denke nur daran, unsere Feinde zu töten, bis wir unsere Kinder gerettet oder Schutz zu Füßen der Heiligen Jungfrau gefunden haben.«

Ein vielstimmiges Geheul puren Zorns antwortete seinem von der Trauer an Diana genährten Aufruf. Gefolgt von ein paar Lanzen überlebender Füsiliere in Panzern, die zur Zeit der Invasion außerhalb von Port Howard stationiert gewesen waren, und mehreren hundert Freiwilligen der Volksmiliz in einem bunten Durcheinander von Zivilfahrzeugen griff das Siebzehnte an.

Tai-i Taisuke Toyama versuchte, seinen Geist von der Abneigung gegen *Tai-sho* Kusunoki zu reinigen. Solche Gefühle standen einem Krieger nicht an. Aber der Kommandant der Besatzungstruppen machte keinen Versuch der Diskretion, wenn er bei jeder sich bietenden Gelegenheit seine regulären VSDK-Soldaten bevorzugt behandelte.

Das Oberkommando erwartete eine Angriff der Söldner auf Port Howard, wobei der heftigste Vorstoß wahrscheinlich aus der Richtung der Gunderlandberge kommen würde, wo sich die Söldner einen so gewaltigen Stützpunkt geschaffen hatten. Der General plante, seine Feinde in den Außenbezirken der Stadt zu stellen und zu vernichten. Das war der eigentliche Grund für den Angriff mit dem Landungsschiff auf das Söldnerversteck in den Eiglophen und die anschließend im Fernsehen gezeigte Exekution der *Gaijin*-Frau, die das Lager befehligt hatte: die Söldner endlich zum *Kampf* zu zwingen.

Die Entscheidung – und der Ruhm – würden heute in der Randverteidigung errungen werden: Das war der Plan. Und nun war Toyamas Kompanie zum Streifendienst um das Verwaltungszentrum in der Innenstadt von Port Howard abgestellt, weit weg vom wahrscheinlichen Schauplatz des Geschehens. So zahlenmäßig unterlegen, wie die Söldner den gut ausgerüsteten, auf die Verteidigung gut vorbereiteten Truppen waren, verwarf der junge Kapitan völlig jede Wahrscheinlichkeit, daß sie es je bis hierher schaffen würden.

Dann kam die nüchterne Mitteilung vom Bataillons-HQ, daß ein SicherheitsMech des Fünfzehnten Regulären Dieron-Regiments unautorisierte Personen gemeldet hatte, die im Umfeld der eroberten BattleMechs beobachtet worden waren – fast augenblicklich gefolgt von der erregten Stimme des MechKriegers selbst, der auf den Notkanal umschaltete, um zu melden, daß er unter Beschuß feindlicher Mechs stand.

Trotz des Hintergrundlärms, der deutlich machte, daß ein Bruder aus den Reihen der *buso-senshi* um sein Leben kämpfte, grinste der junge Toyama. Er wußte nicht, wie es die *Gaijin* geschafft hatten, aber irgendwie waren die einfallsreichen Teufel zwischen des *Tai-shos* Trophäen aufgetaucht wie Hexwölfe inmitten einer Schafherde. Schließlich war im fremden Herzen Port Howards doch noch Ruhm zu erringen.

Er schaltete auf den Kommandokanal seiner Kompanie. »Alle Bestandteile der Kompanie Toyama werden sich sofort im Hof der Turanischen Transportgesellschaft sammeln. Wach bleiben, Leute – da sind Feinde unterwegs.«

Verschiedene Elemente des Widerstands in und um Port Howard, die bereits alarmiert waren, hörten Cowboys Botschaft gleichermaßen.

Die Vorbereitungen für den großen Plan waren nie abgeschlossen worden. Die Miliz in Port Howard war durch den Verrat des Wolfsmädchens bedeutungslos geworden – aber die Überlebenden waren gewitzt und unauffällig, und die Exzesse der Besatzungstruppen sowie Howard Blaylocks im besonderen hatten einer großen Anzahl Personen starke Motivation gegeben, sich der Regierung zu widersetzen. Die Volksmiliz war größer und effizienter als je zuvor.

Einige Milizführer, die einen Frühstart der Söldner fürchteten, hielten ihre Streitkräfte aus der bevorstehenden Aktion heraus. Einige Eingreiftruppen verpaßten ihr Stichwort. Einige wurden aufgehalten, andere verraten, einige gingen an die falsche Stelle, und viele waren aufgrund der naturgegebenen Perversität der Ereignisse nicht in der Lage, ihre vorher geplanten Aktionen durchzuführen.

Aber ein Schlüsselschlag fand statt. Ein Kleinbus mit zwei Tonnen improvisiertem Sprengstoff detonierte direkt unter der Überführung, wo der Highway 1 die Route 55 kreuzt. Die Explosion ließ den oberen Brückenbogen einstürzen, tötete ein Dutzend ahnungsloser frühmorgendlicher Verkehrsteilnehmer und blockierte die Hauptverbindung zwischen dem Herzen der Stadt und dem Defensivring.

Tai-sho Kusunoki verachtete sie zwar, doch die Yakuza-MechKrieger der Ersten Geist des Drachen-Kompanie des *Tai-i* Harper stellten sich beim Absichern ihrer Gefährte besser an als ihre Kameraden im Osten im Dunsany-Komplex. Sie hatten ihr Biwak neben der Elefantenturm-Grundschule im Norden Port Howards mit einem drei Meter hohen Zaun umgeben, dessen oberer Abschluß ein Rasiermesserband bildete, bewaffnete Streifen aufgestellt, die an der Innenseite auf- und abmarschierten, und auf dem Dach der Schulcafeteria Maschinenpistolen-Wachposten hinter Sandsäcken eingerichtet.

Ihre Sicherheitsvorkehrungen waren so streng, daß das auf sie angesetzte gemischte Team aus Caballeros und Miliz sich keinen lautlosen Weg denken konnte hineinzugelangen. Doch das brachte den Soldaten des Schwarzen Drachen nur eine Atempause.

Als er die Meldung seines Kumpels hörte, daß die Dracos ihr Eindringen in den TTG-Hof entdeckt hatten, wendete Buck Evans seinen Lastwagen, trat das Gaspedal voll durch und durchbrach einfach den Zaun. Miliztruppen richteten ihre eigenen Maschinengewehre auf und schlachteten die MechKrieger des Drachen ab, als sie aus den Schulgebäuden herausströmten, in denen sie untergebracht waren. Als die Maschinengewehre auf dem Dach zurückschossen, brachten Buck und eine frühere Sprungschiffsoldatin von Stygien sie mit von der Schulter aus abgefeuerten KSR-Werfern zum Schweigen.

Unter den hier stehenden Mechs war Bucks alter *Orion.* Er und sein Kumpel erfüllten das Versprechen, das sie Cassie vor fast vier Monaten an einer Straße gegeben hatten.

Cassie keuchte und fragte sich, ob einer der Milizsoldaten sie in den Rücken schießen würde. Erstaunlicherweise feuerten, genau wie es im Buch steht, nur die Kommandomitglieder an der rechten Wand.

Es war sinnlos, und Cassie versuchte es gar nicht erst. Ohne große Eile trat das Wolfsmädchen wieder um die backsteinverkleidete Ecke und ließ Ödland Powell blutend auf dem Rücken liegen. Cassie richtete ihr Ziel auf die rechte Wand, wo wie erwartet ein hochgewachsenes und ein kleines Mitglied der PP in grünen Uniformen um die Säule kamen. Sie erledigte sie, ehe sie auch nur einen Schuß abfeuern konnten.

Zwei Kommandomitglieder eilten an ihr vorbei, Zoneout Sedillo und eine Milizionärin mit borstigen blonden Locken und einer gebrochenen Nase. »Nein!« rief sie ihnen zu, aber sie gingen weiter und bewegten sich dabei so professionell, als hätten sie dies schon ihr gesamtes Leben zusammen getan. Sedillo hechtete vorwärts, sein Dahingleiten auf Ellbogen und Bauch war so perfekt abgeschätzt, daß, als er zum Liegen kam, nur seine Shimatsu, ein Unterarm und ein Auge über den backsteinverkleideten Stützpfeiler hinausragten. Die Frau blieb aufrecht und tänzelte seitwärts, den Kolben ihrer MP an der Schulter.

Es half ihnen nichts. Zoneouts Hinterkopf explodierte, getroffen von der ersten Kugel einer langgezogenen Salve, die schräg von unten nach oben über den Torso der Blondine strich. Sie wirbelte herum, fiel, überschlug sich zweimal und blieb bewegungslos auf dem Gesicht liegen. Auf dem kastanienbraun geäderten Marmorbelag des Bodens breitete sich rings um sie ein dunkler Fleck aus.

Cassie hatte sie schon abgeschrieben und begann eine eigene Vergeltungsaktion. Sie ließ ihre Shimatsu am Schulterriemen hängen, griff mit der Linken in ihr Kreuz und zog ihre 9-mm-Autopistole aus dem Schnellziehhalfter am rechten Oberschenkel. Gleichzeitig zog sie eine Tränengasgranate aus ihrer Feinrippweste. Sie riß mit den Zähnen den Sicherheitsring heraus, weswegen der Waffenmeister des Regiments, Stacks Stachiewski, einen Anfall bekommen hätte.

Sie warf die Granate in die Lounge zur Rechten. Sie ging mit einem Ploppen hoch, dann zischte es, und eine dichte weiße Rauchwolke trat aus. Sobald sie Husten hörte, sprang sie zur linken Säule, steckte die Maschinenpistole um die Ecke und feuerte in einer langen blinden Salve das gesamte Magazin ab.

Gleichzeitig legte sie den linken Arm in die rechte Ellbogenbeuge und feuerte gezielte Schüsse auf das halbe Dutzend Gestalten, die sich rechts in der Lounge krümmten. Sie traf mindestens drei, ehe die anderen ihre Waffen wegwarfen und würgend und weinend zu Boden gingen.

Sie steckte die Neuner in ihren Netzgurt, ließ das leere Magazin aus der Kammer der Shimatsu fallen und rammte ein volles hinein. Dabei zog sie sich fünf Meter in den Gang zurück.

Sie konnte es gerade noch vermeiden, über Sergeant Dix zu stolpern, der ausgestreckt auf dem Boden lag. Er sah mit großen Augen zu ihr hoch. »Wer ist diese Hure? Sie hat Zoneout und diese Frau, Holger, umgelegt, als wüßte sie, wo sie sein würden.«

»Das hat sie auch. Jetzt laß die Leute ein paar Blendgranaten und Tränengas da runter werfen. Oh – und leih mir deine Shimmie.«

Er starrte sie an, dann übergab er ihr die Waffe und zog seine Dienstwaffe, eine LFW Zwölf. In beiden Händen eine MP duckte sie sich an die rechte Wand. Dix signalisierte ihr, daß die Granaten bereit waren.

Auf ihr Zeichen hin flogen sieben Behälter in den Loungebereich und fielen klappernd auf den Marmor. Die Blendgranaten gingen mit vierfachem ohrenbetäubendem Krachen und Blitzen hoch, hell genug, um einen Moment lang jeden zu blenden, der zufällig in ihre Richtung sah. Die drei Gasbomben erbrachen Rauch.

Cassie begann mit geschlossenen Augen zu sprinten, um nicht den Blendgranaten zum Opfer zu fallen. Als sie hochgingen, öffnete sie ihre Augen und richtete einen Kugelhagel aus ihrer rechten Shimatsu auf die gegenüberliegende Wand des Loungebereichs links.

Kugeln, die aus einem Winkel von weniger als 45 Grad gegen eine harte Oberfläche abgefeuert werden, prallen ab und fliegen parallel zur Oberfläche weiter. Cassies Salve, in spitzerem und ständig verändertem Winkel abgefeuert, erfüllte das Innere der linken Lounge mit unberechenbaren Querschlägern. Knapp neben der Säule setzte sie zu einem flachen, langen Sprung an. Sie krümmte den Körper, landete auf der rechten Seite und glitt auf dem Boden entlang, wobei sie schoß und schoß, bis die Maschinenpistole in ihrer linken Hand verstummte.

Das Wolfsmädchen duckte sich durch eine Schwingtür, die auf einen Laufsteg über dem Innenhof führte. Die getönten, vom Boden bis zur Decke reichenden Vitrylfenster schimmerten und dröhnten beim Einschlag von Cassies Kugeln, erwiesen sich aber als tatsächlich kugelsicher.

Weiter unten im Gang ertönte das laute Knattern vollautomatischen Feuers. Kommandomitglieder torkelten in die Deckung des Loungebereichs. Als sie das Feuer erwiderten, rollte Cassie auf die Füße. Sie ließ ihre rechte Waffe hängen, rammte die linke Schulter gegen die Tür und stürmte feuernd hindurch.

Das Wolfsmädchen wartete auf sie. Sie eröffnete das Feuer, als Cassie erschien. Ohne anzuhalten, nutzte Cassie ihr Training im anstrengenden und stark gymnastisch bestimmten *madi-silat*-Stil. Sie krachte mit der linken Hüfte gegen das Geländer, ließ sich vom Schwung darüber tragen, hielt sich mit ihrer rechten Hand daran fest. Sie fiel, bis ihr gestreckter Arm sie abbremste, steckte Dix' Shimatsu zwischen die Säulen und feuerte.

Das Wolfsmädchen riß eine Tür neben sich auf und hechtete hindurch.

Tai-sho Jeffrey Kusunoki nickte mit sichtbarer Genugtuung, als aus dem Radio in seinem Wohnquartier und Kommandozentrum im obersten Geschoß des Verwaltungskomplexes Meldungen über feindliche Mechs drangen, die aus dem Osten kommend die Verteidigungslinien angriffen, direkt nach der Meldung über die LSR-Bombardierung.

»Genau wie erwartet«, erklärte er seinen Zuhörern, zu denen Blaylock und Mr. Kimura ebenso gehörten wie sein Standardgefolge. »Der Angriff auf den TTG-Hof ist nur eine Finte, fast bedeutungslos. Der wirkliche Angriff findet *hier* statt.« Er stach mit einem ausfahrbaren Zeigestab nach dem östlichen Stadtrand auf einer wandgroßen Karte der Stadt – er gehörte zu den Leuten, die immer alles anfassen mußten, und fand den roten Punkt eines Laserzeigers unbefriedigend.

»Und hier.« Er wies nach Süden. Wie aufs Stichwort meldeten seine Streitkräfte, die sich in der Nähe des Sternenhafens verschanzt hatten, daß Mech-Waffen das Feuer auf sie eröffnet hatten.

Ein Fußsoldat in Helm und gepanzertem Trikot stürmte durch die Tür. Kusunoki wandte sich um und blickte ihn finster an. Mehrere seiner Gefolgsleute machten Anstalten, den Eindringling hinauszuwerfen.

»*Tai-sho*«, keuchte der Mann. »Es gibt Berichte über Schüsse innerhalb des Gebäudes.«

»Vielleicht ist die Situation doch nicht so klar umrissen, wie sie zunächst schien«, murmelte Mr. Kimura.

»Das bedeutet gar nichts«, bellte Blaylock, und seine

Worte waren wie Knöchel auf Hartholz. »Meine Leute werden sie aufhalten. Und selbst wenn sie zu den Gefangenen gelangen, wird ihnen das nicht viel helfen. Die Wachen dort haben Befehl, beim ersten Anzeichen von Ärger die Maschinengewehre auf die Bastarde zu richten.«

Kusunoki betrachtete ihn, den prächtigen Kopf leicht zurückgelegt. »Vielleicht sollten Sie hingehen und ihre Bemühungen persönlich beaufsichtigen, Blaylock-*san*«, sagte er, »immerhin hängt Ihr Leben von ihrem Erfolg ab.«

Blaylocks dunkle Augen funkelten einen Moment lang wütend. Dann lachte er. »Das ist nur fair«, entgegnete er. »Ich bin weg.«

Verschanzt oder nicht, die Bodentruppen der Dracos gaben dem Ansturm der Söldner aus dem Osten rasch nach. *Sho-sa* Maung, der das Erste Bataillon des Regiments Hingabe durch Kampf befehligte, führte persönlich eine Kompanie BattleMechs zum Gegenangriff.

Eine Schwadron *Ruedel*-Bodenangriffsflugzeuge tauchte über den Kuppen der wogenden Hügel auf. Hoch droben, außer Reichweite der Waffen der Draco-Mechs, flog eine Schwadron *Voss*-Jäger Patrouille.

Die vorderste *Ruedel* hielt direkt auf des *Sho-sas* großen *Mauler* zu. Das Luftfahrzeug stieg leicht und warf sich dann in einem flachen Sturzflug direkt auf den 90-Tonnen-Mech.

Mehrere seiner Untergebenen eröffneten zwar das Feuer auf das Flugzeug, doch Maung ignorierte das. Diese verhätschelten Engel der Verzweiflung mochten sich beim Anblick der Ranger-Flugzeuge in die Kühlshorts machen, aber für einen *echten* Krieger waren sie nicht mehr als verachtenswerte Spielzeuge.

Leider war die Tausend-Kilo-Bombe, die aus dem Mittelbereich der *Ruedel* hervorschoß, alles andere als ein Spielzeug. Die Bombe traf ihn, als sei der *Mauler* nur ein unbeweglicher Wasserturm auf dem Luftfeld der Rangers in Gunderland, dort, wo sein Hinterkopf fast mit der Unterkante der 15 Raketen fassenden Shigunga-LSR-Lafette auf seiner linken Schulter zusammenlief.

Die nachladbaren Lagerkammern der Raketen waren netzartig angeordnet. Aber wahrscheinlich war das egal. Der BattleMech verschwand einfach von den Ellbogenbeugen aufwärts in einem einzigen weißen Blitz. Die beiden Arme mit den schweren Lasern fielen neben seinen breiten Füßen in den Schnee, als er stehenblieb, wiegend dastand und explodierte.

Ein *Kampfschütze* zerlegte die *Ruedel* mit seinen an den Armen befestigten schweren Lasern weniger als zwei Sekunden nach der Enthauptung des *Mauler* des Majors durch die Bombe. Der Große Weiße des Kolonel marschierte mit der vollen Geschwindigkeit, die ihm sein von den Clans gebauter Motor und die Myomermuskeln verliehen, voran und überschüttete den *Kampfschütze* mit Tod durch geladene Partikel aus seinen beiden in den Armen befindlichen PPKs. Der KMS-3Z versuchte, seinen Torso zu drehen, um die Waffen auf die bodengestützte Bedrohung zu richten. Aber die Seitenpanzerung zerfloß zunächst und löste sich dann unter den PPK-Blitzen des *Katamaran* ganz auf.

Als er näher kam, feuerte Don Carlos eine Salve von sechs Raketen aus dem Blitzwerfer auf seiner rechten Schulter ab. Zwei der Raketen trafen den klaffenden Krater in der Seite des *Kampfschütze* und jagten sein Autokanonenmunitionsdepot in die Luft. Der Torso des KMS-3Z flog auseinander wie eine Wassermelone, die man aus dem zwölften Stock auf die Straße klatschen läßt.

Seltsame, trillernde Schreie und Wolfsgeheul dröhnten aus den Außenlautsprechern, die an den *Gaijin*-Mechs angebracht waren. Die vom Boden gefegten und aus dem Himmel gerissenen VSDK-MechKrieger verzagten. Dann starben sie entweder oder flohen.

Diesmal hatte Cassie kugelsicheres Vitryl zwischen sich und ihrer Gegnerin. Sie nutzte es, ging ungedeckt hinüber und spähte durch die Fensterwand.

Es war ein Büroraum mit Computerarbeitsplätzen und ein paar Bürocontainern links an der Trennwand. Es gab keine sichtbaren Benutzer. Cassie sah sich den Bereich sorgfältig an. Es gab viele Orte, wo das Wolfsmädchen sein konnte, aber sie sah keinen Hinweis auf ihre Gegnerin.

Das hatte sie auch nicht erwartet.

Sie ging zur Tür, stieß sie auf, hechtete nach rechts zum nächsten Schreibtisch, rollte über die Tischplatte und stürzte in einer Lawine loser Blätter und Nippsachen auf der anderen Seite zu Boden, wobei sie fast mit dem Drehstuhl kollidiert wäre. Sie krachte mit Dix' MP in Händen zu Boden, ihre Augen suchten den gesamten Boden nach *Füßen* ab.

Da – Stiefel, etwa sieben Meter entfernt, hinter dem Schreibtisch neben dem ersten Bürocontainer. Sie zielte, drückte ab. Die Shimatsu ruckte und hämmerte.

Die Füße verschwanden nach oben. Gewehrfeuer brach los. Kugeln begannen nur Millimeter über Cassies ausgestrecktem Körper das dünne Metall des Schreibtischs zu durchschlagen.

Cassie drückte sich flacher an den Boden, als selbst sie es für möglich gehalten hätte. Irgendwie pfiffen die Kugeln harmlos über ihren Kopf. Als sie ausblieben, kam sie auf alle viere hoch, erreichte mit einer Rolle vorwärts den nächsten Schreibtisch, hechtete zu dem dahinter und landete auf einem Knie, als Metallmantelgeschosse den Schreibtisch zerfetzten, den sie hinter sich gelassen hatte.

Das Wolfsmädchen hatte sich auf den Schreibtisch geworfen, hinter dem sie sich versteckt hatte. Als Cassie das Feuer auf sie eröffnete, rollte sie zur Seite, von der Tischplatte herunter auf den mit einem dünnen grauen Teppich belegten Boden.

In einer blitzartigen Intuition erkannte Cassie, daß ihre Feindin nach der Landung direkt durch Cassies Schreibtisch hindurchschießen – der Tarnung, aber keinen Schutz bot – und sie umlegen würde. Darauf wollte sie sich nicht einlassen und gab den Versuch auf, das Wolfsmädchen mit ihren Kugeln zu erreichen. Statt dessen sprang sie auf ihren Schreibtisch, als das Wolfsmädchen das Feuer eröffnete. Dann rannte sie los und sprang auf den Schreibtisch, von dem sie gerade gekommen war. Das brachte sie vorübergehend aus der Schußlinie des Wolfsmädchens. Sie feuerte mit einer Hand, mehr um ihre Gegnerin beschäftigt zu halten als in der Hoffnung zu treffen, sprang in den Durchgang hinunter und warf sich auf die andere Seite des Schreibtischs rechts vom Wolfsmädchen.

Die Shimatsu war leer. Ihre umgehängte Waffe war zwischen ihrem Rücken und dem Schreibtisch eingeklemmt; sie zog die Neuner aus dem Gürtel. Cassie holte tief Luft, dann drehte sie sich um und richtete die Waffe quer über den Schreibtisch.

Sie erwartete halb, daß das Wolfsmädchen gleichzeitig hochkommen würde, wie es damals in der Lodge passiert war. Statt dessen sprang die größere Frau in ihr Blickfeld und trat Cassie mit einem eingesprungenen Sicheltritt die Autopistole aus der Hand.

Cassie senkte die Schulter, rollte über die Tischplatte und trat das Wolfsmädchen in den Bauch, als es wieder herunterkam.

Das Wolfsmädchen fiel rückwärts über den nächsten Schreibtisch. Cassie hechtete hinter ihr her wie ein wütender Affe. Das Wolfsmädchen packte mit einer Hand das Gewebe an der Schulter ihres schwarzen Pullis, stemmte einen Stiefel in ihren Bauch und warf Cassie über sich. Cassie krachte gegen die Fiberglaswand des Bürocontainers und fiel fast kopfunter in einen Drehstuhl.

Sie war nicht betäubt und drehte sich, um auf die

Füße zu kommen, als das Wolfsmädchen leichtfüßig auf den Schreibtisch sprang und Kampfstellung einnahm, den rechten Fuß nach vorn gesetzt und die Hände in Schulterhöhe.

Mit den Füßen auf dem Stuhl, den linken Fuß nach vorn, erhob sich Cassie vorsichtig in eine geduckte Position. Das Wolfsmädchen grinste und hieb nach Cassies Gesicht. Cassie wich auf ihrem hinteren Bein zurück und entging dem Hieb.

Es war eine Finte. Das Wolfsmädchen drehte die Hüften im Gegenuhrzeigersinn und riß den rechten Fuß zu einem dieser Seitwärtstritte des Taekwondo-Bundes der Inneren Sphäre nach hinten, die fast Rückwärtstritte sind.

Es war ein sehr kräftiger Tritt, stark genug, jeden Körperteil Cassies zu brechen und sie dabei durch die Wand des Bürocontainers zu schleudern, doch naturgemäß etwas langsam. Das Wolfsmädchen dachte wohl, seine Gegnerin sei im Nachteil, wie sie da so auf diesem wackligen Stuhl kauerte.

Aber Cassies *pentjak*-Training legte Wert auf das Kämpfen auf trügerischem Grund. Sie fühlte sich auf dem Stuhl regelrecht heimisch. Sie duckte sich tief in eine verkürzte *lankah lipat*-Stellung, die Hüften senkrecht zu ihrer Feindin und den Körper so weit in der Hüfte abgeknickt, daß er fast zwischen ihren Knien hing. Der Tritt ging über sie hinweg.

Cassie wirbelte herum, immer noch geduckt, riß den rechten Fuß herum, rammte ihr Schienbein seitlich direkt gegen den Knöchel des Wolfsmädchens. Als die Wucht des Tritts die Stiefelsohle des Wolfsmädchens von der Tischplatte riß, legte sie eine Hand auf den muskulösen Rumpf des Wolfsmädchens und drückte.

Das Wolfsmädchen kippte vorwärts, als hätte sie einen Zapfen in den Knöcheln. Sie schlug mit den kurzen Rippen auf die Tischkante, wodurch Knochen brachen und die Luft aus ihrem Körper entwich.

Cassie sammelte sich, um ihrer vorübergehend kampfunfähigen Gegnerin auf den Rücken zu springen und ihr das Genick zu brechen. Aber mittlerweile hatte sich der Raum mit grünen Uniformen und Waffen gefüllt, und jemand brüllte: »Keine Bewegung, du Hure!«

29

Port Howard
Provinz Aquilonien, Towne
Mark Draconis, Vereinigtes Commonwealth

23. *April 3058*

Die Gefangenen aus dem Lager Mariposa waren in einem Ruheraum im dritten Stock zusammengepfercht, an dem Ende des kurzen Flügels des Verwaltungszentrums, das sich in der Nordwestecke – also der Bucht am nächsten – befand. Das gesamte Mobiliar war entfernt worden, in erster Linie, um den sechs Wachen von der Planetenpolizei ein freies Schußfeld zu geben, wenn der Befehl erging, die Gefangenen zu massakrieren. Man hatte den Gefangenen Leintücher gegeben, aus denen sie Betten an den Wänden entlang improvisiert hatten, so daß der mittlere Bodenbereich als Spielplatz für die Kinder freiblieb.

Die Kinder wachten jetzt langsam auf und jammerten, denn sie wollten gefüttert oder auf die Toilette gebracht werden, da flog die Tür auf. Eine Stimme rief auf Spanisch: »*Runter!*«

Spanisch war eine Sprache, die jeder Caballero, aber keine der Wachen verstand. Und selbst die kleinsten Kinder waren Caballeros. Wenn der Befehl *runter* ertönte, tauchten sie ab.

So blieben nur die sechs Wachen, von denen die meisten selbst mit dem Schlaf zu kämpfen hatten, sehr plattfüßig stehen. Schwarzgekleidete Gestalten stürmten durch die Tür und traten beiseite, und ein Feuersturm riß die Wachen von den Füßen.

Während Hahn und die anderen Milizionäre des Einsatzkommandos den Raum sicherten, fielen die 'lleros einander zu einem tränenreichen Wiedersehen um den Hals. Zuma Gallegos hing an seiner befreiten Familie und weinte, als er erfuhr, daß drei Kinder gefangengenommen worden waren und das zweitjüngste, sein Sohn Hilario, von Luft/Raumjägern beim Angriff auf das Lager getötet worden war.

Aber es würde später noch Zeit für Freud und Leid bleiben. Die Umarmungen wurden fast so schnell beendet, wie sie begonnen hatten, als die Erwachsenen die Kinder in Vorbereitung auf die Verbringung in die Bunkeretagen unter dem Zentrum zusammenzutreiben begannen. Nun, da jederzeit eine Mechschlacht um den Komplex ausbrechen konnte und sie keine Transportmöglichkeit zur Hand hatten, wagten sie nicht, aus dem Gebäude zu fliehen.

In der allgemeinen Hektik schlüpfte Lady K aus dem Raum. Außer den Wachen an der Tür, denen sie zunickte, bemerkte es niemand.

Ursprünglich hätten, sobald die Anwesenheit der Eindringlinge bemerkt wurde, zwei Lanzen der Kompanie Harley den Donner überqueren und sich zum Verwaltungszentrum aufmachen sollen, um den Geiseln bei der Flucht zu helfen; die dritte sollte zurückbleiben, um ihnen Deckung gegen von Süden herannahende Streitkräfte zu geben. Aber sie waren selbst entdeckt worden. Innerhalb weniger Augenblicke nach der Ausstrahlung von Cowboy Paysons Warnung wurde Harley von einer Streife des 227. Panzerregiments angegriffen, die gekommen waren, um Berichten über seltsame Ereignisse am Fluß nachzugehen.

Rasch beteiligten sich noch weitere Panzer und Teile der 503. Mechanisierten Infanterie am Kampf. Die Kompanie Harley war weit davon entfernt, ihren Kameraden am anderen Ufer zu Hilfe eilen zu können, denn sie hatte plötzlich alle Hände voll damit zu tun, die Dracos daran zu hindern, sich einen Weg über die Eisenbahnbrücke freizumachen, um am Angriff auf den umkämpften Komplex der Turanischen Transportgesellschaft teilzunehmen.

Sieben Mechs waren mit Caballeros bemannt worden und waren von der Elefantenturm-Grundschule südwärts unterwegs. Aber auch sie würden genug zu tun haben, wenn sie den zentralen Geschäftsbezirk erreichten. Berichte von Sympathisanten des Widerstands besagten, eine gesamte VSDK-Mech-Kompanie sei um das Verwaltungszentrum stationiert, und möglicherweise seien eine zweite reguläre Kompanie und eine Kompanie BattleMechs der Schwarzen Drachen auf Streife im Innenstadtbereich.

Elf wiedereroberte oder gestohlene Mechs marschierten vom Dunsany-Sportpalast in die Innenstadt. Aber ihnen stellte sich Dates Kompanie von BattleMechs der Schwarzen Drachen in den Weg, als sie die Kreuzung Route 55–Highway 1 zu überqueren versuchten. Jetzt waren die beiden Streitkräfte in eine surrealistische Schlacht inmitten der zerstörten Überführung und eines Verkehrsstaus verstrickt.

»An alle Caballeros da draußen, die mich hören«, hörte Raven ihren Mann aus seiner gestohlenen *Spinne* senden, »wenn wir hier unten auf dem Hof nicht ein bißchen Hilfe kriegen, wird das ein verdammt langer Tag.«

Ihr Rabe hatte für den Augenblick Schutz mit Blick aus der Mündung einer Gasse jenseits der Straße der Weisheit der Sterne auf den TTG-Komplex gefunden. Es kam ihr vor, als hätte sie schon seit Stunden mit hohem Risiko Verstecken mit Draco-BattleMechs gespielt.

Ein 70-Tonnen-*Schütze* war unter den Mechs gewesen, die die Dracos in Mariposa erobert hatten, und das gab Raven etwas anderes zu tun, als nur herumzurennen und über feindliche Truppenbewegungen zu berichten, was unter den gegebenen Umständen eher deprimierend als produktiv war. Sie hatte zwei feindliche Maschinen mit NARC-Modulen ausgeschaltet, einen *Whitworth* und einen *Kintaro,* die beide die Insignien des

Schwarzen Drachen trugen. Sie hatte gesehen, wie der *Kintaro* von Kurzstreckenraketen gründlich zerlegt wurde, war aber von einer *Krabbe* verjagt worden, ehe sie feststellen konnte, ob er wirklich kampfunfähig war.

Es schien nicht den geringsten Unterschied zu machen. Es kamen immer mehr Draco-Mechs, und sie begann Maschinen zu sehen, die nicht das Symbol des rasenden Drachen trugen, was bedeutete, daß reguläre Truppen der Vereinigten Soldaten des Draconis-Kombinats mitmischten. Das war besonders schlimm, weil bereits mindestens eine Kompanie Mechs der Schwarzen Drachen mit den 'lleros im Hof rang.

Die Dracos hatten die Ostmauer des Komplexes überwunden und schoben sich über einen Park voller Semitraktor-Trailer auf den Luftschiffhangar am Ende zu. Andere marschierten die Straße vom Markbreit Select herab, um von Norden anzugreifen.

Aus dem Hafen direkt hinter den Docks der TTG brach Pommes Frites' *Spinne* hervor und zog eine Spur öligen Wassers hinter sich her. Pulslaser flackerten in ihren Befestigungen am zentralen Torso, und Raven sah den Schweißbogen, der verriet, daß die Strahlen Panzerplatten vom Schultergehäuse eines *Dracon* abschälten.

Ihr Mann war gut im Kampfspringen in einem Mech, selbst für einen Caballero – er hatte sein normales Gefährt nicht ohne Grund ›Springteufel‹ genannt. Aber sein normales Gefährt war weg, und er kämpfte in einer unvertrauten Maschine. Er verrechnete sich und hing ein wenig zu lange in der Luft.

Die beiden an den Armen befestigten Laser eines *Paladin* trafen die Seite der *Spinne,* als sie schnell wieder auf die Wasser der Bucht zustürzte. Verdampfte Panzerung spritzte davon, und selbst auf diese Entfernung konnte Raven sehen, wie ihr Mann die Maschine auf ihren Schubsäulen zu halten versuchte. Dann strich eine Langstreckenraketensalve von dem Delta Dart-Werfer in der linken Brusthälfte des *Paladin* auf die *Spinne* zu. Eine

Rakete traf den rechten Fuß der *Spinne,* zertrümmerte ihn und riß den 30-Tonnen-Mech herum.

Die *Spinne* stürzte kopfüber auf ein Betonpier und lag darauf hingestreckt wie ein toter Organismus.

»Ahh!« Raven stieß einen qualvollen Schrei aus.

Aber sie war zu sehr Kriegerin, um sich selbst vom Tod ihres Mannes lange ablenken zu lassen. Auf dem Rundumsichtstreifen über ihrer Windschutzscheibe sah sie Bewegung hinter sich. Ihre Reflexe brachten den *Rabe* in Bewegung, ließen ihn aus der Mündung der Gasse huschen und wie eine Krähe seitwärts hüpfen, als vier Laserstrahlen durch die Gasse schossen, in der sie sich versteckt hatte.

Die verdammte *Krabbe* hatte sie wieder gefunden.

Taisuke Toyama sah sein Ziel fallen, grinste und riß die Faust hoch. Es war der erste BattleMech, den er abschoß.

Er wurde rasch wieder nüchtern und sagte als Reaktion auf die Lobesworte, die ihm seine untergebenen *buso-senshi* in die Kopfhörer strömen ließen: »Dafür sind wir hier. Bleibt in Bewegung!«

Aber er spürte in sich dennoch die Erregung des Tötens, die in seinem Bauch kribbelte. Eine noch größere Belohnung – wie ein Schluck heiße Suppe an einem kalten Morgen – war die wachsende Sicherheit, daß sein Kommando mit Hilfe der regulären Truppen, die langsam eintrafen, die Söldner bald zermalmen würde.

Die nicht regulären Streitkräfte am östlichen Stadtrand wußten nicht um die Erfolge des jungen Toyama. Es hätte ihnen auch wenig gebracht.

Sie hatten es mit einem unerwartet brutalen Frontalangriff eines Feindes zu tun, von dem man ihnen gesagt hatte, er hätte keinen *seishin,* keinen Kriegergeist. Gleichzeitig hatte die feindliche Luftstreitmacht, von der man ihnen erzählt hatte, sie stelle für moderne Streitkräfte keine Bedrohung dar, unmittelbar vor ihren Augen einen Bataillonskommandanten der regulären Truppen in seinem KommandoMech getötet und war jetzt schwer damit beschäftigt, die Verteidiger, BattleMechs wie hilflose Schlammstampfer, in Stücke zu reißen.

Die vielgerühmten Luft/Raumjäger waren – endlich – aufgetaucht, und sie schossen zwar einige der feindlichen Flugzeuge ab, doch die angeblich lächerlichen und so vernachlässigbaren feindlichen Flugzeuge schossen auch einige von *ihnen* ab.

Und dann kam die schrecklichste aller Nachrichten: *Hinter ihnen,* in der Stadt, wüteten feindliche BattleMechs.

Selbst reguläre Truppen, ja sogar Veteranentruppen werden nervös, wenn sie den Feind im Rücken haben. Das ist ein tiefsitzender Reflex, der uns aus gutem Grund angeboren ist: Ein Feind im Rücken kann einen niederstrecken, ehe man Gelegenheit findet, sich zu verteidigen. Aber ein Angriff von hinten ist nicht in erster Linie eine körperliche Bedrohung, sondern eine für die Moral. Ein Mann im Rücken fühlt sich an wie drei oder gar mehr.

Gute Truppen können bei der bloßen Androhung eines Angriffs von hinten in Panik geraten. Die Schlammstampfer an der Front waren keine guten Truppen. Die Towne-Gardisten waren in erster Linie Großmäuler, die Truppen der Ersten Freude des Drachen unglückliche Zwangsverpflichtete, denen die Caballeros bereits den grausamen Spitznamen ›Erste Tränen des Drachen‹ verpaßt hatten.

Ihre Moral hatte bereits böse gelitten; als sie von feindlichen BattleMechs in Port Howard hörten, brach sie zusammen, und sie rannten davon.

»Du bist also der Scout«, sagte Howard Blaylock und drehte Bluttrinker in seinen Händen. »Deine blonde Freundin, meine kleine Spielgefährtin Kali – sie hat viel über dich gesprochen.«

Er grinste und legte den *Kris* auf einen Tisch. »Sie sagte mir, du würdest sie holen kommen. Und da bist du jetzt. Witzig, wie sich die Dinge entwickeln, nicht?«

Ich werde nicht weinen, sagte sich Cassie. Sie hatte es aufgegeben, an den starren Nylonbändern zu zerren, mit denen ihr die Handgelenke auf den Rücken gebunden waren, nachdem sie sich mit ein paar raschen Drehungen überzeugt hatte, daß sie gut befestigt waren. Wenn sie gegen die Fesseln ankämpfte, würde sie sich nur sinnlos weh tun. Das konnte sie sich nicht leisten.

Sie mußte daran glauben, daß es noch *Sinn hatte.*

»Ich bin sie holen gekommen«, erinnerte Cassie ihn. »Und jetzt ist es vielleicht Zeit, daß sie kommt und *Sie* tötet.«

Er schlug ihr ins Gesicht. Ihr Kopf flog zur Seite. Resolut wandte sie ihm das Gesicht wieder zu.

Das Wolfsmädchen trat zwischen sie. »Mißhandle sie nicht. Sie ist meine Gefangene. Das ist nicht richtig.«

Blaylock lächelte dünn. »Was soll das? Beißt du die Hand, dich füttert?«

Sie waren in *Tai-sho* Kusunokis Kommandozentrale, zusammen mit sechs PP, einem kleinen, makellos gekleideten, japanisch aussehenden Mann, Kusunokis Gefolgsleuten und Kusunoki selbst, der dastand und auf einen großen Kartenschirm starrte. Nur der an die Wand gerollte Futon verriet, daß der Raum auch als Wohnraum des Generals diente. Offenbar stimmten die Berichte, denen zufolge Kusunoki auf persönlichen Komfort keinen Wert legte.

Das Wolfsmädchen biß die Zähne zusammen und sagte nichts.

»Wenn Sie schon mit Ihrem Essen spielen müssen, Blaylock-*san*«, sagte der General über die Schulter, »warum tun Sie es dann nicht woanders?«

»Sie gehört mir«, sagte Blaylock zu Wolfsmädchen. »Du hast nichts. Ich bin es, der deiner Schwester geholfen hat, erinnerst du dich?«

Die Frau schlug ihr eines unverletztes Auge nieder.

»Bei unserer Behandlung dieser Gefangenen könnte Umsicht angemessen sein, Blaylock-*san*«, sagte der adrette kleine Mann, Kimura. Aus wiederholten Hinweisen in seinem Tonfall schloß Cassie, daß er Yakuza war – ein außergewöhnlich gebildeter Yakuza, aber nichtsdestoweniger ein Yak. »Sie scheint ihren Kameraden sehr wertvoll zu sein. Lebendig und unversehrt könnte sie uns ein gutes Tauschobjekt sein.«

»Ich habe euch alle so *satt!*« rief Blaylock aus, wandte sich ab und warf die Hände in die Luft. »Ihr redet mit mir, als wäre ich irgendein halb stubenreines Haustier. Ihr besteht darauf, daß ich jedesmal eine Anforderung in fünffacher Ausfertigung für Toilettenpapier ausfülle, wenn ich mir den Arsch abwischen will, und dann habt ihr Genies plötzlich überall Söldner und Rebellen auf euch herumkrabbeln wie Feuerameisen.«

Er wirbelte wieder herum und sah Kimura über den Tisch hinweg an, auf den er sich mit den Knöcheln stützte. »Haben Sie es noch nicht begriffen? Wenn Sie versuchen, mit diesen Leuten Geiselspielchen zu spielen, *wollen sie Ihnen nur noch mehr weh tun.*«

Kusunoki drehte den Kopf, ein irritierter Gesichtsausdruck störte die Perfektion seiner Züge. »Ihre Unverschämtheit ...«, begann er.

»Tai-sho«, sagte einer der Kom-Techniker, die an einer Konsole vor dem General saßen. »Wir erhalten die Mitteilung, daß die Infanterie zusammengebrochen ist und sich in Richtung der Vororte zurückzieht.«

»Welche Infanterie? *Unsere* Infanterie? VSDK-Infanterie?«

»*Iie*«, sagte der Kom-Tech ängstlich. »Die Erste Freude des Drachen und die Towne-Garde.«

»Was könnte man von Tieren wie denen auch anderes erwarten?« fragte der General in die Luft.

»*Tai-sho, Tai-sa* Okabe berichtet, daß ein feindlicher Durchbruch unmittelbar bevorstehen könnte.«

»So ka.« Kusunoki schüttelte den Kopf. »Ich kann es nicht ändern. Ich muß gehen und den Truppen selbst wieder Mut machen.«

Er sah Blaylock an. »Ich lasse Sie in Kimura-*Senseis* fähigen Händen. Behalten Sie die Situation hier unter Kontrolle. Sie haften mir mit Ihrem Leben.«

Blaylock deutete auf Cassie. »Ich sage Ihnen, die Sache ist gelaufen.«

Kusunoki lächelte höhnisch. Dann fegte er hinaus, sein Gefolge im Schlepptau.

»Puh«, sagte Blaylock. »Das reinigt die Luft hier drin, nicht? Wo war ich? Oh, ja.«

Er kam zu Cassie, legte ihr einen gekrümmten Finger unter das Kinn, hob ihren Kopf. »Üblicherweise stehe ich auf langbeinige Blondinen mit dicken Titten wie deine Freundin MacDougall. Aber ich glaube, du könntest für kurze Zeit *sehr* interessant sein. Und wenn mich dein kleiner Arsch langweilt – he, wer weiß? Ich habe gerade gestern zum ersten Mal einen Mann getötet. Vielleicht ist es Zeit, daß ich mir ganz neue Perspektiven eröffne. Wenn man an der Spitze steht, ist nur der Himmel die Grenze.«

»Nein«, sagte das Wolfsmädchen. »Das kannst du nicht tun!«

Blaylocks Augen flackerten gefährlich. Er lächelte mit offensichtlicher Mühe.

»Ich kann tun, was immer mir gefällt. Und um den Leuten zu zeigen, was passiert, wenn *mir* etwas nicht gefällt, werde ich, glaube ich, diese verdammten Blagen, die wir gefangengenommen haben, erschießen lassen. *Das* wird Mr. Camacho, diesem Macho, klar machen, was passiert, wenn er mir krumm kommt.«

Das Wolfsmädchen stand direkt vor ihm. *»Das darfst du nicht!«* schrie sie.

Seine rechte Hand kam von hinten unter seinen Rockschößen hervor, er hielt einen kurzläufigen Revolver. Er jagte zwei Kugeln in ihren Körper. Sie torkelte rückwärts gegen den Tisch und stürzte zu Boden.

»Schrei mich nicht an!« kreischte Blaylock. Er klappte die Trommel seines Revolvers heraus und entnahm ihr den gesamten Inhalt, scharfe Patronen ebenso wie leere Hülsen. Dann begann er auf- und abzugehen, während er frische Patronen aus seiner Tasche in die Waffe stopfte.

»Sag mir nie, was ich nicht tun darf. Niemand sagt mir, was ich nicht tun darf.«

Er klappte die Trommel wieder ein. »Oh, und was diese Schlampe angeht, deine Schwester. Ich wollte es dir die ganze Zeit schon sagen. Klar, ich habe ihr geholfen – geholfen, eine gute Anstellung in einem Puff in McKellersport drunten auf den Inseln zu finden. Leider starb sie infolge einer etwas rauhen Behandlung, die sie erfuhr, als sie die Flotte unterhielt. Aber he – das hat ihr wahrscheinlich gefallen. Du weißt doch, wie diese Nutten sind.«

Schwer atmend und mit zitternden Muskeln war es dem Wolfsmädchen gelungen, ihren Oberkörper vom Boden aufzurichten. Blaylock schoß ihr in den Rücken.

Sie sprang auf die Füße, schnappte sich den *Kris* vom Tisch, warf sich auf Cassie. »Haltet sie auf! Sie ist wahnsinnig!« schrie Blaylock. Er schoß ihr hinterher. Die Kom-Techs gingen in Deckung.

Das Wolfsmädchen rannte in Cassie hinein und riß sie zu Boden.

30

Port Howard
Provinz Aquilonien, Towne
Mark Draconis, Vereinigtes Commonwealth

23. April 3058

Zusammen krachten die Frauen gegen die Wand. Das Wolfsmädchen umfaßte Cassie. Diese spürte, wie der geschwungene Griff des Messers gegen ihren Rumpf drückte und dann die Spitze zwischen ihre gefesselten Handgelenke glitt. Sie drehte sich, und das starre Band gab nach.

Das Wolfsmädchen küßte sie auf die Lippen. Sie schmeckte Blut. Dann stieß sich die Kriegerin ab, sprang mit überraschender Gelenkigkeit auf die Füße, drehte sich um und zog eine große Autopistole aus einem Halfter an ihrer linken Hüfte.

Blaylock hechtete zur Tür. »Erschießt sie! Erschießt sie!« brüllte er. Er stieß die Tür auf und hechtete hinaus.

Seine Wachen gehorchten. Das Wolfsmädchen schoß überlegt trotz der Treffer, die sie einsteckte, und tötete zwei grünuniformierte Planetenpolizisten, ehe ihre Beine nachgaben und sie zu Boden fiel.

Cassie griff unter sich nach dem Messer, rollte herum und warf sich auf die nächste Wache. Sie stieß Bluttrinker in die Lenden und entriß ihm die Handfeuerwaffe, als er sich schreiend vornüber beugte.

Das Wolfsmädchen rollte sich auf die Seite und erschoß eine vierte Wache. Die fünfte pumpte ihr gesamtes Magazin in sie hinein. Sie erschlaffte, Cassie schoß die Wache seitlich in den Kopf.

Mr. Kimuras Hand tauchte mit einer kleinen Gyrojet-Pistole aus seinem Frack auf. Cassie schoß ihm in die Brust. Er blickte mit fast komischer Überraschung auf den Fleck, der sich auf seiner Weste ausbreitete, und ging zu Boden.

Die Wache, auf die sie eingestochen hatte, schrie noch immer. Sie riß ihre Klinge heraus und schoß dem Mann in den Nacken. Dann kniete sie nieder, um Bluttrinker schnell an seinem grünen Uniformhemd sauber zu wischen.

Sie eilte an die Seite des Wolfsmädchens. Das Wolfsmädchen lag auf dem Rücken. Wenn sie atmete, schäumte Blut auf ihren Lippen.

Ihre rechte Hand griff nach ihr. Cassie nahm sie. Sie preßte fest zu. Cassie beugte sich vor, küßte das Wolfsmädchen auf die Stirn.

Die Hand entspannte sich.

Dann war Cassie wieder auf den Beinen und durchsuchte die toten Wachen nach vollen Magazinen.

Der *Dunkelfalke* kauerte hinter einer Lokomotive. Seine Munition war mit Ausnahme des armseligen Blitz-KSR mit den zwei Haltern in seinem Kopf, verbraucht. Was von Gavilán Camachos Kommando, das von zwei Seiten angegriffen wurde, noch übrig war, wurde zum Verwaltungskomplex mitten im TTG-Gelände zurückgedrängt.

»An alle Caballeros«, sendete er, »hier Falke auf dem TTG-Hof. Wir halten es nicht mehr lange aus. Wir brauchen Hilfe. Bitte Rückmeldung.«

Er unterbrach die Übertragung, denn er wußte, er würde keine positiven Reaktionen bekommen.

»Falke«, meldete sein Kopfhörer, »hier el Cuco, on line. Arrow IV-Salve schußbereit in drei-null Sekunden. Bitte strahle mir ein Ziel an.«

Gavilán starrte auf sein Armaturenbrett, als sei dort plötzlich grüner Pelz gewachsen.

»Dolores? Señora Gallegos?« In Dianas O-Bakemono?

»Du kannst mich einfach Rote nennen, Falke«, antwortete die Stimme der Frau. »Wie steht es jetzt mit dieser Zielansprache?«

»Ich habe eine«, ertönte Ravens Stimme. »Einen *Paladin.* Der Hurensohn, der John getötet hat.«

»Die Macht ist mit dir, Diana, *la Capitana, y venganza!*«

»*Tai-i*«, ertönte die besorgte Stimme des Talon-Sergeanten Miura, »meine Sensoren sagen, Sie werden von der Feuerleitausrüstung eines Arrow IV-Geschoßsystems angestrahlt.«

Der junge Toyama lachte. »Ich habe es auch, Gun-*san.* Das ist absurd. Die *Gaijin* haben nichts dergleichen ...«

Das große Geschoß traf den *Paladin* zwischen die Schulterblätter und spaltete den 60-Tonnen-Mech wie ein Axthieb.

Howard Blaylock rannte auf die Aufzüge zu, so schnell ihn seine langen Beine trugen. Es ist noch nicht alles verloren, sagte er sich ständig. Ich muß nur eine Zeitlang diesen verrückten Frauen entgehen. Meine Wachen werden schon mit ihnen fertig, und dieser kriegerische Spinner Kusunoki kann sich der Söldner annehmen, wenn er erst einmal seine nichtsnutzigen Kommandanten wieder auf Vordermann gebracht hat.

Es ist alles in Ordnung, sagte er sich. Alles unter Kontrolle. Die Söldner und dieser Milizabschaum werden hier und jetzt ihre gesamte Munition verschießen. Und dann muß nur noch aufgewischt werden – und das wird einen Haufen Spaß machen ...

»Hast du eine wichtige Verabredung, Howard?« Eine hochgewachsene, schwarzgekleidete Gestalt trat ihm aus einem Loungebereich in den Weg. »Kann mir gar nicht vorstellen, warum du es so eilig haben solltest, wo du doch so ein romantischer Kerl bist.«

Er blieb stehen. »Kapitan MacDougall«, sagte er. Seine Stimme war ruhig, doch sein Hals und seine Lippen waren trocken.

Sie lächelte. *Gott sei Dank, ihre Hände sind leer.* Sie trug aber eine Laserpistole in einem tiefhängenden Halfter.

Gott wußte, warum die Regierungen der Inneren Sphäre überhaupt Leute, die nicht zur regulären Armee gehörten, erlaubten, die zu tragen.

Schüchtere sie ein. »Hör zu, du *Nutte*«, rief er, und Speichel flog aus seinem Mund. »Geh mir aus dem Weg, *und zwar sofort.* Dann bin ich vielleicht nett zu dir, wenn ich Zeit habe, mich mit dir zu beschäftigen!«

»Ich liebe es, wenn du mir Komplimente machst, Howard«, sagte sie.

»Okay.« Er nahm die Hände hoch – und schob sich ein paar Schritte näher heran. »Okay, tut mir leid. Ich bin sehr im Streß. Ich habe eben einen Augenblick die Kontrolle verloren. Aber können wir nicht reden wie zwei Erwachsene, du und ich?«

»Klar, Howard.«

»Prima.« Er griff hinter seinen Rücken, eine so fließende Bewegung, daß er kaum glauben konnte, wie gut er war, und seine Hand kam mit seiner kleinen, versteckten Pistole wieder hoch...

Auf magische Weise hatte Lady K ihren Laser schon gezogen und angelegt. Er sah einen roten Blitz.

Der Strahl drang ihm durch die Stirn. Er verdampfte seine Gehirnflüssigkeiten, wodurch sie sich ausdehnten, seinen Schädel sprengten und die Augäpfel aus den Höhlen treten ließen. Sie sah auf ihn hinab. Hier und da sah man ausgestülpte Gehirnteile, wo sie durch den Schädel gedrungen waren. Sie sahen aus wie abgekochter Blumenkohl.

»Und das ist die beste Therapieform«, flüsterte sie und steckte ihre Waffe weg.

Sie hatte sie kaum weggesteckt, als eine mächtige Explosion das Fenster zum Hof sprengte und sie gegen die Wand schleuderte.

»Kali!«

Cassie rannte los und rutschte die letzten paar Meter auf Knien zu ihrer Freundin. Lady K lag an der Wand, einen Arm ausgestreckt, aus ihrem Mundwinkel rann ein Blutfaden. Cassie packte ihr rechtes Handgelenk, das über ihrer Brust hing, um den Puls zu fühlen.

»Oh, Kali, bitte sei nicht tot«, stöhnte sie. »Ich bin froh, daß du Blaylock getötet hast, und es tut mir leid, daß ich wütend auf dich war, und bitte sei nicht tot!«

Lady Ks Augen öffneten sich. »Lieber Gott, Schatz, *vorsichtig!*« krächzte sie aus rauher Kehle. »Ich bin nicht tot. Ich ruhe nur meine Augen aus. Und du mußt dich nicht entschuldigen, weil du wütend warst.«

Ihre Stimme wurde traumverloren, und sie schloß die Augen. Cassie hockte auf den Hacken und spürte, wie ihr Tränen über die Wangen liefen. Draußen tobten die Geräusche einer Mech-Schlacht wie das schlimmste Unwetter, das Port Howie seit einem Jahrhundert erlebt hatte. Die BattleMech-Streitkraft von der Elefantengrundschule war eingetroffen.

»Die siehst aus, als müßtest du eigentlich tot sein!«

»So wie ich mich fühle, wäre das eine echte Verbesserung. Und jetzt verschwinde hier besser, ehe ein zweites Geschoß durch das Loch geflogen kommt, das das erste gerissen hat ...«

»Nein! Ich werde dich nicht verlassen!«

Kali öffnete wieder die Augen. »Wo ist der hübsche Junge?«

»Er ist fortgegangen, um seine Truppen anzuspornen«.

»Jemand muß ihn sich schnappen.« Kali hustete, spuckte Blut.

»O Gott, du hast einen Lungenriß.«

»Nein, habe ich nicht. Ich habe mir auf die verdammte Zunge gebissen, und von dem ganzen Blutschlucken ist mir übel. Jetzt hör mir zu, Mädchen: Du mußt ihn dir schnappen. Verstehst du? Die schlimmen Jungs sind uns zahlenmäßig immer noch x-fach überlegen. Sie werden erst aufhören, wenn du Kusunoki umlegst. Das ist unsere einzige Chance.«

»Aber was ist mit dir?«

»Selbst jetzt, wo Blaylock... tot ist«, sagte Kali, und ihre Worte klangen undeutlich und gequält, »will ich nicht... weiterleben, wenn wir verlieren.«

Cassie nickte. »In Ordnung. Ich kann ein Motorrad klauen, ihn einholen, ehe er einen Klick zurückgelegt hat.«

»Nicht... gut. Er hat die... *Naginata* genommen. Nicht einmal du bist... übermenschlich genug, um einen Fünfundneunzig-Tonnen-Mech auf Kommando zu Fall zu bringen.«

Cassie holte tief Luft, wollte ihrer Freundin gerade sagen, daß *sie* hier die Expertin darin war, zu Fuß Mechs fertigzumachen.

Dann hielt sie inne und atmete aus. Weil Lady K recht hatte, sie konnte brillant improvisieren. Aber allein darauf konnte man sich nicht verlassen. Üblicherweise konnte sie sich auf der Mech-Jagd ihren Ausgangspunkt aussuchen, die Dinge zu ihrem Vorteil einrichten, ehe sie überhaupt in Aktion trat – der Kampf am Weihnachtsabend auf der Party des armen Percy war ein Zufallstreffer gewesen, und sie wußte es. Diesmal konnte sie nicht auf ihr besonderes Glück zählen – und sie hatte keine Zeit mehr, um Fallen zu stellen.

»Aber was kann ich *tun?*« schluchzte sie praktisch.

»Schau aus... dem Fenster... zur Straße.«

In der Innenstadt von Port Howie ist die verdammte Hölle los, dachte Maus Omizuki, als sie ihre bumerangförmige *Shilone* tief über das Verwaltungszentrum zog und eine Vorstellung von den herrschenden Verhältnissen zu bekommen versuchte.

Die Straßen nördlich des großen Bauwerks wimmelten nur so von BattleMechs. Sie konnte unmöglich feststellen, wer ein Ziel und wer wie sie ein Diener des Drachen war. Sie lenkte ihr Fluggerät nach Osten, dorthin, wo ein weiterer Luftkampf tobte. Sie wollte dort draußen sein und die Bodenangriffsflugzeuge abschießen, die, wie sie aus dem Geschwätz ihrer Pilotenkollegen wußte, den Bodentruppen solche Verheerung zufügten. Aber man hatte ihr befohlen, die Sicherheitstruppen um das Verwaltungszentrum zu verstärken, also wendete sie und kam noch einmal tiefer zurück, so langsam, daß sie ihre nach unten gerichteten Schubdüsen verwenden mußte, um in der Luft zu bleiben.

Es war *noch immer* schwierig, zwischen den Gebäuden des Stadtzentrums Mechs auszumachen, geschweige denn festzustellen, wer wer war. Sie war auf den Boden konzentriert, was bedeutete, daß sie nicht auf ihre Dreihundertsechziger-Anzeige achtete. Die *Shilone* bebte zweimal, als hätte jemand sie zweimal mit einem sehr großen Hammer getroffen. Ihr Puls raste, als ihre Augen auf den Dreihundertsechziger-Sichtstreifen fielen. Ihre Antriebsflamme war etwa doppelt so groß, wie sie sein sollte, und über ihrer linken Tragfläche schwebte offenbar ein winzig kleines, unbedeutendes weißes Spielzeugflugzeug mit rot bemalter Schnauze.

»Hurensohn.« Ihr gesamtes Armaturenbrett leuchtete rot auf. Wenn das Armaturenbrett bei einem Beschuß wie diesem so schnell rot wurde, stieg man *sofort* aus und hoffte, daß es früh genug war, damit der zum Untergang verdammte Vogel einen nicht mit ins Verderben riß.

Maus stieg aus. Sofort.

Ihre 65-Tonnen-*Shilone* segelte anmutig über die Bucht hinaus und ging hoch. Soviel zu meiner Karriere, dachte sie.

Aber es folgte sofort der Gedanke: Das ist einer Kriegerin nicht würdig. Und dann: Oh, scheiß drauf. Ich verbringe mein ganzes Erwachsenenleben damit zu trainieren, dem Drachen nach besten Kräften zu dienen, und irgendeine VerRatte von einem Heißsporn in einem Aufzieh-Spielzeug und dieser Blödmann Kusunoki jagen in etwa sechs Sekunden alles in die Luft. Ich wundere mich, ob der *bishonen* mir einen Besenstiel zum Verprügeln von Gaijin-Mechs zugesteht, wenn er mich als Rekrut auf Lebenszeit wieder in die Zehenquetschung des Drachen steckt.

Lärm drang von unten zu ihr herauf wie Hitzewellen. Sie sah hinab.

»Oy, vay iz mir«, sagte sie und verfiel in die Geheimsprache, die sie als Kind gelernt hatte und die im Umgang mit Außenstehenden zu benutzen den Tod bedeutete. Sie war jetzt genau über dem TTG-Hof. Und die Mechs, die sich auf matschigen Straßen aus dem Staub machten, sahen für sie verdächtig aus – jetzt, wo sie sicher gewesen war, etwas Freizeit zu finden, um sie näher zu studieren –, wie Maschinen, die den rauflustigen Schwarzen Drachen und Kusunokis hellhaarigen Mech-Krieger-Jungs und -Mädchen gehörten.

Sie versuchte, die Falten ihres Fallschirms zu glätten, um zu sehen, ob sie sich dem feindlichen Territorium nähern konnte. Aber dort unten brannten viele Feuer, einige von ihnen in früheren BattleMechs, und der Wind brachte Föhn. Sie würde bestenfalls dafür sorgen können, nicht in einem 55-Tonnen-Öltankfeuer unterzugehen.

Nun, wenigstens muß ich mich jetzt nicht mehr fragen, ob Kusunoki mich immer noch in ein Feldbordell für die Towne-Flaschen stecken wird, dachte sie.

Als sie auf eine halb zerschossene Anordnung von Gebäuden zuschwebte, schoß eine freche kleine *Wespe* mit einem schwarzgestreiften gelben Torso auf ihren Sprungdüsen empor, um sie sich anzusehen.

»Whoo-ee!« dröhnte eine Stimme aus einem Lautsprecher. »Schaut euch das an! Sie versorgen uns aus der Luft mit Vorräten!« Die Stimme sprach mit einem unglaublich ignorant klingenden ländlichen Akzent, der, wie Maus dachte, einfach falsch sein *mußte.*

»Laß dich anschauen, Schatz«, sagte der MechReiter und sank neben ihr nieder. »Na ja, das Gesicht gibt nicht viel her, aber es sieht aus, als könntest du das mit deinem Körper wieder gutmachen.«

Sie zeigte ihm den Mittelfinger. Er lachte und ließ seinen Mech in einer Wolke aus Dampf und Staub planetenwärts fallen. Sie hoffte, er würde sich verschätzen und hart aufschlagen, aber weit gefehlt. Er landete, als hätte ihn die Hand Gottes persönlich abgesetzt.

Einen Augenblick später berührten ihre Stiefel den Boden. Sie rannte ein paar Schritte, freute sich, daß sie mit reiner Willenskraft ein Umfallen verhindern konnte. Sie hieb auf den Knopf, der ihren Fallschirm schnell lösen würde. Er bauschte sich hinter ihr auf dem Rangierhof auf, während eine Gruppe von stämmigen Zivilisten in Arbeitsklamotten sich ihr mit Schraubenschlüsseln in der Hand näherte.

»He da, Jungs und Mädels«, sagte die verhaßte Stimme. »Nehmt's leicht.«

Die Gruppe blieb stehen und sah ängstlich zu der *Wespe* auf. Es war erstaunlich, wie riesig selbst der kleinste BattleMech aussah, wenn man nicht zufällig selbst in einer übermächtigen Kriegsmaschine saß.

»Aber sie ist eine von *ihnen*«, erwiderte einer aus dem Empfangskomitee.

Der Mech drohte ihnen mit erhobenem Zeigefinger. »Da irrt ihr euch. Sie ist ein Mädchen. Der feine Herr Kusunoki mag keine Mädchen. Das bedeutet, daß sie und er nicht unbedingt *so* stehen.« Der Mech kreuzte die Finger der linken Hand.

Die Arbeiter sahen einander an. Sie hatten vielleicht mehr im Hals als im Kopf, aber selbst sie konnten die Löcher in *dieser* Logik sehen.

»Okay, was haltet ihr von folgendem?« Der zu beiden Seiten mit einem Antennenpaar wie ein Geweih verzierte Kopf der *Wespe* sah Maus an. »Ergeben Sie sich mir, Unterleutenient William Payson vom Siebzehnten Aufklärungsregiment? Damit ich jeden, der versucht, Ihnen körperlichen Schaden zuzufügen, zu einem roten

Türvorleger zertrampeln kann? Denken Sie darüber nach, und dann sagen Sie ja. Da ist ein Krieg, in den ich zurückmuß.«

Maus nahm ihren Helm ab und warf ihn zu Boden. Er prallte ab und krachte ihr gegen das Schienbein. Sie trat danach.

»In Ordnung«, sagte sie. »Ich ergebe mich. Und das Kombinat kann mich als Verräterin erschießen, wenn es unbedingt will, aber ich werde *nicht mehr für diesen nichtsnutzigen bishonen*-Bastard *arbeiten!*« Und sie setzte sich hin und begann zu weinen.

Tim Moon fühlte sich gut. Die *Shilone* war auf diesem Ausflug sein zweiter Abschuß. Aber er hatte außer einer all seine Raketen verbraucht, also war es Zeit, über die Rückkehr zum Flugfeld nachzudenken, das die Rangers an der Route 55 mehrere Klicks hinter dem Absprungpunkt der Caballeros am heutigen Morgen errichtet hatten. Er konnte nachtanken, rasch ein Nickerchen machen, während die Waffenmeister sein Maschinengewehr nachluden und neue Geschosse in die Halterungen hängten, und in einer Stunde wieder auf der Jagd sein. Aus dem Augenwinkel sah er eine absichtsvolle Bewegung: einen *Kreuzritter,* der drunten zwischen ein paar Wolkenkratzern seinen übergroßen rechten Unterarm hob, um ihn auf seine *Voss* zu richten. Er riß die Schnauze nach unten und gab Vollgas in der Hoffnung, aus dem Schußfeld des Mech zu kommen, das ja von den hohen Gebäuden begrenzt war ...

Langstreckenraketen zuckten überall um seine Cockpitkanzel. Eine explodierte mit lautem Krachen direkt neben der Spitze seiner linken Tragfläche.

Er schnitt wegen der Schrapnellöcher, die in die Tragfläche seines schönen kleinen Flugzeugs gerissen wurden, eine Grimasse. Er spürte und hörte Wind ins Cockpit pfeifen. Offenbar hatte auch der Rumpf Schaden genommen. Aber auf seinem Armaturenbrett brannten keine roten Warnlichter, und die *Voss* flog sich gut.

Er hustete. Seine Maske hatte er zur Seite geschoben, weil er sie im Moment nicht brauchte. Er nahm die Hand vor den Mund, hustete erneut. Dabei fiel ihm auf, daß sich seine linke Brustseite taub anfühlte.

Sein Handschuh war blutverschmiert, als er ihn wieder vom Mund wegnahm.

»Das, Timmy, mein Junge«, sagte er laut, »ist überhaupt nicht gut.«

31

Port Howard
Provinz Aquilonien, Towne
Mark Draconis, Vereinigtes Commonwealth

23. April 3058

Vom Kampfgeschehen rings um ihn ungehindert, lenkte Tai-sho Jeffrey Kusunoki die *Naginata* ostwärts seinem Ziel entgegen, wobei er ohne Zögern auf den Zivilverkehr trat, wenn der in seinen Weg geriet.

Kusunoki war kein Genie. Er war nicht einmal intelligent. Aber in mancher Hinsicht ähnelte er einem der Marschalle Napoleons: Er war äußerst mutig, charismatisch, entscheidungsfreudig, hatte eine genaue Vorstellung von den Grundbegriffen des Krieges und konnte seinen Kopf benutzen. Außerdem hatte er Glück.

Trotz der Rückschläge, die er heute erlitten hatte, so wütend sie ihn auch machten, fühlte er sich gut. Wie Lady K erkannte er eine grundlegende Wahrheit: Er hatte *immer noch* die großen Bataillone. Seine regulären Truppen hielten die *Gaijin* immer noch aus der Stadt fern, wenn auch nur knapp; er konnte dank des K3-Computers, der in seiner *Naginata* eingebaut war, die Schlacht einigermaßen genau verfolgen. Er war unterwegs zum Kampf um das in Trümmern liegende Straßenkreuz. Wenn er seine Truppen dort erreichte, konnte er ihnen wieder neuen Mut machen, und wenn er sie anspornte, konnte er die Söldner zurückschlagen. Dann konnten sie die *Gaijin* am östlichen Stadtrand zurücktreiben und schließlich zurückmarschieren, um die Hunde zu zermalmen, die sich in einem billigen Versuch, sich dem Willen des Drachen zu widersetzen, nach Port Howard hineingeschlichen hatten.

Ein solcher Sieg würde es dem Koordinator sicher ermöglichen, seine feigen Berater zu überstimmen und die

Übernahme Townes offen zu unterstützen. Kusunokis Tun hier würde nur der erste Kiesel eines Erdrutsches sein, der vielleicht das gesamte dekadente Vereinigte Commonwealth wegreißen konnte, und die geldgeile Lyranische Allianz dazu.

Er überquerte eine Hügelkuppe in einem Distrikt von Reihenhäusern und mußte feststellen, daß zweihundert Meter entfernt am Fuß des Hügels ein großer BattleMech ihm den Weg versperrte.

Er blieb stehen. Die Maschine sah irgendwie vertraut aus. Schockiert erkannte er, daß es der eroberte *Atlas* war, der monatelang draußen vor dem Verwaltungszentrum gestanden hatte.

Aber er hatte ein zerschmolzenes Knie! Wie konnte er vor mir hierhergelangen?

Kusunoki saß nicht so sicher im Sattel eines BattleMech, wie er hätte sitzen können. In mancher Hinsicht hatte er die letzten paar Jahre damit verbracht, von seinem Ruf zu leben. Aber er wußte sofort, was geschehen sein mußte: Die nicht besonders beeindruckende Geschwindigkeit des *Atlas* – die gleiche wie die seiner *Naginata* – war nicht beeinträchtigt worden. Und er hatte sich mit einem gewissen Maß an Vorsicht bewegt und ein Auge auf Hinterhalte und andere Gefahren gehabt. Wäre er in ein Feuergefecht geraten, wäre der Fuß seines Mech durch eine Schwachstelle in der Straße gebrochen oder hätte er selbst einen Beinaktivator ruiniert, hätte er seine Streitkräfte nie rechtzeitig anspornen können, um die östlichen Verteidigungslinien zu retten.

Wenn der andere MechPilot bereit gewesen war, seine Maschine mit äußerster Waghalsigkeit voranzutreiben, egal, welche Risiken das barg, konnte er Kusunoki durchaus vor sich entdeckt und es trotzdem vor ihm bis hierher geschafft haben.

Woher wußte er, welche Route ich nehmen würde? fragte sich der General. Dann bemerkte er einen kleinen weißen Fleck auf seinem Dreihundertsechziger-Sichtstreifen. Er drehte den Mechtorso, um sich das näher anzuschauen, und sein Verdacht bestätigte sich: Es war eines der einheimischen Kampfflugzeuge, weiß bemalt, mit roter Nase und windschnittig.

Er wandte sich wieder dem *Atlas* zu. Er stand bewegungslos da. Sein Totenschädelgesicht schien durch seine gewölbte Windschutzscheibe in seine Seele zu starren.

»Geh mir aus dem Weg«, sagte er über den Lautsprecher. »Ich habe keine Zeit für dich.«

Langsam, schmerzhaft hinkte der BattleMech die Straße entlang auf Kusunoki zu. Der General hob die Coventry-Sternenfeuer-Lafette, die 15 Raketen enthielt und in den rechten Arm der *Naginata* eingebaut war, und feuerte.

Es zeigte sich sein momentaner Mangel an Praxis. Er hatte vergessen, den Neigungswinkel mit einzurechnen. Der Großteil der Salve flog über den Gegner hinweg. Der einzige Treffer riß ein Stück aus der Panzerung im oberen rechten Brustbereich des *Atlas,* schlug aber nicht durch.

Der *Atlas* wurde schneller. Schon war er in Mindestreichweite für seine LSR. Er konnte sie abschießen, aber sie würden nicht zünden – was bedeutete, daß sie harmlos von der legendär harten Spezialpanzerung aus Durallex abprallen würden.

Er dankte den Buddhas, daß sein Mech über eine Extremreichweiten-PPK verfügte, die keine Mindestreichweite hatte, hob den linken Arm der *Naginata* und feuerte.

Blaue Blitze schossen hervor und trafen den *Atlas* mitten in die Brust. Die große Maschine zuckte kurz zurück, als fühlte sie den Aufprall, dann trottete sie weiter.

Kusunoki hielt den Feuerknopf gedrückt. Der Brustpanzer des *Atlas* glühte rot, gelb, weiß, begann zu tropfen, begann zu laufen, dann begann er in Wolken zu verdampfen. Die behäbige Maschine rückte unaufhaltsam vor.

Warum schießt er nicht? fragte sich Kusunoki. Vielleicht funktionierten seine Waffen nicht, vielleicht handelte der Pilot nach irgendeinem speziellen persönlichen Ehrenkodex. Wie auch immer, der *Atlas* machte keine Anstalten, anzugreifen oder sich zu verteidigen, er watete nur im Feuer stromaufwärts.

Die nächste Frage, die sich Kusunoki stellte, war: Wie lange soll das noch so weitergehen? Seine eigene *Naginata* kühlte sich auf ihrer Wanderung nach Osten ab, und seine Tauscher mit Doppelkapazität konnten die volle Hitzeladung seines Götterlicht 2 verkraften. Aber die Waffe war eigentlich nicht dazu gedacht, sekundenlang am Stück abgefeuert zu werden. Sie produzierte derart viel Hitze, daß sie über spezielle eingebaute Kühleinheiten verfügte; Kusunoki fürchtete, die PPK könnte aufgrund dieses Mißbrauchs durchbrennen.

Und immer noch kam der *Atlas* näher, Schritt für Schritt, unendlich müde. Ein dunkler Streifen vorn auf Kusunokis selbstpolarisierendem Neurohelmvisier konnte das Gleißen des Partikelstrahls nicht ganz neutralisieren. Seine Augen begannen zu schmerzen.

Wie kann dieser MechKrieger das aushalten? fragte er sich. Er muß aus Eisen sein. Selbst wenn die Tauscher der Maschine keine Doppelkapazität besaßen, so waren doch ausreichend viele vorhanden, und die Maschine selbst tat nichts, was zusätzliche Wärme erzeugte. Aber die Tauscher führten Wärme aus dem gesamten System ab. Sie konnten wenig tun, um die schreckliche lokale Hitze um und über dem Einschlagpunkt der Blitze aus Menschenhand aus der PPK zu lindern. Die Temperatur im Cockpit mußte sengend sein.

Und dann, als der *Atlas* noch kaum zwanzig Meter entfernt war, wurde er langsamer. Die Munition für seine LSR-Werfer ging hoch, die Wucht der Explosion riß das CASE aus seinem Rücken. Er konnte jetzt weiteres

Flackern und Blitzen im Torso des gequälten BattleMech sehen.

Kusunoki wußte, er hatte gewonnen. Dieser Krieger hätte genausogut ein Lichtjahr entfernt sein können. In ein paar weiteren Sekunden wird seine Bewaffnung Feuer fangen, oder er wird die Eindämmung seines Fusionsreaktors verlieren, und das war's dann.

Als wolle er seine eigene Nutzlosigkeit zugeben, streckte der feindliche BattleMech die Arme nach Kusunokis Maschine aus. Kusunoki stieß einen gutturalen Triumphschrei aus.

Etwas verdunkelte die Windschutzscheibe vor seinen Augen. Er sah gerade noch rechtzeitig hoch, um mitzubekommen, wie sich das kleine weiße Flugzeug mit der rot bemalten Schnauze in einem Sturzflug mit voller Geschwindigkeit in die Brust der *Naginata* bohrte, direkt zwischen die Langstreckenraketenbatterien.

Flammen versperrten Kusunoki die Sicht nach vorn. Das zerbrechliche kleine Flugzeug beschädigte die Schweren Spezialplatten aus Durallex des BattleMech nicht. Aber sein schrecklicher Schwung riß die *Naginata* rückwärts um.

Kusunokis Hinterkopf schlug hart gegen die Sitzlehne. Nadeln hellen Lichts stachen in seinen Kopf, und sein Magen rebellierte. Die Luft wurde aus seinem Körper gepreßt.

Verräterisches Gelb leuchtete auf Kusunokis Armaturenbrett auf, machte ihm, obwohl er von dem Aufschlag stark desorientiert war, bewußt, daß die beiden an der Brust befestigten Werfer möglicherweise Fehlfunktionen aufwiesen. Ansonsten schien die Maschine perfekt zu funktionieren. Wenn er sich nur konzentrieren, aufstehen könnte …

Der *Atlas* landete auf der *Naginata*. Er kroch vorwärts; Kusunoki konnte die Wärme spüren, die seine verwüstete Brust abstrahlte. Ehe er eine Idee entwickeln konnte, wie er diesem höchst unorthodoxen Angriff begegnen sollte, hatte der feindliche Mech die Arme um den Oberkörper der *Naginata* gelegt und preßte die Arme des Mech an die Seiten.

Dann krachte er herab.

Man konnte die Armaktivatoren gar nicht genug beschädigen, um die gestürzte Maschine aus dem Todesgriff des schlummernden Mech zu befreien. Kusunoki schrie vor Enttäuschung. Das half auch nichts.

Er öffnete die Kanzel und torkelte heraus, hoffte zu entkommen und seinen Weg zu Fuß fortsetzen zu können. Vielleicht würde er seinen Feind sogar überraschen können.

Sein Feind stand sieben Meter entfernt auf dem Randstein. Eine Frau? dachte er und war einen Augenblick zu verblüfft, um sich zu ekeln.

Ihr Haar war zu einem kurzen, wilden Gestrüpp abgebrannt. Ihre Kleidung war schwarz und rauchte noch. Ihr Gesicht war rußverschmiert, und wo die Haut darunter durchschien, war sie brennend rot. Sie hatte ein Bündel auf dem Rücken, das in qualmende Handtücher gehüllt war, und richtete aus der Hüfte eine Maschinenpistole auf ihn.

Sie machte eine herrische Geste mit dem MP-Lauf. Er kniete nieder und hob die Hände. Das alles kam ihm unwirklich vor. Das konnte doch gar nicht passieren.

»Wer sind Sie?« krächzte er.

»Wir sind uns schon begegnet«, sagte sie. »Ich bin Cassie Suthorn.«

Er glotzte. Konnte das sein? Möglich… wenn man versuchte, sich vorzustellen, wie sie ausgesehen hatte, ehe der Großteil ihres Haars verbrannt war. Er war so aus dem Gleichgewicht gebracht, daß er sich tatsächlich die Mühe machte.

»Junge Dame«, sagte er höflicher, als er seit vielen Jahren zu einer Frau gesprochen hatte, »Sie sind eine äußerst fähige MechKriegerin, wenn auch unorthodox. Ich entschuldige mich. Was ich zunächst für Ungeschick hielt, war transzendente Schlichtheit der Technik. Bitte sagen Sie mir, haben Sie einen Abschluß von der MANA oder von Nagelring?«

»Keines von beiden«, sagte sie. »Mit dem Ungeschick hatten Sie recht. Ich weiß eigentlich nicht, wie man einen BattleMech steuert.«

Er wollte gerade tief Luft holen, um sie mit ungläubigem Zorn zu überschütten. Dann hockte er sich auf die Fersen, und die Luft entwich aus seinem Mund, bis die mächtigen Schultern nach vorn sackten.

»Was wollen Sie von mir?« fragte er.

Als Antwort griff sie hinter sich, kramte in dem Bündel herum, das sie auf den Rücken geschnallt hatte. Sie warf ihm ein kleineres Bündel zu, schmal, leicht gekrümmt und etwas länger als einen halben Meter. Als er es auffing, bemerkte er, daß es in ein in Wasser getauchtes Handtuch gehüllt war, vermutlich, um den Inhalt vor der Hitze zu schützen.

Er wickelte es aus. Es war das *Wakizashi* seines eigenen *dai-sho,* des aus einem langen und einem kurzen Schwert bestehenden Satzes, das ihm die Militärakademie Sun Zhang zum Abschied geschenkt hatte. An die Scheide war ein leicht feuchtes Stück Reispapier geklebt.

Er starrte es an. »Wofür ist das?«

»*Sie* wissen es.«

Mit Fingern, die sich anfühlten wie Socken voll Sand, löste er das Stück Reispapier und entfaltete es. Ein Gedicht war in hastigem, aber einigermaßen gutem *kanji* darauf gekritzelt worden.

Falscher Drache glaubt
Er allein sei fähig
Feinde zu überraschen

Er sah zu ihr auf.

Ein Hubschrauber landete etwa einen halben Block entfernt auf einer Wiese, die mit schon häufig durchstapftem Schnee bedeckt war. Dilonna Saunders stieg aus, vorwärts gestoßen von den Shimatsu-42 zweier Caballero-Azteken. Enrico Katsuyama und Risky Savage kletterten hinter ihr heraus.

Risky wuchtete sich eine tragbare Holokam über die Schulter und deutete auf das sich bietende Bild – Cassie stand vor dem geschlagenen Kusunoki.

»Sie werden das allen Leuten von Towne zeigen, Schatz«, sagte Risky. »Machen Sie es so hübsch, wie sie es für Howard getan haben, als er Diana ermordete. Sonst werden wir Sie den Müttern der Kinder übergeben, die getötet wurden, als Ihre Kumpels das Lager Mariposa angriffen.«

Einen Augenblick lang starrte die Nachrichtensprecherin sie großäugig wie ein Tier an, das gejagt wurde und in der Falle sitzt. Dann holte Saunders tief Luft und sammelte sich sichtlich. Als sie vortrat, war sie jeden Zentimeter die kühle, professionelle Nachrichtenfrau.

»Ich melde mich live von einer Straße in Port Howard, in der sich *Tai-sho* Jeffrey Kusunoki, der im Kampf Mech gegen Mech von einer jungen Frau besiegt wurde, die nicht einmal ausgebildete MechKriegerin ist, gerade darauf vorbereitet, die letzte Handlung seiner langen und farbigen Karriere vorzunehmen ...«

Cassie nahm das Bündel von ihrem Rücken, schüttelte die Abdeckung ab. Darin befand sich die *Katana* des Generals.

Jeffrey Kusunoki legte seine Kühlweste ab, öffnete das Oberteil seines ärmel- und beinlosen Bodys und streifte ihn bis zur Hüfte herunter. Er zog das *Wakizashi* und betrachtete es gedankenvoll.

Mit einem schleifend-singenden Geräusch zog Cassie das Langschwert und stand mit im Sonnenlicht glitzernder Klinge über ihm.

MIT UNS SIND DIE TOTEN SO FAHL

Wenn man nicht alles gegeben hat,
hat man nichts gegeben.

– Georges Guynemer

EPILOG

Port Howard
Provinz Aquilonien, Towne
Mark Draconis, Vereinigtes Commonwealth

23. April 3058

Die in eine Robe gehüllte ComStar-Akoluthin betrachtete das feuchte rote Taschentuch, das sich der alte Mann auf die Brust preßte. Tatsächlich tropfte Blut davon auf die Fliesen vor der Theke in der HPG-Station.

»Junge ... Dame«, sagte Mr. Kimura mit offensichtlicher Anstrengung, »würden Sie bitte dafür sorgen, daß ... die folgende Botschaft ... an Mr. Hiraoke Toyama auf Dieron, Militärdistrikt Dieron, Draconis-Kombinat, übermittelt wird? Er wird bei Empfang bezahlen. Er hat ein Konto bei Ihnen.«

Sie schien die Lippen mehrere Sekunden lang zu bewegen, ehe das Wort ›ja‹ hörbar wurde.

Mr. Kimura zog einen Block und einen Kuli auf dem Tresen zu sich her und schrieb eine letzte Botschaft an seinen Oyabun. Er schob der jungen Frau den Block hin, die ihn anstarrte, als könne er möglicherweise lebendig und giftig sein.

Er lächelte sie ermutigend an, ohne sich der Tatsache bewußt zu sein, daß sein Zahnfleisch blutverschmiert war. Sie packte den Block und huschte nach hinten davon. Höflich tippte er an seinen Hut, dann wandte er sich um und torkelte in die erfrischende Luft hinaus.

Seine Beine begannen definitiv nachzugeben. Er schaffte es noch über die Straße zu einer schmiedeeisernen Bank am Rand eines kleinen Parks, auf der er sich mit einem erleichterten Seufzen niederließ.

Er sah zum Himmel empor. Die Mittagssonne brannte

die Wolkendecke weg. Es würde ein schöner Tag werden.

Er zog seine verborgene Pistole aus einer Tasche seines blutverschmierten Fracks, schob sich den kurzen Lauf unter das Kinn und drückte ab.

Cassie wurde sich eines Gefühls des Schwebens und unendlicher Weiße bewußt. Mit einer Mischung aus Entsetzen, Widerwillen und Erleichterung stellte sie fest, daß sie tot war.

Dann hörte sie Stimmen, die darüber diskutierten, was für ein Kleid man zu einem wichtigen Staatsempfang tragen sollte. Es war ja so lebenswichtig, auf den jungen Herzog Athelstan genau den *richtigen* Eindruck zu machen. Er war ja so hübsch …

Cassie kam zu der Überzeugung, daß die Leute im Himmel so nicht redeten – hätte sie klarer gedacht, wäre sie zu der Erkenntnis gelangt, daß sie am anderen Ende gelandet sein müßte – und öffnete die Augen.

Der Raum war weiß gestrichen. Die Laken und Kissen, die sie umgaben, waren weiß. Der Holotank, der auf einem kleinen Metallregal, das an einer Kette von der Wand hing, festgeschraubt war, zeigte *Der Stolz des Königshauses.* Cassie ächzte. Jetzt *wußte* sie, daß sie nicht im Himmel war. *Der Stolz des Königshauses* war eine unglaublich süßliche Seifenoper, die auf einer erfundenen Version der königlichen Familie beruhte, die das Vereinigte Commonwealth beherrschte. Sie war schon vor Cassies Geburt in der gesamten Inneren Sphäre beliebt gewesen. Sie war nicht einmal sicher, ob noch neue Folgen gedreht wurden. Diese Episode wirkte entfernt vertraut, aber andererseits taten sie das alle, ob sie sie schon kannte oder nicht.

»Schon recht, ich weiß, daß es keine große Kunst ist«, sagte eine vertraute Stimme rechts von ihr. »Aber es erinnert mich irgendwie an die arme Annie Sue Hurd.«

Cassie versuchte sich aufzusetzen. Sie hatte nicht die

Kraft dazu. Sie drehte den Kopf, zwang ihn weit genug zur Seite, um an ihren Kissen vorbeisehen zu können.

»Lady K!«

»Schuldig im Sinne der Anklage. Mein Gott, Schatz, wir warten schon seit drei Tagen darauf, daß du aufwachst. Und du hast es geschafft, am Ende schlimmer auszusehen als ich!«

Da das, was sie von Kali MacDougall sehen konnte, eine an die Nase geklebte Metallschiene, zwei gewaltige Veilchen und dazu eine rechte Schulter waren, die so stark bandagiert war, daß sie aussah wie das Schultergehäuse eines *Großdracon,* hätte Cassie der Gedanke verstören können, daß sie schlimmer aussah als ihre Freundin. Aber es war ihr ziemlich egal.

»Du lebst!« rief sie aus.

»Frag mich erst in ein paar Tagen wieder, wie ich das sehe«, sagte Lady K. »Ich war außer Gefecht: Schnauze eingeschlagen, halb eingedrückte Rippen und eine Art Erbspüree dort, wo mein rechtes Schultergelenk sein sollte, wenn ich die medizinischen Fachausdrücke richtig übersetzt habe. Hätte schlimmer kommen können: Ich könnte eine Fistel am Zahn haben.«

Cassie war nicht immer sicher, ob ihre Freundin gerade scherzte oder nicht.

»Wie geht es dem Regiment?« fragte sie.

Lady K schloß kurz die Augen. »Belassen wir's fürs erste dabei, daß die meisten unserer Freunde überlebt haben. Manche von ihnen sind allerdings ein wenig mitgenommen – als Raven herausfand, daß Pommes Frites bei seinem Abschuß aus dem Himmel nur ein paar blaue Flecken davongetragen hatte, hat sie ihm sofort die Nase eingeschlagen. Er liegt ein paar Türen weiter. Die beiden sind süß, aber ich glaube, es gibt ein paar *Dinge,* über die sie reden sollten.«

»Marly?« Aus irgendeinem absurden Grund fühlte sie sich fast verantwortlich für das Mädchen.

»Gut. Jedenfalls körperlich. Sie konnte ein paar

PP umlegen und ist überglücklich. Und alle Gallegos', die noch am Leben waren, als es abging, sind es immer noch, genauso der Kolonel und Gabby. Buck Evans ist zu gemein zum Sterben. Cowboy ist zu dumm dazu. Im Augenblick ist er mit irgendeiner Draco-Pilotin beschäftigt, die direkt über der TTG abgeschossen wurde. Scheint, als sei sie im Grunde schon zum Überlaufen bereit gewesen, noch bevor sie herausfand, was für einen Bockmist der gute alte hübsche Junge Kusunoki ihnen über die wahren Wünsche Teddys des K erzählt hat.«

»Ödland?«

Kali schüttelte den Kopf.

Cassie spürte, wie ihr die Tränen in die Augen stiegen. Sie wollte etwas sagen.

»Schatz«, sagte Lady K sanft, »wir haben sowieso noch genug Trauer vor uns. Und ich weiß, daß es nicht hilfreich ist, wenn ich jetzt die arme Rächende Annie erwähne. Aber es wird langsam verdammt voll hier drin. Warum geben wir nicht einigen der Geister aus der Vergangenheit die Chance weiterzuziehen, hm?«

Cassie nickte verstehend. Aber die Tränen flossen ungehindert, und sie mußte fragen: »Tim?«

Lady K seufzte. »Was du gesehen hast, war seine letzte große Verbeugung, Schatz. Er ist nicht abgesprungen, ehe er in die *Naginata* hineinraste.«

Cassie wandte ihr Gesicht nach oben und weinte bitterlich. Als sie – einigermaßen – sprechen konnte, sagte sie: »Er hat mich gerettet. Er hat uns alle gerettet.«

»Cass, wahrscheinlich hat er dich gerettet. Aber ich glaube wirklich, du hättest die angeschlagene alte *Dame* die letzten paar Meter zum Laufen gebracht, und wenn du sie selbst hättest tragen müssen. Du wärst vielleicht gestorben, aber du hättest den hübschen Jungen mitgenommen. Dein Stolz hätte dich getragen. Und die Liebe.«

Nach einer Weile Schluchzen sagte Cassie: »Ich habe ihn *wirklich* geliebt.«

»Ich auch, Schatz«, sagte Lady K. »Das Leben ist manchmal einfach so, nicht?«

Cassie stellte fest, daß sie und Lady K knapp die Fingerspitzen verschränken konnten, wenn sie die Hand weit nach rechts ausstreckte. Sie tat es und schlief wieder ein.

ANHANG

Glossar

BattleMech-Typen

GLOSSAR

Autokanone: Eine automatische Schnellfeuerkanone. Leichte Fahrzeugkanonen haben Kaliber zwischen 30 und 90 mm, während eine schwere Mechautokanone ein Kaliber von 80 bis 120 mm oder mehr besitzen kann. Die Waffe feuert in schneller Folge panzerbrechende Hochexplosivgranaten ab.

Bataillon: Ein Bataillon ist eine militärische Organisationseinheit der Inneren Sphäre, die in der Regel aus drei Kompanien besteht.

BattleMech: BattleMechs sind die gewaltigsten Kriegsmaschinen, die je von Menschen erbaut wurden. Diese riesigen humanoiden Panzerfahrzeuge wurden ursprünglich vor über 500 Jahren von terranischen Wissenschaftlern und Technikern entwickelt. Sie sind schneller und manövrierfähiger in jedem Gelände, besser gepanzert und schwerer bewaffnet als jeder Panzer des 20. Jahrhunderts. Sie ragen zehn bis zwölf Meter hoch auf und sind bestückt mit Partikelprojektorkanonen, Lasergeschützen, Schnellfeuer-Autokanonen und Raketenlafetten. Ihre Feuerkraft reicht aus, jeden Gegner mit Ausnahme eines anderen BattleMechs niederzumachen. Ein kleiner Fusionsreaktor liefert ihnen nahezu unbegrenzt Energie. BattleMechs können auf die verschiedensten Umweltbedingungen – von der glühenden Wüste bis zur arktischen Kältestarre – eingestellt werden.

ComStar: Das interstellare Kommunikationsnetz ComStar wurde von Jerome Blake entwickelt, der in den letzten Jahren des Sternenbunds das Amt des Kommunikationsministers innehatte. Nach dem

Zusammenbruch des Bundes eroberte Blake Terra und organisierte die Überreste des Sternenbund-Kommunikationsnetzes in eine Privatorganisation um, die ihre Dienste mit Profit an die fünf Häuser weiterverkaufte. Seitdem hat sich ComStar zu einem mächtigen Geheimbund entwickelt, der sich jahrhundertelang in Mystizismus und Rituale hüllte, bis es nach der Entscheidungsschlacht gegen die Clans auf Tukayyid unter Prima Sharilar Mori und Präzentor Martialum Anastasius Focht zur Reformation des Ordens und Abspaltung der erzkonservativen Organisation ›Blakes Wort‹ kam.

Gaussgeschütz: Ein Gaussgeschütz benutzt eine Reihe von Elektromagneten, um ein Projektil durch den Geschützlauf in Richtung des Ziels zu beschleunigen. Obwohl sein Einsatz mit enormem Energieaufwand verbunden ist, erzeugt das Gaussgeschütz nur sehr wenig Abwärme, und die erreichbare Mündungsgeschwindigkeit ist doppelt so hoch wie bei einer konventionellen Kanone.

Kompanie: Eine Kompanie ist eine militärische Organisationseinheit der Inneren Sphäre, die aus drei BattleMech-Lanzen oder bei Infanteriekompanien aus drei Zügen mit insgesamt 50 bis 100 Mann besteht.

Kröten: Eine in der freien Inneren Sphäre übliche Bezeichnung für die mit Kampfanzügen ausgerüstete Eliteinfanterie, eine zuerst bei den Clans entwickelte Waffengattung. Diese sogenannten Elementare sind wahre Riesen, die speziell für den Einsatz der von den Clans entwickelten Rüstungen gezüchtet werden. Die freie Innere Sphäre ist bei der Entwicklung ähnlicher Gefechtsanzüge deutlich im Hintertreffen, nicht zuletzt, da ihr als Träger dieser Anzüge nur normale Menschen zur Verfügung stehen.

KSR: Abkürzung für ›Kurzstreckenrakete‹. Es handelt sich um ungelenkte Raketen mit hochexplosiven oder panzerbrechenden Sprengköpfen.

Landungsschiffe: Da Sprungschiffe die inneren Bereiche eines Sonnensystems generell meiden müssen und sich dadurch in erheblicher Entfernung von den bewohnten Planeten einer Sonne aufhalten, werden für interplanetarische Flüge Landungsschiffe eingesetzt. Diese werden während des Sprungs an die Antriebsspindel des Sprungschiffes angekoppelt. Landungsschiffe besitzen selbst keinen Überlichtantrieb, sind jedoch sehr beweglich, gut bewaffnet und aerodynamisch genug, um auf Planeten mit einer Atmosphäre aufsetzen bzw. von dort aus starten zu können. Die Reise vom Sprungpunkt zu den bewohnten Planeten eines Systems beansprucht je nach Spektralklasse der Sonne eine Dauer von mehreren Tagen oder Wochen.

Lanze: Eine Lanze ist eine militärische Organisationseinheit der Inneren Sphäre, die in der Regel aus vier BattleMechs besteht.

Laser: Ein Akronym für ›Light Amplification through Stimulated Emission of Radiation‹ oder Lichtverstärkung durch stimulierte Strahlungsemission. Als Waffe funktioniert ein Laser, indem er extreme Hitze auf einen minimalen Bereich konzentriert. BattleMechlaser gibt es in drei Größenklassen: leicht, mittelschwer und schwer. Laser sind auch als tragbare Infanteriewaffen verfügbar, die über einen als Tornister getragenen Energiespeicher betrieben werden. Manche Entfernungsmeßgeräte und Zielerfassungssensoren bedienen sich ebenfalls schwacher Laserstrahlen.

LSR: Abkürzung für ›Langstreckenrakete‹, zum indirekten Beschuß entwickelte Raketen mit hochexplosiven Gefechtsköpfen.

Nachfolgerfürsten: Die fünf Nachfolgerstaaten werden von Familien regiert, die ihre Herkunft von einem der ursprünglichen Lordräte des Sternenbunds ableiten. Alle fünf Hausfürsten erheben Anspruch auf den Titel des Ersten Lords. Sie kämpfen seit Ausbruch der Nachfolgekriege im Jahre 2786 gegeneinander. Ihr Schlachtfeld ist die riesige Innere Sphäre, bestehend aus sämtlichen einstmals von den Mitgliedsstaaten des Sternenbunds besetzten Sonnensystemen.

Nachfolgerstaaten: Nach dem Zerfall des Sternenbunds wurden die Reiche der Mitglieder des Hohen Rats, die sämtlich Anspruch auf die Nachfolge des Ersten Lords erhoben, unter dem Namen Nachfolgerstaaten bekannt. Die Nachfolgerstaaten bestehen aus ursprünglich fünf und derzeit noch vier Herrscherhäusern: Haus Kurita (Draconis-Kombinat), Haus Liao (Konföderation Capella), Haus Steiner-Davion (Vereinigtes Commonwealth) und Haus Marik (Liga Freier Welten). Die Clan-Invasion unterbrach die Jahrhunderte des Krieges seit 2786 – die Nachfolgekriege – einstweilen. Die Nachfolgerfürsten setzten ihre Streitigkeiten aus, um der Bedrohung durch den gemeinsamen Feind, die Clans, zu begegnen. Die trügerische Ruhe seit Abschluß des Waffenstillstands von Tukayyid hat diese Solidarität jedoch inzwischen sehr brüchig werden lassen, und im Jahre 3057 brechen die Kämpfe innerhalb der freien Inneren Sphäre wieder aus.

Peripherie: Jenseits der Grenzen der Inneren Sphäre liegt die Peripherie, das weite Reich bekannter und unbekannter Systeme, das sich bis in die interstellare Nacht hinaus erstreckt. Die einstigen terranischen Kolonien in der Peripherie wurden durch den Zerfall des Sternenbundes technologisch, wirtschaftlich und politisch verwüstet. Derzeit ist die Peripherie bevorzugte Zuflucht für Banditenkönige, Raumpiraten und Ausgestoßene.

PPK: Abkürzung für ›Partikelprojektorkanone‹, einen magnetischen Teilchenbeschleuniger in Waffenform, der hochenergiegeladene Protonen- oder Ionenblitze verschießt, und durch deren Aufschlagskraft und hohe Temperatur großen Schaden anrichten kann. PPKs gehören zu den effektivsten Waffen eines BattleMechs.

Regiment: Ein Regiment ist eine militärische Organisationseinheit der Inneren Sphäre und besteht aus zwei bis vier Bataillonen von jeweils drei oder vier Kompanien.

Sprungschiffe: Interstellare Reisen erfolgen mittels sogenannter Sprungschiffe, deren Antrieb im 22. Jahrhundert entwickelt wurde. Der Name dieser Schiffe rührt von ihrer Fähigkeit her, ohne Zeitverlust in ein weit entferntes Sonnensystem zu ›springen‹. Es handelt sich um ziemlich unbewegliche Raumfahrzeuge aus einer langen, schlanken Antriebsspindel und einem enormen Solarsegel, das an einen gigantischen Sonnenschirm erinnert. Das gewaltige Segel besteht aus einem Spezialmaterial, das gewaltige Mengen elektromagnetischer Energie aus dem Sonnenwind des jeweiligen Zentralgestirns zieht und langsam an den Antriebskern abgibt. Dieser baut daraus ein Kraftfeld auf, durch das ein Riß im Raum-Zeit-Gefüge entsteht. Nach einem Sprung kann das Schiff erst weiterreisen, wenn es durch Aufnahme von Sonnenenergie seinen Antrieb wieder aufgeladen hat.

Sprungschiffe reisen mit Hilfe ihres Kearny-Fuchida-Antriebs in Nullzeit über riesige interstellare Entfernungen. Das K-F-Triebwerk baut ein Raum-Zeit-Feld um das Sprungschiff auf und öffnet ein Loch in den Hyperraum. Einen Sekundenbruchteil später materialisiert das Schiff am Zielsprungpunkt, der bis zu 30 Lichtjahre weit entfernt sein kann.

Sprungschiffe landen niemals auf einem Planeten und reisen nur sehr selten in die inneren Bereiche eines Systems. Interplanetarische Flüge werden von Landungsschiffen ausgeführt, Raumschiffen, die bis zum Erreichen des Zielpunktes an das Sprungschiff gekoppelt bleiben.

Sternenbund: Im Jahre 2571 wurde der Sternenbund gegründet, um die wichtigsten nach dem Aufbruch ins All von Menschen besiedelten Systeme zu vereinen. Der Sternenbund existierte annähernd 200 Jahre, bis 2751 ein Bürgerkrieg ausbrach. Als das Regierungsgremium des Sternenbunds, der Hohe Rat, sich in einem Machtkampf auflöste, bedeutete dies das Ende des Bundes. Jeder der Hausfürsten rief sich zum neuen Ersten Lord des Sternenbunds aus, und innerhalb weniger Monate befand sich die gesamte Innere Sphäre im Kriegszustand. Dieser Konflikt hält bis zum heutigen Tage knapp drei Jahrhunderte später an. Die Jahrhunderte nahtlos ineinander übergehender Kriege werden in toto als die ›Nachfolgekriege‹ bezeichnet.

Waffenstillstand von Tukayyid: Der Waffenstillstand von Tukayyid hat eine fünfzehnjährige Waffenruhe zwischen den Clans und der Inneren Sphäre begründet. Khan Ulric Kerensky, ilKhan der Clans, vereinbarte mit dem Präzentor Martialium ComStars, Anastasius Focht, auf dem Planeten Tukayyid eine Entscheidungsschlacht. Bei einem Sieg der Clans verpflichtete sich ComStar, ihnen Terra auszuhändigen, bei einem Sieg ComStars verpflichteten sich die Clans zu einem fünfzehnjährigen Waffenstillstand. Der nach einem überwältigenden Sieg der ComGuards auf Tukayyid unterzeichnete Vertrag etablierte eine Grenzlinie, die durch den Planeten Tukayyid verläuft. Die Clans dürfen diese Grenzlinie bis zum Ablauf des Waffenstillstands nicht überschreiten.

Zug: Ein Zug ist eine militärische Organisationseinheit der Inneren Sphäre, die typischerweise aus etwa achtundzwanzig Mann besteht. Ein Zug kann in zwei Abteilungen aufgeteilt werden.

SCHÜTZE

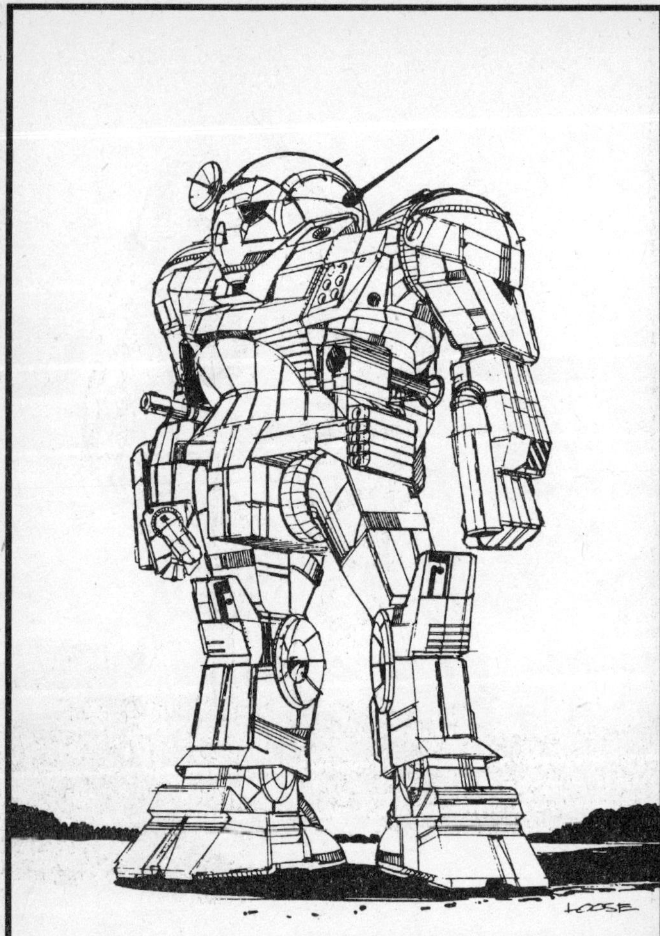

ATLAS

TOTSCHLÄGER

KATAPULT

GREIF

STADTKOLOSS

VICTOR

ZEUS

APOLLO